ちくま文庫

責任 ラバウルの将軍今村均

角田房子

筑摩書房

目次

太平洋戦争開戦

ジャワ裁判始まる

晩　年

責任　ラバウルの将軍今村均

ラバウル戦犯収容所

今村大将、自決をはかる

　敗戦の翌年、一九四六年（昭和21）七月二十七日午前三時すぎ、すでに四時に近いころであったろうか――ニューブリテン島ラバウルの戦犯収容所で眠っていた桜井克巳は、突然強く肩をゆすられて目をさました。

「おいっ！　今村閣下のお姿が見えん」

　貨物廠《かもつしよう》の主計中尉であった貴谷がのしかかるように顔を近づけ、耳許《みみもと》に口をよせていった。桜井は反射的に上半身を起し、彼の位置からは三番目の隅《すみ》の寝床を見た。人の姿はない。

「便所へ行かれたのではないか」

「いや、便所ではない。行って見てきた」

　桜井は胸騒ぎを押えて、貴谷と共にそそくさと土間におりた。中央通路の土間の両側には、それぞれ数十人の戦犯たちが横一列に頭を並べて寝ていた。屋内三カ所の電灯は夜中も消されることなく、四囲は壁のかわりに目の荒い金網《かなあみ》張りなので、外塀《そとべい》にとりつけられた照明灯の強い光も、夜気と共に流れこんでいた。

「今村大将の寝場所は北の一番端でした」と桜井克巳は語る。「その隣りが貴谷中尉、次が渡辺少佐で、それから私の順でした。私たちに続いて皆が外へ出てきて、あちこち手わけして大将を捜しました。誰《だれ》もが、大将は自決されたのでは……と思い、あわてふためいていました」

オーストラリア（豪）軍ラバウル戦犯収容所は、一般にコンパウンドと呼ばれていた。ラバウル湾を目の下にのぞむ高台の平坦地《へいたんち》約二百メートル平方の敷地で、四隅には機関銃二挺《ちょう》を備えた見張りやぐらがそびえていた。周囲を囲い、また内部を三つに区分する有刺鉄線には五メートルおきに高さ三メートルの太い柱が立ち、夜間はすべての柱に煌々《こうこう》と照明灯が輝く。これが故障すると、たちまち外周の鉄条網に沿って照明をつけたジープやトラックが並び、警備の現地（パプア・ニューギニア）兵は裏山に向けて三十発装塡《そうてん》の自動小銃を一気に射《う》ちこみ、その戦場さながらの音響で、逃亡の意思など持ってはいない戦犯たちをおびやかした。

戦犯が起居する建物は一棟が七十人から九十人を収容する広さで、白っぽいトタン屋根の細長い九棟が整然と並んでいた。これらの施設のすべてが――ジャングルでの原木の切り出し、その運搬、製材、宿舎の建設、有刺鉄線張り、付近の道路、また見張りやぐらの機関銃据《すえ》付《つ》けまでも――戦犯たちの労働力によってなされたものである。これらが完成したのは一九四六年（昭和21）六、七月ごろで、戦犯たちはその年の初めから、それまでの天幕やルーフィングの仮収容所から順次こちらへ移されていた。

敷地内には芝が植えこまれ、各棟の周囲には花壇もあって、環境は決して悪くない。戦争終結時、第八方面軍司令官であった陸軍大将今村均《ひとし》の手記には次のように書かれている。

「……こうするまでの六カ月間の作業で、教養の少ない二、三の豪軍職員のそそのかしによる〝ハリアップ〟とか〝カムオン〟とかの罵声《ばせい》と共に下る黒人兵の暴虐《ぼうぎゃく》の鞭《むち》は、大いに日本人の血を沸かしめたものである」

桜井克巳は《大将はすでに死んでおられるのでは……》という思いに胸をしめつけられながら、懸命に今村の姿を捜し続けた。桜井は二十五歳の中尉であった。《今ここで大将を失ったら、おれたち戦犯はどうなるのか……みなが閣下一人を頼りにしているのに》

無駄《むだ》と知りながら別棟になっている便所を何度ものぞき、その隣りのめったに水の出ないシャワー室にはいり、雨水を貯《たくわ》える軒下のドラム缶《かん》の間をさぐり……、絶えず体を動かしているのだが、彼らが自由に行動できる範囲はおのずから限られている。居ても立ってもいられない不安に胸をかきむしられながら、同じ場所をただウロウロと動くばかりである。

「見つかったぞォ」という叫びが作業道具を入れる小屋のあたりからあがるまでに、どれほどの時間がたっていたのか――いま桜井は記憶していない。誰が今村を発見したのか、

誰が豪軍へ知らせに走ったのか――それも彼は知らない。大将の傷は浅いから大丈夫だと聞いて、

「私は道具小屋へは行きませんでしたから……。ほっとして自分の宿舎へ帰りました」

控え目な性格らしい桜井は、人々を押し分けて今村の様子を知ろうという気を起さなかったのであろう。あるいは、敬慕する今村の血まみれであろう姿を目撃するにしのびなかったのかもしれない。

桜井が自分の寝床に帰ったとき、周囲にはまだ誰もいなかった。《本当にお命《いのち》に別条はないのだろうか》と案じながら、彼は今村の寝床に目を向けた。昼間の暑さからは想像できないほど気温の下る夜のために、一人に三枚ずつ毛布が与えられていたが、その一枚が少し乱れて、はねのけられていた。病院へ運ばれるであろう今村が、今ここへ帰ってくるはずもないのだが、桜井は身を乗り出して、丁寧にその毛布の乱れを直した。

その時である。桜井は敷きぶとん代りの毛布の枕許《まくらもと》に、きちんと畳んで置かれている白い紙を見つけた。遺書――と、とっさに彼はさとった。

開いてみると、果して今村の筆蹟《ひっせき》である。《豪軍はこの遺書を没収するのではないだろうか。きっと、そうだ》

桜井はためらわず自分のノートをとり出し、急いで遺書を書き写した。

「遺書は美濃半紙だったでしょうか……とにかく和紙でした。鉛筆で書かれていたか、毛筆だったか、おぼえていませんが……」

夜半に今村の自決未遂事件が起っても、夜があければ戦犯たちは早くから使役にかり出された。夕方、桜井が宿舎に帰ったとき、今村の遺書はすでになかった。彼の予測通り豪軍が没収したのか、単にとりまぎれてなくなったのか、いっさい不明である。しかしその内容は、今も桜井の手許に保存されている写しで知ることができる。

「　光部隊将兵御中
　台兵各位御中　　　　　　　　　　今村均

小生は祖国を今日の有様に導きし敗戦の最重大の責任者として終戦の際自決して君国に謝罪致すべき処《ところ》、十万部下の帰還等の処理の為《ため》この機を延引し、今日と雖《いえど》も尚《なお》光部隊将兵及台兵諸子の為つくすべき責務の残されたるもの有之候《これありそうら》えども、突然に他方面に運ばるる公算多きに至り、遂に当方面に眠る幾万英霊と会する機をも失う虞《おそれ》多分なるにより、各位に対しては申訳之なきも、今日決行致し候。

各位はこの上とも忍辱修練を重ね祖国復興参加の日を、台兵諸君は台湾振興就業の日を待たれたく、くれぐれも団結と統制とを保ち、健全の生存を確保せられんこと切望の至りに候。

世を異にはいたし候も、幽冥《ゆうめい》の界より常に諸子を護《まも》らんことを御誓申上候」

〝光部隊〟とは、今村が戦犯容疑者の集団につけた名称である。今村は彼らを「我国の光栄ある犠牲者」と呼んで、この名を選んだ。戦後のラバウルには戦犯のほかに、法務関係の旧軍人などで組織された弁護団と法廷での証言者が残っていた。彼らに当時の今村を語ってもらうと、まず戦犯全員に対する全く平等な態度が挙げられる。今村は陸海軍の間にも、将官と一兵との間にも何の差別もつけず、台湾出身者をも含めて、すべて〝私の大事な旧部下〟として対した。特に、戦争中は最前線への輸送などに身命を賭《と》して働いた台湾出身者の将来について、今村がどれほど責任を感じ心を悩ましていたかが、この短い遺書からも察しられる。

桜井克巳の戦犯容疑は、ラバウル軍事裁判の過半数を占める「インド兵虐待」であったが、結局裁判なしで不起訴となり、一九四六年（昭和21）末に帰国した。このとき彼は厳重な所持品検査の目をくぐって、今村の遺書の写しを持ち帰った。その後長く、遺書について人に語ることもなかった桜井が、これをラバウル会事業部代表の山田六郎に見せたのは、一九六八年（昭和43）の今村の病死からさらに数年の後であった。山田は私にそれを語り、奈良に住む桜井の住所を教えてくれた。

私が初めて桜井に会ったのは一九八二年（昭和57）六月中旬の曇天の昼さがり、奈良ホテル別館十一階の食堂であった。窓ガラス越しに見える興福寺の塔は、優しい姿を薄紫のモヤに包まれて宙に浮いていた。このしっとりとした古都のたたずまいに溶けこんだ姿で、桜井は低い声で私に語り続けてゆく。戦犯容疑者として日夜死の恐怖にさいなまれた若い日の彼が、この静かな初老の姿にたどりつくまでの三十七年という歳月を、私は胸の中でたぐりよせながら敗戦直後のラバウルを思い描いた。

「ラバウルの戦犯時代を思い浮かべると、悪夢としかいいようがありません」と、桜井は私に語った。「インド兵虐待のほとんどが〝事実無根〟か〝針小棒大〟なのですが、こちらの言い分は全く通らず、多くの人が死刑になりました。ですから身に覚えがないからといって、安心してはいられなかったのです。判決を受けた者は今村閣下の前に立ち、挙手の礼で『陸軍中尉○○は、本日の豪軍裁判に於《おい》て死刑を宣告されました。ここに謹んで申告いたします』と述べるのです。閣下も挙手の礼でこれを受けられました。無言で……。どんなに、つらいお気持であったか……」

今村の副官薄《すすき》平八郎大尉が〝大将自決〟を知って豪軍との連絡所へ駆けつけると、今村は机の上に寝かされていた。容態を気づかう薄はまっすぐ今村のそばへ近づこうとしたが、彼の前に大柄《おおがら》な豪軍将校が立ちはだかった。

「なぜだ？　なぜジェネラルはこんなことをした？」

豪軍将校は激しい怒りをかくそうともせず、薄を睨《にら》みすえてたたみかけてくる。

薄平八郎はアメリカ生まれの二世である。十三歳のとき父の故郷福岡に帰り、一年間を日本語の猛勉強に費したのち、福岡では最も学力が高いと定評のある修猷館《しゅうゆうかん》（中学）に入学、卒業後陸軍士官学校に進んだ。

一九四五年（昭和20）八月、第十七師団歩兵第五十四連隊の通信隊長としてラバウルで敗戦を迎えた薄は、その二日後、それまで顔を見たこともない今村の前に呼び出された。英語力を生かして、副官として勤務するように――といわれた薄は、余りの思いがけなさに思わず次の質問が口をついて出た。

「私が英語を話すことを、閣下はどうしてご存じでありますか」

「わしは何でも知っておるよ」

身内の若者をからかうような笑顔を向けられて固苦しさは一度にとり払われ、薄も持ち前の少年のような明るい微笑を浮かべた。これが今村の死に至るまでの二十数年間続く、伯父と甥《おい》のような関係の起点であった。

今村の手記にはしばしば〝性格の純な人〟という言葉が出てくるが、これは彼の好きな誠実、率直な人物への最上の讃辞《さんじ》であるらしい。今村はどの時代にも若者をかわいがったが、敗戦後のラバウルで特に好意を抱いた薄や片山日出雄なども〝性格の純な人〟であった。戦犯収容所にはいる前の今村は、副官として夜もそばに寝ている薄によく昔話をしたが、このアメリカ生まれの将校は同じ話を初めてのような顔で聞く芸さえ持ち合わせていなかった。「その話はもう聞きました」という薄に今村は微笑を向け、「ほう、そうだったか」と目を細めて何度もうなずいたという。

「大将の自決は、私にとっても実に意外でした」と薄は、九段・靖国《やすくに》神社大鳥居脇《わき》のマンションの客間で語る。

「終戦直後は、私も今村さんが自決されるのではないかと思っていました。だが手許のピストル……イタリア製の小型拳銃《けんじゅう》ベレッタも〃恩賜の軍刀〃もさっさと豪軍に引渡してしまわれたので、それ以来、自決はなさらないと思いこんでいたのです。〃自決〃という知らせを受けて、私はただもう今村さんの容態が心配で駆けつけたのに、豪軍の将校が私をつかまえて離してくれない。彼は大将の傷がどの程度かということより、なぜこんな迷惑なことをしたのかとカンカンに怒っていて、WHY？　WHY？　と私を問いつめるばかり……」

敗戦の責任をとったのだと思う——という薄の答は、いっそう相手を怒らせた。

「責任？　何をいうか。戦争はもう一年も前に終ったではないか。ジェネラル・イマムラはベストを尽して、このラバウルを守りぬいた。可能性の限度を越えるほど立派に守った後に、自殺しなければならないどんな責任があるというのか。我々は敬意をもってジェネラルに接し大切に扱ってきたのに、なぜこんなバカなことを……」

薄はなおも〃日本武将の責任〃について説明した。だが言葉を尽せば尽すほど豪軍将校の不可解の度は増すばかりであった。

「〃責任〃に対する考え方が、まるで違うのですよ」と、薄は大きく顔をしかめた困惑の表情で、私に言った。

豪軍将校と薄との〃責任問答〃が白熱化している間に、今村は救急車で豪軍病院へ運ばれていった。ここで今村と日本側との接触は断たれた。当時ラバウルにいた人々の記憶も薄れた時になって、退院の日付や「今村大将自決調査委員会」の調査内容などを知るには、のちに刑死した片山日出雄海軍大尉の獄中日記に頼るほかない。

片山の日記は、彼が戦犯容疑者として巣鴨《すがも》拘置所へ送られた一九四六年（昭和21）二月九日から、銃殺刑によりラバウルで二十九年の生涯《しょうがい》を閉じる一九四七年（昭和22）十月二十三日まで、克明に書かれている。彼の起訴理由は、一九四四年（昭和19）日本軍に撃墜された豪軍ハドソン機の搭乗員《とうじょういん》スコット少佐以下四名が、非武装の住民を攻撃した疑いで銃殺された事件の責任を問われたものである。事件当時の片山は、アンボンの根拠地隊司令部に勤務していた。

片山が巣鴨を経てラバウル戦犯収容所にはいったのは一九四六年五月初め、今村自決の約三カ月前である。長身の美青年であった片山は敬虔《けいけん》なクリスチャンで、最後まで同胞戦犯に神の教えを説き、周囲の人々の減刑運動に寝食を忘れて尽した。

今村は片山日出雄について「生父の家は出雲《いずも》の大社千家氏。幼にして片山家に養子にやられ……」と詳しく書き残している。片山は東京外国語学校英語貿易科を卒業したのち海軍に召集されたが、中学時代に洗礼を受けて深い信仰を持ち、将来は教会で奉仕生活にはいるつもりであったという。養祖父が後援していた舞踊家石井漠《ばく》、小浪兄妹と親しく、在京中は小浪の家に寄宿していた。

片山は結婚後まだ一年にも満たない新妻ゆりを残して、巣鴨拘置所に入れられた。彼は第一夜の日記に「ゆりを思い涙を流せり」と書いている。その後の日記に〝ゆりちゃんの踊りのポートレイト〟と書かれているから、彼女は石井漠か小浪の門下生ではなかったろうか。

今村が自決をはかった七月二十七日の片山の日記には「……大将は連絡所テントの机の上に横臥《おうが》され、丁度救急車に移される処でした。まだ意識はありました」とある。豪軍将校に呼び出された片山が連絡所に着いたのは、薄より少し後であったらしい。この場で片山は、アプソン収容所長あての今村の遺書の翻訳を命じられた。この遺書はおそらく今村が身につけていたものであろうが、その内容は記されていない。

七月二十九日の片山日記に「今村大将、本日退院」と書かれているから、今村は僅《わず》か二夜を病院で過したにすぎない。彼は致死量の二倍と信じる毒薬を飲んだが、嘔吐《おうと》して目的を果せず、さらに刃物で喉《のど》を切った。毒薬は青酸加里《せいさんカリ》と伝えられている。おそらく今村がそう述べたのであろう。退院は早かったが、今村はすぐ元の未決宿舎に帰されたわけではなく、一般に〝セメント・ハウス〟と呼ばれた死刑囚の隔離獄舎に移された。

〝セメント・ハウス〟の今村と接触した日本人は、炊事係りの藤田増治（旧姓桑原）ただ一人である。一九八三年（昭和58）四月二十三日にラバウル・マヌス親睦《しんぼく》会（会長・河角泰助）が和歌山市の加太《かだ》国民休暇村で開催した殉国者慰霊祭で、私は藤田増治の話を聞くことが出来た。

「〝セメント・ハウス〟へ食事を持っていったら、豪兵が『毒味をしろ』というんです」と藤田は語った。豪軍側は今村の自決事件によほど神経をとがらせていたらしい。「では、すぐ同じものを持って来ます、といったら、『いや、ここにある大将の食事を先ずお前が食べてみろ』というんです。そんな失礼なことを……と私が当惑していたら、大将が『構わん、やってくれ』といわれたので、私は仕方なく、これから大将がお使いになる箸《はし》で、一口食べました」

〝セメント・ハウス〟はずらりと並ぶ戦犯宿舎の東端にある、見るからに非情な白い矩形《くけい》の建物で、〝石牢《いしろう》〟とも呼ばれたこの一棟だけが独立して鉄条網に囲まれていた。多い時は死刑の判決を受けた七、八十人がAコンパウンドに収容され、オーストラリア本国に送られた裁判記録を確認当局が審議した上での言渡しを待つ。これは〝第二審判決〟とも〝確認〟とも呼ばれていた。それによって減刑になることもあるが、判決通り死刑が確認されればただちに〝セメント・ハウス〟の独房に移され、遺書を書くなどで一夜を過した後、刑場へ送られる。

判決から確認までの期間はまちまちで、大部分の確認は金曜日に届き、土曜日の処刑となる。処刑の朝、死刑囚は〝セメント・ハウス〟の中で後手に手錠をかけられ、二人の豪兵にひきたてられて、独房の外門を出たところからはジープで刑場へ運ばれる。収容所の戦犯たちが銃声を聞くのは、それから五分か十分の後であったという。

今村が〝セメント・ハウス〟から未決者の宿舎に帰ったのは八月二日夕方であったから、彼はここで四夜を過したことになる。今村は石牢の中で何を見、何を思ったであろうか――。

死刑の判決を受けていた畠山国登海軍中佐は、一九四七年（昭和22）十月に刑の確認を受けるまでの三カ月間を〝セメント・ハウス〟で過した人である。以前は処刑の前夜だけ〝セメント・ハウス〟に入れられたものだが、当時は死刑囚も残り少なく、彼は片山日出雄、片山と共に処刑された二十五歳の高橋豊治海軍中尉らと共に確認前からここに移されていた。

畠山は死の宣告を今日か明日かと待ったこの時期に、石牢の白壁に書き残された処刑直前の人々の文字を写しとった。それは「ラバウル殉国烈士留魂壁書」と墨書した表紙をつけて、死刑をまぬがれて帰国した彼の手許に保存されていた。その中のいくつかは、石牢の中の今村の目に触れたであろうと想像される。

ラバウル・マヌス親睦会の「殉国百四十二烈士名簿」によれば、今村が自決を試みた一九四六年（昭和21）七月二十七日までに、ラバウルだけで三十二人が処刑されている。第一回処刑は一九四六年三月二十日だが、それから七月末までの壁文字は少ない。死刑囚の取扱い、特に処刑前夜の扱いは、豪軍に対する今村の抗議で次第に改善されていったが、初期には遺書を書くための鉛筆さえ与えられない者が多かったのではないだろうか。

壁文字には、

「天皇陛下万歳」

という一行だけのものが多い。またそれに、

「死シテ護国ノ鬼トナラン」
と書き添えたものもある。名前も日付もないが、初期のものと思われる中に、
「何も言わじ
唯々《ただ》大日本のために祈る」
という二行もあった。
和歌には、
「逝《ゆ》く我に叶《かな》はぬ事と知りながら
　ひと目会ひたし我が子我が妻」
のように、家族を思うものが目立つ。
今村が〃セメント・ハウス〃にはいる約一カ月前の日付で、次の文字がある。
「徳島県三好郡井川小(ママ)今村
　陸軍伍長《ごちょう》　高井一義
昭和二十一年六月二十七日
　九時〇分　絞首刑トナル
　無実ナリ」
これに続く七月三十一日という日付は、今村が同じ石牢にいた時期に当る。
「愛知県名古屋市東区竪代官町《たてだいかんちょう》九
　柴田秀雄

昭和二十一年七月三十一日十六時ナリ現在
八月一日午前九時三十分
絞首刑トナル」

その翌朝、処刑の寸前、彼は最後まで何かをせずにはいられない気持であったのか、抹《まっ》殺《さつ》される自分の記録を少しでもこの世に残したかったのか、なおも壁に向かって鉛筆を走らせている。

「今、小林軍曹《ぐんそう》がジープに乗った
今、絞首台上に居るであろうか
天国に行きしか？
昭和二十一年八月一日午前九時二十分
松浦軍医、茂木曹長、無罪を祈る」

これらのいくつかは、今村の目に触れたであろう。壁に文字を残した人々の多くが、一枚の赤紙（召集令状）で軍にとられ、命を賭して闘い、敗戦後は戦犯となったことで旧敵国人の憎悪を浴び、また同じ理由で祖国の同胞にうとまれ、遠くひき離された家族に思いを残して、花吹山山麓《さんろく》の刑場に向かったのである。それでいて誰一人、天皇を恨まず、国を恨まず、一方的に犠牲を強《し》いるばかりであった祖国の繁栄を祈っているのだ。

それらの文字が、かつて彼らの現地最高指揮官であった今村の胸に突きささらなかったはずはない。彼は壁の前に立って、深く頭を垂れるほかなかったであろう。その後の今村の心境に、これが微妙な影を投げかけているかとも想像される。

柴田秀雄が刑死した八月一日の、片山日出雄の日記――。

「今日は七人の戦友が天に召されます。死刑囚の獄舎であるAコムパウンドも次第に淋《さび》しくなって来ました。此《こ》の間、福原中尉（慶應大学出身）の道子さんに宛《あ》てた散文を記しましたが、その福原君も今朝無実の身を絞首台に立たねばならなくなりました。……私も此のラバウルで死ぬる前、一日だけでもゆりちゃんに会って、お話したい気持で一杯です」

この日、〝セメント・ハウス〟の今村が、処刑前夜の七人と壁越しにでも言葉を交したかどうかなど、いっさい不明である。今村の膨大《ぼうだい》な手記はジャワの獄中で書き出したもので、幼時の思い出に始まりどの時代についても詳しいが、彼の自決未遂事件とその前後については全く触れていない。

同日の片山日記はなお続く。

「……テントに帰りましたら、今村大将自決未遂事件の取調べの通訳を命ぜられました。……七月二十七日に入院されて以来、僅か一週間足らずの期間でしたが、随分消耗して居られました」

取調官デック大尉に向かって述べた今村の言葉を、片山は大要次のように書いている。

自決の理由「停戦の詔勅の出たのは、各方面最高指揮官の一人として、職責を完《まっと》うしなかった為である。例えば、フィンシュハーフェン、グロスター岬《みさき》を連合軍に衝《つ》かれるなど、当方面最重要の防禦《ぼうぎょ》線を次々と破られたことは、最高指揮官の責任である」

飛行機も船も持たされていない素手で、物量を誇る連合軍と戦わねばならなかった――という前提はぬきで、防禦線を突破されたという結果に対して責任をとるため、自決をはかった――という答で、日本軍独特のモラルに裏づけられている。誰が最高指揮官であろうと、日本は物理的に敗《ま》けるほかなかった、と思っていただろうデック大尉は、事件発生の朝、薄大尉を問いつめた将校と同じく理解しにくかったであろうが、このときは今村の言葉を記録しただけで終った。

自決の時期について。

「終戦と同時に自決すべき身であったが、十万の将兵を内地に帰還せしむべき義務のため延引せしも、幸い豪軍当局の援助により復員を無事完了せり。然《しか》しながら約五百の部下が戦犯者として収容された。これはマタイ伝に言える一匹の迷える羊に当り、余は彼等の心の力となるべき責任を感じた。

海軍最高指揮官草鹿《くさか》中将が突然他方面に連れられ行きてより、余も何時《いつ》此の地を離るるか予測出来ず。十万の将兵の眠れる此の地（第八方面軍指揮下の東部ニューギニア全域を含む――筆者註）を離るる能《あた》わず、地下の彼等の霊に合したい。

停戦の一周年に当る八月十五日に自決を決行する予定なりしも、戦犯公判も大半は終了し、余も何時他の場所に連行さるるやも知れざる為、七月二十六日夜、実行することとせり。

七月二十六日夜十一時―十二時頃《ごろ》、毒薬を服用（致死量の二倍）、安全カミソリの刃にて頸動脈《けいどうみゃく》を切断せんと試みたり。夜明け頃、手当により意識恢復《かいふく》し、自決の失敗なることを知る。毒薬が長年月の為薬効を失いしものと認めらる」

服用の毒薬について。

「昭和十六年六月南支方面最高指揮官たりしとき、広東《カントン》にて劇薬を購入せり。余の作戦地域は福建省より、仏印国境に迄《まで》及べり。一月の中《うち》大半は飛行機により作戦指揮を行いたり。余の飛行機が何時《いつ》敵地に不時着するやも知れず、負傷等の為、両手使用不能にして自決不可能なる時に備え劇薬を常に携帯せり。

四月二十八日（一九四六年〔昭和21〕──筆者註）、余の入所時、此の毒薬を持込むことに成功す」

最後に今村は、

「余はラバウルに於ては豪軍当局に迷惑を及ぼすことその他の理由に依《よ》り自決は再度決行出来ざるも、余の信念はこれが為毫《ごう》も変ることなし」と述べている。

毒薬について、今村がデック大尉に述べた言葉が真実とすれば、彼は一九四一年〔昭和16〕の入手から五年を経た青酸加里を服用したことになる。これについて、国立がんセンターの新田和男化学療法部長にたずねた。

「その間の保存状態にもよりますが、紙に包んで蔵《しま》っておいた……というようなことなら、青酸加里は大部分が炭酸加里に変っていたはずです。青酸加里の致死量は〇・五グラムですが、炭酸加里に変ってしまったものをその何倍飲んでも、食道や胃壁が糜爛《びらん》するだけで、死にはしません。しかし相当苦しかったはずです。その後の数日は、おそらく流動物しか通らない状態だったでしょう」

今村が服用したのは、本当に〝五年前の青酸加里〟であったろうか――。〝五年前〟は余り古すぎはしないか。今村が他の〝新しい毒薬〟を服用したと仮定すれば、彼は豪軍の入手経路詮索《せんさく》によって他に迷惑の及ぶことを考慮し、ラバウルとは無関係の青酸加里と述べた――という想像も出来る。

ここに今村が〝他の毒薬〟を所持していた可能性を示す資料がある。独立高射砲第三十四連隊付の軍医大尉であった麻生徹男は「ラバウル日記」に、次のように書いている。

「昭和二十年九月六日

英空母グローリアス号、セント・ジョージ水道に出現、豪軍駆逐艦ガバンガ沖に、今村大将を出迎え、該空母上にて、降伏式行わる。(この時、松木中佐、衛生材料移動修理班長、小林少尉に命じ、若《も》し今村大将、耐え難《がた》き辱《はずか》しめを受けし場合にそなえて、小型刃物を襟章《えりしょう》下に忍ばせ、自決用、更に服毒用ストリキニーネ丸を作成せり、と後年述懐された)」

右文中の松木中佐とは、方面軍軍医部部員、松木幹一薬剤中佐のことである。

第八方面軍兵站《へいたん》参謀であった太田庄次中佐は、次のように語る。

「今村大将は自決に失敗されたことを、生涯〝恥〟と思っておられたと、私は推察しています。今村さんが亡《な》くなられるまで私は親しいおつきあいをしていましたが、自決未遂事件を話題にしたことは一度もありません。従って、これは私の想像ですが……、自決に使われたのは、降伏調印式の日に用意したストリキニーネだったのではないか、と思っています。調印式の後もこの薬が今村さんのお手許《てもと》にあったか、または他へ渡ったか——については証言も資料もありませんが……」

ストリキニーネについて、再び国立がんセンターの新田和男にたずねた。

「軍医が持っていたというのなら、おそらく硝酸ストリキニーネでしょう。空気中で安定であるといわれている薬ですが、それにしても、遮光《しゃこう》した気密容器に保存する必要があります。どのように保存してあったかわからないので、何ともいえませんが……。とにかくストリキニーネは非常に苦《にが》い、刺激の強い薬ですから、一度にたくさん飲めば嘔吐が起るのも当然です。大部分を嘔吐したから助かったのでしょうが、もし嘔吐しなかったら、ほんの僅かな刺激を受けても全身の筋肉に特異な強直性けいれんが起りますし、また呼吸麻痺《まひ》も起り得るので、とても刃物で喉を切ることなど出来ないはずです」

次に、喉を切った刃物について、今村が述べている〝安全カミソリの刃〟は明らかに部下をかばうための偽りである。今村の長男和男（元・防衛大学校教授）は次のように語る。

「お名前は忘れましたが、父の旧部下の一人がわが家に来られたとき、『お父様が自決に使われた小刀は、実は私が作ったものでした。お父様は豪軍に〝小刀〟とはいわれなかったので、私はとがめも受けず、助かりました』と話されました」

この和男の話を裏づける資料がある。

ラバウル第二十六野戦自動車廠長《しょうちょう》であった高屋守三郎大佐が、今村自決を知って別棟の戦犯宿舎から連絡所に駆けつけたのは、今村が病院へ運ばれた直後で、彼が寝かされていた机の上に生々《なまなま》しく血が流れていた。高屋は次のように書いている。

「机の下に血まみれの小刀があった。小帯鋸《こおびのこ》で急造したものである。当時豪軍は収容所関係の自動車の修理のため旋盤を基幹とした小工場を造った。私の部下中野准尉《じゅんい》を工場長として、修理させた。もとより小帯鋸は使っている。

私は直《ただち》に血痕《けっこん》を掃除させると共に、小刀は地下に埋めた。豪軍は此の事を追及しなかった」

「自決の時期」については、今村が述べている通り、草鹿が他へ移されるのを見て急に決行を早めたのであろう。しかし理由は「余も何時《いつ》此の地を離るるか予測出来ず……」というだけとは思われない。

七月二十七日朝、弁護団の一員であった太田庄次が今村自決の知らせに駆けつけた時、今村は豪軍病院に収容されていて面会は許されなかった。このとき、第八方面軍参謀長であった加藤鑰平《りんぺい》中将が太田に、「今村閣下は、草鹿さんがシンガポールへ連行された時、豪軍のMPが後から罪人を追いたてるように〃ハリアップ〃と罵声《ばせい》を浴びせたのを見て、非常に強いショックを受けられたのではないか……。あれはラバウルにいるMPではなく、シンガポールから来たMPだったからね」と語っている。

このときの豪軍憲兵の非礼な態度は、薄平八郎はじめ数人が目撃している。この旧日本軍将官に対する侮辱を、今村は耐えがたいものと感じたであろう。軍人にとって、名誉は何よりも大切なもののはずである。今村個人はもとより、陸軍大将であった彼は、敗れたのちとはいえ〝帝国陸軍〟のために自己の名誉を絶対に守ろうとしたであろう。降伏式の日に小刀と毒薬をひそかに持参し、恥辱に対しては死をもってそれを拒否しようとした人である。

ラバウルの豪軍は敬意をもって今村を遇していた。しかしよそから来た憲兵が、彼に対してどんな態度をとるかは予測できない。名誉を傷つけられるような事態が起らぬうちに……というのが、すでに自決を決意していた今村が、その決行時期を急に早めた原因ではなかったか――。

今村は草鹿との別れに「あなたは気が短いから、よく気をつけて行って下さい。……私はなんだか悲しくなった」と述べている。みじめな思いなどしないように……と今村が祈ったであろう草鹿のその後について、軍医大尉であった沼田公雄(のち立川中央病院院長)がその著書「ドンゴロスの小袋から」の中に書いている。

沼田は他の戦犯容疑者と共にラバウルからシンガポールへ送られる途中、オーストラリアのシドニーで、ラバウルから飛行機で連行された草鹿と会い、その後は行を共にした。

セレベス島マカッサルまでは待遇もよかったが、ここでオランダ船に乗りかえた時から状況は急に悪化した。船底の十畳ほどの室に十二人が押しこめられ、番兵はインドネシア人であった。沼田は次のように書いている。

「……言葉がよくわからないままに、もたついていたH兵長がいきなり番兵から往復ビンタをくった。理由もわからないその殴り方はまことにひどいものである。K提督が比較的英語がしゃべれる。見かねた提督がそのインドネシア番兵に対し、特にいんぎんな調子で謝りながら話しかけたのである。しかしそれが却《かえ》って彼を威猛高《いたけだか》にさせてしまった。乗船していたオランダ人が大勢見ていたので、それへの一種の気負いもあったらしいが、番兵は初め殴っていたH兵長から急に鉾先《ほこさき》を転じ、提督に向かって襲いかかるようにビンタを取り出した。

坐《すわ》ったまま黙って膝《ひざ》の上に手をついて殴られている白髪の頭が左右に揺れ、髪は乱れ、汗が飛び散る。頬《ほお》が赤黒く腫《は》れてゆく。見るにしのびず、私自身あまりのつらさに目を閉じた。尚《なお》もぴしり、ぴしりという音だ。胸の中が煮えくりかえるようである。

提督は『手を出すな』と小声で、目と共に合図しておられた。かつてはラバウル方面海軍の最高司令官であり、海軍兵学校長でもあった方だけに、心静かに、屈辱にあえて耐えておられる。この場の様子は若き日の訓練時をも偲《しの》ばれ、何か悲壮というか、崇高な、真の〝武人〟を見る思いであった」

沼田公雄の戦犯容疑は、これもまた彼が治療した熱帯潰瘍《かいよう》のインド人に関するものであった。何一つ、やましいことはない――と自信はあるが、他の裁判の結果を聞くにつれ、前途の見通しは暗さを増す。彼はラバウルを去る時のことを、次のように書いている。

「……誰もが尊敬しているI将軍（今村――筆者註）から、『何処《どこ》へでも、何時でも、私が証人として行くから』との激励を受けた。たとえそれが出来ないことであっても、嬉《うれ》しかった」

未決宿舎に帰った後の今村の心境には、なお迷いがあった。片山日出雄は九月十四日の日記に、次のように書いている。

「……自分（今村――筆者註）は戦犯者の遺族に対し、特に絞首刑になった方の遺族に、実情を伝える義務あり、又武人として責任をとって自決するの義務あり、武人の道をとるか、人道上の道をとるかに就き迷って居られるとのこと、私に対して如何《いか》に考えるかと問われましたので、私は遺族に実情を知らせ、安心させたる後自決さるべきこと、然《しか》せば、人道も武士道も両立すべし、又大将は此度《このたび》の自決未遂を入れ、死線を越えられしこと四度にて（ママ）、且《かつ》此度の自決に際しても、致死量の数倍を服毒されて居るに関《かか》わらず、天が今村大将を召されなかったのは、我々には知られざる大使命を与えられあることを確信するものです、というような私の意見を申し上げました」

これとほぼ同時期であろう、第三十八師団の参謀松浦義教中佐もまた、今村と〝自決〟

について語り合っている。松浦は弁護団の一員としてラバウルに残った人である。

「大将は私に『自分を心から頼っている戦犯たち、特に死刑囚のことを思うと心に悩みが生ずるが、やはり武人として行動したい。どう思うか』といわれました」と松浦は語る。

彼は今村に「武人としてすでに一度自決をはかられ、そして助かったのです。今は天運に従うほかないでしょう」と答えた。すでに包帯をとっていた今村の首に、十センチほどの傷があったという。


「自決に失敗された後の今村大将のご心境を私が聞いたのは、さあ、事件から何カ月ぐらい後のことでしたか……」と軍医であった内田知康は語る。「『自決が失敗に終ったのは、天が私に最後まで部下将兵を見守ってゆけと命じられたものと思う。今後とも戦犯たちと共に生きてゆく』と聞いて、私は強く心を打たれたものでした。あの感激は、三十数年たった今も忘れられません。いえ、私が直接聞いたのではなく、大将が弁護団や作業団……これは証人や参考人のグループですが、その方々へ話されたのが私の耳へもはいったのです」

　これがいつのことかは不明だが、今村は迷いの時期を脱け出し、この心境へ落着いていったと思われる。その後彼は、再び自決を試みることはなかった。そして戦犯をはじめ旧部下たちの世話、戦死者、刑死者の慰霊と遺族の援護に生涯を捧げて生きてゆくのだが、その精神の基盤はラバウルのこの時期に固まったものであろう。自決によって武人の責任を果す道を断念した彼の、これが人間としての責任のとり方であった。

内田知康がラバウルに上陸したのは一九四四年(昭和19)二月一日、それから終戦までの一年半を、彼は医者の眼で戦争のむごたらしさをイヤというほど見て過した。

「私の知る限り、ラバウルに敵上陸はないだろうと考えた者は一人もありません」と内田は語る。「みなが、ここで玉砕……と覚悟を決めていました。軍医も例外ではありません。敵が上陸して来たら武器をとって闘う、そして死ぬ……と、疑いをはさむ余地もなく信じていました」

それが、思いがけず終戦となった。もう会う日は来ないとあきらめていた家族との再会が急に現実のこととなって、喜びが胸の中を駆けめぐった。日本へ帰れるのは何年先かわからないが、年老いた母が、妻が、子供たちが、どんなにその日を待ちこがれていることか。辛抱して、待っていてくれ。その日は必ず来るのだから——と、日に何度となく内田は胸の中で家族へ語りかけた。

やがて日本からの便りが届いた。それは内田がラバウルに上陸して以来、初めて手にするものであった。だが、そこに彼が見たものは——「浜松の空襲で、防空壕《ぼうくうごう》にはいっていた家族全員死亡」という知らせであった。

やがて一九四六年(昭和21)三月から、帰還船が次々にラバウル港に姿を現わすようになった。歓喜の渦《うず》と化した人々にまざって内田も復員の荷物をまとめはしたが、「日本へ帰る」ということがいっそう彼の心を重く沈めた。

そこへ、「将官村や戦犯、弁護団のための医者が足りなくなる。誰か志願して残ってくれないか」と声がかかった。互いに顔を見合わせるばかりの一座の中で、内田が手を挙げた。

「あのころ、『犠牲的精神』とか『えらい』などといわれると、返事のしようがなくて困ったものでした」と、内田は浜松の自宅で私に語る。内田医院の建物と並ぶ住居の客間からは、かつてその隅《すみ》に防空壕があったという庭が見渡せた。「当時の私にとって、ラバウルも日本も同じだったのですよ。浜松へ帰ってみたところで、という気持でした」

ラバウルに残ることになった内田は、軍司令官の許へ挨拶《あいさつ》に行った。当時今村は、他の三十人ほどの将官と共に一般将兵とは離れた場所に移されていた。今村が戦犯収容所にはいる前のことである。

「大将は『ごくろう様です』といわれたあとで、『ご家族が亡くなられたそうで』と、丁重にお悔みを述べられました。そのひとこと、ひとことにこもる深い思いやりがジカにこちらへ伝わってきて……本当に、人の心の痛みをよくわかって下さるかたでした」

この将軍のために、少しでも奉仕できるならと、このとき内田はラバウルに残ったことに喜びを感じた。家族全員の死を知って以来、初めて彼の心にぬくもりが戻《もど》った。

迷える小羊のために

今村均《ひとし》は一九四二年（昭和17）十一月から第八方面軍司令官として、また戦後は戦犯として、合計五年六カ月をラバウルで過した。第八方面軍は南北約一千キロ、東西約二千五百キロにわたる広大な地域に、約二十五万の兵力をもって作戦したのだが、その指揮、補給の中心がラバウルであった。ラバウルは南緯四度、東経一五二度、ビスマルク諸島に属するニューブリテン島の東北端にある。今この島は、一九七五年（昭和50）に独立したパプア・ニューギニア国の領土である。

私がラバウルへ行ったのは、一九八二年（昭和57）八月であった。陸士五十六期生の慰霊団と海軍有志慰霊団とが合同した団体に、無理にわりこんだ取材旅行であった。私は、五十六期生のグループに薄《すすき》平八郎元大尉が参加すると聞き、この絶好の機会を逃してはならぬ……と、とびついたのだ。薄は前述の通り、アメリカ生まれの英語力を買われて、終戦二日後から今村大将の副官を務めた人である。

八月五日午前十一時成田発、香港《ホンコン》で夜までエア・ニューギニの便を待ち、翌六日早朝パプア・ニューギニアの首都ポートモレスビー着、その空港と次いでラエとで二度飛行機を乗り替えた。ラエから目的地ラバウルまでは、フォッカーF28双発プロペラ機である。ラバウルは日本の真南、直線距離で約四千六百キロだが、空路はこれだけ迂回《うかい》するほかない。

午前十時ラバウル着。東京と時差一時間だから、東京時間九時である。約二十二時間の長い旅。東京からパリへ行くよりも、またニューヨークへ行くよりも遠い旅だ。

日本の旧軍人の団体が乗っているというので、パイロットが戦争中の西飛行場の上空を迂回してくれるのだそうだ。ラバウルに着陸前、高度を下げた飛行機はしばらく濃緑のジャングルの上を飛んだ。機が海上に出ると、そこがラバウルと同じ海岸線続きのシンプソン湾（ラバウル湾）であることは、私にも見分けがついた。湾口に向かって飛び、湾を一周して着陸。戦争中の東飛行場の一部である。

短い滑走路が一本、空港の建物は木造の平屋トタン葺《ぶ》きの粗末な一棟で、軒にRABAUL AIRPORTと表記してある。そのトタン屋根のうしろに、ラバウルの風物を代表する活火山の花吹山が見えた。左に伯母山、右に母山……。「戦犯収容所は伯母山の麓《ふもと》」などと資料の中で何度か出会った山々が、現実の姿となって私の前に立っていた。

午後、私たちはバスに乗せられた。東飛行場の外周をまわり、キラリと光る海をひと目見たのち、ジャングル地帯にはいった。三十数年前には絶え間ない空襲、時には艦砲射撃もあって、海岸は無論のこと、内陸の陣地も、現地自活の農耕地も大被害を受けたという。当時は禿山《はげやま》であった花吹山も、今はうっそうたるジャングルになっている。椰子《やし》の植林も増えた。まだ木が若く、仰げば空も見える。戦争記録で繰返し読んだ「空も見えず、下草やつるで身動きも出来ない陰惨なジャングル」は、今はラバウル市街周辺にはない。道も簡易舗装ながら、曲りくねって何処《どこ》までか通じている。

私たちはバスを降り、ジャングルの中の踏み跡を辿《たど》った。行く先々に大小の爆撃跡の穴がある。直径三、四メートルのすり鉢型《ばちがた》で草むしているのは、二百五十キロ爆弾の跡と教えられた。穴の底から一際《ひときわ》太い椰子の木が空へ抜けている。戦後間もなくこの穴にころりこんだ椰子の実の、今日の姿である。

やがて私たちは下草を荒っぽく刈りこんだ原っぱに出た。海軍墓地の跡だという。遺骨はすでに祖国へ持ち帰られたが、今もいくらかの管理料を払い海軍墓地跡の権利が保留されている。

突然、全く思いがけなく、りゅうりょうとラッパの吹奏が聞えた。私たち一行の幹事風間正彦が直立不動の姿勢で、朱房のついた海軍ラッパを吹きならしている。彼は墓地跡の原に背を向け、真紅のハイビスカスの花が二、三輪まじるジャングルと向かい合って立つ。ゆるいリズムの「葬送行進曲」は、耐えがたいほどの哀調を帯びて胸にしみる。一同はそれぞれの位置に立ち止って頭を垂れ、ラッパの吹奏が終るまで黙禱《もくとう》を捧げた。

閉じた瞼《まぶた》のうちに、私に向かって明るく笑いかける海軍士官の面影《おもかげ》が鮮明に浮かんだ。ニューギニアのポートモレスビー爆撃で戦死した私と同い歳《おないどし》の従兄弟《いとこ》、山縣《やまがた》茂夫はこのラバウルから出撃している。しかも彼が飛び立ったのは、それから四十年後にこの地を訪れた私がこの日の朝着陸した東飛行場であった。茂夫の戦死は一九四二年（昭和17）七月十日、日本軍がラバウルを占領してから六カ月後、今村がこの地に司令部をおく四カ月前のことである。

茂夫は二十八歳で戦死した。だが私はそれまでの数年間彼に会っていないので、思い出すのは江田島の海軍兵学校を卒業したばかりのまだ少年の面影を残す茂夫である。彼は一メートル八十センチ近い長身で、当時の少年雑誌の表紙のようなりりしい容貌《ようぼう》であった。日中事変中に重慶爆撃に出たと聞いて無事を祈っていたが、太平洋戦争が始まった直後から南方の戦場に出ていたことを当時の私は全く知らなかった。

茂夫と私は、子供の時からよく一緒に遊んだ。小学生のころから何事も正面からまっ正直にしか考えられない茂夫は、〝謎々《なぞなぞ》〟を解くことのへたな子だった。よく私にいいくやしがって大きな目で睨《にら》みつけた顔が懐《なつか》しい。

ラバウルの茂夫は海軍第二十五航空戦隊第四航空隊の分隊長で、大尉だった。最後の出撃の前夜、副長の内堀中佐が茂夫に、二月以来のポートモレスビー爆撃の労をねぎらったのち、「このへんで一度内地に帰って、英気を養ってはどうか。結婚の問題もあるだろうし……」といった。

茂夫は内堀の好意に感謝したが、「しかし今は休養など考えてはいられない時です。ポートモレスビー攻略のまっ最中ですし……」と辞退している。一途《いちず》な彼は〝君国に命を捧げること〟が自分の使命——と信じて疑わなかったであろう。のちに彼の母が「茂夫は『遅かれ早かれ戦死するのだから』といって、縁談を受けつけなかった」と私に語った。

茂夫は早くから、確かな〝戦死の予測〟を持っていた。太平洋戦争勃発《ぼっぱつ》の何年前のことであったか、男の子のいない親戚《しんせき》が茂夫の弟を跡とりに迎えたいと希望した。そのとき、

遠洋航海から帰ったばかりの茂夫は、大伯父の前に正坐《せいざ》して、

「私は長男ですが、いずれ戦死します。私にかわって弟が両親の老後をみることになりますので、せっかくのお申し出に、心苦しいことですが」と、丁重に辞退した。

偶然その席にいた私は、茂夫を玄関へ送り出す途中で激しくいった。「軍人になったからって、戦死するとは決まってないじゃないの！ いいえ、養子の話なんかどうでもいいの。茂夫さんがあすにも戦死するようなこと、いうのがいやなの！ まるで、死に急いでるように」

「そのつもりで軍人になったのだから……、それに僕《ぼく》は飛行機乗りだよ」茂夫はいいつのる私をもてあましている様子だった。「でも、まだ何度か休暇で帰ってくるよ。この次帰ってきたら、資生堂のランチをごちそうしよう。帝国ホテルの方がいいかナ……そして、映画を見に行こうね」

同年ながらいつも姉のように振舞っていた私を、この日の茂夫は兄のようなやさしさでなだめた。

一九四二年（昭和17）七月十日午前五時三十分、第四航空隊所属の一式陸上攻撃機二十一機から成るポートモレスビー空襲部隊は、ラバウルの基地を発進した。直掩《ちょくえん》する台南航空隊所属の零《ゼロ》式戦闘機十八機と合わせて戦爆連合三十九機、百八十七名、総指揮官は第四航空隊飛行長津崎直信少佐であった。

山縣茂夫の戦死の状況は、第二十五航空戦隊司令官山田定義少将の陣中日記に明らかで

ある。
「七月十日（金）晴
午前五時三十分東飛行場ニ赴キ四空及ビ台南空攻撃隊ヲ送ル。午前十一時三十分、宿舎発西飛行場ニ赴キ四空攻撃隊ノ報告ヲ受ク。敵高角砲ノ射撃ハソノ精度素晴シク初弾ニ於《オイ》テ指揮官機（津崎飛行長、山縣大尉、岡部飛曹長搭乗《トウジョウ》）ニ命中、急降下ヲ行イ胴体ヨリ火ヲ吐キタルヲ見タルモ、ノチ水平飛行トナリ火焔《カエン》ヲ見ズ。或《アルイ》ハ不時着セルヤモ知レズ。明朝捜索スルコトトス。……時恰《アタカ》モ爆撃直前ナリシタメ、爆撃ハ出鱈目《デタラメ》トナリ効果ナシ」

今村は自決について豪軍の調べを受けた翌日、未決宿舎に戻ったが、以前とは違う棟をわり当てられていた。首に厚く巻かれた包帯の白さが痛々しく、人々はそれから目をそらせて、さりげなく彼を迎え入れた。寝床に横たわり、目を閉じた今村の顔にやつれが目立った。このときの彼の姿は弱々しく見えたが、それでも人々は一度失った心の支えをまたとり戻した喜びに顔を輝かせ、彼らの〝守護神〟である今村の命を守ってくれた神か、仏か、何かに改めて感謝した。

中沢清もその一人であった。

海軍軍属であった中沢はトラック島で終戦を迎え、その年の十二月三十日に帰国、幼い長男を抱きしめて母や妻と再会の喜びに泣いた。戦後の荒廃の中で生活のための苦闘が始まったが、家族と共に生きる喜びに浸って中沢は精いっぱい働いた。やがて妻から二度目の妊娠を告げられ、身を粉にしても……と奮い立った矢先の一九四六年(昭和21)三月十四日、思いもかけない戦犯容疑者として警察へ引かれ、十八日には巣鴨《すがも》拘置所に送られた。

さらに四月十一日、中沢は空路モロタイへ移された。モロタイはニューギニア本島の西にある小島で、かつては豪北地域の激戦地の一つであった。

「モロタイ空港からまっすぐ戦犯収容所へ連れてゆかれて、驚きましたねえ。砂地の上に鉄枠《てつわく》を組み合わせ、それにトタン屋根をのせただけの吹きさらしの小屋で、床もなく、そのみすぼらしいこと……」と中沢は語る。

だが彼が茫然《ぼうぜん》となるほどに驚いたのは、そこへ先着戦犯の作業隊が帰ってきた時であった。待ち受けていた豪兵が手に手に皮の鞭《むち》、棍棒《こんぼう》、板切れなどを振り上げて彼らに襲いかかり、手当り次第に撲《なぐ》りつけて、引揚げていった。作業を怠けた、というような理由によるものではなく、これが毎日の行事だと聞かされて、中沢は絶望感にうちのめされた。

やがて夕食になったが、砂の上にじかに食器を並べるので、海からの強風に舞い上る砂がたちまち飯の色をうす黒く変えてゆく。「食え」と号令がかかるまでは、手で食器を覆《おお》うことも出来ない。監視兵の中には、わざわざ飯の上にツバを吐く者さえいた。それでも、食べなければ体がもたないと観念して、砂まじりの少量の飯と乾燥野菜の塩汁《しおじる》を黙って飲みこむほかはない。

夕食のあとが夜の点呼だが、この時の集団リンチがいちばん悽惨《せいさん》であった。

「気絶した仲間を肩にかついで逃げまわったものだが……、地獄でしたねえ」と中沢は語る。「旧敵軍がどんなに日本人を憎んでいるか、身にしみてわかりましたよ。身内が戦死したという豪兵がたくさんいたようです。それに、日本人はうんと痛めつけておかなきゃあ何をするかわからんという怖《おそ》れも持っていたんでしょうね。なにしろ日本兵は、どこの戦場でも実に勇敢に闘いましたからねえ」

ようやく集団リンチが終ると一同は小屋にはいり、とにかくほっとする。だが安眠が約束されているわけではない。各自が砂地に浅く細長い穴を掘り、枕《まくら》の位置には小高く砂を盛って、ゴム布を敷き、一枚の毛布で寝るのだ。蚊がひどいが蚊帳《かや》などあるはずもなく、作業手袋をはめ、顔に手拭《てぬぐ》いをかけて目を閉じる。

夜中には定期的に激しいスコールが来る。たちまち砂の寝床から水が溢《あふ》れ、戦犯たちはゴム布と毛布を抱えて立ったまま雨のやむのを待つ。

巣鴨から来た中沢たち新入者には特訓作業が課された。砂をいっぱいに詰めた石油缶《かん》を肩にかついで約二百メートル走り、そこに砂をあけて、また次の砂を取りに走り戻る。走り方が遅いと、途中に立っている監視兵が銃床で力まかせに撲りつける。午前も午後もこの繰返しで、足はもつれ、目は霞《かす》み、いったん倒れると、撲られても蹴《け》られても再び立ち上る気力は戻らなかった。

数日後には先着者と共に早朝から重労働にかり出され、作業の合間には疲労を増すだけが目的の〝残酷体操〟の号令がかかる。

中沢がモロタイに来て一週間ほど後であったろうか、他の小屋に自殺者が出た。古顔の一人が足許《あしもと》の砂から目もあげず「……これが何人目かナ」と、つぶやいた。誰《だれ》も、何もいわなかった。いつの日か俺《おれ》も……という人々の思いが、重苦しい沈黙の底に淀《よど》んでいた。ともすれば、そこへ引きこまれそうになる自分に、中沢は強くいった。《家族がいるんだ。何事にも耐えて、生きぬかねば……》

当時、この地の日本人戦犯は約三百人であった。その中には、二月にモロタイ着、その片山の日記には、それを読むであろう妻や肉親への配慮であろう、モロタイ収容所の地月のうちに銃殺の判決を受けた片山日出雄がいた。

獄のような生活は具体的に書かれていない。それでも、ここに到着した二月二十三日、翌二十四日には、

「おりのような中に入れらる」、「モロタイに到着せしことを後悔す。これなら内地に潜伏すべきだったと考えられる」と書いている。

四月十六日「我々戦犯に対する迫害は段々募って来ました。我等の苦難が増すほど私の魂は基督《キリスト》に近づいて来ます」

モロタイの日本人戦犯百九十七人が船でラバウルへ送り出されたのは、四月二十四日であった。船上の生活を、片山は次のように書いている。

「豪州兵の不遜《ふそん》振り、生きて辱《はずかしめ》を受けるより、死す方がよいように考えられます。此の生活は確かに忍び難《がた》いものです」

「ラバウルに上陸したのは五月二日、ここでもまた驚きましたよ。全く違う理由で」と中沢は語る。

モロタイから到着した一行は、ラバウル戦犯収容所内に整列した同胞戦犯に出迎えられて、とまどった。軍刀こそ吊《つ》っていないが、全員が日本の軍服を着て、階級章までつけているではないか。それに、この規律正しい落着いた雰囲気《ふんいき》は何としたことか。まるで豪軍収容所の秩序が日本の軍紀によって保たれている、という感じだが、そんなことがあり得るだろうか——。

やがてモロタイ組も整列、「頭《かしら》、右ッ」の号令で一段高い台上の今村大将に敬礼、その片側には十四、五人の将官が整然と並んでいた。モロタイ組の上級者が入所を申告し、続いて今村の訓示が始まったが、その大部分は新入者へのいたわりの言葉であった。

そのあとに豪軍の点呼があったが、もう両手を頭にのせて走りまわることもなく、集団リンチなどもない。中沢は深く息を吸いこみ、胸の中で満足の声をあげた。《モロタイは地獄だったが、ラバウルは極楽だ》

「そりゃあラバウルだって戦犯収容所にいたんだから、鞭もあったし、撲られてノビた人もいましたよ。裁判はでたらめで、次々に死刑だし」と中沢は語る。「だがモロタイにくらべれば、やはり極楽でした。今村大将のおかげです。いえ、大将という肩書きで戦犯を守ることができたわけではなく、人格の力ですよ。だってもう大将も中将もない敗戦後のことだもの……」

中沢は再びモロタイを語り出した。モロタイ収容所にも陸海軍それぞれ一人ずつの将官がいたが、かつての〝閣下〟も中沢たちと一緒に監視兵に撲り倒され、シャツの袖《そで》で鼻血を拭《ふ》いたものだという。戦争に敗《ま》ければ、こういうことになるものか——と、それを目撃した中沢は、祖国の庇護《ひご》からこぼれ落ち、それまでの人生をたち切られて異国をひきまわされる戦犯のあわれさに、改めて胸を刺される思いであったという。

ラバウル上陸第一日から今村に深い敬愛の念を抱いた中沢は、自決未遂後の彼と偶然同じ宿舎になったのを機に、今村の身のまわりの世話いっさいを買って出た。軍隊での〝当番兵〟である。今村もその好意を喜んで受け、昭和二十二年末の中沢の帰国まで二人は一緒に暮すことになる。

「今村大将は戦犯を守るためには、どんなことでもなさいました」と、中沢は語る。

「日本人が不当な迫害を受ければ、いつも強く豪軍に抗議なさったものです。

角田さん、知っていますか？　大将は豪軍の逮捕命令で戦犯収容所に入れられたんじゃありませんよ。自分から希望して、自分の意志でコンパウンドにはいられたのです」

オーストラリア進駐軍が師団長イーサー少将に率いられてラバウルに上陸したのは、一九四五年（昭和20）九月十日であった。在ラバウル十万の日本軍——陸軍七万、海軍三万は約一万二千を単位に八カ所に集結し、第八方面軍司令官今村均《ひとし》大将、南東方面艦隊長官草鹿任一《くさかじんいち》中将をはじめ三十三人の陸海軍将官は、五十八人の将兵と共に新しく設営された

〝将官村〟に移るよう指示された。日本軍が各地で行なった白人俘虜《ふりょ》処刑など残虐《ざんぎゃく》行為を聞き知っていた豪軍は、初めラバウルの日本軍を粗暴残忍な将兵の大集団と警戒し、憎悪《ぞうお》の念を抱いていたが、日がたつにつれ次第にその軍紀の厳正を認めるようになった——と、今村は書いている。

イーサー少将は進駐直後、日本軍に「ポツダム宣言で、戦争犯罪というものが裁判される予定である。所要の弁護機関を組織しておくように」と要求した。これはポツダム宣言第十条の「われわれの俘虜を虐待した者を含むいっさいの戦争犯罪人に対しては、厳重な処罰が加えられるべきものとする」によるのである。そこで日本軍は、陸軍の矢嶋法務少将を長とし、海軍の井崎法務大佐ほか法務官二人、陸海軍参謀六人、弁護士の資格のある者、司法試験に合格しただけでインターンを経ていない者、通訳、翻訳要員など合計三十数人の弁護団を編成した。

やがて弁護団から今村の許へ「戦争犯罪について調査したイーサー少将は、本国政府へ『ラバウル方面には、戦争犯罪をもって問うべきものはない』と報告した」と知らせてきた。今村は「当然だ」と、微笑を浮かべてうなずいた。ラバウルにも、日本軍の対空砲火で撃墜され、パラシュートで脱出した搭乗員《とうじょういん》など、いくらかの白人捕虜がいたが、彼らはみなラバウル湾内の小さな島に収容され、終戦まで国際法規に反することのない取扱いを受けていた。

だが今村の安堵《あんど》は長くは続かなかった。数日後に再び弁護団から「イーサー少将は本国政府から強い戦犯摘発の指令を受け、その法務部のアスピリー、アラランド両大尉は日本軍労務隊内の印度《インド》人、支那人、インドネシア兵補たちを誘導し、どんな些細《ささい》な事柄《ことがら》でも告訴するよう仕向け始めた」と知らせてきた。果して十二月五日、六十九人が戦犯容疑者として指名され、以後今村の部下将兵は次々に強制収容されていった。

そうして十二月十一日、第一回戦犯裁判が開始された。初期の裁判は豪軍弁護人が主で、日本側弁護人はその補助的存在であったが、豪軍弁護人はかつての敵国人である被告に対し公正、真摯《しんし》な態度をとり、日本側は安堵感を覚えた。だが第一回裁判の判決は終身重労働で、十二月十五日に開始された第二回裁判の判決は絞首刑であった。共に中国人を対象とする事件である。

弁護団の一員であった太田庄次は次のように語った。「これらの事件は、戦争に勝った連合国側が一方的に作った戦争犯罪条令によるもので、しかも原住民らをそそのかして虚構の申したてをさせ、起訴事実としたものです。法廷での審理にも、被告の真実の訴えにも、弁護上の論理にもいっさい耳を傾けようとせず、残酷非情な判決を下してゆきました。裁判が進むにつれて極刑者の数は次第に増し、戦犯容疑者たちはそれぞれの前途を思って、暗澹《あんたん》となりました」

今村はイーサー少将に会見を申しこみ、十二月三十日、次のような意見を述べた。

「戦争犯罪容疑者として刑務所に引かれた私の部下は、一人を除き他はことごとく支那人、印度人、インドネシア兵補、または原住民で資金労務者であった者や間諜《かんちょう》行為をした者に対する不法取扱いを問われているのだが、これらは日本国法によって裁かれるべきものであり、戦争犯罪をもって裁判されるべきものではない」

それに対してイーサーは、「それは裁判の実施に大きな関係のある問題であるから、その詳細を文書にして、連合軍総司令官あて提出されたい」と回答した。

今村は「戦争犯罪に関連する印度人等の身分に関する申請書」を提出した。その概要は――。

「印度人はチャンドラ・ボース（インド独立運動の志士――筆者註）の傘下《さんか》にあり、印度の独立を目ざして日本への協力を宣誓した者で、南方軍総司令官寺内大将が彼らを俘虜の身分から解放し、大本営の命令でその一部を労務隊として編成し、ラバウルへ送ってきたものである。

インドネシア人は蘭印《らんいん》方面で志願者中から試験のうえ採用し、兵補の名称で準日本兵の待遇と階級とを与えて、これもまた南方総軍が当地へ送り出したのである。

また支那人は、南京《ナンキン》政府主席汪精衛《おうせいえい》の日本軍に対する協力によって、上海《シャンハイ》付近で集めた賃金労働者が大部分だが、一部には宣誓のうえ解放された俘虜中の希望者も含まれている。支那総軍司令官畑大将がこれも大本営の命令で労務隊として編成し、当方面へ送ってきたものである」

要するに今村は、これら外人労務隊員は日本軍内の構成分子であって、戦争俘虜ではないから、一般俘虜に対する不法行為と同列に連合軍が裁くのは不当である——と主張しているのだ。

太田庄次が一九四八年（昭和23）四月にまとめた「ラバウル戦犯裁判の状況」によれば、外人労務隊人員の総数は八千人を越え、うちインド人は約五千五百人である。

今村の「申請書」はなお続く。

「それでもなお戦争犯罪者として裁こうとするのなら、監督指導の地位にある最高指揮官を責めるべきで、個々の将兵を裁くべきではない。よって速《すみや》かに私を戦犯収容所に収容し、裁判に付せられたい」

十日ほど後、イーサー少将から「今村大将の申請書は受領された。適当な考慮が加えられるであろう」という公文書が届いた。今村は大いに期待して成行きを見守ったが、何の変化も現われず、彼の部下は次々に戦犯容疑者として強制収容され、軍事法廷はいとも簡単に死刑など重刑を判決してゆく。

一九四六年（昭和21）一月末から一般将兵の故国引揚げが始まった。そのころ将官村の今村の許に、戦犯容疑者として収容されている古参の部隊長数人から、不安を訴える連署の手紙が来た。年輩の者さえこのように動揺している。若い将兵はどれほどの苦悩にさいなまれていることか——。日夜それを思う今村は、《自分の逮捕を待たず、すぐ収容所にはいって彼らの心の支えとなろう》と、ますます決意を固めるに至る。彼は次のように書いている。

「部下十万はそれぞれ乗船の日取りがきまり、久しぶりに家族と相まみえる張り合いに慰められていよう。この人々は聖書にいう迷わざる九十九匹の羊に比すべきであるが、捕えられている幾百人はこれこそ迷える一匹の小羊と見なければならぬ。《すぐに収容所にはいろう。九十九匹から離れても、心寂しく悩んでいる一匹の小羊を見《み》棄《す》ててはならない》このように思われたので……」

今村はイーサー少将と交替したモーリス少将に再度、次のような申し入れをした。

「当方面最高指揮官である予を拘留の上、速かに裁判を行われたい。そうでなければ、全般の戦況がどうであり、予の部下はいかなる任務でどう行動するを必要としたかの実際がわからず、自然、彼等に対して行われている裁判の公正は期し得ない」

進んで収容所にはいろうとする今村の決意に対して、加藤鑰平《りんぺい》中将と海軍の草鹿任一中将は強く反対し、またすでに戦犯収容所にいた神田正種中将（ブーゲンビル島、第十七軍司令官）からも「依然、戦犯収容所外にあって、豪軍軍管区司令官との折衝に当たられたい」と手紙が来た。だが今村の決意は変らない。

数日たったが、モーリス少将からは何の回答も来ない。このころから薄《すすき》副官は急に忙しくなった。

「今村さんは〝せっかち〟だった」と薄は語る。「ご自分でも『若い時から〝せっかち〟を直そうと心がけてきた』とよく話されたが、六十歳だったあのころも、いっこう直ってはいなかった」

今村は朝に夕に薄を呼んで、豪軍司令部へ回答の催促に行けという。

「豪軍側は『無駄だといったのに、また来たのか』とうんざりするばかりで、さっぱりラチがあかない。それをそのまま大将に報告するのだが、『それでは、また明日行きなさい』と、いっこう動じない。何度でも催促に行かせ、その間には同じような内容の手紙を英語で書かせて、これを届けてこいと……。

今村さんは若いとき武官補佐官で長くイギリスにおられたので、英語はよく出来る人だった。だが自分で書いたり、話したりはなさらない。翻訳した書類や手紙を持って行くと、老眼鏡をかけて、あー、グジャ、グジャ、グジャと鼻声を出して読みながら、鉛筆でどし直してゆく。その通りに書き直して、やっと出来上りだった。オーストラリアの将校と話す時は、必ず通訳を使っておられた」

薄は今村のいる将官村と豪軍司令部との間を何度往復したことか。何日たっても今村は同じ態度で薄に催促に行けと命じ、手紙を書かせる。遂に豪軍側が〝根負け〟した形で、今村の収容所入りが実現したのは四月二十八日であった。

「今村さんは立派な外交官だった」と薄は語る。

「相手がどう思っていようと、自分の意志はあくまで貫ぬく。態度はやわらかく言葉は丁寧だが、目的を達するまでは決してあきらめない。本当に〝ネヴァー・ギヴアップ〟だったなあ、今村さんは……。

目や耳は年相応に衰えておられたが、頭脳はすばらしかった。回転が早く、記憶力は抜群、それに人格。今村大将の頭脳と人格は実にうまくブレンドされておった」

今村は次のように書いている。

「自分が昭和二十一年春、ラバウル戦犯収容所にはいったときは、軍事裁判は大分進んでいて、当時の各容疑者の心理状態は実にあわれなものであった。

裁判官の量刑は、重刑主義であり、昨日も今日も、明日もそうであろう、死刑につぐ死刑であり、……戦時と平時とを混同した只《ただ》の復讐をやられているのが私の戦友たちである。

昨日まで勝つと誓い、そのためには身も命をも捧げ、何の悔いもなかった戦友の目の前には、もはや心をうちこむ目標はなくなってしまい、ただ理不尽に、無抵抗に殺されてゆく。

……これら容疑者をその父母よりお預りしている私としては、実に憤慨にたえなかった」

今村の手記には、部下将兵について〝父母よりお預りした〟また〝父老の愛児〟などの言葉がしばしば使われている。今村自身三児の父だが、彼は若い部下の背後にその肉親を思い描き、自分の感情を移して考える人であった。

戦犯収容所の今村は、豪軍司令部の意を受けた刑務所長アプソン少佐の計らいで、かなりの自由を与えられていた。彼は部下戦犯たちの裁判から一身上にまで及ぶ相談を慈父のように受け入れ、その一つ一つに熟慮の上助言を与えた。

二月から始まった一般将兵の祖国帰還も、六月には最後の引揚船がラバウルに入港してきた。戦犯収容所の人々はすでに何度も出航の汽笛を聞き、その度に《なぜ俺《おれ》たちだけが、この島にとり残されるのか》と、どこへぶつけようもない憤懣《ふんまん》に心をたぎらせてきた。だがこれからは引揚船も来ないという現実を前にして、いよいよ祖国とのつながりもたち切られる思いに改めて胸をつかれ、誰もが日ごろよりいっそう暗い顔色になっていた。

戦犯裁判はラバウルだけでなく、アンボンでも、モロタイでも、マニラでも、バタビヤ(現・ジャカルタ)でも、中国の各地でも……そしてアメリカはじめ連合国占領下の日本でも行われていることを、彼らは知っていた。《せめて日本の拘置所なら》と、光部隊の中には東京や横浜の戦犯たちをさえ羨《うらやま》しく思う者がいた。《日本の空の下にいられるだけ、俺たちよりましだ。処刑されるにしても、その前に家族と会うことも出来るだろう》生まれ育った故郷の空の色を、山の姿を、そして何よりも家族の顔を、一目だけでも見たいという灼《や》けるような思いであった。

戦犯の慈父

今村はじめ戦犯収容所の将官たちは労働義務を免除されていたが、自分から進んで二、三十坪ほどの畑を耕し、野菜を育てた。この農園は鉄条網の中にあり、戦犯宿舎と隣接している。彼らは畑の中央に一坪ほどの休憩所をつくり、目かくしのため周囲にカンナなどを植えこんで、時にはそこに腰を下した。

六月のある日、見るからに温和な容貌《ようぼう》の酒井隆伍長《ごちょう》が休憩所に来て、「聞いていただきたいことがあるのですが」と遠慮がちにいった。一カ月ほど前に死刑の判決を受けた青年である。今村は、夕方になったら宿舎の前の芝生に来るように、と告げた。豪軍側の午後九時の消灯ラッパが鳴るまでは、庭に出ることを許されていた。

今村と並んで芝生に腰を下した酒井伍長は「近く、私の判決の確認が来ると思っています」と、まず裁判について語った。今村はほとんどの裁判記録に目を通していたので、彼の事件もよく知っていた。

「君の告訴文には『衛生勤務者として、インド人労務隊の患者を虐待した』と書いてあったが、君はそんなことはしていないだろう。私はインド人の誇張した作りごとだと思っていたが……」

「インド人患者の多くが熱帯潰瘍《かいよう》かマラリアにかかっていました」と酒井が低い声でいった。

「軍医が『足をきれいに洗っておかないと、潰瘍はひろがる』と注意しても、いつも不潔にしている者があり、また血の一滴といわれる貴重なマラリアの予防薬キニーネやアテブリンを、にがいとか胃に悪いとかいって捨てている者もいました。そういう者を見つけると、私はこらしめのため、平手で頬《ほお》を打ったことがあるのです。言葉がよく通じませんので……。憎しみの気持ではなく、早くなおしてやりたかったのです。

裁判のとき、私は少しもかくさず自分のやったことを述べ、そうしなければならなかったわけも申したのですが、それは認められず、インド人が私の取扱いが悪いため死んだ者がいると訴えたのが事実と判定されて、死刑を宣告されました」

「インド人や支那人は賃金労働者としてラバウルに来たのだが」と今村が沈痛な声でいった。「二年以上も日本軍のために働き、連合軍に敵対していたので、それを罰せられることを怖《おそ》れて『自分たちはマレー半島や南京《ナンキン》方面で俘虜となり、無理にここへ連れてこられた』と言い張っている。豪軍は私の抗議を無視し、彼らを俘虜であったとして裁判を続けている。さぞ、くやしいだろう。君の気持はよくわかるよ」

「初めは私もくやしさいっぱいで、インド人や裁判官を呪《のろ》い続けましたが、入所以来、聖書を読むようになり、今はそんな気持も消えました。そうでありますのに……」

静かだった酒井の声が急にふるえを帯び、「母のことを考えますと、心が乱れます。私が刑死したのち、母はどうして世を過すだろうかと、昨夜は一睡もできず」と、すすり泣いた。

今村は彼を泣くままにしておいた。「涙だけが、いくらかは彼の心を慰めるであろうから」と、書いている。

しばらくたって、今村が語りかけた。

「わかるよ、君の気持ちは……。イエスでさえ、死の前夜は悲しみもだえて……、またゴルゴタの十字架上では〝我が神、我が神、何ぞ、吾《われ》を棄て給いし〟と悲痛の叫びを挙げておられる。私はこれが本当であり、これによってイエスはいよいよ尊く、また懐《なつか》しまれる。君がお母さんのことを思う度に心が乱れるというのは、これこそ、天なる父の子である人間の本当の心だ。また……」

なおも聖書の言葉をひいて慰めるうち、今村も涙を流していた。彼は「星は輝いているのだが、曇って見える」と書いている。

やがて酒井は「実は閣下にお願いしたいことがございます」と、それまで人には話さなかったであろう彼の家庭について、語り出した。

酒井の父は軽業《かるわざ》や見世物の興行主で、彼の幼いころ三味線弾きの女を家にひき入れ、その後の母は召使い同様の扱いに耐え続けてきた。一日も早く収入を得て母と二人だけの生活をと、少年のころから念願していた彼がようやく商業学校を卒業し、これからという時に召集令状が来た。

「そして今は戦犯となり、処刑の日も間近と思われます。それで、もし閣下が母にお会い下さる日がありましたら、私が母をみとらずに先立つ詫《わ》びをいっていたと、あの世から母を守り続けますと、申していたと……伝えていただきたいのです」

今村の手記には「私の心の底は激しい波打ちを覚え、もう何の慰めもいわず、ただ彼の掌を握りしめて泣くにまかせた」とある。

この日今村は「私も裁判で君たちのあとを追い、やがてこの世のほかに行くことになろうと思う。だが万が一、君のお母さんに会うようになったら、必ず君のおもいをお伝えする」と約束した。

今村の祈りもむなしく、それから三週間ほど後に、オーストラリア本国から酒井伍長の死刑の確認が届いた。翌日は処刑である。

当時は処刑が決まると、日本人はいっさいその囚房に近づくことを許されなかった。今村は軍管区司令官に「日本軍の上官と下級者の関係は親子、兄弟の情誼《じょうぎ》に結ばれているものである」と説いて、処刑前の面会を強く要請した。そして遂に今村一人が日本人全員を代表して見送ることを許された。

今村は〝寂しいが清らかな笑顔〟を見せて刑場へ引かれて行く酒井に、「君の気持は、必ずお母さんにお伝えするよ」と重ねて約束した。

処刑前夜、酒井は戦犯収容所長アプソン少佐あてに「ラバウル裁判を機に信仰を得た私は、安らかに昇天する。裁判を呪う気持など、もう持ってはいない。……最後に、一日も早く豪州と日本との親善関係が旧に復することを祈る」という内容の長文をのこした。片山日出雄の英訳でこの遺書を読んだ所長は深く感動した、と今村は聞いていたが、数カ月後に酒井伍長の性格調査が始まった。死刑執行後の再調査は異例のことであった。今村は所長が軍管区司令部を通じて豪本国当局に働きかけた結果と推測し、「人間の真心が人種を異にしている人の心を打ったものであろう」と書き、酒井が信仰を得て心静かに死を迎えたことを、せめてもの慰めとした。

だが酒井をはじめ刑場へ引かれる部下たちを見送る度に、今村はいつよりも強く〝敗軍の将〟の悲哀を感じたのではなかったろうか。日本が敗れたからは、降伏文書に署名することも、〝恩賜の軍刀〟を提出することも、覚悟の上であったろう。だが部下多数が戦犯容疑者として指名され、その中から無実の罪で処刑される者が次々に出るなどとは、全く予想していなかったのだ。この旧敵の理不尽な行為を阻止できない今の身の無力を、彼はどれほど無念に思ったことか——。

今村は初めから、軍事裁判を合法正当なものとは認めていない。彼はその理由を次のように説明する。

「戦争の惨害をなるべく軽減するため、国際条約である陸戦法規や、これにもとづく俘虜取扱条約などが作られ、これらを守ることは確かに必要のことであり、人道上からもかくあらねばならぬと思う。このために、右に違反した行為を裁判し戦犯者を罰するということは、全人類に反省を促すものとして肯定されなければならぬ。しかしながら今度、連合軍の行なった軍事裁判は、次の観点から私は合法正当のものとは認めていない。

一、敗者だけを裁き、戦勝者の行為には一切触れようとしない。

二、この裁判は終戦の年（一九四五年）に、戦勝国間だけで決めた戦争犯罪法を根拠としたもので、世界が認めた国際法に基づいたものではない。

三、日本軍首脳部の責任である事項を無視して、下級者を罰している。

四、一般の裁判、特に証拠を尊ぶ英法裁判では許していない聞き伝え証言を、この軍事裁判は有効としてとりあげ、罪状を決定する。
五、苛烈《かれつ》な戦況下に行われた行為とか、戦場心理などは一切これを無視して考慮外に置き、平常的観念で裁く。
六、日本軍での命令は絶対の権威であり、殊《こと》に敵前でのものは断じて違反し得ないものであることを知っていながら、その責任を命令者だけに留めず、実行にたずさわった下級者にまで及ぼしている。」

右六項目のそれぞれに今村は具体的な例を挙げているが、その中には、「無警告に広島や長崎に原子爆弾を投じて、無辜《むこ》の老幼婦女子までも殺戮《さつりく》した命令者や、それを実行した者は英雄をもって遇されている。連合軍の行なった裁判は全く勝者の権威を一方的に拡張した残忍な報復手段であった、としか認められない」という一章もある。

今村はこれら六項目にわたって述べた観点から抗訴書をしたため、これをオーストラリア総督に提出した。その中で彼は「ラバウル方面で戦争犯罪として扱われている事件のほとんど全部が、日本軍内の構成分子である協力外人労務隊員に対するものである」ことをくわしく述べ、戦犯問題に関するラバウルの特殊性と〝当方面日本軍の厳正なる軍紀〟を説いて、「他方面の事情から推断して、わが方面も同様だったと考えられないことを望む」と書いている。

また裁判における英語の障害にふれ、「弁護人はもとより、通訳に当る者さえ英語をよく語り得る者は少なく、被告にいたってはほとんど全くこれを解し得ない。この点を認識の上で審判されたい」と、注意をうながしている。

このほか多くの項目があるが、最後に今村は、この理不尽な裁判が将来の両国親善に影響を及ぼすことを憂《うれ》え、「刑場に消えてゆく幾多の青年が神を信じ、国際間の親善を祈りながらこの世を去っている数々の実況は、貴国従軍牧師マッピン少佐より聴取されたいものである」と、抗訴書を結んでいる。

抗訴書の日付は一九四六年（昭和21）七月二十二日である。これは今村の自決未遂事件の四日前に当る。彼は終戦以来常に「敗戦国民といえども、主張すべきことは主張する」という態度をとり続けてきたが、〝この世の最後の務め〟として書き上げた抗訴書でまたもその態度を鮮明にうち出している。

今村は入所後間もないころ、なんとか戦犯たちに心の平静を得させたいと願い、「宗教、信仰に心を向けてみてはどうか」と説きすすめた。容疑者中に僧籍の人と牧師がいたので、今村は仏教青年会とラバウル教会を結成し、自分は顧問格で豪軍との連絡や便宜供与の交渉などに当った。

これら二人の宗教人が不起訴となって帰国した後は、仏教は滝野主計大尉が中心となって五十人ほどが集まり、教会は片山日出雄が司会を務めて三十人ほどが集まった。信者の数は次第に増していった。アプソン所長の計らいで豪従軍牧師マッピン少佐が日曜ごとに朝十時から説教を行い、信者たちは片山の通訳でこれを聞いた。教会には片山を兄のように慕う台湾の青年たちが多く集まり、また酒井伍長も処刑直前まで彼の指導を受けた。宗教とは無縁であった人々も、次々に洗礼を受けてゆく。

ある日曜日、日本人戦犯への説教を終えたマッピン少佐が片山日出雄を伴なって、農園で働いている今村に会いに来た。マッピンは今村が教会を設けたことは日本人にとって大へんよいことだったと述べ、牧師らしいおだやかな態度で話し続けた。

「将軍がここにはいられたので、日本人がみな力にしているとのことですね」

「九十九匹の羊は祖国に帰し得ましたが、ここに残されている迷える一匹は、どうしても私がみまもる責任があるのです」

「あなたは羊を飼っていたのですか。どこで？」

けげんな顔でたずねるマッピンに、片山が「マタイ伝第十八章の言葉をひかれたのです」と説明した。

「ああ、そうでしたか」マッピンが明るく笑った。「将軍は聖書を読んでいるのですか」

「十八歳まではよく教会に行っていました。聖書は今も手にしています」

「そうですか。それで今も、キリスト教を信仰しているのですか」

「仏教と申しておきましょう。一般の仏教とは少し違いますが……」

「それは何という信仰ですか」

「法然《ほうねん》、親鸞《しんらん》という仏教の聖者が説いた教えで、イエスの説かれたものと同じ愛と救いの信仰です」

以後マッピンは今村に深い好意を持ち度々訪れるようになるのだが、この日の短い会話に今村の宗教が要約されている。彼は若い時から種々の宗教に近づきながら、その一つに没入して他を排するという姿勢をとったことがない。——

今村は「(大正末期)アメリカの日本移民禁止法案がわが国論を沸きたたせた当時、篤信《とくしん》の文豪徳冨蘆花《ろか》氏が国民新聞紙上に『在留の米国宣教師諸氏に願うの書』を公表したとき……」と書き、これに強い共感を覚えたころを回想して、次のように書いている。これは一九二四年(大正13)に蘆花が発表した「日本及朝鮮在勤米国宣教師諸君へ」を指すものであろう。

「……もとより自分には信仰らしい信仰はなく、単なる読書宗教により、己れ一個だけを慰医することだけをやってい、しかも仏、基(キリスト教——筆者註)双方の人々よりとんでもない異端、冒瀆《ぼうとく》と批難されるであろうような独自の信念、すなわち『キリスト教と、法然、親鸞の教とは同じものの表と裏。西洋的と東洋的の表現の差に過ぎないものだ。キリスト教も仏教のそれと同様、きっとわが日本のクリスチャンによりイエスの本当のお気持ちが体得され、仏基の二教がここで渾然《こんぜん》融和した世界宗教が確立するであろう。……』との熱願を持っているだけなのであるが、敬愛し愛読してやまぬ文豪蘆花氏が、かほどまでに日本クリスチャンを確信していることが嬉《うれ》しく感じられたものである」

今村とキリスト教との出会いは、六歳という幼い日であった。彼は親しい老婦人に連れられて甲府教会の日曜学校に通い始め、中学一年の十三歳まで毎週「救世主イエスの話」を聞いた。だがこれは「おばあさんの愛にひかれたためと、讃美歌《さんびか》をおぼえたかったのと、出席ごとにくれる小さな絵カードが欲しかったからで、信仰を求める熱意に燃えてのものではなかった」と今村は書いている。年齢からいって当然であろうが、しかし彼が「どんな少年であったか」のイメージは浮かびあがる。

十四歳の春、新潟県の新発田《しばた》中学に転校してからも卒業までの四年間、今村は教会に通った。だがこの時期についても「多分に文学的歴史的な興味と、毎月一回新潟からやって来て英語で説教する米人宣教師の英語を聞きたかったため」だった。

このように少年時代から十年も教会に通いながら、遂に今村は洗礼を受けなかった。その理由は、仏教信者である母の語る〝仏の慈悲〟と、教会の牧師から教えられる〝神の愛〟との違いがはっきり理解できず、それについて教会で何度か質問したが遂に彼を納得させる答が得られなかったためである。これも一例だが、今村は何事に対しても、自分に納得のいかないものをそのまま〝鵜飲《うの》み〟にすることの出来ない性分である。

十八歳で上京した今村はなお本郷教会に通ったが、やがて陸軍士官学校にはいり、軍人の道を歩み始める。彼は次のように書いている。

「軍人になり……『どんな難局に立っても、堅忍不抜の勇気を持続したい』との念願が強くなり、将校中の『この人は実にしっかりしている』と仰ぐ人々が大ていは日蓮《にちれん》を仰ぎ、または禅を志しているのを承知し、それにならい、やってみたが、心の不動は少しも得られなかった。これは悟った人に師事して修めたのではなく、書物にだけ頼ったからの失敗だったと思う」

「書物にだけ頼った」とある通り、今村は仏教関係の宗教書や経典を実によく読んでいる。そして彼が共感を覚えるもの、納得のいくものは〝心の糧《かて》〟として積極的にとり入れたが、心からうなずくことの出来ないもの、また自分の思考力、理解力の限度を越すと思われるものまでをそのまま受け入れることは遂にしなかった。

今村が法然、親鸞の訓《おしえ》を知ったのは四十一歳の秋であった。彼はこの年の春、駐在武官として単身赴任したインドで大病にかかり、瀕死《ひんし》の床で妻の病死を知らされた。家には三児がある。軍中央部の命令で重態のまま帰国した今村は即日入院し、「高熱マラリアの余病として乳嘴《にゅうし》突起炎症を併発、脳膜炎のおそれあり」と診断されて、頭蓋骨《ずがいこつ》を削る手術を受けた。そして疼痛《とうつう》にさいなまれ、心身ともに疲弊し一切に自信を失った彼が、病院のベッドで偶然手にしたのが「歎異抄《たんにしょう》」であった。親鸞の直弟子である唯円《ゆいえん》が、親鸞の言葉を収録し、それによって親鸞の死後に現われた異説を嘆きながら綴《つづ》ったものである。

「……自力的に説かれる日蓮宗や禅に落第していながら、なお軍人としての意識が『他力依存などでは戦闘はできない』という気持の働きで『他力本願』の教を顧みる気にはなれず、今まで遂に法然、親鸞両聖人のものを読むことをしていなかった。

それが、唯円大徳の綴った歎異抄にはぐんぐん引きつけられ、わずか二十三《ママ》条のものであるが一気に目を通し、その後いく度も幾度もくりかえし、大事なところは大てい暗誦《あんしょう》しうるほどになった」

と書くほどの傾倒ぶりであった。続いて今村は親鸞についての書を漁《あさ》り、やがてその師法然へと読み進めてゆく。

その結果、今村は「読めば読むほど両聖人の訓は、共観福音書に表わされているイエスの訓と、その根本趣旨においては異っていない」という信念を固めるに至る。それからの彼は聖書と歎異抄とをどんな所でも——戦陣でも、またラバウルその他の戦犯収容所でも、身辺から離したことがない。

「それであるのに私には、聖書をも歎異抄をも教会や真宗の人々のようには解釈し得られず、自分勝手の意味に解し、自然他の人々と信仰を語りあうことを避けるようになってしまった」と彼は書いている。

ラバウル戦犯収容所では今村はラバウル教会と仏教青年会をつくりはしたが、指導はそれぞれ専門家に委《まか》せ、自分は人々のうしろで訓を聞くだけであった。死刑囚を慰めるとき聖書や経典の言葉をひくことはあっても、指導者として立つことはなかった。のちジャワの刑務所に移ってからも、この態度は変らない。

今村には「私は救われていない」という自覚があり、自分を〝信仰の旅路のさすらい人〟と見ていた。

「……私自身はもう六十をずっと越していながら、まだ悲願の大船の船べりに手はとどかず、か弱い腕《かいな》で波のまにまに泳ぎつづけているように、否《いな》、どこにその船があるのかの目あてさえつかないで、ただ信仰の旅路をさまよい続けている」と書く彼だが、「救われていない自覚に寂しさは感じても、苦悩は覚えていない」という心境であった。

戦犯収容所の今村は、母を思う死刑囚酒井伍長のような青年たちと接し度々感動したが、同時に人の心のみにくさをもいやというほど見せつけられた。「わしは早く内地に帰る必要があるので、君の証言のためラバウルに残ることは出来ない」と部下を見殺しにして復員船に乗った将官。同姓のため自分と間違われて戦犯となった人に、「間違えたのは豪軍で、僕《ぼく》の責任ではない。君は何もしていないのだから、いずれ無罪放免になるよ」と、名乗り出ることもなく平然としている人。上官の命令とさえいえば助かると誤解し、「T中尉の命令でやった」と根も葉もないことを述べて、自分は死刑、Tを無期にした人など。

だが稀《まれ》には明るい話も、今村の手記の中にある。

「福岡の薄《すすき》大尉という工学士がいた。その当番兵の鈴木富男君というのが、人ちがいで収容されたのを案じ、解決されるまでは絶対に内地に帰れぬといい、残留の手段として弁護団の炊事係を買っててて、どの帰還船にも乗らず一年を頑張《がんば》り通し、鈴木君の容疑がはれ、ともどもに船に乗った情景は涙ぐましいほど美しいものであった」

私はこれを読んで、ちょっとおかしいと思った。薄が慶應義塾大学にはいったのはラバウルから帰国した後で、当時の彼が〝学士〟であったはずはなく、また専攻は経済である。

それに薄は弁護団に所属していたのだから、ラバウルに滞在するため炊事係を志願する必要などなかったはずだ。

私の質問を受けて、薄平八郎はいきなり笑い出した。

「そういう話は確かにあった。私が今村さんにそれを話したのだから、よく覚えている」

ここでまた薄は明るい笑い声を響かせた。「だが私は〝美談の主人公〟じゃあない。今村さんの思い違いだ」

誤解されては困る——といわんばかりに、薄は私に向かって何度も〝美談の主人公〟を否定した。

今村がこれを書いたのは、バタビヤかマヌス島の獄中ではなかったか。いずれにしろ、ずっと後のことである。彼は〝獄中のひまつぶし〟にどんどん書き進めるので、いかに〝記憶力抜群〟とはいえ、この程度の間違いは他にもある。

「今村大将は戦犯を救うことばかり考えておられて……」と中沢清は語る。「何か思いつくと『○○君を呼んできてくれ』といわれ、当番兵の私が走ったものです」

第一審で死刑判決となると、二週間以内に請願書を出さねばならない。今村は裁判記録を読み、本人と語り合い、知恵をしぼって対策を練る。当時彼は中沢に「戦犯裁判は戦闘であり、作戦だ。勝たねばならぬ」と語っている。

豪軍へ提出する請願書をタイプライターで打つのは、弁護団の水鳥川《みどりかわ》正信の役であった。

「容疑者の出身地は大てい広島か長崎でしたよ」と彼は語る。「家族が原爆でやられたといえば同情されて、裁判が有利に運ぶだろう……と、誰《だれ》かが知恵を出したんでしょうね。豪軍は旧日本軍の書類を調べたりしませんから、出身地はそのまま通ったものです」

だが今村はじめ弁護団一同の苦心もむなしく、豪本国からは次々に死刑の確認が送られてきた。

「同じ宿舎の者の裁判が始まると、みながかたずをのむ気持で、法廷から帰ってくるのを待ったものです」と中沢は語る。「『どうだった？』と聞くと、大てい薄笑いを浮かべて、おどけたように手を首にあて『ポトンだ』というのです。絞首刑です。こちらは慰める言葉もなく『そうか、ポトンか』と、つい相手に合わせて口許《くちもと》をゆがめ……まあ、無理に笑ったような、引きつったような顔で答えたものでした。中には、……めったにないのですが、銃を射《う》つ身ぶりをして『ズドンだ』という者もいました。銃殺刑です」

太田参謀の「ラバウル裁判の記録」によれば、第一審判決は絞首刑百九人に対し銃殺刑は僅《わず》か五人である。

「こちらは『ほう、ズドンか。ポトンよりよかったな』と、なるべく軽い調子で答えたものでした。

だが、それからは……、日に日に人相が変ってゆきますよ。生きている人間に、死相が現われてくるんです」

死刑の宣告を受けた直後に、薄笑いを浮かべ、おどけたとも見える身ぶりでそれを友に告げるとは、どういうことなのか——。理解が届かぬ思いの中ながら、私は彼らが「沈痛に」または「深刻な顔で」それを告げたと聞くよりも、その苦悩や混乱の激しさがなまなましく胸に響くのを感じた。

戦犯容疑者となって以来、彼らは「極刑も覚悟せねばならぬ」という思いと、「まさか」という気持との間を、よろめきながら行きつ戻《もど》りつしていたのではないだろうか。記録によれば、ラバウル裁判の総計二百三件のうち外人労務者の告訴によるものが、インド人による百四件を含めて百八十三件と圧倒的に多いのだ。そのすべてを〝事実無根〟と断言はできないが、胸に手を当てて考えてみても「まさか、あの程度のことで極刑のはずはない」と思う人が大部分であったろう。

それが——あっけないほど簡単な裁判の後、裁判長の口から出た言葉は〝デス・バイ・ハンギング（絞首刑）〟であった。激しい心の動揺や混乱と、取乱してはならぬという〝恥の意識〟のせめぎ合いが、〝薄笑い〟や〝おどけた身ぶり〟となったのであろうか。それとも、衝撃に茫然《ぼうぜん》となり、〝死刑〟をわが身のことと認識できない状態のまま宿舎に帰った、ということであろうか——。

「死刑の判決のあとは、人相まで変るが」と、中沢の話は続く。

「最後の時に乱れる人は一人もなかった。みんな静かに刑場へ向かい、処刑がすめばわれわれ同胞が掘った墓穴へ埋められて……それで、何もかも終りです。

使役の中でいやなのは墓掘りと処刑場の清掃でしたよ。銃殺刑は粗末な木の椅子《いす》に縛りつけて射つんだが、その血の痕《あと》を洗う仕事もやらされたもんです」

有竹英夫（ラバウル・マヌス親睦《しんぼく》会事務局長）も墓掘りを経験している。

「一九四六年（昭和21）の四月、当時未決だった私たち十人が三日間やらされました。墓地は花吹山の南西のなだらかな丘で、その先は松島湾です。土壌は火山灰地で、灰色の砂《さ》漠《ばく》のような地面にはススキやアシ、カヤなどが生えているだけで、一本の木もなく、炎天下のつらい作業でした。すでに五人が埋葬された時で、私たちはその隣りから掘り始めたのですが、三日間で百八十は掘ったでしょう。死刑の宣告を受けた人が三、四十人はいたころで、私たちはあまり墓穴の数が多いのに驚き、『誰にも話さないことにしよう』と話し合ったものでした」

私がその場所へ行ったのは、ラバウル滞在の三日目であった。

薄の運転する車が停《とま》り、私たちは浅い草むらを歩いた。椰子《やし》の木立ちはまばらで、その向うに真昼の太陽の反射に鋭くきらめく松島湾の海面が見えた。

「戦犯墓地のあとです」それまで何処《どこ》へ行くともいわず私を車に乗せてきた薄が、初めてそういった。「あのころは木も草も残らずフッ飛ばされた、白々《しらじら》とした原っぱだったが……。それにしても、ここの木や草は育ちが遅いなあ」

私はラバウルに来てから毎日椰子林やジャングルの中ばかり歩いていたのだが、言われてみると、この百五十メートルほどのほぼ正方形の平地は何となく空疎《くうそ》である。木が若く少ないのに、明るい感じはしない。

「処刑場もすぐ近くでした……私は一度だけ、立ちあったことがある。絞首台は十三階段を登りきるところまでは足場が組んであるだけなので、少し離れて立っていた私には、上から落ちてきた体がはずみをつけて宙に止り、揺れているのが見えた」

しばらく、薄は眉《まゆ》のねを寄せて無言で立っていた。彼は左手にスーパーマーケットでくれるようなビニール袋を下げていた。やがてそれに右手をつっこみ、何かを摑《つか》み出して無雑作にあたりに撒《ま》いた。それが白米の粒とわかって、私はハッとした。歩きながら米を撒く薄のうしろ姿を私は目で追っていた。彼は同じ袋から小さなカンを取り出すと口がねを切って、大またに歩きながら液体を地に注いだ。日本酒の香りがただよった。

今度は袋から白く短いお灯明に使うローソクを何本か取り出し、ライターで火をともして地面に立て始めた。私は薄が煙草《たばこ》をすわないことを知っていた。すべての動作が無雑作で大まかに見えるが、しかしふだんは用のないライターまで彼はビニール袋に放りこんで東京から持って来たのだ。

ラバウルは晴天の日はここちよいそよ風が吹く。その風がローソクの火を消してしまう。初めて私にもこの〝ご供養《くよう》〟を手伝う役ができた。朽木のかけらや枯れた木の皮を集めて、風除《かぜよ》けを作った。長年野戦の経験のある薄のほうが余程手ぎわがよかったが、それでも私は少しは役に立ったと思えて嬉しかった。

小さな幾つかの焰《ほのお》は安定した。薄と並んで地面に膝《ひざ》をつき、合掌して目を閉じると、微風がはっきりと頬《ほお》に感じられた。刑死者の遺体は現地人ポリス数人の無感動な手で埋められるまでのひとときをここに横たえられ、冷たい頬をこの風になぶられていたのだろう。埋葬の時は、宗教関係者一人をのぞき日本人はいっさい近づけなかったという。

戦犯として処刑された人々の遺骨は、今ここにはない。

日本政府が、初めて南太平洋方面の戦没者の遺骨送還を実施したのは一九五五年（昭和30）であった。その後、政府と戦友や遺族合同の遺骨収集は十二回にわたって行われ、一九八二年（昭和57）には、収骨総数は三万五千五百四十七柱に達している。これは南太平洋方面戦没者推定総数二十四万七百（陸、海軍）の十四・七パーセントに当る。

一九五五年初め、ラバウル地区では日本軍建設の日本人墓地、旧日本海軍墓地、戦犯刑死者埋葬地の三カ所で計七百二十八柱を収骨した。このとき戦犯埋葬地で収骨できたのは九十五柱である。それらの遺骨は当時の関係者の記録で氏名の確認ができ、全国各地の遺族の手に渡された。

こうして遺骨は全国に散ったが、これら悲運の人々の名前は、マヌス島、モロタイ島などで刑死した人々の名前と共に、今は巨大な黒御影石《くろみかげいし》の慰霊碑の表に肩をよせ合うように並んでいる。中央に大きく「殉国百四十二烈士之碑」と刻まれたこの慰霊碑は名古屋市の東、渥美《あつみ》半島と知多半島に囲まれた渥美湾を見下す三ヶ根《さんがね》山頂に立つ。建碑者はラバウル・マヌス親睦会と南太平洋作戦参加戦友有志である。この碑に近く、五十一万八千人の戦死者を出した比島方面各部隊の慰霊碑四十七と比島観音、また東条英機《ひでき》はじめ東京裁判によって処刑されたA級戦犯七人の合同墓所がある。

初めてここを訪れたときの私は有竹英夫と高井福一（ラバウル・マヌス親睦会幹事）の案内で、「殉国百四十二烈士之碑」の前に立った。一九八二年（昭和57）六月の、静かに霧雨の降る午後であった。高井もまたラバウル法廷で、〝何が何やらわからぬ罪〟によって十五年の判決を受けた人である。碑の裏面の文字は、高井が鎮魂の祈りをこめて書いたもの――と有竹が私に告げた。

「慰霊碑が出来上ってから」と高井は語った。「さらに三人の処刑者のお名前がわかったのです。いずれ〝百四十五烈士〟に直さなければなりません」これはその翌年、一九八三年（昭和58）に実行された。

碑面の文字を書き写す私に傘をさしかけて、有竹がいった。「除幕式は一九八一年（昭和56）の五月二十四日、もとラバウルの大佐で、今は船橋神宮官の高屋守三郎さんが祭主を務めて下さいました。その日はひどい嵐で、参列者にはまことにお気のどくでしたが、私は……遠い異国で処刑された方々の魂が宙を飛んで、互いに呼びかわしながら、やっと出来上ったこの〝いこいの場所〟に集まってこられる、烈《はげ》しい雨や風はいかにもそれにふさわしい、という気がしたものでした」

「ラバウルには法廷が二つあったが、私は第二法廷の通訳をやった」と薄平八郎は語る。

法廷は初めテント張りの一カ所であったが、一九四六年（昭和21）六月ごろバラック建ての二カ所となった。自慢らしい言葉を口にしない薄だが、「第二法廷は死刑が少なかった」と、これだけは満足そうに何度か私にいった。

「裁判関係のオーストラリア人は午前と午後の二回、必ずお茶を飲む。私はいつもそこに行って一緒にお茶を飲みながら、情報をとったり、時には相手が何をほしがっているか聞き出して、その品物を届けたりした。こんなことが案外、裁判に役立つので……」

アメリカなまりの英語で、豪軍将校と友だちのように気さくに語り合う彼は、とても敗戦国の将校とは見えなかったであろう。

「豪軍将校に腕時計をやったら大喜びで、死刑のはずの戦犯が一人助かったことがあった。それを今村さんに話したら、首をちょっと傾けてハハハハハとさもおかしそうに笑ってから、『どんな方法でもいい。一人でも多く助かるように骨折ってくれ』といわれた。たとえ無期刑でも、生きてさえいればあとは何とかなる。とにかく死刑の判決を受けないように……と、二人で話し合った。

ラバウルの今村さんはよく本間中将の思い出話をされた。不運な男だった、かわいそうな最期《さいご》だったと、非常に同情しておられた。二人は陸士の同期生で、ずっと仲よくつき合っておられたらしい」

本間雅晴《まさはる》中将が〝バターン死の行進〟の責めを問われて、マニラで刑死したのは一九四六年（昭和21）四月三日であった。

「私も十件ほどの裁判の弁護人を勤めましたが……」と太田庄次は語る。「死刑がなかったことが、せめてもの慰めでした。死刑の判決が出ると、その裁判の弁護人は自分の力が足りなかったという思いで、見るに耐えないほど懊悩《おうのう》したものです。法廷では通訳の言葉を待たず、『それは誘導訊問《ゆうどうじんもん》です』などと抗議しなければならず、本当に緊張の連続でした。なにしろ人の命が不当に奪われるかどうかの瀬戸際《せとぎわ》ですから……」

キリスト教徒片山海軍大尉

片山日出雄の日々は多忙をきわめていた。ラバウル教会の責任者である彼は、クリスチャンが処刑される度にミサを行い、台湾出身者の将来を思って彼らに英語を教え、今村が収容所長あてに書く「申入れ」などを英訳し、それをタイプで打ち、あちこちから通訳を頼まれ、夜は克明に日記を書く。今村は片山について「英語は天才的で、その和文英訳は実にうまいものであった。柔道は四段……」と書いている。

さらに片山はその性格と英語力、タイプライターの技術を所長アプソン少佐に認められて、彼の仕事を手伝うようになった。初めは連絡所で戦犯関係の仕事に当ったが、所長は次第に豪軍内部の事務までを手伝わせ、助手として自由に事務所に出入させた。死刑囚の片山にとっては破格の扱いであった。今村は、「当時の収容所下級職員の学識教養は極めて低かったので、所長がこの教養の高い日本海軍将校を調法に考えたのは当然のことである」と書いている。

戦犯収容所は所長以下四人の将校と准尉《じゅんい》以下五人の職員、それに二百人のニューギニア兵によって管理されていた。

所長アプソン少佐は戦前ラバウル地区の警察署長であったが、戦中は志願して従軍し、ラバウルのあるニューブリテン島とニューギニア本島で日本軍と闘った人である。外見のいかつさに似合わず優しい心の持ち主だが、部下職員の日本人に対する暴虐《ぼうぎゃく》を取締る決断と厳しさに欠け、それが戦犯たちの日常をいっそう暗いものにしていた。

職員たちは所長に優遇される片山に反感を抱き、些細《ささい》なことに難くせをつけて重労働を課した。さらに従軍牧師マッピン少佐らが片山の減刑運動を始めたことが彼らの反感をつのらせ、迫害は日ましに激しくなっていった。

片山はこれによく耐えた。今村の手記には「……彼が示した宗教的忍辱の態度はいよいよ同信の人々をひきつけ、収容所全員三百名の尊敬を集めた」とある。

ある朝、今村の許《もと》に戦犯の一人が走りこんできて「夜明け前にクリスチャン九人が、今日処刑される台湾兵の福島君に別れを告げようと〝セメント・ハウス〟にしのびこんだのを見つかり、ひどい体罰を受けたのです。それを片山大尉がかばったとかで、いまその十人が所長の所へ連れてゆかれました」と告げた。

〝セメント・ハウス〟と戦犯宿舎との間は有刺鉄線で厳重に隔てられていたが、下水溝《げすいこう》の部分が外からはわからないように巧みに切られていて、あすは処刑という友に別れを告げるため仲間がひそかに出入していることを、今村は知っていた。「規則は守るように」と部下を指導している今村だが、これぱかりは禁止するわけにいかぬ……と、気づかぬそぶりで過してきた。

所長室にはいった今村を、アプソンはきわめて不機嫌《ふきげん》な厳しい表情で迎えた。今村は静かに話し出した。

「これら反則者は処罰を覚悟で柵《さく》をくぐったのですから、罰を受けることは致し方ありません。

だが所長、処刑前日の仲間との面会を許可なさらなければ、反則者はあとを断ちません。日本人の戦友愛はそれほど強いものなのです」

「今日はそれを信じることが出来ません」所長はいちだんと不機嫌な顔でいった。「私は日本人の気持を察して、『フクシマは死刑を免じられ、無期刑になる』と、きのうK准尉に通告させておいたのです。その私の厚意を踏みにじって、これほど多くの日本人が反則するとは……」

「所長はそのような配慮をして下さったのですか、ありがたい……。だがK准尉はきのうそれを通告していません。彼を調べて下さい。九人の者は所長の厚意を踏みにじる気持など毛頭なく、福島が今日死んでゆくものと思って、悲しさのあまりやったことです。

ところで、片山は何をしたというのですか」

「カタヤマは偽りの申告をしました。私をあなどって……」所長は日ごろの好意を裏切られた憤懣《ふんまん》をこめていった。「九人が反則しているのに、八人だなどと……」

「それは、とっさのことで人数がよくわからなかっただけのことでしょう」

「とにかく、カタヤマを加えた十人を、一週間の重労役に科します」

所長の機嫌は最後まで直らなかった。七人の台湾青年を含むこれら十人は、〝赤鬼〟〝青鬼〟〝黒鬼〟などとあだ名されている現地兵に追いたてられて、作業場へ行く。

彼らは命令のままに重く土砂を積んだ一輪車を押して、あえぎながら坂道を登る。豪軍のH少佐とS中尉とが現地兵を指揮し、「ハリアップ」を連呼しながら長いゴムホースで背中を打たせる。熱帯の午後二時半、太陽の直射の下である。佐藤中尉と台湾兵の一人が倒れた。HとSとは散々にこの二人を足蹴《あしげ》にし、現地兵に命じて乱打を続けさせる。ものかげからこの場の様子をうかがっていた台湾兵が、二人の気絶を見とどけると、泣きながら今村の許へ走った。

今村が現場に来てみると、二人は地上に長くのびていた。背には幾筋かの青黒い殴打の跡が見える。今村が脈をとろうとすると、現地兵が「豪軍マスターの命令である。介抱してはいけない。医務室に運んでもいけない」という。今村は所長室へ急いだ。

「アプソン少佐。反則者には規定の罰則以外に、足蹴と殴打とが許されているのですか。いま二人が悶絶《もんぜつ》しているが、手当も禁じている。このままでは死んでしまいますよ」通訳を呼んでくるひまもなく、今村は大声で抗議した。

「すぐ医者を……場所はどこです？」と驚いて立ち上った所長の腕をつかみ、今村は現場へ向かった。やがて悶絶している二人は、担架で医務室へ運ばれた。

暗い気持で農園に帰った今村が鍬《くわ》を振るっていると、また一人のクリスチャンが顔色を変えてとんできた。

「ここからも見えます。土人兵病舎の工事場で、片山さんがS中尉の指図で土人兵に散々にやられています」

彼が指さす鉄柵の外を見ると、七、八十メートル離れた高台で、一輪車を引上げかねている片山の背後から現地兵二人が鞭打《むちう》ちを続け、S中尉が悪鬼のように足蹴にしている。柔道四段の片山はなかなか倒れなかったが、一人の鞭に脚を払われて、遂に倒れた。

「ここからでは柵があって行かれない。すぐ所長の所へ……」

今村は走った。

「所長！　いま私は片山が打ち倒されるのを見たのです。

教会の人たちは、片山の指導で絶対無抵抗の態度を続けるでしょう。しかし他の三百名の日本人が『もう忍耐もここまでだ』という気を起さないとは保証できません。あれは所長の指図でやらせていることですか」

「いや、絶対に私の指図ではありません」

「戦争が終った後になって、まだ暴行を続けるとは……。日本人は武器を持たなくても、自衛の策は考え得るのです」

これは明らかに今村の〝おどし〟である。当時のラバウル関係者数人が「豪軍の余りにひどいやり方に、反乱を起そうという話は二、三度あったが、いずれも小規模なもので、その都度今村さんになだめられて不発に終った」と語っているから、今村の言葉に裏づけがないわけではない。しかしこれは裏づけの有無に関係なく、いかなる手段によっても同胞を守ろうとする今村の気持が言わせた言葉であろう。今村には「敗戦国民といえども、言うべきことは言う」という一貫した姿勢があるが、それが認められなければ、〝おどし〟をかけることもあえて辞さなかったのだ。

この〝おどし〟の効果はてきめんであった。翌日から暴行はやんだ。「……が、重労働は続けられた」と今村は書いている。「さすがは信者である。低く讃美《さんび》歌《か》を口にしながら土人に追われている。右膝関節《しつかんせつ》を痛めた片山大尉が、びっこを引き一輪車を押す姿はいたいたしかった。なんだか、ネロ時代の古代ローマの殉教者を見るような心地がした」

片山の日記には、彼が受けた迫害についての具体的な記述はない。だが残された日記の「眠れない時、心の苦しい時、〝ゆりちゃん〟と小さな声で呼んでいますよ」、「もはやゆりちゃんと地上の生活が出来ないことは、人の子として言葉で表現できない悲痛、苦痛があります」などの文章が迫害の中で書かれたことを思うと、痛ましさはひとしおである。

今村は死刑囚の取扱い改善について、所長と交渉するだけでなく、あの手、この手を用いてじりじりと目的に近づいてゆく。彼とマッピン牧師との会談の通訳を務めた片山は、次のように書いている。

「……それは死刑確定せる者に対する処刑前日の取扱いすこぶる非人道的なるにかんがみ改善していただきたいということで、早速マッピン少佐もこれを是とし、交渉の結果、この次よりかくすべしと約し来《きた》りました。大成功でした」

「朝、今村大将より死刑囚の扉《とびら》を閉ざすことなきよう収容所長に申出ましたところ、昼間は閉ざさないよう許しが出ました。また我々の夜の伝道会も行なってもよいことになりました。……今村閣下はいつも皆のことを考え、最もよくなるように陣頭指揮をとって居られます」

「今村大将のおかげで、処刑前の友だちと会えるようになったので」と中沢清は語る。

「私も何度か〝セメント・ハウス〟でつらい別れを告げたものだが、特に忘れられないのは阿部大尉のことです。モロタイからずっと一緒だった同郷人だし……」

処刑の朝、中沢は阿部の許へ洗面の水を運んだ。こんな立派な男が、いよいよ今日は絞首台に登るのか――という悲しさと怒りに中沢は胸をふさがれて阿部の顔を正視することも出来ず、涙をかくすのが精いっぱいであった。阿部の死刑は、ボルネオのサンダカンからラナへの転進中に、俘虜《ふりょ》多数を射殺した事件の責めを問われたものであった。

「阿部大尉は本当はその現場にいなかったんですよ」と、中沢は膝《ひざ》に目を落して語った。

「だが部下たちを助けるために、法廷で『現場にいた』と証言して、自分一人で罪をかぶろうとしたんです。五人の子持ちだったが……」

〃セメント・ハウス〃の阿部は中沢に「そんな悲しそうな顔するなよ」と慰めるような笑い顔を向けた。そして「俺《おれ》の最後の〃おけさ〃を聞いてくれ。新潟の人間には、やはりこれが一番なつかしい歌だなあ」と声を張り上げた。

そのあと阿部は「もし故郷《くに》へ帰ることが出来たら、うちの子供たちに俺の裁判の真相を伝えてくれよ」と、それまでに何度か話し合った約束にもう一度念を押して、刑場へ向かったという。

これは私が新潟県見附市の中沢の家に泊めてもらった夜、酒の席で聞いた話である。中沢はテーブルの上に盃《さかずき》を置き「これですよ、阿部さんが好きだったのは……」と、目を閉じて低く歌い出した。

　雪の新潟　ふぶきに暮れるよ
　佐渡は寝たかよ　灯《ひ》が見えぬ

のち私は、広島市の畠山国登が保存している「石牢《いしろう》の壁文字」の中に、阿部一雄の名前を見出した。

「昭和二十一年十月十九日九時　絞首刑
新潟県中蒲原《なかかんばら》郡横越村駒込《こまごめ》

陸軍大尉　阿部一雄

天地《あめつち》に我をたよりの妻や子は
　今日のおとづれ何んと聞くらん」

この歌のあとに阿部は妻の名と、子供たちそれぞれの名前と年齢を並べて書いているが、最後の一行は「幼児二才」とある。五番目の子供は出征後に生まれたため、彼はその名はもとより、性別さえ知らないまま死んでいったのではないだろうか。

「裁判の真相を伝えてくれ」という阿部の最後の言葉には、〝戦犯の子〟とさげすまれるであろうわが子への悲痛な思いがこめられている。これは中沢をはじめ光部隊のほとんど全員が最も心を痛めた点であった。自分の不運は、〝光栄ある国家の犠牲者〟という今村の言葉を支えに何とかあきらめもしようが、家族が〝残虐な犯罪人の一族〟と世間から冷遇されることを思うと、胸をえぐられるほどのつらさであった。中には「なぜ戦犯になるほどの悪業《あくごう》をしてくれたか」と、家族さえ自分を恨んでいると想像して、精神の平衡を失った人もあったという。

敗戦の翌年、一九四六年（昭和21）ごろを思い出してみると、私も外地で残虐行為をしたという戦犯について新聞で読んだり、噂《うわさ》を聞いたりする度に、嫌悪《けんお》を感じたものだった。一望焼野原の東京は、敗戦のみじめさを露呈していた。空襲で家を失った人々、浮浪者、戦災孤児などが街にあふれていた。こんなことになったのも軍人のせいだ、その中でも戦犯は極悪人、日本人のつらよごしだと、人々は簡単に決めていた。

戦争はすんだが、食糧事情はさらに深刻に悪化し、私たちは肉体だけでなく心まで痩《や》せ細って、他人の上を深く思いやる余裕を失っていた。私の周囲に〝戦犯の家族〟はいなかったが、当時その人々がさぞ肩身のせまい思いで暮したであろうことは、十分想像できる。

巣鴨《すがも》遺書編纂《へんさん》会の「世紀の遺書」に収められた豪州関係の遺書を読むと、その多くが家族へ向けて身の潔白を訴え、世間の白眼視に耐えてくれと呼びかけている。

田島盛司（埼玉県出身。元陸軍兵長。一九四六年〔昭和21〕六月二十七日、ラバウルに於《お》て刑死。三十一歳）の、兄夫婦にあてた遺書の一部。

「私等当然この収容所に入る様なこと等はして居りませんが、停戦と同時に支那人俘虜に殺人事件で告訴されました。当時日本の軍法により行われた事件も現在の連合軍の裁判には適用されず、殺人はして居なくとも現場に立会った者は同罪であるということです。

……事実を語れば私と米田は救われるでしょうが……友情は最後迄《まで》失いたくありませんでした」

岸良作（東京都出身。元陸軍軍曹《ぐんそう》。一九四六年七月十九日、ラバウルに於て刑死。二十九歳）。留守家族が世話になっている友人あての遺書。

「……ラバウルの露と消えますが、今祖国の新聞にある如《ごと》き悪人でない事丈《だけ》は何卒《なにとぞ》信じて下さい。何《いず》れの日か此《こ》の真相は世の人々に知れる事と信じ、笑って冤罪《えんざい》に服して行きます。

聖書の中に、〝人その友の為《た》めに生命をすつる、これより大なる愛はなし〟と……」

池葉東馬（栃木県出身。栃木県真岡《もおか》中学校卒業。元陸軍大尉。一九四六年〔昭和21〕八月十二日、ラバウルに於て自決。四十八歳）。妻への遺書。

「戦争犯罪ト云《イ》エバ極悪無道ノ者ノ様ニオ考エニナルカモ知レマセンガ、小生ノ為《ナ》シタ事ハ元私ノ部下デアリマシタ印度《インド》人、インドネシア人ニシテ敵前ニ於テ奔敵、逃亡シタ者、又ハ党ヲ組ミ多数ノ者ヲ煽動《センドウ》シテ敵ニ走ラントシタ者ヲ、止《ヤ》ムヲ得ズ陸軍刑法及ビ軍命令ニ従ッテ略式裁判ニ依《ヨ》リ死刑ヲ命ジマシタノデス。之《コレ》ハ当時ノ情況上、作戦上軍規ヲ維持スルタメ極メテ合法的、正当ナル処置デアリマシテ……

日本モ今迄《イマデ》ノヨウナ野蛮極マル軍国主義ヲ廃シ、多年専横ノ限リヲ尽シテ国民ヲ苦シメテ居タ軍閥ガ倒レ、『平和ノ日本』トシテ更生スル日ガ来タコトヲ今次戦争ノモタラシタ唯一《ユイイツ》ノ収穫トシテ喜ンデ居リマス。ソシテ一日モ早ク祖国ノ復興サレルヨウ祈ッテ居リマス」

池葉はさらに、かつて彼の属した第十七軍の司令官で当時は戦犯容疑者であった神田正種中将あてに、自決の理由を次のように書いている。

「予ハ豪軍ノ手ニ依リ死スルヲ欲セズ。何ントナレバ、予ハ飽《アク》マデ無罪ヲ確信スレバナリ」

戦後三十七年がすぎた一九八二年（昭和57）八月十五日に「ラバウル軍事法廷——ある

日本人の裁判記録」という本が発行された。自費出版、三百部の限定版である。編著者の長野為義は敗戦までの二年八カ月間、ラバウルでインド兵の監督官を務めた曹長で、本の内容は同地で刑死した戦友たち――長谷川順栄曹長、沼道鶴松軍曹、岸良作軍曹の無実を立証したものである。長野はキャンベラ市の日本大使館に依頼して、オーストラリア政府が戦後三十年を経て公開した裁判記録を入手し、さらに法務省、厚生省の資料その他に広く目を通して、五年の歳月と三年分の恩給全額を費して出版に漕《こ》ぎつけた。

出版の目的について、長野は「まえがき」の中で「偽りの告訴を行った印度人の変心を追及しようとするのでもありませんし、またその偽りの告訴を丸飲みにして極刑を宣告した豪軍裁判所の非常識を責めようとするのでもありません」と述べている。また「(各地で戦犯として処刑された) 一千名近い人々の血潮で画《えが》いた終戦秘史が、歴史の表面に出ることもなく、また国民の心の奥に刻み込まれることもなく、風化の彼方《かなた》に追いやられて仕舞うことが忍び難《がた》くて、本書の出版にふみきった次第でございます」とある。「あとがき」には、「目的の一つは、罪無くして絞首台に登った三名の方の御遺族に対する事実報告書でございます」と書かれている。

刑死した三人と長野とは共にラバウルの第二十六野戦自動車廠《しょう》に所属していた。戦後間もなく、長野の管理下にあった百数十人のインド人は、笑顔で彼に挨拶《あいさつ》して帰国船に乗った。それを見送った長野は、戦中インド人を好遇したことでよい人間関係を保ち得たと、ひそかに満足したのだが――一九四五年 (昭和20) 十二月、中隊の三人が戦犯容疑者として逮捕され、それがインド人の告訴によるものと知って、愕然《がくぜん》とした。

長谷川と沼道は「印度外人部隊ビンズー殺害事件」で裁かれることになった。だが「殴打による致死」とされているインド人たちが、実際はマラリアと脚気のため休養室に収容され、そこで死んだことを長野はよく知っていた。彼は被告の長谷川、山谷衛生曹長と共にシタラムの臨終にたち会い、「山谷曹長より、当時の状況下では過分の手当を受けての平常死であった」と書いている。ビンズーについても、ほぼ同じ記述がある。〝殴打による致死〟などとは全くの捏造《ねつぞう》だ――と血の逆流する思いの中で長野は、とにかく裁判に勝って、三人を救い出さねばならぬ――と心を決した。

長野は前後八回証人として出廷したが一回ごとに彼の絶望感は深まるばかりであった。弁護側がインド人の告訴状についてどれほど多くの疑点を指摘しても、告訴人は法廷にいないのだ。インド人は豪軍の手に告訴状を残して、みな帰国したあとである。従って、反対訊問によって彼らの主張の矛盾をつくことが出来ない。

「日本兵は殴った、インド人は倒れた、出血した死亡した、何の治療も受けなかった、私はそこにいた」などと書かれた複数の告訴状が、多人数の〝目撃者〟による事実事項として、そのまま採用されてゆく。インド衛生兵の記録した患者名簿さえあれば、〝殴打による致死〟が実は病死であったことを完全に立証できるのだが――と長野は歯がみする思いであったが、唯一の物証であるその名簿は終戦時の軍の指令で焼却されていた。

日本側にとって何よりも不利だったのは、「告訴人○○を殴ったか」という質問に対して、被告たちと五人の証人の多くがそれを否定できなかったことである。日本軍のビンタが、ここで大問題となる。

〝殴打〟について、長野は次のように書いている。

「……英語では〝スラップ〟と〝ストライク〟の二通りに使用されていますが、前者は日本語の平手打〝ビンタ〟のことですが、裁判では後者と混同されて棒を持って殴ったと検事や裁判官は考えていました。

またこの〝スラップ〟平手打についても、私ども日本人が考える以上に、侮辱的な行為として、相手側の心証を傷つけていたとのことであります」

被告たち日本兵が、気軽にインド人にビンタをくわせたであろうことは想像できる。彼らも新兵時代にはさんざん古参兵や下級将校のビンタをくったし、その度にいちいち侮辱など感じていては生きてゆけないのが日本の軍隊であった。

「元インド兵チャランダスはなぜあなたを告訴したと思うか」と裁判長に尋ねられた長谷川は、「チャランダスが私の飯盒《はんごう》を盗んだので、三、四回平手で殴った。そのため私を憎んだのであろう」と答えている。また元インド兵二人の名を挙げて同じ質問を受けた沼道は、「私の察することの出来るただ一つの理由は、四五年(昭和20)三月にこれらの元インド兵が別個に炊事をしていたので、私は煙を立てると空襲の目標になるので壕《ごう》の中で炊事をすべきだと、止めたことがある」と答えている。戦犯経験者の一人の「元インド兵の告訴は、自分たちを支配した日本将兵への仕返しであり、豪軍への迎合的行為であった」という言葉が思い出される。

〝粗雑な特急裁判〟の結果、第一審判決は三人とも絞首刑であった。宣告を受けて控室に出てきた長谷川、沼道に向かって、待ち構えていた長野たちが「どうだった?」と問いかけたが、憲兵に先導されている二人は足をとめることも出来ない。沼道は自分の手で輪をつくりそれを首に当てて、「絞首刑」であることを示した。長野が彼らに会ったのは、この日が最後であった。

このあとに、請願書提出、その却下、原判決確認を経て、三人はそれぞれの処刑の日を迎える。岸は「獄中日記」を残しているが、その中に次の一節がある。

「……収容される前は、軍司令官閣下よりの細かい心遣いを承り、己の行くべき途《みち》を示されたことを自覚して、その夜私の師であり兄である木屋野(長野の旧姓)曹長に、次のようなあたかも悟りきったようなことを述べた。

……だが収容されてみると、今までの心の準備、軍司令官閣下の心遣いの言葉も、前夜の言葉も何の役にも立たなかった。

裁判のトップを切った憲兵隊の方々の思いもよらぬ極刑に只茫然《ただぼうぜん》自失するより他に術《すべ》は無かった。こうして次々に私の身に襲って来たものは〝生の欲望〟であり、何でこんな不運の星の下に生れて来たかと……」

苦悩する岸はやがて藤田伍長の友情に導かれて、片山日出雄の聖書の講義を聞き、マッピン牧師によって洗礼を受ける。彼はひたすら神に祈り、静かに死を待つ心境に至る。刑死の約二週間前に当る「七月三日」の日記中に、岸は「軍司令官閣下の鍬《くわ》打つを見て」と題して、今村の姿を次のように歌っている。

吾《わ》が子等と獄舎の庭に鍬打たる長《おさ》の頭《かしら》に霜の増したり

長谷川順栄と沼道鶴松は一九四六年（昭和21）六月二十三日に、岸良作は七月二十日に処刑された。長谷川と岸は二十九歳、沼道は四十一歳であった。

帰国後の長野為義は各遺族への報告をすませ、その後は毎年の命日の供養《くよう》などをその後も長く続けている。彼は愛知県三ヶ根《さんがね》山頂の慰霊碑建立《こんりゅう》に尽力し、その除幕式にも出席した。

長野の著書「ラバウル軍事法廷」の出版に際して、かつて岸良作の上司であった湯本弘がよせた一文の中に「……この理不尽さに怒りに打ち震えつつも、抗する力の無さに、三君を見殺しにした呵責《かしやく》の念を抱き続けて参りました」と書かれている。この思いは長野のものでもあり、また今村が戦犯刑死者全員に対して抱き続けたものではなかったか。

一九五五年（昭和30）、三人の犠牲者の遺骨も日本に帰り、長野は大和村役場（現・東京都東大和市役所）からの通知で岸良作の葬儀に出席した。この日長野は、遺骨を墓所へ送る長い葬列の中に今村夫妻の姿を見出している。今村は一九五四年（昭和29）十一月に、巣鴨拘置所を出所していた。

一九七七年（昭和52）の七月、長野は大阪に住む沼道未亡人から暑中見舞を受けとった。

それには「……今年は息子の三十三回忌、来年は夫の三十三回忌、思い出すのも嫌《いや》でございます」と書かれていた。長野は著書の中に「このハガキを見て熱いきりを胸に刺される思いが致しました。申し訳ないことだが、今後どうしてあげればよいのか。三十年間お便りを上げ続けて来たことが良かったのか？　悪かったのか？　思い悩まれる便りでした」と書いている。

これを読んで、私はただ暗然と頭を垂れるばかりである。

一九四五年（昭和20）九月に豪軍の要求によって編成した日本弁護団の人々は、その後も「もし我々がこの地を去れば、多数の戦犯未決囚が弁護人なしの裁判を受けることになる。彼らを放置して帰還するに忍びない」と、大部分が自分の意志で帰国中止を申し出て、ラバウルに止《とど》まっていた。これらの人々が国家から何らの保障も与えられておらず、また家族を敗戦直後の日本に残していることを思って、戦犯一同は彼らの一身一家を犠牲にした行為に心から感謝した。

その翌年（昭和21）六月、日本弁護団は、今後の裁判に必要な人員を残して、帰国することになった。このとき、薄平八郎は迷いもなくラバウルに残った。今村の裁判は最後に行われるらしく、薄はそのなりゆきを見届けるまで今村のそばを離れることなど考えてもみなかった。

同年七月、豪軍はそれまで急速に進めてきた裁判を一時中止すると通告し、裁判官、法務将校多数が本国へ引揚げた。日本弁護団は残りの事件の審理を早く実施するよう申し入れたが、確答は与えられなかった。

ようやく九月になって、豪軍は「今村大将以下十三名の責任裁判（RESPONSIBILITY CASE）を開始するから、これにそなえて日本内地から弁護人、通訳を招致するように」と通告してきた。今村はこれに反対した。「そんな必要はない。最高責任者である私を一日も早く裁いてもらいたい」と彼は述べている。太田庄次の記録によれば、このほかにもう一つの理由がある。「今村大将以下の各将官は、高級将校の裁判のため特に内地の優秀なる専門家を煩《わずら》わすことは、すでに行われたる下級将校以下の裁判の弁護が裁判の経験少なき現地軍の人たちに依り行われたる状況より考え、かかる配慮は辞退する」と書かれている。

しかし〝公正なる裁判〟の形式を整えるためそれを必要とする豪軍側は譲らず、日本側は人員を最小限に押えた弁護団を編成する方針をたてた。このため、現地の弁護団長矢嶋法務少将が海路日本へ向かったのは十一月中旬である。

豪軍はひき続き裁判を中止していたが、この期間に未決事件の起訴、不起訴処分を決めるための証拠審査を行なった。今村はそれら未決容疑事件の内容を調査し、それに意見書をつけて豪軍に提出した結果、十一月と翌二十二年一月に容疑者多数が不起訴処分となり、釈放された。今村は「一人でも多くの日本人を救いたい」という目標に向かって、思いつく限りの手を打っている。

〝責任裁判〟で裁かれる予定の将官の中に、加藤鑰平中将がいた。陸軍士官学校に入学するのは幼年学校か中学の卒業者だが、加藤はそのどちらでもない。十八歳で現役志願したのち、独学で陸士入試に合格し、のち陸大に進み、アメリカ大使館付武官補佐官、南支那方面軍参謀長、参謀本部第三部長などを経て、今村が一九四二年（昭和17）十一月第八方面軍司令官になると同時に、その参謀長になった。

「日ごろは非常に仲のいい今村大将と加藤中将が、ある日大口論をなさって」と、今村の〝当番兵〟であった中沢清は語る。「加藤中将は『それは当然私の責任です』といわれるが、今村大将は『いや、私の責任だ』といって承知なさらない。お二人とも大そう興奮して、激しいやりとりの〝責任問答〟はいつ果てるともなく……、私はびっくりして、小さくなって坐《すわ》っていましたよ。

今村大将は『加藤閣下、あなたは自分が命令したといわれるが、部隊長は軍司令官である今村の命令として受けたに違いない。だから責任は当然私が負うべきだ』といわれるが、加藤中将は『いや、命令した私の責任だ』と、お二人とも一歩も譲らず……」

やがて今村は語調をやわらげて「加藤閣下には年ごろのお嬢さんがおられるではありま

せんか。早く帰って、よいお婿《むこ》さんを見つけて上げなければ……」といった。この言葉はいっそう加藤の興奮をあおった。

「閣下のお言葉、身にしみてありがたく存じますが、娘の結婚などは私の家庭内のこと、私事であります。今、そのようなことを考えている場合ではありません。私はいやしくも方面軍の参謀長であり、陸軍中将であった身です。自分が負うべき責任を逃れて、生きて祖国へ帰ろうなどとは思っておりません」

「加藤閣下は〝参謀長通達〟のことを言っておられるのだろうが、あれは命令ではない。そもそも参謀長とは……」

今村はぜひとも説得しようと意気ごんで話すとき、相手が〝グウの音《ね》〟も出ないほど痛烈な言葉を使うことがあるが、このときも加藤を救いたい一心からひどいことをいった。

「参謀長には命令権はないのです。こういうことに関しては、参謀長は司令部の書記と同じようなもの……」

〝司令部の書記同然〟といわれた加藤は今村を睨《にら》みすえて、無言だったという。

「いやはや、びっくりしましたねえ」と中沢は語る。「方面軍参謀長といえば、我々がそばへもよれない〝雲の上〟の偉いかたなのに、今村大将はいきなり〝司令部の書記〟だなんて……。何の事件についてお二人が口論されたか？……そんなこと、〝当番兵〟の私なんかにわかるもんですか。その後は何日も、お二人とも不機嫌《ふきげん》な顔で話もされませんでしたから、とても私から今村大将に『あれはどんな事件ですか』なんて、聞けやしませんよ」

刑期満了となった有竹英夫は一九四七年（昭和22）三月、ラバウル五号桟橋《さんばし》から引揚船筑紫丸《つくしまる》に乗船した。

「いよいよ船が港を離れると、甲板に並んでいた私たちはいっせいに、

　さらばラバウルよ　また来るまでは　しばし別れの　涙がにじむ……

と、声を合わせて歌ったものでした。万感胸に迫る……とは、ああいう気持でしょうか」と有竹は語る。「永年夢に見続けた日本へ帰れるという喜びと、戦中から戦後へかけてさまざまな思い出のあるラバウルも、これで見納めか……という感傷が一緒になって、涙がとめどもなく流れました。

ラバウルにいた時は、あまり〝ラバウル小唄《こうた》〟を歌った記憶はありません。現地の歌としては、むしろ〝ココポ黄昏《たそが》れて〟の方が広く歌われたんじゃないでしょうか。それに兵隊は、戦争とは関係のない流行歌や童謡などを好んだものです」

「ラバウル小唄」は戦争末期から戦後にかけて、日本内地でも広く歌われた。NHKは波岡惣一郎《そういちろう》の歌でたびたび放送している。戦争の終る夏を、新潟市ですごした私は、そのころ人通りもまれな宵闇《よいやみ》の中で、子供たちが「ベーエー（米英）ゲキメツゥ（撃滅）火の用心」とお腹のすいた声で叫びながら打つ拍子木の音と共に、〝さらばラバウルよ〟の哀調を帯びた歌声を聞いた記憶を残している。

この歌はその後も、松方弘樹、都はるみ、伊藤久男、石原裕次郎などの歌で次々にレコード化された。

「ラバウル小唄」は作詞若杉雄三郎、作曲島口駒夫となっているが、これは一九四〇年（昭和15）にレコードが出た「南洋航路」（作詞は同じ若杉）の替歌で、ラバウルにいた将兵の〝誰《だれ》か〟が歌い出したもの――と伝えられている。

その〝誰か〟は「佐竹中尉であった」と、向井良吉が文藝春秋別冊「漫画読本」（一九六一年（昭和36）十二月号）に書いている。それによると佐竹は幼年学校から陸士へ進んだ人で、第三十八師団平田連隊の中隊長であった。二十歳をすぎたばかりの若さだが兵隊への思いやりが深く、彼らを楽しませるため熱心に演芸班を支援したという。

当時、演芸班長であった向井は「佐竹さんは、復員してからなくなったそうだ」と書いている。何年のことか不明だが、佐竹が作詞したという「ラバウル小唄」は、彼よりも長い命を今も保っている。

「文藝春秋」（一九八一年（昭和56）九月号）に菊池仁《じん》（京葉瓦斯《ガス》社長）の随筆「幻の歌　ココポ黄昏れて」が掲載されたのを機に、この歌の作詞、作曲者であった森成二（軍医大尉、故人）が所属した第十七師団通信隊戦友会が、一九八二年（昭和57）に「ラバウルの想《おも》い出歌集」のレコードを出した。（ラバウル方面陸海軍戦友会、海軍ラバウル方面会の共同企画、製作）この中にも〝さらばラバウルよ〟がはいっている。

今村大将の〝責任裁判〟

帰国した矢嶋法務少将の新弁護団編成は、第一、第二復員局の斡旋《あっせん》で当時としては満足すべき陣容を整え、一九四七年（昭和22）二月ラバウルに到着した。新旧合流した日本弁護団は将官の裁判にそなえて対策をたてた。

今村は誰の裁判でも自分から申し出て、よく証人台に立った。高屋守三郎は彼の裁判に証人として出廷した今村の姿を、次のように書いている。

「今村大将は収容所では半ズボンだけで、小肥《こぶと》りした黒光りする上半身を太陽にさらして畑作りに余念がない。全くお百姓さんの好々爺《こうこうや》であるが、今日は陸軍大将の軍服に武勲を物語る数条の略綬《りゃくじゅ》を帯び、堂々たる軍司令官の威容は法廷の空気を圧して、証人席につかれた」

二月十三日、野戦重砲兵第七連隊長根岸大佐の裁判で、証人として出廷した今村はまたも「インド人など外人協力部隊は俘虜《ふりょ》にあらず」と強く主張した。その結果、豪軍はこの件に関して日本から証人を召致することになった。

豪軍は最終的に〝責任裁判〟の名称で裁く対象を今村均大将、安達二十三《あだちはたぞう》中将（第十八軍司令官）、加藤鑰平中将、広田明主計少将（第二十六野戦貨物廠長）の四件にしぼった。

〝責任裁判〟は三月下旬、まず広田から始められた。「一日も早く私を裁け」と一年以上

れ太田
いい続けてきた今村は、最高責任者であるため最後となり、ようやく彼の裁判が開始され

たのは五月一日であった。この日から、第十二回目の法廷で判決が出るまで、今村は太田庄次と薄平八郎の同乗するジープで戦犯収容所と裁判所の間を往復する。

第一回の裁判は、一九四七年五月一日午前九時半に開廷された。

起訴状――。

「日本第八方面軍司令官陸軍大将今村均は戦争犯罪を犯せること即《すなわ》ち下記の如《ごと》く、戦争法規並《ならび》に慣習に違反せることにより起訴す。

下記

彼は一九四二年十一月より一九四五年九月の間、第八方面軍の指揮地域たるニューギニア、ニューブリテン及びその他の島嶼《とうしょ》に於《おい》て日本軍指揮官として豪州連邦及びその同盟国との戦争中、彼の部下の行為を統制すべき指揮官としての義務を不法に無視し、且《かつ》これが遂行に失敗せり。之《これ》がため彼の部下は豪州連邦及びその同盟国の人民に対し残虐《ざんぎゃく》行為その他の重罪を犯すに至れり」

これに続き、今村が責任を負うべき戦争犯罪が箇条書きに並んでいる。

「罪状認否」に、今村は「道義的責任はあるが……」と述べているが、法廷はこれを一般の無罪主張と認定した。第一回のこの日からすでに「印度人俘虜の身分及びこれに関する犯罪行為の証拠に関する件」がとり上げられ、検事側の証人としてインド人チントシンが出廷して訊問《じんもん》を受けた。

豪本国政府は日本軍将官の裁判のため、法曹界《ほうそうかい》の第一人者といわれるL・C・バタハムを検事団長として派遣していた。今村は「長老検事は私より年長と見られる容相。多年この職にたずさわっての影響であろうか、ずいぶんうっとうしい顔をしていた」と書いている。

日本側弁護団は、高級将校の裁判のため新たに日本から来た山本光顕弁護士が主任弁護人を務め、それに太田庄次、檜垣順造が加わっていた。檜垣は東京帝国大学（現・東京大学）法科出身で、弁護士の資格はなかったが、英語に堪能《たんのう》で、国際法規などについても検事側と論争する能力を持っていた。

法廷通訳を務める西村二郎は二世で、海軍兵曹であった彼はそれまでの裁判での通訳能力を高く評価され、今村裁判に抜擢《ばつてき》された。豪軍から「今村大将の副官」と認められていた薄平八郎は常に法廷にいて、西村の通訳の補佐をした。

裁判の最中に、今村は抵抗しがたいほどの〝眠気〟に悩まされることがあった。裁判所はトタン屋根のバラックで風通しが悪く、うだるような暑さであった。その上、今村の部下将兵が行なったとされる〝俘虜に対する残虐行為〟の裁判記録を、二人の検事が交替で延々と読み上げる日が続いた。もともと外人協力部隊を俘虜と認めず、残虐行為のほとんどが捏造《ねつぞう》されたものと信じている今村は、バカバカしくてまじめに聞いてはいられない。眠けはつのるばかりである。

「私の居眠りは少年時代からの持病」とある通り、年期がはいっている。彼は「法廷で居眠りすることが無用に裁判官の感情を害することはともかくとして、日本軍大将の居眠る醜い形を彼らに見せたくない」という気持から、種々のくふうをこらした。飲めないほど濃い日本茶や紅茶、コーヒーなどをつめた水筒、野生の唐がらしの粉を入れた袋が法廷に持ちこまれた。

今村はポケットにしのばせた唐がらしを噛《か》み、さらに彼のうしろにつき添っている被告監視の憲兵中尉に「居眠りを始めたら起してくれ」と頼むなど、万全の対策を講じた。それでも、特に暑さの厳しいある日の午後、まず憲兵中尉が居眠りを始め、次いで今村の頭が左右に揺れ出し、たまりかねた裁判長が書記に命じて二人を起させた——という一幕もあった。

五月十二日、第八回目の裁判は弁護人の冒頭弁論に始まり、検事の被告今村に対する反対訊問がこれに続いた。この中に、「俘虜の身分」も含まれていた。

インド人、中国人、インドネシア人などがラバウルに送られた当時の南方軍総参謀長であった黒田重徳中将、参謀本部課長であった美山要蔵大佐ら三人が、弁護側証人として出廷した。この証言のため日本から来た彼らは、外人協力部隊が日本軍の構成分子としてラバウルに送られた経緯を説明し、彼らが俘虜でないことの立証に努めた。

今村は「外人協力部隊は俘虜ではない。従って彼らに対する部下将兵の行為を戦犯裁判の名によって裁くのは違法であり、国内法によって裁かるべきである」と主張したのち、「しかしながら貴軍があくまでもこれらの事件を戦争犯罪行為であると認めるならば、たとえそれが私の意図外のものであるとしても、これは指導、監督の地位にあった軍司令官の全責任であって、個々の部下将兵が責任を負うべきものでないことを確信しております」と述べている。

五月十三日の裁判第九日は、弁護人の最終弁論が行なわれた。その弁論の終りで満州などにおける連合軍の犯罪に触れ、「この裁判は勝者が敗者を裁くものでなく、正義の最高観念すなわち真理が当法廷を支配するものでなければならない」と結ばれている。

五月十四日、裁判第十日は検事論告が行われた。まず「俘虜の身分と被告の責任」について、インド人チントシンの証言、中国人ウーインの陳述書、インド人ジェームスの陳述書などが読み上げられ、遂に日本側の「外人協力部隊は俘虜にあらず」という主張は認められなかった。インド人チントシンは検事側のただ一人の証人だが、彼は第一日の法廷で証言した後すぐ帰国してしまったので、弁護側は彼を反対訊問することでその証言を崩す機会を得られなかった。

さらに検事は「上級指揮官に報告しないのは、指揮官の態度の反映である」と次のように述べた――と今村が書いている。

『「……日本軍司令官今村大将は部下一切の行為を監督すべき責任の地位にありながら、部下数百名がインド人、支那人、インドネシア人、土人約百名を殺傷しているのを、二年有半の間知らずに過している。丁度、ギリシャのオリンパス（オリンピック競技場の近くにある）の項上に坐りながら遠くあちこちを眺望《ちょうぼう》しており、近くの谷間で行われていた不法行為を見おとしたものといわなければならぬ。これは大きな怠慢である……』と論説した。ラバウルでは、それどころではない」

軍司令官時代の今村は司令部で執務するより、むしろ部隊の戦闘訓練、地下築城、現地農耕の見まわりに多忙をきわめていた。

「……とても山頂から遠くなどを眺《なが》めてすまされるものではなかった。しかし豪州の陸軍は小さいため、大将はたった一人だけより任じていない国として、特に軍人ではない司法部の老検事として、大将ともなれば山頂で悠々《ゆうゆう》あちこちを展望するような勤務ぶりの者だろうと推察したのは、無理からぬことであり、『今村はオリンパス山頂に腰かけ、遠くあちこちばかり展望していた者である』との面白《おもしろ》い比喩《ひゆ》には、覚えず朗らかなほほえみが心に浮かんだ」

この裁判には今村の命がかかっているのだが、老検事のたとえ話がおかしいと胸中で笑っているところに、一身を投げ出してことに臨んでいる彼の余裕が感じられる。

「今村さんが法廷で述べたことを集約すると『自分が関知したことも、関知しなかったことも、責任はすべて最高責任者たる私一人にある』ということです」と薄平八郎は語る。

「この日、帰りの車の中で今村さんが『豪軍はわしをどうすると思うか』と聞かれるので……、私は『死刑にするでしょう』と答えた」

私はすでに薄の率直さを知っていたが、これを聞いた時は、よくもそんなことを……と驚いてまじまじと彼の顔を見つめた。

「いや、私だってそんなことはいいたくなかった」と薄は説明した。「だが気休めに心にもないことをいっても、今村さんはすぐに見ぬいて、フンという顔をする人だった。どう思うかと何度も聞かれれば、いつまでも黙っているわけにはいかず、正直に答えるほかなかった」

今村は薄の正直な答に〝我が意を得たり〟という微笑を向けて、「わしもそう思う」と満足そうにうなずいた。「死刑は結構だ。減刑してもらおうなどとは毛頭考えていない。だが刑の執行に希望がある。軍人として、絞首刑はいかにも耐えがたい。ぜひとも銃殺刑にしてくれという申入れ書を書いてくれ。なるべく早く……」

薄は大急ぎでまとめた申入れ書を豪軍司令官の副官に届けた。

「それを受けとった副官がニヤリと笑ったのを、今も覚えている」と薄は語る。ニヤリと笑った副官は、今村の判決が死刑でないことをすでに知っていたのだろうか……。

五月十六日、今村は十年の禁固刑を宣告された。彼はこれについて次のように書いている。

「……事実、私は監督指導者であり、父老の愛児を預かっていた身でもある。処刑される若人たちを見守ることは、これこそ義務であり、情においても願われたことである。私は、私に対してなされた刑罰を納得した」

今村と同じく〝責任裁判〟で裁かれた安達二十三は無期刑、広田明は七年の有期刑、そして今村の下で参謀長を勤めた加藤鑰平は無罪となった。加藤を救おうと大口論をし、最後の機転で〝司令部の書記〟とまで侮辱的言辞を弄《ろう》して止めを刺した今村は、さぞ満足であったろう。

太田庄次は「ラバウル戦犯裁判の記録」中に、次のように書いている。

「……〝責任裁判〟の四人の将軍はいずれも自己の採るべき責任を明確にし、部下の罪を軽くしようと努力された。その態度に、ラバウルの日本人一同は感激に耐えなかった」

今村の裁判について──。

「……豪軍は、今村大将の日本軍最高指揮官としての立派な態度に敬意を表し、公正なる裁判（太田は同記録の他の個所に『表面上、少なくも形式的には公正な裁判』と書いている──筆者註）を実施した。法廷内外の豪軍一般の空気も極めて和やかで、当時その裁判に関係した日本人一同は、従来の裁判にはなかったことだ……と語り合った」

加藤の裁判についての太田の記述──。

「……加藤中将は俘虜の不法使役により国際法規並びに慣習違反をした、という訴因で起訴されたが、本件は検察側の証拠が全く不充分で、弁護側の証拠、特に今村大将の証言によって検事側の主張を完全に反駁《はんばく》し、無罪の判決を得た」

「無罪放免となった加藤中将が帰国されるとき」と今村の〝当番兵〟中沢清は語る。「永年愛用されたべっ甲の煙草《たばこ》ケースを『記念に』と私に下さって、『今村閣下を頼むよ』と繰返しいわれました。苦労人で、人情に厚い立派な方でしたが、一九七四年（昭和49）に亡《な》くなられました」

今村は判決から十日余り後の五月二十八日に、豪軍確認将校あてに請願書を提出している。一般に請願書は自分の刑を軽くするためのものだが、今村のそれは部下将兵についてだけ書かれている。彼は「私に対する判決には満足であるが、検事の主張、法務官の意見に、私の意を十分尽し得なかった若干事項につき、特に確認当局の考慮を煩《わずら》わしたい」として、四項目に分けて述べている。その第一項「インド人の身分について」の中に、次の一節がある。

「……インド人らの身分に関する第八方面軍の見解は、私の裁判を通じてくわしく述べた通りであります。この見解に基づく行為によって戦犯となった部下将兵は、本来戦犯となるべきでなかったので、既決の者といえども情状酌量《しやくりよう》されてしかるべきであり、私は強くそれを主張し、希望いたします」

さらに今村は四件の裁判を挙げて、その再審を要求している。

一九四七年（昭和22）五月十六日に判決の下った今村の裁判を最後に、第八方面軍関係の裁判の大部分が終了した。あとは主としてラバウル以外の地域から移管された馬場中将などの事件が審理されたが、これも八月には終った。これで、豪軍がすぐには公判を開き得ない少数の事件を除き、当時ラバウルにいた戦犯容疑者の裁判はすべて終了した。日本弁護団は九月と十月の二回に分けて帰国、解散した。

太田庄次の「ラバウル戦犯裁判の記録」によれば、裁判件数の総計は二百三件で、地区別件数は「ラバウル百二十」、「ニューギニア四十」、「ナウル、オーシャンなどギルバート諸島十二」、「ブーゲンビル十」がそれに続く。ラバウルの件数が最も多いのは、日本軍の人員も外人労務者の数もニューギニア、ブーゲンビルとは比較にならぬほど多く、また豪軍検察当局が外人労務者に対し虚構の申立てを誘導したことによる。

起訴罪名別の件数で最も多いのは「殺人八十八」で、次は「虐待七十七」、「戦争法規並に慣習違反十八」、「拷問《ごうもん》九」、「その他十一」である。

「その他」の中には「人肉喫食四件」が含まれている。地域は「ニューギニア三」、「ラバウル一」である。この容疑で起訴されたのは十三人で、第一審では絞首刑二人、有期刑三人であったが、第二審の確認では十五年の禁固刑一人をのぞき全員無罪となった。この〝十五年〟も「暴行致死」に対するもので、ラバウル法廷では「人肉喫食」で有罪になった者は一人もない。

一例を挙げると、ラバウルの軍医など七人が「病気治療中のインド人俘虜二人を注射で死亡させ、埋葬後遺体を発掘して喫食した」と告訴された。だがこれは、死因を確認するための解剖であったことが証明されて、全員無罪となった。

私はこれら裁判の記録を読んで、人肉喫食の対象は中国人やインド人俘虜、または〝戦場に遺棄された豪兵の遺体〟など、他国人ばかりであることに気づいた。そして日本人の間のこの種事件はラバウル法廷が問題にしなかったと聞いて、《モラルの問題ではなかったのか……》と驚いた。だが "戦争犯罪裁判" の性格を考えれば、敗戦国民の内輪の事件をとり上げないのは当然なのであろう。

鈴木正巳軍医少佐は一九四二年（昭和17）末から敗戦まで、東部ニューギニアの第十八軍軍医部部員であった。彼は、著書「東部ニューギニア戦線」の中で「……地上が土砂と瓦礫《がれき》と砲弾の破片で埋めつくされた無機質な空間となったところでは、有機的なもの全《すべ》てが食欲の対象となり、命綱となる」と述べ、「極度の飢餓による精神錯乱の行為……ごく稀《まれ》なこと」と前書きして、戦列を離れた兵隊が同胞を襲う姿を書いている。鈴木は飢えにさいなまれながらの移動の途中、腹痛に苦しむ同行の少年兵の頬《ほお》を打ち、無理に歩かせて、彼を山中に残すことを避けた。

判決の後、今村の身分は〝未決囚〟から有期の〝既決囚〟に変ったが、彼の生活は相変らず畑を耕す日々であった。

収容所に〝五人組〟と呼ばれる若者たちがいた。今村は彼らについて「右戦犯五人は私の部下の人たちではない。戦場を異にした、セレベス方面のタラウド島警備大隊に勤務していた人々」と書いている。

この島で起った事件で、大隊長以下全員が戦犯部隊と目された。大、中隊長六人が一切の責任を負い、部下全員を救おうと試みたが、検察側はどこまでも下士官を含む多数に極刑を科そうという構えを見せた。そこで、大隊本部の下士官一人と、各中隊長の従兵五人とが身がわりになると申し出て、犠牲者をそこでくい止めることになった。

今村は彼らの行為を聞き、強く心を打たれて、次のように書いている。

「……全員を救うため、大、中隊長自身はよいとして、日夕身辺で起居を共にしていた最も情愛の濃い従兵を、実行者だと指定しなければならなかった彼らの心情と、死に行く上官と一緒に、全員を救うための犠牲と諦観《ていかん》した二十代の青年六人の心もちとは、涙なしには察せられないものである。

これらの青年は公判廷で健気《けなげ》にも『そうです。それをやったのは私たち六人です』と、きっぱり言ってのけたのが好感を持たれ、さすがに裁判長は事情を洞察《どうさつ》したのであろう、将校六名は死刑にしたが、下士官兵は十年にし、次いで第二審で五年に減刑した」

大隊本部書記であった二十八歳のU軍曹《ぐんそう》を後見役とした兵たち五人は、収容者中で最も若く、特に〝金坊〟とあだ名された童顔二十一歳の青年は人気者であった。U軍曹は浅草生まれの江戸っ子で、〝すいも甘いも心得た、俠気《きょうき》の持ち主〟と書かれている。

ある日、Uが畑にいる今村の許《もと》へ走ってきて、「いま金坊がM准尉《じゅんい》の指図で現地兵にひどくやられ、人事不省にのばされて医務室へかつぎこまれました。現地兵のチンギラが年寄りの戦犯を靴《くつ》でたたこうとしたので、金坊がその靴を取り上げたとかいうことで……」

「すぐ所長に抗議する」と、今村は鍬《くわ》を投げ出した。「急いで浜中少将を呼んできてくれ、通訳してもらおう」

今村と浜中はアプソン所長の許へ急いだ。

「所長、あなたはこの前、H少佐とS中尉が日本人に大暴行を加えたとき、『規則違反者には規定の処罰を加え、体刑行為は絶対にやらせない』と約束されたのに、今度はM准尉です。このようなことでは、もはや私共は直接軍管区司令官に訴え、その力で改善してもらうほかないと思います」

「どこで、そんなことが」と、顔色を変えた所長は、今村たちと共に医務室へ急いだ。

金坊は興奮と烈《はげ》しい殴打のため高熱を発し、「チンギラ奴《め》、さあ、いくらでもやれ。俺《おれ》は日本の軍人だぞ。なにを、これしき……」と、うわ言《ごと》を口走っていた。体のあちこちに、むごたらしい鞭《むち》のあとがあった。

向畑軍医少尉も興奮していて「内出血が多いので、心配です。チンギラのような野獣に暴力をふるわせれば、死ぬまでやりますよ」と、憤懣《ふんまん》を押えかねる声でいった。

今村の言葉は浜中の通訳で所長に伝えられた。「アプソン少佐。ここに収容されている幾百の日本人は、反則のインド人や支那人労務者を二つ三つなぐったというだけで、五年、十年の刑に問われているのです。今日の暴行に対する日本人一同の憤懣は、確かに戦犯以上の罪悪です。今日の暴行に対する日本人一同の憤懣は、もはや私には制し得ないと思われます。一切の責任はあなたが負うべきです」

この辺までは確かに今村の言葉通りに通訳されていたが、次第に浜中は今村の言わないことまでを激しい口調で所長にぶつけ始めた。浜中と〝五人組〟とは、モロタイ戦犯収容所の〝地獄〟を共にくぐりぬけ、同じ船でラバウルに来た仲である。

「所長、あなたは好人物だが、部下を押える勇気も力もない。収容所の日本人の中には『職員の暴虐行為《ぼうぎゃく》は、所長がけしかけてやらせているのだ』と考えている者もたくさんいますよ。このままでは大騒動が起るでしょう」

「チンギラはすぐに厳罰に処します」日本側の気勢に所長の声は震えていた。「すぐ職員を集めて訓示します。所長がやらせているなどと、とんでもない」

「チンギラなどは末のことです。M准尉をどう処置しますか。彼はほかにも大きな悪事をやっていますよ」

「どんな悪事を？……。とにかく調査を開始し、軍管区司令部にも報告して、公明正大な処置をとります。ですからどうぞあなたは日本人一同に私の方針を伝え、軽はずみな行動に出ないよう努力して下さい」

昼食のため作業場から帰ってきた日本人一同は、老年の同囚をかばった金坊の受難を聞いて、激昂《げっこう》した。誰《だれ》もが収容所職員や現地人監視兵の横暴なふるまいに、〝折あらば……〟の思いを胸にたたんでいた。彼らは午後一時の作業開始の鐘が鳴っても、「事件が納得のいく解決を見るまでは」と、動かなかった。

「日本人一同は、蛮行の根絶が保証されるまでは、どんな罰を受けても作業はやらない、と決心しています」

「いま職員に訓示したところです。司令部からは午後二時にデュバル少佐が調査に来ることになっています。決して事をうやむやに終らせはしませんから、日本人も規則通り作業を始めて下さい」

今村は宿舎に戻《もど》り、一同に所長の言葉を伝え、「けんか両成敗の口実で、職員の不法をいいかげんに扱うきっかけを与えないため、一切を私と浜中少将にまかせて、すぐ作業を始めてもらいたい」といった。一同は今村に質問を向けもせず、静かに作業場へ向かった。

デュバル少佐は通訳として薄平八郎を同伴し、所長や今村と共に医務室に金坊を見舞った。偶然にもこのとき、飛行場作業で酷使された台湾兵一人が日射病で脳に異常を来たし、発狂状態でかつぎこまれて来た。彼は両眼を血走らせ、白人と見れば周囲の制止を払いのけてつかみかかろうと、泡《あわ》をふいて暴れた。この凄惨《せいさん》な雰囲気《ふんいき》に気押された豪軍側は、逃げるように医務室を出た。この際一気に収容所を改善しようとする今村にとって、相手を震え上らせた台湾兵の錯乱状態は思わぬ助太刀であった。

今村はデュバル少佐と会見し、職員の日ごろの暴虐ぶりをくわしく述べ、「このような不法行為は、豪軍の権威をも地に堕《おと》すものです」とつけ加えた。デュバルは「M准尉の悪事を書類にまとめ、証拠を添えて、明朝までに軍管区に提出して下さい」といい残して帰った。

その夕方、アプソン官舎の当番勤務の一戦犯が、今村に重大事件を報告した。――H少佐を先頭に職員の大部がアプソンに向かって、彼の軟弱な態度が日本人をつけ上らせたと非難し、我々が辞職するか所長がやめるかと、つめよった。気の弱いアプソンは辞職を決意したらしい――。

今村は時機を失せず手を打たねばならぬ、と考えた。冷酷残忍なH少佐がアプソンのあとの所長になったら、日本人は本当に暴動を起し、多くの犠牲者を出すことにもなりかねない。翌朝、今村はM准尉の犯罪証拠と共に、「日本人一同の希望」としてアプソン所長の留任を申し出た。

午後になって、デュバル少佐が今村に会いに来た。

「司令官はM准尉の行為を軍法会議で審議することに決心しておられる。殊《こと》に食料倉庫内の患者用ミルクの大量持出しや、赤十字が日本人に寄贈した物品を窃取《せっしゅ》したことは重大な悪事で、厳重に処断するとの意見です」

「M准尉は悪人ではないのですが、教養がないため善悪の判断がつかないようです」と今村がいった。「軍法会議で彼を獄につなぐより、本国に帰し教養を身につける機会を与えることを私は希望します。これを司令官に伝えて下さい」

金坊事件に端を発した豪軍当局の調査は二カ月後に終了した。その結果、H少佐、M准尉は本国送還のうえ免職、S中尉、B伍長は日本人係を免ぜられ、その後任は憲兵隊から適任者が選ばれ、アプソン所長の辞表は却下された。

部下戦犯たちをかばって支配者である豪軍にたち向かった今村には、権力も武器も祖国の後盾《うしろだて》もなかった。彼個人の力と日本人の結束によって、かちとった勝利であった。だが今村が一九四八年(昭和23)にジャワへ移された後、リーダーを失ったラバウル戦犯たちの結束は乱れたと伝えられている。また日本人一同の希望で留任となったアプソン所長についても、今村は「私がラバウルを去った後、アプソン少佐の態度が悪くなり、一同が大いに弱らせられたとのことを、後に聞かされた」と書いている。日本人の結束も、アプソンの公正な態度も、〝今村が居たればこそ〟のものであった。

方面軍司令官であった今村にとって、「戦犯収容所内の改善」は小事件にすぎないであろう。だが成功に至るまでの経過の各所に彼の能力、特に判断のよさが発揮されている。〝おどし〟を利《き》かすべき時には十分に利かせ、とかく問題の多いB伍長を、とっさの判断で日本人に所長の決意を伝える席に立ち会わせるなど、こまかく、タイミングよく、きびきびと手を打っている。今村は〝人格者〟の面だけを語られることが多いが、実に頭の回転の早い〝ぬけめのない人〟である。彼は次のように書いている。

「どこの国軍にも多数の将兵のうちには、変態的であったり、ヒステリックの者があることは免れない。が、豪州陸軍がこうも暴虐者を多く日本人戦犯者の取扱いに任ぜしめたのは実に遺憾のことだった。しかしこの度の所長、特に軍管区当局の処置は、大いに学ばなければならぬところと思う。これがわが軍の出来ごとであったとしたなら、所長やデュバル少佐のような態度は軟弱極まるものとして、いっぺんに上下から非難と不信とを買うに至ったかも知れない」

今村は日本軍の体質を率直に述べている。

収容所職員が処分を受けた時、彼らの手先となって日本人を虐待したチンギラはじめ数人の現地兵もクビになった。
「収容所時代、現地兵にはさんざんなめにあわされました」と有竹英夫は語る。「戦争中は憲兵隊が彼らをやとって、スパイ活動をやらせたものでしたが……」
　憲兵曹長白木仁一は刑死の約一カ月前に、
　　昨日《きのふ》まで我に仕へし黒ン坊が今日は我らを監視するなり
と、書いている。些細《ささい》なことで現地兵に鞭《むち》うたれる戦犯たちは、今さらに敗戦国民の悲哀を嚙《か》みしめたという。

「今村さんは豪軍の幹部から非常に尊敬されていたから、いざというとき〝押し〟もきいた」と薄平八郎は語る。ラバウルにいる幹部だけでなく、豪本国から来る高級軍人もよく今村に会いに来て、思想問題や宗教、哲学などについて語り合い、彼の知識、教養に感服していっそう敬意を払うようになった。薄の言葉は続く。

「終戦直後に進駐してきた豪軍はラバウルの日本将兵に対して、敵愾心《てきがいしん》と同時に強い怖《おそ》れを持っていた。なにしろ豪軍は三万、こちらは十万ですからね。それに、オーストラリア人は〝カウラの反乱〟で驚かされているし……」

〝カウラの反乱〟とは、ニューギニア戦線などで捕虜になった日本将兵が、一九四三年(昭和18)八月、豪州カウラ捕虜収容所で無謀としかいいようのない集団脱走を試み、二百数十人の死者を出した事件である。「生きて虜囚の 辱《はずかしめ》 を受けず」の戦陣訓ゆえに、死を目的とした脱走であった——と伝えられている。この事件は広くオーストラリアの人々に、「日本人は命知らずで、何をやるかわからない民族だ」という恐怖感を抱かせた。

「ラバウルの日本軍は何をするかわからん——と内心ビクビクで進駐してきた豪軍は今村さんを知るに及んで、十万の日本将兵を押え得るのはこの大将以外にないと見ぬいたのです」と薄平八郎は語る。

「終戦後、日本軍にいたインド人や中国人、朝鮮人などは母国へ帰るまでの間、それぞれ独立したキャンプにいましたが、朝鮮のキャンプが暴動を起しそうになった時、豪軍はそれを押える自信がなく、今村大将に出馬を頼んできたことがあった。久しぶりで軍装を整えた大将と一緒に、ココポにあった朝鮮のキャンプへ行ったことを覚えています。

豪軍にとっても、今村さんは信頼できる必要な人物だったんですよ。だから蘭印《らんいん》が軍事裁判にかけるため今村さんの身柄《みがら》を渡せといっても、豪軍がなかなか手離さなかったんじゃないでしょうか。これは私個人の想像だが……」

「今村大将のおかげで〝悪玉追放〟が成功してからは……」と中沢清は語る。「収容所もかなり住みよくなりましたよ。だがその前から、私はやられっ放しでいたわけじゃあない。豪軍に虐待されれば、こっちはこっちで……」

作業現場の彼は仲間と〝能率をあげない競争〟をし、豪本国から来る船の荷揚げにかり出されれば、まっ先に乗船して、便所から炊事場まで手当り次第に水道の栓《せん》を開け放して貴重な水を流し、ネーブルなど果物や食糧品の木箱をかつげば、わざとぶつけて地上に散乱させ、あとで〝戦利品〟を拾い集めたりした。豪兵の外出中には兵舎にしのびこみ、煙草《たばこ》を〝失敬〟して、「禁煙」のつらさをまぎらせもした。

これらの行為を見つかれば、間違いなく重労働の処罰である。そして、それは「二週間も続いたら体がもたない」ほど苛酷《かこく》なものと知りながら、溜飲《りゅういん》を下げるためにはやらずにはいられないのだ。これを語る彼の口調には、たぶんにスリルを楽しんでいた節がある。

また中沢は、炊事場でもらった残飯を容器に入れて土中に埋め、それに医務室の〝わかもと〟をまぜて酒を作るという器用さも持ち合わせていた。彼はこの手製の〝どぶろく〟を、処刑を翌朝に控えた〝セメント・ハウス〟の友の許へ運んでいる。ある戦犯は豪軍兵舎から盗み出した缶詰《かんづめ》を、二重ふんどしの間にかくして厳しい身体検査をくぐりぬけ、これも〝セメント・ハウス〟へ運んだ。いずれも〝冥土《めいど》へ旅立つ友への、せめてもの餞別《せんべつ》〟なのである。

長い収容所生活の間に精神に異常を来《きた》した人もあったが、中沢にはそんな心配はない。憤懣は内に蓄えられることなく、次々に自分の手で発散させてゆくので、彼の胸の中はいつも風通しがいい。生来の楽天性と、旺盛《おうせい》な生活力に守られて生きぬいたのは中沢一人ではなく、このたくましさは日本人の一部に共通する特質であるらしい。

島民虐殺事件

私はラバウル戦犯の取材を始めたばかりのころ、今村の「これらの戦犯容疑者は何ら犯意なく、それぞれの上級者の命令によって戦争遂行に邁進《まいしん》したものであり、むしろ彼等は武勲に輝くべき人であり、我国の光栄ある犠牲者である」という言葉をそのままには受けとれなかった。部下に対する思いやりから出た言葉とはいえ、あまりに〝戦犯〟を美化してはいないか——と思われたのだ。取材が進むにつれ、今村の言葉通りの人ばかりが出てくるラバウル戦犯裁判の特殊性は私にもわかってきたが、それでもなお《どう拡大解釈してもそれに該当しない人々が、たとえ少数にしろ、いたであろう》という気持は去らなかった。

この「今村大将伝」の下書きがほぼ完成した一九八三年（昭和58）の秋、私はやはり〝該当しない人々〟がいたことを、今村自身の記述の中に見出した。前述の、今村が自決をはかった夜に桜井克巳が見つけた短い遺書のほかに、実は彼の本当の遺書ともいうべき二通の文書があったのだ。これについて、当時、第八方面軍残務整理部文書班長であった貞包喜多海《さだかね》が「郷友」（一九八三年〔昭和58〕九月号）誌上に、大略、次のように書いている。

一九四六年（昭和21）七月、ラバウルの今村から、伊豆伊東の第八方面軍残務整理部長高橋鶴夫大佐の許《もと》へ、二通の極秘文書が届けられた。高橋はその一通「公事述懐」を復員省に届け、他の一通「私事述懐」は今村の妻久子に渡した。貞包は「思うに大将は、このとき死刑を覚悟されており、生きてこのことを訴える時はないと思って書き綴《つづ》られた、いわゆる遺言書である」と書いている。今村の自決の決意を知らない日本の残務整理部としては、当然の受けとり方であったろう。

「公事述懐」は一万六千字（四百字詰原稿用紙四十枚）に及ぶ長文で、今村は「今次戦争の動機と意義、敗戦の原因、指揮官の責任、敗戦後の国民一般の風潮、戦犯裁判」等に関する所懐を述べている。その「戦犯裁判」の項で今村は「断じて公式なる裁判とは認められない」と、その理由をくわしく述べた後、次のように書いている。

「といっても自分は、我が一部の不当行為を弁解せんとするものではない。返す返すも残念なことで、指導監督の責にあった自分としては、敗戦の大責任に次いで、これも、何とも君国に対し、御詫《わ》びのいたしようもない苦悶《くもん》を感ずるものである」

このあとに今村は「自分は次のように反省している」と、〃一部の不当行為〃が発生した理由四つをあげ、「最大の理由は、我々最高指揮官の指導監督が厳重を欠いたこと」と述べて、さらに次のように続く。

「これらの行為については、自分は敢《あ》えて正当視するものでなく、道義上極めて遺憾とするものであり、申訳けない所業であったことを認めるのである。しかし、これは我が軍法によって審判処断せらるべきもので、断じて、連合軍の戦争犯罪法規によって、処分せらるべきものでないことを主張する」

私は右の〝今村の遺言〟を読んだのとほぼ同時期に、ラバウル経友会発行の「ラバウル・最悪に処して最善を尽す」を入手した。この中に、戦犯の弁護人を務めた小風一太郎大尉が次のように書いている。

「少なくとも戦犯の中には行為時に違法の疑いのある行為をした者もいたことは事実だ。もっとも私は、その違法行為は日本の裁判で処罰されるべきで、ラバウルで死刑になってしまってはどう仕様もないので、無期でもよいから死刑だけは助けたいと考えていた」

「戦犯裁判は裁判という仮面を被《かぶ》った復讐《ふくしゅう》だったという意見が多い。私もこれを否定する訳ではないが、一概にそうと計《ばか》りは言い切れないように思う。……裁判というのに恥じない裁判をしようとした例もあった」

小風は無罪になった台湾人の裁判を書き、「自国民を殴り殺したと起訴された台湾人のために、疑わしきは被告の有利という主張を譲らなかった豪軍裁判官もいたのだ」と述べている。しかし彼の記述の中には「検察官は例のS少佐で、全員死刑にしなければ自分の恥だといわん計りの徹底した立証をした。法廷に数十名の中国兵を証人として連れて来た。……以下全員絞首《こうしゅけい》刑の判決だった」というものもある。この中には、無実を主張する台湾人数人が含まれていた。

最初の死刑判決は早くも一九四五年(昭和20)十二月に出たという。これは憲兵軍曹《ぐんそう》の中国女性に対する拷問強姦《ごうもんごうかん》事件で、「今村閣下は憲兵の強姦ということに憤激し、関山大尉（弁護人）がペティション（嘆願書）の手続を取ることを禁止されたとかでペティションは為《な》されず、豪州本国の当局もこの判決をそのまま確認したので、この軍曹は昭和二十一年二月《（マヽ）》ごろ死刑を執行された。最初の死刑執行だった」とある。この死刑にはみな驚いたらしい。小風も「日本の法律では、強姦だけで死刑に処せられることはない」と書いている。

今村について小風は「今村閣下も希望があれば、常に証人に立たれた。私も証人にお願いしたことがあるが、事前の準備も法廷に於《お》ける証言も、申し分がなかった」と書いている。

「戦犯裁判」と聞いて私が思い浮かべるのは南京《ナンキン》、シンガポール、マニラをはじめフィリピン各地などの現地人虐殺事件である。今村大将関係の取材を始めたころの私は、ラバウル法廷でもこのような事件が裁かれたのであろうと想像していた。しかし取材が進むにつれて、ニューブリテン島やニューギニア島の事件のほとんどが外人協力部隊のインド人や中国人を対象としたもので、地上戦のなかったラバウルでは現地人大量虐殺など起る前提がなかったことがわかった。

だがある日、当時を知る一人が「ラバウル裁判にも、むごい現地人集団虐殺があった。今村大将の管轄《かんかつ》地域の外で起った事件だが……」と語った。〝ラバウル裁判〟といっても、東部ニューギニア、ニューブリテン、ブーゲンビルの事件だけではなく、豪軍関係の容疑者はみなここに集められた。ボルネオの第三十七軍司令官馬場中将がその一例である。今村の麾下《きか》部隊の事件ではないが、やはりラバウル法廷で現地人集団虐殺が裁かれていたのだ——。私はすぐその場所や犠牲者の数をたずねたが、相手はこの事件を話題にしたことをすでに後悔している様子で、何一つ語ってくれなかった。そのうえ「人に知られていない事件だから、誰《だれ》に聞いても無駄《むだ》でしょう」といった。彼の言葉は本当だった。

それから半年余り後、私は今村と親しかった人に会うため、ある地方都市へ行った。取材がすんだところで、相手は「この街にもラバウルで戦犯だった人がいますよ。会いますか」といった。私はすでに戦犯収容所の様子など取材がすんでいたので、あまり気乗りはしなかったが、思い返してその人との連絡を頼んだ。

私のホテルに現われたのは六十歳を過ぎたばかりと見える、実直そうな静かなもの腰の人だった。

「この街のラバウル会に出席した時、久しぶりで今村大将にお目にかかりました」と、彼はおだやかな微笑を浮かべていった。「大将は『ラバウルの収容所で苦労したことは、忘れられんなあ……』と、声をかけて下さいました」

「あなたもインド兵か中国人に告訴されたのですか」と私がたずねた。

「いえ、戦争中はラバウルでなく、ずっと遠いギルバート諸島のオーシャン島におりました。本部はナウル島にありましたが」

私にはギルバート諸島がどこにあるのかわからなかった。それをたずねようとした時、彼の方が先に口を開いた。

「その島で終戦を迎えたのですが、実はそのすぐあと、島民二百人を殺してしまいましたので……」

私は絶句した。この半年あまり、どこで聞いても手がかりさえ得られなかった事件の渦《か》中《ちゅう》の人物が、いま私の前で、彼の方からその体験を語ろうとしているのだ。おそらく私の表情は変っていただろうが、相手はそれに気づく様子もなく淡々と語り続けてゆく――。

彼は自分の住所、姓名を伏せてくれとは一度もいわなかったが、その立場を考え、私の一存でYと呼ぶ。下士官であるYがオーシャン島に上陸したのは一九四三年（昭和18）の初めであった。第六十七警備隊オーシャン分遣隊の約五百人の海軍将兵は、肥料の原料である燐鉱石《りんこうせき》を日本へ送り出すのが主任務であったが、一九四三年（昭和18）十一月にタラワ、マキンの日本軍が全滅してからは日本との交通が杜絶《とぜつ》し、彼らは孤立した。

のちに私が調べたところでは、――ギルバート諸島はマーシャル諸島の東南、赤道直下にある十六のサンゴ礁《しょう》島群で、ラバウルから東へ約二千キロの距離である。面積は合計約九百平方キロ、住民は主にミクロネシア人で、一八九二年（明治25）以来イギリスの領土であった。Yのいたオーシャン島は、周囲二十キロほどの小島である。大洋州では一九六〇年代から七〇年代にかけて島嶼《とうしょ》地域が次々に独立し、現在九つの島嶼国がある。オーシャン島はいま、一九七九年（昭和54）に独立したキリバス共和国に属している。

Yは語る――オーシャン島の住民は初め約二千五百人であったが、日本軍の協力隊を編成するため体格のいい独身男子二百人を選び、他は警備隊本部のあるナウル島に移した。島に残した二百人には武器を与え、戦闘員としての教練をほどこしたが、彼らは非常に協力的で日本軍との関係は円満であったという。間もなく戦局は日本にとって悪化の一途をたどり始め、補給を断たれた島の生活は食糧はじめ物資の窮乏甚《はなは》だしく、空襲は激化し、空から米軍の降伏勧告ビラやタバコが投下されるようになった。

こうして一九四五年（昭和20）八月十五日、ラジオで日本の降伏を知った――とYは語る。のちにこの証言が意外な重要性を持つことになるのだが、そのとき私は当然のことと聞き流していた。日本の敗色濃いことは知りながらも、まさか降伏とは思っていなかった隊長A少佐は愕然《がくぜん》として、すぐ中隊長らを集めた。その会議は混乱状態におちいった――とYは語る。

「実はこの島を日本軍が占領したとき、宣教師など二、三人の白人がいたのですが、彼らはいずれ利敵行為をするだろうということで処刑してしまったのです。日本が降伏したとなると、それが大問題で……、ここへ連合軍が上陸してきたら、たちまち白人処刑がばれて、我々日本軍は皆殺しになるだろう……、なにしろ島民はみなこの事件を知っていますから、秘密が保てるはずはないと判断したわけでしょう……島民二百人を殺せと命じられたのは、終戦の三、四日あとでした」

何ということか――。それは戦場の異常心理によるものでもなく、また敵に内通した者の住む村を皆殺しにしたというのでもない。そういう理由があっても是認できることではないが、白人処刑という自分たちの不法行為を秘すため協力者全員を殺そうとは……私は唇《くちびる》を噛《か》んで、無言だった。

「日本降伏」に大衝撃を受けたことはわかるが、それにしても彼らの行為は〝血迷った〟としかいいようがない。それに、協力隊全員を殺したら、のちにその家族が島に帰った時、たちまち二百人の行方不明が大問題になると考えなかったのであろうか――。初め私はそれを不思議に思ったが、やがて《当然であろう》と思い返した。この時点では日本の政府や軍部の首脳たちにも、〝戦犯裁判〟がどのようなものかわからなかったのだ。まして絶海の孤島で長く外部との連絡を絶たれていた一少佐に、《無事日本に帰り得ても、のちに島民の訴えによって海外の法廷に引き出される》というところまで想像できなかったのは当然であろう。

二百人の島民は五班に分けられ、海岸の崖《がけ》の上に連行されて射殺された。

「私の班にも五人が渡されました。みな屈強な若者なので、暴れ出したら手に余るぞと思いましたが、彼らはふしぎなほどおとなしく、目かくしをする時も黙って地に膝《ひざ》をつきました」

Yはさらに「日ごろかわいがっていた彼らを射《う》つのは、忍びがたいことでした」と語ったが、表情に何の変化もなく、口調も相変らず静かなのが、いっそう私の心を凍らせた。抗するすべもない上官の命令であったため初めから罪の意識が稀薄《きはく》なのか、それとも四十年に近い歳月はこうもさっぱりと悪行の血の記憶を洗い流すものなのか――。

オーシャン島に豪軍が上陸したのは九月であった。彼らによって、日本の将兵は輸送船でブーゲンビル島のタロキナに移され、さらに南部のファウロ島に移された。これら二回の炎天下の強行軍中、疲労、栄養失調、マラリア、豪兵の暴力などで十数人が死んだ。ファウロ島のバラック生活の間に、彼らは顔写真をとられた。そして三十人が、オーシャン島民集団虐殺《ぎゃくさつ》事件の容疑者としてラバウルへ送られた。ラバウル戦犯収容所にはいったのは一九四六年(昭和21)一月であった。

告訴人はオーシャン島民カブナーであった。カブナーは銃殺の瞬間、かすり傷の状態で地上に倒れ、日本兵がいったん現場を離れたすきに洞窟《どうくつ》にかくれて、仲間の死体が海に投下されるのを目撃した。彼は夜を待って小舟で島を脱出し、豪軍に訴え出た。

ラバウルへ送られたのは小隊長以上全員とカブナーが顔写真を見て指さした人々である。裁判の結果は隊長A少佐、中隊長四人、小隊長三人の計八人が絞首刑、Yを含む数人が有期刑であった。

Yの話を聞いてから、私は改めてこの事件を調べ始めた。事件の場所も、刑死した人々の名前もわからなかった時とは違い、断片的ながら資料も手に入り、伝聞がほとんどだが話を聞くことも出来た。刑死者の名前を知ってみれば、そのいくつかは「片山日出雄日記」の中に見出せたし、「世紀の遺書」には彼らのものも収められていた。

取材が進むにつれ、私はまた新たな驚きにうたれた。島民二百人の射殺も、それが日本降伏後の八月十九日の事件であったことも、Yの話と一致したが、射殺の理由は全く違っている。Yは「白人殺害を秘すため」と語ったが、法廷でA少佐が「島民が日本軍に反抗したため……」と述べているのをはじめ、どこにも「白人殺害」は現われてこない。いくつかの遺書も、内容はほぼA少佐の言葉と同じである。どちらが真の理由なのか——。

裁判は被告の数が多いため、中隊ごとに分離して行われた。私がまず問題にしたのは、「彼らはいつ日本の降伏を知ったか」である。Yは「八月十五日、ラジオで終戦を知った」と語り、中隊長の一人も「島民に日本の敗北を告げてから殺した」と述べている。だがA少佐は「八月十日か十一日にラジオで阿南《あなみ》陸軍大臣の『徹底抗戦』の訓示を聞き、我々もこの島に敵上陸の時は存分に闘って玉砕と覚悟した。だが島民に反抗的行為があり、敵上陸の時の離反が予測されたので、八月十九日に全員射殺した。そのとき我々は日本の敗北を知らず、それを知ったのは八月二十四、五日ごろ……」と述べている。

また数日に一度しかラジオを聞かなかった理由は「発電機用燃料及び硫酸液が少量しかなく、後方との無線連絡に備えて節約……」と説明されている。この説明にはいちおうの説得力がある。しかし短波によってポツダム宣言を知り、「日本の降伏近し」と聞いたが、デマだと思っていた、という供述が二、三ある。その状態で阿南陸相の訓示を聞いていながら、その後十日以上も全くラジオを聞かなかったというのは不自然ではないだろうか。

私は島民射殺の理由をどちらかに断定する証拠を持っていないが、事件が日本降伏の四日後に起っていることからも、やはり「白人殺害を秘すため」というYの話に心が傾く。もしこれが真の理由であれば、A少佐は極刑を最小限にくい止めるためにも、ぜひ隠したかったであろう。そして、彼は成功した。ラバウル法廷は島民射殺の理由を深く追及することなく、八人に死刑を宣告した。

A少佐は「この事件は部下の反対意見を採用せずに、作戦命令として射殺を強制したので、責任は私一人にある。私は部下に『逡巡《しゅんじゅん》する者あらば、抗命罪を以て処断する』と告げた」と述べている。ラバウルのA少佐は責任を一身に負って部下を助けようと努力を重ねたが果せず、遺書に「余の不徳により多数の部下を犠牲にせしことは、最後迄《まで》遺憾のことなり」と書いている。

私はA少佐が島民の態度の変化について、「我々の恩を忘れ……」と語っていることに、強い抵抗を感じた。〝恩〟とは何を指しての言葉なのか。非戦闘員ばかりのオーシャン島を占領した日本軍は、侵略者以外の何であったのか。島民を利用するための好遇を〝恩〟と呼び、その〝恩〟をふりかざして、「共に戦え」というのは、あまりに手前勝手な注文である。日本軍のこの思いあがりが、中国や南方などの戦線の随所にありはしなかったか。「片山日出雄日記」によれば、A少佐は結婚後わずか二週間で戦地に出た人である。獄中の彼が妻を案じている様子を、片山は書いている。刑死した時のA少佐は二十九歳であった。もし戦争がなかったら、彼は自分の中にこれほどの残虐性がひそんでいることを知らずに、生涯《しょうがい》を過したであろう。

安達《あだち》第十八軍司令官の自決

「あれは、昭和二十二年九月十日の未明でした……」と中沢清は語る。「そのころは多くの人が処刑された後だし、釈放されて帰国した人もたくさんあって、一時は千人近い人数だった収容所もめっきり淋《さび》しくなって、私共の部屋も今村大将はじめ六、七人しかいませんでした。

その夜、眠っていた私は突然山本中尉にゆり起されて、誰《だれ》かが隣りで首を吊《つ》ったらしいと……」

隣りの宿舎は無人であった。山本と共に駆けつけた中沢は、暗く広い屋内の空間に浮く人の姿を認め、近づいて手の脈をさぐった。中沢の指先にはっきりと脈が伝わり、肌《はだ》のぬくもりも感じられた。すぐ閣下へ――中沢は山本をうながして、今村の許《もと》へとって返した。

「なぜ、すぐ下に降ろさなかったのか」という私の質問に、彼は「すぐ降ろせば助かる――という考えが頭をかすめたが……、ふつうの世の中で暮している時なら、当然そうしたでしょう。だが私たちは戦犯の牢屋《ろうや》にいたんですよ」と答えた。

処刑されるより、また戦犯の屈辱に耐えて生きるより、いっそ自殺する方が……という気持は多くの人々の胸にあったという。決行に至らないまでも、《自決という道もある》と思うことが、時には慰めでさえあったらしい。そうした中で、人々はいつか《自決をはかる人のじゃまはせず、望みのままにあの世へ行かせた方が》という気持に傾いていたという。中沢の言葉を聞きながら、私は片山日出雄の日記中に「○○は自決を試みましたが、残念ながら未遂に終りました」と書かれているのを思い出した。キリスト教では〝罪〟とされる自殺について、敬虔《けいけん》なクリスチャンである片山が「残念ながら」と書いているのだ。

中沢と山本の知らせに、今村はじめ全員が隣りの宿舎に駆けつけたが、暗がりの中ではほとんど何も識別できなかった。「マッチないか」と誰かがいい、その声を受けてボッと光が浮かんだ。「マッチをすったのは清川伍長《ごちょう》だった」と中沢は語る。その光を頼りに、のび上るように上を仰いだ中沢が、叫んだ。

「安達閣下だっ！」

自決者は第十八軍司令官安達二十三《はたぞう》中将であった。一同の驚きが、ざわめきになろうとする一瞬、

「静かに」と、今村の低い声が制した。「武人の、覚悟の上のことだ。しばらく、このままに……。豪軍に知らせるのは、あとでよい」

今村は安達に向かって不動の姿勢をとり、合掌した。かすかに人影がわかるほどの闇《やみ》が一同を包んでいた。みな、今村にならい、安達を囲んで黙禱《もくとう》を捧《ささ》げた。

今村は自分の自決失敗に、とりかえしのつかない無念の思いを残していたであろう。安達の自決決行を知った彼は、とっさに《望み通り死なせることが情《なさけ》だ》と、心を決したであろうと思われる。

今村の指図で豪軍へ知らせたのが、それから何分後、何十分後であったのか、いま中沢は「ずいぶん長く黙禱していた」とだけ記憶している。

中沢が安達の腹部に数条の傷のあることを知ったのは、豪軍の手で遺体が降ろされた後、携帯電灯の強い光の下であった。「その場の折りたたんだ毛布の上に……」と中沢は語る。「今村大将あてなど数通の遺書があり、それと並べて、十二センチほどの金鋸《かなのこ》で作ったナイフがきちんと置いてありました」

これ以外の刃物は入手できない収容所で、安達は作法通りの割腹をした。だがこの金鋸で作ったナイフではとうてい目的を達し得ないと予測した彼は、あらかじめ縊《い》死《し》のための綱を用意していた。

安達二十三中将を司令官とする第十八軍の統帥《とうすい》発動は、この軍が属する今村均《ひとし》中将（当時）の第八方面軍と同日、一九四二年（昭和17）十一月二十六日である。このとき第十八軍の隷下《れいか》部隊となった南海支隊は、すでにニューギニア島東端に近いブナ、ギルワ地区で苦戦中であった。〝猛将〟安達は直ちにラバウルからギルワへ進出して、直接、支隊の作戦を指導したいと主張したが、今村は、第十八軍全般の態勢を整える必要から、これを制止した。

一九四三年（昭和18）二月末日、安達は第十八軍戦闘司令所と、同軍に属する第五十一師団の主力約七千と共に、東部ニューギニアのラエへ向かった。〝八十一号作戦〟である。

三月三日朝、ダンピール海峡を過ぎラエを目前の海上で空襲を受け、二十分間の瞬時に輸送船七隻全部と駆逐艦四隻が撃沈され、兵員約半数が死んだ。安達はラバウルに引き返し、第五十一師団の師団長以下約千二百が辛うじてラエに上陸した。

第十八軍の作戦はブナ、ギルワに始まり、この〝八十一号作戦〟の大悲劇を経て、一九四五年（昭和20）八月の敗戦まで二年九カ月間、終始マッカーサー軍との間に難戦苦闘を繰返すのである。

安達がラバウルからニューギニアのマダンへ進出できたのは一九四三年（昭和18）四月十九日であった。彼の作戦担当はニューギニア島の東半分、東西約千キロの地域である。海岸地帯には多少椰子《やし》の植林などもあったが、内陸にはいれば人跡未踏のジャングルに覆《おお》われ、脊梁《せきりょう》山脈は海抜四千メートル以上の雪をいただく高峰の連なりであった。交通は、海岸付近に散在する集落を結ぶ道路さえなく、連絡は舟などによるほかはなかった。

第十八軍はこの未開地帯に三個師団、十万余の兵を進めた。大部隊は密林を伐《き》り開いて道路、作戦路を構築し、雨期には氾濫《はんらん》する大河を制するなど、〝対敵行動〟以上の苦難の連続であった。

このころ、大本営では再三ニューギニア放棄論が出たり消えたりして、決断がつかないままに惨澹《さんたん》たる敗北を迎える。

第十八軍はラエ、サラモア、次いでフィンシュハーフェンで戦うが、制空海権はなく、彼らへの増援部隊の派遣、食糧、弾薬の補給は、上級部隊の焦慮と必死の対策にもかかわらず絶望的であった。この条件下で、優勢な火力、物量を誇る米軍と戦った日本軍は敗退するほかなかった。これは戦理の当然である。この論理に多少の誤差を生んだものがあったとすれば、それは日本兵の常識外の勇敢さだった。しかしいかに彼らが勇敢でも、その持続力は時間の問題であった。

第五十一師団は、ラエ、サラモアから撤退を命じられたが、退路はサラワケット山系を横断するほかなかった。そこに四千メートル級の山のあることも知らない兵たちは、岩壁や急流に行く手をふさがれ、出発時に携行した十日分の糧食は途中で尽きた。道しるべは点々とつらなる日本兵の死体だった。

一九四四年（昭和19）三月二十五日以後、第十八軍は今村の指揮を離れ、西部ニューギニア担当の阿南惟幾《あなみこれちか》第二方面軍司令官（大将、のち終戦時の陸軍大臣）の下に隷属《れいぞく》替えとなった。

四月二十二日、米軍はニューギニア北岸ほぼ中央のホーランジアとアイタペに上陸、占領した。このとき第十八軍主力はウエワク付近にあったが、アイタペは第十八軍の作戦地域である。安達は、これまでの作戦で疲れきった僅《わず》かの兵力ではあったが、これを馳《か》ってアイタペへの敵を攻撃する決心をした。

阿南第二方面軍司令官の五月二十六日の日誌に、次のように書かれている。

「安達二十三第十八軍司令官ヨリ予ニ〝アイタペ〟攻撃ヲ決行セラレ度旨《タキムネ》具申アリ。皇軍ノ真姿ヲ発揮シ楠公《ナンコウ》精神ニ生キ、今日ノ結果如何《イカン》ヨリモ皇国ノ歴史ニ光輝ヲ残スヲ以《モッ》テ部下へノ最大ノ愛ナリトノ信念ヲ縷々《ルル》述べアリ。将帥ノ心情正《マサ》ニ斯《カ》クノ如《ゴト》クナルベシ。予モ武士道ヲ知リ、皇軍戦道ヲ解ス。之《コ》レヲ是認シ上司ニモ具申ス」

安達はアイタペ攻撃の準備にかかったが、第十八軍主力が分散駐屯《ちゅうとん》していたウエワク地域とアイタペは直線距離で約百四十キロ、〝土人道〟があるだけで、急造の自動車道は完成前の豪雨で跡かたもなく流された。糧秣《りょうまつ》の集積も目標の一割にも達していない。

六月二十日、大本営は第十八軍を第二方面軍から離し、南方軍に直属させた。第十八軍は南方軍から「東部ニューギニアの要域に於《お》て持久を策し、全般の作戦遂行を容易ならしむるよう」という命令を受けた。これは「積極的に敵を攻撃する要はない。現在地域で自存をはかれ」と解された。阿南が是認したアイタペ攻撃は、実施しなくてもよい——という意が含まれている。安達は、すでに一年半にわたって辛酸を嘗《な》め尽した部下を思って苦悩し続けるが、遂にアイタペ攻撃を決意するに至る。その経過を、第十八軍参謀長吉原矩《かね》中将が回想録に書いているので、要点を拾ってみる。

「(第十八軍は)当初十数万の南方随一の大軍であったが、打重なる大転進で今や見る影もなき支離滅裂の姿になってはいるが、而《しか》も当時軍の総兵力は五万五千を算していたのである。而して一方当時の保有糧食はと見れば、僅かに二カ月に満たぬ。農耕開始というとも……」と、その不可能を説いている。

「(五月末には連合軍がホーランジア以西の日本軍占領地域に対し攻撃を開始したため)西部ニューギニアに対する大転進も不可能となり、軍は重ねて強く道義に生き、皇軍の本領を発揮すべき唯一《ゆいいつ》の道（アイタペ攻撃——筆者註）に邁進《まいしん》するの強烈な信念を固むるに至った。……人或《ある》いは曰《い》わん、斯《か》かる人命を軽視するが如き決心を採択するは、指揮官個人の英雄感を満足せしめて、純真の将兵を駆って死地に投ずるの非を犯すものではないかと……」

「当時の状況は、止《とど》まって死に就かんか、義を得ず。進んで死に就かんか義を得、である。死生線上に立ってこの死生観に当面した人に非《あら》ざれば、これが是非を論ずる資格はない」「アイタペ攻撃を以て意味なき会戦とか自暴自棄的会戦とか、毀誉《きよ》褒貶《ほうへん》の声あるを耳にし、特に闡明《せんめい》ならしめた次第である」

吉原参謀長の記述は、安達中将の死生観の美学への陶酔を全面的に容認している。私はその点に大きな疑問を持つが、安達がアイタペ攻撃を決意するに至る心境については正確な記述と思われる。

南方軍から「持久」の命令を受けた時の第十八軍の状態について、吉原は「駐《とど》まるも死、進むも死」と書いているが、果してそうであったろうか。アイタペ攻撃を中止して現地にとどまれば、全員が生きられた——という条件はもちろん無い。しかしアイタペ攻撃によって多くの犠牲者を出した後の安達は、食糧、薬草の研究や現地人に支援を求めるなどの方法で現地自活に大きな効果を挙げている。もしアイタペ攻撃を中止し、持久策としてこれらの方法をただちにとり入れていたら、かなりの人命を救い得たと想像される。しかし安達は〝戦力〟と呼べるもののある間は、これをなすべきでないと判断した。彼は「若《も》し夫《そ》れ当初より持久を主とせんか、終《つい》に軍の有する戦力を発揮し得ずして、悔を千載《せんざい》に遺《のこ》すに至らんこと必なり」と訓示の中で述べている。

安達にとってアイタペ攻撃は〝意味なき会戦〟どころではなく、成功の可能性はないと知りながらも、〝敢闘精神に徹し、皇軍の本領を発揮する〟ことによって全般の作戦に寄与し、かつ日本軍の士気を鼓舞しようという大目的がかかっていた。多くの部下が死ぬであろうが、それでも〝悠久《ゆうきゅう》の大義に生きる道〟を全うさせることが、彼らへの真の愛だと信じた人である。戦場でも余暇には「軍人勅諭」を書き写していたという安達は、軍人としての信念ひとすじの純粋な人であったろう。彼は軍司令官の義務、責任をつきつめてゆき、そこにアイタペ攻撃の決意が生まれた。それは彼にとって軍人精神の極みの、光芒《こうぼう》を放つ美の世界ではなかったか。安達はその〝美〟の虜《とりこ》となった――と私には思われる。

六月中旬、アイタペ会戦に参加する第二十師団と第四十一師団の将兵約一万八千は前進を開始した。途中には幅五十キロを越す大沼沢地がある。分解した火砲をはじめ武器、弾薬、食糧などすべてを人力だけで運搬しながらこの大湿地帯を進む将兵の辛苦は、言語を絶するものであった。

安達は、人力だけの担送に命をけずる将兵の実情を視察しながら進み、七月一日、前線の戦闘司令所に着いた。この視察で、彼はアイタペ攻撃が普通の軍事常識では無理であることを改めて思い知った。後方部隊でさえ三分の一は戦病者であり、前線部隊は攻撃資材も弾薬も食糧も余りに少ない。安達はその夜一夜まんじりともせず、さらに熟考を重ねた。

そして翌朝、「日本外史」を手に幕僚の前に現われた彼は「楠公《なんこう》が湊川《みなとがわ》に出陣されたときの気持を模範にしたいと思う」といった。(田中兼五郎参謀の回想)

安達の二十貫(七十五キロ)を越えていた体軀《たいく》は十三、四貫に瘦《や》せ細り、ヘルニアの疼痛《とうつう》にさいなまれ、しかも歯はほとんど抜け落ちてサゴ椰子《やし》の澱粉《でんぷん》をただ飲みこむだけになっていた。

アイタペ攻撃は七月十日(一九四四年(昭和19))に開始された。第十八軍の反撃を察知していた米軍は兵力を増強し、永久築城の構築を進め、六十機の飛行機と二十隻の艦艇で海空を制していた。その近代戦に対する日本軍は原始戦ながら、勇猛果敢に闘った。そして八月三日、遂に力尽き、安達は作戦中止を決意し、四日から離脱退却に移った。出発時の将兵の半数を越える約一万が死んでいた。

傷病兵を担《かつ》ぎながらの、東への移動が始まった。田中参謀は「第十八軍は今や軍というよりも、まさに飢死せんとする人間の集団であった」と書いている。

退却した軍はウエワクを中心に集結をはかり、全員が栄養失調とマラリアに苦しみながらも、現地自活の総合経営に力を合わせた。だが、ようやく小屋を建て、芋の葉の育つのを眺《なが》めて希望を見出しかけていた彼らに、またも苦難が襲いかかった。十二月中旬、米軍と交替した豪軍が攻撃を開始したのである。飛行機約五十機、砲約百門を持つ優秀装備の敵を相手に、素手に近い日本軍の必死の防衛戦は翌一九四五年(昭和20)の夏へかけて続く。

食糧がなく餓死につながる部隊で、中、小隊長が統率力を失うのも当然だった。人肉を食う話が陰惨な噂《うわさ》となって広がっていた。豪軍部隊の公式記録には日々、投降日本兵の数が書きこまれている。

安達司令官は刻々終末に迫る戦況にかんがみ、軍司令部を全軍玉砕の中心とし、全員武器をととのえて待つよう指導した。彼は陣地をめぐり歩いて部隊長や兵と歓談し、ひそかに別れを告げた。全軍玉砕の時期は、誰《だれ》の目にも九月を待たないと判断された。

その直前、安達はヌンボクの第十八軍司令部で日本の降伏を知った。軍が内地の新聞電報によって終戦の詔勅を受信したのは八月十六日であった。

終戦後再び今村の隷下に戻《もど》った第十八軍は、豪軍の命令でウエワク沖のムッシェ島に集結させられた。その兵員数は一万三千二百六十三と記録されているが、この島で復員船の到着も待たずさらに多くが死んでいた。第十八軍の兵力は最大時に約十五万、そのうち作戦の途中で他に転用された者及び戦病、戦傷で後送された者約二万、戦死者数は千鳥《ちどり》ヶ《が》淵《ふち》墓苑《ぼえん》の戦没者地域別図碑によれば十二万七千六百である。内地に帰り得た者は、一九五三年（昭和28）ごろまでの復員局の調査では一万七千十二となっている。

太平洋戦争の戦場の悲惨が語られる時、ガダルカナル島が代表として挙げられるようだが、ガ島で戦った将兵総数は三万余、戦死二万余、生還約一万といわれる。ガ島の戦闘期間は六カ月、東部ニューギニアは三年二カ月と差があるので、簡単に比較することは出来ないが、それにしても第十八軍の戦闘がいかに惨憺《さんたん》たるものであったかは、全兵員数に対して戦死者数の占める割合からも察しられる。

一九四六年（昭和21）一月十一日、安達は豪軍指令により、将官四人を含む将兵百四十人と共に戦犯容疑者としてラバウルへ連行される。早くから自決を覚悟していた安達の、残留将兵への別れの言葉は十五分ほど続いたといわれるが、針谷和男は次のように書いている。

「……司令官の声が急にうわずってきた。今まで部下将兵を見わたしていた頭がややうつむいて足元の砂を見つめ、暫《しばら》く両腕を後に組んだ。

『その間、発生した諸種の事件は、おらが不敏でしたことだ！　決して諸子のしわざではない。すべては軍司令官たるおらの責任である！』

一息にしぼり出すような悲痛な口調――」

〝諸種の事件〟とは当時豪軍から厳しく追及されていた戦争犯罪を指すもので、その大部分はラバウルと同じくインド人を対象とする虐待《ぎやくたい》事件だが、少数ながら人肉喫食事件も含まれていた。

ラバウル戦犯収容所にはいった安達のために、今村は「証人として出廷しよう」と申し出たが、安達は固辞した。その態度は〝ニベもなく〟という印象を与えるほど、きっぱりしていたという。安達は枕辺《まくらべ》にいくつかの位牌《いはい》を並べて朝夕合掌し、畑仕事の余暇には「論語」ばかり読んでいた、と伝えられている。

安達の公式遺書は「今村大将閣下、上月《こうづき》中将閣下」と二人あてに書かれている。上月は当時の復員局長である。

公式遺書の一部――。

「……小官は皇国興廃の関頭に立ちて皇国全般作戦寄与の為《ため》には何物をも犠牲として惜《おし》まざるべきを常の道と信じ、打続く作戦に疲弊《ひへい》の極に達せる将兵に対し更に人として堪え得る限度を遥《はる》かに超越せる克難敢闘を要求致候《いたしそうろう》。之《これ》に対し黙々之を遂行し力竭《つ》きて花吹雪の如《ごと》く散り行く若き将兵を眺むる時、君国の為とは申しながら、其《その》断腸の思いは唯《ただ》神のみぞ知ると存候。当時小生の心中堅く誓いし処《ところ》は必ず之等若き将兵と運命を共にし南海の土となるべく、縦令《たとえ》凱陣《がいじん》の場合と雖《いえど》も渝《かわ》らじとのことに有之《これあり》候。……」

太田庄次は「私は、アイタペ作戦に参加した将兵はみな、安達軍司令官の統率の信念にもとづき、皇軍の本領発揮に邁進したと信じて疑いません」と語る。これは旧高級将校の多くを代表する意見であろう。

ここに、それとは全く異なる意見がある。「戦死ヤアワレ――無名兵士の記録」の著者足立巻一は、安達の遺書を読んで次のように書いている。（「かくしん」一九八二（昭和57）・一〇）足立は中国大陸の山西戦線で、第三十七師団長であった安達の「戦死した戦友に思いを致せ！」という訓示を直接聞いた人である。

「……（安達は）貞節な人でもあった。でも、戦死を『花吹雪の如く散りゆく』と書いている。

戦死は、ごく一部の軍人をのぞいてはそのように美しいものではなかった。悲壮でも壮烈でも崇高でもない。むしろ、みじめきわまるものであった。兵卒は天皇のために、あるいは国のために死んだのではない。自分の意思に反し、仕方なしに死に追いやられたのである。……」

国のためと信じ〝天皇陛下万歳！〟と叫んで死んだ兵もあり、そうではなかった兵もあった――と、多くの証言を基にして私には思われる。生身《なまみ》の人間の大集団で、それは当然のことではないだろうか。そのどちらが、どれほど多かったか――個人の内面の問題でもあり、誰にもわかることではあるまい。

安達は収容所の部下戦犯二十数人あての遺書も残している。その一部――。

「……即《すなわ》ち私は純一無雑に初志に順《したが》い、十万の陣没、十の殉国（戦犯として処刑された十人――筆者註）の部下将兵に対する信と愛とに殉ずるのである。……（これら）将兵の枯骨を此《こ》の地に残して私が生きて還《かえ》るが如きことは到底出来得べきことではない。之は理屈や是非得失を超越した思いであり、無論其中には私の詩や哲学も含まれてはいるが、更に将《しょう》帥《すい》としての動かすべからざる情熱信念であるのだから、此点は何卒《なにとぞ》勘忍をして欲しい。……此の世を辞するに方《あた》って、深く自分の幸福として心肝に銘するものがある。之は諸君が私に示して下さった極めて温い情誼《じょうぎ》、情愛である。私は最近二十数名の良い子供を持って、其情愛の下に生活して居る様な有様であった。……深く諸君に御礼を申し上げる。……今後は今村大将を親とも思い、よくその御指導を仰ぎ……」

今村は手記の中で、安達の自決にはいっさい触れていない。この二人の、将帥としての信念には大きな差があるが、しかし今村が安達の心情を深く理解していたことは、彼の自決を発見した時の態度からも推察される。

処刑前夜は満月だった

安達二十三中将の自決とほぼ同じ時刻に、収容所内でもう一人の戦犯が自殺した。片山日出男の日記「九月十日」——。

「昨夜から今日に掛けては、私の収容所生活の中で最も悲痛な時でした。……戦に敗れたもののみ真に味わわなければならない悲しみであります。私は今叫びたい、そしてまた思い切って泣きたい。張り裂けるばかりの此の気持を、如何《いか》に書きしるしてよいか分らないのです。それは昨夜、はからずも安達二十三閣下の自決、間山伍長の自殺、二人の日本人が世を去りました。間山君はバックハウス中尉の所に洗濯《せんたく》ボーイとして勤務して居りましたが、同夫人の着替えをして居る処を盗見したとか云《い》うことで（実際の処、真相は間山君より聞いた者は居ませんからわかりません）問題となり、昨日午後三時過ぎに私の隣りの独房に監禁され、夕食は水とカンパンのみしか与えられませんでした」

片山は九日夜おそく、日記を書き終ったころ、非常に苦しそうな声を聞きつけた。間山と話すことは禁じられていたが、同囚の高橋に彼の名を呼ばせてみても答はなかった。遂に片山はAコンパウンドの仲間に知らせ、そこからの連絡で豪兵が〝セメント・ハウス〟に来た時は、間山はすでにバンドで首をしめて死んでいた。片山は「悶死《もんし》というべきです。あの最後のうめき声が、いまだに耳につくようです」と書いている。

片山の日記にある通り、バックハウス家で起った事件の真相は誰も知らないが、私が当時収容所にいた四、五人と話したところ、「白人女性の裸体に興味を持って、盗見をするなどということは考えられない」という点で意見が一致していた。

「そんな元気はありませんでしたよ」と一人がいった。「男ばかりの世界だから、むろん〝女〟の話はしました。だが色気話が景気よく盛りあがるような環境ではなかった。仲間が次々に処刑されてゆく中で、第一判決がそのまま確認されるか、または減刑になるか――というのが最大の関心事でした。自分のことは勿論《もちろん》だが、人のことも……」

「〝女〟より〝食いもの〟でしたよ」と他の一人がいった。「なにしろ、生きぬくことだけを考えていたんですから……。性欲なんてものは、それ無しでも生きてゆける〝ぜいたく品〟ですからね」

間山たちハウス・ボーイの労働は比較的楽で食事もよかったが、屈辱に耐えねばならぬ点で敬遠されたという。特に豪軍将校の妻たちの傲慢《ごうまん》な態度が反撥《はんぱつ》を招き、中には「奴隷《どれい》扱いだ」と憤慨する者もあった。人種差別だけでなく、日本人は野蛮で残酷だという先入観が彼女らに強い警戒心を持たせ、それがいっそう傲慢な態度となったのであろう。ハウス・ボーイたちは女主人と顔を合わせる機会をなるべく避けたという。

一同が「間山の盗見」を否定する根拠はこれである。白人女性は嫌悪《けんお》や憎悪の対象にはなっても、その裸体を見たいなどという気を起させる存在ではなかった——というのである。その上、一般の〝女〟に対する関心が極めて薄かったという前提もある。

以下は、単に私の想像にすぎないが——。

間山は、ドアをノックし承諾を得てから入室するという白人社会の習慣を知らなかったのではないだろうか。この青森県出身の青年が日本を離れた昭和十年代、東京などの大都会でも個人住宅に本格の西洋建築は少なく、大衆はこうした習慣になじんでいなかった。何気なくドアをあけた間山がそこに半裸の女体を見た瞬間、彼女のすさまじい叫びに茫《ぼう》然《ぜん》として、とっさにドアをしめるという動きもとれずに立ちつくしていたのではないだろうか。または、カーテンのかげにいる間山に気づかずバックハウスの妻が着がえを始め、彼は動きがとれないままの状態で発見されたのかもしれない。その場合、咳《せき》ばらいで自分の存在を知らせるなどの知恵を彼に求めるのは無理であろう。彼がただちに憲兵に引きたてられ、日本人との連絡を断たれたまま〝セメント・ハウス〟に監禁されたことからも、バックハウスの妻の引きおこした騒ぎの大きさが察しられる。

当時の間山は数少ない未決囚の一人であった。証拠もろくにない微罪だったかと思われる。彼にとっては、戦犯容疑者となったことがすでに納得のいかない不運であったろう。そこへ、この事件である。もはや自分を抹殺《まっさつ》する以外に、何を彼は考えられたであろうか

――。

片山日記によれば、その後スミス中佐によって間山自決の調査が何度か行われている。だがその調査結果は、何ら真相に迫るものではなかった。

間山はバックハウス中尉とスプラット准尉《じゅんい》に殴打されて、死顔はひどく傷ついていたが、訊問《じんもん》された日本人は誰もそれを語らなかった。後難をおそれたためである。日本人にとって〝最も好ましい人物〟とされるアプソン所長さえも、自分の立場を守るために虚偽の陳述をした。彼は間山がバックハウス家の洗濯ボーイであったことを秘し、一般の草刈り作業に従事していたと述べた。また間山が英語を解さないことも秘して、訊問に対してすべてを自白した、と語った。

安達二十三中将と間山巳八伍長が自決した一九四七年（昭和22）九月、〝セメント・ハウス〟には片山日出雄をはじめ、彼と同じ事件の高橋豊治中尉など八人の死刑囚が確認を待っていた。その中の三人が、池内正清嘱託、白水洋大佐、宮崎凱夫大尉の順で処刑されたのは九月二十五日であった。片山は、処刑前夜の彼らのすがすがしい態度を、感激をこめた筆で書き残している。

片山が第一審で死刑の判決を受けてからすでに一年半余りがすぎていたが、彼の確認はのびのびになったまま十月を迎えようとしていた。片山はラバウル到着直後、草鹿任一中将ら海軍の先輩に支援されて豪軍へ請願書を提出した。その後、従軍牧師マッピン少佐が片山の人格と信仰を知り、アプソン所長と共に彼の裁判やり直しの実現に努力していた。やがてマッピンの尽力で、裁判再開のための証言者として二人の元日本軍参謀が日本からラバウルに来た。だが彼らの証言は、片山の請願書にある「現場不在」を裏づけるほど力強いものではなかった。

こうして片山、高橋の裁判再開への道は閉ざされた。今村が初めから危惧《きぐ》していたことである。上官の命令で片山、高橋が豪軍飛行士を処刑したのは事実であり、目撃者も多く、何よりもモロタイの裁判では本人たちが認めているのだ。だが今村はじめラバウルの多くの日本人は、なお書類審査による減刑に望みを託していた。

十月二十二日の朝、片山はこの日午後に自分と畠山国登、高橋の三人に「確認」の申し渡しがあることを知り、明朝の処刑を予測して、遺書を書き始めた。

妻ゆりへの遺書——。

「……かかる現在の運命も主の御栄の為であることを思い、どうぞ私が十字架のつわものとして、その戦場に斃《たお》れたと信じて頂きたいと思います。短日月の家庭生活ながら、地上に於《お》ける最も美しい楽しいものでありました。……夫としての私は貴方《あなた》によって、どれほど浄化されたことでしょう。私はその意味で貴方を深く尊敬し、愛しておりました。

……慈父の如き今村大将を上に戴《いただ》き、光教会（ラバウル教会——筆者註）の諸兄弟の親切、英語の生徒の親切、親切の連続でした。暗かるべき牢獄《ろうごく》の生活は、毎日々々愉快な楽しいものでした」

この長文の遺書は「さようなら。天国にて又会う日まで」と結ばれている。

片山はこれに続き、両親、弟輝男、三人の弟妹、姉瀬川クニ子、外語時代からの親友久原満あて五通の遺書を書き、次いで「日記」の一行目を書いたところで「確認」の呼び出しを受けた。午後三時であった。

「このとき私は、自分が減刑になるかもしれない……という期待を全く持っていませんでした」と畠山国登は語る。「しかし片山大尉と高橋中尉については、マッピン牧師など豪軍側の支援もあり、減刑になると期待していました。多くの人がそう思っていましたし……」

確認を宣告する豪軍法務将校はまず畠山を部屋の左側に、片山、高橋を右側にと分けて着席させた。予想通りだ――と畠山は思った。改めて自分に覚悟をうながす必要もなく、彼は毅然《きぜん》と頭をあげて、死刑の宣告を待った。

だが宣告は――片山、高橋の二人は第一審判決通り銃殺刑、そして畠山は絞首刑から二十年の禁固刑に減刑、というものであった。

畠山は耳を疑った。私一人が生きのびられるというのか……。彼はアンボン島の豪軍俘《ふ》虜《りょ》殺害容疑で、死刑の判決を受けていた。この日の確認を受けるまでの心の起伏を、畠山は次のように書いている。

「やがて死刑となる私が子供たちにしてやれることは、自分の人生経験を書き残すこと以外にないと心を決して……しかし、次第に子供たちへの愛着はつのり高ぶって、筆は進まず、しばし慟哭《どうこく》したこともある。

……ある日、豪州総督にもう一度訴えてみようという気になり、そして思い当ったのが今村大将のご援助を仰ごうということであった。アンボン攻略戦争時、蘭印《らんいん》方面攻略の最高指揮官は今村さんで、その下にアンボン攻略軍指揮官伊東陸軍少将、そのまた下に我が呉一特がおかれていた関係から、思いきって今村さんに相談してみた。

私は海軍出身であり、事件は今村さんと何ら関係なかったが、即座に『よろしい。日本人が一人でも助かるのなら、どんなことでもしましょう』といって下さった。そして、情況によっては今村さんにどんな面倒なことが発生するかもしれないのに、私の『申し開き書』と共に提出する『添え書』を作って下さった」

このように、幼い子らのためひたすら減刑を願ってきた畠山だが、それが現実となったとき、悦《よろこ》びは湧《わ》きあがらなかった。

モロタイの収容所で片山と知り合って以来、畠山は彼の人格に次第に強くひかれてきた。殊《こと》に〝セメント・ハウス〟で共に暮した日々は、この年下の友との語らいにどれほど心を慰められたことか。片山は畠山の「申し開き書」の英訳などに献身的な努力を注いで、常に友情の温かさで彼の心をうるおしてもくれた。この立派な青年があしたは刑場へ引かれるのかと、畠山は胸をひき裂かれる思いに顔色を失っていた。

この日〝セメント・ハウス〟の監視兵は、日ごろの一人が三人に増員されていた。日本人に好意を持つこれら三人の現地兵は、鉄柵《てつさく》で隔てられている有期刑者と死刑囚との連絡を積極的に買って出て、片山の許《もと》へは次々におびただしい数の手紙が届けられた。その差出人には、片山の努力で死刑を免れた五人をはじめ台湾出身者が多い。

「片山、高橋の処刑前夜は満月だった」と今村の手記にある。かねてこの二人に好意を持つバックハウス中尉の計らいで、教会員やその他の有志は〝セメント・ハウス〟に接した鉄条網越しに、彼らと最後の別れを惜しむことができた。すすり泣きの声の中で、祈禱《きとう》と讃美歌《さんびか》とが何回となく繰返された。鉄条網に添って、月光の中にひざまずいて祈る数十人の信徒たちのかたわらに、今村もいた。今村には、現地兵の吹くラッパが天国への進軍の合図のように思われ、二人に向かって「ローマでの、ペテロとパウロの最後の夜」を語りかけた。

九時半の豪軍の消灯ラッパで、〝最後の告別〟はうち切られた。独房に帰った片山は再びペンをとり、両親へ、知友へ、〝二十警の諸兄〟へ、〝台湾の若き友たち〟へと次々に手紙を書く。片山を兄のように慕い、帰国したら片山の妻をはじめ遺族に会いに行くと約束して、彼の遺髪をあずかっている黒川への手紙もある。

「黒川！　俺《おれ》は決して死なない。……ラバウルの火山の麓《ふもと》に横たわって、静かに北の方日本と世界を見守って居る。基督者《キリストしゃ》には死というものはない。死は栄光への一段落にすぎない。君が俺の墓の傍《そば》に来て呼べば、必ず返事をするよ。

……万年筆とインキは粗末なもの乍《なが》ら君に差上げる。必ず君と再会の日のあることを信じている。では御機嫌《ごきげん》よう」

片山は今村への手紙も書いた。

「慈父の如き愛を以《もっ》て、長い間親身も及ばぬ御世話をして頂き、私は誠に果報者でありました。昨夜ペテロのお話をして頂き、夜中も『ローマへ還《かえ》るのだ』と自己を激励致しました。最後迄《まで》御父様について頂きますので、これ程心強いことは御座居ません。

……今日から何等の束縛を受けない霊となって、閣下をはじめ皆様をお守り致します。何卒《なにとぞ》閣下には御自愛下され、三百の迷える羊の為に御尽力下さいませ。重ねて御願い致します。

日本と豪州が仲よく手を取り合って栄える日の近からんことを祈って居ります。では御機嫌よう」

この手紙には「昭和二十二年十月二十三日午前四時」と書かれている。その前夜の片山は、かねて今村に頼まれていた「米ソ戦争及日本の立場」という論文の翻訳の残りを仕上げている。二夜続けて、彼はほとんど眠らなかったであろう。

そのころ、今村もまた宿舎の寝床の中で、まんじりともせず夜明けを待っていた。そして、それから間もなく、空に暁の微光が現われるやいなや、今村はガバとはね起き、胸にたたんだ計画にしたがって活潑《かっぱつ》に行動を開始した。

英語のうまい向畑軍医を促し、二人でまずバックハウス中尉を起し、次いでアプソン所長の家に向かった。

「所長、こんな早い時間に起して相すみませんが……」と、向畑が今村の言葉を通訳した。

「私は片山と高橋の死刑執行を延期するよう、ネイラン司令官に嘆願したいのです。あの二人がどんなに善良な人間であるかは、あなた方がご存じの通りです。私はネイラン准将にぜひ申し上げたいことがあります。どうぞ取り次いで下さい」

アプソン所長はすぐ卓上電話をとり上げ、軍管区副官デュバル少佐を起して今村の希望を伝えた。いったん切った電話が、間もなく鳴った。「執行の手配はそのまま続け、午前七時半にネイラン准将が収容所に行き今村の話を聞く」という返事であった。七時半とは、片山の処刑が行われる予定の時刻である。

やがて司令官と副官の乗るジープが所長宅に到着し、すぐ今村との会談が始められた。

「ネイラン准将。戦犯裁判では、不法の命令者とその実行者とを同罪としていますが、情状によっては必ずしもそのように裁いていないものもあります」と今村が口をきった。

これは東京初空襲の〝ドゥリットル爆撃〟の搭乗員《とうじょういん》三人を日本軍が銃殺した事件が原因で、一九四三年（昭和18）にアメリカが戦争法規を改正し、たとえ上官の命令であっても、人道に反する行為を行なった下級者も処罰を免れないと定めて、連合国の名で日本とドイツ政府に通告した条項を指している。だがラバウルの戦犯裁判記録を読むと、今村が指摘している通り、必ずしもこの通りには裁いていない。前述の金坊を含む五人組の裁判もその一例で、彼らは法廷で実行者だと言明しているにもかかわらず、命令者だけが死刑となった。今村の言葉は続く。

「将校であった片山と高橋は、上官の命令を拒むことなど絶対に出来ない立場でした。命令を実行したあの二人がどんなに善良な青年たちであるかは、マッピン牧師が見ぬいていることです、どうぞ、あなたから本国陸軍当局に執行猶予《ゆうよ》の申し入れをして下さい」

「もう、手の打ちようがないのです」ネイランは眉《まゆ》を曇らせて、静かに首を横にふった。

「実はこの執行は、一週間前にメルボルンから指令されていたのです。だが収容所全員の助命嘆願書が本国に取次がれているので、もしやと思い、私の独断で一週間延してあったのです。これ以上の延期は、私の職権では不可能です」

司令官の答は決定的な否定だが、今村はあきらめなかった。

「それだからこそ、お願いするのです。二人を今日処刑したことにして、メルボルンへ送り、彼らに豪軍の日本関係の仕事をやらせてみて下さい。そうすれば一カ月で豪軍中央部の方々は『死刑を執行しなくてよかった。こんなに善良で有能な人材はめったにない』とさとるでしょう。やがて平和会議が成立し、すべてが明らかにされる日が来れば、この二人の助命がいかに正義のため、神の御旨《みむね》に副《そ》うものであったかが、判然といたします」

ネイランは再び首を横にふった。

「そのような権限は、私に与えられていません。私はこんな執行を指令しなければならない運命を、悲しいものに思います」

司令官は、たち去った。

午前八時半、予定より一時間遅れて、片山と高橋は後手《うしろで》に手錠をかけられ、〝セメント・ハウス〟からひき出された。片山のジープが先発した。黒川は「銃声を聞いたのは八時四十五分」と記している。

アプソン所長は、信徒である佐藤中尉に刑場へ行く許可を与えた。佐藤が刑場に着いた時、片山と高橋はすでに遺体となって毛布に包まれ、担架の上に安置されていた。佐藤はそのそばにひざまずき、英語の祈禱文を読んだ。異例のことだが、司令官ネイラン准将以下豪軍幹部多数がすでにその場にいて、佐藤の読む祈禱文を静粛に聴いた。

佐藤は今村に、次のように報告している。「処刑直前の片山さんは英語で『主の祈り』を、次いで日豪将来の親善と収容所職員一同の幸福への祈りを捧げた。二人の最期《さいご》は実に立派だった――とMPが話してくれました」

十月二十六日、片山と高橋の追悼記念式が行なわれた。最後に立った今村は、「私の長男より一つ下の片山兄、次男より一つ下の高橋君の不幸なる最期に対し……」と、深い悲しみをこめて追悼の言葉を述べ始めた。だがその内容は単に二青年の死をいたむに止まらず、今村は死後もなお二人の名誉を守ろうと大略次のように語っている。

「両君が昨六月豪軍に出した請願書について、豪軍と弁護団の一部に誤解があり、『キリスト教徒としては遺憾なこと』という批判のあることは、まことに残念であります。

右の請願書はその表現がまずくありました。もし私が事前に知ったなら、修正をおすすめしたでしょう。日本人の不利な証言で再審が実現しなかったことからみても、これは筋道の通ったものではなかったようです。

では両君は、何故《なにゆえ》に事件の現場に行ったかという真実を語って、二人の行為は武士道に適《かな》い、人道に反するものでなかったことを明らかにしなかったのか。それは、真実を語ることは己を清くし、己の命を救い得ても、他人に迷惑を及ぼし、また日本民族の名誉に汚点を印することを恐れたためでした。形はなるほど良くなかったが、精神はまことに立派なものでした」

今村はさらにその間の事情を縷々《るる》と説明したのち、「……いつの日か私はこの真実を世に発表して、両君の冤《えん》をそそぐ考えであります」と話を結んだ。彼はそれを「果さねばならぬ責任」として、その後長く心に刻んでいたのであろう。十余年後に出版された今村の手記の中に、片山と高橋が刑死するに至る経緯がくわしく書かれている。

一九四七年（昭和22）秋、今村の〝当番兵〟中沢清が帰国することになった。「大将のおかげで、裁判なしの不起訴ということで……」と中沢は語る。「『よしッ、君がどんな兵隊だったか、わしがよく説明してやろう』といわれた時、私はいくら何でもそれは無理だと思いましたよ。終戦のとき私は海軍の軍属でトラック島にいたんですから、ラバウルの陸軍大将とは関係がなさすぎます。だが閣下は『君は現役のときは陸軍で、中国にいたといったじゃないか。わしも中国にいた。そのとき、わしの馬当番だったことにして、中沢は現地民を虐待《ぎゃくたい》するような兵ではないと説明すれば……』」

もともと微罪で、証拠もない事件であったが、これで中沢は釈放となった。今村は一人でも多くの日本人を救うため必要とあれば、ぬけぬけと嘘《うそ》もつくし、とぼけもする。

帰国する中沢のため今村は就職先を考え、知人への紹介状を書いた。また「日本は寒かろう、カゼをひくな……そうだ、わしの外套《がいとう》を持ってゆきなさい」と中沢を連れて私物管理の倉庫へ行った。だが、外套は消えていた。

「とっくに、本国へ帰る豪兵に盗まれていたんですよ」と中沢は今も残念そうに語る。「豪兵がラバウルから持ち帰る記念品として、日本軍司令官の外套なんてのは最高ですからね。全く、惜しいことをした。私がいただけたら、子々孫々に伝える家宝になったのに……」

中沢がラバウルを去る日、今村は「東京のわしの家へ行って、家内にことづけをしてくれ」と頼んだ。「わしは何年先に日本へ帰れるか、または帰れないか、わからぬ。わしのことなど一切心配はいらぬから、早く長男に嫁を迎えるようにと……」

帰国した中沢は、今村の妻久子に温かく迎えられた。

「長い間ごくろう様でしたと、奥様が心にしみるようないたわりの言葉をかけて下さって……戦犯になって以来の苦労が、ここちよく洗い流されてゆくような気持でした。まるで身内のように扱って下さるご好意に甘えて、二晩も泊めていただきました」

新潟へ帰った中沢の許《もと》に、やがて久子から長男和男の婚約、続いて結婚の知らせが届いた。

太平洋戦争勃発《ぼっぱつ》まで

均《ひとし》少年と角兵衛獅子《かくべえじし》

一九四八年（昭和23）五月一日午前九時、今村を乗せたオランダの軍用機はラバウル空港を離陸、バタビヤ（現・ジャカルタ）へ向かった。そこで行われる蘭印《らんいん》軍事裁判のための連行である。一九四二年（昭和17）十一月、第八方面軍司令官としてラバウルに来た今村は、それから五年半が過ぎたこのとき、戦犯容疑者としてこの地を去る。今村の手記に、次の一首がある。

裁《さば》かれに引かるる空の旅なれど心はきおう出陣のごと

機はニューギニアの北岸ホーランジアで給油し、さらにエンジン整備のためビアク島に二泊した。二カ所とも、日米両軍のかつての激戦地であった。

今村はビアク島の留置場に泊められた。三畳たらずの板敷で、高い所に空気抜きの小窓があり僅《わず》かに光は射すが、一歩踏みこんだ時から悪臭にへきえきした。便所の設備はないのに、留置人を外へ出さなかった結果である。

今村はかねてからオランダ軍の戦犯取扱いは苛酷《かこく》だと聞いていたが、憲兵少佐が軍隊用のカンバス・ベッドを持ちこみ、扉《とびら》をあけ放してくれた。これで悪臭はいくぶん緩和されたが、それでもすぐ眠れるものではない。今村は目を閉じて、いま彼をとりまく現実の世界から心を離そうと、幼時の思い出を追った。小さな体に紺がすりの着物を着た少年の姿が浮かび、軽業《かるわざ》小屋からもれる三味線や笛の音がよみがえってくる。今村の口許《くちもと》にかすかな微笑が浮かんだ——。

六歳の均少年は甲府に近い鰍沢《かじかざわ》町に住んでいた。夏祭りには富士川の岸近くの空地に軽業の掛け小屋が建ち、色あざやかな絵看板やおはやしの音が子供たちの心をそそる。均は女中のまつにせがんで、何度も軽業を見に行った。一座の中の、彼とおない年くらいに見える少年に心をひかれ、いつかその子と遊びたいと思うほどの親しさを感じていた。

ある日、その子が角兵衛獅子三人の組に加わり、太鼓の音に合わせて宙返りやさかだちを演じているうち、頭にのせた赤い獅子頭《ししがしら》を落してしまった。かたわらの大人にひどくどなりつけられ、泣き顔で芸を続ける子供を見て、均は泣きそうになった。

番組が終り、小屋の外へ出ると、さっき叱《しか》られた子供が絵看板の下にしゃがんで泣きじゃくっている。均の足がとまった。

「まっちゃん、どうして泣いているのか聞いてきて」

だがまつはふり向きもせず、足を早めた。

「早く帰って、夕ごはんの仕度をしなければ……」

均は彼女に追いすがり、また同じことを頼んだ。

「軽業の子はみんな捨て子なのよ。捨て子なんか、どうでもいいじゃないの」

「捨て子って何？」

「いらないから捨てられた子よ。それを軽業の一座が拾って芸をしこむの」

いよいよ足を早めるまつに均はいきなり飛びかかり、彼女の頬《ほお》を二度、三度となぐりつけた。

「ま、坊っちゃん、何をするの！」

「捨て子だなんて……ひどいよ。かわいそうじゃないか」

怒ったまつは、均を置きざりにして帰ってしまった。

やがて均は、母に手の甲をつねられ、厳しく叱られた。すぐにカッと腹を立て、手を出すのはいつものことだが、この日は軽業の子を慰めてやるすべのない悲しさが、彼を特に強情にしていた。母親にどれほど叱られても、遂に均はまっちゃんにあやまらなかった。

成人してからも今村は軽業やサーカスが好きで、わざわざ浅草まで出かけて見物するほどであった。のち戦地に送られて来た本の中で、斎藤茂吉の

いとけなき額《ひたひ》のうへにくれなゐの獅子の頭《かうべ》を持つあはれさよ

という歌を見出した――と、今村は書いている。これは歌集「赤光《しゃっこう》」の〝根岸の里〟に収められた一首である。「茂吉先生も、私のような経験をお持ちなのであろうか」と思い

ながら、彼はこの歌を何度も口ずさんだ。

今村均は一八八六年（明治19）六月二十八日、仙台市に生まれた。父虎尾《とらお》と母清見《きよみ》の七番目の子である。均は早生児で、姉たちから〝八《や》つき子〟と呼ばれた。発育が悪く、三歳まで歩けないほど弱かった。そして彼の性格にも影響を及ぼした夜尿症《やにょうしょう》は、母が〝実にいやな臭いと味の煎《せん》じ薬〟を飲ませたり、お灸《きゅう》をすえたり、濡《ぬ》れたふとんを背負わせて家の外へ出したりしたが、遂に満九歳までなおらなかった。兄姉や友だちに「寝小便たれ」とからかわれると、年よりも小さい体で死にもの狂いにたち向かう子であった。

均の下にさらに三人の弟妹が生まれ、彼は女中のまつと一室に寝かされるようになった。少しもいやな顔をせず夜中に何度も起きてくれたまつは、やがて嫁ぐことになる。今村家を去る前夜、「坊ちゃん、夕方からはお水を飲まないでね……、早くお寝しょがなおるように、私はこれからもずっとお祈りしています」と泣きながら頬ずりしたまつのやさしさを、今村は晩年まで記憶して周囲に語っている。

今村は、「月足らずで生まれた私はやはりどこかに身体《からだ》の故障があるものとみえ、青年になっても毎夜夏は四、五回、冬は七、八回尿意で目がさめ、痩《や》せぎすの身体はなかなか改良されず……」と書いている。陸軍士官学校の生徒のとき、軍医に相談したが何の治療法もなかった。

「六十歳をずっと越した後までも、一貫し矯正《きょうせい》されぬままこの持病は続いている。私の性急短気、些細《ささい》のことにすぐ腹を立てたり、心を乱したりする性癖は、三つ児《ご》の魂時代から〝寝小便たれ〟の悪口に昂奮《こうふん》し続けたものが、ついに第二の天性となってしまい、それに夜間尿意の頻発《ひんぱつ》が神経をいらいらさせるためのものか、今だに治り得ないでいる」と、彼は老後の手記に書く。

父が判事であったため転任が多く、均が小学校にはいったのは山梨県の鰍沢町であった。そして彼が二年生になるころ、一家は甲府市に移った。

この時になっても、均の〝お寝しょ〟は続いている。「もう小学生なのに」と、しっかり者の母はますます強く叱責《しっせき》したが、こういうとき「わしの遺伝かもしれぬ」とかばってくれるのは父だった。今村は両親について、次のように書いている。「母は仏教信者ではあるが、軍人の娘であり、私の父が詩作にばかりこり、ほとんど家事の相談にのらないことに頼りなさを感じていた」

小学二年生の均は、教室ではあまり〝いい子〟ではなかった。黒板に注意が集中せず、わき見ばかりして毎日先生に叱られ、遂に〝登校拒否〟を始める。この時も均の強情がますます先生との溝《みぞ》を深める結果となり、さんざん母に叱られた。だが三年生からは次々に理解ある先生とめぐりあい、学校が好きになるにつれて成績も上った。

一八九四年（明治27）、日清《にっしん》戦争が始まったとき、均は三年生だった。当時の甲府市は軍隊所在地ではなく、鉄道も通じていなかったので、彼は停車場で旗を振って出征軍人を送るという経験はしなかったが、町の本屋や絵双紙《えぞうし》屋に並んだ戦争の錦絵《にしきえ》に心をたかぶらせた。それから十年後の日露戦争になると、新聞、雑誌も写真を使って戦況を報道するようになるが、日清戦争のころはまだ色刷り木版の錦絵であった。

陸軍大尉の娘である均の母は、彼のほしがる錦絵を何枚でも買い与えた。その中の一枚に、片手に赤ン坊を抱き、片手に日本刀を振りかざした将校の姿があった。均がそれを学校へ持って行くと、先生が、「これは支那の避難民が棄《す》てた赤ン坊を救い、それを抱いて勇戦奮闘した松崎大尉だ。国と国とは闘っていても、相手国の軍人でない人々をいたわるのが、日本人の本当の心だよ」といった。そしてオルガンを弾き、「松崎大尉の歌」を教えてくれた。

均はすっかりこの歌が好きになり、一人で教壇に立ち、顔をまっ赤にして声を張り上げて歌った。唱歌は得意の課目であった。後年、今村はバタビヤの獄舎で、

「……吾《わ》れはやまとのますらおぞ左手《ゆんで》に敵のみなしご抱《いだ》き右手《めて》に振わん日本刀」

と歌って、子供のころを懐《なつか》しんだ。

だが、日清戦争のとき、均少年が軍人に強く心をひかれ、あこがれを抱いた――というわけではない。子供たちはみな戦争の錦絵に熱中し、均もその一人であったが、他の子供たちが〝一番乗り〟や〝八人斬《ぎ》り〟などの武勇談に興奮する中で、彼は「強くて、やさしいのが本当の軍人さんなのだ」と思い、「松崎大尉の歌」ばかりを歌ったのだ。

中学一年の終りまで甲府市に住んでいた均は、またも父の転勤で新潟県の新発田《しばた》市に移った。中学時代の彼は小説に読みふけり、文芸部と講演部の委員を熱心につとめ、日曜日

には教会へ通った。

均のまわりには文学好きの少年ばかり集まっていたが、ただ一人の例外は滝沢二三郎であった。彼は二歳年上の均よりずっと体が大きく、スポーツ万能で特に水泳がうまく〝河童《かっぱ》の二三《にさ》〟と呼ばれていた。小説を〝青びょうたんの素《もと》〟ときめつけて読書をさまたげる〝二三〟を均はいささかもて余していたが、母はその影響で息子が〝男性的〟になるであろうと彼を歓迎した。後年の今村は「……二三がつきまとっていなかったなら、自分はきっと文弱病身となり、とっくに此の世を去っていたにちがいない」と述べている。

一九〇四年（明治37）二月、日露戦争勃発《ぼっぱつ》。この年三月、均は新発田中学を首席で卒業する。式に彼が卒業生を代表して学校に感謝の辞を述べ、彼の父は父兄代表として全教職員に挨拶《あいさつ》することになっていた。当日、父は風邪で熱もあったが、三キロ余りの雪道を歩いてこの役を果した。彼はその夜から高熱を発して床についた。

数日後、均は父の枕許《まくらもと》に坐《すわ》って進学の相談をした。彼は一高から東京帝大（現・東京大学）へ進んで法律を学ぶか、または東京高商（現・一橋大学）で経済を学びたいと述べた。

「それをいけないとはいわないが……」と父は答えた。「わしは以前から、仙台の二高の文科がいいと思っていたが……」

だが父は自分の意見を押しつける人ではなく、四月上旬、均は受験勉強のため上京して、父の異母弟の家に身をよせた。

「父危篤《きとく》　すぐ帰れ」の電報を均が受けとったのは五月二十八日であった。帰り着いたわが家の門には「忌中」の札がはられていた。

五十公野《いじみの》の松林で、夜空に登る火葬の焔《ほのお》を見つめながら、均は、人の世にはこんな悲しいことがあったのか――と涙にくれた。そのかたわらに、傷心の友を支えるように、〝河童の二三〟がつきそっていた。

父の死は、均の学費を断った。長姉は仙台に嫁いでいたが、母の手許にまだ七人の子供があり、末弟は四歳である。母は均に進路の変更を説いた。日露戦争たけなわの時である。彼女は「今は国家興亡の分れる大事な時です。士官学校にはいって将校になるか、志願して現役兵になるかして、戦場で働きなさい」と、繰返した。

均は決心がつかず、再び上京して受験勉強を続けた。彼は新潟県下の多額納税者から大学卒業までの学資供与の申出を受けていたが、母は不賛成であった。やがて母から「私の一存で、陸士の入学願書を出した」という手紙が来た。

進学を強く望む均は悩んだ。自分が軍人に適した男とは、どうしても思われない。だが日々の新聞は戦況の報道と共に、日本軍の損害を発表し、その補充の必要、国民皆兵の覚悟をうながしてやまない――。

ある日均は新聞で、観兵式が青山練兵場で挙行されることを知った。軍人になる決心はつきそうもないが、観兵式というものを一度見ておこう、という気になった。当日、式開始の二時間も前に行ったが、すでに観覧席は超満員で、幾万の群衆が青山通りの両側にあふれていた。均はその中に立ち続けた。

天皇の行列は近衛《このえ》騎兵の儀仗隊《ぎじようたい》を先頭に、練兵場入口にさしかかった。小柄《こがら》な均には、わずかに天皇の馬車が見えただけであった。やがて観兵式が始まったらしく、ラッパの音や軍楽隊の演奏が聞える中で、均はなお一時間を立ちつくした。

練兵場から騎馬巡査が現われると、あちこちから「お帰りだ」という声があがり、次いで儀仗隊が見えた、と思った瞬間——均は大波に襲われたように前へよろけ、また押し戻《もど》され、「万歳、万歳」の大音響に耳をふさがれて、何事が起ったのかもわからず、倒されまいと無我夢中で足に力をこめた。興奮にかられた群衆は堤防を破った洪水《こうずい》のように行列めがけてほとばしり、憲兵や警官の制止など耳にも入れず、その勢に儀仗騎兵さえひき離されて、天皇の馬車はたちまち人波に埋まった。

体の小さい均はもまれもまれて思いもかけず最前列に押し出され、気づいてみれば二メートルの距離に、静かに会釈《えしやく》する天皇の姿があった。「万歳」の声は狂気を帯びてますます高く、人々の頰は涙に濡れていた。

練兵場から歩兵部隊が駆け出して群衆の間に突進し、ようやく行列を整えて、天皇は宮城に向かった。それを見送る群衆はなおも声をからして「万歳」を叫び、その頰にはとめどもなく涙が流れていた。

「これが日本のお国柄であった——と、私はこのとき、君民一体の大家族国家を感銘させられた」と今村は書いている。

帰途、郵便局を見かけた均は、ためらわずその扉を押した。母へ電報をうつためである。

「陸士受験する。不合格なら現役兵を志願する」

今村均の軍人としての生涯《しょうがい》は、この満十八歳の感激に始まる。

一九〇五年（明治38）四月、今村は新発田歩兵連隊で陸軍士官候補生の採用試験を受けた。第一日の身体検査は彼が最も心配したものだが、軍医官は「ずいぶん痩せてるなあ」と首をひねりながらも、合格にしてくれた。

学科試験は二人ずつ机に並んで、日本紙に毛筆で書く。今村の隣りの、ひときわ立派な体格の青年が「佐渡中学を出た本間だ」と名乗った。のちフィリピン攻略の軍司令官（中将）となった本間雅晴《まさはる》である。二人はこのときから親しくなった。

試験に合格した今村は、士官候補生として半年間の仙台歩兵第四連隊付を経て、一九〇五年十二月、第十九期生として東京市ヶ谷の陸軍士官学校に入学した。この年は、日露戦争の火急の場に間に合わせるため、隊付や在校の期間を短縮した第十七期生が三月に、第十八期生が十一月に卒業という異例の年であった。戦争は終ったが、今村の第十九期の採用人数は千百八十三人で、急増した第十八期の九百六十九人をさらに上まわっている。

第十九期には「中学出身者だけを対象とする召募」という特色があり、これは陸士の歴史を通じてただ一回のことであった。幼年学校の志願年齢は満十三歳以上十五歳未満で、彼らは入校の時から一般社会や家庭から隔離され、幼い胸に陸軍の精神をたたきこまれて士官学校へ進む。だが旧制中学を卒業してから陸士へ進む者は、今村を例にとれば家庭で文学書に読みふけるなど自由な環境で十九歳までを過している。陸軍内部で中学出と幼年学校出とはとかくソリが合わないといわれるが、少年期の環境の違いは、成人後にものの考え方の差を生み出す基本であったろう。

陸軍士官学校は朝六時の起床から夜十時半の消灯まで、一分一秒の無駄《むだ》もなく組まれた日課表によって厳しい教育をほどこす。息つく暇もなく鍛えられる生徒たちは、日曜日の外出を何よりも楽しみにしていた。この日は出身部隊別や県別に用意された日曜下宿に集まり、気ままに寝そべって談笑したり、すしやうどん、最高のぜいたく品である西洋菓子をたらふくつめこんだりした。今村も大いに日曜下宿を楽しんでいた。

半年ほどたった時、母から次のような手紙がきた。「弟の安が仙台の幼年学校にはいったので、そちらへ規定の小遣い二円五十銭を送りたい。しかし、あなたへ送る三円と両方は都合がつかないので、折半にして一円五十銭ずつ二人へ送ろうかと思うが——」

このとき母は幼い三児を抱え、亡夫の僅《わず》かな恩給扶助料と手内職で細々と暮していた。上の子供たちの中学や女学校の教育費は知人からの援助である。

今村は、まだ十五歳の弟に肩身の狭い思いはさせたくないという母の意見に心から同意し、自分には二カ月に一円ずつ送金して下さいと書き送った。陸士生徒の衣食住はいっさい官費だが、散髪代やちり紙などは私費である。一カ月五十銭で何とかこれらを支払い、日曜下宿は脱退するほかなかった。

今村は日曜日に外出しない理由を誰《だれ》にも話さなかったが、中学の同級生の一人がこれを知り、今村の辞退にもかかわらず、測量技手の乏しい収入の中から毎月一円五十銭を送金してくれた。〝友情の励まし〟に感激した今村は、日曜日も自習室にこもって勉強した。晩年の彼は「私は少尉に任官してから、幾月かでこの金は返済したが……、本当の意味での報恩はなんらやっていない。この不義理は、老いれば老いる程せきたてられるようなあせりを私に覚えさせている」と書いている。

陸士時代の今村を苦しめたのは〝貧〟よりも〝居眠り〟であった。相変らずの頻尿《ひんにょう》で常に寝不足の彼は、教室の居眠りで何度叱りつけられたことか。のちラバウルの軍事法廷で眠気ざましに用いた唐がらしを、彼はこの時代に教室で使い始めている。

今村は陸士時代を回顧して、「同輩候補生にくらべ一段劣った体躯《たいく》と、居眠りの持病と、錆《さ》びついた小銃とを持ち、この一年半の陸士の修業は実に苦しいものだった」と書いている。彼と同時に入校した生徒のうち、百十五人が落伍《らくご》した。

一九〇七年（明治40）六月、陸士を卒業した今村は母隊仙台の榴ヶ岡《つつじがおか》歩兵第四連隊に帰り、見習士官としての生活を始めた。

この年、一九〇七年十二月、今村は少尉になった。二十一歳の彼は「軍人は異性などに接近すべきでない」と信じきっている〝かたぶつ〟で、兵たちを弟のようにかわいがったが、彼らの女性関係には〝厳〟の一字で対した。

営内居住の今村は、日曜日ごとに三期先輩の板垣征四郎中尉（のち大将、陸軍大臣）の下宿へ遊びにいった。板垣は剣道と体操は抜群、小隊長としての戦闘指揮ぶりはあざやかで、闊達《かったつ》な気性は誰からも好感を持たれ、そのうえ容姿端正で〝連隊の華〟と呼ばれていた。
ある日、今村が板垣の机の上の「禅」の本をとり上げ、
「私はとかく興奮し、人と争いがちです。この欠点が禅で治るでしょうか」とたずねると、
「なるほど、君はすぐムキになる。だが自分の弱点を知っていれば、治す道はあろう」と本をかしてくれた。このとき今村は何冊か禅の本を読み、それについて板垣と話し合ってみたが、結局彼の〝興奮性〟を治す役には立たなかった。

のち今村は、〝満州事変〟前後の板垣に批判を持ちはしたが、生涯彼に敬愛の念を持ち続け、次のように書いている。「その後この人がどれだけ禅を修めつづけたか私は知らないが……階級が進むに従い、いよいよ多くの人の敬信を受け、私とは全く逆に、少しも細事にこだわらず、感情の昂奮を人に見せることなどはなかった」

一九一〇年（明治43）、第二師団は朝鮮に移駐し、今村は朝鮮北部の羅南《らなん》で中尉になった。外地勤務は本俸《ほんぽう》のほかにその五割の手当てがつく。今村は本俸全額を母に送り続けた。朝鮮には内地の芸者が進出し今村の同輩はよく遊びに行ったが、彼は陸大入試の準備中であり、財布も軽く、遂に遊里へ足を向けない〝童貞中尉〟で通した。

二年間の朝鮮勤務から仙台に帰った今村の財布は、珍しくふくれていた。彼はその金で

ニッポノフォンと呼ばれた蓄音器と、薩摩琵琶《さつまびわ》、筑前琵琶、詩吟などのレコード五十枚ほどを買った。日曜日には従兵の須藤初五郎一等兵に旅順の戦いを語り聞かせて、乃木将軍の「金州城外」の詩吟のレコードをかけ、二人で声を合わせてこれを吟じた。いかに明治末期とはいえ、何という素朴《そぼく》さであろう！

一九一二年（明治45）七月三十日、明治天皇が崩御した。大葬は九月十三日である。

その二日後、今村は中隊の一部三十数人を連れて、仙台北側の台の原山頂で教練を行なった。山頂の松林で昼食中の今村の許《もと》へ、従兵の須藤一等兵が駆けつけてきて、直立不動の姿勢をとった。

「中尉殿！　明治陛下のおあとを追い、乃木大将閣下が殉死なさったと発表されました」

今村はこれを聞いた時の感動と、病気休養中の従兵が息せききって知らせに来た誠実さとを、長く記憶に留《とど》めている。将校と従兵との深い信頼関係はよく語られるが、特に今村は彼らから深い信頼をよせられ、彼もまた素朴、純粋な愛情でそれに応《こた》えた。

結婚

今村は朝鮮で陸大の初審筆記試験を受け、その直後仙台に帰って、合格の通知を受けた。次の再審口頭試験は十二月一日から行われるという。それを、当時陸士の区隊長であった板垣征四郎に知らせたところ、大略次のような返事が来た。

「私も筆記試験に合格し、君と一緒に再審口頭試験を受ける。その準備は仙台では十分出来ないだろうから、年度の定例休暇二週間を十一月中旬以降にとり、なるべく早く上京し給え。地形学、兵器学などは陸士の教官から教えてもらえるよう手配してやる」

今村は喜んでこれに従い、早く上京して姉の夫である武田少佐の家に身をよせた。この義兄も今村の合格を心から願い、「参謀本部の梅津美治郎《よしじろう》大尉は、私の大隊の中隊長だった人だ。去年、陸大を首席で卒業している。君の受験のことを話し、戦術の指導を頼んだら、こころよく引き受けてくれた」といった。

その翌日から今村は毎夜二時間、みっちり梅津大尉の指導を受けた。梅津はのち大将となり、終戦時の参謀総長を務めた人である。彼は陸大口頭試験の二日前、今村に「君は合格するだろう。もう勉強はやめて、頭を休めた方がいい」といった。

この年の陸大受験者は百二十人、十班に分けられ、一人ずつ受験室に呼び入れられて三、四十分間、数人の試験官の質問に答える。これが十日間続く。最終日は「人物考査」で、陸大幹事である鈴木荘六少将（のち大将、参謀総長）と、先任兵学教官の吉岡顕作中佐（のち中将）が試験官であった。

鈴木少将は今村にいくつかの質問をした後、「今年の秋季演習に参加したか」とたずねた。今村は早く上京するため休暇をとったので、参加していない。彼はありのままを述べた。間髪を入れず、

「秋季演習を何と心得ているかっ！」と大喝《だいかつ》が響きわたった。「陸大入試は命令とはいえ、なかば私的の志望によるものだ。私欲のため最も大切な公務をないがしろにして……貴官にはこの学校の入試を受ける資格はない。退場！」

今村は頭がぼっとして何もいえず、何も出来ず、同じ姿勢でただ立っていた。そこへ吉岡中佐が追い打ちをかけた。

「退場というのに、何をしているかっ！」

今村は夢中で敬礼し室を出たが、目がまわり、階段の手すりにつかまって、ようやく下に降りた。

その夜、やさしく慰めてくれる義兄夫婦に今村はいった。

「今日という今日は、実に苦しい打撃を受けました。これは天罰です。兵隊練成を天職とすべき身が、河内連隊長の好意に甘えて休暇をとり、一身の栄達にも関係する陸大入学ばかりを……、もう陸大のことはいっさい考えません。これからは練兵だけに精進します」

十二日、午前十時に入試結果が発表される。すでに「不合格」を宣言されている今村にも、登校が義務づけられている。校長大井成元中将の訓示がすむと、学校副官が「これから名前を呼ばれた者は、こちら側に集合……」と大声でいった。

板垣征四郎中尉の名も、山下奉文《ともゆき》中尉（のち大将、戦犯としてマニラで刑死）の名も呼ばれた。彼らが合格したのは当然……と思いながら今村はそれを聞いていた。

やがて副官は、名前を呼ばれなかった今村たち六十人を反対側に並ばせた上で、また大声でいった。

「名前を呼ばれた六十人は、遺憾ながら不合格。経理室で旅費を受けとり、各自の所属隊に帰還されよ」

今村は耳を疑った。まわりを見まわしたが、誰も動かない。変だな……何かの間違いでは……と心につぶやきながら、彼は入校式に参加した。

それから十四年の後、この日の疑問がやっと解けた。そのとき今村は参謀本部の参謀を務める少佐になっていた。今村は、演習視察のため名古屋へ行く参謀総長鈴木荘六大将に随行する車中で、かつての陸大入試を話題にした。

「よく覚えている」と鈴木はいった。「あのころ再審の前には、受験者は秋季演習に出ないのが当然のようになっていた。この弊風をたしなめるため、多くの受験者に同じことをいったのだが、君は『受験資格なし』といわれたとき顔色はまっ青になり、今にも倒れそうになった。特に君の態度がみにくかったので、よく覚えている」

その日、今村が入室する前に吉岡教官が「次の者は合格と決まっております。少し手厳しく、ためしてみましょう」と鈴木にいった。そのため、今村は特に厳しい言葉をかけられた。彼が退室してから、鈴木が「今村中尉はまだ年も気持も若すぎる。もっと精神を鍛えてから入校させた方が、本人のためにもよくはないか」といったが、吉岡は「手厳しくためそう」といった手前、あわれを感じて「入れておいて、よく教えましょう」と、とりなした。これで今村の合格が決まったという。

陸大には各兵科の尉官が入校してくるので、彼らに自分の所属以外の兵種を理解させるため、夏期の二カ月間はそれに適当な隊付勤務をやることになった。ここで、馬と親しむ生活が始まる。歩兵士官である今村は、盛岡市郊外の騎兵連隊付勤務を命じられる。

ある日、盛岡市外から連隊へ向かって急いでいた今村は、町なかにはいっても人通りの少なさに安心して乗馬の歩度をゆるめなかった。突然、左側の店先から五、六歳の女の子が駆け出し、直角に道を横切ろうとして、今村の制止の叫びも及ばず、馬蹄《ばてい》にかかって倒れた。今村は夢中で馬からとびおりて、「痛い、痛い」と泣きわめく子供を抱き上げた。

この一瞬、今村の頭に《この女の子を妻にしなければならない。私がこの子を傷つけてしまったのだから……》という考えがひらめいた――と彼は回想している。八百屋の娘であるこの子のけがはごく軽く、今村が治療費を払い、たびたび見舞いに行って両親を恐縮させたあたりで、この話は終っている。

だがこの何でもない話は、若い日の今村の〝責任感〟を鮮明に語っていると思われる。このとき二十七歳であった彼は、女の子との年齢の差をはじめ、〝責任〟以外のことは何一つ考えていない。たじろがず、少女を妻にしなければ……と、その一点だけを思うのだ。

三年間にわたる陸大教育の卒業試験は〝参謀演習旅行〟と呼ばれ、野外で行われる。今村の時は仙台、山形、弘前《ひろさき》の三地方で七日ずつ、三週間続いた。六十人の学生は三班に分けられ、各班に指導官一人、補助官三人がつき、この四人の教官が各学生の能力を観察する。

今村の属した第一班の指導官は吉岡顕作中佐であった。入試の時、今村に「退場！」と、どなった試験官である。今村は在校中一度も吉岡に教わったことがなく、軍の運用についての考え方が違うためか、たびたび声を荒くして今村のやり方を修正しようとした。だが今村はこれに応じず、あくまで自分の考えを貫ぬこうとした。演習三日目になると、今村は「試験に落第したって、構うものか」と、すてばちな気分になり吉岡の考えの不当を論難するような反抗的態度に出た。

今村は当時を回想して、「年を重ねた後になっても治らないでいる私の興奮性は、三十歳前のその時分には人並み以上に強かった」と書いている。

吉岡と烈《はげ》しくやり合った日に、今村は校長の河合操中将（のち大将、参謀総長）から三度も姿勢を直された。彼は少し猫背《ねこぜ》で、そのうえ首を右に傾ける癖がある。すっかりクサッて宿に帰った今村は、同期生で同じ班に属している北白川宮成久王に呼ばれた。この演習で、今村は南軍の司令官の役、成久王はその参謀長の役をわり当てられていた。

「君は南軍司令官として、誰と闘っているのかね」という宮の質問をいぶかしく思いながら、今村は答えた。

「もちろん北軍であります」

「そうかね。僕《ぼく》には、君が吉岡教官を敵として闘っているように見える。それでは北軍に勝てないよ」

今村は自分の非をさとった。翌日から彼はつとめて平静を保ち、吉岡へも礼を失する言葉を慎しんだ。こうして、とにかく参謀演習旅行は終った。

帰京の数日後、今村は阿部信行教官（のち大将、首相）に呼び出された。いよいよ落第の宣告かと思いながら登校してみると、意外にも「二週間後の卒業式で、君が御前講演をすることに決まった」と告げられた。これは首席卒業生の役である。

時は第一次世界大戦の最中である。今村は参謀本部戦史部が集めた「欧州東方戦場における独露両軍の情報」を基に、四十分間の講演の草稿を書いた。式当日、大正天皇の前に起立した今村は、机の上の草稿に目もやらず、すべて暗記でよどみなく語った。

陸大卒業後の今村は、仙台の母隊へ帰ることになっていた。その挨拶《あいさつ》まわりで柳川平助教官（のち中将、司法大臣、国務大臣）の家に行った彼は、ここで初めて〝参謀演習旅行〟の採点の内情を知った。

「演習の時の君の主張は正しかったのだ」と柳川はいった。「あとの戦況の進め方の都合で、吉岡教官がわざとあのように指導したのだ。そうした内情を知らない君がムキになったのは無理もないが、興奮しすぎて言語が荒くなった。あとはどうなるかと教官一同懸念《けねん》していたところ、君はすぐ平静をとり戻《もど》したね。悪かったと反省したのか」

今村は《私にそんな反省が出来るものか》と思いながら、成久王の忠告を語った。今村は叔母（母の妹）が成久王とその妹三王女の守人《もりと》を務めた関係で、毎月一度北白川宮家に招かれ、成久王とも他の学生より遠慮なく話せる仲であった。

仙台で中隊長を務める今村の許に、東京の母からしきりに縁談がもちこまれる。だが兵の鍛練だけにうちこんでいる今村には結婚の意思がなく、縁談はわずらわしいばかりであった。手紙に同封された花嫁候補の写真を見ることもなく次々に送り返したが、母の攻勢はいっこうに衰えない。未亡人となって十二年、女手一つで多くの子供を育て上げた母が、病弱の長男にかわって一家の責任者となっている自分に嫁を迎え、安心したいと願う気持がわからないではない。遂に今村は、その手記によると「次のような思慮の足りない返事を出してしまった」

「日本の精神では、嫁は〝家〟が迎えるものです。私は写真や見合いで妻を選ぶ気はありません。お母さんが適当と見立てた人と縁組みします。顔などはどうでもよく、健康な人というだけを条件に選び、その写真を送って下さることはお断りします」

母はなおも見合いをすすめてみたが、今村からは返事もないので、遂に一存で嫁を選び、結納もすませた。

相手は金沢に住む千田登文《のりぶみ》の三女銀子、十九歳。銀子の兄の一人は今村と陸大同期の木村三郎大尉、姉は参謀本部勤務の中村孝太郎少佐(のち大将、陸軍大臣)の妻であった。母から今村への手紙には「兄弟がみな立派な体格ですから、その人もきっと健康だと思います」とある。母もまた銀子に会わず、婚約をとり決めている。

一九一六年（大正5）十一月、今村は九州で行われた陸軍大演習に参加の帰途、銀子の兄木村大尉の誘いをことわりきれず、金沢の千田家に一泊することになった。

父親につき添われ、今村の前に三つ指をついてしとやかに頭を下げた銀子を一目見て――彼は愕然《がくぜん》とした。「なんと柳のように細い弱々しいからだの人か……。なるほど、顔は美しい。が、私は健康美に魅せられることはあっても、顔面美などにはさっぱり興味を持たない」と、彼は書いている。

この夜、今村は思い悩んで、一睡も出来なかった。《妻に求めたただ一つの条件は「健康」であったのに、こうも弱々しく見える人と婚約してしまったとは……。しかし、見合いをして、慎重に相手を選べという母の再三の言葉をしりぞけたのは自分なのだ。今となって、体格を理由に婚約を解消するなど、そんな不徳義なことは絶対に出来ない。自分の蒔《ま》いた種は、自分で刈りとるほかはない……》夜が明けるころ、ようやく今村は心を決めた。

一九一七年（大正6）、今村は結婚した。この年、彼は大尉に進み、陸軍省軍務局課員となった。

銀子の父千田登文は西南の役に参加し、乃木希典《まれすけ》に仕えた人で、また城山で自刃《じじん》した西郷隆盛《たかもり》の首級を土中から捜し出して、征討参軍山縣有朋《やまがたありとも》中将（のち元帥《げんすい》）に届けた経歴を持つ。今村は古武士の面影《おもかげ》を持つこの岳父を心から敬愛し、その昔語りをいつも楽しく聞いた。

千田はまた日清、日露の両戦役にも出征した武道の達人で、前田藩の名門にふさわしく子供たちを厳しくしつけていた。銀子の言葉づかいや態度はしとやかで、容姿は美しく、今村の母はこの従順な嫁に満足して、心から愛した。

だが今村はいつまでも妻への愛情が湧《わ》かなかった。従って家庭生活を楽しむ気持にならず、役所の書類を持ち帰ったり、読書で時間をつぶす毎日で、銀子に声をかけることも少ない。慎しみ深い銀子はひとことの不満も述べなかったが、次第に淋《さび》しさが顔に現われるようになった。この妻のどこに落度があろうか。すべて私の軽率が招いた結果だ――と今村は自分を責めた。そして、なんとか妻を慰めようと努めてみたが、ただ不自然さがきわだつばかりであった。

今村の母は息子の結婚後間もなく彼の心を見ぬき、いっそう銀子を愛して、その淋しさを慰めようと心を砕いた。嫁、姑《しゅうとめ》のむつまじさは評判になるほどであったが、それで銀子の心が満たされるわけもない。一九一八年(大正7)には長男和男が生まれ、今村は子供に深い愛情を注いだが、夫婦の間は元のままであった。今村は「私の心もまた寂しさに包まれていた」と書いている。

結婚したときの今村は三十歳であった。そのころの彼は〝人間というもの〟をどのように捉《とら》えていたのだろうか。彼は妻となる女性に〝頑丈《がんじょう》な体格〟だけを望み、性格についてはひとことも触れていない。健康な女性は、健全な精神を持っているはず――と決めていたのかもしれないが、どうも女性の性格について何も考えていなかったように思われる。

〝見合い〟という形で一度や二度会っても、相手の性格を深く知ることは出来ないだろうが、今村のように〝頑丈な外見〟が唯一《ゆいいつ》の条件ならば、一度の見合いで十分選別できたはずである。彼が繰返し書いているように〝軽率の極み〟であった。

大正時代の結婚の多くが、この程度に大ざっぱなものだった――といってしまえばそれまでだが、今村は竹刀《しない》ばかりを振りまわしていた青年ではなく、中学時代は〝文学好きの青びょうたん〟であった。彼が誰《だれ》の作品を読んだのか書いてないが、父が仙台の二高の文科をすすめた時の言葉に「おまえが尊敬している高山樗牛《ちょぎゅう》氏も土井晩翠《ばんすい》先生も仙台にいるし、島崎藤村先生の詩集も仙台で出している」とあるから、少なくともこの三人の作を読んでいたことはわかる。当時の今村にとって、文学と〝人間理解〟は無関係であったらしい。

軍務局課員時代、今村の〝興奮性〟はいっこう直っていなかった。当時参謀次長であった田中義一中将（のち大将、首相）をはじめ、あちらに突き当り、こちらにぶつかりの連続で、その強直ぶりに「陸大首席卒業を鼻にかけ……」と、彼には納得できない批判もあびせられた。

一九一八年（大正7）四月、今村は英国へ渡り、帝国大使館付武官補佐官となった。陸大を上位の成績で卒業した者の多くが通るエリート・コースで、同行は陸士の同期生本間雅晴大尉であった。

この滞英中に、本間の家庭に事件が起った。見合いで一目ぼれし、周囲の反対を押しきって結婚した恋女房《こいにょうぼう》が二児を残して他の男の許へ走った。この知らせを受けて衝動的に自殺をはかるほどに悩む本間を、今村は友情の限りを尽して慰め、支えた。

今村の家庭は子供を中心に母と妻とが仲よく暮していて、何年留守にしようと後顧の憂《うれ》いはない。だが本間が妻に裏切られながら、なお彼女に対する愛着を断ち切れずにいる姿を見て、今村は今さらに自分の妻に対する冷たさを思わずにはいられなかった。申しわけない。すべてが自分の軽率から出たことなのに……と思いながらも、何の解決策も見出せないことに、彼の自責の念はいっそうつのった。

約三年間のイギリス滞在の後、今村は日本郵船北野丸で帰国の途についた。この船上で出会った甲斐《かい》の慈照寺の住職、大森禅戒師に今村は強く心をひかれ、たびたび彼と語り合った。

英国から帰った後の今村の性格が急に円熟味を加えてくる理由として、第一に中年にさしかかった彼の年齢を挙げるべきであろう。それにもう一つ、私は大森禅戒との出会いを加えたい。それが契機となって今村が深く禅を修めたというわけではないが、この禅僧から受けた影響は生涯《しょうがい》にわたって大きかったと想像される。

一九二一年（大正10）帰国した今村は参謀本部部員となり、翌二二年（大正11）少佐に昇進、二三年（大正12）三月から上原勇作元帥の副官を兼職した。

上原は一八八一年（明治14）から数度にわたり海外に出て軍事研究に当り、陸軍大臣、教育総監、参謀総長を務めた後、一九二一年に元帥となった人である。「読書がなければ、上原もない」と彼自身がいうほど各国の軍事書を精読し、その知識は他の追従を許さなかった。彼は人のおもわくなど一切構わず所信を説くので、周囲から煙たがられ〝雷おやじ〟と呼ばれていた。

上原の副官と決まったとき、当時三十七歳だった今村は「一カ月も務めきれまい」と思った。だが彼は次第にこの〝知識人の雷おやじ〟にひきつけられ、遂には「あたかも自分の父親ででもあるかのような」親しさで接し、三年半にわたって薫陶《くんとう》を受けた。軍人としての今村にとって、貴重な経験であったと思われる。

今村の母清見は一九二五年（大正14）の夏以来、歯ぐきの痛みを訴えていたが、やがて今村はそれが上顎《じようがく》がんであることを医師から告げられた。

未亡人になってからの母は気丈に子供たちを育て上げ、このとき長男は銀行員に、次男の均をはじめ四人の息子はみな陸軍将校となり、四人の娘たちはそれぞれ結婚していた。均の家に同居していた彼女は〝楽隠居〟の身であったが、女中をやとうことにも反対し、「そんな余裕があるなら、子供たちの学費を貸して下さった恩人へ一銭でも多くお返ししなければ」と主張する人であった。

一九二六年（大正15）になると母の病勢はますます進み、日夜激痛にさいなまれ続けた。さすが気丈な彼女もこのころから急に今村に甘えて、わがままを言うようになった。「生まれ故郷の仙台で死にたい」という母の願いに添って、今村はその地への転勤を上司に頼み、その実現直前にまたも母の希望でそれをとり消したりしている。

痛み止めのモルヒネ注射のため妄想《もうそう》を起すようになった母は、五月にはいると看護婦を病室に寝かせず、今村にそばに寝てくれと強要した。その第一夜から、発病前の母が決して口にしなかった彼女の怒り、悲しみ、不満などが激しい言葉の洪水《こうずい》となって今村に浴びせられ、眠りをさまたげられる彼は役所で机上にうつ伏せとなる日々が続いた。

五月二十六日夜、母は今村に「今夜は夜通し、あんたの膝《ひざ》の上に抱いていておくれ」と頼んだ。今村はその通りにした。やがて看護婦の注射で、母は眠る。今村は、自分も少しは眠っておかねばと、そっと母を寝床に移す。だが間もなく母は手を伸して今村を起し、「今夜はずっと抱いていておくれと頼んだのに……」と、子供のようにいいつのる。これを四たび繰返して、夜が明けた。

翌二十七日午後五時すぎ、参謀本部から大急ぎで帰宅した今村に、主治医が「二十分ほど前、苦痛もない静かなご臨終でした」と告げた。

今村は「〝夜通し抱いていておくれ〟とせがんだのは、今日逝《ゆ》く名残《なご》りが惜しまれてのことであったのか……。その母の寂しいおもいも覚《さと》り得ず、四たびも膝よりおろし、床に横たえた私は、遂に最後まで不孝をつづけてしまったのだ。『お母さん、何ともおわびの申しようがありません』かように心の中で絶叫した」と書いている。

母を失った一九二六年（大正15）の八月、今村は中佐に進級し、朝鮮中部の東海岸にある咸興《かんこう》の歩兵連隊に転任した。部下将兵の鍛練は今村の最も好きな任務であったが、朝鮮勤務は僅《わず》か八カ月で終った。一九二七年（昭和2）四月、彼はインド駐在武官を命じられた。

軍人はいかなる職務でも、命令のままに働くべきだ——と心得てはいるが、今村は《長期の単身赴任は、いちおう私の意向をたずねてから決めてもらいたかった……》という気持を抱いた。生来あまり丈夫でない妻銀子は、十カ月間の姑の看病で心身ともに疲労し、そのうえ妊娠中であった。英国渡航の時とは違い、もう銀子の相談相手となる姑はいない。東京に帰った今村は、インド転勤の理由を初めて知った。一家の借金を返す義務を負っているうえ、母の病気で多くの治療費をついやし、家計が窮迫していることに同情した建川美次《よしつぐ》参謀本部課長（のち中将、駐ソ大使）と本間雅晴とが、手当ての多い海外勤務に今村を推薦したのであった。先輩や同期生の厚意を知った今村は、もう何もいわず、六月の船でインドへ向かった。

今村がカルカッタを経由して、インドを統治するイギリス総督府の夏の執務地シムラに着いたのは七月中旬であった。翌朝、頭痛を押えて外出した彼はその夜から高熱を発し、悪性熱帯マラリアと診断されて担架で病院に運ばれた。意識もなく死線をさまよい続けた今村がようやく危機を脱したのは、発病から二週間以上のちであった。退院した彼はホテルに帰ったが、その後も右耳上部に痛みを覚え、ひきつづきヒマラヤ連峰を眺《なが》めながらの静養生活を続けた。

九月のある日、妻の兄である千田俔次郎大佐からの電報が届いた。

「銀子難産。順天堂病院にて世を去る。委細文」

今村は次のように書いている。「非常な驚きに打たれ、無意識に寝台の上に立ち上り、すぐドカッと倒れ、何とも名状し得ない頭の混乱を来たしてしまった」

約一カ月後、義兄からの手紙で妻の臨終の模様を知った時――「こんなにも涙が続くものかと思われるほど、私は子供の母の死を嘆き悲しんだ。そしていよいよ、彼女に示した冷たい心を恥じ且《か》つ悔いた。『銀子を殺したのは、この私の冷たい心だ』罪責にせめられ、せめられ、幾日も眠れない夜の時折、ちょっとうとうとすると、三児の泣き顔がこもごも瞼《まぶた》に浮かび、はっと眼が醒《さ》め、心身共に痛みを極めた」

「結婚生活十一年の間に二男一女の母となり、子の愛には引かれていたものの、女性としての嬉《うれ》しさや楽しさは、ついに一日だって味《あじわ》えずに、年三十の若さで病死してしまった。この可愛想な人に犯した私の罪は、どうしたってつぐなえるものではなく、私のざんげの思いは、年老いた今も少しも減じてはいない」

満州事変から二・二六事件へ

今村の右耳上部の痛みは乳嘴《にゅうし》突起炎と診断され、その手術のため同年十二月、帰国した。陸軍軍医学校で一時間半にわたる手術を受けた彼は、その激痛を「積悪の報い、母や妻を大切にしなかった罪業《ざいごう》の報いだ。当然受けなければならない責罰だ」と受けとめて、必死で耐える。その後の約一カ月間彼は入院生活を送るが、「歎異抄《たんにしょう》」を読んで親鸞《しんらん》に傾倒したのはこの時である。

退院後、今村は中野駅に近い借家に移り、母を失った幼い三児との生活を始めた。だが子供の世話をまかされた若い女中はたちまちネをあげ、今村はさらに郷里から年輩の家政婦を呼びよせたが、母のいない家庭の寒々とした空気は次第に子供たちの表情を変えていった。あちこちから再婚をすすめられたが、今村はそのすべてを断わった。彼はわが子たちを継母の手にゆだねることを極度におそれた。

ある日、今村が若い時から親しい先輩の堀吉彦少将がたずねてきた。彼もまた「家庭には主婦が必要だ」と再婚をすすめたが、今村は「どんなに純良な人でも、いったん自分の子が生まれたら、継子を見る目が変ってくるのは人情の自然です。といって、まさか子供を生まない女性を探すわけにもゆかず……、再婚のことは、どうぞご心配下さいませんよう……」と断った。

数カ月後、堀がまた訪れてきた。彼の同期生の長男が死亡し、未亡人となったその嫁の再婚先を探してくれと頼まれたのだが、彼女は子供を生めない体なのだ。ぜひ——という話である。堀は写真も持参し、またその女性が不妊を治すため手術を受けたが目的を達し得なかった病院に、改めて問い合わせをしよう、ともいった。

先輩の熱心な説得に、遂に今村も「半年ほどその女性と子供たちとを交際させてみて、双方に好意が生まれるようなら」という条件で、この話を受け入れた。銀子との結婚の失敗を「私の軽率のため」と肝に銘じている今村は、再婚については驚くばかり慎重であった。

こうして、銀子の一周忌もすんだ一九二八年（昭和3）十二月、今村はその後の生涯の〝かけがえのない伴侶《はんりょ》〟となる久子と再婚した。

一九三〇年（昭和5）、今村は大佐に進級し、陸軍省軍務局の徴募課長に就任した。この仕事に約一年間没頭し一段落ついたところで、今村は中央を離れて歩兵連隊長の職につきたいと上司に希望を述べた。

だが数日後、軍務局長小磯《こいそ》国昭少将（のち大将、首相）は「希望に添えないのは残念だが、この際ぜひ作戦課長を務めてもらいたい」といった。「次第に深刻化してくる満州の排日行動に、何とか対処の途《みち》を講じなければならず、数カ月前から参謀本部の首脳部と協議して大綱の策案を立ててみた。それを基とし、陸軍としての具体的細目計画を立案する必要上、参謀本部は建川情報部長を作戦部長にまわし、君をその下の作戦課長にしたいといってきて、大臣、次官も同意なので……」

今村は「私は不適任」とさんざん渋ったが、遂に説得された。彼が参謀本部の最も重要なポストの一つである作戦課長に就任したのは、一九三一年（昭和6）八月一日であった。満州事変の発端である〝柳条湖《りゅうじょうこ》事件〟勃発《ぼっぱつ》の約一カ月半前である。

建川作戦部長は今村に「満州問題解決方策の大綱」という書類を渡し、「これは省部の局長、部長以上の合同協議でまとまった要綱だが、研究の上、いかにこれを具体的に進めるかを、政策上のことは永田軍事課長のところで、作戦上のことは君のところで立案し、それを部局長会議に出し、その検討に供するようにし給え」と要求した。会議は九月初めに開かれる予定なので、八月いっぱいに仕上げなければならない。

今村はその書類を自宅に持ち帰り、二度、三度と繰り返して読み、陸軍大臣、参謀総長はじめ上層部の慎重な態度に敬服し、これならば……と改めて自分の任務に自信を持った。彼は当時の自分の胸中を次のように書いている。

「私の任務は、万一軍事行動を必要とするに至った場合、これに応ずる兵力運用を関東軍と連絡の上で計画することにある。

私が安心したのは、陸軍中央の二長官以下の首脳部が、満州の実情即《すなわ》ち日清日露の両戦役で幾万先輩の犠牲によって得られた正当権益が、南京《ナンキン》及び奉天の両政権によりいかにみじめに蹂躙《じゆうりん》され、幾十のわが外交機関の抗議折衝が張政権により全く顧みられず、在満日本人の居住、営業、生命財産に対する圧迫は日に日にその度を加え、満鉄さえその経営が困難に陥ってしまっていることを、全国民に、また列国に了解せしめた上で初めて強硬策に転ずることにし、これに一年の日子を費やそうとしている周到さである」

「満州問題解決方策の大綱」の中には「関東軍首脳部に中央の方針意図を熟知させ、来たる一年間は隠忍自重、排日行動から生ずる紛争にまきこまれることを避け、万一にも紛争が生じたときは、局部的に処置することに留《とど》め、範囲を拡大せしめないように努めさせる」という一項もあった。

九月にはいって、陸軍中央部の対満州問題具体策も次第にかたまり、関東軍と連絡を始めようとしていたとき——九月十九日午前四時ごろ、今村は梅津美治郎総務部長からの電話で起された。

「昨夜、奉天近くで鉄道が爆破され、関東軍が出動したらしい。すぐ車をまわすから……、役所で打ち合わせしよう」と梅津はいった。

参謀本部へ向かう車の中で今村は「列国はもちろん、日本国民の大部もまだ満州問題の真相を承知していない。万一事が大きくなったとき、挙国一致の態勢は困難であろう」と考えていた。

今村が役所に着くと、梅津が読み終ったばかりの関東軍の数多い電報を手渡した。その内容は「奉天北側張軍の北大営附近柳条湖で満鉄線路が爆破され、本庄司令官は、その修復警備に向かったわが独立守備隊と第二師団とに出動を命令した」というものであった。

当然ながら軍中央は関東軍の報告をそのまま信じて局部的解決を目指し、不拡大方針で対処の第一歩を踏み出した。だが、のち明らかになった事件の真相は次の通りである。

柳条湖で満鉄線路が爆破されたのは事実だが、それは張学良軍の仕業ではなく、関東軍参謀の陰謀であった。早くから満州占領を企図していた板垣征四郎大佐、石原莞爾《かんじ》中佐らは関東軍司令官本庄繁中将（のち大将）にも計画を明かさず、鉄道線路を爆破した直後、第一線中隊長らに命じて一挙に行動を起したのである。これが満州事変と、その後十五年続く戦争の発端である。

このとき建川作戦部長は満州に出張中で、今村がその代理を務める立場であった。彼は局部長会議にも部長代理として出席し、満州に於《お》ける彼我の兵力比較、また万一増援を必要とする場合は在朝鮮部隊をこれに当てようという意見を述べた。この席で梅津は、事件不拡大方針堅持の必要を説いた。また、建川へ「関東軍司令官に自重をうながすよう」打電すべきではないかと提案し、全員がこれに同意した。

同十九日午前八時ごろ、朝鮮軍司令官林銑十郎《せんじゅうろう》中将（のち大将、首相）から左の電報が来た。

「軍は奉天方面の情況に鑑《かんが》み飛行第六連隊より戦闘、偵察《ていさつ》各一中隊を今早朝平壌出発、関東軍に増援せしめ又第二十師団の混成約一旅団は奉天方面に出動の準備にあり。尚《なお》第十九師団には成るべく多くの兵力を以《もっ》て出動し得る如《ごと》く衛戍地《えいじゅち》に於《おい》て準備せしむ」

これに引き続き、さらに朝鮮軍司令官は「派遣部隊は午前十時より逐次衛戍地を出発せしむ」と報告してきた。

これに対し、今村は次のように発言した。「先に私が申しました朝鮮軍の第二十師団の出動は、満州の情況が急を要する場合には……ということで、現在そういう情況にたち至っているかどうか不明であります。しかし満州に近い朝鮮軍には、東京よりも危急の情況がよくわかって打電してきたのかと思われます。まず満州に出張中の建川部長に情勢を問い合わせること、……同時に総長はすぐ参内し、緊急の必要発生の際は朝鮮師団の越境を允裁《いんさい》あらせられるよう言上していただきたいと存じます」

正論というべきであろう。天皇の許可なしに軍が行動を起せば、統帥《とうすい》大権を冒す結果となる。今村の意見に一同が賛成し、なお朝鮮軍司令官へは「越境に関する允裁を仰ぐため、上奏の手続中なり。……独断の越境は、許されざるものとす」と、参謀総長名で打電された。

このときの今村の考えは「もし陸軍が統帥大権を冒せば、満州問題の軍事解決に反対している閣僚たちは、声を大にして陸軍の専断を国民に伝えるであろう。海相までが不同意を表明している現状では、それによって国民の支持を受けることは不可能となる。国民的共感のない軍事行動は、軍隊の士気に影響する。また天皇の大権確保を信条としてきた陸軍が、自ら統帥大権を冒すようなことをやっては、出先き軍司令官たちに『中央の統制に服さなくてもよい』という範を示すことになり、大害を残す。万一にも林朝鮮軍司令官が独断越境をしたら、同中将を厳罰の上、陸軍大佐、参謀総長は辞職すべきである」というものであった。

そのころには省部の将校全員に、朝鮮軍の独断越境問題が知れわたった。満州での激しい排日行動や既得権益侵害に憤慨している彼らの多くが興奮して、この際関東軍を全面的に支持して満州問題の一挙解決をはかるべきであり、朝鮮軍司令官の処置も肯定すべきだという意見を洩《も》らし始めた。

二十一日午後一時二十分から、朝鮮軍の一部は林軍司令官の独断命令により満州にはいった。

この日午後、金谷範三参謀総長は宮中へ行ったが、満州問題の拡大に反対する政府が宮内省に働きかけたため、金谷は天皇に会うことが出来なかった。これを知った省部の幕僚多数は一層いきりたち、もはや朝鮮軍司令官の独断越境を黙認すべしとの説が圧倒的になった。彼らは今村を同意させようと強く働きかけてきたが、彼は微動もせず、四面楚歌《しめんそか》の中で自説を堅持していた。だが課外からの批判非難を平然と受け流す今村も、部下腹心の離反にはさすがに心を暗くした。

翌二十二日朝、参謀総長はようやく天皇に会い、第二十師団の越境、関東軍救援の許可が下りた。こうして朝鮮軍の独断越境問題は中央部の追認という結果となって、九月二十二日に幕を閉じた。

関東軍は軍中央や政府の不拡大方針を無視して着々と満州占領計画を進め、十月八日には満州西南部の錦州《きんしゅう》を爆撃した。この暴挙に国際連盟の空気はにわかに硬化した。

その数日後の夜、今村は自宅に池田純久《すみひさ》大尉（のち中将）と田中清大尉の訪問を受け、この二人から初めて桜会の橋本欣五郎中佐を中心とするクーデタ計画を知らされた。今村は建川作戦部長に橋本説得を進言し、その結果、橋本は建川に「クーデタ中止」を約束した。

だが十月十六日午後、桜会員である根本博、影佐《かげさ》禎昭《さだあき》、藤塚止戈夫《しかお》の三中佐（共にのち中将）が突然今村に会いに来て、「先日、橋本が約束した〝中止〟は虚言である」ことを告げた。今村は部局長会議を開き、なお荒木貞夫教育総監部本部長が説得を試みたが、遂に南次郎陸相の決断で橋本ら急進派十二人を憲兵隊に拘束した。世に〝十月事件〟と呼ばれるクーデタ計画は、こうして未遂に終った。

満州事変はもともと「国家改造」の実現を目指して計画されたもので〝十月事件〟もその一環であった。〝十月事件〟の計画は「……歩兵数箇中隊、爆撃機十余機を出動させ、首相以下の閣僚を斬殺《ざんさつ》して、荒木貞夫中将を首相とする軍部政権を樹立」というものである。陸軍のひたかくしにもかかわらず、この事件を知った指導層は、政党政治に対する国民の不満の高まる情況下で、強い恐怖感を抱いた。

板垣と石原が組んで進めた満州事変は、作戦も戦争指導もすべて成功し、日本軍占領地域は次々に拡大して、それを押え得ない軍中央の不拡大方針は急速に色あせてきた。政府もまた初めは関東軍の先走りによる国際関係悪化を恐れて「不拡大方針」を唱えたが、軍の冒険の思いのほかの成功を見て、この〝既成事実〟に便乗する姿勢を見せ始めた。十月二十六日、政府は「中国の排日運動が収まらない以上は……撤兵は出来ない」という声明を発表した。幣原《しではら》外相は軍部の満州独立計画にひきずられていた。

十二月、犬養毅《いぬかいつよし》の政友会内閣が成立し、青年将校に人気のある荒木貞夫中将が陸相に就任した。政府の対外政策は積極方針に転換し、荒木陸相は満州占領を中央で推進しようとした。閣議の承認を得て一個師団が増派され、一九三二年（昭和7）初めには日本軍はほぼ満州全土を手中に収めた。満州の独立計画は、政府、軍中央部、関東軍の間で合作されつつあった。

　この情勢の中で、今村は依然として満州武力解決の時期が早すぎたことを憂《うれ》えていた。事変勃発時の彼は、対内、対外ともに多くの困難を予測したものだが、その後国内の空気は大きく変った。満州事変から上海《シャンハイ》事変へと戦争が拡大するにつれて、それまである程度軍部を批判していた新聞も、関東軍の行動を支持し、次第に「守れ満蒙《まんもう》、帝国の生命線」などという見出しをかかげるようになった。不況にあえぐ農村や都市の大衆も、満州という突破口に夢をかけて軍の方針に拍手を送り始めた。軍人の人気は急上昇していった。その中で今村はなおも、日本の対満州政策に対し、列国がどういう態度に出るかを懸念《けねん》していた。

　戦後の今村は「私記・一軍人六十年の哀歓」に「事変の反省」と題する一項を設けて次のように書いている。

「……大東亜戦争のもとは支那事変であり、支那事変のもとは満州事変だ。陸軍が何等国民の意志と関係なしに満州で事を起したことが、結局に於て国家をこのような破綻《はたん》にあわせた基である——との国民の非難には、私のように、この事変の局部的解決に成功し得なかった身にとっては、一言も弁解の辞がない。

……私は、満州事変は国家的宿命であったと見ている。板垣、石原両参謀とは事変に関し、多くの点で意見を異にはしたが、この人たちを非難する気にはどうしてもなれない。しかしながら満州事変というものが、陸軍の中央部参謀将校と外地の軍幕僚多数の思想に不良な感化を及ぼし、爾後《じご》大きく軍紀を紊《みだ》すようにしたことは争えない事実である。これとても、現地の人々がそうしたというよりは、時の陸軍中央当局の人事上の過失に起因したものと、私は感じている。

板垣、石原両氏の行動は、君国百年のためと信じた純心に発したものではある。が、中央の統制に従わなかったことは、天下周知のことになっていた。にもかかわらず、新たに中央首脳者になった人々は、満州事変は成功裏に収め得たとし、両官を東京に招き、最大の讃辞《さんじ》をあびせ、殊勲の行賞のみでは不足なりとし、破格の欧米視察までさせ、しかも爾後、これを中央の要職に栄転させると同時に、関東軍を中央の統制下に把握《はあく》しようと努めた諸官を、一人のこらず中央から出してしまった……」

この文章は敗戦から数年後に書かれたもので、今村の筆は個人を批判しない点は別として、客観性を持って冷静である。だが当時の彼が、静かな心境であったはずはない。今村自身が〝中央からトバされた〟一人であった。作戦課長の要職についてから僅《わず》か七カ月後のことである。

一九三二年（昭和7）初め今村は、新たに参謀次長となった真崎甚三郎中将（のち大将）から「都合により、貴官の作戦課長の職をかえ、駐米大使館付武官に転補することにした」と申し渡された。今村はこれを新作戦部長の古荘少将に報告し、さらに「……公務上深い因縁をもちました上海事変のあと始末は、まだこれを見ておりません。ついては私を上海方面の戦務に当てていただき、米国の方は他の適材を当てるよう考えていただきたいものです」と述べた。この希望がいれられ、今村は参謀本部付の肩書きで、羽入三郎海軍大佐と共に上海へ出張した。陸海軍協同作戦を円滑にし、また出先きの軍と中央軍部との関係を緊密にする任務であった。

「上海から帰った父が、いきなり家族を集めて」と、今村の長男和男は語る。「私は軍人をやめて、坊主になる。子供たちは医者になれ――と、いい渡しました」

今村はその理由を「上海で私の護衛に当った海軍陸戦隊の兵二人が、敵弾で死んだ。この二人の後生を弔うため」と説明している。

これについて、島貫重節《しまぬきしげよし》（大本営参謀、中佐）は次のように語る。島貫は一九四三年（昭和18）、参謀次長とラバウルへ同行して今村に会い、戦後は自衛隊の第九師団長、東北方面総監時代を通じて今村と親しかった。

「作戦課長というのは非常に重要な、大へんな役目ですよ。それを僅か七カ月でやめさせられた今村さんの気持は、察するに余りあります。自分の前途がどうこうの問題ではなく、軍中央への強い批判があったはずです。あれほど筋を通して立派に勤めてきたのに、まるで失敗でもあったような扱いですからね。左遷《させん》も左遷、上海行きは連絡将校のような役だし、次の役も作戦課長のあとにはふさわしくない……、恥をかかされたようなものです。軍人の社会はいやだ——という気持にもなりましょう」

出先き軍の独走を押え、不拡大方針を国際的に約束している内閣と足並みをそろえるのが軍中央のとるべき態度だ——という信念に基いて、今村は果敢に抵抗してきた。しかしその努力は実らず、軍中央だけでなく政府までが姿勢を崩すのを、彼は見てきたのだ。

だが今村の辞職願は受理されず、彼は軍人の道を歩き続けてゆく。

一九三二年(昭和7)三月一日、関東軍によって〝満州国〟が誕生した。清朝の廃帝溥儀《ふぎ》がかいらいを承知で〝満州国執政〟に就任し、板垣、石原は〝建国の功労者〟として晴れの舞台に並んでいた。柳条湖の鉄道線路を爆破して満州事変を起し、軍中央の不拡大方針を無視して突き進んだ二人の〝勝利〟の姿であった。

同じ三月の中旬、今村は千葉県佐倉の歩兵第五十七連隊長に転出した。今村の手記には「野外天日の下で、若人と武を練る職」についた喜びだけが書かれていて、この不当な人事に対する彼の心境には全く触れていない。しかし、この時の今村がどれほど深く心を傷つけられたかは、手記の他の部分に散見される。一例を挙げれば、一九三七年（昭和12）に作戦部長の要職にあった石原莞爾が部下はじめ周囲の人心を失い、関東軍参謀副長として満州へ去った――と知った今村は「かつて私が中央を逐《お》われたときを追想し、心からの同情を寄せた」と書いている。

ここで、膨大な量に及ぶ今村均の手記――「私記・一軍人六十年の哀歓」をはじめ多くの回想録に触れておきたい。これらはすべて戦後に書かれたもので、書き始めたのは「ジャワのストラスウェイク監獄」とあるから、一九四八年（昭和23）五月から同年九月までの間である。「檻《おり》の中の獏《ばく》」と題した第一巻の序文に、彼は次のように書いている。

「少年時、お伽噺《とぎばなし》で聞かされたものか、又は青年期に読んだものか、はっきり思い出せないが、『獏という獣は、夢を食う』と覚えたことが妙に私の好奇心を刺戟《しげき》し、いくつになっても、ずっと記憶に残っている。

……（ストラスウェイク監獄の）此《こ》の陰惨無自由な生活中での唯一《ゆいいつ》の慰めは、夢を見ることと、夢を食うことである。万一にも、聖人のように夢を見ることが無かったなら、私のような煩悩《ぼんのう》の多い者は気が狂ってしまったであろう。仕合せなことに、夢は私の心を獄外に連れだし、過去のいろいろの光景を眺《なが》めさせたり、親しい人々と会わせたり、時にはまだ経験していない未来の事などまで見させて呉《く》れる。

檻の中のようなところに、とらわれの身の私は、獏のように思い出の夢を食《は》み、時には牛が、一度胃の腑《ふ》の中に呑《の》み下した食物を再び口に戻《もど》し、も一度よく嚙《か》みこなしたうえ胃に送る、いわゆる反芻《はんすう》作用のように、夢を見かえし、反芻して、獄中の気晴らしにしていた。

ストラスウェイク監獄につながれていたときの或日《あるひ》、〝夢〟を紙の上に綴《つづ》ってみたら、どんなにかいい慰めになり、よい時間つぶし、日暮しになるだろうと考え……」

こう考えた今村は、彼に好意的なインドネシアの若い看守に〝綴り方許可〟を申し入れ、承諾を得て書き始めた。ラバウルから持参の僅かな日用品の中に陸軍の洋罫紙《ようけいし》約五十枚と鉛筆三本があったので、とりあえずそれを用いたが、獄中に机などはなく、今村は「毛布二枚を小さく四角にたたみ、それを膝《ひざ》の上に重ね、その上で書くので、常夏《とこなつ》の暑さは随分とこたえ、汗をふきふき鉛筆を運んだ」のである。

今も一部の人々は「今村大将の獄中手記はメモも何も無しで書かれたもので、その記憶力は驚嘆に価する」と語る。だが「檻の中の獏」の序文に「此の記録は単なる退屈しのぎ、時間つぶしのものであり、青年時代からの備忘録、手帖《てちよう》四、五冊だけをたよりとし」とあるので、たとえば満州事変勃発後の記述に日付や時間まで正確に入れてあるのは、この備忘録によるものと思われる。

それにしても、ラバウルの豪軍がよく今村に手帖の持ち出しを許可したものだと、改めて彼に与えられた〝特別待遇〟の並々でなかったことを思い知らされる。釈放された戦犯や裁判関係の人々がラバウルを去る時の所持品検査は非常に厳しく、手帖はもとより、戦犯として処刑された人々の遺書を持ち帰ることも至難とされていた。第三十八師団参謀であった松浦義教中佐は、多くの人々の遺書を薄紙に写しとり、それをこよりにしてリュックサックの紐《ひも》に編みこみ、検査の目をのがれ、ようやく遺族に届けることに成功している。

今村がジャワのチピナン刑務所を出たのは一九四九年（昭和24）末だが、そのあと短期間の巣鴨《すがも》拘置所を経てラバウルに近いマヌス島へ、そこから再び巣鴨拘置所へと彼の獄中生活は約九年にわたって続くのだが、手記はストラスウェイク監獄以後の期間を通じて、紙や鉛筆の入手難にさまたげられながら書きつがれ、釈放後へとひきつがれてゆく。内容は彼の幼時から晩年にまで及ぶが、主として現役の軍人時代と戦犯収容所の思い出である。

序文中に「手帖四、五冊だけをたよりとし、事の正否を関係者に聞きただす手段などを持ち得ない獄中のこと、しかも多くは単なる夢の思い出に過ぎない。従って、時、処《ところ》、人名、事柄《ことがら》それ自体にも誤りがないとはいいきれない。いや、きっとあると虞《おそ》れるので、他の人にさしさわりのあるところの名前はX氏としておいた」という一節がある。

この「人を傷つけてはならぬ」という配慮は、全手記のいたるところで今村の筆を抑えている。それは「誤りがあることを虞れて」という理由を越えて、「獄中での退屈しのぎの綴り方の中で、人を誹謗《ひぼう》してはならぬ」という前提に立って書かれたものと思われる。今村の〝温情〟と〝礼節〟であろう。ある事件を書いても、今村が渦中《かちゅう》の人物に対して持ったと想像される批判は多くの場合省略され、たまに書いてあっても努めてぼかしてある。個人に対してこういう態度の今村も、陸軍という大組織に対しては、最高幹部の一人として多くの批判、反省を書き残している。それは理路整然としていて、「客観的な、公正な視点で」という今村の態度はよくわかるのだが、それでいて、個人について書かれたものと同じく、やはり弁護の気持が行間にうかがわれる。これはすでに滅び去った〝帝国陸軍〟に対する今村のやむにやまれぬ〝愛惜の情〟のためではないだろうか。

今村の回顧録の読後感は、清々《すがすが》しく、さわやかである。しかし同時に、《〝我こそは〟と自負する自己顕示欲の強いつわものが雲のように集まった陸軍という大組織は、権力闘争も激しく、もっとドロドロした世界であったはずだが》という、もの足りなさが残る。今村は「人の長所を見つけることのうまい人だった」といわれるが、手記に登場する兵たちは〝忠君愛国〟の精神に燃える〝純な心の人〟ばかりで、幹部たちはほとんどが〝人格者〟である。私が知る限り今村が実名をあげて批判したのは、彼の同期生で、太平洋戦争勃発当時南方軍総参謀長であった塚田攻《おさむ》中将と、二・二六事件裁判当時の寺内寿一《ひさいち》陸軍大臣ぐらいである。他の人の場合は、事情通にはわかるにせよ、名を伏せている。

今村の筆が容赦なく厳しいのは、彼自身について書かれた部分である。彼は自分を「煩《ぼん》悩《のう》の多い者」「細事にこだわり、すぐカッと腹を立てる」「いくつになっても直らない興奮性」の男と捉《とら》え、しばしば自責の念にかられ、反省を繰返す。陣中でも宗教書、哲学書を手離さない人でもあった。こうして年齢を加え、責任の重い地位に進むにつれて、今村の人格は磨《みが》かれてゆくのだが、それを強く感じるのは彼の写真である。今村は小柄で〝堂々たる体軀《たいく》〟ではなく、若い時からやや猫背《ねこぜ》で首は右にかたむき、顔だちも〝端正〟というタイプではない。しかし年をとるにつれて風格が加わり、晩年の写真を見ると、みじんの俗気もなく、無限の包容力を思わせる温かさが茫洋《ぼうよう》とした面上ににじみ出て、なんとも〃いい顔〃である。

手記は、その随所に今村の教養、博識、また天性のユーモアがうかがわれて、〃読みもの〃としても楽しい。第五師団長であった青島《チンタオ》時代、兵の飼っている小烏《こがらす》に今村がビスケットがわりに消化剤を与え、「そんなもの、やらないで下さい」と心配する兵に、「烏だって、胃の具合の悪い時もあろう。それで、これをほしがるのだよ」と、彼はケロリと答えている。〃師団長〃といえば四角四面な軍人像が浮かぶが、今村はこういう師団長であったのかと、ほほえましい。

今村の回想録の特色として、軍人の手記にとかくあり勝ちな〃手柄話〃がないこと、また自己の憤懣《ふんまん》などには触れていないことが挙げられる。これは読後感の清々しい一因ではあるが、手記だけでその時々の今村の感情の起伏を知ることは出来ない。

これほど〃自己には厳〃に書かれた回想録だが、他に対しては〃寛容に過ぎた〃のではないかと首をかしげることが多い。一例として〃十月事件〃を挙げる。

〃十月事件〃の首謀者である橋本欣五郎たちへの陸軍当局の処罰は名目だけで、軍紀は全くかえりみられなかった。橋本らが憲兵隊に拘束された直後、今村は総務部長であった梅津美治郎に「彼らを軍籍から去らせることのないよう」と頼んでいる。そして〃あんな純な人たち〃と呼び、「私はその意見（憲兵隊に拘束）を上申したものの、橋本中佐以下十二名の愛国情熱には打たれており」と書いている。今村ほど軍紀を重んじた男のこの〝甘さ〟は、納得しがたい。このとき今村は四十五歳の大佐であった。
陰謀によって〝満州事変〟を起した板垣、石原に対しても、今村は批判はするものの、結局は弁護にまわっている。

私は初めて今村の回想録を読んだ時から、《自己顕示欲などとは無縁と思われる今村が、なぜ獄中の手記をこうも度々出版したのだろうか。「戦史を後世に伝える」などの目的に添う内容ではないのに》と、疑問を抱いた。「私記・一軍人六十年の哀歓」など今村没後の出版も多いが、一九六〇年（昭和35）に出た「檻の中の獏」を第一巻とする「今村均大将回想録」は第四巻「戦い終る」まであり、さらに翌年その補足として「青春篇《へん》」三巻が続き、他にも何冊かあって、それらには内容の重複するものもある。

ジャワの獄中で今村が書き続けている手記を、オランダ軍は裁判の参考になるかと考えたらしく、通訳を務めていた三井物産社員の森田正次に英訳させた。

一九八二年（昭和57）八月、私はジャカルタで森田に会った。彼は「今村大将の手記を翻訳しているうち、これは後世に残すべきものと思い、出版をおすすめしたことがあります」と語った。「だが大将は笑って、『これはただ退屈しのぎに書いているもの。のちに家族には見せようと思うが、一般に公表する気など全くない。そんなことは考えないで下さい』と、おとりあげになりませんでした」

それなのに、なぜ晩年の今村は出版に踏み切ったのであろうか――。

初めて私が今村の長男和男に会った日、たまたま今村の数多い回想録が話題になった。

「あれは、どなたかを援助するために、出版したのだと思います。父は金を持っていませんでしたから」と和男がいった。「その印税が具体的にどう使われたのか……私は知りません。父は家族にも何もいいませんでしたので。しかし父が一銭の金も自分のポケットに入れなかったことは確かです」

思わず、私の口許《くちもと》がゆるんだ。すべてがふに落ちたのだ。戦死者や戦犯として刑死した人々の遺族の中には、墓をたてたくても、また仏壇を買いたくても、思うにまかせない人もいた。旧部下の中には戦後社会の荒波を乗りきれず、妻子を抱えて苦闘を続ける人もあった。また今村は全国各地の慰霊祭やラバウル会に出席するため、実によく旅をしている。その旅費や供物《くもつ》の代金もかなりの額に達したであろう。私財の蓄えのない今村の晩年は、軍人恩給だけの質素な生活であったという。その中で旧部下との親睦《しんぼく》をはかり、誰《だれ》かを援助しようとすれば、乞《こ》われるままに手記の出版に応じることが、他力に頼らず僅かでも資金を手に入れる唯一《ゆいいつ》の方法であったろう。


一九三三年（昭和8）八月から陸軍習志野《ならしの》学校幹事を務めていた今村は、一九三五年（昭和10）二月、校長の指示で陸軍省へ行き、人事局長松浦淳六郎少将に会った。用談がすんだ後、松浦は「あなたは来月の異動で将官に昇級し、東京の歩兵第一旅団長になると内定しています」と今村に告げた。今村は次のように書いている。

「感慨の深いものがあった。幼時から薄弱の心とからだとを持ち、自身軍人には不適材と思っていたのが、時の環境——日露戦争——と、母の熱望とに左右され、陸軍にはいったものの、栄達などを目的としたものではなく、唯《ただ》潑らつたる青春のわこうどたちとまじり、野に武を練ることにすべての気ごころが向いてしまい、言葉は不適当だが、兵の練兵演習に大きな興味をおぼえ、その日その日を送っており、陸大入校などの気がなかったといってはいつわりになるが、私を生みの子でもあるかのように愛してくれた河内礼蔵連隊長の、心からのすすめによったものである。

……陸大にはいったばかりに、その後はとかくに陸軍官衙《かんが》の勤務が多くなり、折衝する周囲の人たちは軍隊の将兵のような無邪気さはなく、互いにその立場にこだわり、いたずらに他を批判する傾向を持ち、私自身もいつかこの弊風に染み、次第に純な気もちを失い、日に日に邪気をかさねてやまないことが反省され、その後の軍人生活というものは、青年士官当時のような愉快なものではなくなってしまった。そのような私が将官などに進むことは、たしかに分が過ぎている。その為《ため》この進級の内輪話には、歩兵連隊長に当てられたときのような勇躍歓喜さは覚えなかった」

少将への進級を気の重そうな筆で書いている今村は、歩兵第一旅団長になることも「東京旅団の如き演習場に遠いところの部隊に長となることは、不運とさえ思われた」と、この栄転にも心をはずませてはいなかった。

ところが、三月一日、人事異動の命令が発表されてみると、今村は朝鮮の首都京城（現ソウル）の龍山《りゅうざん》にある歩兵第四十旅団長に補されていた。その夜、少将に昇級した将校二十人ほどが陸相官邸に招待された。その席で松浦人事局長が今村に「君には相すまんことをした」と、バツの悪い顔で語りかけた。「実は朝鮮へ行くはずだった工藤義雄少将から『家内が病気で、東京を離れがたいのだが……』と相談を受け、君と任地をとりかえるほかなかったのだ」

東京の旅団長は近衛と第一の両師団に二人ずつ、計四人である。この四人は特に選抜された優秀な人物と目され、将来の師団長を約束されたポストと考えられていた。今村と工藤の任地交換はたちまち話題となり、中には「皇道派が人事局に干渉した結果だ」と、今村に同情の手紙をよせる人々もあった。だが今村はそうした噂《うわさ》をとり上げず、同情の手紙には返事も出さずに、〝軍隊練成に適した任地〟である龍山へ明るい表情で出発した。この〝任地交換〟が、一年後に今村の軍人生命を救うという意外な結果を生む。

今村と朝鮮との縁は深い。少、中尉時代は東北部朝鮮に、中佐時代には中部の咸興《かんこう》に勤務した彼にとって、龍山は三つ目の任地であった。しかもこの時の朝鮮総督宇垣一成《かずしげ》大将とは、その陸相時代に交渉を持って以来四年ぶりの対面で、今村はしばしば官邸に招かれて親しく語り合う機会を持った。

旅団長とは〝陸軍三大閑職の一つ〟に数えられる職であった。今村は部下連隊の大隊以上の演習には欠かさず出場したが、その他の日々は堪能《たんのう》するまで読書にふけることが出来た。

歩兵第七十九連隊の野外訓練に出場した今村は休憩時の松林で、そばに旅団長がいるとも知らぬ兵たちの会話から彼らの煙草《たばこ》に対する強い不満を知った。酒保の煙草は喫《す》うに耐えないほどまずく、内地の軍隊なみの煙草はそとで買うほかないのだが、俺《おれ》たちの給料ではとても……というのが兵たちの嘆きであった。今村は酒も煙草もたしなまないが、〝貧乏の味〟は陸士入校以後の若い時代に身にしみて知っている。

今村が〝煙草問題〟を調べてみると、これは数年前から軍司令部の懸案になっているが、交渉相手の総督府が「内地の煙草は、たとえ軍隊用でも朝鮮に入れることは出来ない」の一点張りで、らちがあかないことがわかった。内地の軍隊用煙草〝ほまれ〟を入れることが出来ないなら、それと同じようなものを朝鮮で作ったら……と今村は考えたが、その交渉もすでに行われていて、「在鮮三万五千名の兵隊相手では、経費だおれだ」との回答で終りを告げた、と聞かされた。今村には、この回答が納得できない。結局は軍と総督府間の感情問題だな——と思い、解決の好機を待った。彼は生来の〝せっかち〟を発揮して事を荒立てはしないが、簡単に引きさがる男ではない。

ある日、宇垣総督が今村を含む三将官を主賓に、総督府の部局長以上を官邸に招待した。今村の隣りの席には、新しく総督府煙草専売局長になった安井誠一郎がいた。好機である。

「軍として正式に交渉するより、こうした席で直接あなたにお話しする方がよいように思われますので……」と今村はおだやかに切り出し、兵の煙草の実情と、これまでの経緯を安井に語った。「総督の秘書官であった安井さんは、宇垣さんの兵隊への深い思いやりをご存じと思います。内地から派遣されている薄給の兵に、内地の兵同様の安い煙草を喫わせないなどというのは、きっと下僚だけの計らいの結果で、総督はご存じないのでしょう。なんとかこれが解決するよう、お骨折り下さいませんか」

「お話はよくわかりました」と安井が答えた。「なにしろ私は煙草専売局長になったばかりで事情がわからず、即答はできませんが、常識で考えて解決できないはずはありません。至急研究の上、一週間以内にお返事します」

五日ほどたって、安井から今村に電話がかかった。

「先日の兵の煙草のことですが……、〃ほまれ〃と同質のものが容易に朝鮮で作れるとわかりました。しかし内地の専売局のものと名前まで同じにするわけにはいきませんので、どうぞ軍の方で、兵隊さんの好みに合う名前と紙袋の図案を決めて下さい」

過去のいきさつなどに全くこだわらない安井の明快な答に、今村は心から満足した。彼は師団と軍の意向もとり入れて煙草の名前を〃いさお〃と定め、包装の図案は帝展入選の経歴を持つ今村嘉吉中佐が描きあげた。

安井誠一郎は、のちの東京都知事である。

一九三六年（昭和11）二月二十六日早朝、今村は憲兵隊長酒井周吉中佐の電話で起こされた。

「東京からの特別電報によりますと……」酒井の声は極度に緊張していた。「東京の一部将兵が夜半来暴動を起し、参謀本部と陸軍省を占拠し、警視庁をも押えているようです。まだ詳しくはわかりませんが、大事件のようです。……警備司令官代理としてのご指示をうけたまわりたく、何時に司令部へまいれば……」

「七時」と答えて、今村はすぐ身仕度にかかった。〝二・二六事件〟である。

このとき、朝鮮の西半分と京城警備の責任者である三宅光治師団長は出張中で、そのるすの間は今村が代理官として警備の任を兼務していた。

旅団司令部で、今村はてきぱきと指示を与えた。今村は決断の早い男だが、この場合は考えるまでもなく彼の態度は決まっていた。まず呼びよせた師団参謀に、師団長あて「すみやかなる帰還を必要とする」と電報を打たせ、京城各部隊には「新聞情報等に惑わされず、予定の訓練行事を変更なく実施すること」を、師団長名で示達させた。

酒井憲兵隊長には、総督府に「京城一帯の警備は師団が責任をもって当るから、武装警官の配置などはせず、平静な態度を希望する」と伝えさせ、また「京城と龍山の両駅を見張って、東京行きの切符を買う将校があったら私に知らせ、同時にそれを連隊長に報告して、無断上京の者は釜山《ふさん》憲兵分隊で留《とど》めることとし、乗車駅では知らん顔をしているよう……」とキメこまかい指示を与えた。

それから今村は龍山練兵場へ出向き、部下の歩兵第七十九連隊が演習を終ったところで将校一同を集め、東京の事件を語った後、さらに次のように述べた。

「……軍は陛下の大命によらねば、動くことは出来ない。特に武器を用うるが如きは、断じて許されない。しかしわが国家各方面の堕落を看過するに忍びず、諸官の中にも、起《た》って革新の実を挙げたいと熱願する純情の士がいるかもしれない。そのような人は、幕末の志士が藩籍を離れ一介の浪人となって国事に奔走した例にならい、陛下の軍に迷惑のかからぬよう、現役を退いた後に革新の道に邁進《まいしん》するがよい」

午後、今村は自分の部下ではないが歩兵第七十八連隊長百《ひゃく》武晴吉《たけはるよし》大佐（のち中将）を呼び、「……私は、東京の事件がどのような性格のものであろうとも、京城では一兵たりとも軍律をおかし、不軌の行動に出ることを許しません」と明確に自己の信念を伝えた。

このとき今村の言葉を全面的に支持した百武は、のち今村隷下《れいか》の第十七軍司令官としてガダルカナル島の絶望的な戦闘の指揮をとり、撤退後は今村と深くかかわることになる。

この夜十一時ごろ、三宅師団長が龍山に帰ってきた。三宅は夕刊で事件を知ったとき、「連中とうとうやったな、と思った」と語っている。〝二・二六事件〟は予想されたものであった。今村は師団長のるす中に行なった処置を報告した後、

「親補職である師団長としては、侍従武官長にあて、『謹みて御機嫌《ごきげん》を奉伺《ほうし》す。師団は一糸乱れず、軍紀を維持し、秩序確保に邁進せんとす。右執奏《こ》を請う』の意味の電報を奉呈される要があろうと考えます」と述べた。

このとき師団長は今村の言葉に賛成したのだが、翌日打電された内容は「御機嫌奉伺」だけで、師団の態度についての部分はけずられていた。〝風見鶏《かざみどり》的性格〟の一参謀の「事

件を起した将校たちが天下をとっても、さしさわりのないように」という配慮による処置であった。後にわかったことだが、事件発生直後に中央三長官に対し鮮明な態度を表明したのは、仙台の第二師団長梅津美治郎と熊本の第六師団長谷寿夫の二人だけで、他の十五人の師団長は何の意思表示も行わなかったという。当時の陸軍上層部の空気がうかがわれる話である。

〝二・二六事件〟は、天皇の「みずから討伐する」という異例の意思表示もあって、間もなく終結した。四月、陸軍は事件発生の責任上、「全現役大将（最新参の寺内寿一、植田謙吉の二大将をのぞく）の予備役編入、事件関係者を出した部隊の連隊長（大佐）以上の現役からの退去」を発表した。

この発表を、今村はどのような気持で聞いたことか――。約一年前の異動期に、もし工藤義雄が病妻のための東京勤務希望を申し出なかったら、今村が事件関係者を出した第一師団の旅団長として現役をしりぞかされ、軍人の生涯《しょうがい》を閉じていたはずである。

〝二・二六事件〟関係者は、磯村年、松木直亮《なおすけ》両予備役大将を裁判長とする軍法会議により、参加将校のほとんどが死刑となった。今村は「軍法会議がどのような裁判をやったのか、私は知らない」と前おきした後に、次のように書いている。

「しかし、某々上級将官の同意していることと信じてけっ起した青年将校だけを極刑にし、それ等を寄せつけていた上長者の一人をも罰しないですまそうと考えた両裁判長と寺内陸相の裁量に対し、裁判官のひとり藤室良輔大佐がかんがくの進言をなしたことは、陸軍内では多くが知っており、現に処刑された青年将校遺族の大部分が……前には尊敬していた将官と、その裁判に当った人々とを呪《のろ》っているところから見ても、右の軍法会議は不当な裁判だったと慨《なげ》かれ……

『常に身近く寄せつけ、慨世の言葉を語り、純真無垢《むく》の多数青年将校を興奮せしめ、事ここに到《いた》らしめたことについては、大きく良心的責任を感ずる』ことを明らかにし、自決するなり、隠退して同志の後生《ごしょう》を弔らうべきであろうのに、……ほとんどが、なんら謹慎の意を表していないことを、私は残念に思っている」

例によって今村は「上級者のほとんどが」と書くにとどめ、名前を挙げていないが、真崎甚三郎、荒木貞夫などを指すものである。

関東軍参謀副長以後

寺内大将が陸相に、植田大将が関東軍司令官に就任したのをはじめ人事の大異動が行われ、今村もこの年三月、関東軍参謀副長として新京（現・長春）へ向かった。

今村が新京駅に着いたのは午後九時ごろだが、その夜のうちに彼の満州生活を象徴するような一幕があった。駅で今村を出迎えた副官の永友大尉が「おもだった参謀たちが何かお話したいことがあるからと、司令部に近い料理屋でお待ちしています」と告げた。今村は不快に感じたが、仕方なく「桃園」という店へ行き、五人の参謀たちに会った。「要職につかれる前に、関東軍の性格を率直に申上げておくべきだと思い、おいでを願いました」と一人の大佐がいった。「満州国の建設はすでに日本の国策でありますが、これは関東軍あって初めて可能であり、万一にも満系、日系の官吏どもが軍を軽視するようなことがあれば、満州国の建設や発展は望めません。彼らの指導者の代表である軍司令官、軍参謀長、そして参謀副長であるあなた、この三人の公私一切の言動は軽易に流れず、威重の伴うものでなければなりません。この点を了解しておいていただきたいものです」

満州国官吏に対し「やたらに威張りちらす」という関東軍の悪評を、裏書きするような言葉である。

「今後の言動について、むろん私は十分気をつけます」と今村が答えた。「ただ私は、明治大帝が軍人に下賜された勅諭五カ条のお教えの中で、礼儀の項だけでなく、武勇の項にさえ重ねて礼儀をお教えになっていることに深く感銘し、これを信念としております」

ここで今村は軍人勅諭を暗誦《あんしょう》した。それを長々と聞かされる参謀たちの、苦りきった顔が目に浮かぶ。今村はさらに述べた。

「もし満州国官吏に対し威重を示せというのが形態上のことなら、私の信念に反しますから、せっかくのご忠言だが実行いたしません。人間の威重というものは、修養の極致に達し、自然と発するものなら格別、殊更《ことさら》につくろってこれを示そうと努めるぐらい滑稽《こっけい》であり、威重を軽からしめるものはないと思います。

私が関東軍司令部にいることが軍の威重上好ましくないと思った時は、いつでも参謀長に意見を具申の上、軍司令官の決裁によって、私の職を免ぜられるようにされたい。では、これで失敬します」

到着の夜にこの一幕があっては、その後の今村は〝嫌《きら》われ者〟になるほかはない。今村の手記には〝五人の参謀たち〟の名は挙げてないが、当時、田中隆吉中佐（のち少将）はすでに関東軍参謀であり、同年六月からは武藤章《あきら》中佐（のち中将）が加わる。いずれも〝一騎当千〟と自負するクセの強い人物である。

このとき関東軍の参謀長は板垣征四郎である。着任の翌朝、今村が参謀長室のドアをあけると、板垣はいきなり立ち上って彼に近づき、しっかりと手を握って、

「おお、よかった！　これからは、すべて安心してやれる」と悦《よろこ》びの声をあげた。今村は陸士卒業直後の士官候補生時代から三期先輩の板垣に鍛えられ、その後もこの師弟関係の延長のようなつき合いが続いて、二人は深い信頼で結ばれていた。この日も板垣は机の上に高く積み上げられた書類を指して、「僕《ぼく》は書類を読むことが大きらいだ。これからはすべて君にまかせるよ。どうしても僕が目を通す必要のあるものだけ、あとで見せてもらう。……もちろん、責任は僕が負うよ」といった。

着任後一カ月もたたないうちに、今村は板垣の同意を得て、満州国要人に対する軍のしきたりを次々に改めていった。それまでの車の順序は軍司令官にはじまり軍内各部長まですべて軍人が先発し、そのあとにようやく満州国総理大臣が続くことになっていた。今村

はそれを軍司令官、軍参謀長の次に総理及び各大臣とし、そのあとに参謀副長以下軍人が続くことに改めた。

次には、それまで参謀長、参謀副長と面談できるのは満州国の大臣級の人に限られていたのを、次官、局長級も公務用談の申し入れが出来るように改めた。以上いずれも、到着の夜に今村を招いた参謀たちの目には、甚《はなは》だしく〝軍の威重〟を傷つける改革である。

さらに六カ月ほど後、今村は辻政信《まさのぶ》参謀の意見をとり入れて、「公費による市中料亭の利用」を禁じた。「幕僚が人を招待する必要ある時は、公費で軍人会館を利用せよ」と、つけ加えてある。今村の悪評はますます高まったが、一方軍隊の将兵たちは大いに溜飲《りゅういん》をさげた。毎夜のように公費で飲食、遊興を続ける軍の参謀たちは、彼らの憤慨の的となっていた。

今村は悪評などいっさい意に介さず、板垣と机を並べて仕事に没頭していた。彼は板垣との仲について「思ったことは遠慮なくいい合い、他人の中傷のごときは、とても二人の間を割き得るものではなかった」と書いている。

当時の満州国を囲む周囲の情勢について、今村は次のように書いている。

「外蒙《がいもう》を掌中に収めたソ連邦はここを拠点とし、赤化宣伝謀略の手を、内蒙経由、南方支那本土と東方満州国とに延ばしかけ、それに蔣《しょう》政権までがこの方面から何かと満州国に工作しようと策謀をつづける」

内蒙工作のいきさつについて、田中隆吉参謀は着任後まだ日の浅い今村に次のように説明した。「関東軍司令部はソ連と蔣政権の動きに備えるため、内蒙の徳王に兵器、弾薬、その他の物資を融通して約一万の内蒙人軍隊を建設させ、その協力の下に各所に諜報《ちょうほう》機関員を配置している。しかし関東軍が熱心に押し進めるこの内蒙工作は、石原作戦部長の反対で中央からの援助が得られず、関東軍は北支駐屯《ちゅうとん》軍に協力を求め、日本品貿易に課税して政治資金を得ている冀東《きとう》地区の殷《いん》政権を保護して、そこから徳王への財的援助をさせている」

だがその後に殷政権の財政が急速に悪化し、関東軍の内蒙工作は重大な影響を受けることになった。そして今村も、その渦中《かちゅう》に巻きこまれた。彼は次のように書いている。

「既に冀東財政が窮乏を来たした以上、内蒙古援助は物心両面とも、いっさい関東軍自身で行うことが必要となった。そのため私は軍参謀長の意図を受け、陸軍省の諒解《りょうかい》、とくにこの際三百万円の内蒙工作費の配当を懇請するため、東上するの已《や》むなきに至った」

内蒙工作は石原に反対されたため、軍司令部内でも秘密にして板垣の全責任で進めてきたものである。その危機に当って、なぜ板垣自身が東京へ行かず、この工作と関係の浅い今村に代理を務めさせたのか──。その理由を、今村は次のように書いている。

「次官は梅津美治郎中将。私が中尉時代、陸大入学試験の際、直接指導を受け、また満州事件当時は共に参謀本部にあって心労をわかちあい、私の公的人事はいつもこの中将の配慮を受けており、板垣中将同様、師弟関係に近いことを知っていた周囲の人々は、私に説かせれば次官は諒解を与えるかも知れないとの思惑から、私の東上を欲したものである」

陸軍省の次官室で、梅津と今村は人をまじえず会談した。今村は関東軍を代表して、内蒙工作の必要とその現状を語り、三百万円の即時入用を説いた。無言でそれを聞き終った梅津は、厳しい表情で反問に移った。

「既に中央は、大局上の判断から内蒙工作は不可なりと観察し、総長、大臣の意図を石原をして伝えしめたにもかかわらず、それを中止せず、今もなお続けている理由は?」

「軍司令官は満州国建設上、内蒙方面からするソ連の赤化工作と、蔣政権の策謀とに対処するため、内蒙工作はどうしてもやめ得ないと判断されております」

梅津はさらに、中央の代表として新京に派遣された石原作戦部長に対する、関東軍幕僚たちの礼を失した態度をなじった。石原は中央の内蒙工作反対の意思を伝え、関東軍をそれに従わせるため新京に乗りこんだのだ。しかし現地の参謀たちは「かつてあなたは中央の意思にそむいて満州事変を拡大し、大成功したではないか。いま我々はそれと同じことをやっているのだ」という態度をあらわに示して、反撥《はんぱつ》した。

今村は梅津の叱責《しっせき》に対し、関東軍を代表して詫《わ》びた。しかし今村の言葉はそこで終らず、「私は中央の派遣使節の人選が、当を得ていなかったと思います」とつけ加えた。

梅津はなお二、三の厳しい質問を関東軍参謀副長としての今村に向けた後、最後に語調を変えて、今村個人に語りかけた。

「今はすべてをぶちまけて、君にいっておかねばならん。関東軍参謀長であった西尾寿造《としぞう》中将（のち大将）が参謀次長に転出、そのあとは板垣と決まったとき、副長は誰がよかろう……と僕は西尾中将と相談した。満州事変当時のような、専断のふるまいをする関東軍の悪傾向はかなり矯正《きょうせい》されたものの、まだ根絶には至っていない。結局、満州事変当時、中央の作戦課長として僕らと共に、関東軍の統制無視に苦汁《くじゅう》を飲まされた君なら、この悪風根絶に努力するだろう——ということになり、君を今の位置に据《す》えたのだ。

つい先ごろまで、満州から伝わる君の悪評と、その悪評の原因とを知る度に、僕は君をあの位置に据えてよかった……と喜んでいたのだ。それが、中央は反対だと知りながら、内蒙工作に同意するとは……。僕は、個人としては、君の今日の説明がわからないことはない。赤化工作と蔣の策謀に対する心配はもっともであり、ソ連との間に衝突を起こさないようにという特務機関の配置も肯定できる。しかし何よりも大切な事は、五年前に君が力説した『軍律の統制に服する軍紀の刷新』なのだ。

遂に君も〝満化〟し、かつての石原の後を追おうとしている……」

今村を見つめる梅津の目が、うるんでいた。その言葉に打たれた今村は、うなだれるばかりであった。やがて彼は、

「お教えはよくわかりました。陸軍の統制を破らないよう、最善の努力をいたします。ただ、現に配置してあります特務機関は、赤化と蔣の策謀を探知する任務に限り、また徳王支持も精神的な面は、お認め願いたいと存じます。もちろんこれらについても、ソ連と事を構えることにならぬよう十分注意いたし、中央、特に国家に累《るい》を及ぼすことはいたしま

せん」と述べて、立ち上った。

こうして、関東軍の幕僚たちに《梅津次官にかわいがられている今村が行けば》と大いに期待され、押し出されてきた彼は、何の収穫もなしに帰途についた。今村は「このときの梅津中将の教えぐらい、私を懺悔《ざんげ》させたものは他には少ない」と書いている。

満州事変当時、あれほど軍紀を尊重した今村が、なぜ中央の反対する内蒙工作を支持したのか――。私にとって、これが第一のふしぎである。さらに、梅津からこれほどの苦言を呈され、それを胸に刻んだはずの今村が、一九三七年（昭和12）七月の「支那事変」勃発《ぼっぱつ》に際し、なぜ再び中央の意思に反する行動をとったのか――。これが第二のふしぎである。

「支那事変」（日中事変）は、北京《ペキン》の郊外盧溝橋《ろこうきょう》付近で、夜間演習中の日本軍と中国軍が衝突した〝盧溝橋事件〟が発端である。関東軍は支那駐屯軍からの救援要求を受け、植田軍司令官は中央へ「隷下《れいか》の鈴木重康旅団は何時《いつ》にても出発できる態勢を以《もっ》て、中央の指示を待ちあり」と打電した。板垣征四郎はこれより三カ月ほど前、広島の第五師団長に転出し、このとき関東軍参謀長は東条英機《ひでき》であった。

事変勃発の翌日、今村は植田軍司令官の命令で、連絡のため天津《テンシン》の駐屯軍司令部へ行った。このとき支那駐屯軍司令官田代皖一郎《かんいちろう》中将は病床にあり、参謀長橋本群《ぐん》少将が中央訓電に従って事変不拡大に努めていたが、池田純久中佐をのぞき、他の参謀のほとんどがそれを支持してはいなかった。

二、三日のち新京に帰った今村は、植田軍司令官から、支那事変に対する関東軍の対策意見書を参謀本部に提出、説明せよと命ぜられ、翌日東京へ飛んだ。その意見書の内容は「天津北京付近に生じた日支両軍の衝突は、速かに処断しなければ事変は支那全土に拡《ひろ》がるであろう。なんとしても、中支南支に波及せしめてはならない。ついては、事変を北支五省の範囲内でくいとめるための兵力派遣が準備されねばならない」というものであった。ここで威嚇《いかく》すれば中国は屈服すると、たかをくくっていたのだ。

参謀本部に出頭した今村は、予想外の空気に驚いた。石原作戦部長は「日本は満州だけを固めるべきだ」と主張し、戦争拡大の危険を説くが、河辺虎四郎大佐（のち中将）以下数人がそれを支持するだけで、他はソッポを向いている。かつての拡大実行者石原の強調する不拡大主義は、宙に浮いていた。

河辺虎四郎は満州事変勃発当時、今村の下で作戦班長を務め、四面楚歌《しめんそか》の今村を強く支持した部下であった。その河辺が今村に単独会見を申し入れた。

「率直に申します」河辺は今村を直視して、いった。

「私は周囲がどれほど不拡大方針に反対しても、驚きません。が、満州事変当時『軍は軍紀によって成る』と説き、出先き軍を中央の意思に従わせようと苦心したあなたが、いかに関東軍司令官の意図によるものとはいえ、現在の石原部長の不拡大方針に反する意見書を持参し、部長を苦しめるとは……、大いに遺憾であります。しかも、冨永恭次《きょうじ》大佐（のち中将）や田中隆吉中佐のような向こうみずな連中を連れてきて、中央の若い参謀たちをけしかけさせるに至っては、言語道断です」

このときも今村は素直に、かつての部下の苦言に頭を垂れた。

「河辺君！　君のいう通りだ。私は軍司令官の命令で新京から来た以上、意見書は提出しなければならない。だが、私の口からは何もいわず、ただ提出だけにする。

ただ一言、君にいいたいのは、冨永、田中の二人は私が指定して連れてきたのではなく、東条参謀長の指令で東京に来ているのだ。私はこの二人に、中央の参謀をけしかけろなどと示唆《しさ》したことはない。……新京に帰ったら、中央の指令に従いその統制に服するように、軍司令官を補佐する」

今村は河辺から苦言を呈された後、石原に会ったが、「関東軍の意見書は、庶務課長に渡しておきました」と述べただけで、ひとことの説明もせず、「事変の勃発でご苦心のことでしょう。どうか健康に留意してくれ給え」と、いたわりの言葉をかけて別れた。そして冨永、田中の二人をうながし、早々に新京に帰った。

今村は当時を回顧して、「（私が）天津から新京に帰ったときは、東条参謀長の指示で、竹下大佐、片倉少佐が起稿した案は出来上っていたが、私も加わって、一日間、その案の適否が検討されたものだ。従ってもし私がこれに絶対反対を表明していたなら、この意見書は出さずにすんだかもしれない。この見地から、支那事変の天津付近からの拡大に就いては私も大きな責任者の一人だ。河辺大佐の苦言に対しては、今日においても何等弁解し得ない身である」と書いている。

今村が関東軍の意見書の内容に賛成でなかったことは、東京での彼の消極的な態度でもわかる。では、なぜ新京で反対しなかったのか——。これについて、島貫重節《しまぬきしげよし》は次のように語った。

「〝聡明《そうめい》なるが故の弱点〟ではなかったでしょうか。今村さんは頭脳明晰《めいせき》なので、先が見えるのですよ。見えすぎるほどに……。この時も、反対してみても結果は〝拡大〟だと、とっさに先を読んで、何をいってみても無駄《むだ》だ……という気持になってしまったのではないでしょうか」

そういう解釈もあろうが、今村が陸軍官僚としての日ごろの自戒を一瞬おこたった結果とも思われる。

「支那事変」に対する関東軍の意見書を提出して東京から新京に帰った今村は、その数日後に「陸軍歩兵学校幹事に補職」の通知を受けて、帰国した。一九三七年（昭和12）八月のことである。

その翌年一月、今村は阿南惟幾《あなみこれちか》少将の後任として兵務局長に就任し、三月、中将に昇進した。同年六月、板垣征四郎が陸軍大臣となった。

今村は板垣を陸相に推す一派の運動を知った時から、その不成功を願っていた。板垣が大度量につけこまれ、晩節を汚すことになりはしないかと怖《おそ》れたのだ。新大臣板垣は少佐時代の一年間を参謀本部に勤務しただけで、中央の勝手がよくわからず、何かにつけて今村を呼び、「これはどうすればよいのか」と、昔のままの率直さで訊《たず》ねた。

ある日、また板垣に呼ばれた今村は書類を渡された。それは大阪淀川《よどがわ》の遊覧船十隻ほどを陸軍に買い上げてもらいたい――という内容で、請願人は今村にも聞き覚えのあるKの名であった。

「実は昨夜Kが来て……」と板垣がいった。「この吃水《きっすい》の浅い汽船は、中支方面でクリーク伝いに作戦する部隊に大いに役立つ――と説いていったが……、君のところで調査してくれ給え」

「では『返事は十日後になる』と秘書官からK氏に伝えさせて下さい」と答えた今村は局に帰り、田中静壱《しずいち》憲兵司令官に電話して憲兵将校一人を派遣してもらった。今村はこの少佐《い》に、「Kは昨年まで関東軍の機密費で動いていた人で、東条参謀長と私との協議で、慰藉《しゃ》金を渡して軍との関係を断たせた人々の一人です」と説明し、請願書を渡して、十日以内にその内容と人物とを入念に調査するよう依頼した。

一週間後に、部厚な報告書が届いた。それには――日支事変下で遊覧船の客を失った汽船会社の窮状を聞き知ったKが、船を陸軍に売りつけてやろうともちかけ、謝礼金の一部として十数万円を受けとったが、その後に会社はKに疑念を持つに至っていること。

その他、関東軍を離れた後のKの北京、天津方面での謀略的策謀についても詳しく書かれていた。

今村はKを呼んで「あなたから大臣にお話のあった遊覧船のことですが」と静かにいった。「軍としては会社の内容や請願人のご身分を調べた上でないと、結論を出すことが出来ませんので……、ここに憲兵司令部から届いた報告書があります。一応、ご覧下さい」

報告書を読み進むKの顔色が次第に変った。彼が読み終ったところで、今村が話しかけた。

「この報告について、さぞ抗議なさりたい点が多かろうと思います。もし遊覧船の件をぜひとも陸相の配慮で成立させたいご希望ならば、調査をした憲兵少佐にお会い下さい。この少佐は大阪へ行き、汽船会社の社長以下にも会っています。しかし会社側のいい分だけでは、本当のことはわかりませんから」

「いいえ、それには及びません」とKが答えた。「汽船会社の者がこんなことを申しているのなら、私はもう何もしてやる気はありません」

では、汽船問題はなかったことと了解してよろしいか――と念を押した上で、さらに今村はいった。

「次に北京、天津からの報告ですが、これもあなたとしてはさぞ心外なものでしょう。しかし陸軍省としては、出先きの軍憲兵の報告を無視することは出来かねます。だが多年関東軍のために働かれたあなたの一身上に累《るい》を及ぼすようなことは、するに忍びません。ついては関東軍との関係を断たれたように、この際、陸軍にはいっさい近づかず、従って陸軍の代表者である板垣陸相とも今後お会いにならぬとお約束願われますまいか。そのお約束で、今度の問題を帳消しにしようと思いますが」

Kは約束した。こういう時の今村は実に抜け目がなく、念には念を入れるたちである。彼はさらにKに向かって、「爾今《じこん》、陸軍、従って板垣陸相には絶対に近づかず、すべての関係を断つ」と書いて署名することを求めた。無罪放免になりたい一心のKは、この申出にもおとなしく従った。

今村は大臣室へ行き、憲兵隊の報告書を板垣に渡した。板垣はときどき「ふーん」と意外そうな声をあげながら読み、やがて「人は見かけによらぬものだね。Kはいうこともしっかりしているし、人物も大きく見えていたのだが」と嘆息した。

「権勢に……、いや機密費に集まってくる人々はみなしっかりしたことをいい、堂々たる風貌《ふうぼう》をしているのは共通のようです」と今村がいった。「ところで、Kからこんな書面をもらっておきました」

Kの念書を見せられた板垣は、あきれた顔でしげしげと今村を見た。

「なんと君は、念入りのことをやったもんだね」

「あなたは人情が深すぎます」今村は意気ごんでいた。「Kが手紙でもよこすと、またあなたはかわいそうになり、近づけたりなさりはしないかと、私は怖れたのです。これはもちろんKの出入禁止のためですが、半分は大臣がKに会ってはならぬという禁止です」

「いつの間にか君は弟子の分際を越えて、まるで兄貴のようなことをいうじゃないか」

大臣室に板垣の明るい笑い声が響いた。

板垣は一九四八年（昭和23）十二月、A級戦犯の一人として刑死した。今村がそれを知ったのは、彼もまた戦犯としてバタビヤの獄につながれている時であった。

今村は次のように書いている。

「板垣大将は戦争犯罪に問われ、巣鴨《すがも》の獄中で刑死された。……（花山信勝教誨師《きょうかいし》に対し）何も語らなかった広田弘毅《こうき》元首相と、板垣先輩の最期《さいご》が最も立派だったと私は仰いでいる。両人とも禅の人、板垣大将は僅《わず》か七十五字の短い『葬式もいらぬ。墓も作るな』の趣旨を遺言とし、〝ただ無、ただ空〟の六字を以て結びとしている」

一九三八年（昭和13）十一月末、今村は第五師団（広島編成、当時南支駐屯《ちゅうとん》）長に任命された。師団長は親補職である。宮中から帰った今村は、二日後には中国へたつあわただしさの中で、父母の墓に別れを告げるため仙台へ向かった。

第五師団長となった今村はまず広東《カントン》に飛び、こちらも第二十一軍司令官になったばかりの安藤利吉中将（のち大将、第十方面軍司令官兼台湾総督）の許《もと》へ申告に行った。今村は安藤について「この武人は、それこそ細事にこだわらず、ことに形式的なことの嫌《きら》いな同郷仙台人であり、英国駐在を共にした関係上、三期も前の先輩でありながら盟友づきあいの仲になっていた」と書いている。

「やあ、おめでとう」と、それまで第五師団長であった安藤が、今村に笑顔を向けていった。「第五師団長は板垣、安藤、今村と、仙台連隊出身者が三代つづくことになった。それに旅団長二人と参謀長までが仙台者だから、従兵さんたちが『また来たよ。ズウズウ弁の仲間が』などと君を迎えて笑うだろうよ。君はズウズウ弁の少ないほうだが……」

第五師団は人員二万五千、馬八千を持つ。将兵の野外訓練を最も好む今村だが、戦場勤務は五十二歳のこのときが初めてである。師団司令部のおかれた仏山は住民の離散もなく平穏だった。ただ今村を困らせたのは、この地方の名産である端渓《たんけい》の硯《すずり》を買った部隊長などが唐紙を添えて「何か書いて下さい」と頼みに来ることであった。

今村は、「広東で安藤軍司令官から『仏山は住み心地が良い。市民は日本軍を信じており、蘭《らん》の花のにおいは良い。それに紙と筆、硯も良いものが多いよ……』などと聞かされたが、あんなに揮毫《きごう》の好きな人にはそうだろうが、私のような無風流者、とりわけ悪筆、字を書けといわれるぐらいおそろしいことはない。端渓の硯であっても、字などは書けない――。そういって断わり通した」と書いている。

今村は繰返し「私は字がへただ」と書き、生涯《しょうがい》にわたって人に書を求められることが嫌いだった。彼が進んで筆をとったのは部下の戦死者や刑死者の位牌《いはい》、墓碑銘だけで、このときは身を潔《きよ》めて慎重に墨をおろす姿に、周囲の者にもその鎮魂の深いいのりがうかがわれたという。

仏山で約一カ月をすごした今村は十二月末、師団を率いて北支青島《チンタオ》への移動を命ぜられた。第五師団は支那事変勃発と同時に当時の板垣師団長に率いられて北支に出征、各地を転戦したのち青島にはいり、そこにしばらく駐留した。とめどない戦線拡大により中北支をつなぐ苦肉の〝徐州作戦〟を経て、再び青島に集まり、そこから南支に来たのである。この師団にとって、今度の青島入りは三度目である。

今村は従兵たちに「青島行きは嬉《うれ》しかろう。あそこには君たちのなじんだ女もいようから」と話しかけた。青年将校時代の〝かたぶつ〟も五十歳をすぎて、この程度の冗談は口にする〝理解ある師団長〟になっていた。だが兵たちははかばかしい返事もせず、浮かぬ顔をしている。

やがて今村は、兵だけでなく、幕僚たちまでが《青島へ行けば、また前年のように、海軍との間に不愉快な事件が起るのではないか》と懸念《けねん》していることに気づいた。

今村は戦後に次のように書いている。

「大東亜戦争の敗因は数々あろう。が陸海軍（主として中央）の不一致が、その一つだったと痛嘆される。……両軍首脳者間の感情は疎隔《そかく》し、これが遂に青島にまで波及し、敵を前にしながら、陸海軍の両部隊は市内で機関銃を向け合い、闘争を始めようとする大不軍紀行為に出てしまった」

さらに今村は「しかるにその責任者である将軍と提督とは、なんら軍法に裁かれることなしに共に栄職に転じ、相ならんで大将に進められている」と、中央の処置を厳しく批判している。今村は〝責任者である将軍と提督〟の名を書いていないが、〝将軍〟は事件後に陸軍大臣になった板垣征四郎、〝提督〟は第二艦隊長官になった豊田副武《そえむ》である。二人とも一九四一年（昭和16）に大将に栄進した。

今村は青島への出発前に旅団長以下各部隊長を集めて北支転進の指示をし、最後に次の言葉をつけ加えた。

「去年青島で起った醜悪な陸海軍抗争は、二度とあってはならぬことだ。……ここで、はっきりと私の決意を示しておく。師団の一兵、一部隊も決して敵にうしろを見せてはならない。しかし、わが海軍将兵との間にいざこざが生じた場合は、決して勝とうとしてはならない。黙ってその場から退くことを、よく将兵に教えておいてもらいたい」

今村を乗せた輸送船が青島に入港したのは、一九三九年（昭和14）の元旦《がんたん》であった。出迎えの人々の中から第四艦隊司令長官日比野正治《まさはる》中将が進み出て、懐《なつか》しそうに今村と挨拶《あいさつ》を交した。今村は関東軍参謀副長時代、駐満海軍部司令官であった日比野と会う機会が多く、気心を知り合った仲であった。

約二カ月前に青島に着任した日比野も、今村と同じく、陸海両軍の円満な協力態勢を切望していた。二人は土曜日ごとに昼食を共にし、その席で両軍の交渉事項を迅速《じんそく》に解決していった。それまで陸軍用、海軍用と二カ所に分れていた停車場も郵便局も一つにまとまり、遊郭《ゆうかく》内で両軍を隔てていた柵《さく》もとりのぞかれて、青島の街のあちこちに陸海軍将兵のなごやかな交歓風景が見られるようになった。

同年九月初め、今村は参謀本部、方面軍、そして軍の三上司から次々に「第五師団は出来るだけ早く、連雲港と青島とに兵力を集め、逐次乗船、大連に上陸し、関東軍司令官の指揮に入るべし」という内容の電報を受けとった。

何事が起ったのかとあれこれ推測する今村の許へ、続いて関東軍参謀長から次の電報が届いた。「貴師団の大連上陸予定、至急電報ありたし。混成一旅団の兵力を、一週間以内に上陸せしむることを切望する」

これで情勢は極めて急迫していることがわかった。今村はただちに、全山東省と北部江《こう》蘇《そ》省の五十数カ所に分散して警備に当っている各部隊に急電し、両港への集結を命じた。遠近さまざま、殊に交通不便な奥地の部隊までを短時日にまとめることは至難の業《わざ》であったが、昼夜兼行の転進処置の結果、ようやく中村混成旅団を一週間以内に大連に上陸させる見こみが立った。ここで今村は連絡をかねて北京に飛び、北支方面軍司令官杉山元《はじめ》大将と会って、第五師団の満州派遣は北満と外蒙古《そともうこ》との境界付近に生じた日ソ両軍の衝突によるものであることを、正式に指示された。ノモンハン事件である。

ノモンハンとは、それまで誰《だれ》も知らない地名だった。この小さな集落の近くを流れる幅四十メートルほどのハルハ河が、自然の境界線といえばいえた。日本側は右岸からを満州領とみなし、ソ連側（外蒙側）は右岸地域までを自領と主張して、日ソ両国はたびたび小ぜり合いを繰返していた。

一九三九年（昭和14）五月四日に外蒙軍の小部隊が越境してきた。日本の守備隊は発砲してこれを追い返したが、数日後にソ蒙軍は兵力を増加してまた越境してきた。ハイラルに司令部を置く第二十三師団は一個大隊の兵を現地へ出したが、ソ蒙軍は圧倒的な兵数と装備で日本軍を叩《たた》いた。これで第一次の紛争は終った。

七月二日に開始した日本軍の攻撃は一日で頓挫《とんざ》した。敵を軽視した関東軍の作戦は、いたずらに前線の兵士の血を流して第二次作戦は終る。

ソ蒙軍は八月十九日夜から大攻勢に移った。戦場は渺茫《びょうぼう》と広がる草原や砂漠《さばく》地帯で、一本の木さえない。ここでソ連の強力な戦車群に囲まれた日本軍は驚くべき持久力を発揮したが、敵の底知れぬ兵力火力に歯がたたず、部隊は次々に壊滅した。装備、補給、情報など、近代戦の基本を無視した日本陸軍の欠陥を暴露した惨敗《ざんぱい》だった。

この日も当てられぬ敗勢を挽回《ばんかい》しようと、関東軍司令部は七万五千の兵力を集めて戦闘態勢を整えた。今村の師団が満州へ派遣されたのもそのためである。

北京で杉山大将に会った今村は空路青島に戻《もど》り、師団司令部と共に輸送船で大連に向かった。大連には、中央の意思に反してノモンハン事件を拡大し、大敗北を喫して更迭《こうてつ》となった元関東軍司令官植田謙吉大将が帰国の船を待っていた。かつての今村の上司である。

植田は今村に向かい、「すべては私の責任……、君の師団までをわずらわすことになり、なんとも申しわけない次第だが、君国のためひと働き願う。……ノモンハンの模様を語るのはグチにもなり、また君に先入観を与えることになってはさらに悪い。梅津新軍司令官の指示により、承知いたされたい」と、悲痛な声でいった。

大連から新京に飛んだ今村は、関東軍司令部の建物を懐しく眺《なが》めるひまもなく、二日前に山西から着任した梅津軍司令官の許へ行き、「第五師団の後続部隊も一週間以内に戦場へ進出し得る見込み」と報告した。

「第五師団はご苦労です」と、梅津は静かな口調でいった。

「関東軍参謀たちはまだ満州事変当時の気風を残していたものか、こんな不準備のうちにソ連軍に応じてしまい、関東軍外の君の師団までをわずらわす結果となってしまった。今モスクワで重光駐ソ大使が停戦の折衝中で、これが成功すればよいが、万一ソ連がこれに応じない場合は断乎《だんこ》応戦の決意を示すことが、ソ連を自重させ、停戦協定を結ぶ結果となろう。第五師団は敵に大打撃を与えるよう、速《すみや》かに戦闘態勢を整えられたい」

「私の師団の戦闘加入により、敵に停戦意思を起こさせるよう奮闘いたします」

今村はきっぱりとこういい切ったのち、さらに言葉を続けた。

「先遣したわが師団参謀の言によりますと、『関東軍参謀が第一線軍または師団の責任指揮官をさしおき、部隊に直接攻撃を命じたり叱咤《しった》したりして、多くの損害を出している』と、前線の責任者は痛憤しているとのことであります。もし私の師団に対してもそのようなことをやりましたなら、私はこれをとり押え、軍司令部に送り届ける決意をしております。

この点、あらかじめご了承願います」

今村のこの申出を、梅津はこころよく受け入れた。例によって今村は〝関東軍参謀〟の名を挙げていないが、辻政信《まさのぶ》少佐（のち大佐）と伝えられている。

青島移駐のときは部下に向かって「海軍を相手に決して勝とうとするな」と訓示した今村だが、ノモンハンの戦闘に馳《は》せ参じたこのとき、別人のような強気を示している。幼い日の今村は〝寝小便たれ〟とあざけられれば、はるか年上の相手に死物狂いでたち向かう少年であった。その気の強さは、永年の自己鍛練によって胸の底深く沈められてはいるが、いささかも衰えず、〝いざ〟と肚《はら》を決めれば爆発する。今村の生涯には何度かこれがある。

梅津関東軍司令官と会談した翌日、今村はチチハルへ飛んだ。ここで彼は次々に列車で到着する戦闘部隊をハイラル、白城子、チチハルの三地域に集結させ、各部隊の将校を集めて、ソ連の機械化部隊に対する戦闘方法につき細部にわたって注意を与えた。軍の作戦により、第五師団は日本軍の最左翼に進出することになっていた。今村がすべての命令を下し終ったとき――梅津軍司令官から次の電報が届いた。

「日ソ停戦協定成立」

九月十六日である。

独ソ不可侵条約締結が世界を驚倒させたのは八月二十三日であった。ドイツ軍は九月一日ポーランドに侵攻し、三日には英仏がドイツに宣戦布告して第二次世界大戦が勃発した。

日本政府も混乱して内閣は総辞職に追いこまれ、ノモンハン事件は完全にソ連のペースで停戦するほかなかった。

ノモンハン事件は、明治以来〝近代陸軍〟と自称しつつ依然精神主義の日本陸軍が、敵の近代化陸軍に叩きのめされた最初の事例であった。三次にわたる戦闘の総出動人員は約五万九千人、うち戦死傷者、戦病者は三十四パーセントに当る二万弱である。しかし実戦に参加したのは二個師団弱で、その中の第二十三師団は総数の八十九パーセントに当る一万二千人の大損害を出している。事件終結後にも、幹部将校十数人が自決した。その中には、賞讃《しょうさん》されるべき武勲をたてながら無断撤退の責任を問われ、不条理に死を強要された将校も含まれている。

第五師団長——南寧の激戦

第五師団はノモンハンの停戦により、満州から南支の南寧攻略に転戦を命ぜられた。

すでに一九三八年（昭和13）十月、日本軍は列国の蔣介石《しょうかいせき》援助の主要補給路を遮断《しゃだん》するため広東《カントン》付近の要地を占領したが、その後も依然として北部仏印から南寧や雲南経由のルートは残っていた。

一九三九年（昭和14）九月、第二次世界大戦が勃発《ぼっぱつ》し、「支那事変」（日中事変）の解決を急ぐ軍中央はここで南寧攻略作戦に着目した。英、仏が極東をかえりみる余力のない今、南寧を取ることによってフランスの蔣介石援助を思い止《とど》まらせようというのである。

十一月初め、大連を出航した第五師団の輸送船約二十隻は秘密裡《ひみつり》に日本へ向かい、やがて宇品《うじな》に投錨《とうびょう》した。門司《もじ》が見え始めたころから兵たちはみな甲板に出て、思いがけず目にした祖国の風景にざわめきたち、瀬戸内海の島近くを通る時は「俺《おれ》の家が見えたぞォ！」と叫ぶ者もあった。第五師団の兵は島根、山口、広島の三県の出身者である。

だが宇品入港は各船に高射砲二、三門を積むためで、上陸はいっさい許されず、数時間後に出航した。兵たちは暗い海のかなたに次第に遠ざかる町の灯《ひ》に向かって、いつまでも戦闘帽を振っていた。

今村は《この中には、生きて再び故郷の灯を見ることの出来ない者もあろう》という思いを抱いて、兵たちの姿を眺めていた。中国軍に残された唯一《ゆいいつ》の補給路上の要衝である南寧の防禦《ぼうぎょ》には、蔣介石軍も十分な兵力を向け、真剣に戦うであろう――と、今村はすでに大激戦を予想していた。

全船団が上陸地と定められた欽州湾《きんしゅうわん》に近づくころから暴風雨となった。十一月十五日午前三時半、一斉上陸を開始したときの風速は二十七メートルである。今村は、将兵の乗り移った大発（揚陸用の大発動機艇《てい》の略）が大波に高く突き上げられ、さらに波の底へ落下する勢いで視野から消える度に、「真に心をきざまれる思い」で部下の無事を祈った。

午前五時近く、沿岸陸上に青龍《せいりゅう》の信号花火が打ち上げられた。「第一線上陸成功」である。玉置参謀長が、思わず喜びの声を挙げた。だが今村の表情は依然としてかたい。何隻沈んだか……と案じ続ける今村の脳裡《のうり》に、宇品を出航した船上から町の灯に帽を振った兵たちの姿が浮かぶ。

午前十時、ようやく今村のかたい表情がほぐれた。遂に一隻の転覆もなく、第一陣の歩兵三個連隊が上陸を終った。

翌十六日、今村は歩兵一個連隊と共に上陸し、ただちに北進を開始した。南寧まで二百キロ、今村は空からの偵察《ていさつ》写真で道路が破壊されていることは知っていたが、現地に来て改めてその徹底ぶりに驚いた。

兵たちは一日二十八キロ前進する計算で、七日分の精米三升を渡されていた。完全武装の二十キロに、さらに五キロの米袋が加わった。この重量を背負い、各所で敵の抵抗を受けながら、破壊し尽された悪路を進む彼らは一日平均二十キロが精いっぱいであった。南寧まで十日を要し、最後には糧食も尽きて、今村も水だけを飲んで馬を進めた。

今村が南寧に近づいたとき、第一線部隊はなお攻撃中で銃砲声は鳴り響いていたが、すでに三、四カ所の高層建築の屋上には日の丸がひるがえっていた。やがて蔣軍は南寧を捨てて東北方へ敗退した。不意をついた上陸強行が効を奏し、意外に早く南寧は日本軍の手に落ちた。

今村は敗走する敵を三木歩兵連隊に追撃させ、その第一線を南寧東北方約五十キロの九塘に留《とど》め、主力はその手前の八塘に集結させ、逐次各部隊を周辺に配した。

第五師団には参謀兼特務機関長として中井増太郎大佐が配属されていた。中井はかつて任務を帯びて南寧に長期滞在し、この地の事情にくわしく、知人も多い。

南寧占領から二週間ほど後、中井は今村に「北へ四十キロほどの武鳴平野一帯では、近く蔣直系軍十万が押しよせて来ると噂《うわさ》され、住民は財物をかくすのに大わらわだそうです」と告げた。だが今村はこの情報に注意しなかった。彼は《十万という大軍が武鳴平野に出てくるには、険阻な山岳地帯を通過せねばならず、補給上やれるはずはない》と、たかをくくったのだ。のちに今村自身がこれを「実に大きな過失だった」と書いている。

日本の軍部は、中国とその民族について正当な認識を持たず、空想的な自信の上で軽侮していた。「首都南京を占領すれば、中国は抗戦を断念するだろう」という見通しは破れたばかりか、当時日本将兵一般が意識してもいなかった一九三七年（昭和12）末の〝南京大虐殺《ぎゃくさつ》事件〟が中国民衆の抗戦意識をいっそう高める結果になっていた。しかし日本軍部の頑迷《がんめい》な〝ひとりよがり〟は、なお改まらなかった。南寧占領直後の今村も、その一人だったというほかない。

蔣軍の南寧奪回作戦にさんざん悩まされた後のことだが、「敵の遺棄死体の中に女兵がいた」という報告を受けた今村は、次のように書いている。

「四億《ママ》の大衆である。女までを軍に徴用することはあるまい。きっと憂国の熱情にそそられ、志願して軍人になった女性なのであろう。こんなにも日支事変は、支那一般の民衆をいきどおらしめているのか――と反省させられた」

十二月九日、八百の兵力にすぎない九塘の第一線大隊長から「敵は一万の兵力をもって我に対し攻撃を開始せり」という急電が、南寧の司令部に届いた。これに始まり、その後蔣軍は急速に兵力を増して各地の日本軍を攻撃し、さらに補修完成したばかりの南寧と欽県間の自動車道の再破壊を開始し、日本軍の糧食、弾薬の輸送は次第に困難となった。今村は連日、各部隊への救援隊の捻出《ねんしゅつ》に全精力を傾けたが、八塘付近に進出した中村旅団長の戦死をはじめ、死傷者数は急増してゆく。

十二月二十日、今村から龍州の及川少将への電報――「南寧周辺の敵は総計十五万を算す。師団長は及川旅団の南寧帰還を待ち、八塘方面の敵軍主力を攻撃し、一挙にこれを撃破する決心なり……」この電報は「すみやかに南寧に復帰せよ」と結ばれているが、仏印国境に近い龍州からの移動の困難を思えば、旅団の南寧到着は二十八日以後と予測された。

及川旅団の到着を待つ間も、各戦線は数倍、十数倍の蔣軍に囲まれて死闘を繰返し、兵《へい》站《たん》線を完全に遮断《しゃだん》されてからは糧食、弾薬も尽き、石を投げて応戦する部隊もあった。

及川旅団は三十日正午、到着した。今村は及川に「私は一月元旦、山縣《やまがた》連隊をひっさげて八塘へ向かう」と語り、留守中の南寧防衛を指示した。

翌十二月三十一日、一九三九年（昭和14）最後の日の午前十時ごろ、突然五人の参謀が広東から到着して今村を驚かせた。参謀本部の作戦主任荒尾興功《おきかつ》中佐（のち大佐）、支那総軍参謀副長鈴木宗作《そうさく》少将（のち戦死、大将）、在広東の安藤軍参謀副長佐藤賢了《けんりょう》大佐（のち中将、A級戦犯）など錚々《そうそう》たる顔ぶれである。

「安藤軍司令官の命令で、連絡にまいりました」と佐藤大佐がいった。「たまたま広東に来ておられた方々もご案内してまいりました」

今村が南寧周辺の戦況と、彼自身が前線に出て難局を打開する方針とを説明した後、佐藤が「安藤軍司令官の意図をお伝えします」と前おきして、大要次のように述べた。――蔣介石が南寧周辺に大兵力を集中したことは、敵撃滅の好機である。軍司令官は第十八師団と近衛《このえ》の桜田旅団とを送り、敵に大打撃を与えることを考えている。従って第五師団は南寧を確保し、軍の集中掩護《えんご》に当り、南寧に近い三塘と四塘の中間に全師団を集結の上、防禦態勢をとることを望む――。

「それで、軍の攻勢はいつ行われる予定ですか」佐藤の言葉が終ると同時に、今村が訊《たず》ねた。

「輸送船の関係上、一カ月後に予定しております」

今村は当惑した。《この先一カ月もこの飢餓状態を続けて、将兵の戦力が保てるものだろうか。部下を飢死させるなど、とうてい私には出来ない。だがもし命令といわれたら……》

「軍司令官の意図はよくわかりました」と、今村が口をきった。

「しかし私としては、飢餓による自滅を待つことは出来ません。従って、これが単に軍司令官の〝希望〟なら、私の考えを断行いたします。しかし万一、軍司令官が私の師団に対し軍集中掩護の新任務を〝命令〟されるのでしたら、これに従わないなどとは申しません。だがその場合でも、具体的なことは現地の師団長に一任していただきたいのです。

ただ今、二重、三重に包囲されている各部隊を南寧近くに後退させ、防禦陣地を構成させるなどということは、たとえ命令されても、不服従ではなく、実行不可能なこととご承知願いたい。

また師団全体が南寧近くの小地域にかたまってしまったら、敵は全兵力の一部または半分をそこに向け、あとは新たに上陸してくる日本軍を迎え撃つことになりましょう。軍が敵に大打撃を与えるためには、わが師団は今の位置で積極的に戦闘を続け、敵の大部分をひきつけておかねばならん——とも考えます」

「ご趣旨はよくわかりました」と、総軍の参謀副長鈴木少将がいった。「私共はなおよく情勢を研究するため、ひとまずこの席を離れます」五人の参謀は別室に移った。

広東からの一団の中に井本熊男少佐がいた。のちラバウルの第八方面軍作戦主任参謀として、今村を補佐する人である。

「私が、今村さんとはこんなに偉い将軍だったのかと感服したのは、この南寧訪問の時でした」と、井本は私に語った。「関東軍参謀副長時代にはその発言に枝葉のことが多く、大した人物ではないように思っていたのですが……」

師団長室に一人残った今村の脳裡に、大晦日《おおみそか》のこの日も山野の芋や草の根で飢えをしのぎながら、必死で闘っている部下将兵の姿が浮かんだ。《いま彼らに後退を命じたら、敗戦気分になって支離滅裂、収拾のつかないことになろう。軍の集中掩護など、とても出来るとは思われない。たとえ軍の命令に反しても、断乎《だんこ》、敵に決戦を挑《いど》むのが、師団の生きる道ではないだろうか。……だが、「軍は軍紀を以て成立する」のだ。いかなる命令にも、服従は絶対でなければならぬ》——今村は心を二つに引き裂かれる思いに、もだえた。

四十分ほど後、五人の参謀が入室してきた。

「師団長のお考えは、よくわかりました」と、軍参謀副長佐藤大佐がいった。「この上はご意図のほどを軍司令官に報告し、決裁を仰ぐことにいたします」

戦局上、急を要する——と、彼らはあわただしく広東へ飛び去った。

午後六時、安藤軍司令官からの電報が届いた。「第五師団に軍集中掩護の新任務を課す」という〝命令〟である。だが掩護陣地の位置は指定されていない。幾分ほっとした今村は、やはり八塘付近を確保することに心を決めた。だが「南寧をかためよ」と命令された以上、自分で前線へとび出すことは許されない。彼は及川少将を八塘付近の第一線総指揮に任ずる師団命令を出した。

一九四〇年(昭和15)になったばかりの午前一時、自動車隊の轟音《ごうおん》を先頭に、八塘へ向かう将兵が南寧を離れていった。正月とはいえ、南寧には餅《もち》ひとかけもない。米は一日一食分と定め、今村も兵と同じく、池に生えた里芋を茹《ゆ》でて塩をつけた代用食を「わしはこれが大好きだ」と、うまそうに食べた。

八塘に着いた及川旅団長から無線連絡がきた。「最高峰に登り、仔細《しさい》に各部隊の配置を観察せるところ……統一せる防衛態勢にはあらず。このままにては到底一カ月後の決戦まで、持久作戦を行うことを得ず。……各部隊一斉に、その背後の敵を突破し、八塘に集結すべき旨《むね》を命令せり」

師団長の認可を待たず、独断の下命である。今村は及川の処置を是認した。だがもし各部隊の夜襲が失敗したら、師団は危地に陥る。そのとき、この命令が及川の独断であったことが表向きになれば、彼は責任を問われることになる――。

今村は司令部の島参謀にいった。「君は形式的と思うかもしれないが、元日正午にさかのぼった発令時間にして、及川少将がすでに実行した作戦を師団命令として出してくれ給え。そうしておけば、失敗した時の責任者はわしだ。しかし成功した場合の功はすべて及川少将に帰するよう、機密作戦日誌に、なぜこのような形式的命令が下達されたかを記入しておき給え」

今村は常に責任の所在を明らかにする男だった。そうすることが好きだったとさえ感じられる。失敗した時の責任は私がとる。だが成功した場合は……という部下への対し方は、このときだけではない。

及川の作戦は成功し、集結のための夜襲に不意をつかれた蔣軍は同士打ちで多大の損害を出した。

こうして一方に成功の例はあるが、今村の許《もと》にはあちこちの部隊から「明朝を期して総攻撃、玉砕」などの連絡も届く。その度に今村は心を鬼にして「なお奮闘せよ」と叱咤《しった》激励した。安藤軍司令官が乗り出して来るまで、なんとしても持ちこたえねばならない——。

このころの今村は不眠に悩まされていた。毎夜のように睡眠薬を用いるのだが、部下がこれを知ったら「師団長が夜も眠れぬほど、戦況は悪いのか」と思うであろうと、アダリン錠を胃腸薬の瓶《びん》に入れて枕許《まくらもと》に置いていた。若い時から〝我が一大欠点〟と認めて矯正《きょうせい》につとめてきた〝せっかち〟と〝興奮性〟もしばしば表面に現われ、いらだって大声をあげる自分に今村は反省しきりである。

一月十六日、南寧南方二百キロの欽県に上陸した軍司令部からの軽戦車三十輛《りょう》が、弾薬、糧食を満載した約百輛の自動車部隊を護衛して南寧に着き、ただちに前線へ向かった。そのころから第十八師団と近衛旅団とは逐次上陸を開始し、南寧周辺に集結してきた。

一月二十五日午後、安藤第二十一軍司令官が南寧飛行場に降りたった。彼は出迎えの今村の手を握って、

「よく……よく奮闘してくれたな。……心配したよ」と真情をこめていった。

新陣容による攻撃は一月二十八日に開始された。八塘、九塘方面の蔣軍全陣地帯を突破し、九塘の東北三十キロの賓陽をも占領したこの作戦は、二月三日、一段落した。

作戦中、近衛旅団が賓陽の敵軍司令部の遺物の中から「南寧奪回作戦兵力補給計画書」を見つけた。これには「給養人員、三十二箇師団約三十万名」と記されてあった。今村は十分の一に満たぬ兵力で、約五十日間闘い通したことになる。

第五師団の損害は戦死者約千五百名、負傷者約三千名、合計四千五百名ほどで、これは総員の二割近くに当る。

この作戦の経緯は陸大の教材にまで使われて、指揮官としての今村の評価を高めた。だが今村自身は、この南寧作戦によって、部下を飢えに苦しめる悲痛を肝に銘じて知った。それはやがてラバウルで、第八方面軍司令官としての彼の施策に生かされることになる。

一九四〇年（昭和15）三月一日、今村は中央から「教育総監部本部長に転補」の電報を受けとった。

東京に帰った今村は、陸軍省人事局が彼の専属副官に任命した「田中実中尉」（のち少佐）という名に目をとめた。南寧で闘った将校ではないだろうか——。

田中は京都の武道専門学校の出身で、剣道五段、柔道三段の腕前であった。南寧周辺で敵の重囲のうちに三週間を闘いぬいた三木連隊長が遂に自決を決意し、軍旗焼却の指示をしたとき、「ガソリンさえ用意しておけば、軍旗奉焼は一秒で出来ます。最後まで奮闘を……」と励まし、気をとり直した三木と共に第一線に進出して、敵撃退の端緒を開いた人である。今村は田中が彼の副官になったのは、三木連隊長の推挙であろうと推察した。

こののち田中は、一九四二年（昭和17）末に今村がジャワの軍司令官を終るまで、誠実一路の副官として常に彼のかたわらにあった。終戦後は戦犯となった今村の身を案じ、日本から派遣される弁護団の世話係りを買って出てラバウルへ渡った。今村は田中と再会した時の喜びを、「鬼界ガ島で有王丸に会った俊寛僧都《そうず》の想《おも》いは、このようであったろうか」と書いている。

いま太田庄次の許に保存されている「ラバウル戦犯裁判の記録」の大半は、田中実が現地で書いたものである。

今村が教育総監部本部長になったのは、太平洋戦争の始まる一年半前である。教育総監部とは全陸軍の教育を総監する役所で、今村は「本部長という職は参謀次長、陸軍次官と並んで陸軍の三次長といわれていたが、その権能は小さく、政策的なことには何の関係も持たない」と書いている。

「サクラ読本」の監修官であった井上赳《たけし》（もと文部省図書局図書監修官、編集課長）は当時の軍部の圧力について、「国語教育の回顧と展望」（刀江書院）中に大要次のように述べている。

「国民学校の教科書を編纂《へんさん》してみると、予想以上に困難が続出した。まず編修方針ができあがると、待っていたといわぬばかりに、数百項にわたる教材細目を並べたてた紙片が、軍の教育総監部本部長の名で送られてきた。軍はこれによって国民学校の教科書を軍事教科書に塗りつぶす計画か、と疑えるほどだった。私は『この要求は技術上とうてい実現し得る見こみなし』との趣旨を総監部へ送り返すことにした。

……あとで聞くと、これは大変なことだったらしい。もしその時の本部長が今村（均）中将（当時）でなかったら、私は進退問題うけあいだったろう。いきり立つ若い将校連をなだめた今村さんは『技術上難しいというなら、軍から協力しようじゃないか』ということで一応収まったと聞いている。その結果か、総監部付の佐官数人が文部省の嘱託という名義で、図書局につとめることになった。当時、軍が一番ねらっているのは国語読本だった」

日中戦争はいよいよ泥沼《どろぬま》の様相を深め、国民の生活も苦しくなるにつれ、軍部への批判と怨嗟《えんさ》の声が次第に強まる傾向を示していた。軍部はこれに対し神がかり的、一方的思考に威嚇《いかく》を加えて圧迫し、それを〝指導〟と心得ていた。その息苦しさの中に、今村の常識を踏まえた柔軟な判断が涼風のように流れ入った。井上の安堵《あんど》もさることながら、先ず珍しい出来ごとだったろう。

教育総監部本部長としての今村の仕事の第一は、「戦陣訓」作成を主宰したことである。彼は「……東条陸軍大臣は、九年の長きにわたる満州事変と支那事変とで、将兵がしらずしらずの間に規律心の弛緩を来たす傾向を生じやすい（傍点筆者）と考え、当時全陸軍教育の主管者の一人であった私に対し、戦場で将兵の守るべき教訓を列挙した訓示の立案を命じた」と書いている。

しかしこの今村の説明では、「戦陣訓」がつくられた背景と、その目的とを明確に知ることは出来ない。いつもながら今村は、〝帝国陸軍〟の名誉を傷つけまいとの配慮から筆を控えている。

「戦陣訓」の中にさえ、もっと真実に近い記述がある。その「序」の中に「……時に其《そ》の行動軍人の本分に戻《もと》るが如《ごと》きことなしとせず」とあるように、〝規律心の弛緩《しかん》〟による行為が〝ないとはいえない〟状態だった。しかもそれが余りにも多いため、すでに「軍人勅諭」があるにもかかわらず、新しい手を打たねばならなかったのが実情である。同じく「序」の中に「……皇国の威徳を四海に宣揚せんことを期せざるべからず」とあるが、真の目的はそんな〝高邁《こうまい》〟なものではなく、戦場の将兵の非行防止に焦慮した結果である。

「戦陣訓」の作成に参加した白根孝之（当時中尉、のち東京造形大学教授）は「太平洋戦争――日本陸軍戦記」（文藝春秋臨時増刊、一九七一年〔昭和46〕四月十日発行）の中に次のように書いている。

「昭和十二年に支那事変が始まってから、日清、日露の戦争では見られなかった戦場での軍規、風紀の乱れがめだち、『非違行為』がかってないほど増大していった。『非違行為』というのは、上官暴行、戦場離脱、強姦、放火、略奪など不道徳、不面目なもので、軍の上層部のほうでもなんとか手を打たなくてはならないと真剣に考えるようになっていて、担当の教育総監部、陸軍省軍務課が部内における軍規、風紀粛正の仕事にとりかかったのである」

応召将校であった白根は九州帝大（現・九州大学）で哲学と教育学を専攻し、応召まで高等師範で教鞭《きょうべん》をとり、その方面の著書もある人で、一九三九年（昭和14）春、中支の廬《ろ》山《ざん》で突然、陸軍省教育総監部への配置転換の命令を受けた。彼は軍法会議にかけられた数万件の犯罪の調書を読み、それを基に上官と共に試案をまとめ、さらに陸軍各方面の意見をとり入れて何度も練り直した。本部長となった今村は部下の浦部少佐と共に「自分でも筆をとり、約三カ月を費してこれを成案とした」と書いている。

今村は浦部少佐にいった。「……これは将校同士ならともかく、兵を対象とする教訓書としてはむずかし過ぎる。また軍人以外の人々の感想批判を知ることも必要と思う。ついては、哲学者としての紀平博士、宗教人思想人としての小林一郎先生、詩人としての土井晩翠《ばんすい》、島崎藤村両先生、文部省の普通学務局長、それに君たちの気付きの幾人かに私の名で依頼状を差し上げ、戦陣訓を同封してご覧を願い、お集り願って忌憚《きたん》のない批判と修文とのご意見を承ることにしよう」

依頼状を受けとった全員が集まり、三時間以上にわたって総体的な意見が述べられた。今村たちはそれによる修文を試み、それを全員に届けて、さらに手を入れた上で返送してくれるように頼んだ。一週間後にそれらは届いたが、島崎藤村だけは「直接会って、修正の部分を説明したい」という返事であった。

翌日、今村は浦部と共に偕行社《かいこうしゃ》へ行き、そこで藤村を迎えた。藤村は「戦陣訓」を持って箱根へ行き、五日を費して入念に筆を入れていた。

「たしかに結構な教訓書ですが」と藤村はいった。「失礼ながら文章が堅過ぎます。兵隊さんが読むものとしてはずっと柔かにする方がよく、用語用字も不適当なものが目につきました。無遠慮に手を入れましたので、一応ご覧の上で、ご不審のところはご説明したいと存じます」

今村は「もう七十歳に近くなっている老詩人は、謙虚な言葉でかように語られた」と書いている。このとき島崎藤村は六十八歳であった。

今村と浦部がいくつか質問し、その説明を受けたのち、今村は藤村に厚く礼を述べて「すべてお直しいただいた通りに修正いたそうと考えます」といった。

食事の席に移り、藤村と今村はくつろいで語り合った。

「私が初めて先生の詩を拝見しましたのは、十六、七歳の中学生のころで」と今村がいった。「その後、郷里仙台の連隊に入営しまして、先生が若菜集を世に出されたころお住いの鉄砲町あたりはよく通ったものでした。今も〝小諸《こもろ》なる古城のほとり〟や〝やしの実〟などをよく口ずさんでおります」

今村から「詩から小説に移った動機」を訊《たず》ねられた藤村は、次のように答えている。

「詩も小説も思想や感情の表現ですから、基は同じもの。ただ形をちがえたまでです。強《し》いて申すなら、長期にわたる、又あまりに複雑な事柄《ことがら》になります表現は、散文、ついで小説の形になると申しましょうか……」

「先生のご創作は、いつも詩を読むように拝見したものです」と今村は答えている。

のちに今村は「私は少年時代からあこがれている詩人と、食事をはさんで二時間以上を語り合えたことを大きな喜びとした」と書いている。

今村は藤村の意見のすべてを採用したかったらしいが、その通りにはいかなかったことを白根孝之は次のように書いている。

「……『戦陣の嗜《たしなみ》』の項にある『〃立つ鳥跡を濁さず〃と言えり。雄々しく床しき皇軍の名を、異郷辺土にも永く伝えられたきものなり』は先生から筆を入れていただいた部分である。このほかに先生は『明察』という一項目を書きそえられ……、それには『かそけき兆候に戦機のいたれるを看破する、これみな明察なり』という一句があり、『戦陣訓』全体に知的な要素がないことについての先生の指摘であったのだが、軍ではこんなことは兵隊に必要がないと一蹴《いっしゅう》してしまった」

こうして「戦陣訓」は出来上った。その「本訓　其の二」中の「第六、責任」の項に、「責任を重んずる者、是真《これ》に戦場に於《お》ける最大の勇者なり」という一節があるが、これは今村が南寧作戦時に深く感じたことを書き入れたものである。同じ「本訓　其の二」中の「第八、名を惜しむ」の項には、問題の「生きて虜囚の辱《はずかしめ》を受けず、死して罪禍の汚名を残すこと勿《なか》れ」がある。このほか「死生を貫くものは崇高なる献身奉公の精神なり。生死を超越し一意任務の完遂に邁進すべし。身心一切の力を尽くし、従容《しょうよう》として悠久《ゆうきゅう》の大義に生くることを悦《よろこ》びとすべし」など、軍の非情性が露骨に感じられる文章も含まれている。

「戦陣訓」は一九四一年（昭和16）一月八日、陸軍大臣東条英機《ひでき》の名で発表された。

戦後の今村は、次のように書いている。

「あとで私が第一線の軍司令官になり、戦陣で読みなおしてみると、あの〝戦陣訓〟は抽象に過ぎ、完全に過ぎ、また名文に過ぎてしまって、ぴんと将兵の頭にひびかず、失敗であったことを自認した。

もっと簡単平易に、具体的に、数項の重点のみを掲げ、むしろ師団長以上の高級指揮官のみに対し、その戦陣道徳の指導監督を強要し、それに不熱心の者はどしどし内地に召還するくらいの英断でのぞんだほうが、はるかに有効であったと猛省されたものである。

戦陣訓は序と結びを別にし、十九の項目に分けて記述されている。……三千字に近いあの戦陣訓を教えようとしたり、また説得された者は随分面倒だったにちがいない。相済まなかったと反省された。

では、なぜあんなに長文のものになったかといえば、陸軍各方面の意見を、その良いと思ったものを採りいれ過ぎ、戦場に於ける徳を何もかももらさずに完全な教訓書たらしめようとしたため、遂に重点を失ってしまったのである」

一九四一年(昭和16)六月末、今村は第二十三軍司令官に親補された。広東《カントン》への出発前、今村は東条陸相から「君の新任地の四個師団と一独立旅団の中から、二個師団を満州に回すことに内定している。杉山参謀総長から内示があったことと思うが」といわれた。このような作戦上のことは、本来、陸軍大臣が語るべきではないのだが、今村は東条が自分への好意で前もって知らせてくれたのであろう——と推測した。

しかし、どうしたわけか、兵力削減という重大事を参謀本部の誰《だれ》からも聞かされぬまま、今村は納得のいかない気持で広東へたつことになった。彼は心中ひそかに《日本とドイツは、ソ連を挟撃《きょうげき》するという協定を結んでいるのかもしれない》と思った。

日独伊三国軍事同盟の締結は一九四〇年（昭和15）九月二十七日、独ソ開戦は今村が広東へ向かうほぼ一週間前、六月二十二日であった。

今村は《もし日独間にソ連を挟撃しようという協定があるのなら、数カ月前に日ソ間中立条約を結んだのは、ソ連をあざむくためだったのか》と思い、割りきれない感じを抱いた。

着任後間もなく、今村は支那総軍司令官畑俊六大将から、福建省の首都福州警備の師団引上げの命令を受けた。また内地から多くの部隊が満州へ移動しているという噂《うわさ》を聞き、《やはりソ連と事を構えるのか》と想像した。

ところが十月になって、仏印の日本軍へ連絡に行く参謀本部の第三部長鈴木宗作中将が広東により、「中央は南方作戦を考慮中」と語った。今村は《七月ごろ北方作戦を考えていた中央が、二カ月ほどで急に南方大作戦に変更とは》と、狐《きつね》につままれたような気持だった。

陸軍首脳の一人として一方面の外征軍を預る今村が、自分の重要な責務について五里霧中の状態に置かれているなどとは、今日のわれわれの常識では考えられない。しかしこれが当時の軍、のみならず日本の指導層の実体であった。

太平洋戦争開戦

ジャワ攻略戦――重油の海の立ち泳ぎ

今村が第二十三軍司令官に親補された一九四一年（昭和16）六月末ころの陸軍中央部は、今村の想像通り対ソ武力発動を企図していた。ドイツ軍のソ連侵攻が予想通り進捗《しんちょく》すれば、極東ソ連軍の戦力の多くが独ソ戦へまわされるであろう。そのときこそ、日本陸軍多年の懸案である対ソ戦開始にとってまたとない好機、熟柿《じゅくし》の落ちるのを待つ――と大本営は表現し、待ち構えた。

今村の広東《カントン》着任は七月一日である。その翌二日、今村の全くあずかり知らぬことだが、この日の御前会議では「密《ひそ》かに対ソ武力的準備を整え」、「独ソ戦争の推移帝国の為《ため》極めて有利に進展せば武力を行使して北方問題を解決」する、また南進方針については「仏印及び泰《タイ》に対する諸方策を完遂し以《もっ》て南方進出の態勢を強化す。帝国は本号目的達成の為対英米戦を辞せず」とし、南方作戦の基地獲得のため南部仏印への進駐を実行するという重大な決定を行なった。しかし近衛《このえ》首相も軍首脳も、南部仏印進駐が日米交渉に及ぼす影響を極めて甘く判断していた。

〃対ソ武力的準備〃は七月から具体化し、関東軍特種演習（関特演）と称して大動員が行われた。だが約一カ月後には対ソ武力発動の企図は中止となった。理由の第一は「ドイツ軍の対ソ進撃速度が日本軍部の予想ほどでないこと」、第二は「日本軍の南部仏印進駐（七月二十八日）に対する報復として米国から資産凍結、石油禁輸の痛打を浴びたこと」等であった。

アメリカの対日石油禁輸は、軍部の対米開戦論に火をつける結果となった。陸軍はもとより、石油の備蓄が二年足らずしかない海軍も、石油輸入杜絶《とぜつ》により戦力喪失状態になることを怖《おそ》れて、それまでの慎重論から早期開戦論に傾いた。

こうした軍部の主張を反映して、九月六日の御前会議は「帝国国策遂行要領」の決定を行なった。これは「十月下旬を目途とし戦争準備を完整す」、「外交交渉により十月上旬頃に至るも尚《なお》我要求を貫徹し得る目途なき場合に於《おい》ては、直ちに対米（英、蘭《らん》）開戦を決意す」という期限つき開戦の決定であった。

陸軍中央が対ソ戦発起をあきらめた後も関東軍の増強は続けられ、遂に七十万を越す大軍となって〃無敵関東軍〃の名を誇った。この大軍も、太平洋戦争開戦ののちは、苦戦の南方戦場へ次々と引きぬかれてゆく。そして一九四五年（昭和20）八月、ソ連軍の侵攻を迎えて、〃無敵関東軍〃の呼称が全くの虚名と化していた実態をさらすことになる。

一九四一年（昭和16）十月十六日、第三次近衛内閣が総辞職し、十八日、東条英機《ひでき》内閣が成立して、首相は内、陸相を兼任した。

それから約三週間後の十一月六日、広東の今村の許《もと》に「貴官は今般、第十六軍司令官に親補せらる」という陸軍大臣電が届いた。中央の画策を知らない今村は、第十六軍とはどの方面に出動させられる軍なのか、見当もつかなかった。

今村が立川の陸軍飛行場に着いたのは十一月八日であった。ここで今村は、出迎えの岡崎清三郎少将（のち中将）から「ただ今、日米間外交交渉中ですが、それがまとまらない場合は、第十六軍は蘭印（オランダ領東インドを当時日本ではこう呼んだ。現在のインドネシア——筆者註）方面に、その主力はジャワに向かう予定で、私はその軍参謀長をつとめることになり、二、三日前から陸大の校舎内で軍司令部を編成中であります」と説明された。

十一月十日、参謀総長杉山大将の前に、第二十五軍司令官予定の山下奉文《ともゆき》中将と第十四軍司令官予定の本間雅晴《まさはる》中将、そして今村の三人が並んで立った。杉山は「もし日米交渉が決裂した場合には」と前おきして、南方攻略の構想を語った。

この攻略戦の目的は、米英蘭の対日経済封鎖を打破して、自存自衛を完《まっと》うしようというにあった。従って南方資源地帯の攻略はもちろん必要だが、戦争の長期持久化に備えて、政戦両略上の長期不敗態勢を確立することであった。

今村たち三人の軍司令官は、開戦決定に至るまではその経緯など何も知らされず、南方攻略作戦の構想を聞かされたのはこの時が初めてであった。開戦決定前のこのとき、三人とも開戦の詔書にいかなる〝大義名分〟が示されるか知らないのだが、〝帝国軍人〟である彼らは「開戦には大義名分があるのか。あるとすれば、それは何か」などという質問は決してしない。開戦となったらどこを攻略せよと一方的に命令され、与えられた条件の下でその命令遂行に邁進《まいしん》するだけである。その点では末端の一兵と同じで、軍司令官の肩書きを持つ将官も、〝帝国陸軍〟という大組織の一つの歯車にすぎない。陸軍とはこのような官僚社会であった。

南方攻略という大任の受けとめ方は三人三様で、彼らそれぞれの性格がよく現われている。山下は「……快亦極《またきわま》りなし」と日記に書き、初めからマレー作戦に自信満々であったが、フィリピンへ向かう本間は「ノモンハンの二の舞を演ずることになっては」と危惧《きぐ》し、「必勝の信念を持ち得ぬ」とその悩みを連日書き続けている。そして今村は、当時の心境を次のように書いている。

「私は、年十九歳にして軍隊にはいって以来三十六年。青年壮丁を鍛錬する職務になにか至高の芸術でもあるかのような敬慕を覚え、他の方面のことに気をまぎらされることなしに、心身を傾けとおしては来たが、このような君国の運命に大きな関係のある任務に当たり得る何らの自信を持たないので、光栄を感ずるよりはむしろ責任の重大に圧せられる厳粛の気分に打たれた」

一九四一年十二月二日、大本営は南方軍に対し作戦開始命令を発令すると共に、開戦日を示達した。これによって今村第十六軍司令官は、八日零時をもって作戦発動の自由を得たのである。

第十六軍は司令部と三個師団、それに坂口支隊第五十六歩兵団から成る約七万であったが、宣戦の日に今村の指揮下にはいったのは仙台の第二師団と、パラオ島に集結を命じられている坂口支隊だけであった。他の二個師団——第二十三軍司令官酒井隆中将麾下《きか》にあって香港《ホンコン》攻略に向かう第三十八師団と、本間軍内にあって比島に向かう第四十八師団とは、それぞれの作戦が終った後に今村の隷下《れいか》にはいる予定であった。この兵力二重使用計画は、もし香港や比島の作戦が予定通り終らなければ、また兵力の損耗甚大《じんだい》の場合は、たちまち今村軍を苦境に追いこむものである。

開戦発起の作戦において、大本営はなぜこうも大胆な兵力の二重使用計画を立てたのか——。

服部卓四郎著「大東亜戦争全史」によれば、南方作戦に向け得る地上部隊は全陸軍兵力の約二割にすぎなかった。いよいよ米、英、蘭を相手に開戦となっても、陸軍の主力は依然中国、満州の大陸正面で戦争全局の遂行に当らねばならず、この泥沼《どろぬま》戦争を継続したまま余力を南方へ向け、希望的観測を基にギリギリの計算で案を立てるほかなかったのだ。

開戦直後から山下はシンガポールを目指し、本間はマニラを目指して進撃したが、今村だけは内地に止《とど》まっていた。彼が攻略すべきジャワは、まずマレーやフィリピンを占領し、その後でなければ作戦を開始できない位置にあり、しかもこれに当てる兵力の半分以上がまだ他の軍に属して戦っていた。当初、ジャワ作戦開始は三月末ころと予定されていた。

　このころ国民は、真珠湾攻撃に続いて、十二月十日のマレー沖海戦で英戦艦プリンス・オブ・ウェールズ撃沈、二十五日の香港占領と、矢つぎ早に発表される日本軍の〝華々しい戦果〟に、開戦を知った時の不安も忘れて「万歳」を叫んでいた。

　マレーとフィリピン方面の作戦も、予想以上の進展を示した。そこでサイゴンの南方軍総司令部は、蘭印方面に敵兵力増強の余裕を与えず、勢いに乗じて一挙にこれを占領しようと、ジャワ作戦を一カ月繰り上げるべきとの意見を中央へ具申した。大本営は初め難色を示したが、結局これが実現することになった。


　十二月三十日、今村は参謀長と八人の参謀、副官の田中実を伴なって、南方軍総司令部の所在地サイゴンへ出発した。

　まず伊勢の皇大神宮参拝のため午前七時に羽田を飛びたつはずであったが、予定はこのときから狂い始めた。整備が間に合わず二時間遅れて飛びたった民間機は途中から羽田に引き返し、再び整備に時間をかけたため、一行の皇大神宮参拝は夜となった。せっかちな今村は、予定の狂うのが大嫌《きら》いである。《今日の出発は一週間も前に決まっていたのに、なんという準備の悪さか、不誠実な……》と不機嫌《ふきげん》であった。

　翌三十一日、九州の大刀洗《たちあらい》飛行場で給油した機は正午すぎ、上海《シャンハイ》を目指して海上を飛んだ。今村は体に飛行機の震動を受けるとすぐにねむくなるたちで、このときも早速眠り始めた。

どれほどの時間がたったのか——今村が異常な震動で目を開くと、岡崎参謀長はじめみなの顔が緊張にこわばっている。田中副官が彼の耳許に口をよせて「エンジンの故障がどうしても直らなければ、下に見える大きな船の近くに着水するそうです」といった。

《着水？　水上機ではあるまいし、没水だ！》と、今村は昨日からの航空会社のやり方すべてにかっと腹をたてた。だが次の瞬間ふと彼は一茶《いっさ》の「南無阿弥陀《なむあみだ》　あなた委《まか》せの　歳《とし》の暮れ」の一句を思い浮かべた。《そうだ、今日は大晦日《おおみそか》。阿弥陀まかせで、あの世へ行くか……》と思ったとたん、急に心が鎮《しず》まった。

機長が今村に近づいていった。「相すみません。故障は直りそうにないので、運を天にまかせ、ここから一番近い朝鮮の済州島へ向かおうと思いますが、いかがでしょうか」

「すべて、あなた委せです」と今村は静かに答えた。

方向を変えた機は間もなく大吹雪の中にはいり、ますます不気味な音をたて、上下の動揺も烈《はげ》しさを増した。今村は海面が盛り上るように急に近づくのを見て、《いよいよ没水だな》と何度か覚悟を決めた。だがやがて吹雪のかなたに山の姿が見え、機は身もだえするような音をたてながらも、済州島の、当時は使われていない海軍飛行場に不時着した。

「こんな猛吹雪の中を、よくも……」と、海軍中尉が奇蹟《きせき》を見るような顔でいった。今村は生涯《しょうがい》に何度か死線を越えるが、これがその第一回である。

一九四二年（昭和17）の元旦《がんたん》を、今村は済州島の浜辺にある日本人経営の小さな旅人宿た。

で迎えた。この日午後、一行は支那総軍司令部が差し向けてくれた旅客機で上海へ向かった。

一月三日サイゴンに着いた今村は、南方軍総司令官寺内寿一大将（のち元帥《げんすい》）に温かく迎えられた。今村の大佐時代から、二人は親しかった。

今村は作戦上の用務で、一月二日に本間軍が占領したばかりのマニラなど各地に出向いたが、二月上旬サイゴンに戻《もど》り、その後はジャワ攻略の準備に専念した。今村と岡崎参謀長の宿舎は、中国人町ショロンの華僑《かきょう》の住宅であった。二月十五日夜、それまで灯火管制が敷かれていたショロンの町全体に、急に電灯が輝きわたった。山下軍のシンガポール占領が公表されたためである。

いよいよ明後日――二月十八日にカムラン湾で輸送船龍城丸に乗りこむことに決め、その準備に追われている今村の許に、船団護衛の戦隊司令官である原顕三郎海軍少将がたずねてきた。

「今ごろこんなことを申すのは、時機がおくれておりますが」と、原はまっすぐ今村に視線を向けて話し始めた。

その要旨は――第十六軍の主力をバタビヤ方面へ運ぶ六十数隻《せき》の船団の護衛は、巡洋艦一隻、駆逐艦十六隻でやるよう指令されていた。私は戦力不十分と感じ、何度も増強かたを上申したが、遂に認められないことになった。このままでは万一の場合、幾隻かの犠牲はまぬがれまいと懸念《けねん》される。ついては軍司令官（今村）から寺内総軍司令官に上申し、寺内から山本（五十六《いそろく》）連合艦隊司令長官に打電して、戦力増加の途《みち》を開いていただきたい——。

「わかりました。すぐ総軍に申し入れます」と答えた今村は、岡崎参謀長を総軍の塚田攻《おさむ》総参謀長の許へ出向かせた。

だが塚田の答は「すでに総軍と連合艦隊との作戦協定で、あれだけの海軍兵力で第十六軍主力の船団護衛は可能とされており、陸軍側からそれに不安めいたことを打電するのは避けたい。それに、護衛はすべて海軍の責任である」

総軍としては何らの処置もとらない、というのである。今村の顔色が変った。《護衛の責任が陸海軍いずれにあろうとも、海底に沈められるのは、寺内さんの部下である私の軍の将兵ではないか。一人一人が父老の愛児なのだ。また、護衛上の不安を感じているのは陸軍ではなく海軍……それも責任者である戦隊司令官なのだ》

今村は直接寺内に話そうとその司令部へ向かったが、その途中で《先に、小沢南遣艦隊司令長官の意見を確かめておこう》という気になった。

今村と小沢治三郎海軍中将（のち最後の連合艦隊司令長官）とは、初対面に近い関係であった。今村の話を聞いた小沢は、「よくわかりました。しかしこれから総軍と交渉し、連合艦隊に電報を打つのでは、船団発進の予定時間に間に合いましょうか……。私の部下艦隊中から原少将麾下の戦力とほぼ同等の艦艇を引きぬき、増援しましょう」といった。

今村はこの申出に深く感謝し、《小沢提督は、連合艦隊が不承認の場合もあり得ると思い、独断で大兵力転用を決意してくれたのだろう》と推察した。

二月十八日、第十六軍の輸送船団は巡洋艦一隻、駆逐艦三十二隻に護衛されてカムラン湾を出航し、ジャワへ向かった。小沢長官はこのほかに大巡二隻までを船団に続航させてくれた――と知って、今村はいっそう感動した。

二月二十八日午後十一時、船団は目指すバンタン湾に達し、第一回上陸部隊は翌三月一日午前零時半に上陸開始、と指令された。

今村は第二回上陸部隊と共に午前二時に発動艇に移乗する予定で、軍装をつけ、上甲板で第一回上陸部隊の発進情況を見守っていた。月はあるが曇天で、各艦の灯火は遮蔽《しゃへい》されているため、上陸部隊の行動は発動艇の機関の音で察知するほかはない。

午前一時ごろ、突然東の海上に砲声が起った。敵、味方の艦隊間に夜戦開始――という深刻な事態だが、今村は初め「花火のように美しい」と眺《なが》めていた。だが、どうやら敵の方が優勢らしく、彼は次第に《この湾に近づき、輸送船団に砲火を向けることになりはしないか》と緊張した。

このとき、日本の駆逐艦のずっとうしろから、大きな発射光二筋が見えた。小沢長官の好意による大巡二隻が友軍の危機を知って全速で近づき、戦列に加わったのだ。たちまちその砲弾が敵艦の一つに命中し、火焔《かえん》が夜空に噴き上げるのを見て、龍城丸の将兵は夢中で「万歳」を叫んだ。のちに今村が知ったことだが、このときアメリカとオーストラリアの巡洋艦各一隻を撃沈した。

すべての船が灯火を消している海上に、今村が電灯を舳《へさき》に輝かせた二隻の発動艇を発見した。同時に、龍城丸の船長が「敵の高速魚雷艇だっ！」と叫んだ。二百メートルほど離れた輸送船が大音響と共に急に傾くのが、薄明りの中に見えた。《やられたな》と思った瞬間、今村自身が全身に強い衝撃を受け、抵抗するすべもなく甲板の上をずるずると斜めに滑り出した。

「あの時は皆があわてふためいたものです」と、田中実は副官時代の思い出を語る。私が田中に会ったのは一九八二年（昭和57）十月、島根国体が終った直後の出雲《いずも》市であった。剣道五段の彼は故郷で島根県剣道連盟会長を務め、国体開催中は私の取材に応じるひまもなかった。

海上に放り出された今村は、立ち泳ぎの形でしきりに水をかいていた。完全武装の重量で身の自由はきかないが、胸と背にくくりつけた救命具の浮力で首から上は海面に出ている。頑丈《がんじょう》な長靴《ちょうか》も、おそらく穿《は》いたままであったろう。それに水がはいった重さを考えただけでも、五十六歳の彼は立ち泳ぎするほかはない。

「早く船から遠のかないと、沈没する船の渦《うず》に巻きこまれます」と、田中副官が大声で呼びかける。田中も完全武装だが、海辺育ちの彼は水泳も達者である。懸命に今村の体を押すが、今村の立ち泳ぎはいっこうに進まない。

「あんなに心配する必要はなかったと、あとでわかりました」と田中は語る。「バンタン湾は遠浅で、船は沈没した後も横腹を海面に出していたほどですから」

だがこの時は皆が必死で船から遠ざかろうとした。千五百メートルほど先にかすかに見える陸地を目ざして、今村の周囲の兵たちは勢よく泳いでゆく。《さすがに若い者は》と今村は感心したが、のちに彼らの大部分がいち早く軍装を脱ぎ捨て、裸で泳いでいたことを知る。

軍装を脱ぐことなど思いつきもしない今村の立ち泳ぎは、依然としてはかどらない。心臓の鼓動は早まり、痛みさえ覚え始めたとき、ふっと雲が切れ、月光が海面を照した。今村は思わず声をあげた。

「おお、二三郎!」

四十年も昔の中学時代、〝柔弱〟な今村を海へ誘って水泳で鍛えてくれた親友〝河童《かっぱ》の二三《にさ》〟が、泳ぎながらふり返って彼を見ていた。

二三郎はその後ブラジルへ渡り、着々と成功への道を歩んでいたが、十数年前に異境で死んだ。今村はそれをよく知っていたのだが、心臓の痛みに耐えて泳いでいたこのとき、二三郎がすでに故人であることを思い出しもせず、そのあとについて泳ぎ進んだ。そして大きな材木を見つけてそれにすがりつき、ようやく安堵《あんど》した。

今村は、このときの〝河童の二三〟について「私は……いわゆる幽霊の存在を信じてはいるが、この場合のはそんなものではない。誰《だれ》か私の部下の、若いひとりの泳いでいるのを目にした錯覚である」と説明している。

今村がつかまった材木は、船上で自動車の車輪の下に敷くため井桁に組んだものであった。これに田中副官はじめ数人がつかまっていた。彼らが重油にまみれたまっ黒な顔で発動艇に救助され、無事上陸したのは、龍城丸沈没から二時間半の後であった。今村が死線を越えた二回目である。

このとき沈没した輸送船は四隻、戦死者は約百人であった。今村は「もし小沢長官の独断協力がなかったら、どんな大きな犠牲が生じたか——、第十六軍主力方面の上陸作戦の成功は、全く小沢中将の賜物だった」と書いている。

のちのことだが、一九五四年（昭和29）に巣鴨《すがも》拘置所から釈放された後の今村が、最も親しくつきあったのはこの小沢治三郎であった——と、今村の長男和男は語る。「老境の二人の間に、こうも語り合うことが多いのか……と驚くほど、長時間にわたって実に楽しそうに話し続けていました」

一九六六年（昭和41）の小沢の死去は、すでに八十歳に達していた今村に埋めがたい寂《せき》寥《りよう》感を残した。

今村が秘蔵の刀——正宗門下十哲の一人である志津三郎兼氏《かねうじ》の古刀を失ったのは、バンタン湾上陸の時である。日ごろはこの刀を佩《は》いていたが、いよいよオランダ領土に上陸というとき、陸大首席卒業の〝恩賜の軍刀〟を身につけ、兼氏の刀は側近の一人に託したので、「六百年もの昔鍛えられた名刀は、ジャワ沿岸の海底に」沈んでしまった。

今村より早く、無傷で上陸した第二師団の諸部隊はただちに東方十六、七キロのセラン市に向かって進撃を開始した。一般の上陸作戦はまず上陸地点付近に橋頭堡《きょうとうほ》を固め、その後方に十分な兵力が集まってから攻撃に出るのだが、ジャワ攻略戦は最初から自動車や戦車を揚げ、その機動力を利用して一挙に目標に向かって突進する戦法であった。

軍司令部の将兵はその夜バンタン部落の椰子《やし》林に露営し、今村は農家の板敷きの部屋に寝た。何より困ったのは無線電信機が海没したことで、第一回上陸部隊と共に陸揚げした短距離用無線機で第二師団の各隊とは連絡できるが、遠くに上陸した第四十八師団や東海林支隊、坂口支隊の様子は飛行機の通信筒投下によって一方的に知るだけであった。軍艦の無線によって総軍に依頼した無線機が届くまで、今村は事実上軍の指揮をとることが出来ない。

翌日、司令部は第二線部隊に続いてセラン市へ向かった。オランダが造った舗装道路は見事だが、その両側や中央線に植えられたタマリンドという喬木《きょうぼく》がみな切り倒されていて、人も車も前進は思うにまかせない。しかも米、英、豪の連合軍はそれら横倒しの喬木の根元に爆薬を装置し、点火して退却していた。

遅々と前進する今村たち一団の前に多数の現地人が現われ、手に手に〝蛮刀〟と当時呼ばれていた刀物を振るってタマリンドの枝を切り払い、通りやすくしてくれた。休憩時には椰子の実やパパイヤなどを持ってくる。

そのうち村の長老らしい人物が来て、通訳を介して今村に次のようにいった。

「この国では何百年も昔から『いつか北方から同じ人種がやってきて、我々の自由をとり戻してくれる』と語り伝えられていますが、あなた方は同じ人種でしょうか。言葉は違っていますが」

今村は答えた。「われわれ日本民族の祖先の中には、この国から船で日本に渡ってきた人々もいるのです。あなた方と日本人とは兄弟です。我々はあなた方に自由を得させるために、オランダ軍と闘うのです」

日本のジャワ攻略の目的はいうまでもなく石油だが、それはいえない。日本はインドネシア人の協力を得るため、海外放送を通じて、十七世紀以来のオランダの植民地支配に強い不満を抱く彼らへ、民族の独立を約束することを周知させていた。これはジャワだけのことではない。当時、日本軍の行動は決して侵略ではなく、アジア諸民族の解放を目的とする〝聖戦〟とうたわれていた。

「村の長老が今村大将に語ったのは、ジョヨボヨの予言です。ジョヨボヨとは予言者の名前ですよ」と私に教えてくれたのは小野寺忠雄である。

私が小野寺に会ったのは一九八二年(昭和57)八月、今村の足跡をたどるためジャカルタに滞在中のことであった。小野寺は満州でノモンハンの戦闘を経験したのち、ジャワ攻略軍の一憲兵として今村と同時にバンタン湾に達し、ここで彼の乗っていた輸送船も魚雷にやられ、海に放り出され、発動艇に救助された一人である。「あの時は休むひまもなく、すぐバタビヤを目指して進撃した」と語る。

一九四五年(昭和20)の敗戦をバタビヤで迎えた小野寺憲兵曹長《そうちょう》は、オランダ軍により戦犯容疑者として投獄された。死刑になる――と予測した彼は仮病をつかって脱獄に成功し、生きぬくために、オランダ軍と戦闘中のインドネシア独立軍に身を投じた。ここなら、旧日本兵は大歓迎なのだ。

小野寺はインドネシアの女性と結婚し、いまは五人の子供を持ち、事業も成功して安定した生活を送っている。彼は私がすすめた日本の煙草《たばこ》には手を出さず、香料の強い現地の煙草を喫《す》い続けた。小野寺が帰った後、窓をあけてもなお残る濃厚な丁字《ちょうじ》の匂《にお》いに、私は彼の四十年に及ぶインドネシア生活の深部をのぞく思いであった。

小野寺のように、インドネシアの対オランダ戦争に参加して残留した旧日本兵は七百人とも千人とも伝えられているが、一九八四年現在、約百六十人がこの国に健在である。

小野寺は私に語った。「ジョヨボヨの予言によれば、北から強い軍団が来て、とうもろこしが芽を出して実をつけるまでに、……約三カ月半です……この国を征服して、インドネシア人を救ってくれる――ということだったのですが……」

今村軍は、とうもろこしに育つひまも与えず僅《わず》か九日間でオランダ軍を降伏させるが、インドネシアの独立は日本の敗戦から四年半の後、一九四九年（昭和24）末にこの国の人々の血の犠牲によってかちとられる。

今村がジャワを去った後のことだが、一九四三年（昭和18）五月三十一日の御前会議で「大東亜政略指導大綱」が決定した。「帝国を中核とする大東亜の諸国家諸民族結集の政略態勢をさらに整備強化」するとうたい、ここでフィリピンとビルマには独立を与えるが、マレイ、スマトラ、ボルネオ、セレベス、そしてジャワは、重要資源の供給地として〝帝国の領土〟と決まった。

日本の対ジャワ政策はその後なお変化するが、それにしても、一九四二年（昭和17）三月、ジャワに上陸した直後の今村が、村の長老に「あなた方を自由の身とするため、我々はオランダ軍と闘う」といった言葉は一年後の御前会議で反古《ほご》となった。

三月一日、バンタン湾に上陸した第二師団の各部隊は、その後も快進撃を続けていた。歩兵第十六連隊の将兵約三千は三日夕以来、バタビヤの南五十キロの蘭印《らんいん》総督官邸の所在地ボイテンゾルグ市（今のボゴール）の豪軍約七千を攻撃。五日に至って豪軍は東方バンドン要塞《ようさい》内に退却を始め、第二師団はボイテンゾルグ市を占領し、丸山師団長も同市にはいった。

海岸線に沿って東進した歩兵第二十九連隊は六日、首都バタビヤを占領した。

セラン市庁舎内の軍司令部に、シンガポールから空輸された無線電信機が届いたのは五日であった。これで今村はようやく全軍の指揮が出来ることになった。この夜今村は、東海林連隊長の無電連絡を受けとった。

その要旨は「去る三日、バンドン要塞から逆襲してきた戦車部隊は、大損害を受け要塞内に遁走《とんそう》せり。連隊は五日以来、要塞内に突入を企画し、第一線を督励しあり」

《なんという剛胆な決意か！》と今村は舌をまいた。要塞内には蘭、米、英、豪の連合軍約五万が堅固な砲台、堡塁《ほるい》の掩護下《えんごか》に集結していると、すでに軍から知らせてあるのだ。それを承知の上で、二千数百人の寡兵《かへい》部隊が要塞へ突っこもうというのか――。今村は、うなった。

東海林大佐は仙台出身で、猛訓練主義だった中尉時代の今村にさんざん鍛えられた人である。今村は彼を《親切な男だが、おとなし過ぎる》と見ていたが、ジャワ上陸の第一日目にカリジャチ飛行場を猛攻してこれを占領するなど、目を見張らせる勇敢さを示していた。

今村は東海林のバンドン要塞突入の企図に感嘆はしたが、これを認可するわけにはいかなかった。彼は次の電報を発した。

「軍司令官は……第二師団主力を三月八日中に貴支隊正面に到着せしめ、九日、予自らの統一指揮により要塞内に突進、敵を撃破することに決せり。……貴支隊独力を以《もっ》てする要塞内部への突入は決行すべからず」

今村は岡崎参謀長をボイテンゾルグの丸山第二師団長の許《もと》へ派遣し、バンドン要塞攻撃の新作戦を伝え、そのための処置を命じた。

快進撃は第二師団ばかりではない。土橋第四十八師団は七日、東部ジャワの軍港スラバヤ市を占領し、約一個師団の敵を降伏させた。坂口支隊も七日、バンドン要塞背後のチラチャップ港を占領し、在ジャワ連合軍と豪州との連絡を遮断《しゃだん》した。

七日朝、今村はバンドン要塞攻撃の指揮をとるためセラン市を出発、午後四時ごろバタビヤ南部に着き、無人のオランダ軍兵営にはいった。その夜、軍服のまま寝台に横たわった今村は、間もなく岡崎参謀長と於田《おだ》作戦主任参謀の二人に起された。時計を見ると、八日午前零時半であった。

於田が東海林からの電報を読み上げた。

「本日午後、東海林支隊の第一線に……」

今村はその位置を知って、またも胸中でうなった。なんと、独力でバンドン北方十数キロのレンバン付近に達しているではないか——。

「……第一線に現われた敵の軍使を支隊本部に引き入れ、接見したところ『蘭軍最高司令官ボールテン中将は、日本軍最高指揮官に対し、停戦申し入れの意志を持っていることを伝達されたい』と申し出があったについては、この軍使にいかに指示を与うべきや。至急電報を待つ」

今村の頭の回転は早い。彼は即座に命令を於田に口述した。

まず東海林大佐へ——。

「貴官は日本軍司令官の回答として次の如《ごと》く伝えよ。蘭印総督と蘭印軍司令官とは、所要の幕僚を伴い、八日午後二時、カリジャチ飛行場に来《きた》り、日本軍司令官と会見の上、直接停戦を申し入れるにおいては、その場に於《おい》て諾否を回答する」

今村はこのあとに、彼らの安全を保障するという一項を加えた。

次は第二師団長へ——。

「敵は戦意を喪失し、停戦を提議せんとしあり。この機に乗じ、特に我が方の戦意を誇示する必要大なり。貴師団は万難を排し、一刻も速かに、東海林部隊の突破口方面に進出すべし」

このとき今村は、敵の停戦申し入れに疑いを抱いていた。《バンドン要塞だけでも五万、ジャワ島全体では十万の集結兵力を持っている敵軍司令官が、なぜ約四万の日本軍に対し戦意を喪失したのか。ひょっとすると敵の軍使は、日本軍の兵力を偵察《ていさつ》する目的で来たのかもしれない……》今村がとっさに第二師団と軍司令部の急進を決意したのは、弱勢な東海林支隊の兵力を知られ、敵の戦意を強めてはならない――と考えたためである。

のち、停戦後にわかったことだが、蘭軍司令官が停戦を申し入れた第一の理由は、日本軍の上陸兵力をおよそ二十万と誤認したことであった。その上、日本軍の一部がバンドン要塞の本防禦《ぼうぎょ》線まで進出してきたので、東海林支隊が独力でこんな大胆なことをするはずはない、日本軍司令官の直接指揮による大軍が近づいているのだろう、と憶測した。その結果、「統一指揮の困難な蘭、米、英、豪の連合軍では、とても勝ち目はない」という結論が引き出されて〝停戦申し入れ〟となった。

今村はセラン市で東海林大佐の「要塞突入の企図」を知ったとき、全滅を顧慮して停止を命じた。東海林はそれに従い、要塞北正面の山頂占領に止《とど》めることとして、命令を下達した。だが戦場の混乱の中で若松満則少佐の大隊にはその命令が伝わらず、若松は部下五百人と共に退却する敵を急追撃して山頂から斜面を駆け下り、遂に要塞の本防禦線前まで進出した。この常識はずれの大胆な行動が、連合軍降伏のきっかけとなった。

　蘭軍の停戦申し入れを知った今村は、東海林連隊長と丸山師団長への命令を口述した後、軍司令部へも次の処置を命じた。

「即時警急集合。参謀長と所要の参謀及び三好外務省書記官は、軍司令官に随行。午後二時カリジャチ飛行場に到着するように手配。

その他の司令部将兵は……第二師団部隊と共に前進」

　三好書記官は多年ジャワとオランダ本国に在勤した人で、オランダ語の通訳を務める。

すべての処置を終った今村は、午前三時ごろにはオランダ側との会談場所カリジャチ飛行場へ出発できると思っていたが、なかなかそうはならない。彼は田中副官を呼んだ。

「どうしたのだ。いつ出発になるのか」

「いま朝食をとらせ、昼食の用意もしております」

「大事の時ではないか。一食や二食、ぬいたらどうだ？」

「腹をすかせては、かえって到着がおくれます」

　田中はニヤッと笑った。今村にはそれが《せっかちはわしの大欠点と、自認しておられるではありませんか。軍司令官ともなったら、そんなにあわてるもんじゃありませんよ》という意味の笑いだと、すぐにわかった。やきもきしながらも、じっと待つほかはない。

　午前六時出発、途中の橋が爆破されていたため時間がかかり、カリジャチ飛行場到着は午後二時半であった。

チャルダ蘭印総督、ボールテン在ジャワ連合軍司令官たちオランダ側の六人はすでに待機していて、会談はただちに始められた。

まず今村がボールテン中将に向かって停戦の意思をただし、ボールテンはそれを認めて、「これ以上の戦争の惨害を避けたいためです」と答えた。

次いで今村はチャルダ総督へ視線を向けた。

「総督は無条件降伏をしますか」

「私は停戦の意思を持っておりません」チャルダはきっぱりと答えた。

「停戦の意思がないなら、なぜあなたはボールテン軍司令官の停戦申し入れを禁じなかったのですか。総督はオランダ憲法により、蘭印における全陸軍を指揮する統帥権《とうすいけん》を持っているはずですが」

「戦争勃発《ぼっぱつ》前は、確かに私が統帥権を持っていました。だが英軍のウエーベル大将がジャワに来て以来、連合国政府間の協定で同大将がここの連合軍総司令官となり、統帥権も私から彼に移されてしまいました」

ウエーベル大将はこの会談の席にはいない。日本軍の上陸後間もなく、彼は飛行機でインドへ逃げ、あとに残された英、米、豪軍はボールテン蘭印軍司令官の命令に服さず、全般の作戦をやりにくくしていた。これも、ボールテンが戦意を喪失した理由の一つであった。

やがてチャルダ総督は、「私は蘭印の民政について協議するため来たのですが、軍事的なことだけの会談なら、退場を望みます」といい、今村の同意を得て庭に出た。今村は「敵ながらあっぱれ」と書いている。

　今村は再び軍司令官に向かって訊《たず》ねた。

「ボールテン将軍！　あなたは総督の不同意にもかかわらず、降伏しますか」

「バンドン地区だけの停戦です。もはやすべての通信手段がなくなり、私の命令で停戦できるのはバンドンだけなのです」

「この飛行場にある日本軍の無線通信機は、蘭印軍相互間の通信を傍受しており、バンドン放送局の今朝の放送も聴取しています」今村の声は厳しい。「全蘭印地域のあなたの部下軍隊に停戦を命ずることは可能のはずです。日本軍はバンドンだけでなく、全蘭印軍の全面的無条件降伏を要求します」

　オランダ側は無言である。今村はさらに言葉をついだ。

「無条件降伏か、戦争の続行か、いずれか一つです。

今から十分間、熟考の時間を与えます。その間に協議の上、決心されることを求めます」

　日本側全員が退室した。そして十分後に元《もと》の席に戻った今村にうながされて、ボールテンは低い声でいった。

「停戦いたします」

「では私は、あなたが次の処置を取られるなら、全面的無条件降伏の意思を表明されたものとして、停戦条約を結ぶことにいたします。

第一は、明朝八時、バンドン放送からあなた自身が蘭印全諸島に向け『午前八時以降、日本軍に対する戦闘をすべて停止し、各地ごとに、そこに向かっている日本軍に対し無条件降伏をなすべし』と放送すること。

第二は、あなた自身が、降伏する将兵及びその他の人員と、日本軍に引き渡すべき軍馬、自動車、兵器、軍需諸品を明記した表を持って、明日午後一時までに再びここに来ること。

以上の二つです」

バンドン要塞に帰るボールテンに向かって、今村はいった。

「念のため申しておきますが、明朝八時に貴官の放送が聞かれなかったら、一時中止している攻撃をただちに再開します」

そして彼は、自動車に乗ったオランダ側六人への目かくしをやめさせた。続々と到着してくる第二師団諸隊の情況や、爆弾を装備して待機している多数の飛行機を見せることが、彼らの停戦意思をぐらつかせないことに役立つと考えたのである。

その夜今村は、必要が生じた場合の要塞攻撃について熟慮を重ね、一睡もしなかった。

全蘭印軍無条件降伏

一九四二年（昭和17）三月九日午前八時すぎ、喜色満面の三好書記官が今村の部屋にはいってきた。

「ただ今、ボールテン軍司令官の全蘭印軍に対する停戦と無条件降伏との命令が、放送されました。おめでとうございます」

今村は次のように書いている。

「ああこれで……南支南寧での作戦のような激戦とならずにけりがついた。『どうか大東亜戦争も、これをきっかけとして終幕になりますように』と、神明の加護を感謝しながら、祈りを捧《ささ》げた」

オランダ軍降伏から間もなく、今村は各師団を巡視した。まずスマトラのパレンバン石油地帯を占領した佐野師団を訪ね、石油施設の破壊状況を視察、その修復手段を検討した。次いでスラバヤとマランへ飛び、土橋師団の部隊を巡視した。占領後まだ一週間もたたないのに、どこも民衆が日本軍に好意的で、協力的態度を示していることに今村は安堵《あんど》した。

軍司令部が首都バタビヤに移ったのは、三月十二日であった。

バタビヤを占領した時の今村軍は爆撃や市街戦をほとんどやらなかったので、ジャカルタと改名した後も、ここは古い植民地都市の姿をよく残していた。ただ、今村軍占領当時六、七十万だった人口が、その後の四十年ほどでほぼ五百万にふくれあがり、人も車も雑踏しているので、その隙間《すきま》から往時のこぢんまりした面影をしのぶほかない……という違いはある。古い街並には、年月を経て錆朱色《さびしゅいろ》に変った瓦積《かわらづ》みの三角屋根をアクセントにした家が多い。屋根の大きさは違っても、その急勾配《きゅうこうばい》の度合が同じであることが〝オランダ風コロニアル様式〟とでもいおうか、一つの風情《ふぜい》であった。

今村の第十六軍司令部が置かれた二階建ての建物は、そのまま鉱山省に使われていた。広い十字路の角で、ムルデカ（独立）公園に面している正面が、今村の手記に「市内の最も広い空地、六、七百米《メートル》四方のコニングスプレーン（王様広場）と呼ばれる広場」である。

建物の玄関をはいると正面ホールの左右に二階へあがる階段があり、それが合流する中間の踊り場には、いかにも野暮《やぼ》な色調の大ステンドグラスがある。そこから広い階段を登りきった正面の大扉《おおとびら》の中がかつての今村の執務室だが、時代が変ってからは大臣室であった、という。左右へ伸びる廊下は狭く、正面の一室だけが不均衡に大きい。

この建物と、広場を隔てて向かい合う位置にムルデカ宮、かつての総督官邸、大統領官邸などがあった。

この位置から広場を隔てた旧軍司令部に向かって右側のジャラン・タムリン通りは、インドネシア独立後に開発された新市街へ通じる幹線道路で、今村のころの往復四車線が内側へ倍の幅で広げられ、以前からある二《ふた》かかえを越す並木が中央分離帯の形で残っていた。現地の人がボホン・マホーニと呼ぶこの街路樹は、家具に使われるマホガニーのことである。

今村は軍司令部までほぼ一キロのこの道を朝は自動車で行くが、午後四時ごろには護衛騎兵と共に乗馬で、町の様子を見ながら帰った。いつの間にか、町の子供たちが今村の通るのを待ち構えて敬礼し、彼が答礼の挙手をすると、嬉《うれ》しそうな笑い声をあげて騎兵のうしろからついて来るようになった。今村もこれを楽しみにしていたが、やがて「軍司令官の威厳にかかわる」という理由で禁止された。〝子供たちのなつく将軍〟というイメージは、ひたすら民衆に軍の権威を示そうとする将校たちの眉《まゆ》をひそめさせるものであった。

ジャワ攻略作戦は意外に早く終結したものの、豪州を本拠とする連合軍の奪回作戦に備えて、ジャワ島防衛計画の確立や軍政実施の要綱樹立などを急がねばならず、今村のバタビヤ生活は多忙をきわめた。それに、シンガポール、サイゴン、東京などから多数の来訪者が押しよせて来る。また日本をはじめ各地から郵便物も届くようになり、いちいち礼状を出す今村は夜おそくまでペンを走らせた。

数多い手紙の中に、今村が「読みながら汗を覚えた」という一通がある。朝鮮の京城にいる陸士の同期生からのもので、その要旨は――。

「三月十日のラジオで、蘭印軍を降伏させた我が陸軍の最高指揮官が君だという大本営発表を聞き、僕《ぼく》は大いに喜んだ。お祝い状を出そうと思っているうち、新聞に『皇軍海を泳いでジャワ島占領』の見出しで、五十六歳の君が完全武装のまま泳ぎ通して上陸した――という記事が出た。だがよく読むと、将兵の多くが発動艇に救助され、上陸している。それなら、君のような高齢者、殊《こと》に軍司令官ともあろう者は、泰然自若、舟艇の来るのを待っているべきだ。

心臓麻痺《まひ》でもおこして溺《おぼ》れて見給え、『あわてたからだ』と世の物笑いになる。今後は自分の地位を考え、特に〝せっかち〟であることを反省し、軽率なことをやらぬよう忠告する」

〝同期生ならでは〟の友情と率直さに心うたれながらも、今村は吐息をもらした。手紙はまだまだ長い。

「また他の新聞に、第五師団長だった君と一緒に南寧に入城した一兵長の談話がのっていた。南寧で、兵たちが老齢の将軍のため立派な紫檀《したん》の寝台を見つけて届けたが、将軍は『兵たちと同じ寝台がよい』といって、これを使わなかった。それを知って私（一兵長――筆者註）は深く感動したものだが、今その将軍のジャワ占領を心から嬉しく思う――と語っている。

人はこれを美談と受けとるだろうが、私はいけないことだったと思う。部下が苦心して捜してきた寝台を『ありがとう』と受けて、寝て見給え。どんなに兵たちが喜ぶか。それを表面的な同苦同楽で、使わなかったことは、せっかくの若人たちの好意を無にした無情な行為だったと思う」

この手紙は「右、同期生として敢《あ》えて苦言を呈する。ともかく、おめでとう。健康を祈る」と結ばれている。

今村は一刻を争う勢いで、返事を書き出した。その要旨は――。

「お手紙ありがたく拝見した。

たとえ善意によるものでも誤解は心苦しいから、お礼かたがた弁明しておく。

第一に、五十六にもなっている私が、完全武装であんな長距離を泳げるものか。材木にとりつき、泰然自若としてではないが、発動艇の来るのを待っていたのだ。

第二に、紫檀の寝台はちゃんと兵たちに礼をいって、それに寝てみた。ところが南京虫がひどく沢山たかっていて、一晩中かゆくて眠れなかった。戦地の指揮官にとって睡眠がどれほど大切か、君もよく知っている通りだ。それで、兵用の簡易ベッドと代えてもらったのだ」

ある日今村の許《もと》に、三十代の誠実そうな青年が、宇垣一成《かずしげ》大将の名刺を持って東京から来た。宇垣の名刺には「この者より、小生の意中聞きおかれたし」と書かれていた。

「宇垣大将は戦争の将来を非常に心配して『私はフランスのペタン元帥《げんすい》のように後始末をすることになるかもしれん』と申しておられます」と青年がいった。

「国力の懸隔から、戦闘には勝っても、戦局全体としてはいけなくなることを憂慮されております。

しかしそれは日本国内におっての感じだから、現に戦っている者が、敵の戦力なり戦意なりをどのように観察しているか、戦がやりきれるかどうかをどのように判断しているか――それを知りたい。ジャワに行き、今村閣下の率直なご感想を承ってこいと申され、参上した次第です」

「宇垣閣下が国の先々をご心配下さるのは、まことにありがたいことです」と今村は答えた。

「私のように第一線の局地に眼識が限られておりますと、却《かえ》って大局の観察が正鵠《せいこく》を射ませんので、はっきり戦争の成否を判断いたし兼ねます。

今、私の抱いている感想は、この戦争はジャワ作戦で終りとし、これからは防衛態勢に移らなければ、それこそ国を危うくすると思ってはいます。ところがジャワの攻略が終ると、まだその防衛態勢が整わないうちに、もう三分の二の兵力を引き抜き、どこかの方面にもっていってしまいました。どうやらさらに戦域を広げるらしく、支那の戦局のように収拾つかないものにしてしまうのではないかと、それは心配しております」

のち、戦後になって今村は次のように書いている。

「大東亜戦争が遂に成らずして敗れた後になり、この時のことを回想するたびに、私は羞《しゅう》恥《ち》の感を覚える。が、私もまた緒戦の成果を大きく見過ぎていた一人だったので、宇垣大将の憂慮がぴんと心にうつらなかった。

確かに私は、先輩宇垣大将のように、緒戦が終ったばかりのあの時機に、敗戦を憂《うれ》うる認識に想到しておらず、ただ戦局の拡大を案ずる程度に止《とど》まっていた」

日本軍の占領後間もなく、ジャワの学生など青年層から軍政部へ「インドネシア民衆の崇拝の的であるスカルノ先生を、スマトラの獄から救出して下さい」という多数の嘆願書が送られてきた。軍政部の宣伝班は、スカルノ支援を軍政上有利と考え、彼を出獄させてバタビヤに連れてきた。中山寧人参謀と宣伝班の清水斉とがスカルノとの折衝に当った。スカルノは二十代の時からインドネシアの独立を企図し、その後の十数年この運動一筋に生きて、オランダ政権の迫害に耐え、数度の獄中生活を経験していた。のち、インドネシア共和国の初代大統領となった人である。

南方軍総司令部には「スカルノのような熱狂的独立主義者を引きとったりして、今村軍はきっとあとで手を焼くだろう」と批判の声があったが、今村は意に介さなかった。

五月のある日、今村は中山大佐と通訳を同席させて、初めてスカルノと会った。

「スカルノさん」と、今村はおだやかな微笑で呼びかけた。「私はあなたの経歴を知っていますから、『こうしなさい』などと命令はしません。意に添わないことはやらない人だと、わかっていますから……。また、戦争終結後インドネシアがどのような状態になるか――についても、私は何もいいません。それは日本政府とこの国の指導階級とが協議決定するもので、私の権限外のことですから。

私が今、インドネシアの人々に公然お約束できるのは、私の行う軍政により、蘭印《らんいん》政権時代の政治よりも、よりよい政治介入と、福祉の招来だけです。あなたが私の軍に協力するか、中立的立場をとるか、どちらでもあなたの自由です。

しかし、もしあなたが日本軍の作戦行動や軍政の妨害をされるなら、戦争終結までは自由行動を許しません。その場合も、オランダ官憲がやったような投獄などはしないつもりです。よく同志の人々と相談して今後の態度を決め、中山大佐を介して私に知らせて下さい」

この日今村は、スカルノにいい印象を持った。

四、五日後、スカルノからの返事がきた。

「今村将軍のお言葉を信じ、私と同志とは日本軍政に協力します。しかし戦争終結後の私の行動の自由は捨てないことを、言明しておきます」

早速スカルノの軍政協力を具体化するため、彼と中山の協議で一機関を設け、それに必要な費用その他一切を軍が提供することになった。その後スカルノは度々今村を訪問して誠実に協力を果し、今村もまた先に約束したインドネシア民衆の福祉増進に努力し、現地人の官吏への登用、日本人とインドネシア人との構成による行政諮問院《しもんいん》の設置などを実現した。

ある日曜日、スカルノはインドネシア第一の洋画家という甥《おい》を連れて今村を訪れ、その日から今村の肖像画の制作が始まった。その後四、五回、二人はいつも一緒に来て、今村がスカルノと歓談するそばで、画家は絵筆を走らせた。のちに今村が知ったことだが、これは今村とスカルノとの会談の機会を多くしようという宣伝班の清水の計らいであった。この肖像画は、いまも今村家の客間にある。

田中副官もスカルノと親しくなった。彼は町で偶然スカルノが演説しているそばを通り、日ごろの温厚な人物とは別人のような鋭く激しい弁舌と、それに魅せられた群衆の熱狂ぶりを、今村に語った。

これは今村とスカルノの交際が始まって間もない七月のことだが、日本軍が提供したスカルノの家で小事件が起った。その夜、防空演習のため灯火管制が行われていることを知らずに電灯をつけていたスカルノは、家に踏みこんできた将校にいきなり頰《ほお》を打たれて、激昂《げっこう》した。中山大佐からこれを聞いた今村は、中山とその将校をスカルノの許へ行かせ、詫《わ》びさせた。将校は相手が誰《だれ》かも知らず酒の勢いでなぐった行為を深く反省し、スカルノも「私の方にも非があった」と、笑顔で握手を交した。

翌日、礼を述べに来たスカルノに向かって、今村は、

「日本軍には昔から〝ビンタ〟という悪弊があり、改めさせようと努力してきましたが、なかなか矯正《きょうせい》されません。私の膝許《ひざもと》の将校さえやったのですから、兵の中にはこの国の民衆に何か注意しようとして〝ビンタ〟をやる者があるかもしれません。そんなことがありましたら、遠慮なく私に知らせて下さい」といった。

「スカルノ自伝」（黒田春海訳、角川文庫）の中で、スカルノもこの事件に触れている。しかし彼は、「灯《あか》りを消し遅れただけで、私は日本の将校に顔をめちゃくちゃにひっぱたかれた」と述べたに止め、今村がこの事件にどう対処したかは何も書かれていない。

「スカルノ自伝」は、彼が大統領であった一九六一年（昭和36）に、アメリカの女性記者シンディ・アダムスに口述したものである。権力の座にあったスカルノだが、インドネシア独立前の日本軍部との関係は、いつまでも彼の〝アキレス腱《けん》〟であった。「自伝」の随所に、自分の立場を誇張し正当化しようとする配慮が見られる。

スカルノは「今村大将は本当の侍《さむらい》だった。……紳士的で、丁重で、気品があった」と述べているが、「政治的交渉においては私の方が上手《うわて》だった。……私の手にあって、彼は乳児に等しかった」と、自分のひそかな優位を誇示している。また彼は、のちに副大統領になるハッタに向かって、「私は、私が日本軍と共に働くからと反対する人々がいるのを知っている。しかし、なぜ協力しないのか？　私の目の前にあるものを利用するのが、私にとって最も賢明な作戦だから、私はそれに集中しているのだ」と語った――と述べている。「……私は日本と共に働く道を選ぶ。諸君の力を強化し、日本が敗れるのを待つのだ」とも語っている。

スカルノが自国の独立のために日本を利用しようと考えていた、というのは本当に違いない。それが今村にわからなかったはずはなく、彼はそれを当然と思っていたのではないだろうか。日本軍もまた「スカルノ支援を軍政上有利と考え」たからこそ、スカルノを出獄させてバタビヤに呼びよせたのだ。
今村とスカルノは互いに相手の立場を理解した上で、個人としての好意を抱き合ったと想像される。それから七年の後、インドネシア独立直前のスカルノは、戦犯としてジャカルタの獄中にいる今村を非常手段を用いても救出しようと努める。

ジャワ時代の今村が最も重視したのは軍政であった。「ジャワの軍政をいかなる方針で実施すべきか」の幕僚会議はオランダ降伏の翌日、三月十日に早くもバンドン市で開かれている。

若い参謀の多くは「実績を見た上で次第に緩和政策に推移するとしても、初めは日本国、日本軍隊の権威を認識させるため、強圧政策によるべきである」と主張した。

これに対し、軍政を専任する中山寧人大佐は「軍政の方針は、各軍が出征のとき中央から示達された『占領地統治要綱』に明示されている通り、公正な威徳で民衆を悦服させ、軍需資源施設の破壊復旧、それの培養、接収を容易迅速《じんそく》にするものでなければならない」と述べた。岡崎参謀長、原田参謀副長、作戦課長の高嶋大佐らがこれに同意した。

最後に今村が決意を述べた。「軍政事項は、参謀副長と中山大佐が事務を分担することになる。私もまた、中央から指令されている通りに軍政をやってゆこうと決心している。〝八紘一宇《はっこういちう》〟とは同一家族同胞主義であるのに、何か侵略主義のように観念されている。一方的に武力を持っている軍は、必要なときいつでも強圧を加えることが出来る。だから出来るだけ、融和政策で軍政を実行することにする」

四月中旬、児玉秀雄（もと内務大臣）、林久二郎（もとブラジル大使）、北島謙次郎（もと拓務次官）の三人が陸軍大臣の指定で、第十六軍のジャワ統治政治顧問としてバタビヤに来た。

その夜、今村との会食の席で、児玉が三人を代表して次のようにいった。

「着任早々、こんなことを申し上げるのは失礼ですが……、実は東京でもサイゴンでも、特にシンガポールでは、ジャワの軍政方針に対し非難の声があがっております。『日本国、日本軍の威重が少しも示されていない。白人どもは、敗《ま》けたという気分なしに振舞っている。やはりシンガポール軍政のように日本軍の威力を認識させることが、有色民族を我に依信させることになるのだ』といっております」

「人さまざまな見方がありましょう」と今村が答えた。

「しかし、ジャワには強圧政策の必要はありません。私は上陸二日目以来、インドネシア民族は我々と同種族、同胞と信じるようになりました。同胞でない者が、どうしてあれほどの好意と協力とを日本軍によせるでしょう。軍の勝利は、なかば彼らの協力によったものです。

次にオランダ人ですが、我々に抗敵した者はすべて俘虜《ふりょ》として収容しております。その家族や無辜《むこ》の市民を弾圧すべきでないことは、『戦陣訓』がいましめている通りです。

またこの島の華僑《かきょう》も盛んに排日をやったものですが、ジャワの産業はすべてオランダ人と華僑とが握っています。もし彼らを報復的に弾圧したり、他の作戦地のように拘禁したら、石油をはじめすべての物資は開発されず、軍需物資を日本全軍のために利用することは出来なくなります」

数日後、三人の顧問は今村のすすめで、各自異なる地域への視察旅行に出た。今村は出発する彼らに「私の認識が誤りであり、原住民や華僑、またオランダ人が日本軍を軽視しているとお認めになったら、忌憚《きたん》なく報告して下さい。私は誤りを改むるに、決してやぶさかではありません」と伝えた。

三週間ほど後、彼らは相前後してバタビヤに帰り、今村に所見を述べた。三人ともほぼ同じ意見で、その要旨は「原住民は全く日本人に親しみをよせ、オランダ人は敵対を断念しているように見えた。華僑に至っては日本人に迎合これつとめており、これなら産業の回復は予想より早くなるであろう。ジャワには強圧政策の必要はない。ジャワ軍政への非難は、現地の実情を知らない観念論にすぎないことがよくわかった」というものであった。

今村は次のように書いている。「孟子《もうし》の中に『自らかえりみて直《なお》くんば、千万人といえども われ往《ゆ》かん』の言葉がある。しかし私のような、千万人どころか千人百人の反対、一人の忠言に対しても、反省してみなければ気のすまない性格の者にとって、政治顧問の報告は大きく私を勇気づけた」

三人の顧問とほぼ同時期に、参謀総長杉山元《はじめ》大将がジャワに飛来した。

「私の第十六軍の略称は〝治部隊《おさむ》〟でありますが……」と今村が話しかけた。「これは、蘭印諸島の攻略で大東亜戦争を終りにする——という方針でつけられた名称と聞いておりますが、さようでありますか」

「そうだった」と杉山が答えた。「だが南方総軍の意向でビルマ作戦はやることになろう。しかし一部の主張するインド作戦だの豪州攻略などは、全く考えていない。そんなに手を広げては、国力上収拾のつかないことになる」

このとき今村は、杉山の戦局不拡大方針を彼の本心と聞いた。だが陸軍中央の考え方、また陸海軍間の意見の違いなどを知らされていない今村には、どうも不可解な点が多かった。大本営は今村軍の兵力の三分の二をすでに引き抜いてしまったが、どこで何をやろうというのか。またジャワ防衛をどう考えているのか——という疑問も残る。今村と共にバンタン湾に上陸した第二師団も、もうここにはいないのだ。

この時から幾月もたたないうちに、杉山の戦局不拡大方針は消え去り、今村が「補給も思うようにつかない広大な地域に兵力を分散してしまったのは、どんな事情があってのことか、不可解のきわみだ」と書く状態へ突入してゆく。

杉山はバタビヤを去る日、今村に「ジャワ作戦の成果については、中央は大いに満足しているが……」といった。「しかし、君の軍政方針には批判が多い。近く武藤（軍務局長）と冨永（人事局長）がここに来るから、中央の意向をよく聞いておいたらいいだろう」

これは私の人事上の将来を案じての言葉——と今村は書いている。

「各地でジャワ軍政が非難されていることは、よく知っております」と今村は答え、軍政について具体的に説明したのち、言葉をついだ。「これは出征時に示された中央の方針を奉じてのものです。私は強圧政策は、ジャワに関する限り不適当と信じております。しかし中央から方針の変更を命令されれば、それに服従するのが出先き軍の義務とも信念しております。この二つの信念を調和させ得ない以上、どうか東条大臣とお話しになり、私の現職を免じ、他の者をジャワによこすよう、お計らい願います」

今村の言葉は常に諄々《じゅんじゅん》と静かだが、彼はすでに職を賭《と》す覚悟を決めていた。

間もなく、武藤章《あきら》、冨永恭次《きょうじ》の両局長がジャワに来た。武藤は今村に「シンガポール同様、強圧政策の必要」を説いた。山下軍占領下のシンガポールでは、ゲリラ掃蕩《そうとう》と称して数千人の華僑を虐殺《ぎゃくさつ》したため、現地民は日本軍に対し戦々兢々《せんせんきょうきょう》の態《てい》であった。武藤は「シンガポールを視察し、日本国の威力ここに及べりの感を深くした」と語っている。

「ジャワ軍政は『占領地統治要綱』を奉じてのもの……」という今村に対し、武藤は、「あれはまだ正式に改正されてはいませんが、もう守る必要はありません」といい切った。「情勢が変化したのですから……、予想より早く敵を圧倒した今日、もはや原住民の向背に関心を持つ必要はなく、強圧して軍に協力させることが、軍需資材の調達を早める結果となります」

「原住民を威圧下におこうとすれば、結局は支那事変のようになり、産業など興し得るものではありません」と今村は厳しくいった。

「だが『要綱』が改正され、強圧政策を正式に命令されれば、従わなければなりません。軍紀を破ることになりますから……。

しかし昨年、大臣の名を以《もっ》て全陸軍に布告された『戦陣訓』は、ご承知のように私が主宰して起案したものです。それに反するものに屈することは、私の良心の堪えられるところではありません。よって、ここに同席の冨永人事局長は、大臣に上申の上、改正された『要綱』を指令される前に、私の免職を計らっていただきます。

結論は一つです。新要綱の発令を見るまでは、私のジャワ軍政方針は決して変えません」

この今村の言葉は、「戦陣訓」中の次の二項を指すものと思われる。

「服するは撃たず、従うは慈《いつく》しむの徳に欠くるあらば、未《いま》だ以て全しとは言い難《がた》し」

「皇軍の本義に鑑《かんが》み、仁恕《じんじょ》の心能《よ》く無辜《むこ》の住民を愛護すべし」

武藤は今村との激論の後ジャワ各地を視察し、軍隊や俘虜収容所の将校に「今村軍の軍政方針は、中央の意図に反している。もっと強圧主義でやるべきだ」と公言した。このため憲兵はじめ青年将校の中に今村の方針に疑惑を持つ者を生じたが、今村はその後も従来のやり方の厳守を繰返し指令した。

そのご間もなくスマトラ駐在の近衛《このえ》師団長に転任した武藤は、インドネシア人とオランダ人の気質を知り、ジャワ軍政が適正なものであったことを認識した。彼は今村へ、スマトラ軍政はジャワに準じて実行すると書き送り、バタビヤでの失礼な言動を詫《わ》びた——と、今村は書き残している。

武藤章は、綏遠《すいえん》事件、盧溝橋《ろこうきょう》事件の拡大、米内《よない》内閣倒閣などに〃かたき役〃として登場する人物で、ジャワ軍政についても同じ役どころだが、今村は「彼にも美点がある」ことを決して書き忘れない人である。

武藤は一九四八年(昭和23)末、A級戦犯として刑死する。

六月、寺内南方軍総司令官がジャワに飛来し、六日間にわたって各地を視察した。寺内もジャワ軍政に批判的だと聞いていた今村は、酷評を覚悟していたが、「軍政をはじめ総《すべ》てよくいっており、何も要求することはない」といわれて、拍子ぬけの態であった。

その夜、寺内に随行してきた石井秋穂大佐参謀が今村に会いに来た。

「各軍出征のとき大臣から示達された『占領地統治要綱』は、僭越《せんえつ》ながら私が起案したものであります」と石井はいった。

「ところが、緒戦の成功に酔った各作戦軍は『情勢の変化』といい、『要綱』はさらに守られず、またそれを中央部の幕僚までが支持して、南方軍首脳部でさえも、私の説く要綱の方針維持に耳を傾ける者の少ないのが実情であります。

その中で、ジャワだけが要綱通りにやっておられることに、私は感激しておりました。

この度、総司令官がくわしくジャワを視察され、今まで聞いておられた非難は間違っていると認識され、むしろ『軍政はかくあるべきだ』と感じられたようです。どうか今後とも、方針をお変えにならぬようお願いいたします」

「君が要綱の起案者だったことは、いま初めて知りました」と今村が静かな声でいった。「人間なんて弱いもので、世間の悪評に敗けまいとすればするほど、心はむすぼれるものです。それがいま貴官の言葉で、総司令官が認識を改められたわけもわかり、私の心を包んでいた不快の雲がいっぺんに消え去りました。ありがとう」

だが、寺内総司令官がジャワの軍政方針を是認したことで、今村への非難が急に下火になった――というわけではない。相変らず「弱い、弱い」の声が北から流れてきて、バタビヤ第一のホテル・デス・インデスのバーや食堂などでは、東京その他から訪れる人々を中心に軍政批判の声がごうごうと挙っていると、憲兵隊は報告している。

「今村閣下はそうした声に耳もかさず」と副官だった田中実は語る。「日本からの要求も、現地民の生活に過度の悪影響を及ぼすものは、きっぱりと拒絶されました。その一例が綿布です」

日本では一九四二年（昭和17）二月、衣料配給に総合切符制が実施され、大衆はスフと呼ばれる粗悪な代用品でしのぐ時代であった。そこで日本はジャワで生産される白木綿に目をつけ、その大量輸入を申し入れてきた。だが原住民の衣料はすべて木綿で、これを取り上げたら彼らには代用品さえないのだ。しかもほとんどが回教徒で、死者を白木綿に包んで埋葬するしきたりである。日常生活のみか、彼らの宗教心までを傷つけることになる――と考えた今村は、自分への非難がますますつのることを知りながら、日本の要求を拒んだ。

七月末、寺内総司令官はサイゴンからシンガポールに移った司令部に、その配下の仏印、タイ、フィリピン、ボルネオ、ジャワ、マレー、ビルマ方面の七人の軍司令官を召集して会議を開いた。この席に、開戦のとき共に南方担当の軍司令官となった山下奉文、本間雅晴の姿のないことが、今村には淋《さび》しく感じられた。マレーの山下は第一方面軍司令官となって満州へ去り、フィリピンの本間はバターン半島第一次攻略戦頓挫《とんざ》の責任を問われて予備役となった。バターン攻略にかかろうとする第十四軍から、その主力である第四十八師団をジャワへ引き抜かれたことが、どれほど本間を困惑させたであろう――と、この時もまた今村は悲運の同期生の上に思いを馳《は》せた。

寺内主催のシンガポール会議で、軍司令官中の最先任者である今村は一番先に所見を述べる立場であった。彼の発言の中に、左の一項がある。

「……次に、石油価格の件であります。ジャワでは敵が破壊した製油施設の復旧がほぼ出来ましたとき、わが軍政部が石油価格はオランダ時代の半額と公布し、それは総軍へも報告してあります。

ところがこの度、総軍の石油統制機関から『各占領地民衆への石油売渡し価格は均一に統制する』と指令されました。それによりますと、私の決定した値段の四倍、オランダ時代の二倍となります。ジャワの民衆は早く石油を使いたいため全力を挙げて日本軍に協力し、その結果、安く石油が使えると喜んでいたのに、二、三週間後に価格が四倍にはね上ったら、彼らは全く日本軍を信用しなくなりましょう。また敵側は、これを反日宣伝のよい材料として利用するでしょう。

こうした事情を理解されて、石油生産地のジャワだけは他と同一にされないよう、お願いいたします」

「黒田総参謀長！」寺内の声が走った。「いつそんな指令を出したのですか。私に相談もせずに」

「私は着任早々で、この件については何も存じません」と黒田が答えた。「それは前参謀長時代のことかと……」

「実に非常識なことをやる。すぐ修正させなさい」

寺内の〝鶴《つる》の一声〟で、この件はケリがついた。

十月、東京から岡崎参謀長に至急上京を命じてきた。今村は《いよいよ中央が『占領地統治要綱』を改正し、その実施を指定するのだろう》と想像した。彼は病気を理由に辞職を上申しようと、秘《ひそ》かに決意した。

やがて岡崎から急電が届いた。「東京着。直ちに中央に申告せるところ、大臣、総長は各別に、次の趣旨を指示せり。『ジャワ軍政には、改変を加うる要なし。現在の方針にて進むを可とす』詳細は帰任後報告す」

数日後バタビヤに帰った岡崎は、次のように今村に語った。

「中央は各軍占領地域の半年間の治安情況、産業の復旧、軍需物資の調達などを比較観察し、ジャワの成果がずばぬけてよいことに『なるほど』と認識を改めたのです。やはり、融和政策の一貫はよろしくありました」

ラバウルへ

十一月八日、突然今村は杉山参謀総長から次の電報を受けとった。

「貴官は現職を免ぜられ、第八方面軍司令官に親補せらる」

このときもまた今村は、第八方面軍とはどの方面に、どんな任務で作戦をやることになっているのか、見当もつかなかった。

今村のジャワ生活は、八カ月で終ることになった。製油施設復旧や近海の沈船引き上げなどは大たいのメドがつき、敵のジャワ奪回作戦に対処する防衛計画も立案は終ったが、実行はこれからという時期である。軍政は中央の支持を得たものの、いつまた強圧政策へ転換しないものでもない——。今村はうしろ髪を引かれる思いで、田中副官と共に帰国の途についた。

今村と田中を乗せた旅客機〝黒姫号〟がシンガポールに着いたのは、十一月十一日であった。ここで今村は寺内に、「第八方面軍とはどの方面に向けられるものか、ご承知でしょうか」と訊《たず》ねた。

「公的には知りません」と南方軍総司令官は答えた。「だが大本営に連絡に行った参謀の話では、ニューギニアの東にあるラバウル方面らしい。ガダルカナルとかいう、海軍にとっては大事な小島で、百武《ひやくたけ》君の軍が機械化された優良装備の米軍を相手に、ノモンハン以上の苦戦をやっているとかで、補給がつづかず、ひどく飢えているそうだ。ジャワで働いた丸山中将の第二師団が百武軍の主力だそうだが、この間まで僕《ぼく》や君の部下だった将兵たちだ」

「私はその仙台師団の出身であります」今村が感慨をこめていった。「三十五年前に私が教育した新兵たちの子供らが今その島におり、それは数カ月前に私と一緒にジャワに上陸して戦った将兵たちです。今度は三度目の縁、補給のつかない戦がどんなに苦しいものか、私は南寧作戦でよく知っております。私は志願してでも、その激戦の小島に行くべき因縁のある身です」

　この夜、今村は寺内と別れる際に、次のようにいった。

「ジャワの軍政は……、私の方針を大臣、総長が是認されましたが、なお中央や総軍の幕僚中には強圧政策を主張する者があると聞いております。私の交替を機として、彼らが方針の変更をはかるのではないかと懸念《けねん》されます。閣下は総司令官として大局上から観察され、あやまちの起らぬようにしていただきたいものです」

「その点は心得た。あとのことは心配なく」と、このとき寺内は答えている。だが今村が去った後のジャワ民衆の生活は、戦局全般の悪化につれて窮乏し、軍政方針も苛酷《かこく》なものとなって、人心は次第に日本軍から離れていった。

今村はジャワを統治した八カ月間、住民に対する融和政策を懸命に守り通した。彼は軍中央の強圧政策を激しく批判し、職を賭してまで抵抗した。だが今村の批判、抵抗は占領地の軍政のやり方に対してであって、その前提——この国を武力で占領したことは初めから論ずる余地のないこととして、是認していたのであろう。

それはすべての軍人を縛る掟《おきて》であった。天皇に命じられた戦争に対し「侵略行為ではありませんか」などという疑問をさしはさんでは、〝帝国陸軍軍人〟の本分を自ら否定することになる。軍人たるものひとたび天皇の命令を受ければ、迷うことなくその完遂を目指し、勇を鼓して戦場へ向かわねばならないのである。

今村もその一人であった。彼はこの戦争に対して宿命論者であったが、天皇と今村との関係も宿命というほかないように思われる。これほどの視野を持ち、強固な意志、明敏な頭脳に恵まれた今村だが、帝国陸軍軍人に拘束された彼の限界はここにある。

シンガポールの一夜を寺内と語り合った今村は、翌十一月十二日朝、夜半からの小雨に濡《ぬ》れた飛行場で、田中副官と二人〝黒姫号〟に乗った。

飛行機が滑走を始め、今村が《離陸だナ》と思うと間もなく、突然彼は大音響に包まれて意識を失った。

両脚を強く引かれる痛みに今村は意識をとり戻《もど》したが、体の上には客席と操縦席とを区切っていた扉《とびら》がかぶさり、その上に棚《たな》から落ちた荷物が積み重なって、身動きが出来ない。ガソリンに火がついたら大変だ——と田中副官はあせり、渾身《こんしん》の力で今村の両脚をひっぱって扉の下から引き出し、その体を抱えて横倒しになった機の外へ出た。

飛行機のエンジンとプロペラは七、八メートル先にとび、片翼はもぎとられ、他の翼は折れていた。

「お怪我《けが》はありませんか」と田中に問われた今村は、見送りに来ていた総軍首脳たちの車がフルスピードで近づいて来るのを見ながら、両手で体のあちこちを撫《な》でまわし、「妙だな。どこも何ともない」と答えた。

先頭の車から降りた南方軍総参謀長の黒田重徳中将が、今村に近づいて大声をあげた。

「おや！　まだ生きておられましたか。なんと悪運の強いこと！　私はあなたが死んでいれば、後任として軍司令官になれるぞと、喜んでいましたのに……」

どっとあがる周囲の笑い声につられて今村も笑い出し、衝撃による緊張状態から解き放された。彼は「黒田中将の無邪気なおどけた冗談は、陸軍内では有名なもの」と書いている。

これが今村の三度目の命びろいである。三度とも彼のかたわらに田中副官がいた。

十一月十六日、今村は宮中で、天皇から「南東太平洋方面よりする敵の反抗は、国家の興廃に甚大《じんだい》の関係を有する。すみやかに苦戦中の軍を救援し、戦勢を挽回《ばんかい》せよ」と告げられた。

同日、大本営は第八方面軍、第十七軍、第十八軍の戦闘序列を下令した。

十一月十八日、大本営は第八方面軍の作戦要領を示した。その中の「作戦方針」は、次の通りである。

「陸海軍協同して先ず速やかにソロモン方面の敵航空勢力を制圧すると共に、ガダルカナル方面の作戦準備を促進拡充し、その完成を待って同島飛行場を奪回し、敵を殲滅《せんめつ》す。この間ニューギニアの要地を確保して、同方面における爾後《じご》の作戦を準備す」

実はこのとき——十一月十四日から十五日にかけて、ガダルカナル島に上陸をはかった第三十八師団は米空海軍の爆撃により全滅に近い大損害を受け、佐野師団長以下約二千と少量の弾薬、糧秣《りょうまつ》を揚陸したにすぎない。この事実を、杉山参謀総長はじめ参謀本部の責任者は、同月二十日まで東京にいた今村に知らせなかった。ガダルカナル島奪回作戦の指揮をとるため、今そこへ向かおうとしている方面軍司令官に、なぜ彼らはこの重大な事実を秘したのか——。今村は「おそらく、私の士気に及ぼす影響を考慮されてのことだったろうが」と書き、さらに「私は大本営勤務の一知人から内密にささやかれて」これを知った、と述べている。

今村は一知人から知らされた第三十八師団の大損害によって、ガダルカナル方面の制空、制海権がすでに敵に握られていることを察知した。

戦後、昭和三十年代になってから、かつてラバウルの第八方面軍通信隊司令官であった谷田勇中将が今村に「もうこの戦争はだめだという見通しを、いつごろから持たれましたか」と訊ねたとき、今村は「昭和十七年末、ラバウルへ向かうとき」と答えている。参謀本部がすでに敗色の濃い戦況を、これからその地の指揮官に出る自分に隠すのを知って、敗戦の前途を見通したという。このことは、その後の彼の心境を解く鍵《かぎ》の一つ——と私には思われる。

一九四二年（昭和17）十一月二十日未明、今村は参謀長加藤鑰平《りんぺい》中将以下十数人の幕僚と共に海軍の水上飛行大艇に乗り、約四千六百キロを隔てた南東太平洋上に浮かぶニューブリテン島のラバウルへ向かった。追浜《おっぱま》（神奈川県）の水艇基地で見送る田中実は、いつまでも帽子を振り続けた。

日本軍のラバウル占領は、太平洋戦争勃発《ぼっぱつ》から僅《わず》か一カ月半後の一九四二年（昭和17）一月二十三日、当時大本営直轄《ちょっかつ》であった南海支隊（長、堀井富太郎少将）の奇襲上陸によるものであった。海軍最大の根拠地トラック島の前進根拠地とするため、開戦当初からの作戦計画に基づく攻撃であった。

今村はマリアナ諸島のテニアン島に一泊の後、十一月二十一日、連合艦隊の基地トラック島に着水、大和《やまと》艦上で連合艦隊司令長官山本五十六《いそろく》大将（のち元帥《げんすい》）に温かく迎えられた。

二人のつき合いはすでに長く、一九二四年（大正13）ごろ、山本が大佐、今村が少佐の時にブリッジ（トランプ遊び）の仲間として始まっている。のち山本が海軍次官のとき、陸軍省の兵務局長であった今村は公務のためよく次官室に行き、互いに本心を語り合って交渉ごとを円満にまとめる、という仲であった。

大和艦上での会食後、山本は「二人だけで話そう」と、今村を長官室に誘った。

「今になって、お互いかくし立てはしていられない」と、山本が彼独特の率直な口調で今村に語りかけた。「海軍で零戦《ゼロせん》（戦闘機）一機が、米軍機五乃至《ないし》十機と太刀打ち出来るといっていたのは開戦当時のこと。ミッドウェーの戦いで、たくさんの優良飛行士を亡《な》くしてからは、なかなかその補充がつかず……」

ミッドウェー作戦は、日本海軍が第一段作戦後、東太平洋に積極作戦を実施する場合、わが艦隊の行動を制約する戦略要地ミッドウェー島を事前に奪取し、同時に、この作戦に連繫《れんけい》して出撃して来るであろう米機動部隊を捕捉《ほそく》撃滅しようとするものであった。この企図は完全に失敗した。一木支隊のミッドウェー島占領どころか、連合艦隊は敵機動部隊に捕捉撃滅された。

このミッドウェー作戦失敗の影響は極めて大きく、日本海軍はもはやその優位をとり戻し得なかった。これは制空権の喪失を意味し、ひいては制海権の確保をも不可能にしてゆく。一九四二年の後半期から、同方面の日本軍の敗色が次第に濃くなったのは当然であった。

当時、このミッドウェー作戦の失敗は、国民はもとより、陸軍にもひた隠しにされていた。今村は第八方面軍司令官に親補され、大本営に出頭した時、初めてその概要を知らされただけであった。

「一週間前」と山本が言葉を続けた。「第三十八師団の輸送船団が全部やられたことから見ても、君と僕とでやる次のガダルカナル島奪回作戦では、どうしても航空戦力の増大が必須《ひっす》の要件だ。だが海軍だけで増加できる戦力は、そう多くを期待し得ない」

よくも、ここまで語ったものだ——と驚くほど、なお山本はかけ値なしの実情を今村に告げてゆく。

「ガ島やニューギニア方面のわが将兵が飢えに苦しんでいるのも、敵航空戦力のため輸送船が到着できないためだ。補給を引き受けている海軍としては、大いに責任を感じている」

最後に山本は、戦局全般について「率直にいって、難戦の域にはいっている」といった。

のちに今村はこの日を回想して、「ミッドウェー海戦の痛手は大きかったと聞いており、現に今やっているこの方面の作戦も相当むずかしくなっているようなのに、長官の態度も言葉も悠揚《ゆうよう》迫らず、感心させられた。が、神経過敏症の私の眼は、いくらかの憂色を山本大将の眉間《みけん》に認め……」と書いている。

山本と今村が二人だけで話し合っている時、今村と同行した加藤参謀長以下の幕僚は別室で、山本の幕僚から戦況の説明を受けていた。この時の海軍側幕僚たちは意気軒昂《けんこう》たるもので、戦局の前途を悲観する気配などみじんも感じられなかった――と、その席にいた太田庄次は私に語った。

今村はトラック島に碇泊《ていはく》中の大和艦上で山本五十六と語り合った翌日、一九四二年（昭和17）十一月二十二日にラバウルに到着した。彼が第八方面軍（略称〝剛部隊〟）の統帥《とうすい》を発動したのは十一月二十六日である。

ガダルカナルの責任者は誰《だれ》か

このときガダルカナル島の第十七軍司令官百武晴吉《はるよし》中将が提出した「状況報告」は、次の通りである。

「すでに糧食の補給を受けざること半月、それ以前の少量給与と相まち、大部分は栄養失調におちいり、飢餓による戦死者、日々平均百に及び、攻撃行動に堪え得る体力を保持する者ほとんど皆無なり。軍は密林内塹壕《ざんごう》により、辛うじて敵の攻撃を撃退しあり。敵は我が頑強《がんきょう》なる防戦に恐れ、陣内に突入し来《きた》らざるも、熾烈《しれつ》なる弾幕を浴びせ、特にその航空戦力をもって補給を遮断《しゃだん》し、我が全員の餓死を待ちあるが如し」

ガダルカナルはソロモン諸島の南端部、南緯ほぼ一〇度にある東西百三十七キロの、さつま芋のような長円の島である。ラバウルからは千キロ隔っている。

海軍が陸軍との打ち合わせもなく飛行場建設中であったこの島に、突然米軍が上陸してきたのは一九四二年（昭和17）八月七日、大本営にとっては寝耳に水であった。米軍来襲の報に、まず一木支隊が、次いで川口支隊が投入されたが、完敗した。

増援の第二師団は十月三日から逐次ガ島に輸送された。次いで十月十四日、第二師団の残部、第三十八師団の一部と軍需品がガ島に送られた。十月二十四日、二十五日夜行われた第十七軍の総攻撃は失敗した。

十一月中旬、第三十八師団主力と軍需品を積んだ十一隻の船団輸送が強行された。十四日夜、その中の僅か四隻がガ島の泊地に着き得たが、それも十五日の砲爆撃による火災で、人員と一部の食糧、弾薬が揚陸されたにすぎなかった。その後ガ島に対しては、駆逐艦と潜水艦による僅かな補給が出来ただけで、第十七軍は飢餓とマラリアに苦しめられながら、優勢な敵と闘っていた。

「ガ島の奪回」という任務を課された今村がラバウルに到着した時の状況は、このようなものであった。昔から兵家が戒めた「兵力の逐次使用」の最悪の結果が露呈されていた。今村は、中国から輸送される二箇師団の到着前にガ島の全将兵が餓死してしまうことになっては……と、同島への補給に全力をあげた。

ドラム缶《かん》輸送が主力であった。これは米を詰めたドラム缶をつないで駆逐艦の甲板に固縛し、揚陸地点に達したら海中に投げ入れ、陸上部隊が誘導索で引上げる方法がとられた。だが毎回、揚陸されたドラム缶は僅かで、残りは海上に浮流しているところを敵機に掃射され、海没した。あとは潜水艦による僅かな輸送だが、どちらも被害ばかりが大きい。

ラバウル滞在中の私は、海辺の桟橋《さんばし》につながれた細長い鉄の、奇妙にのっぺらぼうな舟らしいものに目をとめた。長さは十メートルもあろうか、両端は三角形にとがっているが、ただまっ黒でやたらに長い鉄の筒が浮いていた。

「ああ、これは運貨筒……、今は現地人が飲料水を運ぶのに使っているそうです」と、同行の一人、海軍兵曹長《へいそうちょう》だった渋谷栄一が教えてくれた。「ガダルカナルへの輸送に困り果てていた時、窮余の一策としてこれが日本から運ばれてきたのです。米なら百トンほど積めますが、これは航行能力がなく、潜水艦がワイヤーでひっぱってゆくのです。瀬戸内海で猛訓練を受けた兵が、命がけで乗っていったものです」

これもまた、効率はよくなかったという。だが錆《さ》びた鉄筒の残骸《ざんがい》から、当時の人々のガ島輸送に注いだ絶望的な努力が実感となって私に迫った。

今村はガ島への補給に腐心する一方、ラバウル到着早々の時期から現地自活を考えていた。彼は一九四二年（昭和17）十二月、経理部長森田親三中将と軍医部長上原慶中将の二人に、次のようにいった。

「ガ島方面の今日までの戦況から判断するに、米海空軍の威力は予想以上のものがある。このままの情勢で推移するならば、このニューブリテン島の日本軍はやがて南海の離島に孤立するかもしれない。私は今から最悪の事態に対処すべき万全の策を立てておきたいと思う」

今村はさらに上原に向かって、「この島のカナカ族は何を食べて生きているのか、また日本人は彼らと同じ食物で生きてゆけるものかどうか、調査研究してもらいたい」といった。

また森田へは「この島には陸海軍の将兵その他約十万の日本人が生活することになると思うが、これだけの日本人が現地で自活するためにはどうすればよいか、調査研究してもらいたい」と述べた。その三日後、森田は加藤参謀長から「経理部長はすみやかにニューブリテン島方面自活計画を立案し、（昭和）十八年一月末までに軍司令官に提出せよ」という指示を受けた。

ラバウル周辺のカナカ族は主として果実や芋類を常食としていたので、耕地は戦前ここに住んでいた数百人のオーストラリア人や華僑《かきょう》の生活を支える農園と、白人投資の椰子《やし》林、バナナ園くらいで、一帯はかつて斧《おの》を入れたことのない密林である。従って日本人が現地で自活するためには、密林を開拓して食糧を生産するほかはない。だが日本人にはジャングルの開墾や熱帯農業についての知識はなく、森田は早速陸軍省へその道の権威の派遣を依頼した。

その結果、一九四三年（昭和18）一月中旬、熱帯産業研究所サイパン支所長山中一郎が、一カ月の予定でラバウルに出張してきた。山中の指導の下に、軍参謀太田庄次、貨物廠《かもつしよう》長広田明その他が協議を重ね、やがてまとめられた自活計画案が今村の許《もと》に提出された。

今村は、一九六〇年（昭和35）発行の著書「戦い終る」の中に、次のように書いている。

「十二月の中旬、ラバウルの海軍最高長官（南東方面艦隊司令長官草鹿任一中将――筆者註）が私を訪ねてきた。

『甚《はなは》だ申しにくいことですが、海軍本来の任務ではない糧食輸送のために多くの駆逐艦が敵の飛行機で沈められたり、損害を受けたりすることは、全般作戦上忍び難《がた》いことです。ついては糧食補充のことは、断念していただくより途《みち》がないように思われます』

『そう致しますことは、ガ島の奪回を断念することになります。ガ島の占有は海軍のため絶対必要との主張で始められ、それへの糧食補給は海軍で保障されることとなっているように承知しております。この為《ため》に駆逐艦の多くが蒙《こう》むる損害につき、憂慮されるお気持はよくわかります。海軍に於《お》ても、ガ島の奪回は諦《あきら》めると決意され、大本営から私共の任務を変更してまいればともかく、そうでなければ、出先き指揮官だけの独断で、このことを決めるのはいかがなものでしょう……』

私としては、右の申し出に応諾することが出来なかった。すぐ山本連合艦隊司令長官と大本営に、ガ島への補給中止についての私の意見を打電した。

私とて、日々の駆逐艦損害が、全般の海軍作戦に大きな影響を及ぼしていることが、察知出来ないことではなかった。だから大本営としては、涙をのみ、ガ島に対する補給中止を指令してくるかも知れない。全般のため一部を犠牲にすることは戦場の常だからである。が、私としては、ガ島三万の部下の餓死を唯《ただ》見守って居るようなことは出来ない。その時は自身潜水艦でガ島に乗り込み、そこの将兵といっしょに、戦い且《かつ》飢え死にしようと決意した」

いかにも今村らしい決意である。私が今村均の人間像を胸に描こうとする時、まっ先に思い浮かぶのがこの決意である。

今村の手記は続く。「折り返し山本長官から『補給中止のことなど考えていない』旨《むね》の返電があり、ひと先ず安心はしたものの、実質的に送られるものは潜水艦での少量であり……」

右の記述について、第八方面軍参謀であった人々の中には「これは今村さんの記憶違いではないだろうか。陸海軍ともガ島奪回に燃えていたあの時期に、なぜ草鹿長官がこのような申し出をされたのか不審だ」という意見がある。しかし、一九四二年（昭和17）十二月から第八方面軍作戦主任参謀であった井本熊男（当時中佐、のち大佐）の著書「作戦日誌で綴《つづ》る大東亜戦争」に収められた十二月八日（一九四二年）の日誌中に次の一節がある。「先方からの要望によって、第八方面軍参謀の大部は午後三時から参謀宿舎で海軍参謀一行と会見した。……渡辺連合艦隊参謀開口一番曰《いわ》く、『今日限り海軍は駆逐艦の輸送は実施しない。ガ島に対しては潜水艦による補給輸送を行う。……現況以上に駆逐艦を喪失することは、海軍全般の作戦を危険に陥れるので忍ぶことができない』

正に爆弾動議である。方面軍参謀一同大きな衝撃を受けた。今日は開戦満一年の記念日である。昨年の今月今日、大東亜戦争に突入した。緒戦は華かであった。それから満一年、事志と違って、戦局の推移は深刻であるが、この日にこのことを言わねばならぬとは」

井本は海軍参謀の言葉を、上司の意図によるものと推察した。

日誌は続く。「海軍側の提案は承りおくに止《とど》めて会見を打切った。直ちに今村軍司令官、加藤参謀長に報告した。……」

さらに井本は「この件は連合艦隊司令部にも直ちに伝わったらしい」と書いて、翌十二月九日の宇垣纒《まとめ》参謀長の日誌を引いている。宇垣は「ラバウルの両最高司令部相当に逼《ひっ》迫《ぱく》せる空気にして、放任せば衝突の虞《おそれ》無き能《あた》わず。第八方面軍は依然中央指示に固着しあれば、速に今後の方針を変更するの要ありと認む。両者より当隊長官宛《あて》駆逐艦輸送を巡り、深刻なる電あり。今にして善処するを要す」と書いている。

「今村さんの文章はかなり要約して書かれていますが」と、井本は私に語った。「今村さんの記述の通りだと思います。海軍側から『今後とも出来るだけやる』という返電があったことは、私も記憶しています。まだ中央が〝ガ島撤退〟を決定する前ですから、公然とこれを論ずることは出来ない時期でしたが、海軍は〝ガ島からさがる〟ことを前提として、ものを考えていたと思います」

今村は「ガ島奪回はいずれにしても至難。よって死中に活を求める道なきかを研究中。ただいかなる場合にも、ガ島のものは捨ててしまうのだという考えを持たずに」といいながら、あくまでも奪回の大命を受けている者の立場を崩さなかった。

井本は「今村将軍は、現在の任務を天皇から与えられて統帥を発動したばかりである。如何《いか》に状況が困難であっても、『任務の遂行はできません』とは絶対にいえないのが日本軍統帥の道である」と書いている。

また一九四二年（昭和17）十二月初めの着任以後、数度ガ島に渡った井本は次のように書いている。

「ガ島撤退前の第十七軍は真に消滅して、なくなる寸前の状態にあった。反対にすべてが完全状態にあり、優勢な海空軍に支援せられた三コ師団基幹五万余の米国近代精鋭陸軍に対し、飢えと病に犯され機関銃、小銃、手榴弾《しゅりゅうだん》だけの約一万のわが軍、それも一応各種行動の可能な者は、三分の一程度であった。そのような第十七軍が、じりじりと侵蝕《しんしょく》されながらも、なお敵を支えていた。あたかも一本の糸をもって巨巌《きょがん》の転落を阻止していたに等しい。その糸は気魄《きはく》で捻《ひね》ったものであった。

そのような状態にありながら、軍の統率系統は厳として保たれ、いささかの切断もなかった」

一九四二年(昭和17)十二月三十一日、天皇の前で開かれた大本営会議で、ガ島からの撤退が決定された。一九四三年(昭和18)一月四日、今村と山本連合艦隊司令長官に撤退命令が下達された。

当時第三十八師団参謀部の作戦書記であった滝利郎軍曹《ぐんそう》の編・著になるガ島実戦者の記録「アナの三十八師団」(一九六五年〔昭和40〕発行)中に、大要次のような滝の回想が収められている。

滝を長とする七人が〝最も体力ある者〟として、糧秣《りょうまつ》受領の出張を命じられた。衰えきった体で戦闘指揮所のある九〇三高地から海岸まで六里(約二十四キロ)を歩き、運よく糧食が手に入ればそれを背負って、再び敵機の爆撃を避けながらジャングルをくぐって帰るのである。

輸送船が着くという場所を求めて、一行はようやくエスペランスにたどり着いた。ここはガ島の西北端、のちに撤収時の乗船地となった岬《みさき》である。

もし米を持って帰れなかったら、師団長はじめ司令部と通信隊の百三十人はどうなることか——と、滝は「身もちぢむばかりの不安」にさいなまれていた。

餓死寸前、もう頭髪も爪《つめ》ものびず、フケも出ないという状態であった。壕《ごう》の中では、マラリアと栄養失調と大腸炎で死期の迫った兵が、それまでの戦友の親切に礼を述べ「私が死んだら、みなさんで私の肉を食べて下さい」と遺言した。遺体は戦友の手で埋葬されたが、「私の肉を……」という言葉が、深い感謝の念から自然に出てくる環境に彼らはいた。

埋葬《はんごう》のとき、〝遺骨〟として手の親指一本が切りとられた。これは、のち撤退時に戦友の飯盒に納められて、ブーゲンビル島へ運ばれてゆく。ガ島だけでなく、〝激戦地から運ばれた遺骨〟とは、指一本のことが多かった。

二日の後、滝は駆逐艦が深夜の海に投げこんだドラム缶一本の米を、運よく受領することが出来た。だが七人でその全量を運ぶのは無理だった。滝は精いっぱいの米を背負った四人を先発させ、増援隊の派遣方を依頼して、海岸に残った。

滝がオリンピック水泳選手の小池礼三に出会ったのは、こうした状況下のエスペランスであった。滝は「……小池主計少尉の近くに露営して、心強かったことを憶《おぼ》えています」と書いている。

滝の部隊がガ島に上陸したとき、海岸に現われた先着部隊の兵が輸送を手伝おうと申し出てくれたことに感激したのも束の間、「頼む、頼む」と手渡したその糧食がまたたく間に盗み去られたと知って茫然《ぼうぜん》とした。その後の二カ月余りで飢えのつらさを十分に味わった滝たちは、糧食をかたわらに眠ったらたちまち盗まれることを、常識と心得るようになっていた。小池のような親切な将校のそばを「心強く」感じた理由の一つはこれであった。

滝は「小池少尉から『ロスアンゼルスのオリンピックのとき、前夜一睡も出来なかったため鶴田選手を抜けなくて二位になった」という話を聞いたのも、このときです」と書いている。

ロスアンゼルス・オリンピックは一九三二年（昭和7）八月、〝水泳日本〟の黄金時代を現出した。二百メートル平泳ぎの一位は鶴田義行、二位が小池礼三であった。数多い選手の中で特に小池に国民的な人気が集まったのは、彼が十六歳の〝紅顔の美少年〟だったからであろう。今の言葉でいうアイドルであった。私のようなスポーツに無関心な者さえ、表彰台に長身の鶴田と並んで立つ小池のりりしい姿を、新聞写真で覚えている。小池は一九三六年（昭和11）のベルリン・オリンピックにも出場し、同種目で三位であった。

滝が糧秣受領に出されたのは一月六日とあるから、すでにラバウルの今村が大本営から「ガ島奪回作戦中止、全員撤収」の命令を受けた後である。しかし「敵に撤収を察知されないため、ガ島の友軍一般にも事前に知らせるべきでない」という方針がとられたので、将兵はまだ何も知らなかった。このときもなお上官は、足腰も立たず塹壕《ざんごう》に横たわる部下に、「覚悟はよいか」と手榴弾二個を渡していた。一個は近づいた敵に投げつけるため、他の一個は自決用である。彼らは撤退用の駆逐艦に乗る時も、これは他の海岸に逆上陸してなおガ島奪回のための戦闘を続けるのだと信じていた。

全員玉砕の日も近いことに疑いをはさむ余地もなかった一九四三年（昭和18）一月、エスペランスの浜の小池は、オリンピックの栄光の日を滝にくわしく語っている。このとき小池は二十七歳、滝も「足かけ八年の戦場生活」とあるから、ほぼ同年であったろう。二人の周囲は海岸線まで迫る椰子林であったが、艦砲射撃と空爆で椰子の頭部はみな吹き飛ばされ、短い電信柱が林立するような姿であったという。

波の音と潮の香に包まれて、小池のオリンピックの思い出話に耳を傾ける滝は、南海の孤島でみじめな死を迎えねばならない現実から、短時間にしろ頭をそらすことが出来たのではないだろうか。死臭に満ちたガ島とは無関係な、心たのしいひとときを小池と共有したことを、その後もなお続く飢餓地獄の中で滝はしばしば思い出し、心をうるおしたのであろう。二十数年の後、彼はその記憶を感激もあらたに書き綴っている。

私が初めて会った時の小池礼三は、京都府亀岡《かめおか》市のゴルフ場「関西カントリークラブ」の支配人であった。京都から車で四十分ほど、なだらかな姿の山々に囲まれた芝生を望むクラブハウスの、しょうしゃな談話室に現われた小池は――半白の髪、肉づきの厚いがっしりした体格、ひときわ明るい笑顔に眉《まゆ》の太さが目立つ〝初老の金太郎さん〟という印象であった。新聞紙上に〝りりしい美少年〟の姿で現われてから、すでに五十年が過ぎていた。

太平洋戦争緒戦の香港《ホンコン》攻略戦で「オリンピック選手小池礼三、泳いで敵前上陸」とは、新聞の大見出しで全国に伝わった話である。

「泳げるもんですか！」

豪快な笑い声とともに、彼は否定した。私が永年信じていたこの話は新聞の捏造《ねつぞう》武勇伝であった。

「ガダルカナル島の海岸で、オリンピックの話を？　さあ、そんなことあったかなあ」小池は滝との出会いを忘れていたが、「私はいつも海岸にいたから、あり得る話ですね」とつけ加えた。

「ガ島の海岸にはどこの部隊の兵かわからないのがウロウロしていて、船が着くと食糧を盗んでジャングルに逃げこみ、それを食い尽すとまた出て来る……というのがいましたよ。〝友軍内匪賊《ひぞく》〟というのも出没しましてね。一人歩きしていると、いきなりなぐられて持ち物を奪われる」

陰惨な話なのだが、小池が語ると冒険談でも聞いているような気分になる。

ガ島の小池は一個小隊ぐらいの兵をもらっていた。陣地から船の着く海岸まで六、七十キロある。重い米を背に、その距離を一人が歩き通すのはとても無理だからと、小池はほぼ十キロ間隔に兵を配置し、自分は海岸にいてめったに着かない船を待ち、糧食を受けとると順送りに陣地まで運ばせた。

「リレー式ですよ。それを思いついたんで……」また小池は明るく笑った。

〝餓島〟と呼ばれたこの島の作戦中の資料を読んでも、生還者の話を聞いても、極限状態におかれた人々の絶望感が胸に迫ってつらいのが常だが、小池の話だけはカラリとして暗さがないのはなぜだろうか——。

「あなたはガ島でも、他の人より元気だったのですか」と、私は彼の健康状態を訊《たず》ねた。

「いや、撤退近いころはもうフラフラで、ほとんど歩けませんでしたよ。アメーバ赤痢とマラリアにやられていたし、食う物はなし……、ブーゲンビル島に撤退した時の体重は九貫（約三十四キロ）でしたからね」彼もやはり例外ではなかった。「アナの三十八師団」には、七貫八百（約二十九キロ）の人があったと書かれている。

「ブーゲンビルで病院にはいろうと思ったが、ひどい混雑でね。山田さんという軍医が世話してくれるというので、入院しないで彼のそばで静養していたらじき元気になったので、ラバウルへ行きましたよ」

滝の回想にあるように、小池はいつも周囲の人に温かく接し、また軍医からも友情をよせられる人であった。水泳で鍛えあげた強靭《きょうじん》な体力と精神力、スポーツマンの典型とも感じられる明るい楽天的な性格――これらが彼のガ島体験談を特色づけているのかと思われた。

一九四三年（昭和18）末、ラバウルの小池は「工兵隊の遺骨を内地へ運べ」という命令を受けた。船が撃沈されなければ不思議というこの時期、果して彼の船は潜水艦にやられて沈んだが、パラオ経由、とにかく無事日本に帰りついた。一九四五年（昭和20）の夏、鹿児島で本土決戦に備えて穴掘りに明け暮れていた小池は、そこで終戦を迎えた。

「ラバウルに置いといてくれればよかったのに……。そうすれば工兵隊の遺骨も海に沈まずにすんだし、私も外地で終戦を迎えていれば、軍人恩給ももっともらえたはずだ」

この冗談と共に、また豪快な笑い声が響いた。

制空権、制海権を敵に奪われているガダルカナル島から、陸海軍将兵全員を後方に撤収させることは至難のわざであった。敵に撤収を察知されないため、また敵機の爆撃を避けるため、二月初めの新月の夜を中心に乗船を行うことになった。それまでの四週間、百方手を尽してガ島に食糧を送り、将兵に乗船地までの約二十キロを歩く力をつけることが、先決の処置であった。

また方面軍は、敵が撤退を知り突進してくる場合を考慮し、ラバウルから一個大隊をガ島に送って第一線に突き出し、その掩護《えんご》下に一日四キロぐらいを後退させるよう手配した。今村は「在ラバウルの精鋭一大隊約千名を送り」と書いている。この大隊は実に勇敢に戦ったので精鋭に違いなかったが、その実体は未教育の補充員をよせ集めた臨時編成で、隊長矢野桂二少佐だけが武漢作戦や今村の南寧作戦に参加した〝歴戦の士〟であった。矢野大隊がガ島のエスペランスに無事上陸したのは一月十四日である。

二月一日、四日、七日の三回の駆逐艦によるブーゲンビル島への撤収は、奇蹟《きせき》的に成功した。矢野大隊が最も困難な〝しんがり〟をつとめ、二月七日、最後の駆逐艦でガ島を離れた時は、その約三分の一が戦死していた。

ガダルカナル島への上陸人員の総計は三万一千余であったが、敵兵火に斃《たお》れた者約五千、マラリア、栄養失調（餓死）などによる死者約一万五千、ブーゲンビル島へ生還した将兵は一万六百余、三十四パーセントであった。

二月十日、今村はガ島から撤退した将兵を見舞うため、ブーゲンビル島南端のブイン海軍飛行場に向かった。ブーゲンビル島はラバウルの東南にあり、のち第十七軍司令官となる神田正種中将が第六師団長としてここにいた。

ブイン周辺の密林内に第六師団の兵たちが急造したテントが連なり、ガ島からの生還者はそこに収容されていた。テントに一歩を踏みこんで、今村は思わず息をのんだ。〝生ける屍《しかばね》〟としかいいようのない人々が、影のように坐《すわ》っている――。新しい軍衣袴《ぐんいこ》を着せられているが、その衿《えり》からさしのべられた首の何という細さか……。それでいて、顔だけは青黄色くむくんでいる。

《撤退前の四週間、かなりの食糧を送ったつもりでいたが、それを陸揚げした海岸から陣地までの二十キロを、重い荷をかついで運ぶ体力が誰《だれ》にもなかったのだ。また、食糧が一部の兵の手に渡っても、彼らの衰えきった胃腸はそれから栄養を吸収する機能を失ってしまっていた》――飢餓地獄と化していたガ島の様相が、いま今村の眼前にさらされていた。

「立たんでよい。そのまま、そのまま」と今村が声をかけても、軍司令官の見舞と知った将兵たちは、よろめきながら立ち上って敬礼する。《これはみな、私と縁の深い仙台師団、名古屋師団の将兵たち、なんという姿になったことか》――今村は胸を刻まれる思いであった。

一九八三年（昭和58）春まで名古屋地検の交通部副検事であった近藤晋も、ガダルカナル島からの生還者の一人である。

中尉であった近藤はブーゲンビル島の上陸地点に近い道に仰向けに寝て休んでいるとき、副官を連れて通りかかる今村軍司令官の姿に気づいた。驚いて立ち上ろうとしたが、長期の栄養失調と疲労になぎ倒されている体は、思うように動かない。

「そのままでいい」と声をかけて、今村が立ち止った。「お前たちはよく戦ってくれた。この作戦の責任は、みな私ら上の者にある。お前たちに責任はない。どうかここで、十分に体を養ってくれ」

「涙ばかりが溢《あふ》れて、ものもいえませんでした」と、のちに近藤は私に言った。「あまりに思いがけないことをいわれて……」

ガ島から生きて帰ったものの、このとき近藤が秘《ひそ》かに覚悟していたのは厳しい処罰であった。軍隊では、理由の如何《いかん》を問わず、戦いに敗れて退却した部隊への処遇は厳しい——というのが常識であった。近藤たちはガ島に武器を捨てて帰ってきた。かつてノモンハンの戦闘後に、同じ条件の部隊が厳罰を受けたことを知っていた近藤は、最悪の場合は自決を命ぜられるかもしれない、とさえ思っていたという。

今村は次々とテントを見舞った。ジャングルの中の木にテントやシートを張り、椰子《やし》の葉を屋根にしたものである。丸山第二師団長はマラリアの高熱で声も出ず、寝かされていた。佐野第三十八師団長は今村の顔を見るや、瘦《や》せ衰えた頰《ほお》に、とめどなく涙を流した。

幾つめかのテントで、一人の若い兵が、「閣下！」と、今村の前に立った。「武田中尉殿も重傷と飢えで戦死されました」

武田義《ただし》――今村の姉の子である。陸士を出て間もないこの甥《おい》を、今村は幼いころからかわいがっていた。

「よく戦ったか」今村が甥の従兵に訊ねた。

「はい、よく……実によく戦われました」語尾がふるえ、若い兵は嗚咽《おえつ》した。

あるテントでは、一人の将校が、「閣下、いつジャワからこちらに来られましたか」と、不審そうに訊ねた。十一カ月前、今村と共にジャワで戦った第二師団の将校だが、その後ガダルカナル島で苦闘を続けていた彼は、今村の転職など知るはずもなかった。

「ジャワで一緒だった君たちが、こっちで飢えに苦しみながら戦っていると聞き、飛んで来たんだ」

この今村の言葉に、すすり泣きが起り、それがたちまち広がっていった。今村は足早に、そのテントを出た。彼も、もう耐えられなかった。戦陣では決して見せてはならぬ指揮官の涙が、せきを切って溢れた。

その夜、第十七軍司令官百武晴吉中将が「二人だけで話したい」と、今村の宿所に来た。

「部下の三分の二を斃し、遂に目的を達せず……」百武は両手を膝《ひざ》におき、沈痛な口調で語り出した。「ガ島で自決すべきでありましたが、生存者一万人の運命を見届けることが私の最後の責任と思い、恥多いこの顔をお目にかけた次第です。どうか今後の始末は方面軍でやっていただき、私が敗戦の責任をとることを、お認め願いとうございます」

百武の思いつめた気持が、そのまま今村に伝わった。

「お気持はよくわかり、自決して罪を詫《わ》びることも意義があります。お止めはしません」

と今村が静かにいった。

「だがその時機につき、参考のため私の考えを申しておきます。

ガ島で戦死した、特に餓死した一万数千の英霊のため、どうしてこんな悲惨なことになったかの顚末《てんまつ》を精《くわ》しく記録し、後世の反省に役立たせなければ、英霊は行くべき所に行かれません。その記録を残さず自決することは、部下に対する義務を欠きます。ガ島の敗戦は戦いによるものではなく、飢餓の自滅だったのです。この飢えはあなたが作ったものですか。そうではありますまい。……全く、わが軍中央部の過誤によったものです。

これは補給と関連なしに、戦略戦術だけを研究し教育してきた陸軍多年の弊風が累《るい》をなし、すでに制空権を失いかけている時期に、祖国からこんなに離れた小島に三万からの第十七軍をつぎこむ過失を、中央は犯したものです。右のあなたの記録は、国軍戦術戦略の研究態度矯正《きょうせい》にきっと役立ちます。

また、ガ島で斃れた将兵のご遺族に、戦死の日と場所とその働きを知らせることは、必ず果さねばならないあなたの責任です。全体の記録を残すことが、それに役立ちましょう」

今村はなお言葉を尽して説き、「自決の時機につき、熟考されることを希望します」と繰返して、別れた。

今村がラバウルへ帰る日、百武は「時機については熟考する」と約束した。

それから一年ほど後、悶々《もんもん》の日を送っているという百武を案じていた今村は、彼が脳卒中のため半身不随になったという知らせを受けた。今村は「あのとき思い通りにさせていたら、こんな事にはならなかったろうに……との後悔が、強く私を責めた」と書いている。

今村のブイン滞在は四日間だったが、その間に彼がガ島生還者から受けた衝撃は強烈だった。彼は〝人間を人間でなくする環境〟というものに対して、罪悪を意識したと想像される。今村が指揮官としてそれに強い責任を感じたことが、彼の手記から読みとれる。

今村が戦後に書いたものだが、「日本軍における物資と科学を軽視した精神主義」を説いたのち、「私自身も師団長の時までは、多分にこの精神偏重の思想を持っていた」と告白している。そして、ガ島生還者を目にして、「この限度を越えた作戦がどんなにみじめなものかを、心のどん底まで悟らされた。富が人の道徳性を消磨《しょうま》するよりも、もっともっと強く、飢えは人間を無反省ならしめる」と書いている。

今村は例によって、〝皇軍〟の品位を傷つけたり、個人の恥になるような記述は避けている。しかし彼は救出された将兵の姿を見たばかりでなく、最高指揮官として知り得る限りのガ島の日本兵の実情も把握《はあく》したであろう。その結果、将兵の肉体のみか精神までを、考えられる限度を超えた悲惨におとしいれたことを、彼自身の呵責《かしやく》として受けとめている。

かつて、三年あまり前の一九四〇年(昭和15)初め、寡兵《かへい》と飢餓に耐えて勝利を収め〝戦争上手《じようず》〟と賞讃《しようさん》された南寧作戦の師団長今村と、ガ島作戦後の今村とは考え方が変った。今村は将兵の命をむだに散らすことを〝罪〟とさとった。

南寧作戦当時の今村は「一将功成って万骨枯る――と平和論者はいう。あれは封建時代、一人の利害のための戦いを嘆き悲しんだ文句だ。国家民族間の戦争では、一将の功成らずんば、枯れるものは万骨にとどまらない。……万骨を枯らしても、功を成らしめなければならないのが、武将に負わされている最高の責任だ」と語っている。それは、国家の戦いのためにはどれほどの将兵を犠牲にすることも辞さぬとする、軍人らしい考え方だ。だがガ島後の今村は、「部下将兵の生命を、勝ち得ない戦いに失うぐらい大きな犯罪はまたと世にあり得ようか」と書き、厳しい罪悪感を持った。しかし今村は、あくまで軍人であった。その限界から出られなかったし、出ようとも考えなかった。士官学校以来たたきこまれてきた命令絶対服従のおきてに従うことに、疑いをさしはさまなかった。その鉄則を崩せば〝帝国陸軍〟は崩壊する。今村には先ず〝帝国陸軍〟の存立が第一義であった。

彼も、軍の組織運営を厳しく批判はした。例えばガ島から敗退した百武第十七軍司令官が自決しようとするのを、「失敗の責任は中央首脳部にある。あの命令を受けたあなたに、他にどうすることが出来たか。あなたは生きてこの責任の所在を明らかにしなければならない。死ぬのはそれからだ」と止めた。無策無能の中央に対する今村の怒りである。

しかし今村は天皇の〝股肱《ここう》の臣〟であり、それを逸脱する意志は持ったことがない。また彼は異端者になる素質も持ち合わせてはいない。

軍中央はガ島奪回作戦中止の後、第八方面軍にラバウルを中心としたソロモン群島より東部ニューギニアにわたる地域の要点を確保し、連合軍の北進を阻止する新任務を課してきた。

今村はブーゲンビル島ブインからラバウルに帰った翌日、二月十四日に司令部の参謀と各部長を集めて、現地自活についての彼の考えを伝えた。前年十二月に森田経理部長に命じた自活計画案はすでに今村の許《もと》に届き、彼はそれによって自信を持つことが出来た。

「諸官も、制空権が敵に傾きかけていることはわかっておられよう」と今村は率直に語った。

「従って早晩、祖国からの物資輸送は不可能になると覚悟すべきだ。そうなっても我々は、任務を完遂しなければならない。そのためには、絶対に兵を飢えさせてはならない。

それで、経理部は食糧、軍医部は薬と治療資材、兵器部は武器弾薬の現地補給を分担し、各部の全員総出で入念に現地を偵察《ていさつ》し、実行可能の具体案を作製の上、私に提出……」

四月上旬、連合艦隊司令長官山本五十六大将は、南太平洋方面の制空権の奪回を期し、麾下《きか》の精鋭航空戦力の全力を挙げて「い」号作戦を強行することに決し、トラックからラバウルに進出して作戦指導に当った。四月十七日、山本は今村を夕食に招き、雑談中に、
「……時に、僕《ぼく》はあすブインに飛び、第一航空部隊を慰労かたがた激励してくるつもりだ」
といった。
「そうですか。最前線の部隊が長官を迎えて、さぞ喜ぶでしょう。……実は私も二カ月ほど前ブインに飛び、敵機の編隊に出くわして『もはやこれまで』と覚悟したのですが……」と今村が語り出した。

それは二月十日、今村がガ島からの生還者を見舞うため、海軍の爆撃機〝中攻〟に乗ってブインへ向かった時のことである。

海と密林を眼下に、一時間半ほどで遥《はる》かにブイン飛行場が見え始めたとき、今村はかなりの近距離に三十機ほどの米軍戦闘機編隊を認めた。

乗機のエンジンの音で敵弾の響きは聞えないが、各敵機の先端に見える火花と薄煙とで、射《う》ち始めたことはわかる。

「退避します」操縦の海軍上等兵曹《へいそう》が落着いた声でいった。《退避したって、敵は足の早い戦闘機だ。すぐに追いつかれてしまう》と今村は思った。

晴れわたった空のただ一カ所に、ぽつりと白い雲が浮かんでいた。操縦員は飛行機を急旋回させ、雲の中に突入して、十分間ほどその中だけをまわり続けた。

「ちょっと出てみます」今村は操縦員の声にうなずき、乗機は雲の外に出た。見ると、敵機の編隊はすでにブイン飛行場から南方へ戻《もど》りかけ、それを日本海軍の零戦《ゼロせん》十機ほどが追撃している。

今村の乗機は、ブイン飛行場に着陸した。彼は四たび、死線を越えた。

以上の体験を語り終った今村は、「私の絶望的な諦《あきら》めにくらべ、〝中攻〟の下士官三人の落着きかげんは実に立派でした」といった。

「そう……、そりゃあよかった」山本は満足そうな微笑を浮かべた。「だんだんと、そういう優秀な操縦士が少なくなっているが……」

翌四月十八日、山本のブイン行きは極秘にされていたので、今村は見送りに行かなかった。

今村が「山本長官機撃墜さる」の報を受けたのは、その出発から間もなくのことであった。二カ月前、今村の乗機が敵の編隊に襲われたのと同じ時刻、同じ位置の上空、敵機の数も同じ三十機……、今村は雲の層に助けられたが、山本の乗機は密林中に撃墜された。

このとき今村は、自分の体験と山本の戦死を重ね合わせて、《日本の暗号が敵に解読されたのではないか》という想像をしていない。頭の回転の早い今村も情報戦にかけては無知であり、時代遅れであったことは、他の将軍、提督たちと選ぶところはなかった。彼が真相を知ったのはのちのことで、次のように書いている。

「終戦後出版された元海軍少将高木惣吉氏の著述によると、ラバウルからブインに打電した山本長官の出発と、その到着時間の無線電信暗号がワシントンの米海軍機関により解読され、そこからガダルカナル島の米航空部隊に対し『山本長官の乗機襲撃』の電命が発信された結果とのこと。

それなら、二カ月まえ私の乗機を襲った三十機も、同じような経過によったものだったかもしれない。もしそうなら、日本に欠いてはならない山本大将が遭難し、碌々《ろくろく》の身である私が死線を越えた運命は、我が祖国のため、取り返しのつかない不幸だったと嘆かれる」

現地自活計画

一九四三年（昭和18）五月一日、今村は大将に昇進した。

このとき五十七歳の今村は、改めて自分が「武将としての適格を持ち合わせていない」ことを思い、「この栄位をけがさずにすまされようか」と不安を感じている。中学を卒業した時の彼は、法律か経済を学びたいと希望した。父は文科をすすめた。父子共に軍人への道など考えてもいなかったが、その直後の父の死が今村の生涯《しょうがい》を大きく変えた。

軍人最高の階級に登ったこの日、彼はつくづくと〝人間の運命のふしぎ〟を思い、「在天の父の霊は『どうしたということだ。お前のような子が……』と、むしろあきれて眺《なが》めておられることだろう」と書いている。これは、今村が自分自身の気持を、追憶の中で常に親愛と共感を覚える父に託したものではないだろうか。

現地自活のための開墾はすでにあちこちで始められていたが、ラバウルの陸軍部隊がいっせいにその実行に着手したのは五月一日であった。このときの目標は、戦闘部隊は一人七十五坪である。かねて大本営に依頼してあった農事指導班、農具修理班、陸稲《おかぼ》や野菜の種子、農具、また労務者などは、二月から三月にかけて現地に到着していた。これら労務者は、広東苦力《カントンクーリー》、インド兵、インドネシア兵など約四千で、彼らは主に野戦貨物廠《かもつしょう》に配属された。これが、戦後になって貨物廠から多くの戦犯を出す原因となる。

今村は陸海軍の協力は作戦だけでなく、現地自活方針の実施にもぜひ必要と考え、二月中旬、森田経理部長を使者として第八艦隊の主計大佐にこれを申し入れた。だが当時は、ガ島作戦の失敗直後ではあったが、海空軍主力はなお余力を持ち、その鼻息は荒く、現地自活方針などには耳も傾けず、陸軍の申し入れは一蹴《いっしゅう》された。今村はやむなく、陸軍だけの実施に踏みきった。南東方面艦隊が「ラバウル自活生産態勢確立要領」を発令して、本格的に現地自活を始めるのは、一年余り後の一九四四年(昭和19)六月一日である。

陸軍も、全員が今村の意図を深く理解していたわけではない。ニューギニア本島に兵を進め米軍撃破をたてまえとしていた時期で、第一線部隊には「畑仕事より戦闘訓練だ」という声があった。目の前のラバウル湾には、物資を満載した輸送船が次々に入港してくる。この島が孤立する日に備えて――と軍司令官にいわれても、実感は湧《わ》かないのだ。

今村の発意で「開拓はまず方面軍司令部から」と、司令部周辺は最も早く甘藷《かんしょ》や野菜の試作が始められていた。

「今村大将は、文字通り〝率先垂範〟でした」と、主計大佐であった伊藤光信は「偕行《かいこう》」の座談会で語っている。

朝の点呼前に散歩に出た伊藤は、まだ誰《だれ》もいないはずの霧に包まれた畑に、鍬《くわ》を振るう一つの人影を認めた。近づいてみると、今村である。驚いた彼が「閣下、おはようございます」と声をかけると、今村は首に巻いた手拭《てぬぐ》いで汗をふきながら、「現地自活の命令を出したのは私だ。だから自分の食べるものぐらいは自分で作らなければ……」と微笑した。

「軍司令官に朝一番早く畑に出られては、参謀もその下の者もやらないわけにはいかない。これで現地自活は成功し、ラバウルは最後までもちこたえた」と伊藤は語っている。

今村は、現地自活の確立前に輸送船が杜絶《とぜつ》したり、連合軍の本格的なラバウル攻撃が開始される場合を考えると、気が気ではなかった。しかし彼は自分の〝せっかち〟を押えつけ、種々の方法を講じてうまずたゆまず、農耕の成績上昇をはかった。まず彼は七万陸軍将兵三カ月分の食糧を決戦用備蓄として倉庫に納め、これには手をつけさせないことにして、各部隊はすでに分配された食糧のある間に、農耕収穫を得なければならないように仕向けた。

農耕は密林の伐採から始まる。兵たちは馴《な》れない熱帯地の重労働にあえいだ。なたや斧《おの》など原始的な道具だけで大木を伐《き》り倒し、火を放ったあとへ種子を蒔《ま》く焼畑農業である。作物はよく育ったが、虫や鼠《ねずみ》の害が多く、その対策も一苦労であった。

ブーゲンビル島に収容された第三十八師団等の部隊が逐次ラバウルに集結するにしたがい、彼らによってガダルカナル島で味わった飢餓のつらさが語られ、それが在ラバウルの全員に現地自活に対する真剣さを促した。敵の空襲は次第に激しくなり、そのあい間を縫っての開墾であったが、陸稲や甘藷など主食用作物も次第に収穫量を増していった。

食糧の確保は最重要事だが、軍隊が農耕だけに専念していたわけではない。今村は「必勝行動計画」と称して、訓練、築城、自活の三行事の一週七日の配分を二、二、二とし、状況が許せば一日を休みと定めた。各部隊はその人員を三つに分け、各一部が交互に三課目のどれか一つを実行することにしたので、ラバウルとその周辺約七万の陸軍将兵の三分の一、二万数千人の人力が連続して農耕をやっている計算となった。

六月三十日、連合軍の有力部隊が、ソロモン方面ではレンドバ島に、ニューギニア方面ではナッサウに上陸してきた。この時から南太平洋方面での連合軍の〝蛙《かえる》飛び作戦〟が活潑《かっぱつ》になる。

「私が参謀次長の秦《はた》彦三郎や作戦部長の真田穣一郎と一緒にラバウルへ行ったのは、一九四三年（昭和18）六月だった」と島貫重節《しまぬきしげよし》（当時、陸軍省軍事課課員）は語る。

「作戦方針を決めるためと、早晩海上輸送はだめになるとわかっていたので、壕《ごう》をつくるのに何が必要か、などの相談に行った。必要物資を早く送り出すために……。

我々がラバウルにいる間に、病院船が出ることになった。中には仮病の者もいたようだが……、この船に将校が先を争って乗るのを見て、今村さんが激怒して『全員おりろ！』と、どなった。そのため病院船は彼らを乗せずに出航したが、港を出て間もなく撃沈された。

まあ、当然だろうが、そのころから士気は落ちていた。今村さんは、それをよく知っておられた」

井本熊男は四月二十三日の日誌に次のように書いている。

「第三次兵団長会議なるものが行われた。隷下《れいか》軍司令部を除く、直轄《ちょっかつ》部隊長（主としてラバウル周辺に位置している）の会議である。

今後の方面軍の指導方針を示すことが主であった。まことに低調で、打てば響くような隊長は一人もいない。方面軍司令部からの要望に対して積極的な反応は全く見えない。これでは、方面軍は伸びているといわれても文句の余地はない」

これについて、井本は「無理もないことでした」と私に語った。「大本営の方針に基づく方面軍の要望を示された隊長たちは、出来もしないことをやり続けねばならないのですから……。今村さんは将兵の気持のよくわかる人で、非常に憂慮しておられました」

この背景には、戦争指導中枢（東京）の南太平洋作戦に対する認識の根本誤謬（井本の表現による）があった。井本の七月八日の日誌中には、「方面軍は与えられている現任務の遂行に努めなければならないが、六月三十日以降のソロモン方面の戦況が示す如《ごと》く、日米総合戦力の絶対的格差の下においては、如何《いか》に努力しても現任務の達成は不可能である」という一節がある。

参謀本部へ転任を命じられた井本を招待して、今村は次のように語っている。（井本の七月八日の日誌）

「以下は井本個人に対していうのである。

大本営の当方面の戦略態勢の見方、認識を正当にすること。国力と戦力を勘案し、適当な場所を選定して全般の作戦指導を行うことが、中央部として考慮すべきことに非ずや」

九月四日、敵はニューギニア島のラエに上陸した。安達軍の第五十一師団はラエを放棄し、退却した。

マッカーサー軍はフィリピンに進撃するため、海上交通の要域ダンピール海峡を突破しなければならない。ここはニューギニア島とニューブリテン島にはさまれたごく狭い海域で、第八方面軍はニューギニア島のフィンシュハーフェン、その対岸ニューブリテン島のツルブ付近の防備を固めていた。だが両地域とも兵力は不足し、敵の空襲その他の妨害で部隊の展開も遅れていた。九月二十二日、マッカーサー軍はフィンシュハーフェンに対し怒濤《どとう》の攻撃を加え、上陸してきた。

これより先、大本営命令により第二師団はフィリピンへ移り、ラバウルに集結した第三十八師団の師団長は佐野忠義中将から影佐《かげさ》禎昭《さだあき》中将に引きつがれていた。

大本営は一九四三年（昭和18）六月に秦参謀次長を、また九月には綾部作戦部長をラバウルに派遣して、第八方面軍司令部をパラオかハルマヘラ方面へ後退するようすすめたが、今村は拒否した。激戦が予想されるラバウルを部下将兵にまかせて、自分は危険度の低い後方にさがって指揮をとるなどということは、彼には到底承服できなかった。もし中央の命令で軍司令部が後退することになったら、軍司令部戦闘指揮所をラバウルに設けて自ら進出しよう――と彼はハラを決めた。今村のこの強い決意を知った大本営は、それ以上この案に固執しなかった。

九月、最後の病院船〝ぶえのすあいれす丸〟がラバウルに入港した。今村は、看護婦と慰安婦のすべてをこの船で帰国させた。

十月、酒井康中将の第十七師団（岡山）が中国から到着した。方面軍は第十七師団の約三分の一をブーゲンビル島に派遣し、師団主力をニューブリテン島西部に派遣して、この方面の防備に当っていた第六十五旅団と共に、同方面の要域を確保せよと命じた。

第十七師団が展開中の十一月一日、連合軍はブーゲンビル島タロキナに上陸作戦を開始した。このため、ダンピール海峡の防衛に最も重要なツルブ地区への派遣部隊の一部がタロキナへ転用されてしまった。第十七師団司令部はニューブリテン島北岸のガブブに位置した。西端のツルブから直線距離で約二百五十キロである。

マーカス岬《みさき》はニューブリテン島西部の南岸、ニューギニア寄りにある。ニューブリテン島の戦闘は、ここから始まった。十二月十四日早朝から、マーカス岬一帯は激しい空襲を受けた。当時のマーカスに在った部隊は約四百、四カ所に分散していた。これは臨時に混成した部隊で、陣地などは出来ていなかった。十五日朝、敵の艦砲射撃を受けると、銃座も壕もたちまち吹き飛んで跡かたもなくなった。

五時半ごろ、米軍は岬の西側から上陸してきた。米軍は輸送船五、駆逐艦六、兵力二乃至三個大隊と、のちに判定された。全員の約四分の一の死傷を出した守備隊は、三十キロほど東北へ潰走《かいそう》した。その後退位置で、小森大隊の先頭と連絡がついた。

マーカス方面の通信網は十一月中旬から不通で、米軍のマーカス上陸は方面軍の偵察機が発見し、ラバウルから順次、第十七師団と、ツルブに位置してダンピール海峡東岸を守る松田支隊に伝えられた——というのが実情である。

在ラバウルの海軍航空勢力は百五、六十機であった。十五日朝、五十五機が発進、敵上陸部隊を果敢に攻撃した。この方面が突破されれば、後方要線が総崩れになる怖《おそ》れが大きいとの判断であった。軍令部は南東方面艦隊に対し、徹底的攻撃を電令した。

マーカス岬の主力となるべき小森支隊（長、小森政光少佐、大隊ではあるが兵力は二個中隊弱）は、北岸から南岸マーカスへ脊梁《せきりよう》山系を難行軍ののち、退却してきたマーカス守備隊と合流した。二十五日から攻撃を開始、陣地の一部を突破、二十六日夜襲を決行したが成功せず。二十七日、逆上陸した戸伏大隊と連絡。二十八日、二十九日、戸伏大隊と共に攻撃を再興したが、敵の熾烈《しれつ》な火力を受け、攻撃頓挫《とんざ》。その後は防衛態勢に移った。

戸伏長之の回想によれば、「両日の戦闘経過や、敵陣地の強度、地形等を検討したうえで、策のない攻撃を繰返して無為に戦力を消耗するよりも、ねばり強く抵抗して、敵の内陸への侵入を妨止した方がよいとの結論に達した。……小森少佐もこれに同意した」と述べている。これは第一線部隊長の深い悩みだった。

方面軍には小森少佐の煩悶《はんもん》はわからなかったが、小森支隊が戸伏支隊と共にマーカス岬付近の飛行場を奪回し、敵の猛攻に耐えている事実を大本営に報告、その敢闘が〝上聞に達し、御嘉賞《かしよう》の御言葉〟が一九四四年（昭和19）一月六日、電報で本人に伝えられた。この御嘉賞が、のちに小森を殺す結果になるのだが、彼は「感激のあまり、眠れなかった」と日記に書いている。

た。ニューブリテン島の西端ツルブ方面も一九四三年（昭和18）十二月以来、空襲は一段と激化した。日本軍陣地の破壊は著しく、海岸まで迫るジャングルも飛散して相貌《そうぼう》は一変した。

このころ、ラバウルもまた連日大編隊の空襲に見舞われていた。今村の防空壕が爆弾の直撃を受けたのは十二月二十五日、クリスマスの日の午前十一時ごろであった。

阿南惟幾《あなみこれちか》大将の第二方面軍参謀副長寺田雅雄少将がラバウルに来ていた。今村が司令部の事務室で寺田と話しているとき、空襲警報が鳴った。いつもはなかなか防空壕にはいらない今村だが、この日は寺田をうながしてすぐ壕にはいり、専属副官橋本大尉はじめ四人がそれに続いた。従兵の亀井兵長がローソクに火をともし、今村はその光で西部第一線からの戦況電報を読み始めた。

急にローソクの火が消え、あっという間もなく今村の上体が前に傾いた。作りつけの椅《い》子《す》に腰かけている彼の背中に添って太い材木が横たわり、体を起すことも出来ない。闇《やみ》の中だが、空襲で壕が押しつぶされたことは察しられた。爆弾の直撃を受けたので、真下の壕は音響の死角にはいり、爆発音は聞えなかったのだ。

寺田少将を中にはさんだ右隣り、今村から一メートルの位置の亀井がうなり声をあげている。「がんばれよ！」と今村は何度か大声で励ましたが、亀井のうなり声は次第に細くなってゆく。

前かがみにうつ向いたままの今村の目が、まっ暗な床土の上に、ぼおっとほの白い茶碗《ちゃわん》大の円を捉《とら》えた。日光が射している——彼は壕の奥に空気ぬきの太い煙突があることを思い出した。床土との間の僅《わず》かな空間を今村はようやく煙突に近づき、その口に頭をさし入れた。内側に細いさんがあって、それに足をかければ、何とか登れそうだ——。

遂に今村は約七メートル上の地上に這《は》いあがった。地上では五十人ほどの兵が壕の掘り出し作業に大わらわであった。今村は煙突の口に頭を入れ「煙突を登って来い。出られるぞお」と叫び続けた。やがて寺田少将の蒼白《そうはく》な顔が現われた。だがその後は……今村は懸命に叫び続けたが、誰も登っては来ない。

防空壕の天井から地上までの約六メートルは石塊や太い材木で構築され、さらにコンクリートでかためられていた。二百五十キロ爆弾は壕の入口近くを直撃して漏斗《じょうご》形の大穴をあけ、壕を押し潰《つぶ》したが、いちばん奥の煙突に近い約一メートルだけが半壊であった。今村と寺田はそこにいた。

掘り出し作業は一時間以上かかった。壕内の、最も入口に近い位置の阿部憲兵軍曹《ぐんそう》と今井兵長は頭を砕かれて即死、亀井兵長は首の骨が折れていた。爆撃を受けたのちに壕内で今村と言葉を交した橋本副官は、酸素欠乏のため意識を失っていたが、かすかに脈が感じられた。すぐ兵站《へいたん》病院に運ばれたが、間もなく彼も、今村に手を握られたまま絶命した。

太平洋戦争勃発《ぼっぱつ》直後に第一回の命びろいをした今村は、それから二年が過ぎたこのとき、五たび死線を越えた。

マーカス岬への敵上陸から十日後の十二月二十六日未明、ツルブ地区にも敵が上陸した。急報を受けた第十七師団長は、松田支隊（第六十五旅団基幹）に、独力で敵を〝撃破〟するよう命じた。

敵の上陸地点の一つであるナタモへ駆けつけた歩兵第五十三連隊第二大隊の実動兵力は約六百、装備は極めて貧弱であった。

第二大隊長高部真一少佐の戦後の回想——。

「連隊は対米戦闘を知らず、支那戦線で敵を撃破してきたのと同じ調子で、命令は勇壮で自信に満ちたものだった。しかし攻撃前進に移ると、ジャングルの中なので一列縦隊となり、やがて激しい銃声が聞え、次いで負傷者が続々と後退してきた」

ツルブ（グロスター）飛行場にも、十二月二十六日昼ごろ敵が上陸した。大隊は、ナタモと飛行場の敵に対戦した。二十九日には大隊主力は僅か十数人になった。三十日、撤退の連隊命令を受けて離脱した。

松田支隊は敵の上陸を破摧《はさい》できず、その橋頭堡《きょうとうほ》の拡大防止にも失敗し、飛行場は敵に占領された。以後、松田支隊長は手段を尽して米軍に損害を与え、飛行場の利用を妨害する方針をとった。しかしツルブ地区の糧秣《りょうまつ》保有量は、十二月末までであった。米軍上陸で、海上からの補給は完全に断たれた。

この時期、ラバウルの方面軍司令部は、航空作戦による敵勢の拡大防止と、前線部隊に対する補給改善に指導の主体をおいた。地上の戦闘は、前線第十七師団の〝勇戦奮闘に待つ〟という以外に方法がない。海軍もまた、この方面に対する航空攻撃を強化した。十二月十五日から二十七日までに、マーカス六回、ツルブ一回の航空攻撃を加え、それにラバウル邀撃《ようげき》戦闘の結果、戦闘機約八十、艦爆十数機を残すだけとなった。これは、今後のラバウル邀撃戦闘に耐え得る最小限の数である。

陸軍航空部隊も十五日から二十六日までに四回出撃し、戦闘機十機と、重爆は出撃した十二機のうち十機を失った。これで陸軍航空は一進攻の力もない状態に陥った。

艦艇の戦力は——当時南太平洋の連合軍は駆逐艦以上で約百二十隻。日本側はこの海域に戦艦、巡洋艦はすでになく、駆逐艦七隻（うち五隻は輸送用）、潜水艦九隻で、艦艇能力は零《ゼロ》に等しかった。

この戦力差から、ニューブリテン島中央部以西、以南、さらに西へ海を越えてニューギニア東部の安達第十八軍司令部のあるマダンあたりまでの海域は、完全に連合軍に押えられた。ダンピール海峡は、その鉄の輪で締めつけられた。

参謀本部作戦部長真田穣一郎少将の当時の日誌に「第六飛行師団を最後の贐《はなむけ》に今村軍司令官へ。五機でも十機でも可」という記述がある。参謀本部の悲鳴である。

米軍はツルブ上陸から一週間後の一月二日、海峡の西岸、ニューギニア側のグンビ岬に新上陸を行なった。グンビ岬は、安達第十八軍がダンピール海峡西岸の最後の要衝として確保に努めていたシオ地区の、死命を制する位置である。日本の航空兵力は、陸海軍とも無力になっていた。今村は即日、第十八軍のシオ方面ダンピール西岸要域確保任務を解き、残存兵力をマダン付近以西に退却させた。

ダンピール海峡の東西両岸――ツルブとシオの日本軍敗退により、海峡は米軍に制せられた。

一九四四年（昭和19）一月にはいっても、ツルブではなお戦闘が続いていた。しかしダンピール海峡を敵に渡したも同然のこの時になっては、もはやツルブなどは微々たる局地戦にすぎず、米軍にとっては小さな掃蕩《そうとう》戦である。

一月三日、ツルブ地区の松田支隊長は、片山憲四郎歩兵第四十一連隊長の掌握する部隊に、内陸からツルブ海岸に向け総攻撃を命じた。攻撃は開始され、一時は目標三角山の奪取が報ぜられたが、結局この攻撃は失敗した。この戦闘は西部ニューブリテン作戦の一つのヤマ場であった。

三角山を攻撃した日本軍は、山砲一発に対し六百発も撃ち返された。日本軍の弾丸は三日でなくなり、糧秣もひどい時は一人一日タロ芋の茎三本であった。

最初の三角山攻撃に失敗した後、第十七師団長は松田支隊に玉砕覚悟の三角山奪取を命ずることとし、方面軍に対し在ラバウルの航空部隊と艦隊の協力を要請した。方面軍の返電は、「一機、一艦もなし。敢闘を望む」と絶望的なものであった。

一月十二日、松田支隊は三角山奪取のため先ず万寿山付近を占領したが、たちまち砲煙に包まれた。一月中旬、松田支隊には致命的な弾薬、糧秣の欠乏が訪れた。

米軍は戦車を先頭に歩兵が続き、ある程度の地域を占領すると戦車が退き、ブルドーザーが進出して道路を整備し、弾薬、糧秣を集積して前進を再開する。この戦法で押して来られては、日本の消耗しきった第一線部隊は歯がたたない。

米軍は「人間は食わずには動けない」ことを前提としているが、日本軍は「たとえ糧食は尽きても、精神力で敵を倒せ」と叱咤《しった》激励する。その期待に応《こた》えようと、第一線部隊はなお二昼夜半をもちこたえたが、遂に万寿山は失陥した。

三角山攻撃の時は片山連隊長に「玉砕するな」という意向を示した松田支隊長だが、このときは同じ部隊に万寿山奪回のための攻撃を命じた。今度こそ玉砕と覚悟した片山大佐が第一線を敵前百メートルまで進めたとき、松田支隊長から「攻撃中止、すみやかに敵と離脱」の命令が届いた。これでツルブ地域は完全に米軍の手に落ち、戦闘は終った。一九四四年（昭和19）一月十六日である。すでに約二千人が戦死していた。

後方ガブブで指揮をとる第十七師団長酒井康中将は三角山の攻撃失敗後、孤立した無装備に等しい松田支隊をこのままにしておけば、全員餓死のほかない——と判断した。「意義ある成果を期待できるなら玉砕も餓死も辞さないが、部下にむなしく死ねと命令は出来ない」これが酒井師団長の信条であった。この際は、支隊の戦力を保存させるのが至当、という結論に達した。酒井は一月中旬、意を決して今村方面軍司令官に「松田支隊を後退させるよう」打電した。

今村は松田支隊を補給可能な地域まで後退させる決意をし、一月二十日、方面軍命令が発せられた。これによって松田支隊はニューブリテン島の西端から北岸の中央部タラセアまで、約二百キロを後退することになった。

戦後になって、今村は松田支隊への撤退命令について「……第十七師団から意見具申があったから検討したわけでなく、方面軍としても既にこの件を検討すべき段階と認めていた時、師団から意見が提出された」と述べている。その通りかもしれないが、今村は責任をわが身一つに負って部下をかばう人であった。

一九四四年（昭和19）一月二十日、ツルブの松田支隊は方面軍の決断によって撤退することになったが、マーカス岬の小森支隊はどうなっていたのか――。弾薬、糧秣が尽きたという点では松田支隊と全く同じ条件下にある小森支隊だが、こちらには御嘉賞のおかげで撤退が許されなかった。

戦後整理された「第八方面軍作戦記録」に次の記載がある。

「上陸以来の小森支隊の敢闘に対して、再度にわたり御嘉賞のお言葉を賜わっている。そこで極力補給を維持し、最後まで敢闘させて支隊将兵の光栄を全うさせたい」

勇戦に対し天皇から〝お言葉を賜わった〟殊勲の部隊は殺しても、後退させるわけにはいかない――という事情である。こうして、刀折れ矢尽きた状態の小森支隊は、絶対優勢な敵中に放置されることになった。

この有難迷惑《ありがためいわく》な、非情極まる判断には、一つの背景が考えられている。いずれラバウルを中心とする第八方面軍全体が玉砕するのだから、小森支隊をさらに敢闘させることによって、松田支隊の後退で誘発を懸念《けねん》される士気の低下、闘志のおとろえをくいとめ、全軍の敢闘精神の支えにしようという統帥《とうすい》上の配慮も見られる――という解釈である。

松田支隊が撤退命令を受けた当時を回想して、松田巌《いわお》中将は次のように書いている。

「支隊長は本戦場に於《おい》て玉砕を期し、支隊将兵も亦《また》全員その覚悟に徹しありし所、師団命令により更に最も困難なる状態に逢着《ほうちゃく》せり。……敵の勢力範囲に属する海岸に沿い、道なき山野を跋渉《ばっしょう》し、敵と離脱、長途行軍……一歩誤れば殲滅《せんめつ》的打撃を受くるや必然なり」

将兵は連日の雨にたたかれながら、泥沼《どろぬま》と化したジャングルの中を、疲労と飢餓に耐えて行軍した。力尽きた傷病兵の多くが、ぬかるみに伏したまま死んでいった。

ツルブは私の従兄弟《いとこ》の一人、桂井徳之助の戦死の地である。一九四四年一月九日、二十八歳であった。

〝壮烈なる戦死〟が実は自決であったことを、のちに遺族は知った。届けられた骨壺《こつつぼ》には、何もはいっていなかった。一月九日とは、ツルブ地区の戦闘が米軍の勝利によって終る一週間前、敵に占領された三角山へ玉砕覚悟の攻撃をかけようという時であったろう。

一九八二年（昭和57）八月、ニューギニア島のラエからラバウルへ向かう機上の私は、眼下にニューブリテン島西部のダンピール海峡に臨む陸地が現われたとき、「徳さん」と胸の中で呼んで黙禱《もくとう》した。私より一つか二つ歳下《としした》だった彼は、東京帝大独文科の学生だったころ、ドイツ文学に何の知識も関心もない私を相手に、熱心にハンス・カロッサを語った。彼は文学青年どころか、静岡の高校時代には野球の応援団長になって私を驚かせた愉快な青年だった。だが大学生のころは、ミュンヘンの医師カロッサの書く堅固で誠実な精神に流れる清明温雅な抒情《じょじょう》に傾倒していた。卒業後間もなく中国へ渡った彼についての私の記憶は、このあたりで切れている。

ラバウルへ向かう機上の私は、「純粋だなあ、カロッサの世界は……」と繰返した徳さんの、眼鏡の奥の細いやさしい目を思い浮かべていた。彼の戦死が自決であったと知ったのちに、私も邦訳のカロッサを読んだ。徳さんの感動の言葉をうわの空で聞いていた私にも、カロッサの美しい文学は胸にしみた。そして、徳さんが死に急いだ理由もわかるように思った。見かけによらず感受性の強い彼は、あらゆる人間性を否定せずにはおかない戦場から抜け出そうと思ったのではないか——と私は想像した。

ラバウルへ行く前の私は、ツルブの戦闘の資料を読んで、徳さんがもう十日生きる意思を持っていたら……と、彼の自決の早すぎたことを悔む気持を抱いていた。一月二十日まで生きていたら撤退命令が出て、やがてラバウルへ行くことも出来たのに……と、彼の心のうちとは関《かか》わりなく、残念であった。

だがその後、資料や生還者の話から、ニューブリテン島西端から東端ラバウルまで約五百キロの撤退行軍が、言語に絶する悲惨なものであり、多くの将兵がみじめな死にざまをさらしたことを知るに及んで、私の気持は変った。今は、徳さんが自分の意思で撤退前に自決したことを、むしろ〝救い〟であったと感じている。

二〇〇四年(平成16)三月、私の許に旧制静岡高校の同窓会会報「龍爪」が送られてきた。「桂井徳之助君のこと」という見出しに印がつけられ、その横に「13文乙　飯田重平」とある。記述の内容は――昨年十月、会報編集部に、次のような手紙が届いた。「何気なく、角田房子著『責任　ラバウルの将軍今村均』を読んでいたら、かつて静高13回文乙で机を並べた懐しい旧友、しかも全校誰一人知らぬ者なき人気者の徳さんが、今時《いまどき》ヒョッコリ姿を現わしたことに、私は本当に驚いた。もし『龍爪』にこの角田の本が未掲載なら、同窓生に広く知らせたいので、記事にしてもらえないか」――という依頼状であったという。こうして、会報編集部の酒井堅次から私に「龍爪」第七九号が送られてきたのだ。

まあ、徳さん、お久しぶり――私も驚き、そして思わず笑い出した。数えてみれば、彼の死から六十年がすぎている。徳さんより少し年長の私は、「龍爪」を受けとった二〇〇四年には丁度九十歳であった。

〝徳さん〟こと徳之助は、彼がそう語ったわけではないが、あの戦争を開戦時から肯定してはいなかったであろうと、私はいつも思っていた。だが高校時代は応援団長で、楽天的なバンカラ・スタイルの印象が強いためか、私は徳さんの内面についての自分の憶測に自信がなく、彼が戦争をどう受けとめていたかはじつは不明というほかない。

徳さんとの〝久々の対面〟を機に、私はラバウル空港からニューギニアのポートモレスビー爆撃に飛びたち、敵高角砲の射撃命中で戦死したもう一人の従兄弟《いとこ》、山縣茂夫《やまがたしげお》を思い浮かべた。親戚中ただ一人の職業軍人であった茂夫は出撃のとき大尉であったが、追憶の中の彼は士官学校の制服姿で、まっ白な歯を見せて明るく笑っていた。茂夫と私は同じ大正三年生まれで、子供の頃からよく一緒に遊んだし、十代の本人の希望で士官学校に入学したことが、すでにその心情を明示している。山縣一家は水戸市に住んでいて、上京する度に私の家に泊まるので、両家は特に親しいといえた。茂夫の戦死直後の彼の母親の言葉を、今も私が記憶しているほどで、茂夫とその家族の胸中をある程度まちがいなく推察できるという自信を私は持っている。

茂夫は彼の両親をはじめ誰に対しても、心やさしい少年であった。生《き》一本《いっぽん》でまじめな茂夫は彼をとりまく国家の——実際には軍部の指導精神をそのまま深く受け止め、自分の頭で考え続けたであろう。太平洋戦争開始は一九四一年（昭和16）だが、一九三一年（昭和6）には中国との戦いが始まり、すでに多くの戦死者も出て、当時の青少年はいつ赤紙

（召集令状）が来るかという立場におかれ、いや応なく〝生死の問題〟、それにつづく〝死の覚悟〟などを考えさせられていた。

茂夫もこれらの青少年と全く同じ立場にいたのだが、人並み以上の頑健な肉体に恵まれ、二人の弟を持つ自分が、〝いつ赤紙が来ても動ぜぬ覚悟〟を持ったとはいえ、それ以上の積極的な行動に出ない今の生き方は許されるものであろうか……という悩みを持ったらしい。当時の彼が自分にさしつけた言葉の中には、〝軟弱〟、さらには〝不忠者〟もあったかもしれない。

士官学校にはいろうと決意した茂夫の具体的な目標は、優秀なパイロットになって、祖国に命を捧げたい、というものであった。あととり息子の自分に父がどれほど大きな期待をかけているか……をよく知る茂夫は、彼の決意を知った時の父の悲しみを出来るだけ少なく……と念じた。その結果、用語はたてまえ言葉だけの、ごく短いものになったという。

だが父の方も息子の悩みを察していて、「士官学校など、やめてくれ！」と叫びたい言葉を必死で呑みこみ、「よく覚悟してくれた」と、たてまえ言葉一つで受けとめたという。

これは日本の敗戦後に、茂夫の父が直接私に語ったことである。このほかにも、これに類する当時の親子関係のいくつかを私は聞いているが、〝極度の人命軽視〟という背景がなければ、ここで語られたような、深い愛情でむすばれた親子関係も生まれない——ということでは、これまた悲しい話ではないか。

二十一世紀を生きる日本の青少年たちが、もし茂夫の話を聞いたら、バカな奴だ！　と軽侮の言葉を投げつけるだけで、すぐ忘れてしまうかもしれない。私も彼らの言葉に、反対はしない。反対は出来ないが、私の知る茂夫は心やさしく、まじめで、誠実で、勇気も根気もあり、学校の成績もいい青年であった。その彼が、死後六十余年後の青少年たちに、〝バカ〟の一語で片づけられるとしたら、それはなぜか——を、もう一度よく考えていただきたい。

一九五〇年代のフランスで、ド・ゴール元大統領が唱えた「歴史に問いかけ、歴史に学べ」は本国だけでなく、多くの他国でも高く評価された。当時パリに住んでいた私は特に印象が深いのか、その後も長くこの言葉を記憶している。だがそのうち、問いかける対象の歴史は、大戦争や一民族の興亡など大きいものには限らないと思い始めた。一般人にとっては、もともと無名の人間であった茂夫なども、かえって役立ちはしないか。いま一部からは「日本は悪く変った」と非難の声もあるが、私はこのような時代に変るのは当然だと思う。ただその先、どのように変るかの流れが見えてこないのが、私のような昔者にはじれったいのだ。それを考えるためにも、靖国神社にあっては平凡で無名であるはずの茂夫を研究するのも役立つのではないだろうか。

ラバウルは一九四三年（昭和18）十月十二日以降、連日戦爆協同百五十機から四百機の大編隊の攻撃にさらされていた。

一九四四年（昭和19）二月十七日、太平洋上の唯一《ゆいいつ》の海軍基地として長く連合艦隊の本拠であったトラック島が米機動部隊に猛襲され、残存航空機六機という壊滅的な被害を受けると、連合艦隊司令長官はただちに在ラバウル航空兵力のトラック転用を命じた。これで南東方面には二月二十日以降一機の海軍航空機もなくなり、ラバウルはその戦略的威力をほとんど喪失した。

海の輸送路を断たれる

二月十七日夜、ラバウル湾内に敵海上部隊が侵入し傍若無人の艦砲射撃を加え、日本側に航空兵力のないことを知ると敵機は超低空で攻撃、焼夷弾《しょういだん》による焼燼《しょうじん》作戦を行なった。このため海岸近くに野積みしてあった大量の軍需品、食糧などが大被害を受けた。二月十六、十七両日入港した輸送船四隻は全部撃沈された。これがラバウル港の最後の大型船となった。

ラバウル周辺の海上輸送は、小舟艇を除いて全面的に杜絶《とぜつ》した。遂に方面軍は、ニューブリテン島西部防衛に当っている第十七師団全部隊を一挙にラバウルに後退させ、ラバウル防衛に当らせることを決定した。

二月二十三日、方面軍から第十七師団に向けて、ラバウルへ全力集結すべき転進命令が発せられた。これで、すでに東へ進んでいた松田支隊と、〝御嘉賞《かしょう》〟の犠牲になってマーカス岬《みさき》に放置されていた小森支隊を含む第十七師団全部隊がラバウルへ撤退することになった。

ツルブに派遣されていた師団参謀長に随行した藤原義郎兵長の手記に、大略次のような一節がある。

「脚の負傷で歩行不能の兵二人が、丸木橋をかかえるようにして渡ってきた。すねに毛布を巻きつけ、四つんばいで這《は》って前進してくる。『ラバウルまで何里ですか』と一人が訊《たず》ねた。二百里（八〇〇キロ）と答えると、『今までに十里は来ているから、あと百九十里だ』と、二人はまた泥濘《でいねい》の中を這っていった」

撤退命令を受けた小森支隊は数日後、ニューブリテン島西方の島から撤退途中の佐藤支隊の指揮下にはいった。この支隊は第五十一師団から第十七師団に配属された部隊で、長は佐藤次郎大佐であった。

小森支隊は三月六日、また最後尾の掩護《えんご》部隊を引き受けた佐藤支隊は七日に、オーギツニを出発した。小森少佐は支隊を健兵と弱兵に分け、自らは弱兵を率いて進んだ。湿地と河川に阻《はば》まれた悪路に連日の豪雨が加わり、健兵組と弱兵組の距離は開くばかりだった。

小森少佐の日誌の一部——。

三月八日「一五〇〇（午後三時）まで行軍。いつもより苦労し、いつもより多数の落伍《らくご》者《しゃ》が死んだ。悲惨」

三月十七、八日から、両支隊とも糧秣が尽きた。だが周囲に敵兵の動きがあり、原住民のいも畑を見つけてもうかつに近よれなかった。

三月二十二日「カプルク河に到着、河口の渡河を試みた。第二中隊長外十八人が泳いだが、そのうち十二人が溺《おぼ》れた」

三月二十四日「コウを過ぎた。しかし糧秣交付所はすっかり撤去されていた」

小森少佐は健康状態が悪化して部隊と行動を共に出来ず、副官以下数名と残留し、四月九日、ラバウルへの道の半分も行かぬ位置で米軍と遭遇、戦死した。最後尾を進んでいた老齢の佐藤次郎大佐はそれより早く、三月三十日に米軍の攻撃を受けて戦死している。第十七師団の総撤退時に、最も不利な条件下にある小森、佐藤両支隊に対し、なぜもっと積極的な支援がなされなかったのか――という疑問、または批判の声がある。通信の杜絶や予想外に早い敵の進出などいくつかの理由は挙げられるが、その根底に方面軍及び師団の撤退指導方針が「戦力ある部隊をすみやかにラバウルへ」であったことが、微妙に影響してはいなかったか。力のあるものが、あまりに〝すみやかに〟ラバウルへ歩き出したのではなかったか――。

戦力ある者を重視する冷厳な戦理の実行と、犠牲をかえりみず友軍を助ける徳義との調和は、破綻《はたん》を生じ始めていた。また、全く勝ちめのない絶望的な戦闘に参加する将兵の士気や闘志も、このころすでに問題となっていた。方面軍の徹底攻撃方針について、第十七師団作戦主任参謀村山勇中佐は「……これは戦理よりも、そうでもしなければ怖気《おじけ》づいてしまうかもしれない、という当時の雰囲気《ふんいき》を考えての指導だったと思う」と書いている。

成している。

そして村山は「当時の指揮官の能力や部隊の状態から見ても……」と、方面軍の方針に賛成している。

方面軍は西から撤退して来る第十七師団将兵を受け入れるため、ラバウル西南方百キロのトリウからシナップの間にいくつかの患者収容所を設けた。今村は「ツルブやマーカスからの長い行軍で、将兵はどれほどの辛酸をなめたことか……。なるべく先へ進んで収容所を設け、少しでも早く彼らを受け入れてやってくれ」と関係者にいい、自分でこまかい点まで指図したという。

古守豊甫《こもりとよすけ》軍医中尉はシナップの収容所で後退して来る将兵の治療に当った人で、戦後は巣鴨《すがも》拘置所に今村をたずね、晩年まで親しいつきあいを続けた。

「当時は誰《だれ》もが、ラバウル方面軍の玉砕も間近と思っていた時期で……」と古守は語る。

「敵さん、どうせ攻めて来るなら早いとこ上陸して、一戦を交えた方がいいのになあ……と思いながら、シナップへ出かけたものです」

これはニューブリテン島にある約十万の陸海軍将兵総員に共通する心理であった。遅かれ早かれ玉砕する、それなら何日遅いか早いかの一蓮托生《いちれんたくしょう》ではないか――命令し指導する立場の者にも、この思考が強く作用した。

シナップ収容所の屋根の上を、毎朝〝定期便〟と呼ばれた敵機ボーイングの大編隊がラバウルへ向けて飛んでゆく。収容所にたどりつく将兵のほとんどが裸、はだしで、枯れ枝のように痩《や》せた手に缶詰《かんづめ》の空缶一つを持ったみじめな姿であった。中には、ここで収容してもらえると知ったとたんに、ゴム風船の空気がぬけるようにしぼんで地に崩れ伏し、もはや口もきけない状態で担架で運ばれてゆく兵もあった。

同じシナップの山口一博軍医少佐の回想録――。

「師団長も、参謀も、そして下士官も兵も、階級の区別となく、皆それぞれが己《おの》が身体《からだ》一つを頼りにして、飢餓と戦い、悪疫《あくえき》に悩み、腰までつかる泥濘の道を、三十日、九十日、百二十日と歩き続けて、漸《よう》く辿《たど》りついた所がシナップだったのである。……その泥《どろ》たるや、粘土でねり込んだような道である。膝《ひざ》より上の深さになると、もう足は抜けない。……そんな道で、力尽き倒れて息を絶った転進兵が少なくなかったのである」

ニューブリテン島の西から東へ、第十七師団の惨澹《さんたん》たる泥濘中の退却が続く二月二十九日、連合軍はこの島の日本軍を深追いせず、目標を転じてダンピール海峡真北約四百キロ、ラバウルの西西北約六百キロのロスネグロス島のハイン飛行場付近に上陸してきた。ロスネグロス島は、アドミラルティー諸島の主島であるマヌス島の東南部と狭いルル水道で隔てられた小島である。連合軍に押された日本軍守備隊は、このルル水道を渡ってマヌス島のジャングルへ後退する。

マヌス島は、のち今村が一九五〇年（昭和25）三月から一九五三年（昭和28）八月まで、戦犯として収容所生活を送る所である。

連合軍のマヌス島進攻の意図は、ここを完全な修理施設を持つ大艦隊基地、大海軍補給地とし、米第七艦隊のほかニミッツ提督の率いる太平洋艦隊もこれを利用しようというものであった。

米第六軍が公式にマヌス島の作戦終結を発表したのは五月六日。この島に軍港を持つことになった連合軍は、日本が絶対国防圏と称した弱体の内南洋海域を隔てて、真北に日本本土と相対することになる。またニューギニア北岸のどの地点をも、跳躍的に攻略できる態勢がととのった。

マヌス島をはじめアドミラルティー諸島の失陥により、南東方面における中部太平洋方面絶対国防圏の前衛線は完全に崩壊し、ラバウルは孤立した。先のトラック島の無力化によって同方面からの支援を断たれたラバウルは、いままたアドミラルティーの失陥によってニューギニアとの連携も絶えた。

この状況に、大本営はニューギニアの安達第十八軍を、三月二十五日以降、阿南第二方面軍の隷下《れいか》に移した。

一方、ソロモン方面では、南東方面作戦がラバウルの完全孤立と同時に終りを告げ、主戦場は後方に移りつつあるとき、国防圏前衛線最後の戦火がブーゲンビル島で激しく燃え上った。第十七軍主力によるタロキナ攻撃である。

ブーゲンビル島西海岸中央部のタロキナに連合軍が上陸したのは、一九四三年（昭和18）

十一月一日であった。海軍は猛反撃を開始し、今村も「これを撃破しなければ、第十七軍のブーゲンビル島存在の意義を失う」と、敵撃滅を命じた。第十七軍はラバウルからの逆上陸に呼応して攻撃を開始したが、敵上陸初動の好機を逃した。さらに第六師団長神田正種中将指揮の兵力で攻撃再開を企図したが、今村は「十分な準備なしには、成功は見こめない」と、延期させた。

その後に連合軍はギルバート諸島の要衝マキン、タラワの攻撃を開始、このためタロキナに対する日本の航空反撃は十一月十七日で終った。連合軍は十一月末までにタロキナに二つの飛行場を完成して、ラバウル空襲の前進基地を獲得した。もはやブーゲンビル島への艦艇輸送も不可能となり、この島の孤立も近いと見られる状況になった。

一九四四年（昭和19）一月中旬、すでにダンピール海峡は失陥し、敵の中部太平洋マーシャル方面への新攻勢も近いと判断される時期、今村は早期に第十七軍存在意義のためのタロキナ反撃を開始しようと意図した。

このため、今村は一月二十一日、自ら小型水上偵察《ていさつ》機でブーゲンビル島に進出して、第十七軍に攻撃実施を命じた。

その後の二月十五日に敵がグリーン島に上陸し、ラバウルからブーゲンビル島への大発輸送までが完全に断たれ、次いで二月十七日トラック島が無力化されて航空の協力は得られなくなった。しかも二月上旬のマーシャル失陥で、敵牽制《けんせい》の目的までが失われていた。

第十七軍は敵撃滅を目指して奮闘したが、敵の戦車と熾烈《しれつ》な追撃砲火に、三月中旬攻撃は頓挫《とんざ》した。

三月二十五日、今村は第十七軍に、軍主力による攻撃中止の自由を与えた。日本軍の損害は七千に達していた。

一九四四年（昭和19）四月中旬、ニューブリテン島西部からようやく撤退してきた第十七師団将兵約五千がラバウルに到着していた。あと八千ぐらいが無事に辿りつくであろうか、途中でどれほどの数が斃《たお》れるか、見当もつかない。

方面軍は第十七師団のラバウル到着にともない、ラバウル周辺要域での決戦態勢の画期的強化を企図し、四月十八日、第十七師団長酒井中将、第三十八師団長影佐中将をはじめ、在ラバウル方面軍直轄《ちょっかつ》各兵団部隊長を司令部に集めて方面軍命令を下達した。

このときの今村の訓示は、「方面軍の作戦は要域確保のための持久ではなく、決戦の一途に徹すべきである」との趣旨に貫ぬかれていた。「部下将兵に、いささかの持久観念をも抱かせてはならぬ」と説く今村の統帥思想は簡明、強力であった。

当時の敵情判断は「連合軍は主力をもって海正面からラバウルに進攻してくる」としていた。これに対し、方面軍は海軍と協力し、ラバウル周辺の要域で堅固な陣地を活用して、敵を撃滅する――という方針であった。第十七師団長は西部ラバウル要域、第三十八師団長は東部ラバウル要域に来攻する敵を撃滅すべし、と命令された。

在ラバウルの将兵は、一九四三年（昭和18）二月からはガダルカナル島から撤退した友軍を迎え、今は西部から撤退の第十七師団将兵のみじめな姿を眺《なが》め、またブーゲンビル島タロキナも遂に敵手に落ちたことを知っている。末端の兵までが、もしラバウルに敵の本格的来攻があれば、全員玉砕のほかはない——と思うのは当然であった。

結果から見れば、ラバウルは連合軍の本格的攻撃を受けることなく終戦を迎えるのだが、敵の来攻に備えて戦闘訓練を重視する今村の指導方針は最後まで変らなかった。「あすにも敵が来るぞ」といい続けた今村だが、彼は本当に「敵が来る」と思っていたのだろうか——。

「今村大将は実に戦闘訓練に熱心で……」と谷田勇（元中将）は私に語った。

「私のような通信関係の者まで多くの時間をとられ、まことに迷惑だった。なにしろ通信隊は連日非常に忙しい。それだのに大将は戦闘、戦闘といわれる。

そこで私は、若い時から親しい三十八師団長の影佐さんに『敵はラバウルを飛び越えて、ニューギニア北岸のホーランジアをとり、今はもっと西へ進んでいるじゃないか。今さら後方にあるラバウルなんかに、大犠牲を覚悟で来るとは思われん。今村さんは戦闘、戦闘といい続けているが、おかしいじゃないか』といった」

これに対し影佐は「おかしいと思うだろうが、あれは士気をたかめるためだ。もう敵は来ないと思えば、たちまち皆の気がゆるみ、秩序が乱れ、収拾のつかないことにもなろう。常に精神の緊張を保って、一致団結の集団生活を送らせるには、『敵が来るぞ』と軍司令官が叫び続ける必要があろう」と答えたという。

「なるほど……と思い、その気で今村さんを見ているうちに、私にも大将の本心がよくわかった」と谷田は語る。「一九四五年（昭和20）にはいってからは、もう敵は来ない……と考える人はふえたと思うが、今村さんは最後まで戦闘、戦闘だった」

「副官だった私は……」と、太田黒哲也は私に語った。彼は一九四三年（昭和18）末の防《ぼう》空壕《くうごう》被爆で死んだ橋本副官の後任である。「いつも大将のおそばにいましたから、お気持は大てい察しがつきます。もちろん『ラバウルに敵の上陸はない』などと言われたことはありませんが、本当はそう思っておられる――と、私にはわかりました」

今村をはじめラバウルの誰にも〝敵の胸のうち〟がわかるはずもないのだが、実は一九四三年（昭和18）中に、すでに連合軍はラバウル攻略を断念していた。結果から見れば、その時から終戦までの二年間、第八方面軍はラバウルで一人相撲《ずもう》をとり続けていたことになる。

連合軍がラバウル攻略中止を正式に決定したのは、一九四三年八月のケベック会談であった。マッカーサー総司令部の第二部長ウイロビー参謀少将は、著書「知られざる日本占領」の中に、次のように書いている。

「一九四三年（昭和18）中、マッカーサーの参謀たちは、ラバウルのことで想像を絶するほどに神経を使った。途方もなく多くの陸軍力と空軍力とを増援してもらえば話は別だが、そうでなければ、参謀たちはラバウルを占領する方法など思いつくことも出来なかった。マッカーサーとハルゼー提督、クルーガー将軍と豪軍のブレーミー将軍との間に行われた会議は有名である。その席上、マッカーサーの参謀たちはラバウル攻略計画に関する彼らの悲観すべき予測を説明し、最後の一人が『現有兵力で、このような堅固な敵陣地をどうしたら占領できるか、私には見当がつかない』と述べている。

その時、煙草《たばこ》をふかしていたマッカーサーはからだを乗り出して、『そんな堅固なところは、占領しないことにしようじゃないか』と言い、航空部隊の指揮官ケニー将軍に顔を向け、『君らの部隊で、それらを無力にしてもらいたい』と言った。

このようにして、〝ラバウルの敵を、つる草の上において死なしめよ〟という考え方が参謀たちによって採用され、こう決まると、計画者たちは元気をとりもどして仕事にとりかかった」

〝つる草の上において〟とは「餓死の意だろう」と、今村は書いている。

草むす地下要塞《ようさい》

新しい地下要塞計画は、一九四三年(昭和18)末の今村の防空壕被爆を研究し、その弱点をとりのぞくことを目的に計画された。方面軍築城部が抗堪力《こうたんりょく》を計算して綿密に構築し、さらに被覆土を六メートルにした壕さえ、二百五十キロ爆弾には堪えられなかったのだ。そこで、自然の掩土高《えんどこう》二十メートル以上の適地に洞窟《どうくつ》防空壕をつくり、指揮機関や居住施設を一カ所にまとめ、敵が上陸前の猛爆撃にたとえ一トン爆弾を使用しても堪え得るものにしよう――という考えに到達した。

こうして地下大要塞計画は出来上ったが、第一歩の適地選定からすでに難問が山積していた。敵の上陸に対し反撃に出る各部隊は、その作戦任務遂行に適した場所に上層土二十メートルの丘陵を求めねばならず、またその場所で水が得られるか、現地自活用の農耕地との距離は……など解決を要する点が多かった。

一九四四年（昭和19）四月、今村の司令部はラバウル市街から東南約十キロの図南嶺《となんれい》と呼ばれる地点に移った。ここはラバウル要域の決戦指揮に最適の位置で、司令部には作戦室、参謀部など各部の事務室、また司令部約千人の居住に必要な寝室、食堂などが設けられていた。

図南嶺といっても、作戦道路から五十メートルも下った谷間に入口があり、施設も作戦室以外は現地の応急資材による簡素なものだったが、通信施設だけは完備していた。各部の間は迷路のようなトンネルで連絡できるいわば地下街で、司令部洞窟の延長は一・五キロに及んでいた。ラバウルではほとんど毛筆を手にとることのない今村だったが、図南嶺司令部入口の坂に立てた約二メートルの柱に、部隊の略称にちなんで「剛之坂」と大書した。

今村は、「すべてを地下に」といっても十珊《サンチ》、十五珊《サンチ》砲までが地下に格納されるとは予期していなかった。だが各砲兵隊は洞窟内にこれらの大砲を納め、しかもトンネル内にレールを敷設して、敵の攻撃正面を射撃できるように設備されていた。

ラバウルでは、敵が海正面から上陸攻撃してきた場合は、その地点に逆上陸して敵を反撃する戦法が考えられていた。そのためラバウル湾内の断崖《だんがい》に深い洞窟をくり抜き、そこに大発など舟艇を納めた。

その一つは、私の訪問時にも当時の姿を残していた。洞窟は入口付近に多少の土砂崩れはあるが、内に抱えた大発を守ってがっしりと堅固であった。これは海戦隊が構築したもので、海中までレールを敷き、そのレールに乗せた大発を、〝かぐらさん〟と呼ばれる万《まん》力《りき》応用の器機で洞窟へ引き上げたという。こうもりの飛び交う洞窟内の、赤錆《あかさび》にまみれた大発の姿は、引退して浜辺にうずくまる老漁夫を思わせてわびしい。船底から外へ伸びた二本のレールは、かつてこの大発の引上げや氾水《はんすい》を敏速に果したのであろうが、もはや洞窟外数メートルのあたりで朽ち果て、丈高い雑草の茂みにのみこまれていた。

病院施設もすべて地下洞窟内に設けられた。入念に構築された手術室は塵埃《じんあい》のないように落下傘《らっかさん》の布で四周を覆《おお》い、照明設備も十分ととのっていた。ラバウル要域内の病院数は十五カ所、五千五百人の患者収容能力があった。

糧秣《りょうまつ》、被服、需品、医療品など貨物廠《かもつしょう》所管の品目は、当初は揚陸地近くの林に野積みされていたが、一九四四年（昭和19）三月ごろから敵はこれらを目標の空襲を開始したため、いったん内陸のジャングル内に輸送した。これらの軍需品を地下洞窟に入れ終ったのは四四年末である。

軍需品を地下に納めた後も、湿度の高い洞窟内での保存は大問題であった。今村は決戦時に必要な米の長期保存方法について、〝懸賞募集〟という軍隊ではあまり前例のない新手をうった。あらゆる職業の人がいる軍隊内で「総知を集めよう」という発想だが、さらに末端の兵にも方面軍の現地自活計画に直接参加する機会を与え、精神に張りを持たせて、大集団の一致団結をはかろうとする今村の意図がうかがわれる。

方面軍が「必勝行事」と呼んだ、各部隊各人が交互に三作業――訓練、築城、農耕に当る体制はその後もひきつがれていた。従って一年に日曜をのぞく約三百日、陸軍七万五千の将兵の三分の一の二万五千人が、連続して築城（地下要塞の建設）に当った計算になる。のべ七百五十万人の労働力である。

地下要塞工事はまず洞窟を掘り進む重労働から始まるが、方面軍にはこのための機械力がなかった。各自が十字鍬《ぐわ》（鶴嘴《つるはし》）、円匙《えんぴ》（シャベル）を手にして、人力だけが頼りである。しかも温度、湿度ともに高い洞窟内の作業なので、文字通りの〝汗の結晶〟であった。

壕掘り作業はジャングルの中なので直射日光は遮《さえぎ》られているが、風通しは悪く、特に壕の中は蒸し風呂《ぶろ》のような熱気で、作業手は絶えず流れ落ちる泥まじりの汗を腹に巻いたタオルに吸い取らせながら、シャベルを振るった。岩石に挑《いど》む十字鍬はたちまち先が丸くなり、その都度、部隊の鍛冶屋《かじや》や兵器廠の修理班にとがらせてもらうので、次第に半分ぐら

い の長さに磨り減ってゆく。

ラバウル地域の土質は火山灰、軽石質の所が多く、洞窟掘りには適していたが、それでも一人一日の掘開量は平均一立方メートルであった。海岸の岩盤や火山熔岩《ようがん》の多い山腹に備砲する洞窟掘りは、兵たちを泣かせた。掘り出した土砂を外へ運び出すのも、また一苦労である。

作業の兵隊の多くはマラリア患者だが、彼らは発熱にもめげず働き続けた。今村は「……（兵たちの）営々として活動する姿は、いかにも尊いものに見られた」と書いている。

一九四四年（昭和19）末ごろには、人員、兵器、車輛《しゃりょう》、弾薬、被服、糧食など一切が地下に納められ、その後は大空襲にもこれらの被害はほとんどなくなった。今村は「昭和二十年にはいってからの米軍航空隊は、全く無効の大量爆弾を毎日空費していることになった」と書いている。

今村はまた「七万の各人が地下に六畳の部屋をつくり、そこに住み、物品を貯蔵して、生き且《か》つ戦ったともいえる大工事を成し遂げたことになる」とも書いている。この大工事の、洞窟延長線は何キロに達したのであろうか――。今村は「平均して幅五尺（一・五メートル）、高さ七尺（二・一メートル）の各所の洞窟をもし一線につないだとすれば、東京、大垣間の東海道線鉄道に沿い、三百七十キロに延びた大トンネルをつくったと同様のことになる」と書いている。その他、各師団将兵の記述にも種々の数字が挙げられているが、兵站《へいたん》参謀であった太田庄次の手許《てもと》に保存されている資料によれば、二・五メートル×二・

五メートルに換算して総延長約四百五十キロである。

今村は週に一度、必ず各部隊の築城進捗《しんちょく》ぶりを視察し、将兵の労をねぎらった。日がたつにつれ要塞内はますます整備され、必要な所には発電装置もあり、また一切の通信線が地下に埋設されたのを見て、今村は「ラバウル地下要塞は真に難攻不落と確信するようになった」と書く。


「今村大将の前線部隊視察で、やはり一番心配したのは空襲でした」と太田黒哲也副官は語る。

「敵機は地上に動くものを認めれば、すぐ射《う》ってきます。主な道路には上空を遮蔽《しゃへい》するためにバナナやゴムの木を植え、沿道には五十メートルごとに自動車用待避壕が作られていましたが、敵機の急襲に車からとび降り、大将をお守りして疎林《そりん》へ逃げこんだこともありました。

大将はいつもおだやかな微笑を浮かべておられ、茫洋《ぼうよう》とした印象を与えたようですが、人の性質などはちゃんと見ぬいておられました」

部隊視察に行く今村は、日本酒数本を持った太田黒をふり返り、「あの部隊長はケチだから、みやげの酒は副官に渡せよ。それでないと、みなにゆき渡らない」と注意することもあった、という。

ラバウルへ行ったら、今村が指揮をとった地下要塞内の方面軍司令部跡を訪れたい――と、私は日本を出る時から思っていた。しかしその場所が今はジャングルに覆《おお》われ、司令部入口跡もほとんど発見不可能であることを、私は名古屋で会った土屋博（もと第三十八師団司令部勤務）から聞いていた。

ラバウル滞在の三日目、「場所はわかる」という薄《すすき》平八郎元大尉のレンタカーに同乗して、まずココポへ向かう幹線道路を走った。舗装された道路を日本製の古びた乗用車ばかりが往来しているが、戦中は軍用トラックが通る度に目もあけられぬ砂塵《さじん》が舞い上り、それを目がけて敵機が急降下して射ちまくったという。戦中も、戦後四十年に近い私の訪問時にも、日本製の車ばかりが走る幹線道路がラバウルにあるのだ。

間もなく、内陸へ通じる細い道へ右折した。しばらく左右に見えていた疎林が、やがて浅いジャングルになった。戦争末期、このあたりの地表は猛爆に吹き飛ばされた木々の幹だけが残るはだか山の連なりだった。当時は山ひだや沢の下部から地下要塞にはいる道がつけられていたというが、今はジャングルが再生して踏みこめないので、なんとか車の通れる尾根筋から陣地跡を捜し当てようというのだ。薄の地形の記憶はすべて下からであって、上からでは全く未知の地形である。彼がラバウルに来たのは三十五年ぶりのことなのだ。

「峠だ！　来すぎたんだ」

日本の将兵が〝峠〟と呼んでいた地形上の目標らしく、薄は荒っぽく車の向きを変えて、木の根や石が露出している窪地《くぼち》伝いの道を大揺れに揺れながら突き進む。おうとつの不規則な低山が重なり合い、その狭間《はざま》を小道が曲りくねる地形は複雑で、私にはどこも全く同じに見える。標高は三、四百メートル、海岸からここまでは緩斜面で、いつとはなしに登っている。

ガクンと車が停《と》まった。車の通れる道は終ったのだ。小道を登り始めると、たちまち全身に汗が流れた。間もなく、現地人のほったて小屋が現われた。周囲にパパイヤ、マンゴー、バナナなどの果樹が植えられ、小さな畑には野生かと思われるほど不揃《ふぞろ》いなタロイモの葉が広がっていた。小屋から痩《や》せた豚がとび出し、その物音に黒い鶏がけたたましく鳴きながら、高い木の枝に飛び移って逃げた。

薄がはだしの老人に近づき何か訊《たず》ねると、老人はためらわず前方のやや高い丘陵地帯を指さして、歩き出した。私たちはそのあとに従った。

一キロ近くやぶを漕《こ》いだろうか。ときどき周囲の雑草の中に、目を射るように鮮やかな赤い小粒の玉が散っている。野生の唐がらしである。将兵と共に山にこもったインド兵が、唯《ゆい》一《いつ》の香辛料としてこれを愛用したと聞いたことがある。現地ではこれをロンボーと呼ぶ。

左下がりの斜面の行く手に、ザックリ断ち切ったような鋭角的な沢が現われた。老人が立ち止り、絶壁のふちに立った薄が下をのぞきこんで、「む、ここだな」といった。

私のそばに群生の竹が生い繁《しげ》っていた。ラバウルの竹は根元がひと株に密集し、直径十センチほどの一本一本は力ずくで、その根元をわん曲させ、空間を求めて伸び上った姿である。私はその一本に片手をかけて、絶壁の下をのぞきこんだ。両岸は濃緑色の雑草が繁茂して、切れこんだ沢の鋭さをいくらか和らげている。底まで十四、五メートルあろうか——。

「ずいぶん浅くなった」と薄がいった。「なにしろ地表はねばりのない火山灰だから、スコールでどんどん埋まってしまう」

私はラバウルに来てから各所に残存する陰惨な小洞窟を見ていたが、それらは空襲時に身をかくすためのもので、地下要塞とはどんなものか、いくら図面を眺めてもはっきり想像することが出来なかった。そこに今村の姿を置いて、彼の心情を憶測したい——と望んでいた私は、断崖の上でまたももどかしさにかられた。せめて、もう少し洞窟の入口に近づくことは出来ないだろうか——。

沢の雑木ややぶに抱きつきながら、ほとんど垂直に見える崖《がけ》をずり落ちていってみよう——と私は思いたち、すぐ実行に移った。激しい動悸《どうき》、息切れ……、片足だけが急に下へ落ちて体の平衡を失ったとたん、汗で曇った目の前を鮮やかな紅色が流れ、一本の木が立ちはだかった。私は反射的にその幹に抱きついていた。目を凝らせば、四、五メートルはあろうというポインセチアの大木だった。一本立ちの幹に短い枝を張り、総毛だつほど赤く冴《さ》えた色の葉をつけている。

無茶するな！　といいたげに、苦笑いの薄が手をさしのべて私を引っぱり上げた。

まず動悸をしずめようと私はタバコをとり出し、要塞入口に近づけなかったことになお心を残しながら、この位置の地下二十メートルほどにいたであろう戦争末期の今村を想像した。

私の想像の中で、司令官事務室に坐《すわ》る今村は濃い茶色のシャツを着ている――。古守《こもり》軍医が「シャツなどは色がさめて余りみすぼらしくなったので、現地の木の皮からとった渋茶色の染料で染め、大将もそれを着ておられました」と語ったことがある。今村のかたわらには「聖書」と「歎異抄《たんにしょう》」が置かれていただろう。

彼我の物量の差だけでなく、情報戦に致命的な欠陥を暴露しつつ日本軍が敗戦に向かって走り続けていた時期、今村が「連合軍はすでにラバウル攻略を断念している」ことを見ぬいていたか、どうか――。これについて今村は戦後になっても何も語らず、何も書き残していないので、不明というほかない。だが日本陸軍屈指の戦術家として知られる彼が、それを察知していたとしても不思議はない。

いずれにせよ今村の統率の理念は、〝父老の愛児〟である陸海軍十万将兵の命を仇《あだ》やおろそかに散らしてはならない、というものであった。そのためには、絶えず士気の高揚をはからなければならない。彼は常に「敵もし来攻せば、これを撃滅する」といい続けた。緊張がゆるめば士気は崩れ、収拾つかなくなる。激しい空襲下の自壊作用は、なんとしても防がねばならなかった。

地下要塞をつくり、訓練を強化し、現地自活に力を注ぐなど、今村の講じた諸施策はすべて士気を高めるためのものであった。図南嶺の地下要塞司令部も、まさに来攻する敵を撃滅する覚悟を示す象徴であった。たとえこのまま無事に戦争終結を迎えるにしろ、士気の維持にはこれだけの備えは必要だった。

陸軍七万の士気を維持するためには、今村はしばしばしかけられる局地の小戦闘で、日本将兵の絶対の忠誠心――献身と勇気を示すために、彼らを死地に追いやらねばならなかった。〝お預かりした父老の愛児〟という言葉で絶えず将兵の命の尊さを思った今村は、さぞ苦悩にさいなまれたであろう。しかもガダルカナル撤退後の今村は、「部下将兵の命をむだに散らすことは大きな犯罪」と認識していた。

しかし最高司令官の任務と〝父老の愛児〟への愛情の矛盾に、くじけることは許されなかった。また今村は、くじける男でもなかった。

地下要塞が完成しても、今村が常に地下で暮していたわけではない。図南嶺の司令部の洞窟入口近くに、ベッドと事務机をそなえた六畳二部屋のバラックがあり、彼はここで執務することが多かった。洞窟入口から今村のバラックに達する小道の両側には、参謀、副官、通信隊などの小屋がならび、みなトタン葺《ぶ》きの屋根を椰子《やし》の葉で偽装してあった。農耕のかたわら、養鶏も奨励された。今村はバラックのそばに鶏小屋をつくらせ、鶏の大好物という蟻《あり》の巣を部隊視察の帰りなどに自分で林の奥から探してきて、雛《ひな》たちの喜ぶ姿をあかず眺《なが》めていたという。

「今村大将のお好きなものは、煮こみうどんとライスカレー……」と、宮城県塩釜《しおがま》市の料亭〝稲長〟の主人、稲葉久三郎は語る。彼は今村がラバウル戦犯収容所にはいるまでの三年半、〝軍司令官のお食事〟を作り続けた人である。

「兵と同じものをといわれ、特別に入手した贅沢品《ぜいたくひん》を出すと叱《しか》られました。若い者を集めてご馳走《ちそう》するのがお好きで、ライスカレーなどはいつも『たくさん作れ』といわれたものです。

実によく本を読まれましたが、将棋もお好きで、主に私がお相手をしたものです。あるとき、例によって将棋をさしていると、大将がふっと『稲葉も近く日本に帰れるかもしれん』といわれました。では、近く戦争がすむのかなと思いましたが、なぜそういわれたのか、わけをお訊《たず》ねすることはさし控えました。当時の私は、いずれ敵の大軍が上陸してきて、全員玉砕、当然私も……と信じていて、別に命が惜しいとも思っていませんでしたが」

ラバウルの将兵や軍属が日本に帰れるのは戦争終結によるほかないはずだが、いつ、何を動機として、今村はそれを予測したのだろうか——。

「今村さんはいつ、それをあなたにいわれましたか」と私は意気ごんで稲葉に訊ねたが、

「さあ、十九年（一九四四）だったと思うが」とだけで、何月ごろか、春か、秋かと質問を絞っても、彼の記憶は定かでない。無理もない。赤道直下をわずかにそれるラバウルでは、一年中同じ時刻に陽《ひ》が登り、同じ時刻に夜が訪れ、温度の差もあまりないのだ。

一九四四年（昭和19）――といえば、すでに日本の敗勢は目を覆うばかりで、日本軍敗退の重要なものを拾えば、いずれも今村の〝戦争終結の予想〟と結びつけることが出来る。

だがその前にもう一つ、私の頭にひらめくものがあった。

東条英機《ひでき》の退陣である。一九四四年七月、サイパン失陥を契機に東条内閣は総辞職に追いこまれた。今村の手記にはいっさい現われないが、この年二月、東条が首相、陸相のまま参謀総長をも兼ねたことに、今村は強い批判を抱いたであろう。開戦の決定者であり、その後は軍と政府を率いて日本の進路を壟断《ろうだん》してきた東条の退陣を知って、今村は〝戦争終結の可能性〟を思ったのではないだろうか。

しかもこの時、今村が若い時から兄事してよくその性格を知る梅津美治郎が参謀総長に就任した。〝理性の人〟といわれた梅津に、今村は何かの期待をよせたのではないか――とも想像される。

一九四四年の戦局は、二月に今村が直接影響を受けたトラック島の海軍基地壊滅、七月にサイパン島失陥、十月にはレイテ島に米軍が上陸し、フィリピン沖海戦で不沈戦艦「武蔵《むさし》」が沈没、十一月にはマリアナ諸島を基地とする米軍のB29が東京空襲を開始した。ヨーロッパ戦線では、ドイツ軍は東部戦線で敗退を続け、西部戦線ではノルマンディーの連合軍逆上陸、ローマ占領、ヒトラー暗殺未遂事件、パリ解放など、日本の同盟国の運命は決していた。

日本が大勢を挽回《ばんかい》する可能性など、もはやあるはずもない。今村は、《東京の首脳部が

さしながら稲葉にもらした言葉になったのか……と想像される。

に、戦争終結の理性的行動に出るのでは》と期待したのではないか——。それが、将棋を

それを見きわめて、少しでも日本に分のあるうちに、またこれ以上将兵の命をむだにせず

一九四四年（昭和19）十月ごろ、今村は「剛部隊決戦教令」を全部隊に配布した。これは「戦闘に当って、ぜひこれだけは心得よ」という要点を十カ条にまとめたもので、三十ページほどの小冊子である。

その第五条に「戦闘間負傷者の後送、戦友の介護はこれを許さず、ただ衛生隊員の第一線進出によってこれを収療すること」とある。

日露戦争中の軍歌に「しっかりせよと抱き起し……」と歌われた戦友愛は、ここで明確に否定されている。私は、これを読んだラバウル将兵の中には背筋に寒気を走らせた者も多かっただろうと想像した。だが太田庄次は「日露戦争時代の軍歌『戦友』の歌詞は、旧陸軍では、少なくとも昭和初期から問題にされていて、兵に対する『精神訓話』などでもその不当性が指摘されていました。ですからラバウルの将兵の中に、これを見てぞっとした者などいなかったと思います」と語った。

第一条「持久観念を払拭《ふっしょく》し、徹底した攻勢による決戦思想に徹すること」で始まるこの「決戦教令」の中に、「全員戦闘員たる信念」や「対戦車戦闘の重視」など、方面軍の方針のすべてが書かれている。

一九四四年十二月八日——三回目の開戦記念日である。今村は部下に統帥《とうすい》思想を徹底させ、その覚悟を新たにするため、全将兵に「決戦訓」を配布した。日本軍六千が守るペリリュー島（西カロリン諸島）に優勢な連合軍が上陸したのは九月十五日、凄烈《せいれつ》な攻防戦を繰返したのち全員〝玉砕〟したのは十一月二十四日で、僅《わず》か二週間前のことであった。今村は「決戦訓」の「序」にこの戦闘経過をくわしく述べ、「我等の鑑《かがみ》とすべきものなり」と結び、なお各項目にペリリューを引例している。

「訓」の部の「下士官の信条」には、「敵の心胆を奪えるペリリューの斬込《きりこみ》肉攻の成果は、主として下士官を長とせる少数兵力の挺身《ていしん》敢闘により達成せられたり」と記して、「下士官の戦闘指揮に任ずるに至るは戦場の常なり」と覚悟をうながしている。

「兵の信条」には、「兵は必死敢闘一人飽《あ》くまで十敵を斃《たお》すべし、戦傷を負うも断じて後退すべからず。……戦線を後退し或《あるい》は生きて虜囚の辱《はずかしめ》を受くるが如《ごと》き、不忠不孝、より大なるはなし。斯《か》くの如くんば何を以《もっ》てか靖国《やすくに》の森に眠るペリリューの戦友に応《こた》えん」とある。

このころのラバウルでは今村の考えに基づき、兵種、兵科の区別を廃し、経理部や軍医部の将校にも指揮権を認めて、第一線戦闘部隊と後方部隊とが一丸となっての決戦体制が敷かれていた。

人事や補職もその趣旨で行われたので、方面軍参謀の太田庄次中佐も現地自活の業務に関しては経理部長森田親三主計中将の指揮を受け、村上隆軍医大佐は軍参謀兼務を命ぜられた。また後方部隊は本来の業務のほか、一般部隊と同様の戦闘訓練を進んで実施した。そのため、軍医大佐である高野五郎衛生隊長が戦闘兵種も顔負けの演習指導を行い、貨物《かもつ》廠《しょう》長である広田明主計大佐（のち少将）が白襷《しろだすき》をかけて演習で夜襲部隊の指揮をとる姿も見られた。

一般将兵にとって一週間のうち農耕二日、築城二日、訓練二日は元通りだが、訓練課目の中で対戦車肉迫攻撃訓練が強調された。これは対戦車爆雷を敵戦車のキャタピラの下に投げ入れて爆発させ、戦車を動けなくする訓練で、通常次の二つの方法が用いられた。第一は、二人が一組になって、長い綱の中央に結びつけた爆雷を敵戦車に向って投げ、綱の左右を動かして爆雷が戦車のキャタピラの真下になるように操作し、爆発させる。第二は、三メートルほどの竹竿《たけざお》の先に結びつけた爆雷を、一人で敵戦車のキャタピラの真下に入れて爆発させる、というものである。

日本軍に戦車がないわけではないが、それが出撃しても連合軍の戦車に歯がたたないことは、すでにニューギニアの北のビアク島などで苦い経験を重ねていた。そこで、この肉迫攻撃が最も効果のある戦法とされた。

これについて太田庄次は「この方法はもちろん決死の覚悟でなければ出来ないが、三メートル以上の距離があれば肉迫攻撃兵が必ず戦死するというものではなく、人命を全く軽視した構想ではなかった」と説明する。だが兵のほとんどが、これを〝必死隊〟と受けとめていた。

部隊によって方法は多少の違いがあるらしいが、「アナの三十八師団」中の記述によれば、蛸壺《たこつぼ》と呼ばれた個人壕に三人一組の肉迫攻撃班がかくれていて、敵戦車が近づいたら壕からとび出し、キャタピラの下に爆雷を仕掛ける訓練である。訓練には敵戦車のかわりに自動車を使い、車輪の下に爆雷を入れたら間髪を入れず手で目と耳を押えて伏せるのだが、それは目玉がとび出し、鼓膜が破れるのを防ぐためと説明された。「目玉がとび出す前に、体がバラバラさ」と兵たちは語り合ったという。

対戦車爆雷をつくるのも兵の仕事で、終戦までに八万個がつくられた。これについても「爆雷は〝信管〟をつけなければ爆発しないから、危険はない」と説明されているし、全くその通りなのだが、兵たちはこれを教えられていなかったのか、または説明されても、何かのショックで爆発するのではないかという恐怖が強かったのか、何人かが私にその作業の恐怖を語った。

「爆雷づくりの恐ろしさは、忘れられません」と有竹英夫は語る。爆雷は、ラバウルに飛行機がなくなって以来むなしく貯《たくわ》えられていた爆弾を、兵たちの手で改造したものである。

「まずドラム缶《かん》をたて二つに割って、舟底形に細長くつないだ中に熱湯を注ぎ、そこに二百五十キロ爆弾を入れて蠟《ろう》を溶かし、三つに解体します。それを取り出してのこぎりで輪切りにし、外側を乾パンの容器で包むのですが……、いつ爆発するかと、生きた心地もない作業でした」
有竹が参加した訓練は、竹製の戦車に兵二人がはいり、棒でたたいて音をたてながら進んで来るという。これを草むらにひそんで待ち構え、〃あんパン〃と呼ばれた小爆雷を先端につけた竹竿を持って、戦車に走りより、キャタピラの下に爆雷をさしこんで逃げるのだ。また大型爆雷を抱いて、戦車の下にそれを入れる訓練もあったが、「ただちに爆発する」という説明を聞く兵たちは、とても逃げられまい……と、五体が宙に四散する自分の最後の姿を想像しないわけにはいかなかった。

多少の例外もあるが、ほとんど全員が連合軍の本格的来攻も間近と信じ、そのときは最後の一兵まで闘って〃玉砕〃する、と覚悟していた。軍医大尉であった沼田公雄は「非戦闘員であるわたしたち衛生部員も……、全滅を覚悟で打って出る隊と、壕《ごう》内にいる歩けない重症者各自に手榴弾《しゅりゅうだん》を渡してその最期《さいご》を確かめた後、自分も自決する隊との二つに分けられ、病院内の緊張も次第に増していった。わたしは後者の自決する組の隊長を仰せ付かった」と書いている。
ここにも「決戦教令」を出した方面軍側と、それを受ける側とのズレが見られる。右の沼田軍医の一文を読んだ太田庄次は、次のように語った。「ラバウルでは、衛生部員を非戦闘員とは考えていなかった。また彼らは『全滅を覚悟で打って出る』のではなく、『前線に出向いて戦傷者の治療に当る』のが使命です」

確かにその通りである。二つとも「決戦教令」の中にはっきりと書いてある。しかし、たとえ沼田が「決戦教令」を読んでいても、「衛生部員は非戦闘員だ」という意識は一朝一夕には変らなかったであろうし、また「戦傷者の治療のため」前線へ出れば一般将兵と共に〝玉砕〟するほかはない——という現実に則した見通しだけが頭にあったのだろう。民間人であった彼らには、軍の〝たてまえ〟通りにものを考えることは出来なかったと思われる。

ズンゲン守備隊玉砕崩れ

一九四四年（昭和19）初め、ニューブリテン島西半分は連合軍の手に落ち、その方面の防衛に当っていた第十七師団はラバウルに撤退したが、それでニューブリテン島の地上戦が終ったわけではない。その後にもトリウ、ズンゲン、その他の戦闘がある。いずれも連合軍としては微々たる局地戦にすぎないが、日本軍にとっては士気を維持する上の重要な意味を持つものであった。

ラバウルから南へ約八十キロ、ニューブリテン島東南部を半円形にけずり取った形でワイド湾があり、ズンゲンはその一角の村落である。ここは、背後からラバウルに来攻する敵が根拠地とするであろう戦略上の要点と想定されていた。

一九四四年十月、まだ二十代の成瀬懿民《よしたみ》少佐を長とする五百人足らずの大隊が、ズンゲン防禦《ぼうぎょ》のため派遣される。

出発の日、成瀬指揮下の部隊を眺めて、第三十八師団後方参謀松浦義教中佐は、ふと不安を覚えた。この部隊が、果して「ズンゲン死守」という任務を達成するであろうか……。〝玉砕〟と言葉を飾ってみても、全員の死によって終る任務となろう。その戦場に投入されるのは、ガダルカナル島の生き残りや、内地からの未教育補充兵、他の部隊からの転入者などの寄せ集め部隊である。中隊長たちはもとより、小隊長の大半さえ、大隊長の成瀬より年上であった。

白刃を手にして部隊の前に立った成瀬は、松浦にかすかな微笑を向けて会釈《えしゃく》した。その硬直した顔のあお白さが、彼の覚悟を示していた。

出発直前に、堀亀二軍曹が成瀬隊に加わった。堀の部隊はズンゲン派遣とは無関係なのだが、彼は突発のけが人の補充に当てられた。

部隊は陸路を徒歩で一週間かけてズンゲンに着き、ここに残留していた児玉隊と合流した。翌日から洞窟《どうくつ》陣地構築が始まった。

ラバウルの第三十八師団司令部が、敵のズンゲン来攻を知ったのは一九四五年（昭和20）三月初めであった。「のちにわかったことですが」と松浦参謀は語る。「豪軍の兵数は日本の守備隊の約六倍、戦力としては十数倍に当ったでしょう」

堀亀二はズンゲンの戦闘をくわしく私に語り、「回想録」も提供してくれた。松浦も堀も関係者のすべてを実名で語ったが、私は遺族のことを思い、一部の名前を伏せることにする。

ズンゲン主陣地の西南に当るカロライ（またはカライ）前進陣地は、部隊で最古参の小隊長A中尉が三十余人の部下と共に守備していた。豪軍はまずカロライを攻撃してきた。日本軍の予想通りである。カロライのA小隊が頑強《がんきょう》に抵抗している間に、敵の側面、背面から反撃を重ねて大損害を与えようと、かねて成瀬少佐は戦闘計画をたてていた。ラバウルの司令部も、ズンゲン防衛にとって重要な意味を持つこの緒戦に期待をかけ、刻々にはいる報告電報を読んでいた。だが間もなく「カロライ小隊、主陣地に撤退」の報に驚かされる。何ごとが起ったのか――。

カロライ前進陣地を一挙に奪取した豪軍は、勢いにのってズンゲン主陣地に迫ってきた。激しい戦闘が繰返され、日本軍は夜毎に斬込み隊を送り出した。だがその大半は再び帰らず、小陣地は次々に敵に占領されてゆく。

数日間ジャングルにひそんでいたカロライ守備隊の将兵が、ズンゲンに引揚げてきた。成瀬少佐はA中尉を洞窟内に呼びつけた。そこで何が語られたか、誰《だれ》も知らない。翌朝、Aは朝食もとらず、部下と共に前線へ向かった。「A中尉は、戦傷のため土色になった左手を首から吊《つ》っていました」と堀亀二は語る。

夜毎の斬込みは繰返されていたが、敵はますますズンゲン本陣地に近づき、猛砲撃を集中してきた。このため三月十二日、すでに腹部に負傷している成瀬支隊長はじめ支隊本部は、児玉陣地に移動を余儀なくされた。

児玉中尉は、中国戦線で多くの戦闘経験を積んだ老将校であった。マラリアと下痢で歩行も困難ながら、洞窟内に寝たままの彼の指揮は常に的をはずさず、部下に信頼されていた。

この夜も十七、八人ずつ三隊が、成瀬に別れを告げて夜襲に出た。数時間後、敵の中央陣地攻撃を命じられた一隊が引返してきて、「ジャングルで道に迷った。迫陣地へ行く道は？」と堀に訊ねた。

中央陣地ではないのかと、いぶかしく思いながら堀は道を教えた。一行がたち去った後、堀はふと《あいつら、逃げるのではないか……》という疑いを抱いた。複雑な、いやな気持だった。

ラバウルの第三十八師団司令部が、成瀬少佐から「本夜を期してズンゲン守備隊長以下全員、最後の斬込みを敢行する。ラバウル将兵の赫々《かくかく》たる戦捷《せんしよう》を祈る」という訣別《けつべつ》電を受けとったのは、三月十七日であった。

作戦参謀は「最後まで陣地を活用して闘え、玉砕を急ぐな」と打電を命じた。司令部の通信所は成瀬部隊を呼び出す無線のキイをたたき続けたが、もはや応答はなかった。「成瀬守備隊玉砕」は方面軍司令部へ、さらに大本営へ報告された。

日本側の公式記録である「第八方面軍作戦記録」中のズンゲンの戦闘は、「……多大の損害を与えたるも、遂に三月中旬、支隊長以下全員玉砕するに至れり」と書かれて、終っている。しかし、ラバウル全将兵の士気にもかかわるズンゲン守備隊の大問題は、このあとに起るのである。

ラバウルからズンゲンまで八十キロの海岸線に沿って、ラバウルに最も近いブッツとその先のアドラーに二つの守備隊、またアドラーとズンゲンとの中間に小さなヤンマー警備隊が、点々と配置されていた。

〝ズンゲン玉砕〟を知った二日後、第三十八師団司令部は「ズンゲン守備隊の生存将校以下十数名、ヤンマー警備隊に来《き》り、給養を受けつつあり」という機密電報に接して、深い憂色に包まれた。だが司令部は、彼らがヤンマーで体力の回復をはかった後、再び敵中に斬りこむであろうと期待し、それを念じた。

続いて第二電。「既報の生存将校以下十数名は、ヤンマー警備隊の勧告にもかかわらず、アドラーに向かって後退中」

大事件である。ラバウル陸海軍将兵十万の士気を支える「陣地死守玉砕の根本信条」が、緒戦からすでに崩壊しようとしているではないか。身近に起った〝ズンゲン玉砕〟はラバウルの将兵に深い感動を与え、我々もいずれそのような壮烈な最期を、と覚悟を新たにした矢先である。それを今さら「あの玉砕は嘘《うそ》だった」と知れわたったら、悪影響の深刻さは計り知れないものがある。

第三十八師団司令部はアドラーあて、次の電報命令を発した。

「ズンゲン守備隊所属の将校以下は、最先任者の指揮をもって速かに任地に復帰し、その任務を遂行すべし。右、伝達すべし」玉砕せよ、という命令である。

アドラーからの返電。「命令は伝達せり。B少尉以下十四名、所命の如くズンゲンに向かい出発せり」司令部はほっとした。

それから三日ののち、再びアドラー守備隊からの電報が司令部に衝撃を与える。

「B少尉以下十四名は、ヤンマーに駐止して前進の模様なし。別にズンゲン守備隊の将兵三々五々ヤンマーに集結しつつあり」

おそるべき事態となった。命令は実行されず、いまや十四人のみか、新しく出現した〝三々五々〟はどこまで増えるのか見当もつかぬ気配である。

兵団長は松浦参謀の現地派遣を決し、口頭で次のように伝えた。「今、ラバウル十万将兵の根本信条にひびが入ろうとしている。いかなる犠牲を払っても、これを防がねばならぬ。現地では、実状に即していかなる方法をとってもよい。兵団長の統帥《とうすい》、司法、行政一切の権限を貴官に委任する」

出発は明夕刻と決まったその夜ふけ、アドラーから不可解な電報が来た。「ズンゲン守備隊所属のC軍医中尉、アドラーに後退し来り、司令部に報告のためラバウルに赴くと称し、わが制止に拘《かかわ》らず本夜出発の大発に便乗せり」玉砕部隊の軍医が、制止を犯して戦況を報告に来るとは……奇怪というほかない――。

C軍医中尉は師団司令部に現われた。責任者が表向き会えば、敵前逃亡で問罪するほかないので、兵団長は会えない。参謀長が私的に事情を聴取し、松浦の意見でCを現地へ連行することに決まった。

松浦は出発を一日のばし、その夜、軍医部の地下壕でCに会った。薄暗い椰子油《やしゆ》の灯火が、汚れきって表情もないCの土色の顔をわびしく照していた。

この軍医にはノモンハンでの戦場経験はあったが、ズンゲンの惨状はその経験を超えるものであったのだろう。彼は松浦の質問に、……敵の熾烈《しれつ》な砲撃下に頭も上げられず、息も止り、気も狂いそうな数時間をただじっと耐え続ける苦しさ、怖《おそろ》しさをボソボソと語った。

またCは、絶望的な戦況下で誰《だれ》がいい出したともなく「このまま死ぬのは無駄《むだ》だ。一度後退して再起しよう」という声が生まれ、兵隊だけでなく、小隊長、中隊長にまで広まっていった……とも語った。このとき松浦は、軍医であるCは負傷者間の雰囲気《ふんいき》を語っているのだろう、と解釈した。

「君は軍医ではないか。負傷者はどうなったのか」と松浦が質問した。Cは「動ける者は最後の斬込みに加わり、重傷者は自決しました」といったが、松浦の視線に射すくめられて、「自決した……と思います」と答はしどろもどろになった。

Cは非戦闘員の軍医として苦境打開を願い出るために、制止をふりきって〝直訴〟という行動を起したのかもしれない。無我夢中で師団司令部までやってきたものの、司令部内の異常に緊張した視線に、ようやく自分の立場を思いしらされたのであろう。「あす、現地へ連行する」という松浦の言葉に、彼はかすかにうなずいた。

夜明け前、松浦は壕内で発射された鈍い拳銃《けんじゅう》の音に目をさまし、とっさにCの自決をさとった。

Cの枕許《まくらもと》に、遺書があった。「生きて再びズンゲンの生存者に会いたくない」と、ただそれだけが書かれていた。

その夜、松浦はCの遺骨を持って、大発でヤンマーへ向かった。Cは「生きて再び……」と書き残したが、遺骨となったら別であろう。弾劾《だんがい》の視線に囲まれたラバウルでなく、せめて彼の任地の近くに埋葬してやろう、と松浦は思っていた。


ヤンマーには、ズンゲンの生存者たち将校八人と下士官兵百三十八人がいた。松浦の予想よりはるかに多く、成瀬支隊の四分の一を越えている。

松浦は、敵前逃亡の責任を追及すべく派遣された問罪使である。死守すべき陣地を放棄して後退した者に、軍法は極刑をもってのぞむ。特に下士官兵にあやまった行動をとらせたのは指揮官であると松浦には思われ、関係将校の責任はあくまで明確にせねばならぬと考えていた。

しかし師団司令部も、派遣された松浦も、真の目的は処罰ではなく、この事件がラバウル全将兵に与える悪影響をくい止めることであった。松浦はズンゲン生存者に、この度の不始末を死をもってあがなう覚悟を決めさせた上で、新任務を与えようとしていた。

具体的には、これまで一個分隊で警備していたヤンマー地区にヤンマー守備隊を増強して、ズンゲン生存者を吸収しようというものである。「ズンゲンの残存将兵を掌握してヤンマー守備隊長となり、該地を死守すべし」という師団命令を受けたラミンギ遊撃隊の幹部O大尉は、すでにこの地に到着していた。

松浦は八人の将校に報告書を書かせ、それに目を通した上で、彼ら一人一人と会い、戦況を聞き、責任を問い、決意をただした。うち六人からは「責任をとって自決、または玉砕攻撃に出る」という信頼できる言葉を得た。これなら新ヤンマー守備隊の幹部として再生できる……との心証を得た松浦は、「よく決心した。ただし決行の時期は後命する。勝手な行動は許さぬ」と告げて、彼らを帰した。

しかしあとの二人、カロライ前進陣地から命令もなく撤退したA中尉と、部下十数人を連れて最も早くアドラーまで退いたB少尉とは、はっきりした決意を示さなかった。ぜひ全将校を救いたいと松浦は説きに説いたが、遂に納得できる反応は得られなかった。「明晩、また話し合おう」と、彼は二人を帰した。

翌早朝から松浦はO大尉立会いの下に、三十数人の下士官一人一人を呼び、きのうと同じように話し合った。彼らはみな心からの悔悟を示し、二度と卑怯者《ひきようもの》にはならぬと誓った。素朴《そぼく》な言葉にこもる真情が松浦の胸に伝わり、彼は「これなら大丈夫」という確信を持った。

しかし、松浦にはA中尉とB少尉の部下たちの心が、この二人から離れているように思われた。

この一群の下士官の中に、堀亀二もいた。成瀬少佐が〝最後の斬込み〟に出る直前まで彼のかたわらにいた堀は、その時の事情をはじめすべてを率直に松浦に語った。そして「O大尉の下で、命を捧《ささ》げて闘う」と誓った。

分隊に帰った堀を、四人の部下がいっせいにとり囲んだ。

「参謀は何といわれましたか。将校、下士官は全員銃殺だと聞きましたが」

「そんなことはない。機会が来たら、俺《おれ》と一緒に死んでくれ」

兵たちは深くうなずいた。

将校八人と下士官三十数人の言葉によって、〝ズンゲン守備隊玉砕〟とその後の経緯が明らかになった。

三月十七日、児玉陣地内の成瀬少佐は「全員死んで、ラバウル将兵の亀鑑《きかん》となろう」と主張した。このとき彼が〝玉砕〟を決意したのは、唯一《ゆいいつ》の水源地を敵に占領され、数度の反撃にも奪回できなかったためである。

だが児玉中隊長は「遊撃戦に転じ、犬死を避けるべきだ」と、まっこうから成瀬の意見に反対し、「私は体の自由がきかない状態だが、部下たちの今の心境はよくわかる」といった。これは、一同の気持が〝玉砕〟に統一されていないことを指している。さらに児玉は「あなたの戦闘指揮はまるで下士官のものだ。陸士出の作戦とは思えない」とまでいった。

「玉砕攻撃か、遊撃持久か」は、戦闘末期の極限状態にしばしば起る論争である。この日、長い激論の末成瀬は「では児玉中尉に、現在の部下のほかさらに一部の兵隊をやるから、思う通りにやってみろ」といった。その直後、成瀬はラバウルの師団司令部へ訣別電報をうち、無線機を破壊させた。そして副官土屋中尉はじめ部下と共に〝最後の斬込《きりこ》み〟に出発した。

このとき堀亀二は部下四人と共に、児玉中尉の指揮下に入れられた。こうして、担架で運ばれる児玉隊長以下全員五十二人の密林中の放浪が始まる。その第一夜、児玉は「全責任は私にある。何も心配するな。……みなの命は、隊長が一命にかけても助けてやる」と一同にいった。児玉には初めから遊撃戦を行う意思はなく、敵前逃亡による処刑を覚悟の上で部下の命を救うつもりであったのか——。

一行はラミンギ道を目指して進んだ。ラミンギ道はラバウルを起点に、ジャングルに覆《おお》われた連山を縫ってズンゲンに至る唯一のものだが、途中に馬も通れぬ難所のいくつかがあって、当時のいい方での〝土人道〟に近い。三日目、一行はカロライ前進陣地から早々に撤退したA中尉の一団と合流した。数日後に食糧が尽きた。体力のある二十数人が食糧探しに出たが、目的を達する前に敵と遭遇し、ちりぢりになった。堀はその中の一人であった。

その間に児玉中尉の病状は悪化し、彼は自分の意志で一人ジャングルに残った。彼の消息はここで絶え、児玉隊は分散した。

堀とその部下は、ラミンギ道の一角に集まっていたズンゲン生存者と合流して、約六十人の集団となった。彼らはここで、連絡を保っていた近くの水谷遊撃隊から、「ズンゲン支隊生存者は、一食も与えず前線へ追い返し、よき死場所を与えてやれ。命令にそむく者は銃殺してもよい」という師団命令が出た、と知らされた。

水谷大尉から七日分の食糧を与えられ、負傷者をも含む全員が〝玉砕〟を目指してズンゲンへ向かった。しかし、もはや一丸となって果敢な行動に移れるような精神状態ではなかった。豪雨にたたかれ、増水した河に行く手を阻《はば》まれたのを機に、また元の場所に引返した。

やがて彼らは、ヤンマーへ行く途中で水谷遊撃隊にたちよったO大尉に呼びつけられ、すさまじい一喝《いっかつ》を浴びせられた上で、ヤンマーへ連行されたのである。ヤンマーには、成瀬少佐に従って〝最後の斬込み〟に出た兵たちの約半数が集まっていた。

松浦参謀がAとB二将校と二度目に会う時刻が迫ったとき、O大尉が「なんとか二人を助けて下さい。私が責任をもってあずかり、立派な将校に鍛え直しますから」と松浦に頼んだ。

しかし松浦は承諾しなかった。彼は——真に責任を感じ、命を捨てる覚悟に徹して、初めて部下を死地に投ずる指揮官となり得る。生半可なことでは、今さら部下がついてくるはずもない。彼らがいったん死を覚悟しない限り、私には二人を軍律の極刑から救う道はない。最も恐しいのは、いいかげんな覚悟の彼らを指揮官にしたら、いざというとき再び崩れる危険が大きいことだ。ズンゲンの二の舞になっては、またもラバウル全将兵の士気にかかわる大問題となろう——と考えたのだ。

松浦とO大尉が待つ部屋に、A中尉とB少尉の二人が、一夜でさらに憔悴《しょうすい》の色を濃くした顔ではいってきた。松浦はまた必死で「指揮官とは何か、その責任はどう果さるべきか」を説いた。二人はその言葉を十分理解している様子だった。だが責任をとって自決すべきだと理性は承知していても、それを実行する覚悟がつかないのだ。二人の額に脂汗《あぶらあせ》が光る。

ほぼ三時間の後、遂にA中尉が、二人の意思として「多くの部下を誤まらせた責任を、自決してお詫《わ》びします」といった。松浦はなお危惧《きぐ》の念を残しながらも、「よく決心した。だが実行する前には、必ず私を呼んでくれ。君たちにまだ伝えねばならぬことがあるから」といって、いったん帰した。

いつまで待っても、二人は現われない。たまりかねたO大尉が様子を見に行くと、二人はまだ身辺の整理をしているという。夜が明けぬうちに……と、松浦はあせった。この機会を逃したら、彼らを救うことは出来ない——。

一人の下士官が走りこんできた。「A中尉とB少尉が『今から自決する』と、手榴弾《しゅりゅうだん》を持って海岸へ行きました」

「すぐ捜しに行けっ」と松浦はO大尉に命じ、自分は軍医の到着を待って共に海岸へ走った。すでに夜は明けていた。海岸から引返してきたO大尉が、激しい口調で松浦にいった。

「実に、だらしがない。いま兵たちが、珊瑚礁《さんごしよう》の上でぐずぐず話しこんでいて……、やる気なんか、まるでありませんよ。こちらへ連れてきます」

もう駄目だという絶望感が、松浦の表情をゆがめた。AとBは、見せてはならぬ醜態を多くの兵たちの前にさらしてしまったのだ。もう指揮官の権威をとり戻《もど》すことは、不可能であろう。彼らは再起の機会を失ってしまった――。

二人の将校は首を垂れ、刑場にひかれる罪人のような姿で近づいてきた。両側の兵たちは彼らの腕を支えてつき添っているというより、逃亡者を捕えた捕吏の表情ではないか――。

松浦の屈折した怒りが爆発した。

「腕を離せっ！　兵はそれぞれの持場に帰れっ！」

松浦はA、Bと対坐《たいざ》した。そのうしろにO大尉と、ラバウルから松浦に随行してきた内野一朗中尉と軍医が控えた。

「どうしたのだ？」という松浦の言葉に、A中尉が表情のない顔で、「私が悪かったのです」と答えた。「B少尉は手榴弾の安全弁まで抜いて、早くやろう、といったのですが、私が……母の手紙をもう一度読みたいから、待てと……、戦場でも肌身《はだみ》離さず持ち歩いていた手紙です。もう一度別れを惜しんでからと思っているうち……」

松浦は、A中尉について「どこかの中学校の先生であった。年輩と過去の職業が顔に現われて、もともと穏やかな一市井人だと思われた」と書いている。

松浦とAの話が続く横で、Bは「もう、やりましょう」とせきたてた。だがAは答えない。重い沈黙が続いた。

やがて、A中尉の灰色の無表情な顔に、何かが動き始めた気配を松浦は感じとった。

「覚悟が決まりました。私が道を誤まらせた兵たちのことは、よろしくお願いします」

このAの言葉と共に、Bも頭を下げた。ようやく二人揃《そろ》っての決意に到達したのだ。松浦の胸にまた、二人を救う道は……という思いが走ったが、もう手段はない、と断念した。

「まことに本意ではないが」と、松浦も心を決した。こんにち松浦は私に「軍法で犯罪者として処刑されるより、二人にとって遥《はる》かにましだ……と思うことが、せめてもの慰めでした」と語る。

自決の場に姿勢を正した二人は、軍刀のさやを払ったとき、声を合わせて「万歳！」と叫んだ。松浦の予期しないことであった。

軍刀のきっさきが腹に突き刺された瞬間、介錯《かいしゃく》の銃声が密林に響いた。ズンゲン生存将校六人がこの場に呼ばれ、松浦は彼らにAとBの〝立派な最期《さいご》〟を告げた。六人の手で、三つの墓標がたてられた。ラバウルで自決したC軍医中尉の遺骨もここに埋められたのだ。

満州事変からの十五年間に、各地の戦場でどれほど多くの将兵が死んだことか。その一人一人の痛ましさは、戦死者を数字だけで現わした資料からも私に伝わる。A中尉とB少尉は、もちろん戦死者ではない。しかしこの二人を思うとき、私は戦死者に対すると同じ……、異質ではあるが、むしろいっそうの痛ましさを感じる。

AとBは当時の軍律の下で敵前逃亡罪を犯《おか》したと見なされた二人だが、死に至るまでの長い時間を精神的拷問《ごうもん》にさいなまれ尽した彼らの苦悶《くもん》を思うと、その残酷さに私の身内を戦慄《せんりつ》が走る。もはや二人を救う道はないと心を決したときの松浦は、問いつめることをやめて、ひと思いに彼らを射殺した方が、……それも、予告なしにうしろから——というのは、敗戦後を安穏に生きてきた現在の私が考えることで、松浦は「刑死より自決の方が、彼らの名誉を守り得る遥かにましな死」と考えたのだ。AとBの〝軍人としての名誉〟を考慮する松浦にとって、射殺など論外であったろう。

だがこのときの二人は、ただひたすら生きていたい、と望んでいたのではないか。とくにA中尉は死ぬ機会を逃して、もうどうにもならない窮地に追いこまれていた。もはや戦時の体面も名誉も念頭にない。彼が命の瀬戸際《せとぎわ》まで執着したのは、母への思いであったのだ。

私が戦慄を覚える理由の一つは、松浦がAとBを再起させようと〝好意的配慮〟をすればするほど、結果は残酷の度を深めてゆくことであった。しかし「松浦は残酷な男だ」と、その源《みなもと》を個人に求めることも出来ない。

松浦は、〝ズンゲン事件の悪影響〟をくい止めるために派遣された第三十八師団の参謀であった。こんにちの私たちの常識や人情とは隔絶した世界である〝軍〟の代表者なのだ。彼の思考も他人への思いやりもすべて軍律に添うものであり、任務遂行に役立つものでなければならない。好意と同情から発したと説明される松浦の行為の残虐性《ざんぎやく》は、人間性を無視した軍の本質から生まれたと、私には思われる。

一九三九年（昭和14）から参謀次長を勤めた沢田茂中将（一九八〇年（昭和55）死去）がかつて私に「米軍などのように、日本軍も降伏を認めていたら、ああまで多くの将兵を無駄に殺さずにすんだものを」と語ったことが思い出される。さらに彼は「しかし『それだから日本の兵隊は強い』と軍上層部はよく知っていたから、降伏を認める可能性はなかった」とつけ加えた。

一九四四年（昭和19）末の今村の「決戦訓」にもあるように、「生きて虜囚の辱《はずかしめ》を……」と、軍は絶対に降伏を許さなかった。歯もたたない強力な敵に向かって進めば死であり、命令もなく退けば、敵前逃亡と見なされる。「進むも死、退くも死」、しかも後者には内地の家族にまで汚名が及ぶという条件下におかれている。軍はこうして固められた〝将兵の強さ〟によって、敵軍との物量の差、科学、情報などの弱点を補《おぎな》いながら、一九四五年（昭和20）八月まで絶望的な戦闘を続けたのである。

堀亀二や、松浦に随行した内野一朗などズンゲン事件直接の関係者数人に「松浦の行為をどう思うか」と訊《たず》ねてみた。誰《だれ》もが「当時としてはいたし方ないこと、あれでよかったと思います」と、将校二人に〝つめ腹を切らせた〟松浦の行為は、戦争中の軍人としてスい。

ジの通ったものという意見であった。

是認か、あきらめか……、「戦争中のこと」であれば、軍の非人間性がどのような形で

現われても、彼らは今もそれに批判や怒りを向けようとはしない。

AとBの死の直後、堀亀二たち十八人は同じくズンゲン生存者の一少尉の指揮下に、ヤ

ンマーの後方クレムカの守備につき、約四カ月後にそこで終戦を迎えることになる。

堀は「回想録」に、「なぜ我々のみが死を決し得ないのか」について多くを書いている

が、その中に次の一項がある。

「ラバウルに十万の将兵が安易徒食している事実が、心の底を離れないためではないだろ

うか。安易徒食――決してそうではないにしろ、現在我々のおかれている苦境からすれば、

そう考えざるを得ないのだ」

さぞそうであったろう、と思われる。ラバウルもいずれ全員玉砕ではあろうが、そこに

は堅固な地下要塞《ようさい》があり、豊富な食糧、弾薬があり、陸軍だけでも七万の大集団の頂点に

今村軍司令官がいる。玉砕するにしても、その末端につらなっていれば最後まで心丈夫で

はないか。

亡者《もうじゃ》の群と化して密林中をさまよう彼らが思い出すラバウルには、明るい談笑の声があ

った。当時のラバウルの雰囲気を、森田親三主計中将は、「服装も食べ物も住いも階級差

は余りなかったので、お互い気易い気分であった。夜は防空壕に入って過したが、そこは

一同の楽園で、唄《うた》も出る、碁も囲む。時にはバナナを分け合うなどして、心安らかに眠りについていた」と書いている。

それにひきかえズンゲン守備隊は陰惨な死地に投じられ、しかも最後まで期待したラバウルからの援軍は遂に現われなかった。成瀬守備隊長から「ラバウル十万将兵の亀鑑となろう。全体のために一隊の死こそ尊い」といわれても、どこへぶつけようもない憤懣《ふんまん》とひがみに冷えきった心は、素直に高揚しなかったであろう。

成瀬守備隊長には、そういう感情はなかったのか。たとえあったとしても、彼は「ズンゲン死守」の命令を完遂するほかない立場であった。しかし、十数倍の戦力の敵を撃退する可能性はない。あとは〝玉砕〟によって、使命を達成する道だけが残されていた。成瀬は、児玉中尉が別行動をとると決まったことで〝全員玉砕〟はないと知りながら、師団司令部あてに「守備隊長以下全員、最後の斬込みを」と訣別《けつべつ》電を打った。これで「ラバウル全将兵の亀鑑となる」ための軍隊的形式は完全に整ったのだ。

のちヤンマーに集まった彼の部下の話から、成瀬一行のその後が判明した。ズンゲンから〝最後の斬込み〟に出発した彼らは、攻撃場所を求めてさまよい、四日目の昼、ウルグット河の渡河点近くに敵の宿舎を見つけた。ここで成瀬は「明朝、敵陣へ斬込む。私と行動を共にしたくない者は、どこへでも行ってくれ」と一同に告げたという。だが、このとき成瀬から離れた者はない。

この成瀬の言葉と、別行動をとると決まった児玉中尉に数十人の部下を与えたことから、成瀬が部下全員を〝玉砕〟に統一しようと努めてはいなかったことがわかる。自分にはその力がない、とあきらめたのか、または〝玉砕〟をむなしいと思い、自分は仕方がないが、死ぬ気のない部下たちは助けられるものなら助けたい、と思ったのであろうか——。ヤンマーには、成瀬の〝最後の斬込み〟に参加したはずの兵の半数が、生きて集合していたという事実がある。

戦い終る

ラバウルを中心に、自給生活のための農耕はますます熱心に続けられていた。海軍も一九四四年（昭和19）二月、トラック島の基地壊滅のころから現地自活の必要を認識し、陸軍から甘藷《かんしょ》の栽培法の講習などを受けて、急速に耕地を広げていた。こうしてラバウル陸海軍十万の将兵は〝戦耕一如《いちにょ》〟の日々を送った。農耕地とする原始の林野を探すことは比較的容易だったが、その開墾にはかなりの労力を要した。また数回の連作のあとは地力が落ちるので、新たに原始林や草原を焼き、〝焼き畑農業〟で収穫量を上げる場合もあった。

耕地面積はどれほど広がったのか。経理部長であった森田親三主計中将は、「十九年末には、耕地面積は計画目標二千五百町歩を遥かに上廻り」と書き、第二十六野戦貨物廠《かもつしょう》長の有田実主計大佐は、「原始林七千町歩余を自活農地にかえて」と書いている。当初は一人平均六、七十坪の耕地を目標に作付したが、一九四五年（昭和20）には一人が二百坪（六・六アール）になったという。今村の戦犯裁判の陳述書には、六千四百ヘクタールを開墾した——と書かれている。

とにかく陸稲《おかぼ》、甘藷、タピオカなどの主食をはじめ、大きいばかりで味は悪いと不評もあるがナス、南瓜《かぼちゃ》などの野菜類も全員の胃袋を満すだけの収穫をあげていた。しかし内地から来た米はもとより、陸稲の大半も備蓄にまわすので、主食はもっぱら藷《いも》類であった。

「〝玉砕〟の前に、腹いっぱい銀めしを食べたい」とは、多くの兵が口にした言葉である。

農作業は、ふんどし一つの裸である。そのふんどしも、日本との交通杜絶《とぜつ》から一年が過ぎるころには品切れとなり、畑には色とりどりの〝代用品〟を身につけた兵たちが、「一に穴掘り　二に百姓　三で戦車に体当り」と歌いながら鍬《くわ》をふるっていた。農作業も空襲下のことで、耕地の一隅《いちぐう》には必ず防空壕《ぼうくうごう》をつくり、敵機！　の声に鍬をすてて走りこむのだが、それでも農耕中の戦死者は少なくなかった。また陸稲の刈入れ直前に、敵機の焼夷《しょうい》弾《だん》ですべて焼き払われ、無念の涙をのむこともあった。

動物蛋白《たんぱく》の補給には、蛙《かえる》、蛇《へび》、鼠《ねずみ》、とかげ、こうもり、かたつむり等、何でも食べた。空襲が激化してからは海で魚をとることは困難となり、たまに口に入れる少量の鶏肉が唯一の人間らしい味わいであった。将兵は主食の芋類が豊富なので空腹に苦しむことはないが、おいしいといえるほどの物は口にはいらず、栄養は片よっていた。

しかし、祖国からの補給を全く断たれてから、復員船で帰国するまでの二年余り、十万の将兵が飢えの苦しみを知らなかったという事実は重く、大きい。森田親三は、この成果をもたらした要因の第一に「今村軍司令官の先見の明」を挙げている。

今村はラバウル着任直後の一九四二年（昭和17）末、ガダルカナル島撤退前に、孤立するであろうラバウルの将来を予想し、現地自活の方針をたてた。そして自ら鍬をふるう率先垂範のうちに、万般の用意を進めた。それは軍司令官としての今村が考慮すべきことではあったが、同時に「部下将兵を飢えさせてはならぬ」という彼らへの愛情と、〝父老の愛児をおあずかりしている身〟の責任感がうかがわれる。

もし今村の現地自活計画の時期が遅れていたら、大本営との連絡の下に農業指導者を招致したり、作物の種子や農具を入手することも困難であったろう。また空襲が激化してからでは、熱帯農業を研究するゆとりもなかったと思われる。「遂に十万将兵が飢えなかった」という成果は、今村の先見の明と、その指導に基づいて部下将兵が農耕に傾けた努力のたまものであった。

すべて〝無い無いづくし〟のラバウルの生活を、将兵は創意工夫できりぬけていた。彼らの生活に最も役に立ったのは椰子《やし》で、食用油、灯油、アルコール、砂糖の代用になる椰子蜜《みつ》がとれ、その葉は屋根材、壁材、床材、敷物などになった。

マッチもなくなった。土を掘り、そこで焚火《たきび》をして木の根を灰に埋めておくと、朝まで火種を保つことが出来た。だがうっかり煙を上げると爆撃の目標にされる。凸《とつ》レンズの焦点を黒い紙に当てて火種をつくる方法もあるが、太陽の出ていない時はお手あげである。そのうち、現地人をまねて木をこすり合わせても、湿気が多いためかなかなか火が出ない。そのうち、椰子の実の繊維質の部分で火縄《ひなわ》を作るようになった。二メートルもあれば朝まで火がついているので、この方法が広く用いられた。この火縄は、マラリア予防の蚊よけとしても役立った。

塩、醤油《しょうゆ》、みそ、とうふ、煙草《たばこ》なども作った。菓子は本職がいて、タピオカの澱粉《でんぷん》、甘藷、椰子蜜、豆、落花生などを原料に、各部隊がそれぞれ特色のある味を競った。部隊長の名前をつけたまんじゅうまであった。

しかしラバウルの「現地自活」は、当然ながら生命を維持するための食糧獲得だけが目的ではなかった。「現地自活」とは「軍隊が戦い、生きるために、すべてを賄《まかな》う」という広義のもので、今村は来《きた》るべきラバウルの決戦に備えて、現地のあらゆるものを戦力化し、不備不足のものを現地で生産するよう指導した。

野戦兵器廠では爆弾砲の研究と製造、黒色火薬の再生と製造などが進められ、野戦自動車廠では硫酸の製造、火焔《かえん》放射機、手投火焔弾、対空挺《くうてい》部隊用のダルマ針、また木炭自動車やクレーン付自動車の製作研究などに力を注いでいた。船舶工作廠を改編した兵器創意隊が、水際《みずぎわ》戦闘用兵器、対戦車兵器、近接戦闘兵器の研究製造に当るなど、将兵の創意工夫が生み出した品種の数は驚くばかり多い。

一九四五年（昭和20）四月一日、病いに倒れた百武晴吉中将と交代してブーゲンビル島の第十七軍司令官となった神田正種中将は、第二次タロキナ攻撃の後、南部エレベンタ地区に主力を集結して持久作戦を指導した。主力は熊本の第六師団である。

これより先、二月七日、今村は第十七軍に対し、方面軍命令を発した。その要旨は「戦局今や皇国興廃の関頭に直面せる秋《とき》に臨み、方面軍の任務及び企図は一人十殺、全軍玉砕以《もっ》て敵の人的戦力を破摧《はさい》し、全局作戦の遂行を容易ならしむるに在り」というもので、「全軍玉砕」を表面にうち出している。この長文の命令は訓示ともいえるもので、ここに盛られた今村の統帥《とうすい》思想は、一九四四年（昭和19）末にラバウルの各部隊に配布した「決戦教令」とほぼ同じであり、それにブーゲンビル島作戦についての具体的な指令が加えられていた。

四月末ごろから、エレベンタ地区周辺各地で次々に豪軍との苛烈《かれつ》な戦闘が開始された。その一つ、ミオ作戦に参加した南海第四守備隊第十一中隊の三村清伍長《ごちょう》の日記が、防衛庁の「南太平洋陸軍作戦（5）」に収められている。当時、南海第四守備隊主力はエレベンタ地区に集結していたが、ミオ作戦に同隊から約百五十人の健兵が抽出された。三村はその第一小隊の第一分隊長であった。彼の日記の背景に、二月七日の方面軍命令がある。

「六月十四日昼過ぎ、密林の中を前進中、……柵本軍曹《ぐんそう》が大腿《だいたい》部貫通銃創で重傷。歩行不能、部隊より落伍。……『負傷しても後退すべからず』の命令である。もちろん附添人は一人もつけない。兵器及び持物全部引上げて、手榴弾《しゅりゅうだん》一発、水筒を残して行く。殺す事は出来ない、自決せよと云《い》う事である。柵本軍曹はまだ二十二、三歳の現役下士官である」たとえ両腕に負傷しても、歩けさえすれば何とか部隊について行ける。だが脚をやられれば、それまでである。歩行力だけが命を支えている。

「六月十六日。……鈴木伍長が敵の地雷で脚部を負傷、歩行不能。足首にかなりの深傷《ふかで》である。……秋原軍医は急いで止血した。苦痛に顔をゆがめていた鈴木は、初めて声を出した。『軍医殿、止血を解いて下さい。傷の手当もいりません。傷は足です。自分は部隊についていては前進できません。これまでの命です。貴重なガーゼも使わないで下さい』

軍医は眼に涙を浮かべて無言で止血を解いた。

『自分の背嚢《はいのう》を開いて下さい。中に貯金帳があります。自分は子供が三人あります。もし遺品が内地へ帰る様な事がありましたら、子供に渡して下さい』

……鈴木は道から約五メートルほどジャングルの中に引きずり込まれた。天幕が一枚かけられた。手榴弾が一発、水筒が一個、渡された。貯金通帳の預金高は二百円であった」

三村伍長は六月十八日夜半、目的地ミオ河畔に到着した。太陽も見えない深いジャングルの中で、昼も夜も敵の砲声に包まれていた。五日分の糧秣《りょうまつ》として、干麺《かんめん》パン二袋半が支給された。戦う前に餓死するであろう……と思う。

(このころ、沖縄の日本軍は最後の死闘をくりひろげていた。そして六月二十二日、牛島満《みつる》第三十二軍司令官自決、沖縄地上部隊は全滅した。)

三村はたびたび斥候《せっこう》に出されたが、出ない日は食べられるものを探し歩いた。誰もが飢餓状態で、死ぬ者も出始めた。八月になると戦力も体力も衰え果て、彼は「お互いにあと何日生きられるだろうかと話し合い、話しているうちに、なんだかヤケクソな気分になるのである」と書いている。

三村は斥候に出た敵陣地直前のジャングルの中で、終戦を知る。「想《おも》えば、ブーゲンビル島は地獄であった」と、彼は日記を結んでいる。

同じブーゲンビル島でも、敵中深く潜入している部隊はまだ終戦を知らない。歩兵第十三連隊は数日前から無線機が故障で、師団司令部との連絡がとれなかった。終戦からすでに五日がすぎた八月二十日、もう一度オーソの敵陣を攻撃しようと密林を出てハリー川を渡った時、突然現われた敵機がビラを撒《ま》いた。

「勝ったぞ！　万歳！」と一人の兵が叫んだ。ビラには日本文字で「平和協定成立。戦闘を中止し、ブインにさがれ」と書かれていた。みなが「万歳！」と叫び、肩をたたいて喜び合った。ブーゲンビルでは苦戦の連続だったが、日本軍はどこかで決定的な大勝利を得たのだ。遂に勝った！　それでこそ、第六師団が今日までここでがんばってきた甲斐《かい》があった――。その夜の露営地は、食糧こそ乏しいがお祭り気分であった。

ところが翌朝、超低空で頭上を旋回する敵機の胴体に、これ見よがしに「日本降伏」の大文字がある。日本が降伏などするものか、謀略だ――と否定してみたものの、ここ数日来の敵の様子がどうもおかしい。とにかく連絡のつく所まで帰ってみようと、ミオ河の線まで退いたところで、彼らは初めて日本の降伏を知った。全員、声をあげて泣いた。

外地各軍の首脳部が「日本の全面的降伏申し入れ」を初めて聞いたのは、外電の放送であった。支那派遣軍総司令官岡村寧次《やすじ》大将は、日本のポツダム宣言受諾などあり得ないこととして、まっこうから否定する態度をとった。彼はただちに隷下《れいか》各軍に「外電、日本のポツダム宣言受諾を伝えつつあるも、右は敵側の謀略宣伝なるをもって、之《これ》に乗ぜられざる如く厳に注意ありたし」と警告を発した。

ラバウルの方面軍司令部でも特別情報班が常に短波放送を聞き、今村もこの外電の放送内容を知っていたが、彼は隷下の軍に対して何らの意思表示をしていない。

八月十日夜、今度は日本の海外向け放送が「日本はポツダム宣言受諾の意思がある」ことを伝えて、外地軍に衝撃を与えた。南方軍はすぐ大本営あてに、「十一日零時東京英語放送により、日本政府のポツダム最終通牒《つうちょう》受諾の用意ある旨《むね》聴取せるが、その真相至急承りたし」と打電した。

十一日、梅津参謀総長は大本営直轄《ちょっかつ》の各軍にあてて、「和平交渉が開始されたことは事実だが、国体の護持と皇土の保衛との為《ため》には全軍玉砕するとも断じて矛《ほこ》を収むることなき」ことを打電し、さらに陸軍大臣、参謀総長の連名で、二項目から成る陸機密電第六十一号を発した。その第二項には「右条件（国体の護持）の確約が多少にても疑義あるに於《お》いては、帝国は断乎《だんこ》戦争目的の達成に邁進《まいしん》すべきこと勿論《もちろん》なり。念のため」とある。

「国体護持」ということが、日本の戦争終結に関係する総《すべ》ての指導者によってなぜ絶対条件とされたのか、戦後に育った人たちにはわかりにくいかもしれない。「国体護持」とは天皇制の安泰を保つことで、国民のことは考慮にはいっていない――といえば今の人にはいっそう不可解であろう。朝日新聞（一九八三年〔昭和58〕九月四日）に発表された同社調査によれば、今の象徴天皇制は八十三パーセント支持されながら、天皇に対する気持は四十一パーセントが「何も感じない」と答え、二十代三十代では無関心層は五十九パーセントという。戦後三十八年間の意識の流れである。

実情を知った寺内南方軍総司令官と岡村支那派遣軍総司令官は、大臣と総長にあてて戦争継続の強硬意見を具申した。二つの電文はいずれも激烈な文字で埋まっている。

この時期の今村は何をしたか。彼は軍中央に対し何らの意思表示をしていない。彼は終始無言である。

ラバウル方面軍が、阿南陸軍大臣から「明八月十五日正午、天皇陛下御自ら、全国民にむかい、詔勅を放送あらせられる。同時これを謹聴すべし」という電報を受けとったのは八月十四日夜であった。

今村はこれを読んだとき、「私は、日本本土に敵の上陸を迎えての決戦態勢確立の要などにつき、御激励の聖旨を拝するのであろうと拝察した。数日前、阿南陸相の訓電に接しているので、直覚的にそう思考したのである」と書いている。阿南陸相の訓電とは「断乎、神州護持の聖戦を戦い抜かんのみ」と、全軍玉砕の強烈な覚悟を促す内容で、日本では八月十日夕刻放送されたものである。

今村が天皇放送の予告電を読んだとき、これを思い浮かべたのは当然である。しかし彼が予想した〝玉音放送〟の内容は、果して陸相訓示の線に添った「本土決戦」だけであったろうか――。

今村は和平交渉がすでに始まっていることを知っていた。また当時方面軍司令部の暗号班長であった山田六郎は「終戦実現を確実と思わせる通信を、私は二日ほど前に受けた。それを今村さんに伝えたとき、『公式発表があるまで、絶対に他言するな』と落着いた口調でいわれた」と語っている。

これだけ情報を得ていた今村が「天皇の放送は本土決戦への激励であろう」とだけ考えたというのは不自然ではないか。彼は軍人の〝たてまえ〟だけを書き、それ以上は書くべきでないと筆を止めたと想像される。

八月十五日正午、今村は服装をととのえ、加藤参謀長以下の幕僚と共に防空壕内の無線電信所で天皇の放送を聞いた。しかし雑音ばかりで、遂に一語も聞きとれずに終った。

午後三時ごろ、参謀の一人が今村の机の上に、無言で一通の文書を置いた。南東方面艦隊司令部が受信した海軍大臣からの詔勅伝達電報の写しであった。今村は次のように書いている。

「昨年二月以来、敵の制空制海により、全く祖国との交通を断たれ、無線による公電のほか何等国内の事情を知り得ないでいる私としては思いもかけぬことであり、驚きと共に、かような詔勅を下さなければならないようになられた陛下の御心慮をいたみ奉《たてまつ》り、瞑目《めいもく》すると、参謀の小さなすすり泣きがきこえる。〃戦陣での武将は、決して涙などを見せるものではない〃と深くいましめていたのに、不覚にも涙はあふれ出てしまった」

やがて陸軍大臣名の終戦に関する詔書の伝達電報が受信された。一九四四年（昭和19）末まで第二方面軍司令官として豪北にあり、今村ともニューギニア作戦について度々交渉を持った阿南陸軍大臣は、この日未明自決していたが、このときの今村はまだそれを知らない。

今村は詔書の伝達式を行うため、ラバウル付近の全直轄部隊長約六十人に、明十六日午前十一時、方面軍司令部に参集せよと指令した。

その時刻に今村は大竹林の中の会報所にはいり、起立して待つ部隊長たちの前に、詔書を持って立った。

「……堪え難《がた》きを堪え、忍び難きを忍び以て万世の為に太平を開かむと欲す……」

あちこちからすすり泣きの声が起り、今村の声も何度かとぎれた。

今村は部隊長らを食堂へ導いた。軍事上の指揮と、隷属《れいぞく》の縁から離れる別盃《べっぱい》を挙げるためである。六十数人の男たちの肺腑《はいふ》に、清酒がしみわたった。今村にとっても、一九〇七年（明治40）以来約四十年にわたる軍人生活の終止符である。今村の計らいでこの席に呼ばれた梅岡令一伍長の沈痛な詩吟の声が、さらに男たちを泣かせた。

山川草木転《うたた》荒涼、十里風腥《なまぐさし》新戦場、征馬不前《すすまず》人不語《かたらず》、金州城外立斜陽《しゃようにたつ》……

今村は別辞を述べた。

「諸君……大東亜戦争は遂に成らずして、昨日を以て終りました。……運命を考えたり、これを悔んだりしても仕方がない。ただ努力精励、再建復興につとむべきである。……諸君よ、どうか部下の若人たちが、失望、落胆しないように導いてくれ給え。七万の将兵が汗とあぶらとでこのような地下要塞《ようさい》を建設し、原始密林を拓《ひら》いて七千町歩の自活農園までつくった。この経験、この自信を終始忘れずに祖国の復興、各自の発展に活用するよう促してもらいたい。我々は敵戦車爆砕のための肉攻精神と、その戦技とを練りに練った。これを祖国復興、産業と科学との振興に振りかえて……。

衆心の一致協力がどんな大きなことをなし得るかをここで体験した人々は、復員後、各地方ごとに日光協会とかラバウル会とかいうような相互協力機関でも設け、助け合うように奨《すす》めてほしい」

今村のこの言葉は、彼が故人となった後も長く生き続けた。全国各地にラバウル会があり、年と共に物故者は増したが集まりは絶えず、単なる親睦会を越えて、今村が望んだ相互扶助の精神が発揮された例を、私はいくつか耳にしている。またこれらラバウル会が中心となって、多くの〝回想録〟がまとめられた。そのほとんどが平和の尊さを述べ、二度と戦争をしてはならぬと説いているが、体験を踏まえ、実感に裏づけられた言葉だけに、説得力がある。

今村の別辞は次の言葉で結ばれている。

「殉国の英霊に対し、遂に戦勝が得られずして終ったことを心からお詫《わ》び申し、その御冥《めい》福《ふく》をお祈りし、またこの二年有半の間……、誠心誠意、命令に服従し、闘い通された七万将兵に私が心から感謝し、私の最後の日まで決して忘れることなく、これら戦友の健康と発展とを祈り続けることを、諸君よりお伝え願います」

これが単なる美文調の〝挨拶《あいさつ》〟でなかったことを、その後の彼の生涯《しょうがい》が示している。

今村は「日本の降伏」を、どのような心境で受けとめたのか――。これについて、彼の膨大な手記の中には何も書かれていない。今村が日本政府と連合国側との和平交渉の時期に終始無言であったことなどから、彼の心境を推測することは出来る。しかし私は何かその〝手がかり〟、または〝裏づけ〟はないかと、今村関係の資料を読む度にそれを念頭においた。そしてようやく、従軍二十周年記念として軍医たちの羅春会がまとめた「ラバウル回顧録」の中に、それを見出した。この本のために今村が書いた「巻頭の辞」に、次の一節がある。

「終戦となったときは、三年間の汗水たらしての努力が遂に決戦の用にならずに終ったことを、本当に残念に感じたものの、他方……何か胸につかえていたものが、すっとさがっていったような気分が、私の心に湧《わ》いたことが、いつわらざる真情であった」

何が今村の胸につかえていたのか。軍中央部は、もはや敗《ま》けるほかない戦局を直視して、一日も早く終戦の実現をはかるべきだ、という思いが、彼の胸につかえていたのではないだろうか――。

今村が第八方面軍司令官となって以来の二年十カ月は、ガダルカナル戦をはじめ連合軍の実力を思い知らされる日々の連続であったといえる。しかし彼は毫《ごう》もひるまず、常に積極的な姿勢で抵抗し続けた。これは軍司令官に課された使命であった。そして今村は、義務の遂行に全力を注ぐ男であった。

しかし、戦局の絶望的な悪化を、当事者として極めて具体的に知っていた今村が、なお本土決戦を待っていたとは思われない。彼は本土決戦で失われる日本人の――将兵と一般国民の生命の価値を考えることの出来る、稀《まれ》な軍人の一人であったと私には思われる。本土決戦は陸軍のやけくそな計画だったが、今村はやけになどならない理性の持ち主であった。

「ラバウル回顧録」の「巻頭の辞」に書いた「三年間の努力が無駄《むだ》になった残念さ」も、実感であったろう。しかしそれは、〝真情〟を書くための前おきであるように、私には思われる。

終戦のどさくさで耕地のことなど忘れていた将兵に、今村から新しい指令が出た。

「ラバウル将兵は今後も現地自活を続け、将来日本が賠償すべき金額を幾分なりとも軽減することをはかる。これは我々の外地における最後のご奉公である」

敗戦の今日、今さら自活でもあるまい。豪軍の給与を受ければ、少しはうまいものが……という声もあったが、黙々と畑に立つ今村の姿を見ては誰《だれ》も何もいえなかった。

報道班員であった森川賢司は、次のように書いている。

「私たちが畑の草とりをしている時、二十人以上の現地人が蛮刀や石を持って日本人をとり囲み、『ここは我々の土地だ。返せ』と迫った。このとき今村大将は『欲しいというなら、与えよ。原始林はいくらでもある。新たに開墾すればよい』と、おだやかにいった」

豪軍から、降伏文書調印式は九月六日と指定してきた。次いで届けられた指令の中に、「貴官（今村大将）をもってラバウル所在陸海軍およびすべての日本人の指揮官に指定し、貴官のみを交渉相手とする」という一項があった。このときから、今村は陸海軍将兵十万の責任者となった。

この日今村は太田庄次に「同一方面戦場の軍隊は、陸海軍いずれの指揮官が統一すべきである――と、私は何度も大本営に意見を述べたが、遂に実現しなかった。それが敗戦によって、占領軍命令で統一指揮することになった。皮肉なことである」と語っている。

九月六日、今村はじめ日本側一行は、セント・ジョージ水道上に仮泊中の英空母グローリアス号に行き、その飛行甲板で豪第一軍司令官ダイク・スターデイ中将との間に降伏文書の調印を行なった。

九月十日、豪軍はラバウルに進駐してきた。戦闘上陸の態勢であることが、日本軍への強い警戒心を示していた。一九四二年（昭和17）一月二十三日、当時大本営直轄であった南海支隊がこの地に奇襲上陸してから、三年八カ月が過ぎていた。

全武装を解いたラバウルの陸海軍将兵十万は、約一万二千を単位とし、日本軍の手で設営する八カ所の集団キャンプに集結することになった。このためにも多くの労力が必要であり、食糧は相変らず自給自足のたてまえで農耕も続けねばならず、そのうえ豪軍の使役に多くの人員をかり出されて、将兵の日々は多忙をきわめた。

豪軍の使役の一つに「兵器、弾薬の集積、海没処理作業」があった。洞窟《どうくつ》陣地から運び出された兵器、弾薬を満載したトラックの列が、連日海岸への道を走った。海岸では兵器を束ねる者、それらを大発に積みこむ者、大発を二キロの沖に出して積み荷を海没させる者など、すべて日本兵の手で処理された。この作業の終了は十二月中旬、ほぼ三カ月かかったことからも、ラバウルの兵器、弾薬の膨大な量が想像される。

国際法により、俘虜《ふりよ》の使役には手当てが支払われるべきだが、ラバウルでは一切それがなかった。九月の降伏文書調印式に先だつ豪軍からの指令の中に、「日本軍将兵は之を俘虜と認めず、武装解除せる日本人として取扱う」という一項がある。これが「日本人をただで使うのは当然」とする豪軍側の根拠であった。

しかしこれは、「生きて虜囚の辱《はずかしめ》を受くる勿《なか》れ」という戦陣訓をたたきこまれてきた日本の将兵にとっては、いささかの慰めでもあった。また占領軍の不当な扱いに対する抗議に、「俘虜と認めず」という指令をタテにとることも出来た。

今村はじめ陸海軍将官三十三人は約五十人の将兵と共に、日本人が〝将官村〟と呼んだ第十二集団に移された。これは進駐豪軍が、将官の指揮権を剝奪《はくだつ》し、大佐以下に部隊の統轄指揮をさせるためであった。

ブーゲンビル島で終戦を迎えた第十七軍司令官神田正種中将もラバウルに移され、将官村に住んだ。私は一九八二年（昭和57）一月末、東伊豆の熱川《あたがわ》温泉に隠棲《いんせい》する九十二歳の神田を訪れた。彼の死の一年前であった。

神田は将官村の今村について、次のように語った。

「実によく本を読んでいて、しかも記憶がいいから、話題は豊富だった。昼食は大てい二人一緒だったが、毎日違う話をされた。上原（勇作）元帥《げんすい》の思い出だの、イギリスやインドの話など……」

「最も尊敬し、好意を持つ先輩は？」という質問を神田に向けた私は「今村大将」という答を期待し、彼の〝今村論〟を聞こうと思っていた。だが神田は言下に「そりゃあ、阿南大将だ」と答えた。これは、ちょっと意外だった。一九四一年（昭和16）末に始まった南支の第二次長沙《ちょうさ》作戦で、第六師団長であった神田は、第十一軍司令官阿南の無謀な作戦でさんざんな苦戦を強《し》いられ、それについて批判的な手記を残しているのだが。

「阿南さんは本当の武将だった」神田は懐《なつか》しそうに語った。「阿南さんのいわれることはすべて、実に気持よくこちらの胸に納まる。……今村さんは〝聖将〟とか〝仁将〟とかいわれた人で、確かに人格者だったし、知識人でもあった。陸軍きってのインテリだといった人もある。だがどうも武将らしくない考え方があって、私は〝肝胆相照らす〟というわけにはいかなかった」

旧軍人の中には、神田と同じ感想を持つ人が少なからずある。

「あなたは戦争をどう予測しておられましたか」という質問に、神田は明瞭《めいりよう》に答えた。

「昭和十七年（一九四二）秋、中支にいた私の第六師団にガダルカナルへ行けという命令が下った。上海《シャンハイ》に集結したが、輸送船が間に合わず一カ月余も待たされた。そのとき私は、もうこの戦争はだめだと思った。そして私自身は、ガ島上陸作戦で死ぬだろうと思い、形見の軍刀を日本へ送った。行けというから行ったものの、実にいやな気持の戦争だった。結局ガダルカナル作戦には間に合わず、ブーゲンビル島に上陸、ガ島引揚げの兵を迎える立場になった。

日本もガダルカナルあたりで見切りをつけ、和平交渉を始めるべきだった。すでにミッドウェー海戦でたたかれた後だったし……」

海外部隊引揚げについての日本政府の腹案が、ラジオ・ニュースでラバウルに伝わった。在ラバウル部隊の最後尾の帰国は一九四九年（昭和24）春になるという。あと三年半――短いとはいえない歳月である。ますます農耕に励み、マラリア対策を強化して、全員を無事日本に送り届けねば、と考えた今村は、さらに彼らの帰国後のことまでを案じた。

将兵の中には、中国戦線からさらに南方へと八年に及ぶ戦陣生活を過した者もいる。一般社会とは隔絶した軍隊だけで暮してきた彼らが、敗戦後の混乱が想像される日本に帰って、果して抵抗なく周囲に溶けこめるだろうか。ぜひ祖国の復興に役立つ社会人となってもらいたいが、そのためにも、また職を探すにも、長く軍隊にいたための知識、教養面の弱さが障害となりはしないか。今村は三年半という長い歳月の一部を、彼らの教育に当てようと決心した。

兵の多くは小学校卒業であった。教育は差し当り中学程度の学識を得させることを目標に、英語、数学など各科目の初歩から始めて次第に程度を高めるように企画された。

軍の中には各分野の学識を持つ者もおり、かつての教職者もいて、教師陣にはほぼ問題のないことがわかった。各科それぞれ手分けして、教科書の内容検討が始まった。理科の植物を担当した塚本博利（宇都宮高等農林＝現・宇都宮大学農学部＝出身）は多くの挿絵《さしえ》を入れた美しい教科書の試案をまとめて、今村を喜ばせた。

和歌、俳句、漢詩などの趣味講座も設けられた。またラジオ・ニュースで知った新憲法の案などをガリ版で印刷して配布し、社会に対する知識、関心を高める努力もなされた。活字に飢えていた将兵は、豪軍の作業に対する不満も忘れてそれに読みふけり、祖国の家族の上に思いを馳《は》せた。

「終戦後のラバウルで、私は『かがみ』という雑誌の編集をしました」と、のちに文化出版局局長となった今井田勲は語る。「みなが意気消沈しているので何か励ましになるものをと今村大将にお願いし、それを創刊号にのせました」

「かがみ」はザラ紙にきれいな謄写版《とうしゃばん》刷り六十ページ、週刊誌大の雑誌である。将兵の創作による時代小説、恋愛小説、短歌、俳句、碁将棋、世界情勢、英語講座、復員後の職業案内、各団の消息などに、カット、イラストを多数加えて、将兵の待望する娯楽、教養、情報を網羅《もうら》している。口絵には桜の下に立つ和服姿の美人画が使われているが、これがどれほど将兵の望郷の念を誘ったかと、今日でも胸の熱くなるほどの内容である。

今村は巻頭論文の中で、「将兵諸子は君国復興のために、かけがえのない資質を有する者」と呼びかけ、「健康な肉体と明朗な精神を保って帰国するため、軍隊の団結と規律的起居動作が必要」とさとしている。そして、赤痢に似た病気の発生を憂《うれ》い、「およそ便所と炊事場の清潔の保たれない民族は、文明人と認められない――とは、世界の常識である」と教えて、「自分も自身の便所は人手をかりずに絶対蠅《はえ》をわかさないようにする考えである」と述べている。ここでも今村は〝率先垂範〟である。

帰国は一九四九年（昭和24）と覚悟していた将兵を狂喜させるニュースが届いた。ソ連の態度により在満州部隊の帰還には手がつけられず、またアメリカが約二百隻のLST（戦車揚陸艦）を貸与したことなどから、急に輸送船がラバウル方面に向けられることになった。来年、一九四六年（昭和21）初めには復員船がラバウル港に姿を現わすだろうという。将兵は喜びに沸きかえった。

ところが、家族や故郷の話に有頂天の将兵たちの胸に、暗い影を落すニュースが伝わった。十二月五日、高屋大佐はじめ六十九人が戦犯容疑者として指名され、収容されたのだ。戦犯容疑者が逮捕され、裁判が行われるとは聞いていたし、十月中旬から戦犯収容所の建設が始まったことも知っていたが、それがこのような形で現実になったことに誰もが不安を抱いた。やがて、証人として呼ばれた兵がそのまま容疑者になったという話が伝わり、いったん目をつけられたらほとんどが死刑らしいという噂《うわさ》も流れて、各集団キャンプはいっそう強い不安に包まれた。

「日本の将兵の中に処罰すべき者がいるというのなら、私一人を裁けばいい。部下はみな、私の命令を実行したにすぎないのだから」

これが、戦犯裁判に対する今村の最初の言葉であった。

一九四六年（昭和21）二月から、ラバウル港に復員船が姿を見せ始めた。その一隻に、今村の次男純男《すみお》が船医として乗りこんでいた。おそらく、復員局あたりの好意的な計らいであったろう。しかし今村は彼に会わなかった。周囲は今村の気持を「戦犯となった部下たちは、どれほど家族に会いたがっていることか。中にはその望みも遂げられぬまま、すでに死刑を宣告された者もいる。どうして私だけが、息子に会うことが出来よう」というものであろうと推測した。

純男は家族の近況と愛犬の死までをこまごまと書きつづり、それを父に残してラバウルを去った。

四六年四月末、今村は自分の意思で戦犯収容所にはいった。そして十年の刑が確定した後、オランダの軍事裁判を受けるためラバウルからジャワへ向かう。

ジャワ裁判始まる

獄中の「八重汐《やえしお》」大合唱

今村がバタビヤの空港に着いたのは一九四八年（昭和23）五月三日の夕刻であった。タラップの下に待機していたオランダ憲兵隊の車は、今村を乗せてストラスウェイク刑務所へ直行する。ジャワ占領軍（第十六軍）司令官兼蘭印《らんいん》総督であった今村がバタビヤに住んでいたのは、すでに六年の昔である。いま戦犯容疑者として護送される車の窓から、今村は深い感慨を抱いてこの街の灯《ひ》を眺《なが》めた。

このとき今村は、少年時代に暗誦《あんしょう》した「太平記」の、形容詞の多い感傷的な文章を記憶の底からたぐりよせていた。北条時代、日野俊基が処刑のため鎌倉《かまくら》に送られる東海道の旅を記した部分である。今村は、「私の場合は民族間の大闘争。国際犯であり、最後の息を引くまではやはり闘争の連続であり、場面はニューギニヤの大ジャングルと太平洋の大海を目の下にしての道ゆきである。感傷的な心の動きは感じられなかった」と書いている。

バタビヤに到着した今村が日野俊基を思い浮かべたのは、「ここが私の刑死の地となる」

という彼の心を語っている。フィリピンでマッカーサーを追い落した今村の同期生本間雅晴中将は、マニラの軍事法廷で裁かれ、一九四六年（昭和21）四月その地で処刑された。今村が《オランダ軍を敗退させた私もまた、その舞台であったバタビヤで処刑されるだろう》と思ったのは当然である。

　夜に入ってストラスウェイク刑務所に到着した今村は、殺人、強盗、重要政治犯などを入れる六号舎の二号室に導かれた。彼は、「インドネシア人を主とした千五百人が収監されていて、日本人は私一人である」と書いている。

　一九八二年（昭和57）に私が訪れた時のストラスウェイク刑務所も、今村の記述の通り、高い頑丈《がんじょう》な煉瓦《れんが》塀《べい》に囲まれていた。その暗い色の威圧的な塀はあまりに高く内部の建物の屋根さえ見えないが、それは周辺の民家と牢獄《ろうごく》とを隔てる道幅の狭さにもよる。この時点でも、未決囚だけが収監されているということだった。
今村がコンクリートの寝台で一夜をすごした翌朝六時ごろ、鉄扉《てっぴ》の二重の鍵《かぎ》がはずされ、オランダ人看守が二人のインドネシア囚人を伴なって房に入って来た。
「私がこの六号舎のフォールマン（世話役）です」と中年のインドネシア人が英語でいった。「この青年は今日からあなたのタンピンを務めますから、洗濯《せんたく》や部屋の掃除など、何でもやらせて下さい」

　当兵《タンピン》とは中国語がジャワ語になった言葉で〝手伝い人〟というような意味らしい――と今村は書いている。サレンダルという名のタンピンは「私は日本軍の青年訓練所にいました」と、日本語でささやいた。

のちに今村は、オランダ人看守ドンケル・カルチュース伍長《ごちょう》の片手の異常は、日本軍捕虜収容所で手荒く扱われたための骨折が原因と知って心から詫《わ》びるが、この伍長も二人のインドネシア囚人も初めから今村に対して非常に好意的であった。

初対面の挨拶《あいさつ》のあと、伍長は「朝食前にマンデー（洗身）に行きなさい」といった。これはインドネシアの習慣で、一日に数回冷水で体を洗う。マンデー用の井戸は今村の房からいちばん遠い場所にあり、彼は各房の前を通ってそこへ行ったので、六号囚舎の様子がよくわかった。今村の房と同じものが約二十、六人ほどの雑居房が二つあり、ほとんど満員であった。

食事を運んできたタンピンがいった。「日本時代の最高指揮官がここにはいったことを、六号囚舎だけでなく、監獄中の囚人が知ってしまいましたよ。あなたは日本の軍服を着ているから、一目でわかるのですね。みんな、とても喜んでいます。……それは、今夜七時に、歌であなたに伝わるでしょう」

タンピンの日本語はたどたどしく、今村には意味がよくわからなかったが、気にもとめずにいた。

その夜、七時の点鐘を合図に、地の底から湧《わ》きたつような大合唱が今村の房を包んだ。《おお、これは》今村は耳を疑う思いで、その歌声に聞き入った。《これは、八重汐《やえしお》ではないか》――千人を超す人々の声が一つになって、〝八重汐〟の最初の一節、日本民族からインドネシア民族への呼びかけの部分を、高らかに歌い上げてゆく。

八重汐や遠きわだつみ　天照《あまて》らす　神の国より……

それはかつて蘭印総督であったころの今村が、折にふれて聞いた懐しいメロディーである。低く口ずさみながら耳を澄ます今村の胸に、思い出が雲のように湧きたつ。

一九四二年（昭和17）のある夜、今村は宣伝班員数人を招いた食事の席で、「どうだろう。日本とインドネシア両民族が声を合わせて歌う『両民族融和の歌』を広く懸賞募集してみては。日本語とインドネシア語の両方を……」といった。

みなが賛成し、軍政部のこころみとして公募した結果、日、イ双方とも多くの歌詞が集まった。日本語の方は宣伝班員の一人であった詩人大木惇夫《あつお》が中心となって選び、一位に当選したのが〃八重汐〃であった。いま作詞者の名は伝わっていないが、今村は「ある部隊の上等兵」と書いている。作曲は飯田信夫と軍楽隊長との合作であったという。

当選歌発表会は、バタビヤ第一の劇場で行われた。日、イそれぞれ四十人の男女が舞台の上で向かい合い、まず日本側がインドネシアへの呼びかけを歌い、次いでインドネシア側が日本へ歌いかけ、最後は全員が声を合わせて、

八重汐や　幸《さち》の通《かよ》い路《じ》……

と歌い納める。発表会を機に、この歌はたちまちジャワ全島の町から村へと広まり、日本の将兵と現地人が同席すれば、必ずといっていいほど歌われたものだという。

当時、軍中央や南方軍の反対に抗して融和政策をとり続けたため苦境にあった今村は、

この〝八重汐〟の合唱に何度か心を慰められた。あれから六年――。戦局の悪化から敗戦へと、インドネシア人の対日感情も次第に悪化したと聞いていたが、〝八重汐〟は今もこの国の人々に愛され、歌い継がれているのか――。獄中の今村は感動に目をうるませた。

翌日からは今村がマンデーの井戸に行くため各房の前を通ると、「おはよう」「グッドモーニング」などとあちこちから声がかかった。中には「最高指揮官に敬礼っ、かしらーっ、なか！」と号令をかけて、挙手の礼をする者もあった。今村が思わず微笑を浮かべて挙手の答礼を返すと、彼らは手を打って喜んだ。

「昨夜は久しぶりに〝八重汐〟を聞いて嬉《うれ》しかったが」と今村はタンピンに訊《たず》ねた。「あの合唱を、なぜオランダ人看守は止めなかったのか」

「インドネシアは間もなく独立します」とタンピンは胸を張って答えた。「オランダ側は、もうどんな合唱だって止めることなど出来ません。ここではよく独立の歌〝ムルデカ〟を歌いますが、それさえ止められないのです。看守の半分以上がインドネシア人で、みな独立は近いと信じていますから」

うぬぼれや、一人よがりを極度に嫌《きら》う今村は、「昨夜の〝八重汐〟は私への歓迎のためというより、かつての日本軍最高指揮官の入所を機に、刑務所への示威手段として歌ったもののようだ」と書いている。

今村にも次第に、看守の助手たち約半数が独立政府のスパイであること、オランダはもはや獄内だけでなく、この国の大衆に対しても権威を失っていることなどがわかってきた。

今村もまた《インドネシア民族の独立は成功するであろう》と思い、今はジョクジャカルタにいるというその中心人物スカルノとの旧交を懐しく思い浮かべた。

一九四五年（昭和20）八月十一日、寺内南方軍総司令官は日本政府を代行して、インドネシア独立を九月七日と予定し、スカルノに独立準備委員会を設けて、その委員長になることを命じた。しかしその直後の八月十五日に日本は降伏し、スカルノは八月十七日、独自にインドネシア共和国独立を宣言した。その後、独立軍は進駐してきた英軍を敵と判断して、全土に決起の檄《げき》をとばすなどの混乱状態が続いた。英印軍にオランダ軍も加わり、インドネシア独立軍は一時英軍に征圧されるなど苦戦の連続であったが、一九四六年（昭和21）三月オランダ軍との停戦協定が成立した。しかしその後も、主権回復をはかるオランダ側と、あくまで独立を目ざす共和政府との間のせめぎ合いが繰返されていた。

ある日、ストラスウェイク刑務所の営繕主管職員が、今村の房に来た。一目で混血とわかる体格のいいこの青年は、正しい英語で今村に次のように語った。

「戦争中、私はあなたの軍の捕虜となり、日本へ送られて、茨城県の日立鉱山で三年間働かされました。監督の中尉が大へんいい人で、毎日の食事にも不満はなく、その中尉や鉱山事務所の技師の家庭などにもよく招かれたものです。終戦直後ジャワに帰ったのですが、どこでも日本人に虐待《ぎゃくたい》された話ばかりで、私は信じられない気持でそれを聞いています」

この職員はその後も何度か今村を見舞い、手記を書き始めていた彼のために紙や鉛筆を持ってきてくれた。この職員との出会いは、今村を非常に喜ばせたらしい。彼の親切もさることながら、日本人の残虐行為ばかりを聞かされ、またラバウルでは戦犯となった部下のための証言も拒否して復員船にとび乗った高級将校の行為などに心を暗くしていた今村は、日立鉱山の人々の捕虜への思いやりに救われる思いであったろう。

今村は一九五四年（昭和29）に釈放された後、日立市に住む永山武久に招かれたのを機に同市へ行き、捕虜たちを親切に扱った人々に礼を述べている。永山は軍医としてツルブの戦闘を経験した人で、一九四四年（昭和19）ラバウルに移り、ここで終戦を迎えた。

ストラスウェイク刑務所には次々に新しい未決囚が送られて来るが、今村の周囲には独立運動の政治犯が多く、彼の房の隣り三号室から七号室までを占めた五人の青年たちも「あれは〝ジバクタイ〟だ」とタンピンが敬意をこめていった。今村が説明を求めると、意外にもそれは〝自爆隊〟という日本語で、爆弾を抱いて、インドネシア独立を妨害するオランダ人を襲撃するテロリストたちであった。日本の敗戦後、多くの日本将兵が独立軍に身を投じていたので、そうした日本人が〝自爆隊〟という名をつけたのであろうか——。

〝自爆隊〟が入所した夜の刑務所内は、独立の歌「ムルデカ」の合唱で沸きかえった。オランダ人看守たちは終始無言である。

翌日から〝自爆隊〟の青年たちはマンデーに行く今村に声をかけて敬意を表し、今村がどれほど辞退しても、家族から差し入れの食物や石鹼《せっけん》などを届けてきた。

そのうち、最年少十七歳の少年が、スカルノ政府と気脈を通じている看守の計らいで、今村の房に遊びに来るようになった。今村には、独立運動の闘士たちに対し、一種のうしろめたさがある。一九四二年（昭和17）ジャワ進攻の時の日本はインドネシア民族の独立を唱えたが、今村の時代はもとよりその後も長く、彼らを利用するだけで独立を許しはしなかった。最後に至ってようやく態度を決したものの、すぐ敗戦国となった日本に彼らを支援する力などあるはずもなかった。

……だが三百余年の間、インドネシアに君臨したオランダの軍隊が僅《わず》か九日で日本軍に降伏した事実に彼らは勇気づけられ、その後日本軍が兵員不足を補うため〝兵補〟として訓練した現地の青年たちが独立軍の主体となった……と思うことで、今村は心を慰めた。やがて〝自爆隊〟の青年たちは死刑を宣告され、十七歳の少年も明るい微笑を今村の記憶に残して、平然と刑場へ引かれていった。

今村に対する予審訊問《じんもん》は、オランダ本国から派遣された二十七歳の法学士スミットによって行われた。それは五月中旬から十月下旬まで二十五回続いたが、スミットは終始礼儀正しい温かい態度で今村に接し、両者の好意を深めながら調書は出来上った。今村は「この人（スミット——筆者註）が完全に信頼していた三井物産の森田正次君（やはり召集されて軍籍にあった歩兵中尉）の懇切な通訳が、この気分醸成の元をなしていた」と書いている。森田正次は日本の敗戦後もジャカルタの三井物産にいて、この地に滞在中の私の取材に協力してくれた。彼は「今村さんの調べ室の前庭に、まっ赤なカンナの花が咲いていたのを覚えています」と語った。今村大将はおそらく死刑だろう……といわれていた当時、なんとか彼を救いたいと腐心していた森田の目に、カンナの花弁のあまりに強烈な赤さが無慈悲に映ったのであろう。

今村がチピナン刑務所に移されたのは九月十八日であった。土曜日の午後なのでチピナンの事務所には一人のオランダ人もおらず、ここで働かされている日本人戦犯数人がいっせいに立ち上って、彼を迎えた。

今村は次のように書いている。「チピナン監獄はジャワ最大のものとかで、いつも三千人以上の者が入れられているそうだ。私のはいった時は、約二千三百人のインドネシア人と華僑《かきょう》、約二百人の白人、それに約七百人（七十人の朝鮮人を含む）の日本人戦犯とを収容していた」

ジャカルタ滞在中の私は、チピナン刑務所内のかつて今村がいた囚房をぜひ見たいと思ったが、法務省で「監獄見学の許可は、早くても二週間かかる」といわれた。そんなに待ってはいられない。福屋副領事と森田正次の支援で再三頼みこんだ結果、私の取材目的が了解され、「あの囚房は正面入口に近いから奥深くはいる必要はなく、現在は使われていないから」と、ようやく承諾してくれた。ただし正式の許可証は出せないということで、ジャカルタ市第七管区長と私とが「散歩の途上、ちょっとたち寄った」という形の監獄訪問であった。

チピナン刑務所は、その後のジャカルタ市の膨張で市街地の中になった。その広大な敷地はコンクリート塀で囲まれているが、ストラスウェイクのような暗い色ではなく、丈もあれほど高くなく、外観はずっと明るい。正門をはいってすぐ事務所があり、その外は中央に白い花をつけた菩提樹《ぼだいじゅ》の大木の立つ広場である。その奥の火炎樹の下を通って進むと、L字型の政治犯四舎が現われた。四房の並ぶL字の長い一辺と平行して低い白壁があり、それと四房との間は長方形の青芝の庭である。「今村さんがおられたころは、ここは花壇でした」と森田がいった。

今村の房は、手前から二番目であったという。淡灰色の畳一枚ほどの扉《とびら》の上部は鉄格子《てつごうし》で、そこからのぞく内部は六畳ほどの広さ、奥の壁の上部に空気ぬきの小窓が見える。コンクリートの作りつけのベッドが一つ、他に何もない房内は全体が白く塗られていて、どこにも汚れはない。今村がいたころとは、すっかり変ったらしい——。

今村は、「房室内に両便所が設けられ、板ぶたで上をおおうようにはしてあるが、排出物は流下せずに積み重なり、悪臭芬々《ふんぷん》、便所の中の住居と言うても過言ではない。医学がドイツなみに進んでいるというオランダ人管理の獄舎が、どうしてこんなことにされているのか、やっぱり有色人のインドネシアを主対象としているために、こんなにしておくのだろう……と疑った」と、白人の有色人蔑視《べっし》と結びつけて書いている。

インドネシア独立から三十余年がすぎた、チピナン刑務所には、今村が書いたオランダ時代の不潔さは全くなかった。私が明るい印象を受けたのは、他の監房はずっと離れていたので囚人の姿を見なかったためかもしれない。きらめく陽光を浴びたかつての今村の囚房や青芝の庭は、猛暑の中で眠っているように静かだった。今村のころのチピナンには三千人以上が収監されていたが、私が訪れたときは九百五十人という話だった。

今村の囚房を離れ、菩提樹の広場を門へ向かって歩いている時、少年の時からここに勤めているという職員が、英語の単語と身ぶりで「ジェネラル・イマムラは、ここで他の日本人戦犯と一緒に体操をしていた」と教えてくれた。今村と共に体操をしたのは、有期刑の戦犯だけであったろう。死刑囚は厳重に隔離されていたはずだから——。

今村はこう書いている。「ジャワのオランダ刑務所での死刑囚取扱いは、有期刑者に対するものと比べ、すこぶるむごい。……死刑を宣告されるほどの悪人を人間並みに扱う必要があるものか、との過去の行刑主義、すなわち〝目には目を歯には歯を〟をもってするもののようだ。……非衛生の密閉主義に堕し、なんら精神上の慰安に注意を払わず、執行前の相当長期を心身に苦痛を与えることは、人道に反するものだと思う」

今村は憤《いきどお》りをこめた筆を、他の国へものばしている。「聞くところによると、シンガポールの英軍チャンギ刑務所では、当初の期間、戦犯死刑囚をそこの警備兵の残虐きわまるリンチの対象にまかせ、執行前に殴打せっかん、歯を折り、あばら骨をくだき、半死半生の目に会わせていたとのことである。連合国中、一番教養度の高いと言われている英人が、また〝汝《なんじ》らのうち罪なき者、まずこらしめの石を打て〟とキリストに教えられている国民が、そんなことをしたのかと憤慨された」

当時、チピナン刑務所の日本人死刑囚は十数人いた。遠く隔離された独房の彼らと接触できるのは、その世話係りである有期刑戦犯の山口航蔵大尉だけであった。十一月のある日、山口は死刑囚の一人である橋本豊平の手紙をそっと今村に届けた。

「私はジャワ上陸のとき、あなたの部下の一人でした」と、新潟県直江津出身の橋本の手紙は書き始められている。憲兵であった彼はマズラ島勤務中の住民調査に不当行為があったと起訴され、死刑の判決を受けて七カ月を独房で過していた。「旧部下であり、同郷のよしみにもつらなり、失礼ながらお願いを……、私の刑死を知ったら、両親がどんなにか悲しみ、また世間体を恥じることでしょう。もし機会がありましたら、戦争犯罪とはどのようなものか、私たちがどんな裁判を受けたかを、両親にお伝え願いたいのです」

今村はすぐ返事を書いた。彼は越後と自分との深い縁を述べたのち、「もし生きて祖国に帰ることがあったら、君のためばかりでなく、ラバウルで刑死した部下たち、いな全戦犯者のため、戦犯とその裁判の公正如何《いかん》について世に訴えるつもりである」と書いた。

二日後、また橋本から長い手紙がきた。思いがけない今村の返事に感泣した彼は、死刑囚全員に回覧して喜びを分けたと書き、さらに多くの質問をつらねてきた。——両親が私の死刑を知った悲しみに、日ごろの信仰までを失うであろうと案じられるが、どうしたらよいか。君国のためと信じ命を賭《と》して戦ってきたのに、なぜ「軍閥の手先きとなり、侵略の悪事を犯した」と、ののしられねばならないのか。国体は本当に護持されたのか。天皇はなぜ「私は神ではない」などといわれたのか。全国民が心を合わせて一生懸命にやった聖戦に、なぜ天佑《てんゆう》がくだらなかったのか――。

昭和十年代の日本の兵隊らしい、素朴《そぼく》な煩悶《はんもん》の訴えである。今村は早速返事を書き、山口大尉に託した。だが午後になって、山口は今村の手紙を持ち帰ってきた。

「昨夜、三人の日本将校が脱走したので、日本人はいっさい死刑囚房に近づけなくなりました」

脱走事件が蘭印当局を刺激したためか、橋本は間もなく処刑された。

その日、今村は細長く切った紙に鉛筆で橋本豊平の名を書き、それを位牌《いはい》として顔も知らない旧部下の冥福《めいふく》を祈った。一輪の花も線香もない位牌の前に、遂に橋本の目に触れることのなかった今村からの返事が供えられていた。

この返事の中で、今村は橋本の質問の一つ一つに懇切丁寧に答えている。目前に迫る死と日夜対決している青年の胸中を察し、少しでもその苦悩をやわらげて、静かに最後の時を過させようとする今村の熱意とやさしさがあふれる長文である。

その中に、「君国の犠牲者たる矜持《きょうじ》と、魂の平安とを保ち、靖国《やすくに》の宮に旅立ちし給え。やがてそこでの会談を期待する」という一節がある。だが彼自身については、「もっとも私などのような大きな責任者は、国民の不満が幾分でも安まるため、もっともっと大きく非難されることを本望としてい、実際なんと言われたって仕方のないほどの罪過を国家に負うていることを自認している。戦勝のときに功一級などを与えられる地位の者が、戦敗を招いた場合、罰一級をこうむることを避けようとするのは、これこそ許すべからざる厚顔無恥と言わなければならぬ」と書かれている。

また国民が旧軍人を誹謗《ひぼう》する理由の一つとして、「いつも勝った勝ったと大きく放送しながら、あれは嘘《うそ》だったのか」と憤慨するのはもっともである。英国のように国民を信頼し、負け勝ちを何の粉飾なしに真実を知らしめるやり方とちがい、負けは一切ひたかくしにし、または巧みに言いつくろい、勝ちだけを五、六倍に拡大して聞かせるようにした要路の人たちの間違いから、わが同胞が、もう撃ち落したはずの米軍爆撃機が日ごとにふえ、いよいよ多くの爆弾や焼夷弾《しょういだん》を浴びせかけることを不審にし、軍部の嘘つきめ、とののしったとて、どこに無理があろう」と書いている。

チピナン刑務所で軍事裁判の開始を待つ今村は、ストラスウェイク刑務所のころより多くの自由を与えられていた。午前、午後各二、三時間は鉄扉《てっぴ》の鍵《かぎ》がはずされ、庭を散歩したり、他の囚房を訪れて雑談することも出来た。

百二、三十人いる政治犯の中に、インドネシア独立軍の将校が二人いた。この大尉と少尉は日ごろから今村に敬意と親しさを示していたが、ある日二人揃《そろ》って彼の房に現われた。

「今日は大事な話があります」と真剣な表情で大尉がいった。「私たちの英語では不十分ですから、山崎さんを呼んで下さい」

山崎はインドネシア語を巧みに話すので、刑務所当局の指令で日本人戦犯の世話役と連絡係りを兼ね、今村の近くの房を与えられていた。彼はすぐに来た。

「ご承知のように、この監獄の看守や助手の半数以上が独立共和国政府と気脈を通じています」と、大尉が山崎の通訳でいった。

「この政治犯囚舎の看守にも三、四人しっかりしたスパイがいます。それが私たちと共和国政府との連絡係りを務めていますが、今日その一人が私たち二人に政府の指令を伝えてきました。

イマムラ将軍！　それはあなたについての指令です。共和国政府の得た情報によれば、オランダ軍事裁判はあなたを死刑にするとのことです。もし死刑が決定したら、共和国政府は執行日を探知し、刑場へ行く途中であなたを奪回する計画です。その場合、あなたはためらわず共和軍側の自動車に乗り移って下さい。これをお伝えしておけと指令してきました」

今村は二人の将校をよく知っているわけではないが、彼らの表情や態度からその言葉を信じた。しかしこの監獄には共和国政府のスパイがいると同時に、オランダ側のスパイもいると聞いていた。うかつな返事は出来ない、と思った。それに、今村には奪回計画を受け入れる気持がなかった。

「君たちに指令を伝えたスパイ看守を通じて、独立政府に次のように伝えて下さい」と今村はいった。「日本の武士道では、そのような方法で生きのびることは不名誉とされている。まして私を救うため、独立軍とオランダ兵とが鉄火（銃火の意味がある――筆者註）を交え、犠牲者が出るようなことは絶対に避けたい。しかし私の死刑執行前に、もしこのチピナン監獄が独立軍の手に落ち、ここからどこかへ連れて行かれるということなら決して拒否はしない。私はスカルノ政府の厚意には深く感謝するが、奪回には応じないことを諒《りよう》承《しよう》して下さい、と伝えてもらいたい」

二人の独立軍将校は今村の拒否の理由がなかなか呑みこめないらしかったが、通訳の山崎が言葉を尽して説明し、ようやく「その通り伝えます」と答えた。今村は「私個人としては、スカルノ氏の厚意を多とした」と書いている。

今村の公判は一九四九年(昭和24)三月八日に開始された。

「戦争犯罪裁判というものは、鉄火を交えた戦争の延長と考えている」と記した今村は、昂《こう》然《ぜん》とした態度でチピナン刑務所から裁判所へ向かった。そして、法廷にまで響く遠雷のような砲声を「軍事裁判の伴奏にふさわしい」と、ここちよげに聞いている。

約三カ月前から、インドネシア情勢は大激変にゆさぶられていた。アメリカ政府の仲介によるレンビル協定で、オランダは一九四九年一月一日に領土主権をインドネシア共和国に委譲することを約し、両国の戦争状態を停戦に導いた。だがオランダは主権委譲期日の直前一九四八年(昭和23)十二月に、共和国側のゲリラ活動で多くのオランダ人が生命財産を侵害されたことを理由にレンビル協定の無効を宣言し、共和国政府所在地ジョクジャカルタ市に空挺《くうてい》隊を降下させてスカルノを捕え、ジャワ北方のピンタン島に拘留した。

これに憤激した共和国のゲリラ隊は各地で蜂《ほう》起《き》し、一九四九年三月には青年ゲリラ部隊がバタビヤ周辺に出没するに至り、これに対してオランダ軍は威嚇《いかく》砲撃を繰返していた。法廷の今村が耳にしたのは、この砲声である。

裁判長はオランダ本国から派遣された若い法律家デ・フロートで、軍事裁判であるため臨時に少佐の資格を与えられていた。法廷の彼について今村は「紳士的言動に終始し、時によるとむしろ私を弁護するために尋問しているかのような進め方であった」と書いている。

この時期に、部下の残虐行為に対する監督責任について裁かれたのは今村をはじめ当時の第二師団長丸山政男中将、支隊長であった東海林俊成《しょうじ》少将、今村軍の参謀長であった岡崎清三郎中将の四人で、部下将兵が一人も法廷に現われないことが彼らの気持を楽にしていた。今村に対する起訴項目二十六件はいずれも検察側が犯行者を指摘できず、単に「何々部隊がやったに違いない」と断定したものばかりである。

今村は「日本軍統帥の精神によれば、部下の不法行為については各級指揮官はおのおのその直属上官に対して責任を負い、最高指揮官は部下いっさいの行為に対し、……責任を負うべきものとされている」と書いている。

また彼は、「部下の犯行でも、それが人道にはずれたものと認められれば率直にこれを肯定し、責任をとることに終始すると同時に、その疑わしいもの、または単なる憶測に過ぎないと考えられるものに対しては、裁判長の感情を害しても、おのれの主張を言い通し、決して迎合卑下の態度をとることはしない」とも書いている。

予審調書を基に進められる裁判で今村はこの態度に徹し、証拠も示されない「部下の残虐行為」を次々に否定していった。ジャワ時代の自分のやり方をふり返って、今村には自信があった。

ジャワ攻略戦の直前、今村は各部隊の乗船時に作戦任務の命令と共に、国際道徳を含む戦陣道徳の遵守《じゅんしゅ》を訓示し、陸戦法規、俘虜《ふりょ》取扱条約および野戦俘虜取扱規定を印刷交付して、これにより捕虜や住民を取扱うように命じた。今村自身がこの特別教育を行えなかった第二師団とパラオの坂口旅団には、それぞれ代理を派遣した。

今村は部下各部隊長や幕僚のほとんどと長いつき合いがあり、彼らの性格や監督指導の能力を十分信頼していた。また今村は自分でマランやスラバヤなど四カ所の収容所を視察し、各所とも捕虜は彼の方針通り正しく人道的に扱われているのを目撃して、満足した。直轄《ちょっかつ》部隊長会議でも、捕虜の逃亡、不法処刑、また告訴状にあるような残虐行為などの報告を受けたことはなかった。法廷の今村はこうした事実と共に、彼自身が骨子を作った「戦陣訓」の精神が部下将兵の末端まで浸透していたと何度も強調した。

裁判長デ・フロートの今村に対する〝紳士的態度〟は、裁判最終日とされる三月十四日の前半まで続いた。この日午前中には、証人席のミルブラッド夫人が今村について次のように述べた。

「一九四二年(昭和17)四、五月ごろ、医師フォーヘン博士は多数患者の治療のため、今村軍司令官の裁決で収容所から釈放され、また人類学者コニングスワルド氏を含む二十六人の技術者や専門家も、今村軍司令官の特別指令で釈放されました」ミルブラッドはなお多くの例を挙げたのち、「当時上流夫人の間では、今村軍司令官は白人憎悪《ぞうお》者ではないと意見が一致していました」と述べた。

トラ・ミルブラッド・フィッシャーは日独混血の女性で、十五歳まで日本で教育を受け、のちドイツ人の夫と共にインドネシアに渡り、戦中は日本軍の通訳を務めた。敗戦後の軍事裁判では、今村はじめ多くの日本人戦犯のため有利な証言をした。日本人の間で〝おトラばあさん〟と呼ばれて親しまれた彼女は、一九七九年（昭和54）日本政府から勲六等宝冠章を贈られ、一九八二年（昭和57）八十八歳でジャカルタで死去した。

裁判に立ち向かう気魄《きはく》

三月十四日午後の法廷では、今村の起訴事項の最後である二十六番目の「豚籠《ぶたかご》事件」がとり上げられた。オランダ側は、これを最重要容疑としていた。

容疑内容は「一九四二年三月から翌年十二月まで約二年間、ジャワの第十六軍軍人は数百人の捕虜や抑留者を拷問《ごうもん》、虐待《ぎゃくたい》したうえ、豚の輸送に用いる籠に押しこめ、トラックや貨物車輛《しゃりょう》に積みこみ、食糧も水も与えず輸送した。一部は海岸に輸送し、さらに遠く海上に運んで、溺死《できし》させた」というものである。

これには多くの証言があり、予審の段階でそれを読み聞かされた今村は次のように答えている。

「本件に関し、私は何も知らない。これらの証言は、戦時にありがちな流言に基づく幻影と思われる。被害者自身の告訴は一つもなく、目撃者もなく、すべて伝聞として述べ、豚籠を運んだとして調べられた運転手は全面的に否定している。これら捕虜はゲリラ活動中に山中で捕えられたというが、処刑するなら山中で行われたはずで、何のためにこんな面倒な方法で海岸へ運び、溺死させる必要があったか。理性では考えられないことだ」

この〝豚籠事件〟の流言は、大量の豚を生きたまま籠に入れて前線へ送ったことから発生したらしい。オランダ検事局はこの件について数十人を取調べ、さらにワットフェル老調査官が中心となり新聞やラジオを通じて広く証言を集めた。またこの流言の中心地であるマランに駐在した憲兵隊長以下十人ほどを調べたが、何ら得るところがなかった。だがその中の一伍長はおどされて誘導尋問を肯定し、翌日それを取消して、無罪となった。

三月十四日午後の法廷には、今村と彼の参謀長であった岡崎との二人が出廷した。今村は余りにバカバカしい〝豚籠事件〟が大げさに、しかも大まじめに取上げられたことに腹を立て、無意識にもそれが態度や表情に現われていた――と想像される。それまで〝紳士的〟であった裁判長デ・フロートの態度が、この時になって急変する。

裁判長はまず岡崎に「証言によれば、日本軍のジャワ攻略戦終了後には、各地でゲリラ活動が盛んだったというが、それについて」と訊《たず》ね、岡崎が「西部に数十人の一団があった以外、ジャワにはゲリラ部隊の出没はなかった」と答えると、裁判長はとうてい信じられぬという表情でチェッと舌うちした。次いで今村に、

「〝豚籠事件〟については八十も証言があるが、これでも被告はすべて幻覚にすぎないと否認しますか」と訊ねた。

「否認します。八十も証言がありながら、事件が具体的に証明されていないので、いよいよ真実性が少ないと思います。そんな証言は、とうてい常識では信じられません」

「かりに作りごとが混っているとしても、八十の証言の半数は真実でありましょう。現に日本軍のニイダ憲兵伍長は事実を肯定しています」

「仁井田は翌日、前言を否定しています」

「周囲から責められての前言取消しでしょう」

「仁井田は独房にいたのです。訂正は彼個人の意思でなされています。そして、彼は当軍事裁判で無罪を言い渡されています」

「ニイダのような下級者の犯罪ではなく、もっと上級者の犯罪だから、彼は罪に問われなかったのです」

「それならもう一度仁井田を調査され、どこに犯罪の根拠があるか確かめられることを望みます」

「スチューピッド（バカバカしい）！」この侮蔑《ぶべつ》的な言葉を裁判長が口にしたのは、これが最初である。「二人の将官にとって不利な証言を、一伍長にすぎない彼が述べると思いま

すか。今となってはニイダの証言など何の価値もない。八十の証言によって、事件を判断することが出来ます」

「私は自己の信ずるところ……、すなわち事件は無実であるという意見を変更しません」

「スチューピッドなことを言い張る！　私は被告の在任時代の善事を知っているから、裁判が有利に進むようにと配慮してきたのに、今の被告の態度は私の気持を全く了解していないことを示している。これでは、裁判は被告にとって不利になる」

「不利となってもやむを得ない。前言はひるがえしません」

「実に、かたくなだ。スチューピッドなことを……。事実の判断は裁判長に委《まか》せると言えないのですか」

裁判長の興奮につれて、陪席判事の顔の不快感も次第にあらわになっていた。

今村はこう書いている。「(裁判長は)かさにかかってくる。明らかに感情をたかぶらせている。私は冷静を保っているつもりであったが、三度もスチューピッドというような紳士の口にすべからざる言葉を出し、しかも、おどかすような態度を示されては、屈してはいられなかった。裁判長から見た私の様相は、憤《いきどお》っているようであったに違いない」

「私は裁判長の判断に立ち入る権能を持っていません」今村はますます語調を強めていった。「しかし裁判長が〝豚籠事件〟を事実なりと認定しても、私は承服しません」

「私の気持が少しもわかっていない」

「いや、よくわかっています。それには感謝しています。しかし私の前陳述はまげ得ないことを断言します」

「悲しいことです。私はこの事件は事実あったことと認定します。

これで両被告の裁判を終了します。何か特に述べることがありますか」

ここで今村は、参謀長の職責の範囲や立場を説明し、すべての責任は自分にあることを述べて、岡崎に対し公正な判決を切望すると結んだ。裁判長以下全員が退廷した。

日本側の松本弁護人や通訳たちが、複雑な表情で今村をとり囲んだ。簡単に事実無根が証明できると思っていた〝豚籠事件〟が、裁判の結果を左右するほどの重要性を持ったことが意外であった。一同は口々に法廷での今村の態度を支持したが、しかし、今村を救いたいと願う彼らは、溜飲《りゅういん》をさげてばかりはいられなかった。すっかり感情を害してしまった裁判長に、何か打つ手はないだろうか――。

だが今村は、「なんだか俺《おれ》の方が勝ちだった、という優越の気分を禁じ得なかった」という心境であった。

翌三月十五日午後二時、開廷。ただちに検事の論告にはいり、それが約一時間続いた。

検事はまず日本軍の残虐行為について論述し、今村と岡崎は理性をもってそれを察知し得たはずと、その立証に努めた。

「今村は蘭印《らんいん》攻略戦前に、部下将兵に国際法規を遵守せよと訓令し、〝戦陣訓〟を一兵に至るまで徹底させるよう十分の処置を講じたと述べています。しかし、太平洋戦争前に中国において日本軍がいかなる残虐行為を犯したかよく知っていながら、これだけで十分だと本当に思えたでしょうか。それは部下の監督指導の責任を果そうとしなかったことであり、勝利者であった当時の日本人が、欧州人に関してなんの関心も持たなかったことを示しています。

日本軍では〝武人は傷つくことを許さない名誉〟を有するというシステムがあり、それは〝武士道〟なるものが失われたことが明瞭《めいりょう》となった後も、なおかつ尊敬が払われていたのです。本官は日本軍の指揮官が現実的になり得ない原因は、この〝武士道〟であると信ずるものであります。今村、岡崎の両被告は、この中世的な観念を常に信じ、これに価値を見出している救われがたい型の人物であります。

さらに許しがたいことは、起訴事実としてあげた戦犯行為には一種の犯罪形式、すなわち捕獲した敵国民や兵員を各地において無節制に殺害するという型が現われていることであります。これら一連同種の戦争犯罪行為、すなわち作戦間及びその後においての殺人と大量殺害は、その頻発性《ひんぱつせい》と連続性の点からして、組織的と称すべきものであります。坂口旅団によって犯された一連の戦争犯罪行為を見ると、捕虜を殺害することは簡単に許されていたかの印象を受けるものであり、このことは第四十八師団と東海林支隊による殺害事件についても同様であります。また蘭印降伏後ジャワ全島にわたって起った〝見せしめのための逃亡捕虜の処刑〟もまた組織的であり、さらにほぼ一年半にわたって行われた〝豚籠事件〟も組織的であります」

最後に検事は、いちだんと声を張っていった。

「裁判官諸君！　両被告がこれらの戦争犯罪行為に対して有罪である理由と、なにゆえに本官が死刑の求刑を行わねばならぬかの理由は、もはや説明の必要はないと考えます」


今村は次のように書いている。

「昭和二十四年三月十五日、蘭印軍事裁判の検事が私に対し死刑の求刑を行なったことに対し、平然何も心を動かされるところがなかったなどと言うのはいつわりである。特に、その主な罪が私のなんとしても納得できない〝豚籠事件〟についての責任であるように考えられては、かつての勝利者である日本軍大将を恥ずかしめる目的ならとにかく、連合国の軍事裁判それ自身をも恥ずかしめるに過ぎないであろうにと、不愉快を感ぜしめられた。

だが終戦以来三年半のあいだ期待していた死刑なので、滅入《めい》るような暗い心の動きは少しもなく、その夜は陰惨な死刑囚房に移されたのであるが、何か一種、法悦のような気分に包まれ、眠りは安かった」

太平洋戦争勃発《ぼっぱつ》以来、今村は何度か生命の危機に遭遇し、その度に《死ぬべきはずがない、ものかの意思によってこの世に留《とど》められたのか》とさえ思われる運の強さで救われている。彼は実感をこめて「まだ生きていることが不思議でならない」と書いている。「従って、この蘭印軍事裁判が私の生命を狙《ねら》っているものであることは最初から十分に認識していながらも、恐怖の心などは一度も感じられず、殊《こと》にこの裁判は多分に戦闘継続的の性格を持ち、兵火ならぬ口頭によるものではあるが、六カ月にわたる予審後に開かれた法廷で五日間にわたり原告検事を相手に気魄のせり合いを続け、日本武将としての矜持《きょうじ》を保つ緊張のうちに、遠くに連続する砲声を耳にしながら、古代ローマ式建築のものものしい法廷で精神的闘争を繰返したことなので、なんだかおのれ自身の姿が誇らしいものにさえ思われた」

「いずれにせよ、私にとっては昭和十六年末から今日までの七年四カ月が大東亜戦争とその継続であり、……検事求刑通りにやがて宣告が下され、ここで生涯《しょうがい》に終止符をつけることになったら、これこそ、めったにあり得ない有意義な武人の最期《さいご》と言わなければならぬ」

検事の求刑があっただけで、まだ判決前にもかかわらず、今村は三月十五日の夜から死刑囚舎の独房に移された。裁判がすんだこの時の今村は、法廷でとり上げられた〃部下の残虐行為〃のあるものは認めざるを得ないことを知っていた。彼は、「私は戦争中なし得る限りの監督努力を重ねたにかかわらず、今次裁判の原告側証言は、私の努力が完全には成功しなかったことを挙げている。しかし起訴事項から見ると、事故の発生は四、五月すなわち停戦直後と、中央要人の無責任な言動があった時期に限られており、六月以後はほとんど事故の発生がないことから見て、私の努力はやはり効果があったのだと確信する」

〃中央要人の無責任な言動〃について、法廷通訳官松浦攻次郎は陳述書の中に次のように書いている。「……これらの高級将校は口を揃《そろ》えて、今村将軍の第十六軍司令部とその部下各地方兵団の捕虜や白人市民に対する政策が寛大に失すると非難し、甚《はなはだ》しい悪評を下していた。そしてそれらを軍や師団の職員に語るばかりでなく、視察する各地ごとに、そこにある軍隊や捕虜取扱職員に対し無責任な意見を述べ、彼らの上級監督者の態度を攻撃してはばからなかった」こうした時期に、軍法会議の手続によらない逃亡捕虜の処刑などが行われている。

「私たち裁判関係の者は、何とか今村さんを死刑から救いたいと念じていました」と、ジャカルタで森田正次は私に語った。「法廷の今村さんは『〝豚籠事件〟をはじめ、残虐行為などなかったはず』と強い態度で終始されましたが、残虐行為は現にあったのですから、これでは裁判長の心証を悪くするばかりです。そこで私からも戦中の見聞を率直に伝え、事実は事実と認めて、それにふさわしい態度をとるようおすすめしました」

だが今村は「戦場に屍《しかばね》をさらす機会を失った身である。せめても砲声下で死を断定されることは有意義だ、との張り合いを感じさせる環境であった」と書くような心境で、森田の言葉を受け入れはしたが、命を救われたいという気持を持ってはいなかった。

今村が、「部下に残虐行為などなかったはず」と信じていたとは思われないが、彼の法廷の態度は森田らをハラハラさせるほど強かった。

「今村大将は、〝戦陣訓〟で残虐行為のすべてが喰《く》い止められる——などという甘い考えを持っておられたわけではありません」と太田庄次は語る。

「実情をよく知っておられました。ラバウル裁判でも、弁解の余地のない事件に対しては、嘆願書の提出をさせなかったことがありましたし、また二・二六事件で重臣暗殺に加わった某がラバウルでも残虐な殺人事件で告訴されたとき、『多くの人間の中には、生来、性残忍な者がいる』と嘆息しておられました。

ジャワの法廷で今村大将の態度が強かったのは、指揮官として部下の犯罪行為発生を防ぐため出来るだけのことをした、決して無為放任していたのではない——と主張されたのでしょうし、さらに、事後法である戦争犯罪裁判諸法規の不当性を衝《つ》くことが、主であったと思います」

今村のためを思って、旧軍人や弁護人、通訳官の何人かが、「ジャワ軍司令官であった今村は、中央の反対を押し切って融和政策を続けたため、ラバウルへ左遷《させん》された」と証言した。しかし法廷の今村は「軍司令官から方面軍司令官に栄進したのだから、決して左遷ではない。日本陸軍はそんな人事はしない」と、彼にとって有利なはずの証言を否定した。だが今村は、親しい森田に向かっては「融和政策がたたって、ジャワからはずされた」と語っている。

三月十六日昼前、死刑囚房の第一夜を安らかに眠った今村が、すべて済んだ……という落着いた心境で書類整理をしている時、思いがけず「再審裁判が開かれるから、午後一時半までに出廷せよ」と通知された。これは、二日前の法廷の〝豚籠事件〟で裁判長の独断的な態度に憤慨した通訳官松浦攻次郎が、この事件についての陳述書を提出し、裁判長がこれを受け入れたための裁判再開であった。

法廷の松浦は陳述書の内容をさらに口頭で述べ、裁判長との間に質疑応答が続いた。松浦は先ず、戦中に現地人と広く交渉を持った自分が〝豚籠事件〟について全く何も聞かなかったことを述べた。次いで彼は、戦後、オーストラリア軍がこの事件を取上げたが信ずべき証拠が得られず放棄したこと、英軍第一班はこれを事実無根として取上げず、第三班は大規模な調査を始めたが遂に中止したことを語った。松浦は両国の調査団と終始正式な接触を持った人である。

最後に裁判長は今村に、「被告はいま述べられた証言について何かいうことがありますか」と訊ねた。

「証言については何もいうことはありません。私は先日、〝豚籠事件〟の不実を信ずるのあまり、裁判長に対する語調や態度に反抗的な表現があり、あるいは礼を失したかもしれませんが、それは私の本意ではありません。裁判長が、この事件を法廷閉鎖後にさらに再開までして、慎重な審判をされたことに対し、感謝の意を表します」

この日の裁判長デ・フロートは、〝豚籠事件〟以前の礼儀正しい態度をとり戻《もど》していた。今村は「私の頑強《がんきょう》な反抗的態度に興奮して、スチュービッドなどという紳士が口にすべきでない言葉を三度も口にしたことを反省しているのだろう」と思い、彼もまたおだやかな態度をとった。

これで本当に裁判は終ったが、その後に森田正次も陳述書を提出して、側面から今村のために協力した。

独房の今村は乏しい紙と鉛筆で〝綴《つづ》り方〟に余念がない。粗製の鉛筆は糊《のり》づけが悪く、すぐたて二つに割れてしまう。それを縛る糸もなかなか手に入らず、刃物などあるはずもない獄中では、鉛筆の芯《しん》が折れれば看守がけずって持ってきてくれるまで、待つほかはなかった。

「五月中には判決が下るだろう」と聞いていたが、六月が過ぎ、七月になっても何の音沙《おとさ》汰《た》もなかった。そのうち松本清弁護人が「検事局の全員とオランダ軍方面は検事の求刑通り死刑の判決が妥当という意見だが、裁判長は無罪を主張して、妥協に応じない。特別州長官がどう処理するか、今のところ不明です」と情報をもたらした。

一九四二年（昭和17）の日本軍のジャワ攻略戦は僅《わず》か九日間で終り、オランダ軍や一般市民の被害は他の連合軍にくらべて最も少なかった。だが戦後の日本人戦犯の数もその量刑も、他とは比較にならないほどに重酷であるのは、なぜか——。

他の連合国は「遂に日本を打倒した」という勝利感、満足感を持っている。それらの国々も、終戦直後の時期にはなお尾を引く敵愾心《てきがいしん》から、武器を捨てた日本将兵を苛酷《かこく》に扱ったが、次第にその感情は鎮静した。だがオランダは英軍と豪軍によって取戻された蘭印諸島を引渡されたにすぎず、日本軍を敗退させたという優越感を味わってはいない。

さらに他の連合国は終戦と同時に平和が到来したのだが、オランダはほっとする間もなくインドネシア独立軍との闘争を続けねばならなかった。彼らにしてみれば——こんなことになったのも日本がジャワを占領し、インドネシアの独立運動をあおったためである。現に今も、旧日本将兵の多くが独立軍に走り、ゲリラ隊の指揮をとっているではないか――と、すべて日本のせいにしたくなる。

しかもオランダにとって形勢は日に日に悪く、列国は独立共和国に同情的で、国際連合はオランダ抑制の決議を繰返している。そのうえ終戦以来インドネシア民衆は税金を納めず、巨額にのぼる軍事費は、第二次世界大戦で疲弊しきったオランダ本国の財政を圧迫しているのだ。

こうしたオランダの日本人憎悪を浴びて死刑を求刑された今村だが、彼は「敗戦の憂《う》き目に会い、小さい島に八千万の大衆が押しこめられ、食うや食わずにひしめき合っている日本民衆には、このオランダの苦悩は人ごとならず同情される。……一千何百万の全オランダ民族の鬱憤《うっぷん》のはけ口を、日本軍の最高指揮官であった私に向けることは当然の心理といわなければならぬ」と書いている。

キリストと親鸞《しんらん》

求刑からしばらくの後、今村は日本からの手紙の束を受けとった。妻久子が日本赤十字社に託し、それがジュネーヴの赤十字国際委員会を経て、チピナン刑務所に届いたものである。

その中に、新聞で今村が死刑を求刑されたことを知った長男和男の手紙があった。敬虔《けいけん》なクリスチャンである和男は、「お父さんの死の日は家庭のすべてに涙を流させましょう。しかし私は死そのものよりは、今日のお父さんの信仰では永遠の煉獄《れんごく》にお堕《お》ちになるだろうと、それが第一の重大な嘆きです。どうか処刑前に洗礼をお受けになってください」と切々の心情を吐露してきた。

今村はこの申し出に深く感謝しながらも、それを受け入れず、長文の返信を「信仰上の意見の論じ合いは、もうしないことにしよう」と結んだ。これに対し和男は再び手紙を書いたが、その六月十八日付の航空便を今村が入手したのは、四十日以上が過ぎた八月一日であった。今村からの二通の返書が、今も保存されている。

「……この間の私の返信が、多大の失望を君に与えたことは残念のことだ。死刑だろうが自然死だろうが、そう永くは生きられない老人の信念などは捨ててしまい、先の永い君の安心のために改信する方が良いかも知れぬと一時は思ったが、そんな神をいつわるようなことをして、このうえ罪の上塗りをする勇気は持ち得なかった」と先ず今村は、あくまでも自己の信条に忠実に生きる姿勢を示している。そして「君が私の霊の救いのために躍起に心配してくれることは実に有難《ありがた》く感謝するが、不自然の合致よりは統一ある差別の方が本当であると私は考えている」と続く。このとき父今村は六十三歳、息子和男は三十一歳であった。信仰上の意見を異にする二人の人間として対しながらも、肉親の強いきずなに結ばれ、互いに独立した人格を認め合う理性に守られて、いささかも温かさを損わない関係であった。

チピナンの囚房には電灯がない。夜は「思索に耽《ふけ》るほかない」この時期、今村は「深く深く過去の生涯を反省することが出来た」と書く。そしてそれを和男への手紙に、次のように率直に述べてゆく。

「最も大きく自分の心に影響を与えたものは、私の父の遺言であった。この遺言は絶えず私の心の手綱となっているが、同時に私の煩悶《はんもん》の大部はこれに基づいているのだ」

父虎尾《とらお》は「子供たちは出来たら裁判官にはしないがいい。人を裁くということは不愉快のこと、また心苦しいことだから……」と遺言した。今村は「父は裁判官を志しながらも又すぐれた漢学者であり漢詩人であり、情操が発達していたためかいつも殆《ほと》んど無条件に弱者にだけ同情を持ち、〝法〟を呪《のろ》いながら裁判の職をやっていたのだ」と書く。そして軍人となった自分は、「一日でも人を裁かずにいた日がない。私の心はいつも人を裁いている。反省すればする程、実に心はこの点で悩み通して来た」と述べている。

さらに母や妻に対しては、次のように書かれている。「私は、私たちを女手一つで育ててくれた母に心からの孝行をしておらず、ある不満を抑えながら世間態《せけんてい》だけの孝行に過ごして来た。とくにお前たちの生母にも又育ての母に対しても、私は何の愛情も親切もかけずに、自分一個の気向き即《すなわ》ち兵隊訓練だけに生き甲斐《がい》を感じてこれに没頭し、あとの事はすべてを顧みずに経過してしまっている」

今村の反省は続く。「それだのに、軍人の最大の道徳（他の箇所には〝責任と義務〟と書かれている――筆者註）である『国家に対し勝利を持ち来たすこと』を果たさず、今日の大悲惨事を国民におかけし、私にあずけられた部下の幾万をむだに死なしている」

今村から和男への第一信には、右に挙げたことを理由として、「（私は）大罪責を負う者として死後に天国や浄土に往《ゆ》くことは絶対にない、そんなことを望むのは許すべからざる僭上《せんじょう》の沙汰《さた》であることをつくづく思いきわめている」と書かれている。

また今村は神の愛を信じ、キリストが〝罪人救済のために説いた道〟を敬仰しながらも、自分はその教えの通りに生きられない人間であることを率直に和男へ書き送っている。「刑務所で私の旧部下に残虐《ざんぎゃく》な暴行を加える白人職員の行為を見ては、『彼らを赦《ゆる》し給え、そのなす所を知らざればなり』とはどうしても祈れず、非常な憎悪の念にかられて抗議に我を忘れてしまう。心が平静にかえるためには二日も三日もかかり、その間心は怒りに燃え立っている」

これはラバウルの戦犯収容所時代のことである。インドネシアの刑務所では日本人戦犯が職員の暴力行為に痛められたことはなく、使役に対しても僅かながら日当が支払われていた――と、今村自身が書いている。彼はラバウルで、信者である片山日出雄が、自分を笞《むち》うち、また処刑する人々をも許して、彼らのために祈る姿に接した。

このように今村はチピナン獄中での反省をくわしく和男に述べ、次のように書く。「この心の煩悶《はんもん》から救われたいと、毎日宗教書とくに聖書と歎異抄《たんにしょう》とに拠《よ》りどころを求めようとしているが、まだ救いを得ていない」

和男は父への手紙に「お父さんは自分一個の救いを得られないのに、他の人の救いを祈るのは傲慢《ごうまん》です」と厳しく書いていた。今村はこれに対し、「たしかに私はそれなのだ。遂に完全なる信仰は得られないが、しかし神の愛が、自分のような悪人をも捨て給わずに摂助して下さっていることだけは、絶対に疑っていない」と書いている。

さらに今村は「この愛が存在することにより、私のような者の祈りも聞き入れられるに違いない」として、次の二つの祈りを挙げる。

一つは「私のために無益に死んで行った部下の霊をみもとに召し給え」、他は「世界に道を説いている宗教人を愛の一点に協調せしめ、一日も早く地上天国の実現を来たらせ給え」である。

「最後に私は堅く信じている」と今村は書く。「聖書は父の如《ごと》くに神の愛を訓《おし》え、歎異抄は母の如くに神（仏）の愛を訓えている——と。これは、一つのものの裏と表とだけの違いである」

スピノザの哲学書、米国のフラナガン神父の言葉、ポート神学などをひいて書かれた今村のこの長い第二信は、「この文以外には、信仰上についてもう何も云《い》うことを持たない」と結ばれている。

今村は和男の第一信を受けとったころ、自己の宗教観を次のように書いている。

「何ととなえ、何と説き、何と思議したらよいかわからないが、万象はある絶対威力の意志により規律正しい運行を営ましめられているものと私は信じて疑わない。孔子《こうし》が〝天〟を称え、ユダヤ教の聖書が〝エホバ〟といい、イエスが〝天なる父〟と説き、マホメット教が〝アラー〟と称えているのは、皆この宇宙を支配し運営し進行せしめている絶対力を各別の言葉で表現されたのではあるまいか。

宇宙主宰の絶対力（神）の意志は宇宙の全貌《ぜんぼう》が測り知りえないと同様、人間にはわかりえない。しかし……悠遠《ゆうえん》の過去から今日まで地上になされた実際を考え、神の意志を推量することはできる。多くの宗教開祖や幾多の哲学者は、説き方はいろいろにしているが、大ていは愛（慈悲）と進化とが神の意志であると教えている。

……この長遠の間、神は何の代償を求めることなしに慈悲の光と各種の宇宙線とをそそぎ、生物進化の一途をたどらしめている」

ここで今村は「神は愛なり。弥陀《みだ》は慈悲なり」と断定する。

この〝断定〟に至るまでのかなり長い期間、今村は「地上には破壊、悪、死、闘争のような〝滅びと憎しみ〟の現象が存在しているから、宇宙には愛や慈悲と共に懲戒の意志があると考えていた。しかしジャワ獄中にいたころの彼は、すでにこれを否定している。

そこから今村は〝煉獄〟や〝地獄〟の存在をも否定するに至る。彼は「神は地上の罪人を常に愛し続けられている。だからこの世のそとにさらに地獄などを設けこの上の懲罰を加えることは、これこそ絶無だと思う」と書いている。

和男への手紙は、和男がクリスチャンであるためキリストを中心に書かれているが、今村の親鸞に対する敬仰の念もそれに劣らず深かった。今村は常に聖書を身近においていたが、同時に「歎異抄」を終生読み続けたことから、親鸞の普遍的救済思想に彼がどれほど強く心をひかれていたかがうかがわれる。

倉田百三の「出家とその弟子」は、今村の愛読書の一つであった。宗教上の所信の違いから義絶関係にあった親鸞とその子善鸞との物語に、彼は強い感銘を受けた。おそらく、そこに描かれた人間的苦悩に触れて、〃なつかしく〃〃慕わしい〃と敬仰する親鸞へいっそうの親近感を覚えたのであろう。

今村は子供の時から教会に通い、讃美歌《さんびか》を歌った。その後も聖書を読み続けた彼は、ジャワの獄中で「私はやはり新約聖書がすべての経典の第一の書であると信じている」と書いている。もし一九二七年（昭和2）の第一の妻の死後、大手術を受けた入院中に「歎異抄」と出会い、ああまで親鸞に傾倒しなかったら、あるいはキリスト教徒になっていたかもしれない――という想像は出来る。しかし今村は、彼自身が書いているように「私はキリスト教徒でも、仏教信者でもない」という立場を生涯とり続けた。その理由は何であろうか――。

今村はキリスト教も仏教も〃同じ教え〃であり、その〃裏と表〃だと捉《とら》えているので、強《し》いてその一つに片よる必要がなかった――と簡単にわり切ることも出来よう。しかし私には、それだけとは思われない。

軍人としての今村は、自分の意見を持ちながらも、最後にはそれに反する上司の主張に服したことを〝弱点〟と指摘されている。日中事変の発端に示した態度がその一例である。これは〝帝国陸軍〟という大組織は軍紀によって守られるという前提に立つ彼が、自己に課した身の処し方であったろう。〝下剋上《げこくじょう》〟は今村の最も忌《い》むものの一つであった。しかし全く個人の問題である信仰については、彼はいささかの妥協も自己に許さず、また納得のいかない部分を残しての盲信は出来ない性格であったと思われる。

今村は常に聖書と「歎異抄」を読み、信仰によって救われたいと願ったが、同時に彼は宗教とは基盤の異なる道徳によっても自己を厳しく律した人であった。この矛盾に今村が「私は本当の信仰を得ていない」と述べる原因の一つがありはしなかったか——。

これはキリスト教についてもいえることだが、特に「歎異抄」の中に説かれた親鸞の教えと、今村の自己についての記述をつき合わせてみると、道徳を優先させた心境が浮かび上る。

今村は、人を裁いたことも、母に心からの孝養を尽さなかったことも、二人の妻への愛や親切が足りなかったことも、すべて〝自分が犯した罪〟とみなす。そして「国家に勝利をもたらさず、多くの部下をむだに死なせた大罪責を負う私は、死後に天国や浄土に往くことはない」と書いている。これらは道徳の立場からの言葉である。

親鸞はこれを否定する。以下、親鸞の宿業《しゅくごう》論が展開されている「歎異抄」の第十三章を中心に、今村を書くにあたって初めて「歎異抄」を読んだ私の解釈の範囲で考えてみる。

浄土教は、仏教的善行、徳目の一切から見放された悪人の救済を目指しておこった。悪を犯して生きるほかはない人間を救いとることが、弥陀《みだ》の本願なのである。これを可能にしている原理は、阿弥陀仏の誓いにある。阿弥陀仏は菩薩《ぼさつ》の位にあるとき、我が名を呼ぶ者のすべてを我が浄土に迎えるという誓いをおこし、長い修行の結果、その誓いを実現して、仏となった。

道徳の世界では、人間は自分の意志で悪をしりぞけ、善をなすことが出来る存在とされている。しかし親鸞によれば、善悪は人間の意志によって選択されるものではなく、過去(前世)の行為によって、すなわち宿業によって決定されているのである。人間とは、過去の因縁、宿業に導かれれば、いかなる振舞いをするかはかり知れない存在である——という親鸞の認識がここにある。

親鸞はこの宿業を、弥陀の本願との照応の中で捉《とら》えている。宿業は人間のあり方のすべて——意識、行為、思想から職業までを決定づけていて、善行も悪行もみな宿業によって生じるのであるから、善行も悪行も心にかけず、往生のためにはひたすら弥陀の本願をたのめばよい、と説かれている。浄土往生は、人間の心や行為の善悪で決まるのではなく、人間の思考をはるかに超えた弥陀の誓願をたのむことによって初めて可能なのだ。「罪業の身であるから往生できない」というのは道徳の立場からの考えで、誤りである——という親鸞の説は、今村の言葉を否定している。

人間の行為はすべて前世の業によって生じる——と規定されては、人間は自己の行為に責任の持ちようがない。持つことが出来ない立場である。

今村は人一倍責任感の強い男であった。それだけに、〝責任〟は常に彼にとって重圧であったろう。その一切から解放されるという親鸞の説は、彼の心を強くひきつけたかもしれない。軍人になったことも、その結果として多くの部下を死なせたことも、すべて宿業から生じたことと信じ、ひたすら弥陀の誓願をたのむ他力本願に没入できれば、今村は救われるのだ。しかし、彼はそうならなかった。

二十世紀も終りに近いころの私には、今村がそうならなかったことに納得がいく。いま日本人の過半数を占める戦後生まれの人々は、大正生まれの私よりいっそう親鸞の世界は信じ難いであろう。しかし一九四五年（昭和20）という時代には、今よりずっと多くの青年たちが素直に親鸞の教えを聞くことが出来たのではないだろうか。のち今村が三年半をすごすマヌス島の戦犯収容所では、「悪行をなした者も、弥陀は必ず浄土に迎えて下さる」と今村に教えられ、心静かに処刑の日を待つ青年がいた。

他力本願に没入するには、今村はあまりに個性の確立した人間ではなかったか。まず彼の精神の基盤は軍人として堅固であり、意志の強さ、責任感の強さが、この場合は大きなさまたげになったとさえ想像される。

和男から父への手紙に「お父さんはご自分に都合のよいような神や仏をつくっておられる」という一節がある。おそらく、そうであったろう。宗教の教えと道徳世界との矛盾を解きあぐねた今村は、聖書も歎異抄も自分に納得のいくように解釈して、受け入れていたのではないだろうか。

親鸞の宿業論も、今村は「仏の広大無辺な力と愛を敬仰し、人間の力（意志）によって決定できる世界には限りのあることを知って、不遜《ふそん》をつつしめ」と受け止めていたのではないかと、私には想像される。彼は謙虚な男であった。

マヌス島からの便り

日本からバタビヤのチピナン刑務所へ送られてきた手紙の束の中には、今村にとって思いがけない一通があった。ラバウルの収容所で、戦犯としての日々を共にすごした畠山国登からの手紙である。

畠山の手紙の要旨は――。

「昭和二十四年一月から三月にかけて、ラバウル収容所の我々二百三十人は、アドミラルティー諸島のマヌス島に移されました。ここは赤道直下、珊瑚礁《さんごしょう》に囲まれた酷暑炎熱の荒《こう》漠《ばく》たる小島で、連日の長時間にわたる重労働と粗食、非衛生な宿舎などのため、病人続出、このままでは半数が生きて祖国に帰り得ないのではないかと、絶望的な気持にならざるを得ない現状です。

今村大将が去られて以来、収容所長以下豪軍監視兵の態度はとみに悪化、冷酷、暴虐の限りを尽し、これに対し日本人一同の不満、憤激の情もつのり、ストライキ、集団襲撃の計画もありましたが、意見はまとまらず、かえって互いの反目、不仲、悪感情を醸成する結果となっています」

マヌス島収容所の陰惨な日々をくわしく綴《つづ》った長い手紙を二度、三度と読み返し、今村は暗然として目を閉じた。

畠山はいったん死刑の判決を受けたが、確認で二十年の禁固刑に減刑された。そのとき彼と共に確認を受けたキリスト教徒の片山日出雄は求刑通り死刑となったが、いま今村は生前の片山が現地兵に鞭《むち》打たれながら懸命にモッコをかつぎ上げていた痛ましい姿をまざまざと思い起した。あのようなことが、今もマヌスという小島で繰返されているのか……。

マヌス島へ、すぐにも飛んで行きたい――という思いが、今村の胸を突き上げる勢いで湧《わ》き立った。だが、出来ることではない。いますぐに、それが出来ないというだけではない。将来にわたって、その可能性はないと、今村は自分にいった。このときの彼は、自分の生涯《しょうがい》はこのジャワの刑場で終る――と信じていた。

かつての部下たちを含むマヌス島の戦犯のために、このチピナン刑務所で死を待つばかりの自分に何が出来るだろうか。祖国に帰る日に希望をつないで苦難に耐えてくれ、信仰を得て強く生きてくれ、と慰め、励ましたいのだが、今村は手紙を書き送ることさえ出来ない。

遠く海を隔てた戦犯同士の文通など、思いもよらないことであった。マヌス島の惨状を何とか今村に知らせたいと念願した畠山は、刑期を終って帰国する仲間に秘《ひそ》かに手紙を託して今村の妻の許《もと》に届けさせ、それを久子が家族の手紙と共に赤十字社に依頼して、チピナン刑務所に届いたのである。戦犯が帰国する時の豪軍の厳しい検査一つを考えても、畠山の手紙が今村に届いたのは奇蹟《きせき》とさえいえることであった。

今村はマヌス島で虐《しいた》げられている戦犯戦友のために、ひたすら祈った。それが彼に出来るすべてであった。

十二月六日、今村たちチピナン監獄の日本人戦犯は、バタビヤ北側海上のオンドロス島に移された。インドネシア政治情勢の大変化によるものである。

一九四八年（昭和23）末のオランダの一方的軍事行動は、その後の数カ月間は成功したかに見えたが、国際連合はオランダのレンビル協定破棄を非難し、独立軍のゲリラ活動に蘭印《らんいん》軍もオランダ民間人も多大の被害を受け、戦費はかさむ一方であった。その上、アメリカが戦後オランダに貸与した五億ドルの復興援助費は、ジャワでの軍事行動費に流用することを承認しないと宣言したため、万策尽きたオランダは遂に国際連合監視下で独立共和国との円卓会議に臨んだ。その結果、オランダは一九四九年（昭和24）十二月二十七日を期して、蘭領ニューギニアをのぞく全蘭印諸島を共和国側に委譲し、在バタビヤの蘭印総督官邸をも同日までに共和国初代大統領スカルノに引渡すことに決した。

このような政治情勢のため、蘭印軍は日本人戦犯の裁判を十二月二十六日までに完了しなければならなくなった。それにインドネシア共和国は「チピナン刑務所内の日本人は、在留民としてなら引継ぎを受けるが、犯罪人としては引き受けない」と主張したので、蘭印軍は東京のマッカーサー司令部に交渉し、日本人戦犯七百人を巣鴨《すがも》拘置所に送り、米軍管理に移すことになった。このため、今村たちはオンドロス島に移されたのである。

オンドロス島は、ジャカルタからモーターボートで四、五十分の距離である。現在は無人島で、その周辺の島々をまわる観光船も、昔から陰惨な囚人の話ばかりが伝わるこの島には寄らない。

十二月二十四日午前、オンドロス刑務所の看守長が今村と彼の参謀長であった岡崎清三郎中将、第二師団長であった丸山政男中将の三人を、同島警備隊本部内に特設した判決言い渡し所に導いた。その部屋は二十畳ほどの広さで、大机を前に法務大尉の軍服をつけた軍事裁判所の判事が起立し、まず今村を机を隔てた位置に立たせて、即座に判決文を読み上げた。

「蘭印軍臨時軍事裁判は、被告、日本陸軍大将今村均《ひとし》に対する起訴の犯罪事実はその証拠無きものと認定し、無罪を判決する」

のちに今村が知ったことだが、この無罪判決は蘭印総督の干渉によるものであった。今村に次いで、岡崎も丸山も無罪判決をいい渡された。今村は「他の将官はともかく、私にはきっと死刑を判決するであろうと考えていたので、この無罪判決は意外だった」と書いている。

今村が意外に感じる理由はほかにもあった。今村の無罪を主張し続け、獄中の彼を見舞って好意を示した裁判長デ・フロートが罷免《ひめん》されていた。このことが、今村の死刑の予想をいっそう確かなものにしていた。（のち今村は、帰国の船上にあったデ・フロートが電報で彼の無罪判決を知らされ、深く喜び、満足したことを知る）

自決未遂を命拾いの六回目と数えれば、このときの「無罪判決」は七回目に当る。また も奇蹟的に死線を越えた今村の心境は複雑だったと想像されるが、彼の手記には「意外だった」とあるだけで、感情の表現はいっさいない。

今村はバタビヤに帰り、松本、松浦、森田など、彼を救おうと懸命の努力を続けてきた人々の心からの祝福を受けた。

翌日、松本がバタビヤ駐在インド総領事からの伝言を、今村の許にもたらした。その内容は「ジョクジャカルタのスカルノ大統領が私に『公式の独立日は十二月二十七日なので、それ以前にはオランダの監獄にいる日本人に言葉をかけることが出来ない。それでご足労だが日本弁護団事務所へ行って、《私、スカルノは今村大将が無罪になられたことを、心から喜んでいる。私は八年前に与えられた厚意を、決して忘れてはいない》と大将に伝えるよう、頼んで下さい』といわれました」

今村はオランダの軍事裁判で無罪となった。しかしラバウルの豪軍軍事裁判で十年の禁固刑を受けている彼には、その残りの刑期がある。「無罪」と聞いた瞬間から、今村の思いはマヌス島へ飛んでいた。畠山国登の手紙で知ったマヌス島の戦犯たちの苦境が、彼の心を離れたことはなかった。

「……かつての部下たちを含むその人々がそんなに苦しんでいるのを、見すてておくわけにはいかない。生命《いのち》のある限り彼らと行動を共にするのが私の義務であり、運命であると思った」と、今村は書いている。

無罪の判決を受けた直後、今村はオランダ軍当局に「私だけは、豪軍の戦犯収容所のあるマヌス島へ送りかえしてくれ」と申し入れた。だが軍当局は「イマムラを東京の巣鴨刑務所へ送ることは、米、英、豪、蘭、四軍当局の協議により決定されたもので、変更は出来ない」と答えた。オランダ側にとっては、領土主権をインドネシア共和国に委譲すべき十二月二十七日が目前に迫っている時期である。一戦犯の個人的な希望に耳を傾けている余裕など、なかったであろう。こうして今村は、日本人同囚七百人と共にオランダ船に乗せられ、日本に向かった。

「日本に到着したのは、昭和二十五年一月の二十二日のことだった」と今村は書いている。当時の巣鴨刑務所は、アメリカ軍管理下にあった。今村は到着早々から何度も米軍の巣鴨刑務所長に面会を求め、マヌス島への転送方を頼んだが、どうしても応諾してくれなかった。しかし今村はあきらめない。

やがて、家族との面会が許された。

今村は妻に「なんとかしてマヌス島へ行きたい」という希望を語った。この時の久子の反応について、今村は何も書いていない。だが彼女の胸中は察しられる。七年三カ月ぶりで帰国した夫は、すでに六十三歳である。獄中とはいえ、これからは巣鴨で今までよりずっとましな待遇を受け、家族とも会って、身心を休めていただこう……と、差入れの品などにあれこれ心を配っていた妻が、夫のこの言葉に衝撃を受けなかったはずはない。

あるいは久子も自分の感情としては《戦犯となった部下たちに、もう十分尽してこられたではありませんか。老境のあなたが、もう一度熱帯の孤島へなど行かなくても》といいたかったかもしれない。しかし彼女は何もいわず、夫の希望を叶《かな》えさせたいと、それだけに心を傾けた。なぜマヌス島へ行きたいのか――などと訊《たず》ねるまでもなく、久子には今村の気持がわかるのだ。夫の罪責の意識を彼女はよく感知していた。

久子は夫に「日比谷のマッカーサー司令部の中には各国軍の連絡班があり、そこに豪州班もあります」と告げた。今村は妻に「すぐそこへ行って、『私の主人はアメリカ軍に対する戦犯者ではなく、オーストラリア軍の戦犯者なので、マヌス島で服役するよう念願しています。なんとかマヌス島へ送って下さい』と頼んでくれ」といった。

久子はその通りに請願した。しかし豪軍連絡班からは「それはオーストラリア軍の一存で決定することは出来ない。いずれ米軍と協議の上で」という答しか得られなかった。彼女は三度続けて請願に行った。だが依然としてらちがあかない。

久子は、ラバウルで今村の副官だった薄《すすき》平八郎をその勤め先にたずねた。当時の薄はオーストラリア人の会社に勤めていた。彼は、「仕事の合間に学校へ通って」六年がかりで慶應大学を卒業した努力の人である。一九四七年（昭和22）にラバウルから帰国した薄は、今村の言葉に従って世田谷の留守宅を訪れ、東京に身よりもないままに一時は今村家を〝定宿〟のようにしていた。

「あの食糧事情の悪い時に申しわけないことをしたと、あとで気がついたが」と薄は私に語った。「私が『ただいまァ』と玄関をあければ、奥さんも息子さんたちもまるで身内の若者が帰ってきたように、実に気持よく迎えてくれました」これだけで、今村一家の人柄《ひとがら》がわかる話である。

久子は薄に、今村がマヌス島へ行きたがっていることを語った。「ぜひ、望み通りにしてあげたい」と彼は言下に答えた。部下戦犯に対する今村の気持は、ラバウルの副官時代に薄の身にしみていた。

マッカーサー司令部には、薄がラバウルで顔なじみの「たしか、イングランドさんという名の」将校がいた。薄は彼に今村のマヌス島行きの希望を伝え、尽力を頼んだ。「それは難しかろう」と将校は答えたが、とにかく奔走してくれることになった。

これが突破口となり、それから一週間後に今村は、マッカーサー司令部の法務部長と協議した豪軍から「二月中に、オーストラリア軍関係で新たに戦犯容疑者として逮捕され、巣鴨に収監中の者約八十人をマヌス島に送るから、そのとき乗船させよう」という通知を受けた。

一九五〇年（昭和25）二月二十一日、今村は家族や薄に見送られ、オーストラリア船で横浜から出航した。

「今村さんがマヌス島へ行かれたことを、私は新聞の小さな記事で知りました」と、敗戦直後のラバウルで将兵のため「かがみ」という雑誌を編集した今井田勲は語る。

「その記事にはマッカーサーの『私は今村将軍が旧部下戦犯と共に服役するためマヌス島行きを希望していると聞き、日本に来て以来初めて真の武士道に触れた思いだった。私はすぐ許可するよう命じた』という意味の言葉がありました。

私がこの新聞を読んだのは有楽町の飲み屋だったと思いますが、かつての敵将の心までを打った今村さんの行為を知って、よくそこまで責任をとられた、それでこそ今村大将だと、涙が出るほど感激したことを今もよく覚えています」

自ら志願してマヌスの獄へ

今村のマヌス島上陸は三月四日、彼は「私を待っていた戦犯者たちは声をあげて迎えてくれ、その夜は明方まで語りあかした」と書いている。畠山は私に「この日の嬉《うれ》しさは生涯忘れられない」と何度か語った。

一九五一年（昭和26）六月十九日付朝日新聞の「天声人語」は、対独協力のかどで終身禁固刑に処され、九十五歳でなお大西洋上の孤島に幽閉されているフランスのペタン元帥《げんすい》を書き、その末尾で今村について次のように書いている。「……自ら進んでニューギニア付近のマヌス島に行った。戦犯兵と共に労役に服している今村の姿は、彫りの深い一個の人間像とはいえよう」

マヌス島はアドミラルティー諸島の主島で、ニューギニアのマダンの北方海上にあり、南緯二度、東経一四七度を中心とする位置で、東西約八十キロ、南北二十から三十キロの、ジャングルに覆《おお》われた山岳性の島である。前述の通り、マヌス島とそれに接するロスネグロス島との間には非常に狭いルル水道があるが、現在この二島は水道の最狭部にかけられた橋で結ばれている。アメリカはこれら二島を占領後、シアドラー港を中心とする地域に巨費を投じて海軍基地を設けたが、戦後になってオーストラリア軍に無償でゆずり渡した。従って、戦犯収容所は豪海軍の管理下にあった。

「初め、収容所はマヌス本島のロレンゴーにありました」と畠山は語る。「そこはもと現地人用監獄だったらしく、囚房は非常に狭く、通気は悪く、昼間の重労働に疲れ果てている我々さえ眠れないほどで、遂に規則を破って、少しは涼しい洗面所や便所にとび出し、そこで寝場所を取り合うようなあさましい有様でした。さすがの豪軍も黙視できなくなって、半年ほど後にロンブロンに収容所を移したのです」

ロンブロンはロスネグロス島の北岸である。新設の収容所は米軍が残した資材による〝かまぼこハウス〟で、曲線を描く全面の鉄板が熱帯の太陽に灼《や》かれて内部の暑さはすさまじいが、窓というものはなく、ハウスの両端の出入口だけが僅《わず》かに外気を通わせていた。今村にわり当てられた囚舎も、こうした〝かまぼこハウス〟の一つである。

収容所の食事は、戦中の豪軍が前線用に作ったものの残りらしく、主食の乾燥玄米はそれほど調理に工夫しても人間の食物らしくはならず、副食は乾燥野菜と大豆の缶詰《かんづめ》、それに一日一口のコンビーフであった。誰《だれ》もがネをあげていたが、今村は顔もしかめず平然と平らげ、夜は高いびきで熟睡した。朝になれば、洗面所から豪快なうがいの音が響きわたり、戦犯たちは「大将、今日もお元気だな」と明るい気分になった。

今村はラバウルの経験で、収容所では特に新鮮な野菜が欠乏することを知っていた。彼は刑務所長に「戦犯者中に五十歳以上の者が私を含めて六人いるが、これに野菜をつくらせてくれないか」と申し入れた。これが許可され、五百メートルほど離れた場所に耕作地が与えられた。マヌス島の土質は一般に農耕には不向きなのだが、この場所に今村が日本から携えてきたネギやトマトの種子を蒔《ま》いたところ、見事な出来であった。

これも一例だが、日本人戦犯に対し敵意を抱くとしか思えなかった豪軍が、今村の申し出のほとんどを聞き入れているのはなぜか——。かつての軍司令官、陸軍大将などの肩書きがものをいう世界ではない。もとの身分など一切《いっさい》ふりかざさず、人間の常識や善意を基に、おだやかながらごく自然に対等な態度の今村に接しては、豪軍側の態度も自然に改まったのか……と想像される。

かつて日本に駐留して〝すきやき〟の味を覚えた将校が今村の畑にネギをもらいに来て、その返礼に煙草《たばこ》を届けてきたり、トマトを与えられた現地人の子供が椰子《やし》の木に登って実を落してくれるなど、このころの今村の手記にはなごやかな交流風景が目立つ。

畠山国登は「今村さんがマヌスに来られてからは収容所の状況が一変し、豪兵の我々に対する取扱いも好転した。今村さんの人格の力がいかに大きいかを、改めて思い知らされた」と書いている。


野菜づくりに励む六人の中に、ラバウルの第六野戦憲兵隊長であった菊池覚《さとる》がいた。彼にはラバウルとマヌスの七年にわたる歌日記があり、一九八二年（昭和57）末に「南十字星――戦犯獄中歌集総合版」と題して自費出版した。

この歌集をはじめ、片山日出雄の「獄中日記」や他の人々の手記にも、〝南十字星〟はしばしば現われる。しかし現地にいた兵の中には「ラバウルでは南十字星は山かげになって見えない。その名で呼ばれていたのは他の星だ」という人がある。私がこの疑問を和達清夫（地球物理学者、もと気象庁長官。一九九五年（平成7）死去）に訊ねたところ、「見えるはずです。なお現地にくわしい友人に聞いてみましょう」という答だった。そして後日「ラバウルから南十字星はよく見えるそうです。それも、そんなに地（水）平線に近いところではなく、三十度か四十度ぐらいの、頃合《ころあ》いの高さです」と教えられた。

菊池の歌集「南十字星」は、一九四六年（昭和21）三月、ラバウルで死刑を宣告された日の歌に始まる。「母山」と題して、次の一首がある。母山はラバウル湾岸にある山の日本名である。

母山に雨の降る日はわがために母悩まれし涙を思ふ

確認で有期七年に減刑された菊池は、マヌス島で今村を迎えた喜びを歌い、その数カ月後に次の歌を詠《よ》んでいる。

月の夜を忘れな草にうづくまり動くさまなし若人《わかうど》一人

九十一歳（一九八三年当時）の菊池は、私あての便りに「忘れな草の種子は、今村大将が日本から持参されたものであります」と書いてきた。今村はマヌス島へ数種の野菜の種子を持参したが、それは巣鴨獄中の彼が妻に集めさせたものである。その中に忘れな草の種子を入れたのは、久子に違いない。そのやさしい心づかいが、熱帯の孤島で獄中生活を送る青年の心を慰めたのである。彼は忘れな草の可憐《かれん》な青い花びらの色に、故郷の空をしのんだのであろうか――。

今村と共に畑に立つ菊池に、次の一首がある。

鍬《くは》打てば砲弾の破片現はれて我が守備隊の死闘偲《しの》ばる

ガダルカナル島撤退以来、アドミラルティー諸島の防備強化は、大本営と第八方面軍の重要な関心事であった。第八方面軍は一九四三年（昭和18）二月、一部の部隊をロスネグロス島に派遣して、飛行場の建設に当らせた。その後も何度か防備強化がはかられたが、輸送の困難や他方面への兵力転用などで、計画の達成はむずかしかった。

一九四四年（昭和19）一月二十九日早朝、米軍は艦砲射撃を開始、同日上陸、その日のうちに飛行場を占領した。連合軍がアドミラルティー諸島攻略に当てた兵力は合計四万五千、日本軍兵力はその十分の一にも足りない三千八百であった。日本軍は米軍上陸後に三夜続けて夜襲をしかけたが失敗に終り、その後は攻撃力を失った。

三月二十九日、残余の日本軍はロスネグロス島から狭いルル水道を渡ってマヌス本島に後退したが、この時から守備隊としての組織は崩壊して、小人数に分れ、食を求めてさまよった。大部分の将兵がジャングルの中で死に絶えた。

米第六軍が公式に同島の作戦終結を発表したのは五月六日、日本側は五月三十一日に全員玉砕と見なした。

のち一九四九年（昭和24）十一月、今村がマヌス島に到着する四カ月前、現地人と見まごう半裸の日本人二人が戦犯収容所に連れてこられた。この島の戦闘が連合軍の勝利によって終った後の五年半を、ジャングルにひそんで生きぬいた元日本兵であった。やがて彼らは同胞戦犯たちに見送られて、帰国の船に乗った。

ラバウル滞在中の一日、私はマヌス島に行った。午前六時少し前、東飛行場に着いたときはまだあたりはまっ暗であった。ここでは六時に夜が明け、六時に日が暮れる。

予定より十五分遅れて、七時十五分離陸。デハヴィランド三十五席のプロペラ機である。蒼《あお》みを帯びた鉛色の海、曇り空の一部に薄い青磁色の青空が見える。

途中で、かつての激戦地カビエンに着陸。エアコンを切った機内にものすごい体臭がこもり、椅子《いす》の背越しに見える頭はどれも細かくちぢれたアフロヘアーである。

予定より四十五分遅れ、十時十分にロスネグロス島のマヌス空港着。定期便は一週一便と聞いていたので、いやでも今日帰らねばならない。帰りのチェックイン十二時三十分、出発一時三十分。私のマヌス滞在時間はチェックインまで二時間二十分しかない。

空港の建物は平屋のバラックである。数台の車が走り去ったが、タクシーは一台もない。巡査ぐらいいるだろうと捜したが、それらしい人物は見当らず、周囲には民家もない。ようやく胸にエア・ニューギニアの徽章《きしよう》をつけた若い男を見つけ「ポリスは?」と訊ねると、ハデな身ぶりで「ここで待っていろ」という。十分ほどで巡査を連れてきてくれた。

彼は汚れた茶色地にサラサ模様のアロハシャツ、きたないジーパン、素足にサンダル——近くの日陰に坐《すわ》っている連中と同じ風俗である。だがさすがに巡査という職業がら、少々ながらピジン英語を話す。

「ロンブロンに行きたい。日本人戦犯のコンパウンドのあった所に行きたい。タクシーを見つけてください」というと、「タクシー、一台ある。だが今日は日曜日、ドライバー休み」という。困った顔の私に、巡査はボロなジープを指して「乗れ」という身ぶりをする。連れていってくれるらしい。私はやたらに礼をいって、彼の横に坐った。

走り出して間もなく、突然乱暴にUターンして広い草原の道を進み、海岸に出た。また も突然ジープは乱暴に止り、巡査は白い石碑を指して、「降りて、見てこい」という。石碑に近づくと、前面に錆《さ》びた軽機関銃が二丁飾られ、旗竿《はたざお》が立っている。碑面には、

「一九四四年二月二十九日　第一騎兵師団協会」

と英語で刻まれ、敗戦後、内地で私たちが見馴《みな》れた馬の首の紋章がはめこまれている。この日付の早朝、米軍が上陸した地点なのだ。マッカーサー大将とニミッツ提督が初めてマヌス島の土を踏んだのが、この場所ということである。

米軍は初め威力偵察《ていさつ》の目的でロスネグロス島の東方に侵入したが、日本軍の抵抗がないので防備薄弱と判断し、午後二時ごろマッカーサーとニミッツが上陸した。そしてただちに〝威力偵察〟から〝上陸占領〟へと作戦方針をスライドさせる決断を下した。マッカーサーとニミッツと第七艦隊主力は、一時間半後に島を離れて帰還するというスマートさであった。

私を乗せて、ジープはまた走り出した。細い岬《みさき》を横切って、米軍の碑のある入江とは反対側の海岸へ向かうらしい。やがてジープが停《とま》り、巡査が「日本人の墓だ」といった。ジープを降りる前から私には、その幅約七十センチ、高さ五十センチほどで、厚さ十センチ余りの〝墓石〟が、台座の下になかめに放り出されているのが見えた。石の表の碑文は横書きの日本語で、

「戦没日本人之碑　遺骨収集之地　昭和三十年建之　日本国政府」

と、吉田茂元首相の字が刻まれ、裏に同じ意味の英文があった。いつ、誰がこのように石碑を放り出したのか。一人の日本人もいないこの島では、石碑を正しい位置に戻《もど》そうとする人もなく、永年このような姿で放置されているのであろう。帰国後、しかるべき筋に話す時のため、私は写真をとった。

再び走り出したジープは、しきりに話しかける巡査のピジン英語が私にのみこめないうちに、どういうわけか空港に戻った。彼は私をおろし、太い手首の大きな腕時計を指さして、ニヤリとして走り去った。とり残された私はこのとき初めて、巡査には「日本人戦犯」「収容所のあった場所」などという私の英語が全くわかっていなかったことに気づいた。彼は消滅したコンパウンドなど頭に浮かべず、私が見たいのは現存する戦争遺蹟《いせき》だと勝手に決めていたのだろう。

無駄《むだ》と知りながら、私は次々に現地人をつかまえて「タクシー、タクシー」といってみた。相手は珍しそうに私を眺《なが》めるばかりである。絶望的な気持で首すじの汗を拭《ふ》いていると、珍しく無傷の車が停り、老年の白人が降りてきた。私はためらわず、彼に声をかけた。

「一九五〇年（昭和25）ごろ、ロンブロンに日本人戦犯のコンパウンドがあったはずですが、ご存じでしょうか。私はぜひそこへ行きたいのですが、場所もわからず、タクシーもなくて困っているのです」

「ロンブロンはもちろん知っている。だが日本人戦犯のコンパウンドがあったとは、いま初めて聞いた。タクシー？……ここでは無理だ」

オーストラリアなまりが強いが、言葉が通じるとはこんなに気持のいいことか！　老人の派手なアロハシャツの、はだけた胸許《むなもと》からのぞく白い胸毛がこの人の人生を語るようだ。サマセット・モームの小説「雨」の中に一役買って出たら、ぴったりの人物である。

彼は私の持ち時間が一時間半足らずであることを知ると、「よろしい」と大きくうなずいた。「私は空港に用があって来たのだが、それは五分ですむ。ロンブロンまで乗せてやろう。ただし、往復で時間はいっぱいだから、コンパウンドがあった場所を捜すひまはない。それでもいいか」

とにかくロンブロンへ行ければ、今の私にとってこれ以上のことはない。私は何度も大きくうなずいた。

ロンブロンへ向かう車中で聞いたところでは、老人の名はフィッツジェラルド氏、戦後オーストラリアのブリスベーンから来て、今はロレンゴーのホテルの支配人だという。ロレンゴーとは、畠山国登が私に「最初の収容所があった」と語った地名である。今そこはマヌス島唯一《ゆいいつ》の町であるらしい。

「このへんがロンブロンだ」と老人が車を停めたのは、入江に面した小高い崖《がけ》の上であった。「いまロンブロンは、ニューギニア海軍の基地だ」と彼はいった。

畠山は私に「収容所の北側は一望のマヌス湾、南側には丈の低い雑木がちらほらあった」と語ったが、私が車から降りたあたりにはかなりの数の椰子が立っていた。だが老人が眼下の海を指してマヌス湾だと説明してくれたから、同じ海岸線に違いない。畠山は

「収容所北側の鉄条網の外は警戒兵の歩く狭い道、その向こうはすぐ海で、遠くに沈船が二隻波に打たれているのを朝夕眺めていた」と語った。私がマヌス湾上に見たものは、ブルーやグリーンに色分けされた珊瑚礁《さんごしょう》の反映の濃い中に浮かぶ二隻の小さな沿岸警備艇で、甲板に真黒なニューギニア人水兵のセーラー服姿があった。

老人が通りがかりの現地人に〝コンパウンドのあった場所〟を訊ねてくれたが、誰も知らない。貧しく平和な現地人の生活の中に、戦争の痕跡《こんせき》も記憶も何一つ残っていないのは当然である。

海を見下して立っているだけで、顔から汗がしたたり落ちた。老人が「今日は、ロレンゴーを出るとき三十七度だった」といった。

私は畠山が描いてくれた見取図を広げて、海岸線に対して六棟がみな直角に並ぶ既決囚の〝かまぼこハウス〟を想像してみた。その中央あたりの一棟に、今村がいたはずである。有刺鉄線に囲まれた既決囚舎の東側には豪軍警備本部や作業場があり、西側は現地人警舎を隔てて死刑囚房があった。

崖の上に立って熱帯の太陽を浴びている私は、窓のない鉄板製の〝かまぼこハウス〟の暑さを実感をもって想像することが出来た。今村は初め夕方まで野菜づくりに励んだが、やがて午後は休養を許されるようになり、〝かまぼこハウス〟内で熱心に手記を書き続けた。それが豪軍に没収されることを危惧《きぐ》した畠山は、薄紙に細字で写しとり秘《ひそ》かに保存していたという。

「時間切れだ」とうながされて、私は車に戻った。空港へ引返す車中で老人がいった。

「あなたはなぜロレンゴーに泊って、コンパウンドの場所をゆっくり捜さないのか」

「一週間、マヌス島にいるわけにはいきません」

「飛行機は週二便だよ。水曜に次の便がある」

「知りませんでした。しかし、ラバウル滞在中の旅行団は明後日、火曜に出発します。やはり今日帰らなければなりません」

空港で私が車を降りると、老人はサッと右手をあげて別れを告げ、走り去った。

朝、ラバウル出発で十五分遅れた飛行機は、カビエン、マヌス、ニューギニア本島のウエワクと順次遅延時間をのばし、再びマヌスに現われたのは定刻より一時間ほど後であった。それを待っている間に、短いスコールが来た。地平線のジャングルが霞《かす》むと、その灰色の幕が見る見る空港に近づいてくる。かつて今村も、収容所近くの畑でこのようなスコールを浴びたのであろうか——。

マヌス島の今村は、ラバウル収容所のころと同じく、すべての戦犯に対して差別なくやさしかった。殊《こと》に病人には、肉親のような温かい言葉をかけて元気づけた。誰からも好意を持たれない青年の病室を毎日見舞う今村に、周囲は「あれは労働をのがれるための仮病です。慰めてやる必要などありません」と何度かいったが、彼は聞き流して慰問を続けた。

かつての部下の言葉を決して疑おうとしない今村のこの態度は、その後の生涯を通じて貫ぬかれてゆく。

台湾人は彼らの庇護者《ひごしゃ》であった片山日出雄がラバウルで刑死して以来、何かにつけて日本を恨み、とかく非協力的な態度を示したため、日本人との間に溝《みぞ》ができていたという。しかし今村がマヌス島に来て以来、特に台湾人をかわいがるので彼らの気分もなごみ、次第に日本への恨みを口にすることもなくなった。

死刑の判決を受けたある下士官は、その事件がどう手を打つ余地もない内容で、処刑の日を待つばかりであった。今村は彼に向かって、「この世のことは、舞台で芝居を演じているようなものだ。幕がさがり舞台裏に帰れば、悪人も善人もない。我々もこの世の命を終って仏の世界へ行けば、この世のこととは関係なく皆いちように救われるのだ。親鸞《しんらん》上人が『善人なおもて往生を遂ぐ。いわんや、悪人をや』といわれた。善人でさえも往生を遂げる。まして、悪人はいうまでもない……というこの聖人の訓《おしえ》に偽りはない。心を乱すことなく、静かに逝《ゆ》き給え」といった。

「私はそばで聞いていましたが」と畠山は語る。「これにまさるお導きはないと、感泣しました」

今村と共にマヌス島に送られた戦犯容疑者の裁判は進み、一九五一年(昭和26)六月十二日、西村琢磨《たくま》中将(近衛《このえ》師団長、ビルマ・シャン州政庁長官)はじめ死刑を確認された五人が一挙に処刑された。このときの確認で死刑から有期刑になった佐藤吉治は、「部下をかばい、すべての責任は私にあると主張して絞首刑になった西村中将はじめ、篠原、宮本、津稚、鈴木の四将校もそれぞれ立派な最期《さいご》であった」と書き残している。

マヌス島の刑死者の遺体は毛布につつまれて、海に葬《ほうむ》られた。菊池覚は次の歌を詠《よ》んでいる。

水葬の大人《うし》らが屍《かばね》永久に白き珊瑚と化して残らむ

佐藤吉治はこのとき刑死した五人の位牌《いはい》を作って朝夕合掌し、いつの日か日本に彼らの慰霊碑を建てたいと念願した。帰国後の彼はラバウル・マヌス親睦《しんぼく》会の事務局長となり、この方面の全刑死者の慰霊碑建立《こんりゅう》を広く呼びかけて、募金運動や愛知県三ヶ根山の敷地選定などに献身的に働いたが、一九七九年（昭和54）末、碑の完成を見ることなく病没した。

一九五二年（昭和27）一月二日、刑期満了となった菊池らは祖国へ向かう船に乗った。しかし、釈放された彼らの苦難がここで終ったわけではない。乗船前に、英国貨物船の船長あてに「待遇にはいっさい不満を申しません」と誓書を提出させられたことで、覚悟はしていたが、乗船した彼らに与えられたのは家畜をつなぐ鉄輪の跡のある甲板であった。そこにテントを張り、夜は毛布二枚のゴロ寝である。

一行の中に三人の台湾青年がいたが、その一人は重病でマヌス乗船の時も担架で運ばれてきた。船が北上するにつれて気温は急速にさがり、二月の寒風にさらされる甲板は遂に零度以下となった。菊池はせめて病人だけでも船室に入れてくれと頼んだが、イギリス人船員は戦犯であった日本人に敵意をこめた視線を向けるだけで、返事もしなかった。一同は「もう少しの辛抱で日本に着く」と互いに励まし合って、必死で寒気と船酔いに耐えた。

こうした状態の日本人を、中国人船員だけが夕食のパンをポケットにしのばせて、そっと見舞ってくれた。やがて、船の左舷《さげん》に遠く屋久島の姿が見えてきた。その山の頂を覆《おお》う雪の白さが目にしみて、日本人たちの汚れた頬《ほお》を涙が伝った。

二月七日、船は呉《くれ》に入港した。家族や友人の出迎えをうけて、すでに六十歳に達していた菊池は目の前の現実をすぐには信じかねるほどの喜びに包まれたが、同時に彼は重病の青年の処置に心を悩ませていた。

台湾で徴用され、南方の戦線に送られて命を賭《と》して働き、戦後は戦犯として獄につながれて病に倒れ、いま重症の身を日本に運ばれてきた青年である。しかし日本の法律は、敗戦により日本国籍を失った台湾人をかえりみない。戦犯であった時の彼はマヌス収容所で日本人として扱われ、その結果重労働で体をこわしたが、呉上陸後はもはや日本人とは認められず、衰弱しきった体を横たえる場所さえない。

この青年をどうすればよいか――と心を悩ます菊池を救ったのは、広島の日赤病院であった。日本に身よりもなく、所持金もない台湾青年を、日赤は〝行路病者〟として受け入れた。法の冷たさに対し、日赤の処置は血のかよったもので、菊池は広島の日赤病院に対する感謝を私あての手紙に書いている。

私もまた、この時の日赤の処置を知って自分までが救われた思いであった。しかし日本の戦争のために、青春の十年間を犠牲にした青年を保護するのに、〝行きだおれ〟の名をつける以外の方法がなかった事実を、どう受け止めればよいのか——。日本人の一人として、申しわけなさに深く首を垂れるばかりである。台湾人の補償問題は、今日もなお解決されていない。

呉に上陸した菊池は東京へ直行し、衆議院法務委に証人として出席してマヌス島戦犯の苦難に満ちた現状を述べ、彼らは一日も早く帰国させ日本で服役させるようにと訴えた。二カ月の後には、講和条約の発効で日本は独立国となる。それに期待をかけた訴えであったが、その実現にはなお一年半の時を要した。

日本人に対する戦争裁判は、米、英、豪、蘭《らん》、仏、中（のちに中華人民共和国）、比国の七カ国のほか、ソ連によって行われた。全貌《ぜんぼう》の明らかでないソ連は別として、以上七カ国で起訴された総人員は五、四八七人、うち有罪は四、三七〇人、その内訳は死刑九三七人、終身刑三三五人、有期刑三、〇九八人である。この有罪の中には、もと日本軍籍にあった者、軍属、傭人《ようにん》、軍夫などであった朝鮮人、台湾人三二六人が含まれ、その中で刑死、獄死した数は、朝鮮国籍二三人、台湾国籍二九人である。

戦犯裁判が行われた場所は、五十余カ所に及んでいる。最初の裁判は、比島方面日本軍最高指揮官山下奉文《ともゆき》大将に対するもので、終戦から二カ月足らず後の一九四五年（昭和20）十月八日からマニラで、南西太平洋米陸軍司令官の任命した軍事委員会によって行われた。

そして連合国戦犯裁判の最後は、一九五一年（昭和26）四月九日からマヌス島で豪軍によって行われたものである。

晩　年

帰国、出獄、そして自己幽閉

一九五三年（昭和28）七月、豪軍はマヌス島の刑務所を閉鎖し、今村はじめ全員が帰国することになった。

そのころオーストラリアの新聞記者スタンレーがマヌス島に行き、日本人戦犯を取材した。七月二十八日付朝日新聞は「マヌス島戦犯は語る」の見出しで、スタンレーの記事を掲載している。その中で今村は「我々はラジオ放送と古い新聞によって情報を得るだけだが」と前おきして、次のように語っている。

「日本は間もなく再び世界の一等国に仲間入りするだろう。……日本は少なくとも侵略に対抗できる程度の再軍備を行うことを賢明とせざるを得ないだろう。われわれは米国への依存を期待すべきでない。……国防のための再軍備は絶対に必要である。しかし古ぼけた戦略の時代は去った。また現在の国際情勢下では、日本は外国の援助を受けずに自らを護《まも》ることはできないので、自由主義諸国と固く手を握るべきである」

マヌス戦犯を乗せた白龍丸が横浜に着いたのは八月八日夕刻であった。全員百六十五人（うち台湾人四十八人）、刑期満了者は十八人である。一同は出迎えの家族や友人、新聞記者など多数に囲まれ、翌九日の各新聞は写真入りで彼らの談話を大きく扱っている。朝日新聞によれば、今村は船室にひきこもり、係りの刑務官を通じて報道陣に「オーストラリア政府との約束により、今は何も話すことはありません」と伝えた。

このとき船室に行った引揚援護団体健青会の末次一郎委員長は、今村の次の言葉を伝えている。「本当は私だっていいたいことはうんとあります。しかし何もいってはいけないというオーストラリア政府の申入れを日本政府が認め、われわれにもこれを守るようにとの話がありました。それを私が真先に破るわけにはいかないでしょう」

このとき帰国した戦犯の一人、川村英男は帰国の喜びを「赤い戦犯服、乾いた灼熱《しゃくねつ》の太陽、強制労働、ゴムの笞《むち》、それらはもうない。虐待《ぎゃくたい》、うめき、銃殺、それらはもうない」と書き、モロタイ、ラバウル、マヌスの各収容所で豪兵が日本人戦犯をいかに残虐に扱ったかを克明に綴《つづ》った「マヌス島死刑囚の最後」を「婦人公論」（一九五三年〔昭和28〕十月号）に発表した。日本は一年前から独立国となり、巣鴨《すがも》拘置所も日本の管理に移って、日本人戦犯にも言論の自由があった。

この時の帰国者の一人、台湾出身の長田《ながた》富雄に私が会ったのは、一九八三年（昭和58）に和歌山で催されたラバウル・マヌス親睦《しんぼく》会の慰霊祭であった。帰途、新幹線の中で、長

田は、

「横浜に上陸したら大勢の人が『ごくろうさんでした』とねぎらってくれて、巣鴨拘置所では私たちみなに鯛《たい》の尾頭《おかしら》つきの食事が出ましたよ」と、三十数年前のこの日をきのうのことのように語った。いま彼は中国料理の材料を扱う店を持って、安定した生活を送っている。

「嬉《うれ》しかったなあ、あのごはんを食べた時は……。それまでのつらいことなんか、みんないっぺんに消えてしまいましたよ」

《あなたは鯛一匹で、日本があなたにしたことのすべてを忘れたと、言って下さるのか》

――私は申しわけなさに胸をふさがれて、長田の笑顔の前で首を垂れるばかりであった。


今村たちの帰国を喜ぶ人々の中に、マヌス島望郷の歌「星はめぐれど」の作詞者吉野彦助がいた。吉野は一九五〇年（昭和25）に今村たちと共にマヌス島に送られたが、軍医であった彼は一九五二年（昭和27）に、肺結核、精神病、ハンセン病の重症者三人につき添って帰国していた。

「あの歌はマヌス島で作ったものではありません」と吉野は語る。「マヌス島から帰った翌年、一九五三年（昭和28）の二月ごろＮＨＫのラジオで、フィリピンのモンテンルパ収容所にいる日本人戦犯向け慰問番組を聞きました。そのとき、慰問などいっさいなく、家族との文通さえほとんど出来ないマヌス島の服役者を思って、じっとしてはいられない気持にかられてあの歌を作ったのです」

星はめぐれど春もなく
また秋もなき幾とせを
ここ南海のマヌス島……

吉野はこの歌詞を持って、一面識もない歌手渡辺はま子に相談をもちかけた。マヌス刑務所では午後七時のNHKラジオ・ニュースと、日曜日にはそのあとの「二十の扉《とびら》」と「今週の明星」だけ聞くことを許されていた。渡辺はま子の計らいで「星はめぐれど」は吉田正が作曲し、七月第一日曜日の「今週の明星」で渡辺が歌って、この歌をマヌス島へ届けることが出来た。

「星はめぐれど」は一九八一年（昭和56）、三ヶ根山上の殉国烈士慰霊碑除幕式に浜松市の女性コーラス隊によって歌われ、また一九八二年（昭和57）には旧海軍軍医科士官の会〝桜医会〟によって、「ラバウル海軍航空隊の歌」などと共にレコード化された。

「私が初めて今村さんに会ったのは、マヌス島から横浜に着いた帰国船を出迎えた時でした」と、千葉県市川市に住む中村勝五郎が語った。「その日、横浜から巣鴨拘置所へ行ってからも、今村さんは将官用のいい囚房を辞退して、皆と同じところを……と希望しておられました」

中村はそのころ〝正行〟という名であった。中村味噌《みそ》醸造所の社長であり、先々代から中山競馬場と最も深いかかわりを持つ有力者として馬主相互会会長をつとめる中村家は、代々当主が〝勝五郎〟を名乗る。今村がマヌス島から帰国した時は、先代が〝勝五郎〟を名乗っていた。

一九五三年（昭和28）十二月に、巣鴨遺書編纂《へんさん》会によって「世紀の遺書」が出版された。今村がこの計画を知ったのは帰国後間もないころで、戦犯として巣鴨にいた下田、冬至の二人が彼に次のように語った。

――我々は戦犯として刑死した約千人の遺書を集め、出版する計画を進めている。遺書のほとんどが、戦勝国の報復的裁判を呪《のろ》うより、平和を祈願する心を表明しているので、これを公表することで、戦犯を鬼畜の如く誤解している人々の反省をうながすことにもなろう。

しかしこの大冊の本の出版を引受ける所がない。売れないだろう、という予測である。ある日、教誨師《きょうかいし》の田嶋隆純先生がこれを中村勝五郎氏に話したところ、「よろしい。すぐ印刷にかかりましょう。売れなければ私が全部買いとって、必要方面に寄贈しましょう」ということで、そのご好意に甘え――。

のち今村は次のように書いている。

「私は実に大きな感謝の念をもって、中村氏のお気持を感得した。中村氏の義俠《ぎきょう》、政府もかえり見なかった戦犯刑死者への深い思いやりが『世紀の遺書』の出版を可能ならしめた。イエスは『富める者の神の国に入るは、ラクダが針の穴を通るよりもむずかしい』といわれたが、……そのイエスも『中村勝五郎氏は例外だ』とつぶやいたことだろう。

先代勝五郎氏の弱い者への愛が、後《あと》つぎの当代勝五郎氏にそのまま伝わっている」

今の中村勝五郎の妻は今村の親戚《しんせき》に当るが、この関係から中村家が戦犯支援を始めたわけではない。中村は早稲田大学卒業後、海軍のN研究班に属していたため最後まで兵役とは無関係であった。中村は戦場に出ることなく三十二歳で終戦を迎えた彼は、戦争がいかに多くの犠牲者を生んだかを思い、殊《こと》に戦犯という苛《か》酷《こく》な条件下におかれた人々とその家族を思って、支援活動を思いたった。やがて彼の父、先代勝五郎も加わり、親子一体の強力な支援活動となった。

「今村さんとの初対面は昭和二十八年ですが、久子夫人とは終戦直後からよく会いました」と中村は語る。「戦犯関係には遺族会と家族会があり、初めはこの二つがどうもうまくなかったが、久子夫人が会長になってからはすべてが円満に運ぶようになりました。実によく出来た奥さんでしたよ」

軍人恩給の復活は一九五四年（昭和29）のことで、それまで無収入の家族は自活の道を講じねばならなかった。中村は元軍人の妻たちに、中山競馬場の馬券売りという職を世話した。久子は責任者として、いつもこれに参加した。

「みなさんが申し合わせたように黒の紋つきの羽織を着て、馬券売りを……」と木村兵太郎大将（一九四八年〔昭和23〕A級戦犯として刑死）の未亡人可縫《かぬい》は語る。「当時は〝竹の子生活〟といったものですが、どこも持ち物を売って生計を立てる状態でした。紋のついた羽織は買い手がないので、これだけが手許《てもと》に残るのです」

帰国後の今村は次のように書いている。

「……昭和二十八年頃《ごろ》の為政者は、依然として私共戦犯を悪人視し、拘置者はもとより、その留守家族の救いの如きにはきわめて僅《わず》かな顧慮より払わず、苦難をなめさせ続けたものである。これに憤嘆された中村氏が、まず刑死された戦犯者の遺族のお世話をはじめ、約千の家族の職業や生活の相談相手になったり、有名な彫刻家横江嘉純《よしずみ》先生（芸術院賞受賞者——筆者註）を煩《わずら》わし、観世音《かんぜおん》菩薩《ぼさつ》の全身、半身の像を作り、刑死者各家の仏壇に贈られたことは、家内から聞いていた」

「久子夫人は、今村軍関係の将兵の帰国の時は必ず出迎えて労をねぎらわれ」と木村可縫の話は続く。「慰霊祭にも出席され、また未帰還者の家族の相談相手になっておられました。殊に戦犯となって外地に留められている人や刑死した人の家族にとっては、あの奥様ほどありがたい方はなかったでしょうよ。本当にやさしく、親身になって話を聞いてあげておられました」

戦犯の妻の中には、故郷の肉親の許にも安住の場の得られない人があった。父や兄さえ身内から戦犯が出たことを恥じて、〝戦犯の妻〟となった娘や妹に出て行けがしの態度をとった者もあったという。「一家の面《つら》よごし」、「世間に顔向け出来ない」などの言葉は、そのまま〝針のむしろ〟であった。夫が死刑になるかもしれない……と知らされただけですでに気も転倒している妻が、さらに肉親につき離されては、何をどう考える余力もない。

同じ境遇の人の集まりと聞いて戦犯家族会をたずね、すがりつく思いで辿《たど》りつくのが今村家であった。

　こうした妻たちを、久子は〝同じ戦犯の妻〟という隔てのない態度で迎え入れた。大将と兵隊というかつての階級の差などみじんもない温かさに触れて、妻たちは自然に心を開くことが出来た。彼女たちはつらさ、悲しさのすべてを語り、やさしく背をなでられて泣きたいだけ泣き、やがてその涙の底から生きる力をとり戻《もど》した。

　妻たちの中には、夫の刑死とそれに浴びせられる非難に、煮えたぎる思いを抱いて、久子の許に来る人もあった。……夫が捕虜に残虐行為など、するはずがありません。やさしい人でした。あの人のやさしさは、妻の私がいちばんよく知っています。誰《だれ》も信じてはくれませんが、あの人は無実です。夫は何も悪いことなどしないのに、絞首刑に……。

　こうした妻も、久子が自分の言葉のすべてをそのまま信じてくれることに力づけられ、やがて、遺児を立派に育て上げるため強く生きぬこう――という決意にたどりつく。

　木村可縫から戦犯の妻たちの話を聞きながら、私は改めて今村久子という女性の意思の強さを思った。久子もまた、夫は刑死するかもしれないという恐怖にさいなまれる戦犯の妻の立場にあった。今村の性格をよく知る彼女はおそらく、夫が責任を一身に負って、みずから死刑への道を選ぶであろう――と予想していたであろう。

　妻にとって耐えがたい苦痛であったと思われるが、彼女はそれを自分の胸一つに納め、常にやさしい微笑で若い戦犯の妻たちをいたわり、慰め、励ましたという。この見事な感情の抑制は、強い意思の力なしに出来ることではない。久子は、戦陣にあることの多い夫のるす宅を守って、先妻の子供三人を育て上げた人である。

長男和男は語る「生みの親より、育ての親――という言葉通りの、ありがたい母でした。終戦の年に私は胸をわずらい、一九四六年（昭和21）には喀血《かっけつ》して入院しました。母は献身的に看護に当り、病人に必要な食料を手に入れるため、戦争中に疎開《そかい》していた新潟まで買出しに行ってくれたものです。私の命が助かったのは、母のおかげでした。

母はいつもにこやかな明るい表情の人でしたが、それは生まれつきの性格というより、たゆみない努力によるものだったと思います」

巣鴨拘置所の今村の許に、数人の同囚台湾人が顔を輝かせて報告に来た。「今日はご親《しん》戚《せき》の中村様のご招待で、ご馳《ち》走《そう》をいただいてきました」

今村は「青年たちは勘ちがいをして、私が中村氏にお願いしたためと考え、目に涙をたたえて感謝を述べる者もあった」と書いている。

今村はこのときの彼らの話で、満期となって横浜の引揚援護所にいる十数人の台湾青年が、中村勝五郎の好意で歌舞伎《かぶき》を見物し、背広を新調してもらったことを知った。たび重なる好意に今村は深く感謝したが、中村の急逝《きゅうせい》により遂に直接会う機会を失った。

そのころ巣鴨拘置所の戦犯は外出も許され、これも中村家の好意で中山競馬場の一室に家族を集めて自由に話し合う機会を持つことも出来た。その中で、今村だけは釈放の時まで一歩も拘置所の外へ出なかった。ひたすら〝謹慎の態度〟と思われるが、彼はそのような説明はしていない。

「私は巣鴨拘置中は所外に出る気になれず、自然、先代中村氏よりの招待をおことわりした直後、急にその御他界を見、己れの偏狭な性格から、遂に拝眉《はいび》して数々のお礼を申し上げることの出来なかったのを、後悔はされたものの……」と今村は書いている。

一九五四年（昭和29）十一月十五日、今村は釈放された。

「自由の身になった今村さんは、すぐ私の家に来られて」と、当代中村勝五郎は語る。

「父の墓まいりをして下さいました。今村さんとは、そういう人でしたよ」

今村が世田谷の自宅に帰ったのは、一九四二年（昭和17）末ラバウルへ出征して以来十二年ぶりであった。しかし彼は帰宅の夜を、妻や長男一家が住む母屋《おもや》で眠ったわけではない。獄中から指図して庭の隅《すみ》に建てさせてあった三畳一間の小屋にはいった彼は、この日から拘置所生活の延長のような独居を始めた。これもまた、罪責を自認した自己幽閉であったろうが、彼自身は一度もまともに説明したことはない。今村は谷田勇中将に「老人にとって、三畳間ほど住みごこちのよいものはない。坐《すわ》ったままで手を伸せば、いる物は何でも取れる」と、とぼけている。

今村の家は小田急線豪徳寺駅から歩いて三分ほどの、静かな住宅街にある。借地百五十六坪、木造二階建て五十坪の家は、一九二八年（昭和3）ごろ今村の中佐時代に建てた身分相応のもので、そのままの形で長男和男夫妻が住み、同じ敷地内に次男純男の家もある。

庭の東南の隅に、今村が独居生活を送った小屋が残っている。入口に小さな土間があり、あとは押入れのついた三畳間だけで、便所もない。生まれつき頻尿《ひんにょう》の今村の冬の夜や雨の日の難儀を私は思いやったが、和男は「父は旅行にもしびんを持ち歩いた人で、この部屋でもそれを使っていました」と語った。この小屋が建てられた一九五四年（昭和29）は、まだ上質の建築資材は一般に出まわらない頃だが、それにしても、これ以上簡略には出来ないという造りで、私が訪れたときには使う人もないままに古色に沈み、荒れた侘《わび》しい姿であった。釈放後の今村が、この三畳の窓辺に粗末な坐机《すわりづくえ》を据《す》え、終日筆を走らせた姿を想像すると、何ともいえないすがすがしさを覚える。

今村の釈放を知った全国各地の人々から便りが来た。その中には未知の人からのものも多かったが、今村はその一つ一つに返事を出し、また旧部下から送られて来る手記にも丹念に目を通した。それだけでも多くの時間を要したが、さらに彼はジャワの獄中以来書きだめた手記の整理に没頭した。

今も第八方面軍の標歌として、次の一首が伝えられている。

歳経《としへ》なば　燃ゆる瞳《ひとみ》に吾子《あこ》ら見ん　父ら綴りしラバウルの史を

これは一九四四年（昭和19）の〝剛陣中新聞〟に掲載されたものである。作者は第八方面軍築城部の太田という一兵士であった。本歌《もとうた》は少し違うが、今も伝えられている右の一首は、戦後に今村が手を入れたものである。

今村家には訪問客が多く、今村の釈放を喜んで祝いを述べに来る旧部下の中には、彼が顔も知らない若い人々もいたが、所属部隊名を聞けば、戦闘や籠城《ろうじょう》の思い出に共通の話題は尽きなかった。その他、終戦後のラバウルで今村の副官を務めた薄平八郎、ジャワの副官・田中実、ラバウル戦犯収容所の〝当番兵〟中沢清など、懐《なつか》しい顔が次々に現われた。開戦の翌年、一九四二年（昭和17）五月に、五十人ほどの看護婦を引率し女性集団としては初のジャワ上陸を果した四ケ所《しかしょ》ヨシ（旧姓古村《ふるむら》）もたずねて来た。彼女は終戦後も大勢の看護婦たちと共に一年余りジャワの各地を移動した人で、今村は自分が去った後のジャワの事情を興味深く聞いた。

一九一〇年（明治43）生まれの四ケ所ヨシは、私がかつて毎日新聞に連載したノン・フィクション「アマゾンの歌」に、ブラジル・バラー州にある日本人入植地トメアスーの中央病院に勤務する二十一歳の看護婦として登場した女性である。トメアスーは一九二九年（昭和4）の入植から長期にわたりさんざんの失敗つづきで、病院も閉鎖され、四ケ所はサンパウロを経て、二十四歳で帰国している。

日本の敗戦直前の一九四五年（昭和20）七月、四ケ所ヨシ三十五歳のとき、夫・市次は現地召集されていたフィリピンで戦死する。

そのときジャワにいたヨシは、ジャカルタ在住の日本人女性全員の無事帰国を目的に彼女たちに看護教育を開始し、七月末近くにそれは完了する。八月十五日、日本降伏。総数五百六十人の四ケ所隊は、その後の九カ月間を捕虜としてすごす。一九四六年（昭和21）、四ケ所たちはアメリカ軍提供の引揚船で帰国し、京都の東本願寺で四ケ所隊の解散式を行なった。

一九九六年（平成8）に出版された「花と星と海と　四ケ所ヨシの歳月」（木村園江著）に収録されている聖路加国際病院長・日野原重明の「発刊によせて」の一文によれば、日本に老人福祉法ができた一九六三年（昭和38）よりも約十年さかのぼる一九五四年（昭和29）、四ケ所は東京都民生局の依頼で芙蓉診療所を作り、その後は老人福祉の分野で大きな役割を果して、自身も健康で現在にいたっている。

四ケ所ヨシが「今村大将の思い出」を私に語ったのは、彼女の本拠地である千葉県君津市の広大な老人ケアマンション〝ミオ・ファミリア〟であった。「今村さんは少しも軍人らしくない、やさしいおじさん……という感じだったが、人間としては実に立派だった。肩書で、人のよし悪しはわからない。全く偉くない中将、大将もたくさんいた」と、明るい笑声をひびかせた。

戦後約十年がすぎ、独立国となった日本の社会とじかに触れた今村は、その感想や追憶を軍とは無関係な客とも語り合った。だがそうした会話が、いつも楽しかったわけではない。これは釈放後に始まったことではなく、敗戦後はときどき不愉快な質問を受けることがあり、彼は次のように書いている。

「……幾人かから『あなたは昭和十六年十二月、蘭印《らんいん》諸島の攻略を命じられたとき、国力も考えず、世界の大部を相手にし、むこう見ずの戦争をやるものだな……と思わなかったのですか。またはそう思っても、陸軍三長官に対し開戦をやめさせる意見を、進言するだけの勇気を持ち合わせなかったのですか』などとたずねられた。

質問者の好意、不好意はどうあっても、このようなことに答えるのは不愉快でもあり、人間は事の不成功の後には、どうしても弁解的になる。それでたいていの場合は、『敗戦の大責任は自覚しております。わが国法により処罰されたいと思っているだけで、そのほかお答えすることはありません』とだけいったものである」

では今村は、太平洋戦争開始をどう受けとめていたのか——。

一九四一年（昭和16）十一月、広東《カントン》から東京に呼び戻された今村は杉山参謀総長から「日米外交交渉の結果もし開戦になったら、貴官は蘭印諸島の攻略に当ることになろう」と告げられ、渡された書類と地図とを持って別室へ移った。そこで地図を前にした今村は、次のように思考した——と、巣鴨から釈放された後に書いている。

「日本軍が満州を含む全アジア大陸から撤退しない限り、アメリカは現に我が国に対し実行している経済封鎖をやめないだろうから、我が民族はやがて自滅するようになる。だが彼の強要に屈服し、大陸からの総撤兵を行なえば、日本民族のアジア大陸発展は不可能になり、結局はこの資源の乏しい小さな島内で段々に衰弱してしまう。だから、あるいは起《た》って生存を戦に訴えることになるかも知れない。

自分には、蘭印諸島のような広汎《こうはん》な領域を攻略する自信などは持ちあわせない。が民族存続のためには、なんとしても任務の完遂に奮励しなければならぬ。ことにこの大東亜戦争は必然に、幾百年の間、白人の圧迫統治下に呻吟《しんぎん》し搾取《さくしゅ》されつづけてきたアジア諸民族の独立解放に、大きな貢献をもたらすものでもあるので……かように思考され、異常の緊張を覚え、いわゆる武者ぶるいとでもいうものか、からだが小刻みにふるえ、しばらくやまなかった」

ここには「日本民族のアジア大陸発展」「民族存続」「被搾取アジア諸民族の独立解放」のため、全力をあげて戦わねばならぬという、一途《いちず》な決意が示されている。満州事変以来の中国との戦いや、これから始まるであろう太平洋戦争は、他国への侵略行為ではないか——という疑念はどこにも示されていない。また米、英、蘭などを相手に戦争を始めたら、祖国に敗戦をもたらす結果となりはしないか——という危惧《きぐ》の念も表明されていない。

開戦まぎわのこの時、軍人で開戦阻止の意見など述べた者はなかった。今村もまたその一人であった。〝帝国陸軍〟という大組織の中で、攻略軍の司令官を命じられた今村は開戦の可否など考えるべき立場ではなく、「勝つ」という世界共通の軍人の本務に邁進《まいしん》すればよい——ということであったろう。

今村の文章は続く。「だから終戦後、進駐軍が流布《るふ》した『今度の戦争は、日本軍閥の不法な侵略企図によって起されたものだ』という宣伝に同調した我が一部文化人の、軍人に対する悪罵《あくば》がどんなに大きく烈《はげ》しいものであっても、また開戦の時期や順序については私にも意見はあるが、私は今なおこの戦争は民族存続の活路を見いだそうとした、やむにやまれなかったものであり、かつ後世の歴史家は、きっと我が国の犠牲によって成ったアジア民族解放の世界史的意義を明らかにするだろうと、信念しつづけている」

確かに戦後、連合国の象徴的行為となったニュールンベルク裁判、東京裁判ともに、第二次世界大戦を「連合軍の正義対枢軸《すうじく》国の不正」という図式に当てはめることが一大目的であったといえる。日本は侵略戦争を行なった国として、〝軍国主義的指導者〟が断罪された。今村が指摘している通り、そこでは米国の原爆投下も、ソ連の日ソ中立条約を破棄しての侵攻も裁かれてはいない。

しかし〝勝てば官軍〟的な裁判であったという理由で、そのすべてを否定することは出来ない。日本が満州に端を発して中国全土へ、東南アジアへ、また南太平洋方面へ軍を進めて、十五年にわたって戦った結果、おおよその数さえわからぬほど多くの人命を奪い、甚大《じんだい》な物的損害を与えたという事実は、動かしがたいのだ。

今村は開戦時の事情を「日本は米国の強い圧迫下にあり、自衛のために開戦を決意せねばならなかった」と書く。確かに日本は米国の強い圧迫下にあった。しかしそのような状況にたち至った背景に、満州事変以来の日中戦争を考えねばならない。

これについて今村は「第一次世界大戦以降、中国人が執拗《しつよう》に排日排貨運動を続けたのは、日本の産業伸展で自国の東洋貿易に大打撃を蒙《こう》むるようになった米国と英国が、蔣介石《しょうかいせき》政権に対し手をかえ品をかえてのあらゆる策謀が、日支両民族の反目抗争をあおったためであり、満州事変も支那事変も、結局は米英の日本民族圧迫がその根源をなしているものだ」と書いている。

この説を全面的に否定はしない。しかし日本が謀略で満州事変を勃発《ぼっぱつ》させて以来、中国へ戦火を広げた最大の理由は、〝民族の活路〟をしゃにむに外に求めたことではなかったか。明治維新後の七十年間で日本の人口は約三倍に膨張し、その中で呼号する大国主義と民生の実情とはきしみを増す一方だった。しかしこうした国内事情があるからといって、日本の行動は絶対に他国から容認されるものではなかった。それを容認させようとしたのは、大日本帝国流の我儘《わがまま》勝手と時代錯誤だった。すでに末期的様相を見せる西欧の帝国主義と、乗り遅れた満州事変とを一線に並べて語ることは出来ない。

今村は「日本の犠牲によってアジア諸国の独立が実現したことを、後世の史家は高く評価するであろう」と述べている。太平洋戦争開戦時の日本は〝大東亜共栄圏〟の形成という大義名分をかかげ、〝八紘一宇《はっこういちう》〟などという不明瞭《ふめいりょう》な言葉を使って、アジア諸国の独立を標榜《ひょうぼう》するかのようであった。しかしそれが、戦争を有利に導こうとする日本の真の目的の〝かくれ蓑《みの》〟であったことは、開戦直前の一九四一年（昭和16）十一月二十日に大本営政府連絡会議が決定した「南方占領地行政実施要領」によっても明らかである。

この「実施要領」の「方針」は、「占領地ニ対シテハ差シ当リ軍政ヲ実施シ治安ノ恢復《カイフク》、重要国防資源ノ急速獲得及作戦軍ノ自活確保ニ資ス。占領地領域ノ最終的帰属並ニ将来ニ対スル処理ニ関シテハ別ニ之《コレ》ヲ定ムルモノトス」と書かれている。日本の目的はアジア民族の解放や独立ではなく、占領によって、日本に必要な石油をはじめとする資源と、将兵の自活用物資の獲得だったのだ。そうして〝獲得〟した重要国防資源は、「要領」の（二）

の中で「之ヲ中央ノ物動計画ニ織リ込ムモノトシ……」とされている。
さらに「要領」の（八）には「原住土民ニ対シテハ皇軍ニ対スル信倚《シンイ》観念ヲ助長セシムル如《ゴト》ク指導シ、其《ソ》ノ独立運動ハ過早ニ誘発セシムルコトヲ避クルモノトス」の一節がある。その約一週間後に発令された「占領地統治要綱」にも、ほぼ同文でこれが強調されている。「原住土民」という用語に、東南アジアの人々に対する日本の姿勢が感じられる。中国人を理由なく蔑視《べっし》し続けた日本は、東南アジアの人々をも〝大日本帝国〟の〝生命線〟や〝勢力圏〟に奉仕する従属的存在と意識してはいなかったか。

　こうした状況下で今村が行なった融和的ジャワ軍政は、結果的には軍中央に対する無言の批判であったようにも思われる。今村は心から「アジアの解放」を望み、彼が〝兄弟〟と呼ぶインドネシア人の独立達成を願ったのであろう。彼は軍中央のジャワ軍政に対する反撥《はんぱつ》に強く抵抗し、遂に中央もこれを容認した。しかしその理由は、現地住民に対する蔑視を基とした強圧政策を非と認めたためではなく、今村軍政による資源獲得の好成績に脱帽した結果であった。

　太平洋戦争初期の日本軍の勝利がアジアの人々を勇気づけ、彼らの支配者である白人を駆逐したことは事実であり、結果から見れば、それが戦後の早い時期に彼らが独立を達成する上での助けとなったことも、今村のいう通りである。しかし開戦時の日本が唱えた「アジアの解放」は建前であって本音ではなかったこと、インドネシアを例にとれば終戦直前まで日本が独立を与えなかったこと、それから四年半の後に、植民地体制の崩壊という時代の流れの中で米国の支援により独立を達成したことなどを、どう考えるべきであろうか。「日本の犠牲によってアジア諸国の独立が実現した」と、胸を張っていえるのだろうか――。

戦後の歴史の展開の中で、私たちは約四世紀にわたる植民地体制の全世界的な崩壊を見てきた。インドは太平洋戦争終結の翌年、早くも英、印のシムラ会談でインド独立案を議し、一九四七年（昭和22）独立を達成した。今村は「国防について」の中に「（インドが）遂に独立し得たのは、実にマハトマ・ガンジー半生の執拗な反英大抵抗の賜物《たまもの》だったのである」と書いている。アジア諸国の独立も、植民地体制の崩壊という時の流れと無関係とは思われない。

今村は「白人の圧迫統治下に呻吟《しんぎん》し搾取されつづけてきたアジア諸民族」と書いている。ここで彼は、日本もまた植民地国家であったことには触れていない。敗戦によって台湾、朝鮮、満州などを失い植民地国家日本は終焉《しゅうえん》したが、今村が右のように考えた開戦直前の朝鮮は、〝白人〟ならぬ〝同じアジアの日本人〟によって統治されていた。そして彼らは日本の統治に反撥して、三・一事件に代表される独立運動にしばしば血を流している。

ここで改めて気づくことは、今村は膨大な量の手記の中で、三度も彼の任地であった朝鮮に対する日本の政策に全く触れていないことである。朝鮮在勤中の彼は、わが子たちに「決して朝鮮の子供をいじめてはいけない」と教えた。また一九八二年（昭和57）に出版された、元韓国軍総参謀長李応俊将軍の「回顧九十年」中には、「朝鮮人を蔑視する日本軍人の多い中で、今村将軍は常に対等の立場をとり、特に陸士出身（二十六期）で日本軍の大佐であった私が不遇の時などは心から慰め、励まされた」ことが、くわしく書かれている。

今村とはそういう人であったろう――と、私にはそのまま信じられる。しかしこれは今村個人のことであって、日本の朝鮮統治政策はおのずから別問題である。今村ほどよく読み、よく考える人が、この問題に無知無関心であったとは思われない。しかしこれについての記述が全くないのは、彼の主著が「私記・一軍人六十年の哀歓」と題されているように、政治の外に在るべき軍人の立場を遵守《じゅんしゅ》して書かれたものであったのか。または、個人、軍、祖国のいずれをも指弾し傷つけるべきでないという、例によっての配慮であったのか――。

そのいずれとも断じ難《がた》いが、今村は生涯《しょうがい》にわたって、明治以来の日本の対アジア政策を基本的に是認した人であった――と私には思われる。

今村は、「軍人としては宗教書、哲学書などを読みすぎた」「彼の思考はしばしば軍人の域からはみ出していた」などといわれ、一部には「個人としてはまことに立派だが、〃帝国陸軍〃という特殊な体質を持つ大組織の指導者としてはちょっと疑問がある。あまりに先の見通しがいいためか、彼の意見はしばしば周囲の者に水を浴びせられたような思いをさせる。理性的すぎるのか……、とにかく軍中央ではあまり人気のあるほうではなかった。従って、人心掌握に問題がある」という声もある。

今村と同時代の将官の中では、一期先輩の阿南惟幾《あなみこれちか》大将が最も人気があったらしい。同僚、後輩の多くが阿南に〝理想の武人像〟を見出し、彼の説く〝必勝の信念〟や〝楠公《なんこう》精神〟に酔い、彼のかもす〝勇壮きわまりない雰囲気《ふんいき》〟に興奮したという。確かに今村はそうしたタイプではなく、彼の本領は他にあった。

しかし、それでいて今村の精神の基盤は、やはり「兵の鍛練だけに生き甲斐《がい》を感じた」軍人のものであったと思われる。好んで軍人になったのではないにしろ、いったん士官学校にはいったのち軍務に精励し迷うことのなかった精神の基盤は、なまなかなことで揺らぐものではなかった。今村はその発端から終りまで深くかかわった十五年戦争を、「私もまた、日本には一切責任のない戦争であったと強弁しようとするものではないが……」と書いている。また、敗戦の原因を列記した中で、軍が民衆へのいたわりを忘れたことを挙げて、「遂に全中国人を憤慨させ、収拾のつかない長期戦たらしめ、大東亜戦争にまで拡大してしまう原因を作ってしまった」と、列国が容認しない日中戦争が大東亜戦争の原因であったと述べてもいる。それでいて、死ぬまでこれを侵略戦争とは認めなかったことからも、やはり彼は一九四五年（昭和20）八月までの古典的日本人であった、というほかない。

これは私の想像に過ぎないが、今村は内心「侵略戦争」と認めながら、彼一流の配慮から、戦死者やその遺族に対し「侵略であった」と言うにしのびず、アジア諸国の独立など〝太平洋戦争の意義〟を固持しつづけたのではなかったか――。今村の記述の中に、こう思われるふしがある。しかし裏付けできる確たる内容ではないので、想像の域に止《とど》めておく他ない。

しかし戦後の社会に生き延びた今村に、かたくなな姿勢はない。彼はどうにも納得のいかない世相に悲しみを抱きながらも、「私は民主主義というものは、よいものと考えている」と述べ、その中での心の拠《よ》りどころとしての愛国心を説き、民族の自信を失ってくれるなと、青年層へ向けて書いている。

敗戦後のラバウルで今村は、

国に負う罪になやめど日《ひ》の本《もと》に生まれし運命《さだめ》弥《いよ》なつかしむ

という歌を詠《よ》んでいる。今村はもともと純粋な強い愛国心の持ち主だが、〝敗戦〟という歴史始まって以来の〝大悲運〟に見舞われた祖国に対しいよいよ彼はなつかしさを深めている。この歌に示されている〝日本人たるを喜ぶ心〟を彼は愛国心の基礎と捉《とら》え、青年たちがその心を抱いて祖国の復興に励んでくれと祈り続ける。

日本の軍備について今村は「私もスイスやスウェーデンのように、我が国も永世中立を主義とし、国策の遂行を武力で解決しようとする考えを持ってはならないと思っている」と書いている。しかし彼は憲法改正論支持者であり、「軍備不要論」に対し次のように反論する。

「先ず第一に、『我が国は永世絶対に侵略を放棄しなければならぬ』と論ずるなら正論であるが、どんな不法な国が祖国に上陸して来て占領し、日本民族を奴隷《どれい》とするようなことをしても一切無抵抗でおり、殉教すなわち滅亡しても平和のために忍べということは、強力な悪に対してはそれに屈服せよとのことであり、神の道人の道にも反する不徳義である。第二に、『大国の間に在っては、小国に自衛など出来るものではない』との論も適正ではない。……」

このほか国防についての今村の記述は多いが、〝帝国陸軍華やかなりし時代〟への郷愁は全く感じられず、「日本は軍事大国になるべきだ」という意見はどこにも見出せない。「専守防衛」という言葉は使われていないが、今村の説の基本はこれであると解釈される。また憲法や国防についても彼は思いつくままに書き、語りはするが、指導者として、あるいは教師として声を高めることはしなかった。

各地の自衛隊などから講演の依頼があれば、今村は気軽に応じた。そして、戦後の時代の流れにさからわない範囲で、愛国心などについて静かに語ったという。

「今村さんが講演の中で戦争に触れることはなかった」と島貫重節は語る。「座談で戦争が話題になっても、今村さんの話はいっこう勇ましくない。また触れたくない話、議論したくない話が始まると『やめろ』とはいわないが、居眠りを始める。しかし、必要なことはちゃんと聞きとっておられた。〝狸《たぬき》おやじ〟といわれたゆえんですよ。

だが一度だけ、今村さんが自衛隊の幹部を前に、身ぶり手ぶりで大熱演をされたことがあった。その話とは……」

徴発された農耕馬が中国の戦場で、偶然、応召して行軍縦隊内にいた旧飼主にめぐりあった。馬は旧主人に鼻面《はなづら》をこすりつけて喜んだが、いつまでも一緒にいることは許されない。やがて馬は手綱を引かれたが、どうしてもその場を動かず、周囲を泣かせた――という情愛話である。今村が両の握りこぶしを前へ突き出し、必死で抵抗する馬を熱演している写真が今も保存されている。島貫はそれを私に示しながら、「今村さんは、こういう話の好きな人だった」といった。

巣鴨《すがも》から釈放された後のある日、今村は作家野村胡堂《こどう》の家へ、戦中に寄贈された本の礼を述べに行った。

十年の昔、一九四四年（昭和19）に、野村胡堂は参謀本部の一将校の来訪を受け、次のようにいわれた。

「実はラバウルの司令官今村大将が、陣中で読みたいから内村鑑三全集を送れといってきました。発行所の岩波書店はじめ方々を探しましたが、入手出来ません。そこへ、金子少将から野村胡堂先生がお持ちだと聞きましたので、……いかがでしょうか、おゆずり願えますまいか」

野村は「一両日考えさせてもらう」と答えて、将校を帰した。この全集は、東大在学中に病死した野村の一人息子一彦の遺品で、最後までこれを愛読した一彦は本のあちこちに鉛筆の書き入れを残していた。気軽に手離せる品ではない。

野村は、夕刻帰宅した妻に相談した。そして「差し上げた方がいいでしょう。一彦も、いやとは申しますまい」という妻の言葉に心を決して、全集を渡した。おそらく夫婦とも、無教会キリスト教を唱えた宗教家で評論家でもあった内村鑑三の全集を陸軍大将が求めていることに、奇異の感を抱いたであろう。野村は間もなく、参謀副長が全集を携えて南太平洋をラバウルへ飛んだ――という知らせを受けた。

一九五三年（昭和28）、マヌス島から帰国した今村は巣鴨拘置所から次のような礼状を出した。

「……内村鑑三全集を寄贈していただいたことを知りました。飛行機が海に落ち、参謀副長（有末次《やどる》少将、戦死後中将――筆者註）も戦死して、遂に全集を入手出来なかったのは残念ですが、御芳志には幾重にも御礼を申し上げます」

釈放後、今村は野村家を訪れて、改めて礼を述べた。

野村胡堂は「内村鑑三全集と今村均」という随筆の結びに、次のように書いている。

「ラバウル十万の将兵を無謀な玉砕に追いやることなく、地下に潜って百年持久の計を樹《た》て、貴重な生命を救い得たのは、戦陣の中に、内村鑑三全集を読みたいと考えたその魂であったと思う。玉砕の名は美しいが、忍びがたきを忍んで、十万の生命を助けたのと、今から考えて、いずれが本当の勇気であったか。私は、南の海に呑《の》まれたせがれの愛読書を、必ずしも、惜しむものではない」

自由の身になってからの今村は、よく旅に出た。陸士入校以来、望むままに旅行できたのは晩年の十四年間だけであったろう。今村はいつも普通車に乗り、周囲の乗客と気さくにインフレの世相や稲の出来具合などを話し、「おじいさん、いっぱいどうですか」と盃《さかずき》をさされれば、酒をたしなまない彼がいっぱいだけは喜んで受けたという。

今村が訪れた回数の最も多いのは仙台であったろう。そこには両親はじめ一族の墓があり、若いころの思い出も多く、また武田家に嫁《か》した今村の姉綾乃《あやの》の一族もいた。

釈放後の今村が初めて仙台へ行ったとき、彼を出迎えた人々の中に、戦中のラバウルで従兵を務めた後藤金哉《きんや》の嬉《うれ》しさを包みかねた笑顔もあった。後藤は駅へ出迎えに行く前に、今村家の墓所を入念に掃除していた。

一九四四年（昭和19）一月、満十八歳の軍属後藤金哉が乗っていた輸送船はラバウル入港直前に敵機に襲われて沈没し、彼は救われてラバウルに上陸した。半年ほど後、上官に出身地を問われ「仙台」と答えたのが縁で、後藤は同郷の今村の雑用係りに当てられた。終戦後も今村につき添って将官村へ行き、一九四六年（昭和21）三月に復員船で帰国するまで、身近に仕えた。今村はラバウル時代の手記の中に、

母の手に戻《もど》るというに友金哉別《わか》れ詞述べつつすすり泣きおり（友＝従兵後藤金哉君）

の一首を残している。

「大将が仙台に来られる度に、お目にかかりました。うちの子供が小学校へあがる時は、立派なランドセルを送って下さいましたよ」と後藤は語る。「ラバウルでは〝稲長〟さんが大将のお食事をつくり、私がお給仕したものです」

塩釜《しおがま》市の料亭〝稲長〟の主人稲葉久三郎は、「今村さんは奥さんと一緒に私の店までわざわざ来て下さった」と語る。稲葉の成功を祝して今村が書き与えた横書きの額が、〝稲長〟の玄関近くにかけられている。

天日無私　花枝有序

呈稲葉久三郎兄　戦友今村均書

とある。これは大尉時代の今村が大森禅戒師に教えられた仏典中の一句で、生涯にわたり彼が心に留めていたものである。二階の大広間には、稲葉が巣鴨拘置所に今村を見舞ったとき贈られた書がかけられている。

力行不惑

為戦友久三郎君　於巣鴨　今村均

後藤金哉、稲葉久三郎のほかにも、遠縁に当る陸大出身の三浦辰夫、ジャワ攻略戦に第二師団の中隊長として参加し、のちガダルカナル島で闘った佐藤周之助、陸士六十期で自衛隊第二十二連隊の連隊長であった飯沢耕作、一九三八年（昭和13）まで今村家の墓所のあった興安寺の住職熊本真悟、今村の姉の孫に当り幼時から彼にかわいがられた武田光恭《みつやす》など、今村の仙台来訪を心から喜び迎える人の数は多い。

仙台滞在中のある日、今村は重陽《ちようよう》会の会長千葉繁利を訪れた。重陽会とは、一八七五年（明治8）菊の節句の九月九日に連隊旗を受けたことを記念して、毎年この日に集まる第四連隊関係者の親睦《しんぼく》会である。

千葉は今村に「終戦から一年半がすぎた一九四七年（昭和22）一月になって、突然戦犯として指名された大久保朝雄（中佐）が、『旧敵軍の裁きを受けるに忍びず』と自決した」ことを語った。大久保の戦犯容疑は、ジャワ在勤中にオランダ人を使ったことが問題となったものであった。

大久保は真宗の法輪院に行き、住職に読経《どきよう》を頼み、しばらくそのうしろに坐《すわ》って合掌した後、読経の声の流れる中を静かに板の間までさがって、割腹自決したという。

今村は大久保の遺族宅をたずね、仏壇に向かって丁重に後輩の冥福《めいふく》を祈った。


甲府へも今村はよく出かけた。ここではかつてラバウルの軍医であった古守豊甫《こもりとよすけ》が中心となって、彼を歓迎した。

「甲府は今村さんにとって、幼い日の思い出の地でした」と古守は語る。「遊亀《ゆうき》公園のそばを車で通っているとき、突然『このそばに、うまいダンゴ屋があったなあ』といわれたり、舞鶴《まいづる》城を見て『子供のころは、この城が大そう大きく見えたものだ』などと、懐《なつか》しそうなご様子でした」

古守豊甫は、かつて徳富蘇峰《そほう》の秘書であった藤谷みさをの協力を得て、一九六三年（昭和38）末「南雲詩――ラバウル従軍軍医の手記」を出版した。古守がこの本の序文を依頼するため今村家を訪れた時、同行の藤谷が今村に、「旧部下が苛酷《かこく》な扱いを受けているマヌス島へ行かれた今村先生は、島の戦犯収容所で彼らと同じ苦しい体験をされたと思いますが」と訊《たず》ねた。

「いや、いや、それは違いますよ」と、今村は淡々と否定したという。「日本では敗軍の将の言葉など誰《だれ》も聞いてくれませんが、あちらでは、かりにも大将ともなれば、いうことを聞き入れてくれます。そのため、私が行ってからは戦犯の扱いが非常に改善されました」

畠山国登はじめ数人のマヌス経験者から「待遇改善は今村大将の肩書きではなく、人格による」と私は聞いていたが、今村は何事も自分の功とはいいたがらない人であった。

甲府市の龍王町には、一九二一年（大正10）今村がイギリスから帰国の船上で知り合い、その人格に深く敬服した大森禅戒師の慈照寺がある。今村は直接禅戒師から禅を学びたいと念願しながら軍務に追われて果さず、数年に一度彼を訪れて話を聞く交際が続いていた。一九四九年（昭和24）末、オランダ軍事裁判を終えて東京巣鴨の拘置所に移された今村は、面会人に大森の消息を訊ねたが、彼は一九四七年（昭和22）に七十七歳で死去していた。大森禅戒師は駒沢大学学長、曹洞宗《そうとうしゅう》管長、大本山総持寺独住十一世、大本山永平寺七十世貫主《かんじゅ》ののち、晩年は慈照寺に隠居した。慈照寺住職大森弘道の妻ウメは、禅戒師の娘である。彼女は「今村さんは何度か父をたずねて来られ、いつも短い時間でしたが、大へん楽しそうに話しておられました」と語った。

一九五五年（昭和30）五月、今村は群馬県の赤城山麓《さんろく》にある「鐘の鳴る丘　少年の家」を訪れた。案内したのは、かつてラバウルの報道班員であった森川賢司である。

「少年の家」の創立者品川博もまたニューアイルランド島で終戦を迎えた准尉《じゅんい》であった。

一九四六年（昭和21）三月復員した品川は、上野駅で戦災孤児たちに食物をねだられ、その悪臭を放つみじめな姿に心を衝《つ》かれて、戦争の犠牲者である少年たちのため一生を捧《ささ》げる決意をした。

品川はまず浜松の施設葵《あおい》寮に勤め、ここで少年たちと共に、菊田一夫原作のNHKラジオ・ドラマ「鐘の鳴る丘」を聞き、その主題歌「緑の丘の赤い屋根　とんがり帽子の時計台」を歌った。そして彼は、ドラマの主人公加賀美修平に会って教えを乞《こ》いたいと願ったが、菊田一夫から「加賀美は架空の人物」と告げられて、落胆した。だがやがて品川は「よし、私が加賀美修平になろう。そして、歌の通りの〝鐘の鳴る丘　少年の家〟を私たちの力で実現させよう」という理想を抱くに至る。

一九四八年（昭和23）、品川は六人の少年たちと共に、理想の実現を目指して捨身の生活にはいった。靴《くつ》みがき、行商、コリー犬の飼育などで資金を貯《たくわ》え、遂に一九五三年（昭和28）、赤城山麓に「鐘の鳴る丘　少年の家」を建設した。

三年後、ここに今村を迎えた時は品川をとりまく少年たちは七十人に増えていた。今村は「少年の家」を創立した品川の熱意と、たくましく生きぬく孤児たちに強く心をひかれて、その後は年二回ここを訪れるようになった。

少年たちの約十人が夜尿症であった。今村は「私も九歳までやった」と少年時代の思い出を語り、〝寝小便〟に劣等感を持つ子供たちを励ました。今村のやさしさが少年たちに〝祖父〟を感じさせたらしく、みなが彼の来訪を楽しみに待つようになった。当時は就職難の時代で、今村は中学を卒業する少年たちの働き口を知人に頼み、また「少年の家」で製造するブロック建材の試用を大林組はじめあちこちに依頼するなど、温かい支援を続けた。今村が人に品川を紹介する時は「この人は僕《ぼく》の戦友で、戦災孤児のために一身を捧げている品川君です」というのが常であった。

品川は「鐘の鳴る丘 少年の家二十年の記録」の中に、次のように書いている。

「私がこの二十年の歩みの中で幾分でも人間的に成長できたとしたならば、それは今村均元陸軍大将の影響である。

今村さんは、自ら敗戦の責任を強く感じておられ、戦犯としての刑が終ってから逝去《せいきょ》されるまで、全力をあげて戦争犠牲者の救済と祖国復興に専心されたのである」

品川が育てた少年たちは七百人を越えた。一九六九年(昭和44)、彼は吉川英治賞を受賞した。今村の死から半年の後である。授賞式の翌日、品川は今村家を訪れ、今村の霊前に吉川英治賞の賞状と授賞式場で贈られた赤いカーネーションの花束を供えて、永年の支援に対する感謝を胸の内で述べた。

一九五三年（昭和28）末に出版された「世紀の遺書」は意外なほど読まれ、何度か版を重ねて、約二百万円の純益を挙げた。遺書を編纂《へんさん》した人々がこの金の使途を相談し、戦犯として刑死した人々の意志である「平和の招来」を象徴する銅像を建立《こんりゅう》する案を立て、中村勝五郎も「父の霊もさぞ喜ぶでしょう」と賛成して、計画は具体化した。

だが銅像を建てる場所が決まらなかった。東京都の公園課が難色を示していることを知った今村は、朝鮮時代の知己、安井誠一郎都知事に会って依頼し、安井も好意的な態度であったが、なお解決には至らなかった。そこへ国鉄が東京駅前広場に建立を認めたため、話は円滑にまとまり、一九五五年（昭和30）十一月十一日に除幕式が挙行された。横江嘉《よし》純《ずみ》の製作である銅像は、両手を高く空にさしのべた男性の立像で、その足許《あしもと》の石に「愛」の一字だけが刻まれている。

今村はこう書いている。「……〝愛の像〟の建立式に立会した私は、先代中村氏の孫の少女が除幕されたとき、その場に中村氏の霊は天下っていて、いかにももの足りた面《おも》もちで〝愛の像〟を仰いでいるお姿を、瞼《まぶた》に浮かべたものである」

今村は都合のつく限り旧部下の慰霊祭に出席し、また各地で戦犯刑死者の遺族をたずねて、ねんごろにその冥福を祈った。中には一家の働き手を失って、戦後社会の流れの外にとり残された家族もあり、「まだ夫の墓も建てられずに……」という妻もいた。そういうとき、今村は「いずれ、お墓は建ちましょう。無理をしても早く建ててくれとは……故人も決して思っていないはずです」と慰め、そっと金一封を霊前に供えた。また遺児たちの進学や就職などの相談があれば、彼は親身の聞き手となり、出来る限りの世話をした。

これほど旧部下の遺族に尽した今村だが、その援助資金を得るための募金運動や個人的依頼など、他へ働きかけることは決してしなかった。親交の続いている中村勝五郎に対しても、中村が自発的に行う戦犯関係者への援助には丁重に礼を述べるが、今村から「誰々に、こうしてやって下さらないか」と頼むことはなかった。戦後の今村には権力も財力もない。だが旧部下への支援は、常に彼個人の力の範囲内で精いっぱいに続けられた。

今村の家には、よく旧部下がたずねてきた。その中には今村の温情に甘えてあやしげな口実で頼みごとをする者もあったが、彼は疑うそぶりもなく、相手の希望に添って尽力した。それを見かねた中村勝五郎が、ある日こういった。

「相手の話を確かめてから、援助されたらいかがですか。大分、だまされておられますよ」

「それは、私にもわかっています」今村は微笑を浮かべて答えたという。「だが、戦争中、私は多くの部下を死地へ投じた身です。だから戦争がすんだ後は、生きているかぎり、黙って旧部下にだまされてゆかねば……」

これを聞いて、改めて今村さんという人がよくわかった――と、中村勝五郎は私に語った。

新発田《しばた》中学出身の今村は、新潟県下へも何度か行った。彼は長岡在の遺族を慰問した帰り、ラバウル収容所で彼の当番兵を務めた中沢清の住む見附市をも訪れた。

「当時は私の母が健在でした」と中沢は語る。「今村大将は私の老母の前に両手をついておじぎをされ『ラバウルでは、息子さんに大へんお世話になりました』と丁寧に礼をいわれました。母はあまりのことに、身の置き所もないほど恐れ入ってましたよ」

中沢の部屋の床の間にも、今村の書がかけられている。「私は字がへただから」と、揮《き》毫《ごう》をきらった今村だが、塩釜市の稲葉や中沢のためには筆をとり、また戦死者、刑死者の遺族に頼まれれば墓や位《い》牌《はい》の文字を書いた。

一九六一年（昭和36）十一月、今村は畠山国登の依頼に応じて広島へ向かった。同月四日、広島護国神社の慰霊祭に出席した今村は、第五師団長時代の部下たちに囲まれ、目を細めて彼らの健在を祝した。次いで翌五日は、三滝観音寺内の広島県殉国者供養塔《くようとう》の許《もと》で行われた慰霊祭に出席して、戦犯関係者と語り合った。

広島市には、戦犯として辛酸をなめた台湾出身の加藤忠夫がいた。重症の肺結核でマヌス島から帰国し、全快後、巣鴨拘置所で刑期を終えた人である。今村は加藤の家を訪れ、妻子に囲まれて仕事に励む彼の姿に何度も深くうなずいた。

広島滞在中の今村は、畠山にすすめられるままに彼の家に泊った。今村は、その配慮で死刑をのがれた畠山にとって〝命の恩人〟であり、また〝人生の指針〟と仰ぎ懐しむ人であった。ラバウル、マヌス両収容所の思い出話はいつまでも尽きず、その中にラバウルで刑死したキリスト教徒片山日出雄がしばしば登場した。

今村はその翌年も広島の慰霊祭に出席した。

「今村さんは、逆境にある部下には特に心を配られた」と谷田勇(元中将)は語る。

今村の旧部下の一人が、復員後の食糧難時代に他家の米倉に盗みにはいり、見つかって逃れようと争ううち誤って相手を殺す——という事件を起した。それを知った今村は獄中の彼に度々手紙を出して、「立派な人間になって帰ってこい」とさとし、励ました。谷田も今村に頼まれて慰問状を出し、激励に感動して模範囚となった彼から返事が来るようになった。

二人の〝元閣下〟からの来信を知った刑務所長は特にこの囚人に注目するようになり、やがて、無期の判決を受けていた彼は十二年で仮出所することになった。

「今村さんが保証人になられた」と谷田は語る。「出獄の日、今村さんから『他に用事があって、どうしても行かれないから……』と頼まれ、私が一人で迎えに行ったが、刑務所長から『あなた方のおかげで彼は心から改悛《かいしゅん》し、立派な人間になりました』と礼をいわれました。

出獄後の彼は運転手から始めて、タクシー会社をつくり、正直と勤勉で成功しましたよ。もう故人になったが、最後まで今村さんと私によく尽してくれました」

戦死した部下たちに会いたくなると、今村は急いで身仕度をととのえ靖国神社へ向かった。そして参拝のあとは、その横隣りにある薄平八郎のマンションを訪れた。通りがかりに、息子夫婦の家のベルを押すような気やすさであった。ラバウルから帰国後に結婚した薄は、三人の男の子の父になっていた。一九五二年（昭和27）に生まれた長男は、当時マヌスの獄にいた今村の名をそのまま「均」と名づけられ、次男、三男は今村が名づけ親である。

「こちらからもよく遊びに行ったものです。今村さんは酒を飲まないので、いつもようかんをぶらさげて……」と、今村を語るときの薄の目には、亡父を懐しむような色が浮かぶ。

舞中将の述懐

「昭和三十八年ごろだったと思いますが」と和男は語る。「父は線香を買うため銀座の鳩《きゅう》居堂《きょどう》にたちより、そこで脳血栓《のうけつせん》の発作を起しました」

この時から今村は右半身が不自由になり、文字が乱れるようになった。

「父は『記憶がいい』といわれた人でしたが、晩年はその記憶力もかなり衰え、また片眼は失明状態でした」と、和男の話は続く。「しかし、最後までよく本を読んでいました。

新しいものを次々に読まずにはいられないあの知識欲には、我が父ながら頭がさがりました。その間にも、やはり歎異抄《たんにしよう》と聖書を繰返し読んでいましたが……」

脳血栓の発作が今村の健康の衰えを示す最初の現象であったが、彼の強靭《きようじん》な肉体はその後かなり回復し、読書、執筆、旅行などはほとんど元通りに続けられた。

韓国に住む李龍珠あての今村の手紙三通が、太田庄次の手許に保存されている。最初の手紙は一九六三年(昭和38)三月六日付で、「ラバウルでの戦傷に今も悩んでいるので、日本で治療を受けたい」という依頼状への返事と推察される内容である。

「拝啓

昨五日、健康がいくらか良くなりましたので、麻布竹谷町の大韓民国代表部にまいりましたところ、次のように申されました。

一、今村より李龍珠様への招請状は四通いるようで、それは私がすぐ差上げられます。

しかしこの招請状だけではだめだそうです。

二、李様に対し財政保証書を出す人を必要とするそうです。ついては、誰か李様の懇意な人(在日本)にお願い申し、日本滞在中の居住、旅行等の費用及び入院費を、必要あれば負担するという財政保証書四通(同じもの)をもらい、今村へお送り願います。

三、入院を許可する証明書四通。これは今村が厚生省にお願いして、もらうことにつとめます。

右の一、二、三を四通ずつそろえ、李様が大韓民国政府（多分外務省でしょう）に出せば、貴国政府は日本政府に申入れ、入国証をもらえるのだそうです。

入院の許可及びその費用を、日本の国費でやってもらえるように、厚生省に私より交渉してみるつもりです。

なお負傷の程度及び韓国の医者の診断書を至急私に送って下さい。厚生省にかけあう為《ため》に必要ですから。

右まで。

今村均
追伸　私は脳出血で右半身不随となりましたが、近頃《ちかごろ》は歩行が出来るようになり、言葉も大体不便がありません」

文字は痛々しくゆがみ、一部判読しにくいほどである。軍司令官であった今村に、七万の陸軍将兵の末端にいた李龍珠が本当にラバウルで負傷したのか、または帰国後のけがなのか、わかるはずもない。しかし今村の手紙には李に対する疑念など全くなく、彼の依頼状を全面的に受け入れて、病後の不自由な体で奔走している。

招請状の日付は三月二十二日である。

「昭和十九年四月八日、李様は私の部下であった野戦高射砲第三十七中隊の兵員として、ラバウル戦場で戦闘中、敵軍投下の爆弾の破片により脚部に負傷し、今日に至っても完全に治癒《ちゆ》いたさない趣は承知いたしました。しかるところ、私の近き親戚《しんせき》三木輝男医学博士は、日本政府の労働省所管、労災病院の外科部長を職といたしておりますから、もし李様が旅行できますなら、御来日の上、右三木博士の治療を受けられたらと思い、招請申しあげます。

李龍珠様

元・南東方面軍司令官　今村均」

三木輝男医学博士とは、今村の娘素子の夫である。

さらに三月二十六日付の第三の手紙、今村に財政保証書を書いてくれと頼んできたことへの返事が続く。

「前略。やっぱり滞在中の財政保証書が入用ですか。

しかるところ、私は恩給生活者で、何等物的余力のないことを皆が承知していますので、私の保証書では、真実でないことがすぐ知られてしまいます。韓日国交正常の停滞している現在では、貴国人の入国はまだ日本官憲は注目いたしておりますので、かえって都合がわるいです。また私自身も、いつわりの保証書を書くことは良心がとがめます。ついては、何か別の、たとえば在日の貴国の実業家などにお願いし、保証書を書いてもらって下さい。日本に来られましてからは、私が、入院その他の件は、よくはたらいて御便宜をはかりますから。

私の保証書などでおいでになると、逆に入院の便までも、まずくなりましょう。甚《はなは》だ失礼ですが、もう少しお考えなおしていただきます。誰か他の人の財政保証書で入国するといたしましても、負傷の年月日、場所、ラバウルでの入院の際の軍医名など思い出して、御手紙下さい。入院の交渉に必要ですので。右まで」

この手紙にも、今村の限りないやさしさ、望みを叶《かな》えてやろうとする熱意、相手を対等に位置づけての礼儀正しさなどが、にじみ出ている。しかし今村は、自分には財政保証書は書けないという理由を説明するに止《とど》めて、他の財力のある知人、たとえば中村勝五郎などに書いてもらおうとはしていない。彼は李を援助するための手数や、起るかもしれない迷惑はいっさい自分一身で受けとめ、それが他へ及ぶことを避けようとしていたのであろう。

李龍珠の来日は、今村の存命中には実現しなかった。李がしばしば来日するようになったのは、今村の没後である。

一九八三年（昭和58）一月、私は太田庄次に伴われて新橋の第一ホテルに行き、滞在中の李龍珠に会った。

「戦傷の治療のため……というのは、口実でした。当時は手紙の検閲がきびしかったので」と李は語った。「今村さんはそれを少しも疑わず何度も親切な手紙を下さったので、私は改めて人を介して手紙を届け、私が日本へ行きたい本当の目的をお知らせしました」

李の真の目的は「東大の韓国研究班に加われるよう、尽力してもらいたい」こととわかり、「戦傷の治療」はうそであったと知っても、今村は腹も立てなかったであろう。彼は、「旧部下には黙ってだまされてゆこう」と心を決め、何度もだまされてきた人である。

「私がラバウルに上陸したのは昭和十八年初め、十九歳の時でした」と李は語る。「それから二十一年三月の帰国まで約三年間、最悪の条件下で日本人と一緒に暮しました。終戦のとき朝鮮出身者は二千人あまり、そのうち兵は百六十人いました。私は野戦高射砲第三十七中隊の軍曹《ぐんそう》でしたから、空襲が始まっても防空壕《ぼうくうごう》へ走るどころか、高射砲陣地を狙《ねら》ってくる敵と喰《く》うか喰われるかの射《う》ち合いです。いつも戦死の覚悟をしていました。爆音の聞えない所で、腹いっぱい飯を食ってから死にたいな……と思ったものです。幸い、中隊長がとてもいい人でした」

李は道で働いている時、偶然通りかかった今村に「故郷《くに》はどこか」と声をかけられたことがあった。今村がしばらく立話をしたのは、相手が朝鮮出身者と知ったためかもしれない。

「そのとき、心から信頼できる、温かい人柄《ひとがら》を感じました。まるで、お父さんのような……、非常に強い印象を受けました」

李の真の渡日目的を知った今村は、彼が日本で勉強できるように、さらに奔走した。しかし李が当時の朴政権を批判する要注意人物であったため、遂に出国許可は出なかった。

「その後も今村さんから何度か手紙をいただきました。その中には『朴正熙は立派な人物だ』と書いてありました」

今村が初めて朴正熙の名前を知ったのは、朝鮮在勤中に訪れた日本人小学校で「神童といわれる秀才がこの学校を卒業した。その名前は……」と聞いた時であった。その時から心に留めていた朴正熙の名前を、今村は関東軍参謀副長時代に軍官学校の優等生として聞き、さらに教育総監本部長のとき朴が優秀な成績で陸士を卒業したことを知った。

島貫重節《しまぬきしげよし》は、「昭和四十四、五年ごろ、私は韓国に招かれて朴大統領に会った。そのとき今村さんの話が出て、大統領は『私は今村大将を非常に尊敬していた』といわれた」と語った。

一九六二年（昭和37）十一月来日した韓国中央情報部長金鍾泌《キムジヨンピル》（のち首相）は〃最も尊敬する日本人今村大将〃と会った。「文藝春秋」（一九六三年（昭和38）一月号）に掲載されたその対談で、ジャワの軍政をほめたたえる金に対し、功を誇らない今村は例によってトボけた受け答えをしている。


甲府の古守豊甫《とよすけ》の手許にも、今村の手紙一通が保存されている。日付は一九六四年（昭和39）三月二十三日で、Kというかつての兵が、戦後十九年がすぎたこのとき、「ラバウルで脱走したのは夢遊病のためであった。その不名誉な記録がいつの日か子供たちの目に触れることを防ぎたい」と訴えてきた手紙への返事である。Kはこの手紙を軍医であった古守へ出し、古守が今村に相談してきたものである。

今村は、「兵籍は厚生省のみに保管されており、それが本籍地に送られることはないから、今ごろになって軍医の証明を持って厚生省へ行くなどは無用のこと」と、Kあてにこんこんと教えている。

終戦直後、今村はラバウルの軍刑務所に拘置されていた兵たちを原隊に帰し、その記録一切を焼却させて、彼らを無傷で帰国させる処置をとっている。

来日中のインドネシア大統領スカルノと今村とが、親しげな微笑を向け合っている写真がある。一九六四年、場所はスカルノが泊った帝国ホテルである。

「父は後年のスカルノ氏に対して、かなり批判的だったようです」と和男は語る。「まず自力でインドネシア経済の復興に出来るだけの努力をし、それから日本の援助を求めるべきではないか――などと直言したと、父が話していたことがありました」

「鐘の鳴る丘　少年の家」の品川博も、今村からスカルノ批判を聞いた一人である。スカルノは一九六七年（昭和42）一月に失脚し、一九七〇年（昭和45）六月、失意のうちに死ぬ。

今村はスカルノ失脚の理由を、次のように品川に語った。

「強大な権力を握ってからは、昔のオランダ統治時代の苦しみを忘れ、自己の欲望に走ったこと。国民の幸福を考えず、自己の権力保持のため共産党と手を結んだこと」、さらに今村は、「あの国の宗教は数人の妻を持つことを認めてはいるが、それにしても、国民大衆の指導者たる者が……」と、スカルノの女性関係の乱脈を嘆いている。

健康そのものだった久子が一九六七年秋から黄疸《おうだん》で入院し、そのまま年を越した。病床の久子は相変らずやさしい微笑で孫たちの見舞を受け、療養に努めた。五月初め、「そろそろ退院してもよい」という医師の言葉に一同ほっとしたが、その数日後から意識不明の状態が続いた。今村は度々病院に足を運んで枕頭《ちんとう》にすわり、和男は毎夜病院に泊った。一九六八年（昭和43）五月十七日、和男からの連絡で今村が病院に駆けつけたとき、久子は人工呼吸で命を保っていたが、間もなく、一週間にわたる意識不明のまま臨終を迎えた。病名は肝硬変、六十九歳であった。

「今村さんの奥さんがなくなられた時は、本当にがっかりしました」と、台湾出身の広内次郎は語る。「こんなに心の温かい、やさしい、親切な人がこの世にいたのか……と不思議な気がするほどいい奥さんでしたよ」

広内は陸軍軍属としてボルネオで俘虜《ふりよ》監視員を務め、〝サンダカン死の行進〟にかかわったため戦犯となった。

「昭和三十一年、今村さんより二年遅く釈放され、一時は台湾へ帰ろうかと思ったが、三十四年に今村さんご夫妻の仲人《なこうど》で結婚し、三十四年には日本に帰化しました。このときも今村さんが保証人になって、本当によく世話をして下さいました。

今村さんご夫妻や中村勝五郎さんなど、日本にはたくさん親切な人がおられて、それぞれの個人に対しては心から感謝しています。だが日本という国は、私たちをどう扱ってきたか……。私は昭和十七年、二十一歳で台湾の訓練所を出てすぐボルネオに行き、終戦まで日本軍のために働きました。

いま日本の人は『あの戦争は日本の軍閥がやったのだ』というが、私にはそうは思えません。あの戦争は、日本中の人がやったのです。戦地にいる私たちはたくさんの慰問袋を受けとったが、その中の手紙のどれにも『しっかりやってくれ』と書いてあったんですよ。私たちはしっかりやった。自分も日本人だと思っていたから……。そのあげく戦犯になったら、そんな人間は〝国の恥〟だという。

巣鴨から釈放されたとき日本政府からもらったのは一万五千八百円……、どういう計算なのか、さっぱりわかりません。そのほかには鍋《なべ》とふとん一組、これで全部です。引揚寮に住めといわれてそこにいましたが、三十三年ごろ取壊しで、船橋へ移されました。ここはそのうち払い下げになるといわれたが、結局ならなかった。私にはだまされの連続としか思われません。朝鮮の人はまだいい。国交回復で、とにかくちゃんと扱われたが、私たち台湾出身者は今日になっても放《ほ》ったらかしです。

マヌス島の刑務所で、私は今村大将の隣りに寝ていました。今村さんは『忍耐と努力だ。そのあとは沈黙……。そうしていれば、必ず太陽の射す日が来る』と、こんこんと教えて下さった。私はその教えを守って生きてきたが、果してこれでよかったのかと、わり切れない気持です。

今村さんや奥さんの恩は決して忘れませんが、それは別の話ですよ」

一九六八年(昭和43)六月、今村と長男和男は久子の遺骨を抱いて、墓所のある仙台へ向かった。

今村家の墓は仙台の北郊、曹洞宗《そうとうしゅう》金剛宝山輪王寺にある。一四四一年に伊達《だて》家の菩提寺《ぼだいじ》として福島県梁川《やながわ》に創建された輪王寺は、その後伊達家の居城が変る度に何度か移転し、一六〇二年に仙台の現在地に移った。

黒門をくぐり、松や杉《すぎ》の老木を左右に、自然石を敷きつめた参道を仁王門へ進むあたりから、由緒《ゆいしょ》ある禅寺のおおらかな風格は感じられたが、本堂や庫裡《くり》は意外に新しい。一八七六年（明治9）の大火で仁王門だけを残して全焼し、現在の建物は一九一五年（大正4）に完成したという。

花しょうぶの池を配した広い庭から、墓地へまわる。今村家の墓はもと今村の父祖の地、遠田《とおだ》郡小牛田《こごた》の興安寺にあったが、今村が中将になった一九三八年（昭和13）、ここに移した。正面の「今村家之墓」には、今村の両親や弟たちの名が刻まれている。その中の三男安《やすし》は馬術選手としてオリンピックに出場し、六男方策は終戦後、中国共産党軍と戦って、一九四九年（昭和24）、太原で自決したと伝えられる変り種であった。

この墓に向かって右手に、黒い自然石の楕円《だえん》の形を生かした「今村均家累代《るいだい》之墓」がある。一九二七年（昭和2）九月、今村のインド駐在武官時代に東京で死んだ先妻銀子の名と並んで、「同年八月没　朝子当歳」とあるのは、生まれて間もなくこの世を去った今村の二女である。

墓の周囲には赤松が多いが、枝は控え目に繁《しげ》って、明るい陽光が墓石にもくまなく降りそそいでいた。墓を背にして立つと、左手すぐ間近にやさしい姿の三重塔が見える。

久子の納骨は六月九日であった。

「その夜ホテルで、いつの間にか父がいなくなり、心配しました」と和男は語る。やがて今村は、何気ない様子で帰ってきた。彼は和男に「懐《なつか》しい思い出のある場所を散歩してきた」とだけ、いった。

久子の死後も、〝明治の男〟である今村は妻を失った淋《さび》しさを言葉にも態度にも現わさなかったという。それに相変らずの三畳間の独居生活なので、家族が彼と接する時間は限られていたのであろう。

「どこを歩いてきたのか知りませんが、夜になってから、八十をすぎた父が一人で散歩せずにはいられなかったのを見て、初めて私にもその淋しさが察しられました」と和男は語る。「晩年の父は、母に深く感謝していたと思います。しかし母とゆっくり語り合っているところなど見たこともなく、とにかく三畳間にこもって一人で暮していました」

かつてジャワの獄中から和男へ出した手紙の「お前たちの生母にも又育ての母に対しても、私は何の愛情も親切もかけずに……」という一節が思い出される。

この日今村は、先妻銀子の眠る墓に久子の遺骨を納めてきた。一人とり残された今村は心も凍る淋しさであったろうが、しかし私には彼がその感情だけに心をゆだねていたとは思われない。

客観的には、今村は決して〝悪い夫〟ではない。職業がら家をるすにする期間は長かったが、妻を裏切る行為のなかったこと一つをとり上げても、あの年代にはむしろ珍しい

〝誠実な夫〟であった。しかし、ここまで自己にきびしく生きてきた彼は、この夜も、夫のため自己犠牲に徹して生を終えた二人の妻に報いるところ薄かったと反省し、申しわけなさに心を嚙《か》まれながら、榴ヶ岡《つつじがおか》あたりを歩いたのではないだろうか。そこには若い日の思い出があり、また釈放後間もないころの筆蹟《ひっせき》で「歩兵第四聯隊《れんたい》之跡　今村均謹書」と刻まれた石碑が立っている。

久子の死後、今村の健康は急速に衰えていったらしく、八月四日に旅先の山口県下で発作を起し、広島の知人宅に一泊して帰京した。だが間もなく回復したのであろう、彼は九月末にも甲府へ出かけている。

十月四日の夜、今村は珍しく夕食後も母屋《おもや》にいて、机上に紙を広げ、墨をすった。乃木《のぎ》神社崇敬会副会長であった彼は、新しく東京六本木に建つことになった乃木将軍像の台座の文字を書こうとしていた。

函館《はこだて》市の柳生市郎が自衛隊函館駐屯《ちゅうとん》地に「乃木大将と辻占《つじうら》売り少年像」を建てたのは、一九六五年（昭和40）であった。この銅像を見た今村はぜひ同じものを東京に建てたいと思い、銅像建設委員会を発足させ、自ら委員長となって奔走し、ようやく実現の運びとなった。

今村が仰ぎ見る〝武人像〟であった乃木希典《まれすけ》大将に、敬意と共に親近感を持つようになった契機は、最初の結婚であった。銀子の父、今村の岳父となった千田登文《のりぶみ》は、西南の役いる。

で乃木少佐が敵に軍旗を奪われた直後に連隊旗手となり、苦悩の乃木を心から慰めた人で、乃木の晩年まで親交があった。千田は娘婿《むこ》の今村に、しばしば〝生き身〟の乃木を語っている。

今村の乃木に対する敬愛の念は、彼が読売新聞(一九六七年(昭和42)七月十四日)に寄稿した「乃木将軍は無能ではない」の一文によく現われている。これは司馬遼太郎《しばりょうたろう》がその作品「殉死」の中で述べている「乃木将軍は精神主義者、文人としては偉大だが、軍事能力は皆無であった」という意見に対する反論で、ほとんどが乃木を弁護する内容である。現代に生きるリベラル司馬遼太郎と、一九四五年(昭和20)までの陸軍内のリベラル今村均との、どうしようもない違いが浮彫りにされている。

今村は横長の紙に「乃木大将と辻占売り少年像」の十二文字を書き上げた。筆蹟には右手の不自由さが現われていて、往年の彼の闊達《かったつ》な文字とは違うが、しかしかえって乃木に対する一途《いちず》な敬慕が感じられる。

揮毫《きごう》のあと、今村は入浴した。指先をよごした墨も、きれいに洗い落したであろう。和男の妻正枝は引戸の音で、今村が風呂《ふろ》からあがり、居間へ戻《もど》ったことを知った。お茶でも……と、居間の襖《ふすま》をあけた彼女は驚いて、今村のそばへ駆けよった。いつもはゆったりと腰かけている椅子《いす》の足許《あしもと》に、彼はしゃがむような形でうずくまっていた。とっさに異変をさとった正枝は、隣家に住む次男純男を呼びに走った。和男は外出中であった。医師である純男が駆けつけた時、今村はすでに意識がなかった。一九六八年(昭和43)

十月四日午後九時三十四分、今村均は八十二歳で死んだ。久子の死から約五カ月の後で、病名は心筋梗塞《こうそく》、かねがね今村が「長命の人間が死ぬとき、神や仏が苦しませるはずはない」といっていた通りの、安らかな最期《さいご》であった。

翌五日朝、太田庄次は外出先で今村急逝《きゅうせい》の知らせを受けた。今村家に駆けつけてみると、玄関に数足の靴《くつ》が並んではいるが、静かさは平素と変らず、弔問客のあわただしい気配などはなかった。太田は次のように書いている。

「私はこれまで、多くの人の死に直面してきた。その度に胸にこみあげる悲しさを禁じ得なかったが、この日は不思議にそうした感情が湧《わ》かなかった。生前あれほど恩顧にあずかった今村大将の死に際して、どうしたことであろう。合掌を終えてふりかえると、枕許《まくらもと》には同期生の舞伝《まいでん》男中将ほか先輩の閣下数人が、いずれも静かに故大将の思い出などを語り合っていられる。……」彼らの間では「何事にも用意のいい人だったが、風呂にはいり、身を潔《きよ》めてから最後の時を迎えたとは、いかにも今村さんらしい」などという話が交されていた。

太田は「今村大将の呼吸は止まったが、生前も死後も神であることに何の変りもない」ということの時の感想をくわしく書いている。

これを読んだ私は、太田の文中にもある舞伝男中将（一九七四年〈昭和49〉死去）から、かつて同じような言葉を聞いたことを思い出した。もう十二、三年前になるだろう、私は本間雅晴中将の取材で、彼の同期生である舞にしばしば会った。奥ゆきの深い人だった舞の話は客観性に富んでいて面白《おもしろ》いので、私は本間とは直接関係のないこともよくノートに書きこんでいた。捜し出した古い取材ノートには、果して今村の最期を語った舞の言葉がくわしく書きとめてあった。その日、舞はまず〝陸士十九期生〟について語っている。

「全員が幼年学校出でなく、一般の中学出身者だけという珍しい期でしたが、五人の大将が出ました。五人それぞれに特色があったが、人間としていちばん円熟したのは今村君でした。人間はいくつになっても、多少ともなまぐさいところがあるものだが、晩年の今村君には全くそれがなかった。生き身のまま仏様になってしまった、とでもいうのか……、私のように、頭がボケて超俗めいたのとは違うのですよ」

第三十六師団長を務めた後、太平洋戦争の始まる前に軍籍を退いた舞は、ときどきこういう話し方をして笑わせた。

「今村君は若い時から頭の回転がずば抜けて早かったし、考えにきめのこまかさがあった」と舞の話は続いている。「それともう一つ、責任感というシンがあった。今村君の責任感は、戦争後に罪の意識に変った。罪責の意識といいますか……。それはあの牢屋《ろうや》のような三畳に自分をとじこめていたことでもわかる。多少とも俗臭の残る今村君の肉体は、とっくになくなっていたんじゃないかな、罪ほろぼしの心だけがこの世に残って……。

老人にとって、友だちが一人また一人と欠けてゆくほど淋しいことはない。だが今村君が死んだと聞いたとき、私は淋しさも悲しさも感じなかった。安らかな死顔を見て、とうとう本当の棲《す》み家へ帰ってゆくか……と思い、もう自分を責めたりしないで、のんびり休み給え……と、手を振って見送ってやりたいような気持でしたよ」

あとがき

一九八〇年（昭和55）に私の「一死、大罪を謝す——陸軍大臣阿南惟幾《あなみこれちか》」が出版されて間もなく、甲府市の病院長古守豊甫《こもりとよすけ》さんという未知の読者からお手紙をいただいた。その趣旨は、ラバウルの第八方面軍司令官今村均《ひとし》大将こそ、あなたが書くべき題材だというお勧めだった。古守さんはラバウルで終戦を迎えた軍医で、晩年の今村と親しかったという。

この十年余り、私はいくつかの陸軍軍人の伝記を書いてきたが、それには私なりの動機があった。私は日本の十五年戦争時代を無自覚に過した。兵士であり、あるいは兵士の家族であった人々には私とは別の意識があったに違いないが、ほとんどの国民は戦争への批判や抵抗はせず、結果的には従順な被害者で終った。この時代をぼんやり過してしまった私は、もの書きになってから、自分が生きてきた時代を知らねばならないと思いたち、それを書いてきた。

時代の姿といってもいろいろな面があるが、その中で最もはっきり焦点を結んだのは軍だと思った。官僚組織と特権意識と権威主義を、最も鮮明に私に見せたのは軍だった。特に巨大な組織と権力を持つ陸軍であった。それは日本の支配者だった。

このようなことを考えながら私は本間雅晴《まさはる》中将、甘粕《あまかす》大尉、阿南惟幾大将を書いた。三冊目の「阿南大将伝」では、私なりに敗戦に至る経緯を調べ分析したつもりである。それで結びには終戦時の参謀次長であった河辺虎四郎《とらしろう》中将の日誌から「カクテ我ガ大陸軍七十余年ノ歴史ハ阿南大将ノ自決ヲ以《モッ》テ終止符トナスベキカ」という一節を引いて止めとした。これで私の陸軍主題の仕事も終ったという訣別《けつべつ》の意味も含めて、書いたものである。

甲府の古守さんから「今村大将を書け」とすすめられても、当時の私には再び軍人を書く気はなかった。今村大将の名前は知っていたが、聖将、仁将などと呼ばれた彼を私は勝手に〝修身〟の教科書中の人物と思っていたので、いっそう関心が持てなかった。

だが、お礼状だけを出しておいた古守さんからは、今村についての血のかよった資料が続々と送られてきた。私は軍人とは関係のない仕事に手をつけていたが、その合間に、今村資料の戦後の部分だけを拾い読みした。

〝戦後の部分だけ〟というのには、わけがある。それまでに私が書いた軍人の伝記は、みな敗戦を結びとしている。本間はマニラで戦犯として銃殺され、甘粕は軍人出身というべき人だが、ソ連が進攻する新京（現・長春）で自決し、阿南はポツダム宣言受諾という日本の政治軍事の中枢《ちゅうすう》に身を処して、割腹自決した。私はかねがね、軍の要職にあった人の戦後の生き方に関心を持っていたが、それを追求する仕事をしたことがなかった。それで長命であった今村の戦後の資料を拾い読みしたのだが、私はたちまち《こういう軍人もいたのか！》という驚きに打たれ、彼への関心は急速に燃え上っていった。そこには、自己の課した責任の重みに耐えて生きぬいた人の静かな微笑があった。遂に私は今村を書こうと決意し、取材にかかった。

今村は一九六八年(昭和43)まで、戦後の二十三年を生きた。そのうち九年は戦犯として獄にあった。彼は多くの部下を死地に投じた責任、戦犯裁判でまたも部下たちを刑死させた責任、陸軍首脳の一人として戦争に敗れた責任について悩み通した。それは刑を終え自由の身となって生きた一九六八年まで、絶え間ない罪責の念となった。彼はその意識の中に余生を生きた。

今村には膨大な量の手記があるが、その中には「責任をとる」とか、「罪を詫《わ》びる」というような言葉は出てこない。彼の性格から、詫びの言葉ですむものとは考えなかったのであろう。今村の〝罪責の意識〟は、戦後の、特に巣鴨《すがも》釈放後の彼の埋もれた行動を一つ一つ掘り起してゆくにつれて、次第にはっきりした形を結び、遂には私の中で揺ぎない晩年の今村像の基盤となった。

世間の一般常識からいえば、今村は軍司令官としてなすべきことを立派に果したというだけで、罪に当るものは何一つないのだが、それで安居できる人ではなかった。これは彼の教養や人格とも深くかかわる問題と思う。部下を死地に投じたことも、〝君国のため〟といえばそれまでのことなのだが、今村はそれで済まされる男ではなかった。人から指摘されることもない罪ではあっても、彼は心中で己れを罰し、三畳ひと間の小屋に自分を幽閉しなければいられなかった。

特に私が感動したのは——数多い旧部下の中には、あやし気な理由で支援を求める者もあった。ある人から「大分、だまされておられますよ」と注意された今村は「わかっています。だが私は多くの部下を死地に投じた身です。今は黙ってだまされていなければ……」と答えたことである。

私はこの話には本当に驚いた。指揮官であった軍人のほとんどが、多かれ少なかれ部下たちを危険にさらしただろうが、その中の誰《だれ》がここまでの責任を感じただろうか。今村は敗戦のラバウル以来、ただその罪責だけを見つめ、それを日常の行為に現わして生きたと、私には思われる。

韓国に住む旧部下（今村は一兵であった彼の名前も顔も知らないのだが）から、来日の希望を述べた手紙を受けとると、今村は脳卒中の後遺症の不自由な足をひきずって、自ら交渉に走りまわった。その痛々しい老いの姿を想像すると、記憶にはない一兵にまで及ぶ彼の愛と責任の行為に、私は頭を垂れるほかなかった。

戦後の今村は、旧部下全員のために生きたように思われる。それは戦死した者、刑死した者、生還して戦後の荒波の中に生きる者すべてが含まれている。地位、階級の上下も問わず、国籍も同列であった。いっさい差別はなく、今村にとってかつての部下は誰も同じく大切であり、すべてが出来るだけの償いをすべき対象であった。

私のこの作は武将の伝記なのだが、私が書きたかったのは、もう武将でなくなった今村の戦後二十三年の生き方であった。一言でいえば彼の罪責の念というものが、どう具体化されていったかを極めたいということである。

私は今村にのめり込んで三年を費した。その取材中に、これは陸軍の中では図抜けてリベラルだったと思われる今村の人がらによることだろうが、私は多くの下級将校、兵士、軍属、軍夫であった人々と知り合った。前に陸軍を書いた時にはないことだった。私は以前から、あかがみ（召集令状）一枚で生殺与奪の権利を握られてしまう兵隊さんを書かなければ、本当の戦争のむごさ、非人間性は書けないと、あせりさえ覚えていた。それが今度初めて、亡《な》き今村のおかげでその人たちに接し、私なりにではあるが、人間を人間でなくする戦争にひと足踏みこめたと思っている。

今村が指揮した地域の戦死者（私の従兄弟《いとこ》二人を含む）と、戦犯としてラバウルやマヌスで刑死した人々への鎮魂の思いをこめてこの作を書き終えた今、私の戦争拒否の祈りはいっそう切実である。

別項記載の証言者、資料提供者の方々に、また三年の間よきパートナーとして私を支えて下さった新潮社の伊藤貴和子さんに、心からお礼を申し上げる。

（一九八四年春）

主要参考文献

＊今村均の著書
『私記・一軍人六十年の哀歓』（芙蓉《ふよう》書房、昭和45年）
『今村均回顧録』（芙蓉書房、昭和55年）
『続今村均回顧録』（芙蓉書房、昭和55年）
『今村均大将回想録』（全四巻）（自由アジア社、昭和35年）
——『檻《おり》の中の獏《ばく》』『皇族と下士官』『大激戦』『戦い終る』
『今村均大将回想録 青春篇《へん》』（全三巻）（自由アジア社、昭和36年）
——『河童《かっぱ》の二三《にさ》』『健忘症』『乃木大将』
『幽囚回顧録』（秋田書店、昭和41年）
『祖国愛』（甲陽書房、昭和42年）
『異常の環境——ラバウル幽囚雑記』（全国戦争犠牲者援護会、昭和40年）
『随筆 愛国心について』（ラバウル会事業部、昭和57年）

＊以下、○印は私家版（非売）
○『わが戦記』松井範政編（第六十五旅団工兵隊、野戦病院）
○『第六野戦憲兵隊史』（六野憲会本部）
○『ある軍医ののらくら戦記』宗像太郎坊
『アナの三十八師団・ガダルカナルとラバウル』滝利郎（中日興業、昭和40年）
「灰色の十字架について」中島健蔵（『面白《おもしろ》クラブ』昭和24年10月号）
○『転進の記録』堀亀二（昭和40年）

○『青春の碑《いしぶみ》――ラバウル・ズンゲン巡拝慰霊回想記』神坂重光、小室仁（昭和54年）
○『パプアニューギニア地域における旧日本陸海軍部隊の第二次大戦間の諸作戦』田中兼五郎（日本パプアニューギニア友好協会、昭和55年）
○『南十字星――戦犯獄中歌集総合版』菊池砂透流（昭和57年）
○『天国から地獄へ』岡崎清三郎（共栄書房、昭和52年）
○『独立有線九十一中隊史・遥かなるラバウル』（独立九一ラバウル戦友会、昭和57年）
○『ラバウル軍事法廷――ある日本人の裁判記録』長野為義（昭和57年）
○『南東方面の戦いをしのぶ・付録』海軍ラバウル方面会
○『世紀の遺書』巣鴨遺書編纂《へんさん》会編（巣鴨遺書刊行会、昭和28年）
○『飢えと死闘と』日立パプア・ニューギニア会（昭和59年）
○『ラバウル高射砲戦記』中林幸平（昭和57年）
○『むらさき第14号』陸士第五十六期同期生会（昭和57年）
○『南太平洋殉国散華《さんげ》の人々・戦没者の遺骨収集と慰霊の記録』太田庄次（昭和57年）
○『胡堂《こどう》百話』野村胡堂（中公文庫、昭和56年）
○『ドンゴロスの小袋から・一応召軍医の戦犯容疑録』沼田公雄（昭和47年）
○『スカルノ自伝』黒田春海訳（角川文庫、昭和44年）
○『ラバウル・マヌス親睦《しんぼく》会・殉国百四十五烈士遺族名簿』ラバウル・マヌス親睦会（昭和57年）
○『従軍の想《おも》い出・下巻』杉山清九郎編（従軍回顧録刊行会、昭和48年）
○『南雲詩――ラバウル従軍軍医の手記』古守豊甫（金剛出版、昭和38年）
○『作戦日誌で綴《つづ》る大東亜戦争』井本熊男（芙蓉書房、昭和54年）
○『増補インドネシア独立革命』西嶋重忠（鹿砦《ろくさい》社、昭和56年）
○『鐘の鳴る丘　少年の家二十年の記録』品川博（昭和45年）

『中世の真実・親鸞《しんらん》・普遍への道』阿満利磨（人文書院、昭和57年）
『歎異抄《たんにしょう》・三帖和讃《さんじょうわさん》』伊藤博之校注（新潮社、昭和56年）
『歎異抄』金子大栄校注（岩波文庫、昭和57年）
『歎異抄入門』歎異抄研究会（社会思想社、昭和36年）
『大東亜戦争全史』服部卓四郎（原書房、昭和40年）
『太平洋戦争陸戦概史』林三郎（岩波新書、昭和26年）
『戦史叢書・南太平洋陸軍作戦1〜5』防衛庁防衛研修所戦史部（朝雲新聞、昭和43〜50年）
『戦史叢書・陸海軍年表』防衛庁防衛研修所戦史部（朝雲新聞、昭和55年）
○『ラバウル・最悪に処して最善を尽す』ラバウル経友会編
○『われら従軍回想記』二十四防給戦友会編
『ラバウル戦線異状なし』草鹿任一（光和堂、昭和33年）
○『ソロモン列島作戦の回想』
○『第十七軍のあしあと』神田正種
『東部ニューギニア戦線』鈴木正巳（戦誌刊行会、昭和56年）
○『ラバウル回顧録――従軍二十周年記念』羅春会編
○『さらばラバウル』森川賢司
『ラバウル日記』麻生徹男
『愛と死と永遠と――ある戦犯者の日記』片山日出雄（現代文藝出版、昭和33年）
「文藝春秋」（昭和38年1月号）
「婦人公論」（昭和28年10月号）
「大本営政府連絡会議決定綴」（防衛研修所図書館蔵）

＊談話および資料提供者（敬称略・五十音順）

麻生徹男　有竹英夫　安藤直正　飯沢耕作　伊藤光信　稲葉久三郎　稲村良平　今井田勲　今村和男　井本熊男　内田知康　内野一朗　内野公雄　太田庄次　太田黒哲也　大森ウメ　大森弘道　大和田甲一　織田文二　小野寺忠雄　加古川幸太郎　風間正彦　桂井誠之助　桂井富之助　河角泰助　神田正種　菊池覚　木俣正太郎　木村可縫　木村昇吉　熊本真悟　小池礼三　後藤金哉　古守豊甫　五来博　近藤晋　近藤新治　酒井博　桜井克巳　佐々木貞治　貞包喜多海　佐藤周之助　四ヶ所ヨシ　品川博　渋谷栄一　島貫重節　白根孝之　薄平八郎　鈴木正巳　高井福一　高橋鶴夫　高屋守三郎　滝利郎　武田光恭　田中実　谷田勇　土屋博　鶴見松子　寺尾三郎　戸伏長之　中沢清　中田整一　長田富雄　長野為義　中村勝五郎　永山武久　西嶋重忠　沼田公雄　芳賀小平　畠山国登　原四郎　広内次郎　藤井佐吉　藤田増治（旧姓、桑原）　堀亀二　松浦義教　松本寅太郎　三浦辰夫　水鳥川正信　森田正次　森松俊夫　矢野道明　山縣富士男　山田六郎　湯本弘　吉野彦助　李龍珠　和達清夫

マヌス島
ラバウル
ガブブ
マダン
ダンピール海峡
ツルブ
グンビ
ズンゲン
フィンシュハーフェン
マーカス岬
太平洋
パラオ諸島
トラック諸島
リユー
カロリン諸島
アイタペ
ウエワク
マダン
ビアク島
アドミラルティー諸島
ダンピール海峡
ラバウル
ニューギニア
ソロモン諸島
ニュー
ブリテン島
ガダルカナル島
アラフラ海
ポートモレスビー
豪州

本書関係略図
中国
ビルマ
タイ
仏印
比島
マレー
英領ボルネオ
蘭領ボルネオ
モロタ
スマトラ
大スンダ列島
マカッサル海峡
セレベス
ジャワ
ロンボック海峡
小スンダ列島

解説

保阪正康

昭和陸軍には、理性派、あるいは理知派ともいうべき軍人の系譜がある。この系譜には駐在武官出身グループ、戦略と戦術に長けた幕僚グループ、さらに自らの視点が兵士と一体化している高級軍人グループ、そして統帥権専横に批判的なグループなど幾つかの流れがあるように思う。

昭和陸軍の悲劇は、昭和十年代のもっとも困難な時代にこうした理性派のグループが省部（陸軍省と参謀本部）の要職に入ることができなかったことである。東條英機に代表されるように、あまりにも感情的で、承詔必謹だけを口にし、戦略も戦術ももたない軍人が中枢を占め、理性派、理知派を排したことが日本の悲劇であったと私は理解している。東條が陸軍の人事を握る昭和十五年には、自らの性格に合う幕僚を重用しただけでなく、耳の痛い忠告や助言はすべて排し、独善的な権力空間をつくりあげたことは、昭和陸軍を検証するときに決して忘れてはならないことだ。

今村均は、私は理性派、理知派に列なる軍人のひとりと思っている。前述のグループでいえば、駐在武官出身グループ（本書でも明らかなように大正七年から三年間、英国の日本大使館付武官を体験している）だと、私は考えるのだが、実はすべてのグループにかかわる性格をもっているように思う。今村は、たしかに帝国軍人であるが、その前にひとりの人間たろうとしているからである。今村の軌跡と対比するとわかるが、昭和陸軍の軍人のなかには、まず「帝国軍人」であり、人間としての目などまったくもちあわせていない者がいかに多いか、そういう人物が昭和十年代の軍事指導部を形成していたかを裏づけている。

そうした今村の人間性は、陸軍士官学校十九期生という点に特徴をもっている。本書でも説明されているが、十九期生は陸軍幼年学校出身は一人もいなく、採用人員は千百八十三人に及んでいる。日露戦争によって将来の将校をふやすことを企図したからであろう。この第十九期生は、「一般中学出身者だけを対象とする」とあり、これは陸士の歴史のなかでただ一回のことでもあった。

陸軍幼年学校出身者と異なって一般中学からの入学者は、社会の空気にもふれているし、中学の教科も習っているので、幅広い目をもっている。少年期のわずか二年か三年、軍人としての教育が早まるか遅かったかということだが、この違いによって昭和陸軍のなかではあまりにも人間的な広がりの差がでたと評することができる。

著者が、今村に関心をもった経緯は「あとがき」でも語られているが、熱心な読者の支えによって本書が編まれたことは感動的でさえある。なぜなら著者の問題意識や時代とむきあっている姿は、読者によって確かめられて、そして著者自身がさらに自己確認することで実際に執筆にとりかかるという形は、戦後の日本社会での「評伝」を生む特徴だとも思うからである。私は、著者とは年齢では次の世代ということになるが、軍人の評伝も幾つか書いていながら、著者のような体験をもてなかった。私がこの分野に手を染めてみようと決意したのは、著者のこの作品や終戦時の阿南惟幾陸相の評伝にふれてからだが、本書のもっているこまやかな人物観には達することはできなかった。それは著者が体験した読者の支えに出会えなかったからといってもよかったのである。

本書は、大局的にいえば太平洋戦争を体験した世代が、あの時代の指導層のひとりであった軍人をとおして、日本社会の伝統的な倫理観、死生観、そしてそれをふまえての戦争観をえがいた作品である。それゆえに歴史的な意味をもっている。まずはそのことを正確に確認しておくべきである。ついで作品のなかに入ってみれば、読み進むにつれ今村均という軍人の死生観や人生観が、戦争という時代にどのような意味をもつのか、が問われていることがわかる。

ラバウルの戦犯収容所でのこと、本書から引用するなら、〈今村は入所後間もないころ、なんとか戦犯たちに心の平静を得させたいと願い、「宗教、信仰に心を向けてみてはどうか」と説きすすめた。容疑者中に僧籍の人と牧師がいたので、今村は仏教青年会とラバウル教会を結成し、自分は顧問格で豪軍との連絡や便宜供与の交渉などに当った。〉というのだが、実際に今村のそうした姿勢はオーストラリア軍にも理解されることになった。つまり今村の人間としての資質は、戦争という時代にあってもそれをのりこえることができたという意味にもなる。

本書は、今村均という軍人のもつ人間的な性格が戦争という時代にあって、どのように推移するかを丹念に追った書といった言い方もできるように思うのである。それゆえに冒頭の私の指摘でいえば、〈昭和陸軍の良識派軍人の生き方を問うた作品〉といっていいのではないか。

今村自身、何冊かの著作をのこしている。そうした書に共通しているのは〝温情〟と〝礼節〟だと著者は指摘する。自らの体験のなかで抱いたであろう他者への批判は「多くの場合省略され、たまに書いてあっても努めてぼかしてある」ともいう。その今村は、陸軍という大組織に対しては自らも幹部のひとりだったとの自覚から「多くの批判、反省を書き残している」という。とはいえ、そこに弁護の気持があるのは致し方ないが、著者はその微妙なところを正確に読み抜いている。

そのうえで、「今村の筆が容赦なく厳しいのは、彼自身について書かれた部分である」とも指摘し、具体的にその内容を書いている。加えて軍人の手記にありがちな〝手柄話〟がないことも見事であると賞賛していることからみて、著者は本書は通じて今村のもつ強さと弱さを正確に読者に伝えようとしているのではないかと推測される。

今村は、太平洋戦争そのものに表だって、当時も戦後も自省の念は洩らしていない。「開戦の時期や順序については私にも意見はあるが、私は今なおこの戦争は民族存続の活路を見いだそうとした、やむにやまれなかったものであり……」と書いている。戦争の大義を崩す考えは示していない。この点について、著者は、「やはり彼は一九四五年（昭和20）八月までの古典的日本人であった」と書いたうえで以下のように続けている。

〈これは私の想像に過ぎないが、今村は内心「侵略戦争」と認めながら、彼一流の配慮から、戦死者やその遺族に対し「侵略であった」と言うにしのびず、アジア諸国の独立など〝太平洋戦争の意義〟を固持しつづけたのではなかったか——。今村の記述の中に、こう思われるふしがある。しかし裏付けできる確たる内容ではないので、想像の域に止めておく他ない。〉

この推測は私もかつて今村の回顧録にふれたときに感じた。しかし今村は思想家ではないし、哲学者でもない。時代と葛藤したひとりの人間である。それゆえに著者と同様に、これは推測にとどめておくべきであろう。

本書は軍人の評伝としては、生命の長い作品になるだろう。世代は変わっても読者はこの書によって歴史観から死生観まで多くのことが汲みとれるからである。

本書は一九八四年五月十五日、新潮社より刊行され、
一九八七年七月二十五日、新潮文庫に収録されました。
今回の文庫化に際し若干の加筆・訂正を行ないました。

水木しげるのラバウル戦記　水木しげる

太平洋戦争の激戦地ラバウル。その戦闘に一兵卒として送り込まれ、九死に一生をえた作者が、体験が鮮明な時期に描いた絵物語風の戦記。

三島由紀夫レター教室　三島由紀夫

5人の登場人物が巻き起こす様々な出来事を手紙で綴る。恋の告白・借金の申し込み・見舞状等、一風変ったユニークな文例集。（群ようこ）

命売ります　三島由紀夫

自殺に失敗し、「命売ります。お好きな目的にお使い下さい」という突飛な広告を出した男のもとに、現われたのは？（種村季弘）

三島由紀夫の美学講座　三島由紀夫　谷川渥編

美と芸術について三島は何を考えたのか。廃墟、庭園、聖セバスチァン、宗達、ダリ。「三島美学」の本質を知る文庫オリジナル。

終わりなき日常を生きろ　宮台真司

「終わらない日常」と「さまよえる良心」――オウム事件直後出版の本書は、著者のその後の発言の根幹である。書き下ろしの長いあとがきを付す。

茫然とする技術　宮沢章夫

かつてこれほどまでに読者をよくわからない時空に置き去りにするエッセイがあっただろうか。笑った果てに途方に暮れる71篇。（松尾スズキ）

国語辞典で腕だめし　武藤康史

新明解国語辞典の語釈からことばを当てよう。解答には用例や解説を豊富に併載。日本語を広く深く味わいつくし、あなたのことば力を試す！

まちがったっていいじゃないか　森毅

人間、ニブイのも才能だ！　まちがったらやり直せばいい。少年のころを振り返り、若い読者に肩の力をぬかせてくれる人生論。（赤木かん子）

生きるかなしみ　山田太一編

人は誰でも心の底に、様々なかなしみを抱きながら生きている。「生きるかなしみ」と真摯に直面し、人生の幅と厚みを増した先人達の諸相を読む。

戦中派虫けら日記　山田風太郎

〈嘘はつくまい。嘘の日記は無意味である〉戦時下、明日の希望もなく、心身ともに飢餓状態にあった若き風太郎の心の叫び。（久世光彦）

太宰治全集（全10巻）
太宰治
第一創作集『晩年』から『人間失格』、さらに『もの思う葦』ほか随想集も含め、清新な装幀でおくる待望の文庫版全集。

夏目漱石全集（全10巻）
夏目漱石
時間を超えて読みつがれる最大の国民文学を、10冊に集成して贈る画期的な文庫版全集。全小説及び小品、評論に詳細な注・解説を付す。

中島敦全集（全3巻）
中島敦
卓越した才能を示しながらも夭逝した作家の全作品は勿論、習作・日記・書簡・歌稿等も網羅して、その全容を再現。

大菩薩峠（全20巻）
中里介山
雄渾無比／流転果てない人間の運命を描く時代小説の最高峰。前巻までのあらすじと登場人物を各巻の巻頭に。年表と分かりやすい地図付き。

失われた時を求めて（全10巻）
マルセル・プルースト
井上究一郎訳
二十世紀文学の最高峰――一万枚に近い長篇小説の個人全訳初の文庫化。訳注を大幅加筆。

現代民話考（全12巻）
松谷みよ子
人間がそこにある限りふつふつと生まれる現代の民話。全国各地の証言をテーマ別に編んだ画期的な仕事の集大成。新たな聞き書きを収める決定版。

宮沢賢治全集（全10巻）
宮沢賢治
『春と修羅』、『注文の多い料理店』はじめ、賢治の全作品及び異稿を、綿密な校訂と定評ある本文によって贈る話題の文庫版全集。書簡など2巻増巻。

森鷗外全集（全14巻）
森鷗外
幅広く深遠な鷗外の作品を簡潔精細な注と、気鋭による清新な解説を付しておくる、画期的な文庫版全集。（田中美代子）

山田風太郎明治小説全集（全14巻）
山田風太郎
これは事実なのか？　フィクションか？　歴史上の人物と虚構の人物が明治の東京を舞台に繰り広げる奇想天外な物語。かつ新時代の裏面史。

夢野久作全集（全11巻）
夢野久作
小説・ルポ・童話・エッセイなど、多彩な作品群を新しいテキストと新たな校訂により編成した破天荒な天才作家の文庫版全集。

ちくま文庫

責任《せきにん》 ラバウルの将軍今村均《しょうぐんいまむらひとし》

二〇〇六年二月十日 第一刷発行

著者 角田房子（つのだ・ふさこ）
発行者 菊池明郎
発行所 株式会社 筑摩書房
東京都台東区蔵前二―五―三 〒一一一―八七五五
振替〇〇一六〇―八―四一二三
装幀者 安野光雅
印刷所 株式会社厚徳社
製本所 株式会社積信堂

乱丁・落丁本の場合は、左記宛に御送付下さい。
送料小社負担でお取り替えいたします。
ご注文・お問い合わせも左記へお願いします。
筑摩書房サービスセンター
埼玉県さいたま市北区櫛引町二―六〇四 〒三三一―八五〇七
電話番号 〇四八―六五一―〇〇五三

ISBN4-480-42151-3 C0123